雪花飞

朱钧 著

北方文艺出版社

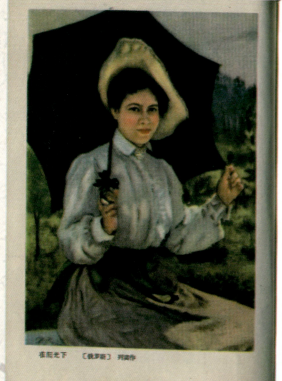

在阳光下 〔俄罗斯〕珂冽作

蓦然回首，当年那身草绿色军装和队伍

行进间激昂嘹亮的军歌，为我人生积蓄和注

入了无穷无尽的力量。

——一名退伍战士学习创作感言

作者与爱人游黑龙江

作者当兵时的照片

总结经验教训，供今后参考。

一、我做为一名中国共产党的党员，要胸怀共产主义远大理想，立足本职工作，全心全意为人民服务；要把马列主义毛泽东思想当做自己行动的指南，要热爱党、热爱祖国和人民。

二、我一定要吸取虽然有毅力、名钩日省计划而实质上无计划学习的教训，反对样样通、样样松的学习方式，一定按《9.5》计划和《7.12》内容执行，严格遵守学习计划和时间按排来订，根据实际情况及时修订，以专一为法律，以钉子为精神。

三、我无论转换到什么样的工作岗位上，一定要发挥共产党员的模范作用，完成党交给的各项任务。

不能事事替自己打算，不能投机式丧失党的原则立场，不能忽冷忽热，不能轻视工作组成部分的一件最小的、哪怕被大多数人照不起的工作。

要遵守组织纪律，服从命令，听从指挥。

无论工作或者其它，必须要有长远打算，要有"战略"眼光，要不断地提高认识、分析、归纳、综合及解决问题的能力。

当工作受到挫折时，千万不能泄气，要培养耐力，善于在逆境中工作。

要注工作方法，但反对拿不定主意和在艰难困苦情况下，要敢于冲向前，要敢于牺牲自己。

四、在工作、生活中，要处为谦虚待人，反对在取得成绩时，头脑不冷静，盲目骄傲情绪，小骄小败，大骄大败。

要善于发现学习别人的优点，要善于听取别人的批评，尤其是逆耳之言。

谦虚并不等于自卑，反对自卑，坚定必胜信念。

五、一个人要最大限度地团结同志，特别要团结和自己意见相反的人和反对过自己并且反对错了的人，不搞无原则的团结，不搞派性。

要坚持团结，坚持原则，同各种错误倾向作斗争。

谦虚是人的美德，与团结相互联系。

目 录

MULU

第一卷　痴情的钢铁战士

第 一 章　顿喜从军志不移　　但忧夜晚弄奇袭 ················· 1

第 二 章　赤诚热血请长缨　　刚性十条泪无声 ················· 8

第 三 章　鼓足勇气寄情书　　望眼欲穿未长哭 ················· 15

第 四 章　鸿雁传情遭意外　　锲而不舍求真爱 ················· 22

第 五 章　沙场点兵传捷报　　浑河热恋情缠绕 ················· 30

第 六 章　实战演习争立功　　报效国家热血浓 ················· 37

第 七 章　英盘沟里诉衷肠　　未雨绸缪训练忙 ················· 47

第 八 章　无缘写作常困惑　　岁月蹉跎再悔过 ················· 53

第 九 章　再到英盘来塑造　　晴天霹雳尤残暴 ················· 59

第 十 章　峰回路转定终身　　柳暗花明又一村 ················· 66

第十一章　不因遗憾去申冤　　但愿回乡续新篇 ················· 73

第二卷　惆怅的退伍征途

第十二章　忧心分手遭蹂躏　　好事多磨需自信 ················· 79

第十三章　举债完婚娘迫切　　洞房凄婉伤心夜 ················· 85

第十四章　雪花漫道斧声急　　最爱黄牛几步蹄 ················· 92

第十五章　不测风云随处起　　旦夕祸福无偏倚 ················· 98

第十六章　楷书工整写前程　　还债痴心孝子情 ················· 106

第十七章　夫妻月下拭枪忙　忧患书记怒气扬 ············ 111

第十八章　练兵习武把歌唱　壮举瞬间不思量 ············ 117

第十九章　感恩切切天地载　送礼含羞大白菜 ············ 124

第二十章　千载难逢人祈祷　学习备考心烦躁 ············ 128

第二十一章　怒气冲天对爱妻　悄然幸福要珍惜 ············ 135

第二十二章　无意从警擦肩过　乐极悲起飞来祸 ············ 142

第二十三章　大是大非须考验　惊涛骇浪应锤炼 ············ 148

第三卷　放飞的青春之歌

第二十四章　奋进征程喜若狂　青春路上洒阳光 ············ 155

第二十五章　无独有偶又伊人　岁月无情拭泪痕 ············ 160

第二十六章　他年情愫已凋零　何必缠绵忆旧情 ············ 167

第二十七章　爱国歌曲聚人心　万里林海有知音 ············ 174

第二十八章　北国瑞雪纷飞处　致敬英雄史光柱 ············ 180

第二十九章　植树造林亦赎罪　春风国里难宽慰 ············ 189

第 三 十 章　三春铸造突击队　嘹亮军歌更沉醉 ············ 195

第三十一章　应是同心一首歌　情深无语更凝噎 ············ 202

第三十二章　火场队旗化灰烬　曙光在即仍责问 ············ 209

第四卷　升腾的绿色希望

第三十三章　初来乍到枪声响　不是豪杰亦闯荡 ············ 217

第三十四章　悔恨交织忆往昔　伤疤痛处落残疾 ············ 224

第三十五章　空前盛会遭砸场　纷乱开局难想象 ············ 233

第三十六章　北疆万里赞英雄　林场方圆荡新风 ············ 239

第三十七章　菜刀劈斩办公桌　直面问题不退缩 ············ 246

第三十八章　口令声声震天响　春风晨曲在荡漾 ············ 252

第三十九章　情意绵绵深似海　三春会战尽风采 ············ 258

第 四 十 章　飞燕衔泥报喜来　温馨做伴更舒怀 ············ 264

第四十一章　力排众议无所惧　未雨绸缪还顾虑 ············ 271

雪花飘飘

XUEHUAPIAOPIAO

第四十二章　出生入死瞬息间　为有叹惜万万千 …………………… 277

第四十三章　青云直上遇谗言　家有贤妻免祸端 …………………… 284

第四十四章　天经地义唯公道　推己及人不深奥 …………………… 290

第四十五章　人生无常风着雨　世事难料云遮月 …………………… 297

第四十六章　深秋整地霜白处　只待三春植绿树 …………………… 305

第四十七章　礼贤下士不多求　盛赞英雄泪水流 …………………… 316

第四十八章　肝肠寸断育后人　再续华章天地新 …………………… 322

第四十九章　潜心笃志更艰辛　碧血丹心祭忠魂 …………………… 329

后　记 ………………………………………………………………… 340

《雪花飘飘》人物表

金勺——男主人公，初中时，跟随爸爸支边来到大杨树。高中毕业后，当过知青、当过兵。退伍后，励志学习奋斗，坚持退伍不褪色，从一名退伍战士成长为一名优秀的基层领导干部，曾任内蒙古杨树地林业局武装部干事、林业局团委副书记、布铁林场党委书记。

东祥——"我"的父亲，支边干部，人称"朱马列"。曾参加大杨树区的开发建设，后调到漠河县法院工作，仕途上发展不顺利，终生不得志。

志珍——"我"的母亲，满族。辛苦操持家务，养儿育女，终生恨家贫穷，是爸爸的出气筒。

霞妹、平弟、颖妹、泉弟、杰弟——众弟弟妹妹。

爷爷、奶奶，大舅、大姨妈、三姨妈——众亲戚。

红梅——金勺的中学同学，妻子，大杨树农工商联合公司职工，与金勺育有一女。

兴旺——岳父，解放军四野某部营副教导员，转业后曾参加北大荒、大兴安岭的开发建设，曾任大杨树商业分局局长。

岳母爱萍、芮妹、宝弟、强弟——红梅家众亲戚。

众老师——德祥老师（大杨树区一中、二中班主任、后任林业中学校长）、洪凯校长（历任大杨树区一小校长、二中校长，杨树地林业局教育科科长）。

周陈子坤——铁道兵三师转业干部。历任大杨树区筑路营营长、商业局局长，杨树地林业局党委副书记。

德怀茂——支边干部。大杨树区委常委、武装部部长，农工商联合公司党委书记、总经理。

周陈平哥哥、子坤大娘、德怀茂大娘——众邻居。

庆典叔叔——支边干部。大杨树区筑路营政工组组长，多布林场政工组组长、林场副书记，布铁林场主任。

发花——金勺的中学女同学。多布林场一连知青，后任林场团委书记、杨树地林业局工会宣传部副部长。

萨吉福——金勺的中学同学。鄂温克族，布铁林场护林队长。

人勤指导员——多布林场一连指导员。后任杨树地林业局党委办公室副主任、主任。

寒前连长——多布林场一连连长。后任多布林场副主任，工程公司经理，绰号"寒八级"。

崔师傅——多布林场一连职工，绰号"崔毛驴子"。

曹德玉——多布林场前任党委书记，后任杨树地林业局党委组织部副部长。

庚东干事——大杨树区武装部干事，后任多布林场主任。

孙局长——大杨树区公安局局长，杨树地林业公安局局长，绰号"孙八路"。

王登海连长——金勺的战友，81364部队六连老连长。

潘迟指导员——金勺的战友，81364部队六连指导员。

李玉田排长——金勺的战友，81364部队六连指挥排长。

部队若干战友——爱民师长、吴疆团长、李齐大队长、吴刚政委、周绍班长、朝荣中队长，以及亚青、杜丁、全云、洪武等诸多战友。

吴悦荣部长——蒙古族，内蒙古杨树地林业局武装部部长。

海青书记——蒙古族，内蒙古杨树地林业局党委书记，后任呼伦贝尔盟委副书记。

永红书记——蒙古族，内蒙古杨树地林业局党委书记。

宗庆局长——内蒙古杨树地林业局局长。

王刚干事——内蒙古杨树地林业局团委干事，后任局党委办副主任。

吴江阳干事——蒙古族，内蒙古杨树地林业局团委干事，林业局武装部吴部长女儿。

起武——金勺的朋友。布铁林场团委书记、知青队队长，后任林场副主任。

平华——金勺的朋友。工程公司团委书记，后任林业局团委副书记。

佩良——金勺的朋友。优秀民兵，应征入伍。

克刚——金勺的朋友。布铁林场教师，后任林场团委副书记兼任知青队副队长。

树林书记——内蒙古克什林管局团委书记。

萨勇书记——鄂温克族，布铁林场前任党委书记。

曲直副主任——布铁林场副主任。

开怀主席——达斡尔族，布铁林场党委委员、工会主席。

老高所长——蒙古族，布铁林场党委委员、派出所所长。

言前股长——布铁林场政工人事股长。

"索老大"——达斡尔族，营林二大队队员，后任副队长。

"苦菜花"——达斡尔族，营林二大队队员，"索老大"的妻子。

其他人物——灰堆村长、侯求书记、"侯三"、遥条副主任、杨副局长、刘杨大夫等。

第一卷
痴情的钢铁战士

第一章
顿喜从军志不移　但忧夜晚弄奇袭

向前向前向前！

我们的队伍向太阳，脚踏着祖国的大地，背负着民族的希望，我们是一支不可战胜的力量。

我们是工农的子弟，我们是人民的武装，从不畏惧，绝不屈服，英勇战斗，直到把反动派消灭干净，毛泽东的旗帜高高飘扬。

听！风在呼啸军号响！听！革命歌声多嘹亮！

同志们整齐步伐奔向解放的战场，同志们整齐步伐奔赴祖国的边疆，

向前向前！

我们的队伍向太阳，向最后的胜利，向全国的解放！

雄壮的《中国人民解放军进行曲》在风驰电掣的列车上回旋。载着1978年春季应征入伍新兵的列车，跨过嫩江，越过平原，向着我们的目的地——沈阳呼啸着奔驰。

同一节的列车上，新兵连长王登海组织我们新兵之间互相介绍，个子矮小微胖、脸部颧骨略微突出的杜丁来自阿里河，身材魁梧、五官端正的亚青来自吉文，轮到我介绍时，我坚定自信地报告："我来自大杨树，我是大杨树的兵！"战友们一阵嬉笑。

是的，大杨树是我的第二故乡。

自从1971年我们家搬到大杨树以来，我已经在大杨树生活了8个年头。回首8年来的生活历历在目，我曾在"劳动大学"中完成了令人难以置信的"高中学业"，又热火朝天地搭乘上了既平凡又悲壮的知青末班车，从不同角度感受了大杨树区开发建设先驱们的喜怒哀乐，同时也见证了大杨树区开发建设的艰难历程和辉煌鼎盛，又亲眼见证了大杨树区解体嬗变的全过程。岗楼山、樟松山、九峰山，将永远地矗立在我的心中；滚滚的甘河水、清澈的多布库尔河水，以及微波荡漾的小蓝河和酒香湖，不时在我的心中掀起阵阵的涟漪。毋庸置疑，我是大杨树开发建设者——支边干部的后代，我还可以骄傲和自豪地说，我是大杨树的兵！

一路上，我憧憬未来，浮想联翩，我们的兵营在哪里，兵营又是个什么样子，未来当兵的路要怎么走，能走到什么程度，一切都是未知数。

"雄关漫道真如铁，而今迈步从头越。"爸爸在得意的时候，大多时要朗诵毛主席这两句诗词。恰在此时，我的耳畔再次回响起爸爸朗诵毛主席这两句诗词婉转悠长高亢的声音，正好借以抒发我在从军路上的豪情壮志。也许是踌躇满志，或许是百感交集，此时此刻，只有这两句诗词能够准确地表达我即将成为一名光荣的解放军战士的激动心情和保家卫国的慷慨激昂的斗志。

可能因为我身体瘦弱，加上柳肩，穿上草绿色军装也没有挺起来，不够威武，显得军装既肥大又不合身，走起路来裤脚拖着地，王登海连长见状幽默地问我："金勾哪，你多高个，裤裆怎么就提不上去呢，还带着孩子来当兵啊？"

"报告连长，一米七八。"我不好意思地把裤腰往上拽，附近的新兵亚青、杜丁等哈哈一阵笑。

"还好！看你弱不禁风的样子，能扛动枪吗？"王登海连长开我的玩笑。

"枪是能扛动，不知道是步枪还是机关枪？"我不无幽默地反问连长。

"扛不动就抬着走。"亚青抢着诙谐。

"连长，咱们的营房到底在哪里呀？"杜丁急切地问。

"年轻人，不要着急，我们的营房在沈阳南千户屯。"王登海连长告诉我们。

"在沈阳市里吗？如果在沈阳市里那可就太好了。"亚青渴望在大城市。

"不在市里，在沈阳市南面，距沈阳市39公里。"王登海连长如实向我们介绍。

"那可能是荒郊野外吧。"杜丁糊里糊涂地猜测……

夜幕深深的时刻，在我们热切的盼望中，沈阳车站终于到了！

千户屯到了！

我们的营房到了！

虽然什么也看不清楚，但热烈欢迎的锣鼓声，正在激荡着我们的心田。

这是一个不眠之夜。我想到了爸爸妈妈，想到了弟弟妹妹们，想到了朝夕相处的人勤指导员和"寒八级"，还有与红梅"粉红色日记本"事件纠葛的前前后后，与发花未能"有事如约"的痛心疾首……

清晨，营房内响起了清脆嘹亮的军号。

我好像后半夜才睡着，在似睡非睡的混沌中，听到了军号声，我没有听懂。新兵班长着急地说："这是起床号，快起床！"

他又补充说："大家起床后，马上到外边集合，出早操！"近乎是命令。

班集合、排集合。操场上，口令声此起彼伏——"稍息！""立正！""向右转！""跑步走！""立定！"

值班排长整理队伍。他站在我们全连的队伍前面发布命令："稍息！""立正！""向右看齐！向前看！"最后是"报数！"前排战士由右至左甩头报数："1！2！3！4！5！……"

"稍息！""立正！"值班排长迅速向后转，跑几步立定，向王登海连长报告："连长同志！新兵一连集合完毕，应到110人，实到110人，请指示！值班排长李玉田。"这一系列报告动作很标准、很连贯、很威风。

王登海连长接着发布命令："请稍息！"

李玉田排长向后转传达命令："稍息！"然后他跑步入列。

王登海连长训话："同志们！"

全连迅速立正。这个动作在我们出发前已经接受了简单的训练，所以今天当王登海连长一喊"同志们"，我们很自觉地做出立正的动作。

"今天是新兵一连的第一次早操。今后每天早上都要出早操，大家要迅速适应从老百姓到军人的转变，要按照军人条例的要求，起床动作要快，集合要快，不能拖泥带水，更不能吊儿郎当的，军人要有军人的样子！"他是地道的河南人，在训话中不时还流露出河南人说话的味儿。

原来在我们大杨树接兵时，王登海连长曾到我们家进行过家访，给人的印象是和蔼可亲。在火车上他还主动地与我们开玩笑，曾笑说我的裤裆大，带着孩子来当兵。可是今天的他，前后判若两人，让我简直不敢相信，站在我们面前威严的他就是接我们新兵的王连长吗？

他不像原来接兵时的王连长了。

王登海连长军容整齐，帽子上红色的五角星和鲜红的领章熠熠生辉，腰带紧束，身体笔直。他瘦弱标致的身躯和洪亮的口令，展现出了一名军人的英姿和威武。

这也许就是军人吧！

他指挥我们围着操场跑步，领着我们呼喊口号："一！二！三！——四！"

"一！二！三！——四！"整齐的步伐声和口号声响彻四方，显示出革命军人一往无前的雄壮和气概。

早操结束回到宿舍，班长手把手地教我们整理内务。所谓整理内务就是咱们老百姓家的叠被子，不同之处是叠的标准不一样。部队对整理内务要求极其严格，要把行李叠成四方形，有棱有角，像豆腐块一样。整理内务是新兵的必修课，也是一名解放军战士军政素质的重要体现。新兵第一天，我们新兵不会整理内务，一切必须从头学起。由于是新军被，棉花蓬松，费很大劲也整理不好。这次来当兵，我特意把"红宝书"也带来了，这不仅是爸爸的嘱咐，也是我学习进步的需要。在整理内务时，我把"红宝书"放在内务的下面。班长发现后惊讶地问道："你把'红宝书'都带来了？"然后他又鼓励我，"来日方长，慢慢地学，只要肯下功夫就行。"听后我感到很欣喜。

洗漱时，亚青和杜丁抢着给班长打水、挤牙膏、倒洗脸水，这些都是自然的、传统的，也不是谁教的。

早餐前，以班为单位列队到食堂前集合。吃饭程序也很复杂，饭前必须集体唱一首歌，这在地方闻所未闻，见所未见，都感到很新鲜。以班为单位打饭、打菜，一班人围着桌子站立吃饭，吃完饭自动离开，由周值班打扫食堂。

连会议室。大个班长指挥我们大家唱《我是一个兵》，开始唱得不算太整齐，大个班长耐心地对我们说："大家要带着感情去唱，从大家走进军营时起，就是一名解放军战士了，因此大家必须学会唱这首歌。"

我是一个兵，来自老百姓，

打败了日本侵略者，消灭了蒋匪军。

我是一个兵，爱国爱人民，

革命战争考验了我，立场更坚定……

这是我入伍后学唱的第一首歌。这首歌那么铿锵有力，那么催人奋进。我唱着这首歌，尽情地抒发着一名刚刚入伍新战士的壮志豪情。

新兵连第一堂课。

王登海连长为我们做新兵入伍动员讲话。他讲的第一个问题是为什么要当兵。在战争年代，千百万青壮年积极踊跃报名参军，有的是父亲送儿子，有的是妻子送丈夫，其感人场面是无法用语言来形容的。为什么？目的只有一个，就是为了解放全中国。现在是和平时期，宪法规定，保卫祖国，抵抗侵略是中华人民共和国每一个公民的神圣职责。依照法律服兵役，是中华人民共和国公民的光荣义务。中国人民解放军的根本任务，是保卫社会主义革命和社会主义现代化建设，保卫国家主权、领土完整。

听到这里，我下意识地联想到自己还必须校正当兵的目的，端正当兵的态度，不能动辄把当兵为了转为正式工人挂在嘴边上，今后一定要切切注意。

他讲的第二个问题是怎样当好兵。提出了几条很高的要求。回想起在多布林场时，我也抓学习，但没有像部队抓得这么正规，没有像王登海连长讲得这么深刻，又下意识地佩服起来，部队真不愧是改造人灵魂的一所大学校。

新兵连第一天的下午，第一节军训课，上队列课。

王登海连长军容整齐，立正姿势站在队列前训话："我军的队列动作是革命精神和组织纪律的表现，是培养战斗力的一种必要形式。通过队列训练，要培养一切行动听指挥，坚决执行命令，自觉遵守纪律的良好习惯，为做好战术和技术动作打下坚实基础。"

接着，他下达了训练命令："今天的训练科目，单兵动作。训练内容，立正、稍息、向左右转。请各班带开！"

霎时间，操场上，"向右转！跑步走！立定！"口令声又此起彼伏，军营沸腾了。

班长带领我们班到指定位置，首先进行立正训练。

立正的要领，两脚跟靠拢并齐，两脚尖向外分开一脚之长；小腹微收，自然挺胸；上体正直，微向前倾；两肩要平，稍向后张；两臂自然下垂，手指并拢自然微屈，中指接于裤缝；头要正，颈要直，口要闭，下颚微收，两眼平视前方。

一个立正的动作规范了一个下午，班长累得直发火，我们费了九牛二虎之力，也没有做到位，说什么也达不到标准。这时我暗中盘算，原来当兵真的是不容易啊！

新兵连第一天的晚上，召开班务会。班长主持道："今天的班务会主要是讨论王登海连长上午的动员讲话，大家有什么体会和想法都可以说一说。"大家都争先恐后地发言。我在当知青时曾总结出了一条经验，出头的橡子先烂，枪打出头鸟，所以并没有抢先发言。再说了，干好工作不完全在说上，要少说多做，谨言慎行。所有的新兵都说完了，班长点了我的名："每一个人都得说一说，金匀，就剩你自己了。"

被迫无奈，我只好把中午在粉红色日记本上写的那几条叙述了一遍，"今天上午，听了王登海连长的报告，受到了极大的鼓舞。我从千里迢迢的大兴安岭来到沈阳城下的南大门，有机会拿起枪杆子保卫祖国、保卫和平，这是大杨树父老乡亲对我的重托，也是对我的考验，更是我人生万里长征的新起点。一要像雷锋那样抓好学习，主要学习毛主席著作，武装头脑，努力改造世界观，同时要学好文化课。二要端正入伍动机，不能老打自己的小算盘，把个人的想法融入祖国的利益、祖国的需要中来，树立为革命、为祖国、为人民站岗放哨的坚定信念。三要不忘虎狼在前，苦练杀敌本领。上午王登海连长讲了，外军亡我之心不死，在我边境陈兵百万，我们要练好杀敌本领，努力掌握现代化技术，提高警惕，做好准备，做到刀山敢上，火海敢闯，为了保卫祖国随时可以牺牲自己的一切。四要遵守纪律，一切行动听指挥。五要努力团结战友。"

我说完之后，全班都为之一惊。班长表扬了我："别看金勺同志最后说的，看起来是有备而来。他准备得很充分，说得也很全面，希望今后大家发言要做好充分的准备，提高归纳和认识问题的水平。"

散会了，准备休息。亚青、杜丁等争着抢着为班长打洗脚水、挤牙膏。

每天晚上熄灯号吹响后，大家立刻上床休息，闭灯。任何人不允许说话，这也是纪律，与我们在多布林场当知青时晚上讲故事的情景完全不一样。

有一天的晚上，室外突然响起了"嘟嘟"短而急促的哨声。

班长机警地命令："快起床！这是紧急集合！"紧急集合是新兵必训的一个科目。不允许开灯，要在5分钟内，穿上衣服、系武装带、打好背包、背上挎包及牙具，到连操场集合。我们操作有些忙乱，我的上下牙齿和两条腿直打哆嗦。班长带领我们在接近5分钟的时候到达连集合点，险些受到王登海连长的批评。有的班5分钟还没有到达连集合点，直至8分钟左右，全连才集合完毕。王登海连长火药味上来了，他拿着手电筒照着自己的手表，大声呼喊："一点时间观念也没有！晚到1分钟就等于被敌人干掉了！知道不？"

夜半三更，漆黑一团，万籁俱寂，只有天上的星星在闪烁着。

操场上，部队集合完毕，王登海连长下达命令："向右转！""跑步走！"我们围绕营房的操场跑圈，一圈，两圈，三圈，四圈，五圈……

不知道跑了多少圈，我、亚青、杜丁等战友的背包都跑散花了，只好抱着行李继续跑，上气不接下气。王登海连长威严喝令："不许掉队！"

又不知道跑了多少圈，王登海连长终于下达了"立定"的命令，然后"向左转"。王登海连长组织几个排长例行检查，有的行李倒背着，有的刷牙缸丢了，有的鞋跑丢了，有的帽子戴反了，有的衣服穿反了，我们几个背包散花了，抱着或披着行李站在那里。第一次参加紧急集合，弄得我们魂不附体，丢盔卸甲，五花八门，洋相百出。

王登海连长大发雷霆地进行讲评。他最后说："看你们的狼狈样，哪有一点军人的样子？这是第一次，今后我要隔三差五搞你们的紧急集合，直至达到标准为止。请你们记住，时间就是生命！时间就是胜利！"

天还没放亮，我睡眼蒙眬，窗外连续不断传来"唰唰"的声响，既像轻音乐，又像催眠曲。当我还在猜测这是什么声音的时候，起床号清脆地响起来了，我们又开始重复往日的程序。

每天整理内务是最让我们头疼的，不管班长怎么样教，我们也整理不好。一天早上，在全连组织的内务检查中，我们班受到了值班排长的批评。

晚上开班务会时，班长一改以往和蔼的态度，首次对我们发火了，"你说说你们，都学几天啦，怎么还学不会呢？这就是不认真，一点集体荣誉感也没有！"

"从明天开始，谁整不好，谁拖全班的后腿，谁就不允许吃早饭，接着整，直至整好为止！"

熄灯号响过了，我躺在床上怎么也睡不着、想不通。在我们多布林场，好歹我也是个副连长，没有人敢训我，有时候我还要说一说别人呢，这回可掉在人家的手心里了。

又是早操过后，我变批评为动力，用尽全身的劲整理内务，在垃圾堆找几个本壳和板条子，夹在行李中间，使棉被能支撑起来。一宿之间，我的内务整理上了一个层次，班长得意地说："真是不榨不出油啊！你这不是整理得很好吗，昨天干什么去了？"

班长的这番话，在印证他发火是对的，也是在激励我们。

又是队列课。一个"立正"的动作能练半天，标直站在那里，一点也不允许晃动，有时班长、排长、连长还会到你的后面，突然地踹你的腿两脚，检查你是否能站稳，什么人也受不了。接连几天下来，手控肿了，脚站麻了，腿站直了，腰站酸了，晚上连床都上不去，还要开班务会或进行连排点名，真是活受罪啊！在做"向左转"或"向右转"时，弄不好两个人有时对脸，弄得大家一阵笑，又惹得班长一顿训，有时还罚我们多做一些动作。

最可怕的是连会操，每个班都要拉出来进行汇报。会操时集体动作必须要整齐划一，如果有一个人动作在其中不协调，王登海连长一眼准能看出来，他就会"嗷嗷"地训你："臭不要脸，这几天都练什么了，就这么一个简单的动作都练不好，能当好革命战士吗？能保卫祖国吗？"

如果弄不好，他会对你单兵教练，当众出你的丑、亮你的相，有谁不害怕啊！在我们新兵中流传这样一句顺口溜：天不怕，地不怕，就怕单兵来亮相。

刚到部队来，紧张的生活让我有些不适应。除星期六晚上外，几乎没什么自由。班务会、排点名、连点名是家常便饭，占据所有的业余时间。今天的连点名，表扬了一些同志起早扫院子、打扫厕所，有的放弃休息到炊事班帮厨等。我如梦初醒，早上窗外连续不断"唰唰"的声响，原来是扫院子做好事的声音啊！

今晚去看电影。刚接到通知时，我心中乐开了花，总算可以放松一下了，但万万没有想到看电影程序也这么繁杂。晚饭后，新老兵各连列队向团部大礼堂进发，行进中要唱歌、喊口号，看哪个连歌唱得洪亮、口号喊得响亮。礼堂前的大操场上，团首长站在台阶上检阅部队，作训股值班参谋李齐用洪亮的长口令指挥各连队入场。他的块头比团长还要大，派头仿佛就是部队的1号首长。轮到我们新兵一连入场了，王登海连长发布口令："稍息！""立正！""正步走！"

我们新兵一连迈着整齐有力的步伐进入操场。

"立定！"随着王登海连长的口令，队伍戛然而止。

我们自己认为正步走得完美无缺，怎么也没有想到，李齐参谋居高临下地命令："新兵一连，个别人的步伐不整齐，有下饺子的声音。带出去！重新进入！"

军令如山！王登海连长懊丧地指挥我们新兵一连重新进入。

进入礼堂后，我们新兵一连在指定的区域内，听王登海连长的统一口令，当他说

"坐下"我们才能坐下。坐下的动作如果不整齐，也要挨罚，重新起坐，直至坐下这个动作一点声响也没有为止。

拉歌最热闹。"一连的，来一个！时间——宝贵！不唱——不对！一二三！快快快！"

刚才我们新兵一连在进入操场时遭到李齐参谋的批评，轮到了拉歌，王登海连长要当众露一手，以求挽回面子。他拉歌的方式更为奇特，用《大生产》歌曲的调子进行拉歌。

王登海连长领唱："二连的呀么嗨咳！"全连一起合唱："来一个嗨咳！"

王登海连长领唱："老大哥呀么嗨咳！"全连一起合唱："来一个嗨咳！"

王登海连长领唱："唱一曲呀么嗨咳！"全连一起合唱："来一个嗨咳！"

全连一起合："西里里里，嚓啦啦啦，唱一曲呀么，嗨咳！"

全连呼喊："一二！快快快！""一二！快快快！"

拉歌的遥相呼应，唱歌的整齐有力，整个礼堂沸腾了！青春和激情在这里飞扬！

由于在看电影前没来得及上厕所，在整个看电影的过程中，我始终尿意盈盈，但不敢请假上厕所，终于盼到电影结束了。连队带回时的程序与去时大体相同，所不同的是增加了一个讲评。我们连在入场时的队列没有走好，被处罚重新进入一次，还受到了李齐参谋的训斥。王登海连长憋了一肚子气，借着讲评把火气发泄在我们身上，他越讲越生气，根本没有结束的意思。在队列中，我实在憋不住了，大声地喊："报告！"

"干什么？"王登海连长厉声地问道。

"我要尿尿！"我应声报告，亚青和杜丁哧哧地嬉笑我。

"笑什么笑？憋着！哪来的那么多的尿，刚才走队列时你们的'尿'都上哪去了？革命军人这点纪律性还没有嘛！"王登海连长接连不断地训斥。

他又训了半个多小时，我又憋了半个多小时。我实在憋不住了，尿经过裤兜流淌在鞋内和地上，羞愧难当啊！

夜半三更，香甜的睡梦中。突然，短而急促的哨声连续不断地响起，我没有听明白是什么意思，班长喊："不好了！又是紧急集合，快起床！"

全连集合完毕，王登海连长训话："今天晚上看电影结束后，李齐参谋在检查时发现，我们连所坐的区域地面上有纸屑，现在处罚我们去打扫卫生！"

王登海连长咬牙切齿，火冒三丈，一边带领我们在团部礼堂打扫卫生，一边骂我们："没见过这样的熊兵，查出来一定要严肃处理！"

尽管昨晚搞了紧急集合，被处罚打扫卫生，折腾了大半宿，但是今天早上窗外连续不断"唰唰"的声响依旧，只是在时间上好像有所提前。我也情不自禁地加入了这个做好事的行列，找把笤帚专门去打扫连队的厕所。

又是紧张的队列训练，又是如常的班务会。是夜，我在被窝里打着手电给爸爸妈妈写了到部队后的第一封信，并转抄在粉红色日记本上……

爸爸妈妈，新兵连每天的生活都高度紧张，紧张的程度让我无法想象。部队生活虽然很艰苦，但请爸爸妈妈放心，在部队吃的和穿的都是统一供给的，既饿不着也冻不着，同时我也会很好地照顾自己的。

部队生活虽然紧张和艰苦，但确实是一所大学校、大熔炉。王登海连长虽然有些军阀作风，但他是一个响当当的军人，站像棵松，坐如盘钟，让我从他的身上看到了当代革命军人的英雄气概和崇高形象。自从入伍那天起，特别是听了王登海连长的报告后，我基本上理清了为什么当兵，为谁当兵的入伍动机问题。我决心要把个人通过当兵转为正式工人的小利益与保卫祖国的大利益统一起来，把保卫祖国的神圣责任担当起来，把个人远大理想与实际行动结合起来。

还要请爸爸妈妈放心，我一定尽快适应部队的工作环境，争取在短时间内，完成由一个老百姓到一名军人的转变。要把学习始终摆在首位。毛主席教导我们，没有文化的军队是愚蠢的军队，而愚蠢的军队是不能战胜敌人的。我要依据既定的学习计划，利用一切可以利用的时间，突出以毛主席著作为主的政治理论的学习，重点强化文化基础课的复习，争取在部队期间学有所成。要用军人的标准严格要求自己，做一名合格的军人。主要是少说多做，谨言慎行，乐于奉献，争取在三五年内转干，穿上四个兜的军装，当一名职业军官，以此来回报你们的养育之恩，回报送我出征的大杨树的父老乡亲。要加强身体锻炼，增强个人体质。身体是革命的本钱，没有一个好的身体，即使有再远大的理想也无法实现。总结在多布林场时身体方面的经验教训，我一定要把部队的三顿饭吃好吃饱，增加营养，强健体魄。要与部队的战友处好。战友战友，亲如兄弟。我一定要以更宽广的胸怀，更高昂的姿态，与战友互相帮助、互相爱护、互相学习、互相进步。

同时，希望爸爸妈妈保重身体，照顾好自己。说句不该说的话，你们千万不要再打仗了。如果爆发了"家庭战争"，我走了没有人给你们拉仗，让我在千里之外还挂念家，不能安心当兵。同时左右邻居会笑话你们，影响也不好。特别是别吓坏了霞妹他们，霞妹再也经不起你们的"家庭战争"了。

1978年3月27日

第二章

赤诚热血请长缨　刚性十条泪无声

我参加了解放军，穿上绿军装。
我走进了红色学校，扛起革命枪。
鲜红领章两边挂，五星帽徽闪金光。
伟大领袖毛主席，前进路上指方向，
忠于人民，忠于党，保卫祖国站好岗……

激动人心的一天终于来到了！

1978年4月13日下午，我怀着万分激动的心情参加了高炮战功20团举行的新兵入伍仪式。在去团部的路上，我们高唱《扛起革命枪》等部队歌曲，格外抒情，分外自豪。

我第一次戴上红领章和红五星,一种神圣感油然而生。

从今天起,我真正成为一名光荣的解放军战士了!

"标兵就位!"

"迎军旗!"

团首长一声口令,用无数烈士鲜血染红的军旗,伴着雄壮的《中国人民解放军进行曲》在我们面前飘过,我们紧握手中钢枪向军旗行注目礼——注视着军旗,目送着军旗。

当军旗手高擎军旗步行到操场正中面对我们时,团首长发出了长口令:"向——军旗——敬礼!"我们全体新兵举起右手,向军旗敬礼。

瞬时,我在心中默默地向军旗宣誓。

与此同时,我的全身像通电一般,热血沸腾,心潮澎湃。

是啊,这是多么庄严神圣的时刻,是多么激动人心的瞬间。

"分列式开始!"

我们新兵各连队依次正步通过主席台,接受团首长的检阅,汇报新兵集训的成果。伴着雄壮军乐,我们的队伍精神抖擞,气势磅礴,像铁流滚滚,向前,向前,再向前!

一个月的新兵集训生活结束了。

我和亚青、杜丁被分到了二营六连。消息灵通的亚青神秘地对我们说,我们几个被分配到六连,都是王登海连长亲自点名挑选的。他是新兵连长,在新兵分配上近水楼台先得月,挑选几个很得意的新兵,也在情理之中。

其实王登海目前是我们六连的副连长,由于连长缺职,暂由他代理连长。原来新兵连的驻地就在我们六连,因此我对六连的驻地并不陌生。乍到连队,我又心生疑惑,我们六连怎么没有几个兵呢?王登海连长向我们解释:"咱们六连正在达里炮兵教导大队执行教学保障任务,家里只有几个留守的,明天咱们就到达里赶连队去。"

位于辽东半岛南端的达里,濒临黄海、渤海,春风荡漾,鲜花盛开。

我怀着对达里美好的憧憬,第一次开启了达里的旅程。

我们下火车改乘汽车。王登海连长带领我们十几个新兵,没有在达里停留,匆匆赶往连队驻地——郭家沟村。我们既没有看清楚达里车站什么样,又没有欣赏到市区繁华到什么程度,不胜遗憾。

郭家沟村坐落在渤海湾东岸,依山傍海,景色宜人。它始建于明末清初,历史悠久。现有100多户人家居住,房屋是清一色用石头砌的。我们六连以班为单位住进老百姓家。我被分到侦察班,亚青被分到通讯班,杜丁被分到炮一班。侦察班长周绍热情地把我引领到一户老百姓家。初始我对当侦察兵感到很神秘,莫非像电影中的侦察兵一样?同时,我对郭家沟村以及我们的住所感到极其陌生。初来乍到,我迷迷糊糊地问:"班长,我怎么一点方向感都没有。"周绍班长耐心地解释:"刚来的关系,慢慢就适应了,我刚下连队时也是这样。"我是家中的老大,身上没有兄长,于是我就拿周绍当作自己的老大哥。他是1976年兵,赤峰人,家住农村,身材魁梧,做事谦和,总是一说一笑的,说话明显带有赤峰的地方口音。

星期天的上午,阳光明媚,海风习习。

我们新兵集合在郭家沟村公路北的一所学校的教室内。

潘迟指导员为我们讲高炮功勋师、战功20团和我们六连的光荣历史，对我们新兵进行革命传统教育。他一开始就把我们带入了战火硝烟尚未散尽、新中国刚刚成立百废待举的那个年代……

1950年12月中旬至1951年，中国人民解放军新组建6个炮兵师。1951年1月11日，高炮功勋师正式成立。1951年3月15日，我们高炮功勋师赴朝参加了举世闻名的抗美援朝战争，先后参加了掩护桥梁、守卫机场、粉碎敌"绞杀战"、实施机动作战和反登陆作战。

"总之，我们功勋师、战功20团乃至我们六连，是有着光荣传统的部队，是一支战功卓著的英雄部队。大家作为一名新兵，一定要发扬光荣传统，继承先烈的遗志，紧握手中钢枪，为伟大祖国当好兵、站好岗、放好哨。"潘迟指导员是东北人，中等身材，两眼炯炯有神，报告绘声绘色，生动感人。

教室外是一望无际的大海。第一次看到大海的我，面对未来，敬仰英烈，踌躇满志，心潮澎湃。

下午，又是在大海边，还是在这个教室。在全连大会上，王登海连长在布置完当前为炮兵达里教导大队做好教学保障的有关任务后，特别强调驻地的十项纪律：一是不准吃老乡的东西；二是不准朝老乡借钱；三是不准求老乡办事；四是不准骑老乡的自行车；五是不准乱动老乡的缝纫机和收音机；六是不准用老乡的厕所；七是不准在老乡屋内打闹、说不该说的话；八是不准单人活动；九是不准在驻地谈恋爱；十是不准在室内摆弄枪支。

天啊！怎么又弄出个"十不准"来了？比"三大纪律，八项注意"还要严、还要细。

晚饭后，同样的地点，学唱革命歌曲。炮一班班长是资深的老班长，才貌双全，英俊潇洒。他今天教我们唱长征组歌《四渡赤水出奇兵》。

横断山，路难行。
天如火来水似银，
天如火来水似银哪，
亲人哪送水来解渴，
军民鱼水一家人哪……

节奏缓慢，曲调悠长。炮一班班长领唱神采飞扬，我们一遍又一遍地深情齐唱，抒发不尽我们对红军的敬仰和情感。

就如何抒发感情，炮一班班长一再强调："一定要唱得准确，要想象当年红军转战川黔地区所遇到的环境是多么的严酷，要把这种深沉的感情表达出来，再来一遍！"

"横断山，路难行。"他悠扬地起头，大家都唱得很齐、很准。当唱到"天如火（来）水似银（哪），啊——啊"时，在这个"天"字上我跑调了，实在"天"不上去了。

老班长发现我跑调了，"金匀！站起来，怎么唱了好几遍了，你还是拐不过来这个弯呢？这一句你重新唱一遍。"

我站起来，满脸通红，硬着头皮唱了几遍，还是不合格，又被老班长训斥了一顿："跑调，就是不认真，对红军感情不深，作为解放军战士，干什么都要认真，不认真就别来当解放军战士，今天警告你，今后一定要注意！"他训了足足有十多分钟，如果有个地缝的话，我都能钻进去。

不是因为别的，而是因为唱歌挨批，这是我平生以来的第一次。在中学排练文艺节目时，因为自己不擅长唱歌，曾遭到发花等同学的戏弄；在多布林场一连组织文艺晚会时，也是因为自己不会唱歌，曾遭受到发花同学的挤兑和拿把，如今又挨批评，我恼羞不已。

五音不全害死人哪。这嗓子怎么这么不争气啊！以后凡是唱歌时，我便张大嘴不出声，老班长又讽刺地训我："滥竽充数，浑水摸鱼！"

不久，周绍班长突然通知我说："经与老排长研究决定，你搬过去，与李玉田排长住在一起。"

"服从组织安排。"我回答后，搬行李。

这是一个大三间、石结构的房子。李玉田排长住东屋，房东老乡住西屋，中间是前后开门的大走廊，左右各有一个锅台。虽然李玉田排长在新兵连时曾经带过我，不算陌生，但并不真正彼此了解。原来，李玉田排长是我们六连的指挥排长，指挥排下辖侦察班和通讯班。他是抗美援越的老兵，曾经荣立过二等功，是原沈阳军区炮兵部队侦察尖子，特别擅长军事地形学。

我斗胆地猜测，让我与李玉田排长住在一起，除了他教我方便外，有可能希望我为他做些服务类的工作。睡前，他和我谈了几件事，"第一，一定要刻苦学习侦察兵业务知识，争取在全团当上业务尖子；第二，要坚持为老乡家做好事，保持水缸满、院子净，处理好军民关系；第三，遵守群众纪律，不准一个人外出，外出必须两个人以上。"

对我来说，能与老排长、老英雄住在一个屋子里，是我一个新兵蛋子的福分和荣幸，令好多新兵羡慕不已。起初，我还怀疑自己是在白日做梦，经过仔细地辨识，这的确是真的。

自从搬到老排长屋子住以来，几乎每天早上我都在5点左右起床，偷偷到室外学习军事地形学，唯恐影响了老排长睡觉。在6点左右，帮助房东郭大娘干活，不但把我们住的院子扫干净了，而且还把我们侦察班住的院子也扫了。然后，为老乡家挑水，不但挑吃的水，而且还要挑老乡浇灌园子用的水。在例行的班务会上，周绍班长不止一次表扬我，我也多次表示："能帮助老乡家多干些活和侍弄园子，就像帮助妈妈侍弄园子一样，心灵多少也能得到一些慰藉。只有带着感情帮助老乡家干活，才能换来老百姓对部队的认可，才能树立我们解放军的良好形象。"

我们班就我一个新兵，还是学侦察的，训练时李玉田排长对我总是进行单兵教练，一对一、手把手地教。初学时，安排两个小时的军事地形学学习，然后再进行两个小时的识别飞机训练。队列课、政治教育等，全连统一上课，我都必须参加。

对于军事地形学，从原理、地形对战斗行动的影响和地形图的基本知识等开始学起。李玉田排长神秘地对我讲："军事地形学对部队来说非常重要，是军队各级干部、特别是各级参谋人员的必修课，同时也是我们高炮侦察兵的必修课。学不好军事地形学，就不会打仗，也打不了仗。学好军事地形学，对于一个军人的生涯来说，终身受益。"

"从新兵到六连来，你是王登海连长亲自挑选的，让你到侦察班来，也是他老王亲自定的。全连新兵中，就你一个人到了侦察班，你可是'独生子'啊！这个分量你可要好好地掂量掂量。"

我深知连首长对自己的器重。既然军事地形学是军官的必修课，我又有机会先学一步，这与我个人奋斗目标是一致的，岂不是两全其美的事情吗？不用扬鞭自奋蹄，这是自然的了。

李玉田排长的启发和教导，进一步激发了我的学习训练热情。除每天早上5点左右起床外，我中午不休息，晚上只要有时间，都全身心地学习研究军事地形学，重点学习地貌判读、坐标、现地判定方位、地图与现地对照等科目。李玉田排长每天都带领我外出进行实地学习训练，主要是通过山形地貌来对照熟悉等高线，通过等高线来判读地形图，天长日久训练出一种本能的识图用图意识。

"早饭时，你通知一下炊事班，给咱俩中午加点饭菜带上。"在去吃早饭的路上，李玉田排长对我说。

"好的。我还用带些什么器材？"我请示李玉田排长。

"带图板、指北针、望远镜等，与图上作业有关的。"李玉田排长布置。

打饭时，没有见到炊事班班长，我就到炊事班里屋去找，正好遇见炊事班房东的一位姑娘从这间屋子里慌慌张张地跑了出来，与我撞个满怀，她却不以为然，照样风风火火地跑远了。我顺着她跑的方向不断张望。随后炊事班班长神色慌张地从这间屋里出来，他见我后顿时脸红了，我也神色尴尬，强装镇静且暗想：不是有什么"十不准"规定吗？他可真够胆肥的了。我被偷走的神收回来之后，只是机械地向他传达了李玉田排长的要求，他照办了。

李玉田排长大高个儿，很魁梧，微胖，大眼睛很有神。他穿四个兜的军装没有系武装带，在前边倒背手，一边走一边给我讲课，很威风、很气派。我在后面跟着听，有时还要小跑才能跟得上。我穿的是上衣只有两个兜的战士服装，左侧挎望远镜的盒子，右侧挎李玉田排长的手枪，腰系武装带，两个细背带在胸前背后交叉成X形，望远镜在我胸前晃来晃去，仿佛像一名警卫员，衬托出李玉田排长俨然是一位大首长，引来郭家沟村男男女女、老老少少不少羡慕的目光。每当老百姓与他打招呼时，他都怡然自得，我也感到神气十足。

郭家沟村，除了依山傍海、空气格外清新、小村格外宁静外，还是一个地道的苹果之村。满山遍野的苹果树在这美妙的春光中绽放出白色的花朵，含羞略带有红晕。围着红黄白各种颜色纱巾、戴着大口罩和遮阳帽的妇女在田间地头辛勤地劳作。纵横交错的丘陵灌渠源源不断地将有机肥水传送到苹果园中。李玉田排长每天都带领我从村子出发按图行进，走遍了郭家沟村的东南西北四个方向的山山岭岭，最北到过黄龙尾。每到一地，我都要进行图上作业，确定位置，测量坐标。

每每穿行苹果园之中，花团锦簇，果树芳香，沁人心脾。

郭家沟村西北面有烟波浩渺的大海，小海湾多、小半岛多、黑礁石多。李玉田排长和我走累了，一般都要坐在礁石上休息，看图识图。吃午饭时，李玉田排长便会对我再布置："明天中午让炊事班再烙几张饼，再弄个炒菜。"于是，我心领神会了。

午饭后，我们就躺在沙滩上午休，有时候看大海赏大海论大海。大海给人以无穷的想象，给人以宽广的胸怀，给人以无尽的力量。

只要不外出训练，李玉田排长就在村边的空地上对我进行识别飞机训练。他把飞机模型放在高处举起来，我用望远镜在百米外对空进行观察，报出飞机的国别和机型。我们训练时，主要以外军的23种飞机为主，美军飞机和我军飞机作为一般掌握。李玉田排长多次对我讲："我们苦练杀敌本领，就是要苦练对外军飞机识别的本领。侦察兵是高炮的眼睛。在战斗中，要准确无误地判明敌机机型、架数、航向、高度、速度等，为指挥机关当好参谋。"

"吃小灶"表面上很风光。初训时，我只把识别飞机当成玩，但是时间长了，才意识到识别飞机是一件苦差事。用望远镜看几秒钟可以，看时间长了，眼睛疼、头晕目眩，几天下来还伴有恶心。我想自己既然选择从军的道路，纵使前面有千难万险，也要义无反顾地坚持下去。面对当前识别飞机遇到的困难，自己一定想办法去克服，尽快掌握识别飞机的本领，为保卫祖国当好千里眼、顺风耳，用自己警惕的眼睛保卫祖国的领空。

训练的间隙，或坐在大海边的礁石上，或坐在村头的土岗上，李玉田排长向我讲人生，讲当前的国际国内的形势，讲当前训练科目的安排，讲部队纪律要求，对我进行"随风潜入夜，润物细无声"的思想政治教育，鼓励我努力上进、要求进步。

一天晚上，李玉田排长躺在炕上对我说："通过王登海连长介绍才了解到，你在多布林场当过林场团委书记、副连长，是入党积极分子，起步这么早、进步这么快，很不简单呢！对于这些情况，连党支部都基本掌握。你现在来部队这么长时间了，应该继续要求进步，便于连党支部对你有更多的了解和帮助。"

李玉田排长的启发，让我的思想开始活跃起来，我虽然在多布林场取得了一些成绩，但那只能说明过去，不能当作进步的资本。来部队后，有的新兵在地方不怎么出名，但到了部队以后却进步很快，有的代表新兵在各种会议上进行发言，有的被借调到团政治部帮忙，有的借调到师部做其他工作，而我还是原地不动。

原地不动非常可怕，就人生而言就是停滞不前，最终将导致半途而废。要实现心中远大理想，只有坚持小步快跑、疾步前行，才能有机会接近成功。要记住没有速成，唯有积累，水滴石穿。

——日记摘抄

原本想拖一拖、看一看观望一下，但经李玉田排长的热心鼓励，我在郭家沟村写下了到部队后的第一份入党申请书，郑重其事地交给了李玉田排长，由其转交连党支部。

休息日下午。周绍班长和几位老兵带领我们几个新兵逛达里。在应承子火车站乘车，向令我神往的达里市区进发。途中，我好奇地问："为什么叫达里呢？有什么来历？"

万没有想到，周绍班长对达里还真有研究，他绘声绘色地告诉我们："早在6000年前，我们的祖先就开发了达里地区，历朝历代都在这里进行建设。1897年，俄国人进驻这个城市后，给她起名'达里尼'，意为遥远的城市，一个远离莫斯科和圣彼得堡的地方。1905年，日本人占领了这个城市，把'达里尼'音译为汉语的'达里'。"

周绍班长介绍得有理有据，他研究问题的功底着实让我们新兵佩服不已。

我们在达里火车站下车。他给我们介绍："达里火车站始建于1935年，最具有标志性的建筑是车站的'U'形引台，宏伟大气。我们到前面的广场照张相吧，好给家里邮回去。"

达里火车站人头攒动。周绍班长引领我们穿过人群，来到了站前广场，每一个人都与这个'U'形的引台合影留念。这是我来达里的第一张照片。

老虎滩公园，蓝天碧海、青山奇石、山水交融，构成了绮丽的海滨风光。

在欣赏达里旖旎风光的同时，亚青和杜丁等新兵争着抢着给周绍班长等老兵买冰棍儿吃。周绍班长一再说服大家："当兵都不容易，谁也不要再破费了，省着点花钱。"

杜丁突然小声地呼喊了起来："周绍班长，你快看。那不是咱们六连的炊事班长吗？"我们沿着杜丁指引的方向悄悄地望去，炊事班班长正与那天和我撞满怀的那位姑娘坐在椅子上"促膝谈心"。海面风平浪静，岸边花红柳绿，一对情人如胶似漆，如痴如醉，让人心慌意乱。周绍班长小声地喝令："装作没看见，回去后谁也不许嚼舌头，走！绕道而行。"一段令人心醉的美景着实让人心里痒痒了好几天……

前不久，在训练的间隙，李玉田排长与我谈心，专门了解那天我们去达里市区的情况，问我是否给周绍班长买东西了。我实事求是地汇报说，想买了，但因为家穷没舍得给他买。李玉田排长告诉我："有人反映，你们去达里时，周绍班长接受了多名新战士给买的东西，连部让我深入地了解一下，如果情况属实，那么你们的班长将要在全连面前受到批评。"

天哪！有这么严重吗？战友一起外出，互相买个东西不是很正常吗，怎么能与违反纪律规定扯到一起呢？李玉田排长看我有些疑惑，他又补充说："对这件事我还要负领导责任，并且在连队党支部生活会上还要做自我批评呢。"

李玉田排长又顾虑重重地与我说："今后咱俩外出训练，就不让炊事班给咱们单独弄饭菜了，他们给咱们带什么就吃什么。对这件事也有人提出意见，认为我在搞特殊化，有意盘剥士兵的伙食。今后你也要对我进行监督，或提个醒，咱们就不搞特殊化了。"

他说到这里，我的眼睛湿润了。一位资深的老排长，一位曾经参加过抗美援越战争的老英雄，与我同吃、同住、同训练，哪里是搞什么特殊化呀？我不理解，部队的纪律有些不近人情，似乎有些刻薄。李玉田排长看我满腹疑团，又补充说："还有比这更严重的呢。"他欲言又止，我没敢再问下去。

又是一个休息日，晚点名。王登海连长例行点名后，潘迟指导员通报一起违反群众纪律的案例。炊事班班长违反连队"十不准"规定，利用炊事班的方便条件，与房东姑娘眉来眼去，勾勾搭搭，谈情说爱。特别是利用休息日去达里采购的机会，与房东姑娘相约，一起逛公园。所有这些表现，在驻地群众中和连队内部造成了极坏的影响。炊事班班长是咱们六连的老班长了，没有功劳也有苦劳，原计划呈报他接任连队的司务长，现在连党支部重新做出决定，取消对他的呈报计划，终止对他的呈报程序，待年底按退伍处理。

听后，我们都大吃一惊，茫然不解。

潘迟指导员又动情地说："同志们！我们都是七尺男儿，也都有七情六欲，但是，部队有钢铁般的纪律，任何人不能触犯。在纪律面前人人平等，不论是干部还是战士，不论是新兵还是老兵，在执行纪律上都是一样的，在执行纪律上是不讲感情的。同志们！我们不妨试想一下，全连一百多号年轻人，都在郭家沟村溜搞对象，郭家沟村不就乱套了吗？郭家沟村的男子汉不得造反吗？那我们还是共产党领导的人民军队吗？所以，你们不要以为我们是小题大做，无限上纲，我们也是迫不得已啊，请大家一定要认真地吸取教训啊！"

炊事班班长与李玉田排长是老战友。当晚他来到了我们的住处，怕惊动西屋的房东，关起门后，他与李玉田排长抱头小声地哭泣。哭声凄婉，痛彻心扉。炊事班班长拍打着李玉田排长的后背说："我的肠子都悔青了！"

一石激起千层浪。如果说李玉田排长与我谈的那两件小事，我没有上心的话，那么潘迟指导员通报批评了炊事班班长这件事，的确触动了我的灵魂。"十不准"是带电的高压线，炊事班班长就是我们的前车之鉴。

1978年5月7日

第三章
鼓足勇气寄情书　望眼欲穿未长哭

最近，我陆续地给远在千山万水之外的大杨树的老领导、老朋友、老同学写信。

时隔不久，陆续地收到了他们充满革命热情的回信，从字里行间看出他们对我的关心和期望。每当我看到他们的来信就仿佛回到了大杨树，眼睛充溢着激动的泪花。

我们收信的方式是由营房留守转递到达里炮兵教导大队来的。

每当通信员把信取回到连部时，大家总是疯一般地去抢。每隔十天半个月的，通讯班的亚青准能收到家乡女朋友的来信。他的女朋友是林区小学的一位音乐教师，情书写得柔情似水，情意绵绵，亚青每每看信时都全神贯注，有时还会情不自禁地让我看一看其中的某一片段，弄得我除了羡慕他们的鸿雁传情外，更多的还是酸溜溜的。

此前，爸爸在来信中，除了鼓励我当好兵、站好岗、放好哨，为大杨树争光，为家乡的父老乡亲争光外，还在信中特意嘱咐我，到了谈婚论嫁的年龄了，应该主动地与曾经到过我家拜年的红梅谈一谈，光靠庆典叔叔介绍不行，自己的对象一定要自己去谈，只有自己的脚才能知道鞋子的大小，在追求爱情的道路上自己一定要积极主动。

怎么主动？主动后又是什么结果？我的思想接连斗争了一两个星期，还是没有足够的勇气去"主动"。我陷入苦思冥想之中，心乱如麻，六神不定，纠结至极。在我进退两难之际，我不止一次地总结与发花交往的惨痛教训，如果我再不主动、再不勇敢的话，恐怕与红梅的关系又要鸡飞蛋打了。我仔细地搜索与红梅交往的每一个细节，特别是庆典叔叔去她们家提亲时，只是她的父母提出了反对意见，红梅并没有提出不同的意见，还是应该有一线希望的。再说了，孟祥柱走了这么长时间了，红梅早就应该把他放下了，我断定她一定会向前看的。

思前想后，我不断地鼓励自己。是夜，待李玉田排长睡熟后，我在被窝中小心翼翼地打着手电筒开始给红梅写信，索性孤注一掷勇敢地向她"开口"了。

亲爱的红梅同学，你好！

近来情况可好？还在做什么工作？身体如何？望多保重！

想必你也听说了，我于今年三月份当兵了。一直想给你写信建立联系，总是没有这个勇气，下不了这个决心，唯恐你不能接受和不予考虑。

我入伍以来，在新兵连集训了一个月，现训练已结束了，目前已经被分到了连队。我们的部队驻地在沈阳千户屯。现在我们正在达里执行保障任务。几个月的部队生活，使我经受了锻炼和考验，在各方面比在地方时都有了很大的进步。

在夜深人静的时候，我总会想起大杨树，总会想起我们在大杨树一中、二中的共同学习生活，特别会想起我们在焦家岗临别时你送给我粉红色日记本时的情景。

红梅，深知这个日记本给你带来了不可弥补的创伤和麻烦，我也时刻在谴责自己，以求你的原谅。但你可能不知道，我一直把这个日记本带在身边，现在又把它带到部队来。每当偷偷地翻阅这个日记本时，我仿佛感觉到你就在我的身边与我一起站岗，你那颗滚烫的心与我紧紧地贴在一起，你那双明亮的眼睛在向我含蓄微笑。我还要把这个日记本继续写得满满的，把部队的火热生活乃至人生的轨迹一一地记录下来，同时，也要把我说不出口的真实情感描述下来，让粉红色日记本给我们一个"粉红色的回忆"。

红梅，我还要向你解释，在高中毕业前那个特殊的历史环境，没有让你入团，请求你一定要给予理解，那也是不得已而为之。后来德祥老师找了我，我特意返回学校给你补办了手续，并郑重地在你的入团志愿书上补签了字，总算还上了这个历史的欠账了。由此给你造成的伤害，我再一次向你赔罪！

……

红梅，更多的我不说了。我站在遥远的渤海湾，热切地盼望你的回信……

上午，连政治学习。

王登海连长神情严肃地宣布了团司令部通知后说："我们六连在为达里炮兵教导大队执行教学训练保障任务的同时，还要承担全训的任务。全训就意味着正规化训练，因此我们要扒层皮，掉几斤肉……"

潘迟指导员为我们做《深入开展"三学"活动，确保全训任务顺利完成》的动员报告。他深入浅出地讲："'三学'是指学习雷锋、学习'硬骨头六连'、学习空军航空兵一师。开展'三学'活动的目的，就是要把全军上上下下的积极性都调动起来、组织起来，发扬我军的光荣传统和优良作风，提高部队战斗力，推动军队革命化、现代化、正规化建设，努力完成抓纲治军、准备打仗的历史使命，为保卫祖国社会主义四个现代化建设和世界和平做出人民军队应有的贡献……"

下课的间隙，亚青来到我的身边贴近我的耳朵小声议论："我宁可在外面天天训练，也不愿意坐在室内听报告，多枯燥啊，我都要睡着了。"

我也小声地对他说："我与你正相反。我最愿意听潘迟指导员做报告，多有水平啊，百听不厌。"

亚青又从容自信地为自己找理由："等将来提干时，我就是军事干部，你的发展方向肯定是政治干部。"

我听后不悦，与他辩论："什么歪理邪说呀？军事干部就可以不学习吗？军事干部更需要科学知识和文化水平。"

潘迟指导员的报告通俗易懂，逻辑性很强，水准和艺术性都很高，在地方上也是很少见的。亚青竟然少见多怪，还不愿意听，可能与潘迟指导员不在一个频道上？

日子久了，我越来越发现，潘迟指导员不正是自己的好老师吗？他讲话的水平和学识不正是值得我学习和借鉴的吗？ 如果在部队能向潘迟指导员学习几年，那么我将受用终身。

我们六连的"三学"活动开展得如火如荼，热火朝天。潘迟指导员结合我们六连军事训练的实际，提出了开展"五赛五比五看"活动，即赛学习，比觉悟，看谁思想红；赛干劲，比贡献，看谁骨头硬；赛训练，比成绩，看谁技术精；赛纪律，比作风，看谁军姿好；赛团结，比协作，看谁风格高。他又把这项活动简要地概括为"三五"活动。

自从"三五"活动开展以来，全连上下士气进一步高涨，凌厉的政治攻势显示出无比强大的威力。大家纷纷写决心书、保证书、挑战书，我也积极主动地向连党支部递交了决心书：

> ……
>
> 我现在已经是一名光荣的解放军战士了。为人民扛起枪，这是由我党我军的宗旨所决定的。作为一名革命军人，祖国的利益高于一切，为保卫祖国的安危，我要随时随地准备牺牲自己的一切。为实现这一理想，我一定要积极投身到"三五"活动中来，坚决做到一切行动听指挥，遵守部队纪律，苦练杀敌本领，提高军事技术，坚持标准要高、要求要严、工作要实，特别是要少说多做，谨言慎行，争取做一名思想红、作风硬、技术精的合格侦察兵，争当一名优秀的解放军战士。请连党支部考验我吧！

李玉田排长右手拿着全训大纲，有节奏地敲打着左手心，幽默地把"三五"活动称之为"山虎"行动，他说："侦察班和通讯班的专业性很强，所以你们在'山虎'行动中要突出强化专业训练，特别要在对空观察、飞机识别、飞机测距、报话业务、有线畅通等方面达到训练大纲的要求，不达目的决不罢休。我也知道，达到这个训练大纲的要求，有一定的难度，所以大家要像王登海连长讲的那样，扒层皮，掉几斤肉。明知山有虎，偏向虎山行。"

达里周水机场西侧附近废弃的跑道上。

天上战机盘旋呼啸，地上杀声震耳欲聋。李玉田排长带领指挥排单独进行各专业训练。我用指挥镜单独练习捕捉飞机目标，测距手练习测量飞机速度和距离，有线兵进行500米或1000米收放线训练，报话兵进行密码通话训练。训练间隙，我与亚青凑在一起闲谈。亚青高兴地考问我："你猜一猜，我女朋友这次来信管我要什么？"

我毫无根据地猜测："让你去达里给她买套衣服？"

亚青否定："不是。"

我又胡乱地猜测："她想你了，要来队？"

亚青自鸣得意地卖弄："不是，她——管我要照片。"

我尽可能地掩饰自己内心的醋意说："那你就给她照一张呗，先照有线专业的，放线成波浪形多好看哪？"

亚青干脆否定："不行，有线专业最苦。你没有看到我们进行500米还有1000米收放线训练，扛着线拐子比兔子跑得还要快，四肢攀登线杆像猴子一样，每次训练都要大汗淋漓，每天都累得够呛，这样的照片她看到了一定会心疼的。"

我努力地再猜："背着708B报话机照，天线在空中晃来晃去，俨然像电影《英雄儿女》中的英雄王成。"

亚青赞同："对！就这么照，还挺神气的，哪天你把望远镜借给我，照一张，会更神气。"

他看我没有反应，又安慰我说："你也拿望远镜照一张，肯定会很威武，给你女朋友邮回去，她一定会很喜欢。"我又陷入了深深的沉思——如果红梅收到信的话也该回信了。她是没有收到我的信？还是她收到了信不情愿给我回信？还是有其他什么原因？试问我的女朋友到底在哪里？我的女朋友到底在何方？

一封热情洋溢的求爱信就这样石沉大海了？你看人家亚青多有福气啊！

是夜，我又在床上辗转反侧起来。

郭家沟村的早上静悄悄。

我每天早上起来第一件事，就是背上望远镜，扛着飞机模型箱子，到村边的空地上进行识别飞机训练。在百平米左右的空地上，我来回地跑，不断地调换飞机模型的角度。时间久了，空腹训练导致胃痛发作一次比一次厉害。我努力强忍着，用力按着胸口，不断地鼓励自己："平时多流汗，战时少流血，一定要坚持住。"望远镜用时间长了，有时眼睛冒金星、直流眼泪。

不但我胃痛得厉害，亚青还有其他几个战友也都害了胃病。卫生员带领我们到达里炮兵教导大队卫生所进行了检查，初步诊断我们不同程度地患上了胃炎。医生建议我们服用一段时间甲氰咪胍，然后在饮食上要注意吃一些软食。卫生员把这个情况向王登海连长做了汇报。王登海连长对卫生员说："这说明我们的伙食有问题，大家吃不惯这高粱米子。你通知伙食委员会召开一次会议，研究一下如何改善伙食的问题。"

训练的间隙，连伙食委员会召开了会议。大家七嘴八舌地提意见。有的说："我们六连住在渤海边上，没有吃过一顿像样的鱼，偶尔吃一顿还是墨斗鱼。"

正在立功赎罪的炊事班班长忙解释："是没有吃一顿像样的鱼，那是我们买不起。大家是知道的，咱们伙食费低得可怜，每人每天只有0.49元，每两三天能吃上一顿细粮还是勉强维持的，我们不吃高粱米，吃什么？你总不能让我去偷去抢吧？"

有的生气地反驳道："那高粱米饭总夹生窜烟，与偷和抢还有什么关系吗？"

炊事班班长被几位老兵批得体无完肤，伙食委员会议不欢而散。

这该死的高粱米，微白色，做不好像沙粒子一样的坚硬。刚开始吃还算可以，我总算能吃得饱吃得好，不像在多布林场还要自己花钱买，或到职工家蹭饭吃。但吃高粱米时间长了，就要倒胃口，有时吃得还直泛酸水，再加上我与李玉田排长每天外出训练，中午一般都是自己带饭，或在海边、或在山头吃一口凉透了的饭菜，久而久之，我的胃病一天比一天严重了。

王登海连长听说我的胃炎越来越重，他感到很心疼，便嘱咐道："金匀停训几天吧，好好地休息治疗一下，通知炊事班单独做几顿病号饭。"

照例的晚餐开始了，仍然是高粱米饭、海带豆芽汤。可能是潜意识的作用，做熟的高粱米饭，每一粒米掉在碗中仿佛还能听到清脆的击打声音，尤其是夹生饭更是如此。正要打饭的时候，忽然听见有人喊："金匀，打病号饭了！"这是再熟悉不过的王登海连长的声音。听见王登海连长招呼后，我的第一反应，这还了得！这不是在搞特殊化吗？没办法，他已经把热乎乎的面条端上来了，退也退不了，让战友们分吃谁也不肯，我只好噙着泪水，慢慢地吃下这碗热汤面。

是夜无眠，我还在激动。现在我们六连正处在全训的关键时刻，"三五"活动开展得热火朝天，我怎能"轻伤下火线"呢？这分明是连队党支部考验我的时候到了，连首长越是关心我，我越要学会坚强。这使我想起了苏联奥斯特洛夫斯基在《钢铁是怎样炼成的》书中描写的保尔的光辉形象，我一定要以保尔为榜样，做一名像保尔那样的钢铁战士，纵使有天大的困难也要坚决克服，一定要咬紧牙关，绝对不能停训，千万不能辜负连首长的关怀和希望……

我带病参加了合成训练。原来的训练都是分散进行，现在到了合成训练阶段。仅在指挥排内部，侦察班测距手与高倍望远镜需要合成，与指挥所的雷达需要合成；通信班的有线与无线需要合成，与指挥所的通信需要合成；就全连而言，侦察班与通信班需要合成，指挥排与各炮班需要合成，各炮班的几位炮手需要合成。半个多月的紧张合成训练结束了，我们六连顺利地通过了炮兵达里教导大队的验收，可以为学员进行实弹射击演练了。

达里应承子靶场，面朝东，向大海。

蓝天晴空万里，大海碧波万顷。炮兵达里教导大队的几百名学员，在我们身后的观摩台上，举着望远镜朝大海方向瞭望。

广播里传来男女解说员的声音：

各位首长，各位学员，今天上午进行的科目是高射炮对空实弹射击。首先进行的是三七高射炮保障分队实弹射击表演。三七炮是我军装备的65式37毫米双管高射炮……为我们进行表演和保障的分队，是一支经历了解放战争、抗美援朝、抗美援越战争的英雄连队……

上午10时许，我首先发现目标："报告！正前方发现目标！"

几秒钟，测距手报告："正前方发现目标！15000米！"

王登海连长连续发出两道命令，"各班就定位！""继续观察！"

几秒钟，各炮班就定位后，王登海连长又命令："搜索目标！"

炮一班一炮手杜丁最先发现目标："目标捕住！"各炮班几乎同时报告："目标捕住！"

测距手持续报告："目标8000米！7000米！6000米……"飞机拖着长长的拖靶，飞抵我炮兵阵地上空。

当测距手报告"2800米"的一瞬间，王登海连长向下挥动着指挥旗，高声下达了"放"的射击命令。与此同时，我们六连阵地的6门火炮一齐开火，曳光弹拖着长长的弹道一起向拖靶飞去。

指挥排在阵地中央，排山倒海般的炮弹就像贴着我们的脑袋瓜子顶上呼啸而飞，亚青被吓得捂着脑袋立刻趴在地上，当飞机飞过阵地上空很远，他还趴在地上没有起来。王登海连长火冒三丈，朝他的屁股狠狠地踢了一脚："胆小鬼！这熊样还能上战场？"

第一次射击没有击中目标，第二次、第三次、第四次射击，均没有击中目标。王登海连长把各排长、各班长叫到一起粗暴地"骂娘"，"都是烧火棍哪？怎么就打不下来呢？""让飞机跑了，就等于把敌人放跑了！""都是一群废物！"

我们身后的数百名学员一片哗然。

正当王登海连长大发雷霆的时候，我仍全神贯注地搜索目标，突然我又发现目标，激动地大声报告："正前方发现目标！"

王登海连长仍重复第一次射击的命令。还是炮一班一炮手杜丁最先发现目标。当6门火炮一齐开火的时候，只见曳光弹弹道在拖靶周围上下翻滚，像缤纷的礼花，把拖靶包围了。

突然，"噗"的一下，拖靶开花了、爆炸了！

"目标击中了！目标击中了！"我激动地大声喊叫起来。

霎时，我们六连的阵地沸腾起来了！我们身后的数百名学员也欢呼起来了！

王登海连长、潘迟指导员和李玉田排长的脸上都露出了胜利的笑容。

接下来，57炮等炮兵分队也分别进行了实弹射击表演，但都没有打下来拖靶。

晚上，炊事班现买一头猪杀了改善伙食，庆祝我们六连取得击落拖靶的重大胜利。

是啊，我们几个月的全训没有白训，我们的汗水没有白流。据老兵介绍，能打下来拖靶不是一件容易的事情，每年的实弹射击，全师没有几个连能打下来的。在去年全师实弹射击比赛中，我们战功20团就没有击中，所以人家管我们战功20团叫"六二熊"。今天我们六连能把拖靶打下来，不仅为六连争了光，而且也为我们战功20团争了光。

连队转移了驻地——夏家河子。

我们六连住在一个遗弃在海边的日式小洋楼内。

中午开饭前，通信员高呼："取信了，信来了。"亚青等战友把通信员围个水泄不通，我也跟在他们的后面，紧盯着是否有大杨树反修农场的来信，真是望眼欲穿。

亚青的女朋友来信说："看到了你英俊威武的照片，就仿佛看到了你本人。盼着你来信的日子里，我真是寝食不安，终于见到了你的来信，又让我激动不已。常来信，亲爱的，我想你……"

亚青向我炫耀后，我回到宿舍趴在床边又陷入了沉思，我怎么就没有这份幸福呢？红梅或许有什么问题了，她为什么不给我回信呢？这一切早已经搅乱了我的心。

下午，我带着烦恼参加了连政治学习。

潘迟指导员对前阶段开展的"三五"活动，特别是实弹射击训练进行了总结，"……金勺同志带病坚持训练，轻伤不下火线。由于他平时刻苦训练，基本功稳定扎实，所以在这次保障训练中首先发现目标，为我们六连稳准狠地打下拖靶立下了一大功。还有炮一班杜丁以最快的速度捕捉住目标、通信班亚青以娴熟的技术保障通信畅通，在这里一并提出表扬。连党支部号召全连指战员向他们几位学习，争当技术尖子，争当专业能手，争当优秀士兵，在下一步的全训中，再加一把劲，再努一把力，再取得更大的成绩。"

潘迟指导员接着通报了一件事，"经团政治部批准，连党支部决定，送炮一班班长到师教导大队进行提职前培训。炮一班班长是1974年兵，入伍以来始终严格要求自己，处处起模范带头作用，军政素质都有了较大的提高，经得起组织的各种考验。特别在文艺活动方面，他也为连队做出了贡献。因此送他去学习，也是众望所归，人心所向……"

炮一班班长虽然在教歌时曾经训过我，没给我留面子，但我不记恨他，反而更加理解他。他也是为了工作，更是为连队的集体荣誉。今天，他能到师教导大队去进行提职前的培训，的确是一件大快人心的好事，给全连上下带来极大的鼓舞和激励，似乎让我们也看到了一线希望——优秀士兵可以提干。只要我们坚持努力奋斗，争当技术尖子，争当专业能手，争当优秀士兵，轮到我们这届兵提干还有三四年的时间，最多五六年，穿上四个兜的军装还是大有希望的……

我们六连打掉拖靶的消息不胫而走，传到了团部、师部，传遍了高炮功勋师上上下下。

下午，全连集合。王登海连长军容整齐，向我们下达了比以往更加洪亮的口令："稍息！""立正！"然后他向左侧转，跑步向前，立定，面向首长敬礼、报告，"团长同志，战功20团二营六连集合完毕，请您指示！六连代理连长王登海！"吴疆团长还礼后，即席面向全连发表讲话。

"同志们！今天我是特意来宣布爱民师长签发的嘉奖令的……

"你们六连不愧是一支有着光荣传统的英雄部队，军纪严明，训练严格，保障有力，成绩显著，特别是最近在实弹射击保障训练中，一举成功地击中目标，打掉拖靶，为我们战功20团争了光、雪了耻！我代表团党委向你们表示感谢！同时也向你们表示祝贺！

"为此，团党委决定，正式任命王登海同志为六连连长，取消'代理'二字……"

这是我第二次见到吴疆团长。记得第一次是在我们新兵入伍的仪式上，那是远距离张望到的。准确地说，近距离相见这还是第一次。

吴疆团长腔音很重，举手投足都像个将军。他个子不高，但很魁梧、很有气质。上嘴唇有一个突出的缝合的痕迹。据老兵介绍，他是抗美援越的老兵，荣立过一等功，嘴唇上的痕迹就是在战场上被炸坏的。应该说，这个痕迹是一个英雄的痕迹。

吴疆团长走后，我们六连全体指战员沉浸在一片喜悦之中。

作为一名革命军人，肩负着保卫祖国的神圣重任。刚刚经历"炮火"考验的我，似乎更加成熟了。假如在战场上，因为我技术问题不能及时发现和捕捉目标，将会贻误战机，将会造成无谓的流血牺牲，其后果将会多么的惨烈啊！"平时多流汗，战时少流血"是战争的哲学。今后我要以百倍的努力，苦练杀敌本领，提高军事技术，争当技术尖子，争当专业能手，争当优秀士兵。

我还有一个不可告人的小秘密。我不但要向王登海连长、潘迟指导员和李玉田排长他们学习，而且还要向吴疆团长学习。学习他的军人气质，学习他讲话浓重的腔音，学习他的军旅阅历。我暗下决心，经过组织的培养，经过部队大熔炉的锻炼，经过个人坚持不懈的努力，实现当一名职业军官的目标也并非天方夜谭。越想越远了，越想越离谱了。不想当将军的士兵不是一个好士兵。向着既定的目标奋勇前进，千里之行始于足下。不积跬步，无以至千里；不积小流，无以成江海。这也许就是我努力争当一名优秀士兵的动力源泉。

在无比喜悦的日子里，我又源源不断地收到大杨树的来信。有爸爸的、领导的、同学的，但是最盼望的来信还是没有收到。我在焦急地等待！我在热切地期盼！我不止一次地怀疑起来，莫非红梅也像发花一样名花有主了？我尽情地胡思乱想，如坐针毡……

总结以往的经验，对爱情的追求和对事业的追求是一样的，必须坚定不移矢志不渝，否则都不会成功。我又一次鼓起勇气，再次给红梅写信，介绍一下我在部队近期的一些情况和表示要建立通信联系的良好愿望。信写好后，我又反复看了几遍，唯恐词不达意。经过严格的检查，确信没有问题，才小心翼翼地把信装进信封中，把我的思念和期望一同寄发出去。

1978年8月2日

第四章

鸿雁传情遭意外　锲而不舍求真爱

盛夏的达里，骄阳似火。

在作息时间上，达里中午有避暑的习惯，我们六连也参照执行。

每当午餐后，全连指战员身着背心裤衩，统一集合，到夏家河子附近的海滨浴场去洗海水澡。

时尚浪漫的夏家河子海滨浴场，美景让人目不暇接。蔚蓝的大海一望无际，海面和天边相连，无风的海面波光粼粼；海岸线上遮阳伞五颜六色；身着泳装的女士分外娇柔，靓丽如仙。第一次到海滨浴场，特别是看到男女情侣耳鬓厮磨、柔情蜜意的情景，让我们这些年轻的战士神不守舍，目光游离，有的甚至驻足观看。

"看什么看？有什么好看的？"王登海连长敏锐地察觉到这些蛛丝马迹。在教员讲完游泳知识、安全自救常识后，王登海连长再次扫视一下魂不附体的战士们，开始训话："我只讲一条，千万要注意群众纪律，要在指定的区域内游泳，不允许到群众的浴场去，发现谁过去，就给谁处分！大家要经得起考验、经得起诱惑！"他的话音刚落，大家一阵哄笑。然后他又严肃起来，用一个手指头指向大家说："谁要是敢以身试法，那么炊事班班长就是你们的前车之鉴！"大家又都收起了刚刚放飞的笑脸。

我虽然不会游泳，但对大海、对海风、对沙滩也很亲，沉浮于大海与蓝天之间，片刻的宁静让我很惬意。海水的温暖让我感受到大海的温柔，海水的浮力让我感受到大海的力量，海浪的起伏让我感受到大海、宇宙、人生的神秘，沙滩的温度让我感受到大自然的温暖与细腻。

洗完海水澡回来，用淡水冲洗遇到了麻烦。我们六连住的小洋楼距离取水处约有1公里，留下来值班挑淡水的人不多，挑回来的淡水也很有限，大家只好排号，节约用淡水，有时还冲不好，影响了大家的正常的午间休息。从第二天中午开始，我自愿放弃了洗海水澡的机会，主动参加到挑水的行列中。

达里盛夏炎热难耐。年轻的战友都愿意去洗海水澡，留下来为大家挑淡水的人越来越少，有时就剩下我一个人与值班人员一起挑水。井台很高，又是辘轳井，每摇上来一桶水都要费很大劲。全连百十号人，每人一盆水，每担水只能分四五份。在烈日下，一个中午我们要来回挑水20多次。

汗水洒落在夏家河子海边的羊肠小道上，也滴在了我的心上。

我不曾动摇过，为了让全连战友都能洗上海水澡，我一定要坚持下去——继续挑水，像毛主席说的那样，一个人做好事并不难，难的是一辈子做好事，不做坏事。是啊，做好事要坚持一辈子，而不是一阵子。我一直在鼓励自己。

一段时间以来，我几乎每天都要到连部查看是否有大杨树的来信，特别关注是否有红梅的来信，但始终杳无音信，让我很沮丧，对她不抱什么希望了。其实，是一种绝望！

然而，今天我眼前一亮，突然看到有一封落款为大杨树农工商联合公司反修农场的信件。我预感这封信一定是红梅给我的回信，一定是！

天哪！我终于盼到了红梅的来信。让我欣喜若狂，心花怒放。

回到班里，我急切地拆开信封，轻轻地拽出信纸，把信的内容从上到下，从里到外，一遍又一遍地看。晚上趴在被窝里打着手电筒，还在反复阅读她的来信，唯恐有遗漏的地方没有看到。她的信不长，两张纸。从来信中了解到，她从炊事班调到了机修厂当修理工，又从机修厂调到反修农场七场当会计。此前，我去信的地址仍是她的原单位，所以她一直没有收到我的信，还是一位好心的姐妹把我的两封信转交给她的。原来如此，天大的误会，世界级的误会。

金勾，第一次看到你的来信，我的心里怦怦直跳，仿佛全身的血液都集中到我脸上来了，火辣辣地烫。这些天来，我一直心慌意乱的。早就想给你回信了，但又不知道说些什么好，更不知道从哪说起，多难为情啊！当我提笔的时候，早已经面红耳赤了。我写的信肯定没有你写得流畅，老班长千万不要笑话我，否则我将无地自容了，再也不给你去信了。

……

金匀，坦白地说，当初我向你赠送粉红色日记本，并没有考虑那么多，某个同学转学或退学走了，互相赠送个小礼物不是很正常吗？但万没有想到你把它看得那么重，才导致了"粉红色日记本"事件的发生，让我没有脸面见人，当时真是痛不欲生啊！好在这件事已经过去多年了，我早已把它淡忘了。如今，我更没有想到，你还能把粉红色日记本带到部队去，并且每天都在写日记，从这一点上来看，老班长的确是一个有心的人。

你在来信中还提到毕业前没有让我入团的事。当时我是恼怒过你，但后来你已经帮助我补办了入团手续，我还是很感激你为我补签了字。况且这件事也是当时的政治环境造成的，谁也不应该记恨谁，权且当作我们之间留在记忆长河中的一个小插曲吧。

另外，如你再来信请不要用"亲爱的"的字样，让我感到有些肉麻，低俗得让我浑身直起鸡皮疙瘩。如果让人把信拆开看了，那有多尴尬啊！希望老班长把全部精力都用在工作和学习上，好不好？

还有请你转告叔一声，再到反修农场来，不要到处宣称"老郭家的大姑娘红梅，是我们家的大儿媳妇"，这让我在反修农场怎么工作啊？满大街小巷贴告示，唯恐天下不乱呢……

红梅的来信，开头还是很动情的，后半部分分明是向我提意见。亚青的女朋友来信，都是甜言蜜语，充满着爱的涟漪。而我第一次收到女朋友来信，不但没有得到我所需要的"精神慰藉"，反而又遭到一番训斥，得不偿失，不尽沮丧。亚青、杜丁他们几个还过来取笑我说："我们的女朋友来信都让你看个够，你的女朋友来信为什么不让我们瞧一瞧啊？"

红梅的来信让我丧失了自信。如果他们几个知道红梅来信把我训斥了，那么我在全连乃至全团不得让人笑掉大牙？我只好敷衍搪塞道："她不会写信，她的水平没有你们几个女朋友的水平高，怕让你们看了会扫兴的，所以不看的好。"

好不容易把他们几个糊弄过去了。

几天来，我犹如热锅上的蚂蚁——团团转。红梅在来信中是训斥了我，但毕竟她还是给我回信了，并且解释了为什么没有及时回信的原因，这说明她还是有诚意与我联系的，不然不会给我回信，何况她在信中还表扬了"老班长的确是一个有心的人"。但从这封信中不难看出她性格直截了当、倔强直率。同时，对一个女孩的羞涩和矜持的心理，我应该给予理解。还是应该相信自己的直觉，更应该坚信自己的判断，决不会走偏和失误。既然如此，勇气最关键。不妨再给她回封信试一试。总结上封信的经验，这次不用"亲爱的"肉麻的字眼，用"想念的"次之的字眼。

想念的红梅，你好！

在盼望中，不，是在热切的期盼中收到你的来信，让我激动得彻夜难眠。自从我们在二中高中毕业分别以来，特别是我当兵以来，我一直生活在"水深火热"的煎熬中。

在盼望你回信的日子里，让我深深地体会到，盼望和期待分明是一种无尽的想念，近似于奢求了，也可能等同于感情了吧？

大杨树是我的第二故乡。我们有机会在大杨树一中、二中同窗，虽然彼此没有任何往来，但同学的生活一定会为我们今后的交往奠定一定的思想和感情基础。在焦家岗你赠送我的那本粉红色日记本，不管经历多少艰难险阻，我都会一直把它珍藏在自己的心中，这也许就是我们今生今世缘分的开端吧。不信命也不行啊，我们应该感谢苍天，感谢大地，还应该感谢焦家岗和大杨树，为我创造了这样的难得机缘。

红梅，这是我平生第一次与一位女生袒露心声，希望你能够理解和接受！

谢谢你来信的批评，我一定转告爸爸注意，同时更要谢谢你在信中的鼓励。我要把你的希望化作在部队战斗生活中无穷无尽的动力，我要更加百倍地努力，以实际行动回报大杨树父老乡亲的希望，还有你的那一份牵挂和祝福……

最近，爸爸来信说，家里一切都好，希望我不要挂念。霞妹已经考上了东北轻合金技工学校，这真是我想都不敢想的天大喜事。我来当兵，霞妹考上学，对我们家来说，无疑是一个重大的转机，可谓是双喜临门。

霞妹自幼聪颖，品学兼优，好学上进，在学校各科学习成绩一直都名列前茅。爸爸为了全面培养霞妹，先后送她到各种乐器班进行学习，还为她借来了各种乐器在家进行练习。由于霞妹天资聪慧和勤学苦练，她先后学会了手风琴、大提琴、小提琴、二胡、中阮以及识谱等，还把平弟带进了音乐的殿堂。他们两个只要听到广播里新播的乐曲，准能伴奏下来。记得在我入伍前，王登海连长到我们家进行家访那天，霞妹、平弟还为我们举办了专场家庭音乐会。

是夜，在被窝中，我打着手电筒开始给爸爸写信。

想念的爸爸妈妈，你们好！

欣喜霞妹考上了中专，这是爸爸妈妈含辛茹苦培养的结果。我在遥远的渤海边向爸爸妈妈致以军人的敬礼！感谢爸爸妈妈把我们养大成人，为了我们6个孩子的身心健康成长，你们付出得太多太多了！我出来当兵，只能带出一张嘴。霞妹上学，又免不了增加家中的负担。另外，霞妹还太小，才16岁，生活是否能自理？我真的为她担心。同时，也希望爸爸妈妈也别苦了自己。苦日子总能熬出头的。为了保卫祖国和更好地锻炼自己，我从巍巍的大兴安岭来到了渤海边，告别了大杨树的亲人和朋友们，我一定不辜负你们的期望，一定要百倍地努力，苦练杀敌本领，提高军事技术，争当技术尖子，争当专业能手，争当优秀士兵，为伟大的祖国当好兵、站好岗、放好哨，待儿子有朝一日有了发展，一定会努力报答父母的养育之恩。

另外，儿子如实高兴地向爸爸妈妈汇报，目前我已经与红梅建立了通信联系。但是，爸爸妈妈你们千万注意，就是爸爸到反修农场或是在其他什么场合，千万千万不要再说什么"老郭家的大姑娘红梅，是我们家的大儿媳妇"之类的话了，这样做对她的影响不好。是就是，不是，说了也没有什么用，我自有分寸。其实，我深知爸爸的良苦用心，生怕你们的儿子找不着媳妇，没有问题的，你们尽管放心好了……

突然，一阵"嘀嘀"紧急集合的哨声又急促地吹响了，划破了夜空的宁静。

打行李时，我赶紧把"红宝书"装在行李中。打好行李后，我背上行李和器械冲向阵地。王登海连长在夜色中向大家紧急宣布："团司令部命令我们六连，连夜向辽东机场转进，执行新的训练任务。"

李玉田排长、周绍班长带领我们坐在第一台牵引车上，展开地图，按图行进。

漆黑的夜晚，伸手不见五指，我有些晕头转向。不用说具体的行军路线了，就是大致的方位我也很难判读。李玉田排长、周绍班长侦察业务比我要精通得多，全靠他们及时准确无误的判读，才指示全连正常行进，而我充其量是一个滥竽充数的。

"隐蔽行进！隐蔽行进！通过敌人炮火'封锁区'！"报话机传来王登海连长的命令。

茫茫黑夜，车流滚滚。各炮车统一关掉了照明灯，降低了行车速度，拉开了行车距离，每个人都做好了战斗准备。我似乎更加紧张了。

瞬间，又听到连续不断巨大的爆炸声，就在我们炮车的附近。"这是敌人的炮火袭击，不要畏缩！搜索前进！"报话机传来王登海连长严厉的命令。

炮车继续缓慢地前进。

我们握紧手中的冲锋枪，严阵以待。

又是一阵震耳欲聋的爆炸声。过了约有10分钟，我们在隆隆的炮声中强行通过了敌人的"封锁区"。

全连加快了行军速度，一路向北。

清晨时分，大石桥附近的一个小学校。

"原地休息！原地休息！"报话机传来了王登海连长的命令。

全连下车洗漱。炊事班按照训练大纲要求，进行野炊训练，每个班派一名帮厨的，经周绍班长同意，我前去帮厨。炊事班挖灶埋锅，生火做饭，动作娴熟，我们帮厨只能干些挑水、削土豆皮等一些杂活。

"开饭了！开饭了！"王登海连长大声地招呼大家过来吃饭。各班有秩序地过来打饭。热气腾腾的二米饭（大米和高粱米）和再熟悉不过的白菜土豆炖粉条在晨曦中散发着阵阵浓香。

我吃得汗流满面，少有的满足。

我们的车队刚刚离开大石桥不久，报话机传来了王登海连长的命令："左前方发现敌人坦克2辆，正向我连发起冲击，准备战斗！"

炮车刚刚停稳，王登海连长迅速跳下车来，发疯一般呼喊："炮定位，穿甲弹（空炮弹）准备！"

6门高射炮在公路上摆成一字形，炮身管统一瞄向左前方。王登海连长命令："射角0度，瞄准目标，放！"

瞬间，怒吼似的爆炸声震撼了辽东大地！"敌坦克"被摧毁了。

接下来进行了防化训练，我们每个人戴上防毒面具，乘车强行通过污染区……

上午，快接近辽东附近时，报话机传达了王登海连长的命令："空中发现目标，做好行进间射击准备！"

汽车放慢了速度，各班各炮手上炮就定位。牵引车牵引着火炮匀速前进，各班通过报话机报告："准备完毕！""准备完毕！"

"装（空）炮弹！目标3000米，放！"王登海连长通过报话机向各班下达命令。

一阵排山倒海般的呼啸，算是我们给辽东人民的一份见面礼！高炮功勋师战功20团二营六连，我们来了！

刚进行完行进间射击，大家兴奋不已。突然，炮一班的牵引车和三七炮同时侧翻到路下的深沟里面。王登海连长通过报话机下达命令："停止前进！下车处置！"

"怎么开的车？混蛋东西！"王登海连长开始骂阵。

这个深沟足有两三米深，绕道不远处，就能到达深沟的底部。王登海连长指挥二班牵引车到达沟底部，我们也跟着跑了下去。突然发现，我们同一个火车皮来的杜丁被压在下面，他没有喊叫，只是用坚强的目光注视着抢救他的人们。王登海连长和潘迟指导员指挥大家把炮身抬起，把杜丁抢救出来。王登海连长又急呼："卫生员，快进行包扎！看看有没有大问题？"

然后，王登海连长指挥着，把这个牵引车和这门火炮分别牵了出来。

辽东军事机场附近，我们再次分散住在老乡家。

晚上全连大会。王登海连长当着全连指战员的面做了自我批评："根据团司令部的统一安排，按照实战化要求，在昨天晚上和今天上午，我们进行了紧急集合、拉动训练、夜间通过敌人封锁区训练、野炊训练、阻击坦克训练、防化训练、行进间对空射击训练以及按图行进和通讯保障等科目，整体上完成得都很好，但是，眼看就要到家了，我们发生了不应该发生的安全事故，一位战友目前住进了医院，给全团和驻地造成了极坏的影响。这个事故发生在炮一班和司机班，问题在下面，责任在上面，我应该负主要责任。在这里我向大家做深刻的检查，同时也要向团营做检查。"

他停了停，又沉重地说："我为什么要负主要责任呢？因为我是连长，平时对安全保障工作强调得太少，没有做到警钟长鸣。紧急出动时，仓促应战……"

辽东军用机场北侧。

战功20团各营各连的高射炮在飞机场北端一字排开，绵延几公里，所有的炮身管齐刷刷地指向蓝天。空军某部为配合我们团的训练，专门派飞机做各种战术飞行，包括夜间飞行。飞机不间断地起降，不绝于耳的呼啸轰鸣，近似于实战。

这是我入伍以来的全团第一次集结，也是今年全团的第一次合成训练，目的是为了迎接全师十一月在达里举行的大比武。

合成训练，对侦察兵的远距离搜捕目标能力是个考验。烈日下伴着飞机的起降、过航，用高倍望远镜反复进行观察，发现目标并及时报告，看谁发现目标早，看谁发现目标距离远。一天的训练下来，累得我头晕目眩、头重脚轻，甚至天旋地转。有时在梦中惊醒，我还在高呼："报告！发现目标！"

亚青讥笑我道："快累成神经病了。"

我真诚地说："天外有天，人外有人。人家都能在很远处发现目标，最快速度进行报告，我只有勤能补拙了。"

亚青建议："杜丁住院好几天了，咱们是一个火车皮来的，是否抽时间去看一看？"

我表示："一定，一定。"

辽东是一座历史悠久的城市，同时又是一个重工业城市，居民饮用水大肠杆菌严重超标。刚到辽东机场的时候，卫生员就给我们上了一堂如何预防痢疾的课，主要是不能喝生水，饭前吃一定量的大蒜。一日三餐，吃大蒜是必修课。

下午训练时，我突然头晕脑胀，恶心呕吐，开始拉肚。经卫生员初步诊断，我可能得了痢疾。卫生员把这个情况向连首长报告了，王登海连长过来看我，关心地说："小体格，怎么搞的？赶快回去休息吧，别硬撑着了。"

多么不争气的身体啊，一点也不给我做主。轻伤怎能下火线呢？我不能休息，必须坚持训练。全团合成训练，是多么难得的机会啊，否则我就会给大杨树的父老乡亲丢脸了。

是夜，我频繁地起夜，不断地拉肚子。也许是在后半夜，屋外下起小雨，淅淅沥沥。一脚门里、一脚门外，我"轰"地一下就晕了过去了，任凭雨水敲打……

待我醒过来时，天已经放亮，我还瘫软在床上，全身一点力气也没有，至于昨晚发生了什么，自己全然不知。

卫生员告诉我："你昨晚烧到39.7℃，持续高烧不退，说胡话，真吓人！好人也要烧完了！"

由于我的折腾，全班同志一夜都没有休息好，有的给我倒水，有的扶我大便，周绍班长亲自动手为我清洗带便的衬裤和裤衩。王登海连长特批，炊事班再次为我做了病号饭送过来。早饭后，亚青也过来看望我。此时，原本想家的我，更加激动，热泪顺着我的脸颊淌在了枕头上。

上午，周绍班长和卫生员带领几位战友，用担架把我送到辽东军事基地医院进行检查。经诊断，我得的是急性痢疾，需要住院治疗，每天点滴、吃流食。是的，我一时还不太习惯这种待遇。

住院两天后，高烧退却，腹泻的次数有所减少。我躺在病床上，开始翻来覆去地查找得病的真正原因。好像那天中午，骄阳似火，李玉田排长为我们大家买冰棍吃解暑，我的消化吸收功能相当差，这个"冰棍"就有可能是这次急性痢疾的罪魁祸首。

病情稍微有些好转，我偷偷地跑到了外科看望正在住院的杜丁。老乡见老乡，两眼泪汪汪。我问候："你的伤怎么样了？"

杜丁坦然地说："没有大问题，就是当时把左腿压在了下面，左小腿骨折。"

我关心地嘱咐："多住一个阶段，等全好了再出院。"

杜丁说："连队训练那么忙，躺不住啊！我准备偷着跑回去参加训练。"

我正要继续安慰，值班大夫过来查房问道："你是哪个病房的？"我如实回答。

值班大夫怒目道："这还了得，急性痢疾传染呢！你知道不，应该隔离的，怎么还敢乱串病房呢？赶快回去！"我快快不乐地与杜丁告别。

值此训练的关键时刻，我每多住一天院，就多上一天的火。不参加本次合成训练，就意味着没有资格参加达里的大比武。还有爸爸妈妈、红梅、人勤指导员和"寒八级"，他们还在等待我立功受奖的捷报呢，到时我拿什么当啊？在我住院第五天时，受杜丁"偷着跑回去"那句话的启发，我便偷偷地跑出了医院，重返我日夜想念、飞机轰鸣的训练场。

王登海连长、潘迟指导员、李玉田排长和周绍班长，还有战友们都好心地劝我注意休息，别"旧病复发"。我的大便多是黏糊状，总有便的感觉，又总是便不彻底。有时大便来不及了，就拉在裤兜里，到了晚上休息时，我再洗衬裤和裤衩，日复一日，苦不堪言。痢疾如果治疗得不彻底，便是肠炎的病根。为了迎接达里的大比武，我执意坚持训练，也管不了什么肠炎不肠炎的了。不久，杜丁也跑回来了……

红梅，我要向你报告一个特大的好消息！昨天上午，吴疆团长在我们六连检查完工作之后，意外地找我谈了一次话……

请你为我欢欣鼓舞吧！这也许是连首长推荐的。

当时，吴疆团长在前面领着我爬上牵引车的后备厢，坐在折叠椅子上，与我促膝谈心："你是哪的兵啊？"我毫不犹豫回答："我是大杨树的兵。"接着，他对大杨树和大兴安岭做了一番了解，好像是对咱们的家乡产生了浓厚的兴趣。

"想不想家？"吴疆团长又亲切地问。"首长，说句心里话，想家是真想，说不想家那是假话。"我实事求是地回答。

"听说你在地方时，还是一个副连长？"吴疆团长深入了解。"我那个副连长与部队的副连长不是一回事。在地方，我那是领着干活的；在部队，这是领着打仗的。再者说，论能力，论素质，我们都没有部队的高。部队是一所大学校，我就是来学习和锻炼的。"我干脆利落的回答，把吴疆团长给逗笑了。

吴疆团长顺便又了解一下王登海连长、潘迟指导员等连首长的工作情况。听完我的赞扬后，他非让我给连队提几点意见。我想了半天，才胆怯地提了一条："就是连队的伙食不太好，总吃高粱米。"

红梅，你说我傻不傻？怎么能给王登海连长、潘迟指导员他们提意见呢？提完意见后，我立刻就后悔了。他们都干得好好的，能不能影响他们的进步啊？这个意见想收也收不回来了。

最后，吴疆团长就如何当好兵集中给我说了几条：首先，一定要端正入伍动机和服役态度，重点解决为谁来当兵，为谁来打仗和如何当好兵的问题。第二，要坚持正确的政治方向。在学习上，争当学习毛主席著作的模范；在军事训练上，争当全团的军事技术尖子；在个人努力方向上，争当雷锋式的好战士。第三，正确处理苦和乐的关系。现在当兵远比不了城市的生活，但与全国老百姓相比，我们吃的穿的还是强了许多。我们是为了保卫祖国来当兵的，总不能每顿饭都七个碟子八个碗的，成天摆酒席。我们虽然苦一点累一些，但经过部队大熔炉的锻炼，每一位同志都会有不同的进步，在进步中我们会找到许多快乐的。第四，把握进步的辩证法。大家要求进步是正常的，但要牢记毛主席的教导，外因是变化的条件，内因是变化的根据。外因——部队的环境、条件是一样的，内因——自身的努力程度是不一样的，导致个人进步的程度也是不一样的。第五，正确对待批评与表扬。批评与表扬是部队经常运用的一种工作手段。你们新兵必须过好这一关。听到了表扬不骄傲不自满，遇到了批评不灰心丧气，表扬与批评都是前进的动力。金勾，你在新兵中很具有代表性，希望你在各个方面都带个好头，创造更多的佳绩，把更多的喜报传回你的家乡，传给你的父母。

红梅，我做梦也没有想到，吴疆团长能与我一个新兵代表谈话，这是我一生莫大的荣幸。吴疆团长是我们团的一号首长，也是我心中敬仰的大英雄。我要把吴疆团长的五点要求，逐条落实在锻造钢铁战士的全过程之中，请你等待我的佳音吧！

1978年9月7日

第五章
沙场点兵传捷报　浑河热恋情缠绕

深秋的达里，海风阵阵，浪花翻滚。

我们六连再度重返达里应承子靶场。

辽阔的渤海湾畔，海岸线上车辙纵横，战壕蜿蜒，雷达旋转，战机呼啸。波浪形的高炮阵地，其势稳如泰山，其阵虎踞龙盘。

我第一次参加高炮功勋师的集结，一种神秘、威严和震撼在我的心中激荡着。

这里曾经是甲午风云悲鸣、抗日铁骑纵横的征战之地，抗日的硝烟和战争的遗迹依稀可辨。如今这个历史悠久素有"龙脉之乡"美誉的以"古驿"名闻辽南的应承子，已经成为中国人民解放军原沈阳军区的一个现代化的高炮训练基地。

海岸列阵，高炮功勋师全体指战员以战斗的姿态接受师首长的检阅！

沙场点兵，高炮功勋师全体指战员斗志昂扬意气风发向祖国和人民汇报！

在雄壮的《中国人民解放军进行曲》中，爱民师长检阅部队。

"同志们好！""同志们辛苦了！"一声声亲切问候，表达了师首长对全体指战员的亲切关怀。

"首长好！""为人民服务！"一次次响亮回答，诠释了我们功勋师全体指战员对祖国对人民的无限忠诚。

"分列式开始！"

"八一"军旗前导，受阅指战员热血沸腾，步伐铿锵，威风凛凛，声威大震。

应承阅兵，军心振奋；铁血之师，浩气长存！年轻的高炮功勋师全体指战员纵横千里，守望蓝天，英勇无畏！

部队集结后，师党委立即发出了致全师指战员的一封信，号召全师上下抓纲治军，准备打仗。

潘迟指导员在我们六连阵地中央宣读完师党委的一封信后，高声地进行战前动员："同志们！养兵千日用兵一时。一年来，我们胜利地完成了达里炮兵教导大队教学训练的保障任务，并在保障的实弹射击演习中成功地打下一个拖靶，可谓锦上添花啊！但是那只能说明过去，不能代表今天。"

潘迟指导员深情地望着大家说："所以我说，我们六连全体指战员一定要坚决响应师党委的号召，把靶场当战场，秣马厉兵，苦练数日，做好充分的战斗准备，决心以再次打掉拖靶的优异成绩，向师党委团党委汇报！"

我们为潘迟指导员声情并茂的动员讲话喝彩鼓掌。是的，师党委的号召犹如渤海湾的浪花在我心中跳跃，仿佛是战斗的号角激励着我前进。是夜，我激动万分，写下了决心书，立了军令状，第二天早上交到连部去，"我决心在这次大比武中进一步苦练杀敌本领，提高军事技术，让我争当技术尖子，争当专业能手，争当优秀士兵的夙愿早日实现！"

这几天，渤海湾的天气反复无常，乌云密布，雾气弥漫，海风呼啸，为我们提供保障的兄弟部队的飞机暂时无法起飞，真正的射击打靶比赛还待时日。这又为各部队提供了难得的战前训练机会，我们六连更是如此。

平日里我们六连训练的严格程度是超乎寻常的，王登海连长带兵的严狠劲也是全师出了名的。这次我们六连到应承子靶场集结后，王登海连长痔疮病又犯了，准确地说是肛瘘，不时地流脓血，可他每天要用不少的卫生纸垫着，依然坚持带领我们六连往返于阵地与驻地之间。我们这一趟约有5公里的路程，全是步行。每当我看到王登海连长迈着沉重的步伐，艰难地前行，就一阵阵地心疼。他才是解放军这个大熔炉锻造出来的真正的钢铁战士！我心中的钢铁战士！

不管多大的风浪，不管多么寒风刺骨，王登海连长带领我们六连照训不误。李玉田排长根据天气的变化，对我搜捕目标提出了更高的要求："不能因为天气不好，就觉得敌人的飞机和坦克来不了，我们侦察兵是部队的千里眼，要锻炼全天候的火眼金睛，要时刻保持高度警惕。越是天气不好，越是要加强战备训练。"

"请李排长放心，我不会放过任何蛛丝马迹的。"我坚定地表示。

我全天候地搜捕，不间断地搜捕。眼睛流泪了，自己擦拭一下；观察恶心了，停下来喝口水，缓和一下。日复一日，不管天气如何地变化，我都坚定地履行着一名侦察兵的职责。

这天天气刚好放晴，我们六连阵地中央来了两位上级的参谋人员，脖子上挂着胸牌。下午3时10分，我在高倍望远镜中突然发现了目标："发现目标，正东方向！"

"真的假的？你可别疑神疑鬼的！"亚青怀疑。

"军中无戏言，各班就定位！"王登海连长反应过来了，果断地下达了命令。

我们六连阵地迅速进入了临战状态。各班继续跟踪瞄准，等待上级的命令。

"报告，团司令部李齐参谋让上报刚才侦察兵搜捕住目标和你下达命令的具体时间。"亚青向王登海连长报告。

"立刻报告，3时10分！"王登海连长看一下手表与我们核对后命令。

原来，上级来的两位参谋人员就是考核组。他们及时记录了我报告的时间和王登海连长下命令的时间。全师各科目的实战化考核悄无声息地开始了！这是爱民师长对全师搞的"突然袭击"式的考核。

经过全师统计和考核组认定，我搜捕目标的时间在全师排第一名，因而我们六连进入实战化状态的时间也在全师排第一名。王登海连长高兴地朝我喊起来："金勺！绱鞋不用锥子——针（真）行！这几顿病号饭你没给我白吃啊！"

转眼声势浩大的实弹射击考核开始了。几天来，整个高炮阵地上炮声隆隆，排山倒海，此起彼伏，不绝于耳。然而，我们战功20团至今仍然一个拖靶也没有打下来。吴疆团长特别恼火，把各营长、连长叫过去教训一番："我们在抗美援朝时，美国佬的飞机都打下来了，现在怎么连一个臭拖靶都打不着呢？为什么？那时什么装备，现在我们是什么装备？养兵千日用兵一时啊！你们都是干什么吃的？关键时刻就给我掉链子。"

所有在场的下级军官都不敢直视正在发火的吴疆团长。

刚刚走马上任的作训股李齐股长汇报有关情况后，他又进一步做布置："我们要找一找原因哪！我看关键是雷达、指挥仪与各炮连的协同联动问题。要充分发挥雷达、指挥仪、侦察兵、测距手的作用，各种数据要零装填，一秒也不能差，差一秒也打不上。同时，各连根据射击的实际，要及时总结经验教训。"

王登海连长在团部开完会回来后，火药味十足，也召开了六连战地分析会。

作为一名年轻的侦察兵，我要急连长之所急。据我观察，我们六连的弹迹情况虽然良好，但总是差那么一点点，关键是各炮班特别是四炮手，要及时校正航路参数。我把这个意见向李玉田排长汇报后，由他向王登海连长汇报，并被采纳了。

浩瀚的渤海湾温度陡然下降，全团却都憋足了劲，我们六连更是憋足了劲。我们总不能光秃班师回营吧？

实弹射击最后一天的下午，最后一个架次轮到我们六连进行射击。我远远地搜捕住了目标并立即报告，当王登海连长下达完射击命令的瞬间，我在高倍望远镜里惊奇地发现，拖靶"噗"的一下开花了！

我激动地叫起来了："击中了！目标被击中了！"

我们六连阵地欢声雷动，最后一个拖靶最终还是被我们六连打下来了，再一次为战功20团争了光添了彩。

刚刚击落拖靶不大一会儿，爱民师长在吴疆团长的陪同下，带领有关参谋人员向我们战功20团的阵地、向我们六连的阵地走来。

"稍息！""立正！"

"师长同志！炮兵战功20团二营六连刚进行完一次实弹射击，打掉拖靶一个，请您指示！连长王登海！"王登海连长向爱民师长报告。

"好了，好了，不指示了，都知道了。你说一说，这个拖靶是怎么打下来的？"爱民师长当众问其原因。

"刚刚打下来拖靶，还没来得及总结呢，可能是及时校正航路等数据参数的原因吧。"王登海连长没有更多思考便回答了。

"你看看，你看看，原来射击里面还有辩证法呢，很好！打仗嘛，必须善于动脑筋，像个指挥员的样儿。"爱民师长随随便便地就把王登海连长表扬了。

爱民师长在我们六连阵地上转了一圈半，边走边对吴疆团长说："我说你们战功20团，没有几个懂军事的，嗯！就这个六连的王登海还懂那么一点，他还知道研究校正航路等数据参数，做到了敌变我变。"

吴疆团长恭敬地跟在师长的后面，连连点头道："是的，是的。"

爱民师长个子不高，有些发胖，很有威严，倒背着手。今天他没有系武装带。我曾在《解放军画报》的封面上看过爱民师长的大幅照片，除了那天阅兵外，今天还是我第一次近距离见到师长本人。

爱民师长刚刚离开，我们六连阵地像开了锅，大家议论纷纷。潘迟指导员对几个干部神秘地说："爱民师长平日里批评人那就是家常便饭，根本不表扬人。今天他表扬了王登海连长，那就是对他的嘉奖，也是对我们六连的嘉奖。大家说，是不是啊？" 大家都赞同他的观点，齐声回答："是！"

李玉田排长也乘兴与大家讲："爱民师长最喜欢爱学习、善研究的干部，咱们老王就属于这个类型的。爱民师长1940年入伍，听说入伍前他只上过三年学。为了适应指挥作战的需要，他在工作繁忙时间紧张的情况下，刻苦自学了数学、物理、化学、机械原理、射击学等军事科学文化知识，现在他对全师各种火炮、指挥仪器，做到了懂原理、会操作，真是不简单呢！"大家都敬佩不已。

雪中的福顺市，焕发着别样的生机。

我们高炮功勋师师部驻地在福顺市。我们六连没有直接回姚千户营房，而是转到福顺市师部暂住，准备下一步参加师部有关营建工作。一年来，我们六连连续转战，疲惫不堪，连部决定休整三天。

我按捺不住内心的激动和喜悦，整理家中的来信并逐一给他们回信。

再次收到红梅的来信，我激动的心情犹如渤海湾的海鸥一样久久不能平静。自从上次连续给红梅写信寄出之后，我一直在担心，由"亲爱的"改为"想念的"，不知道她是否能接受？还好，她在这次回信中没有提出任何反对意见，有可能是默许了。

金勾，陆续收到你的来信，每一封信都是那么沉甸甸、火辣辣的，怪不好意思的。你说"第一次与一位女生袒露心声"，我也和你一样，也是第一次向一位男生袒露心声，但我没有那么多甜言蜜语，更不会写那么长的信。你的训练强度那么大，工作那么紧张，就别劳心费力写那么多的信了。你的心情我都知道了，你的心意我都收下了。

老班长，你在来信中说，团长与你谈话了。这可是一件了不起的事情。希望你能按照团长的五点要求去做，干出个样子来，为家乡争光，我在千里之外祝福你！但一定要多注意休息，别累坏了身体。身体是干好事业和我们未来生活的本钱。

我们七连在嫩江边上，距离反修农场场部有20多公里，来回交通和通信都不方便。我也是初来乍到，会计工作正处在初学起步阶段，有些科目还不会处理，只好慢慢地学。你不用惦记，我会照顾好自己的。还有你这么多的来信都压在我的枕头下，寂寞了，我就看你的来信，所以我并不孤独……

红梅在来信中还特意提到了妈妈最近学理发一事。

婶在副食站干临时工，人背肩扛、累死累活的，太不容易了。前些日子，我已经和我爸爸说了，特意安排婶到商业局所属的国营理发店去学理发，起码风吹不着雨淋不着，应该比副食站强多了。老班长，我可是先斩后奏了，你不介意吧？

还介意什么，正是我求之不得的啊！我们之间刚刚相处，她还没有过门，怎么进入角色这么快呀？红梅的善良之举像灿烂的阳光一样温暖着我的心。红梅在来信中还表示，"你的心情我都知道了，你的心意我都收下了"，这说明她愿意与我相处了，这是她郑重的态度啊！她这封信更加坚定了我与她相处下去的勇气和信心。可能是阅信后的激动，我又是彻夜难眠，浮想联翩，不断地憧憬我与红梅的美好未来。

想念的红梅，你好！

我在紧张的训练中，终于再次收到你的来信，见字如面。想必你的工作也一定很忙吧？七连那么偏远，来回一定要注意安全，千万要注意啊！

首先，衷心地感谢你的鲜明态度——"你的心情我都知道了，你的心意我都收下了"。让我喜出望外，百感交集，热泪盈眶。如果说粉红色日记本是我们联系纽带的话，那么你的这两句话则是我们相知相恋相爱的良好开端。请你相信，我一定百倍地珍惜这份情谊和感情，用心呵护我们共同美好的未来。

还要感谢你的爸爸——我的大爷，特意为我的妈妈安排学习理发。虽然同样是临时工，但却极大地改善了妈妈的工作环境，用不着妈妈再去出苦大力了，也让远在千里之外当兵的儿子放心了许多。我深知这是你从中协调斡旋的结果，这也是对我工作的支持和理解，我真诚地感谢你和大爷。

最近，在达里应承子大比武中，我们六连再次打掉了一个拖靶，在全师年终考核中光荣地被评为全师标兵连队。这些日子，我们六连每天都像过年一样欢天喜地。还有我们侦察兵考核一共考了四科。我识别飞机无差错，得优秀；兵器使用得优秀；军事地形学得优秀；基础理论得100分；再加上我在爱民师长搞的"突然袭击"的考核中，搜捕目标最快，荣获第一名，因此在这次考核中，我被光荣地评为全师侦察兵技术标兵，受到师团嘉奖各一次。所有这些成绩的取得，都得益于王登海连长、潘迟指导员、李玉田排长和周绍班长的严格训练和严格要求。他们身先士卒，以身作则，军事过硬，管理有方，关心爱护战士，能不带出一支敢打硬仗、训练有素、作风过硬的队伍吗？能不创造出优异的战绩吗？我为自己置身于我们六连这样一个光荣的战斗集体而感到骄傲和自豪！

红梅，在这次年终考核中，我有幸见到爱民师长了，他到我们六连阵地视察时，与我的距离只有10米左右，这是我平生第一次见到这么大的官。此前我已经与你说过，我们团的吴疆团长还亲自找我谈过话，他最后还专门给我做了五点指示。你说我该有多幸运啊！今后，我一定按照吴疆团长的五点指示去做，向爱民师长和吴疆团长他们学习，争取做一名光荣的地道的职业军人……

这几天，我们六连彩旗飘扬，人声鼎沸。

傍晚，福顺市万家灯火，五光十色，缤纷的雪花覆盖了浑河两岸。

一场轰轰烈烈的劳动竞赛在浑河上夜以继日地展开了。

选沙及运沙既是一种强体力劳动，又是一项精细的活。选沙是把沙子挖出来，用筛子筛选出细沙、中沙、粗沙，然后对各种型号的沙子进行归堆，最后运到施工现场，这才算完活。

一天早上，潘迟指导员现场动员："同志们！我们对待挖沙子、选沙子、运沙子，要像对待训练和打仗一样，纵使遇到天大的困难，都要克服它！战胜它！连党支部号召全体党员、团员带头发挥先锋模范作用，在浑河上开展劳动竞赛，鼓足干劲，奋力拼搏，按时完成师首长交给我们六连的施工任务！"

王登海连长在前面带头挖沙子，带头挑沙子。他还经常鼓励大家："大家使劲干，不是给谁看！苦干加巧干，干出孩子吃鸡蛋！"逗得大家一片欢声笑语。

归堆，完全用人的肩膀来挑沙子，即一个扁担，两个土篮，一双肩膀，两条腿。河中的沙石含水量高，没有体力毅力是挑不动的，一天的土篮挑下来，我的两个肩膀被压得血迹斑斑。在多布林场时，我虽然也从事过重体力劳动，但没有像部队强度这么大。在劳动竞赛中，比谁挖的多，比谁挑的多，比谁坚持的时间长。不比不知道，一比吓一跳，一比一身汗，一比要小命，回到宿舍连床都上不去。

我们六连虽然参加了施工，但没有发工作服，每个人的被装都是有限的。王登海连长和周绍班长怕把大头鞋磨坏了，竟然光着脚挑沙子在浑河上来回跑。是的，在雪花飘飘的古老浑河上，留下了以老连长王登海为代表的我们六连全体指战员血迹斑斑的足迹。老连长啊！你的痔疮病还没有好，怎么能光着脚挑沙子呢？痔疮病最怕着凉，万一痔疮病再严重了可怎么办呢？真是不要命啊！

潘迟指导员乘势再次向全连发出号召："同志们！大家都看着了，我们一定要向老连长、周绍班长学习！学习他们那种一不怕苦、二不怕死的大无畏的牺牲精神！大家比一比，看一看，看谁有老连长挑得多！大家比一比，看一看，看谁有周绍班长干得快！"连党支部的号召像战斗的号角，激励全连指战员争着抢着干，争分夺秒比赛干。

在装车时，我们也进行比赛，看谁装得多，看谁装得快。繁重的体力劳动需要一定的营养做保障，但是连队的伙食标准还是每天0.49元，一直没有提高上去。营养上不去，体力在透支，我的脸又瘦了一圈。我隐约地担心自己的肺结核病再次复发，这可怎么办？只有坚持，没有退路。

王登海连长与潘迟指导员看到这些情况，极其难过。王登海连长叹息道："这样下去，伙食还是这个标准，恐怕大家受不了、坚持不下去，得想个法子呀。"

李玉田排长向王登海连长和潘迟指导员两个人建议："我们能不能跳出框框？福顺是煤都，最好与哪个煤矿联系一下，为连队找一份活干，我们也打工挣几个钱，好为连队改善一下伙食。"

两位连首长异口同声："是一个好办法。"

王登海连长再次补充："活人总不能让尿憋死，说干就干，请李玉田排长去联系一下。"

过了一两天，此事联系成功。晚上正常收工后，我们六连全体指战员乘汽车来到了西露天矿，开启了部队打工的先河。我们无暇欣赏西露天矿深掘的宏伟和大气，每天在矿区路灯照耀下进行选煤。手工选煤也与筛沙子的程序差不多，要分出大中小块煤，仍需要用土篮子挑，也是一个重体力活，但大家干得很有劲，为了能吃饱、能吃好，多干一些活也都没有怨言。

一个月下来后，我们六连打工挣了一些钱。王登海连长出口长气很自豪地吩咐："杀几头猪，为大家改善伙食！"自此，炊事班做到了中餐、晚餐有炒菜，每道菜里都有猪肉，大家特别愿意吃大锅猪肉炖粉条。潘迟指导员饶有风趣地对大家说："杀他几头肥猪，比上几堂课都管用。从某种意义上说，杀猪也是强有力的思想政治工作呀。"

一个多月的强体力劳动，虽然磨砺了我的意志，但是把我的那双大头鞋的鞋帮也磨破了。到了晚上，周绍班长手把手地教我掌大头鞋，"在我刚当班长时，就在前任班长手中接过来了这一套掌鞋的工具，这几把锥子、锤子和椅子，都是我们侦察班的传家宝啊。"

"哎呀！哎哟！"一不小心，我的手指头被锥子扎破了。见状，周绍班长对我进行了耐心的指导，反复地进行示范，我逐渐掌握了用带钩的锥子来回带线绳的技巧。次日，我穿上了自己动手掌的大头鞋，虽然没有老班长的活板正，但穿着它在浑河上来回小跑，心里还是美滋滋的。

不管吃得好还是吃得孬，不管是累死了累活了，红梅的来信一直鼓励我努力前行，我也及时地向她"汇报思想"……

红梅，你是知道的，我的儿童时代是在海伦老家的农村度过的，我的中学时代是在第二故乡——大杨树山沟里度过的。如今我第一次来到了福顺这样大的城市，也是第一次住进了大楼里。楼房内的生活条件，与我们原来的生活条件相比较，一个在天上，一个在地下，有暖气、有日光灯、有自来水、有室内厕所。所有这些，对我来说都是那么的新奇。

住进了楼房里，让我感到最亲切和最欣慰的是走廊彻夜通明的日光灯。自从来到部队后，我虽然制定了一个学习计划，但始终没有完全实现。部队训练紧张，占据了我整个白天的时间，没有办法，我只好利用熄灯后的时间，在被窝里打着手电筒看书。每次部队转移驻地，我都特别在意我那心爱的手电筒是否带上。它是我学习的好朋友、好帮手，是它一次又一次地照亮了我前进的航程，是它一次又一次地让我倍加珍惜学习的时间，是它一次又一次地帮助我艰难地完成了高中语文课程和语法知识的复习。在被窝里，在手电筒的灯光下，我几乎每天都在坚持写日记，在粉红色日记本中进行"斗私批修"，哪些事做对了，要坚持下去；哪些事做错了，要及时改正。而今天则不同了，我们住进了楼房，晚上有了新的朋友——日光灯，在学习条件上已经有了明显的改善，带来诸多的便利，真是天赐良机啊！

红梅，学习是我当兵生活的重要组成部分。越学越感到自己知识的贫乏，要想将来为祖国、为人民多做一些贡献，我必须处理好当前劳动与学习的矛盾，要像雷锋那样，发扬钉子精神，充分利用业余时间，挤时间进行学习。每天在夜阑人静的时候，我都要悄悄地溜进厕所，在日光灯下，开始系统地学习爸爸在我当知青时赠送给我的厚厚的小型红色合订本——"红宝书"和爸爸为我带的艾思奇的《辩证唯物主义和历史唯物主义》。战友亚青看到我学习哲学后，不理解地问："想当哲学家呀？"我一笑了之，无法与他解释。我还陆陆续续学习了《政治经济学》，关于经济基础为什么决定上层建筑，我始终没有弄明白，处在似懂非懂的状态。晚上学习容易犯困，似乎要坚持不下去了，我就用头悬梁锥刺股的故事鼓励自己，用厕所水龙头的凉水"激励"自己。

红梅，在学习上我一定要当一名钢铁战士。大凡有理想、有抱负的人，都应该做学习的强者，做不畏艰难困苦、勇于战胜困难和战胜自己的人。请你放心，我就是要做这样的人，也是要做你所希望的人。

1979年1月7日

第六章
实战演习争立功　报效国家热血浓

千户屯——我们战功20团驻地。

我们六连正在浑河上干得热火朝天并准备在福顺度过1979年春节的时候，突然接到团司令部的命令，让我们六连返回驻地集结待命。

我们六连的营房位于团部家属区的北侧，前后并列的两栋红砖房。对这个营房我并不陌生，在我当新兵时就曾经在这里住过，所以一切都是那么的熟悉、那么的亲切，仿佛回到家一样。

回到营房第一件事，给爸爸妈妈和红梅他们写信。

想念的爸爸妈妈，你们好！

最近收到家中的几封来信，由于训练异常紧张，再加上总是转移驻地，没有及时给你们回信，让爸爸妈妈惦记了，实在过意不去。

爸爸妈妈，从妈妈辞去副食站的临时工去学理发这件事可以看出，红梅及她的爸爸还是心地善良、乐于助人的。不用爸爸妈妈嘱咐，我已经给红梅回信表达了我们全家的感激之情，同时也请爸爸妈妈放心，我一定用心与红梅相处下去，给你们领回一个漂亮的儿媳妇。

爸爸妈妈，妈妈学理发要比在副食站当搬运工强多了，虽然也很辛苦，但毕竟不是重体力劳动。理发是个技术活，我担心妈妈能否学得了，真是难为妈妈了，妈妈辛苦了！只要妈妈再坚持几年，等大儿子挣钱了，就不让妈妈再受这些罪了，让妈妈在家中好好地享享清福，这是我最大的心愿。

爸爸妈妈，要过年了，春节的年货是否都准备好了、准备齐了？霞妹是否回到家了？

爸爸妈妈，从小长到大，我还从来没有离开过家这么远、这么久。今年春节，是我平生第一次离开家在外过春节。因为儿子当兵在外，履行保卫祖国的神圣义务，远隔千山万水，不能领着弟弟妹妹扎灯笼放鞭炮，不能帮助爸爸妈妈包饺子、煮饺子，不能陪伴爸爸妈妈吃年夜饭，更不能与家人团聚了，这一切多少会让你们的大儿子有些牵挂。越是春节临近，儿子越是想念你们。此时此刻，儿子多么想飞回到大杨树，与爸爸妈妈在一起过个团圆年啊！但是，这一切只能是遥远的祝福和不尽的思念了！

爸爸妈妈，我是咱们家的老大，深深地知道咱们家的生活仍然很困难，霞妹和几个弟弟妹妹上学都需要钱，我在外当兵只能带出一张嘴，对家中的事什么忙也都帮不上，常常感到很愧疚！到部队后，我把每月6元钱的津贴费节省下来，攒到一起凑足了60元，今天给你们寄回去，万望补贴家用，应节日之急，略尽儿子之孝心，以弥补儿子的愧疚。

目前，我在部队一切顺利。第一，伙食好。每顿吃的都是细粮、猪肉和各种鱼，在吃的方面比在家时强多了，请爸爸妈妈不要挂念。第二，身体好。自从到了部队以后，我就像换了个人似的，从来不头疼感冒跑肚拉稀的，身体比在家时结实多了。第三，工作好。在刚刚结束的全师达里大比武中，我获得了全师侦察兵技术标兵荣誉，受到师团的嘉奖。第四，心情好。部队是一个温暖的大家庭，连长、指导员、排长和班长对我都特别地好，与战友们处得像亲兄弟一样。部队训练虽然紧张一些，但没有烦恼的事，我还很适应。

这个春节，连首长都没有请假回家，将与我们一起过年。我在部队的一切都好，请你们不要挂念……

信中提到的第一和第二个"好"，是复杂情感交织在一起的善意谎言，它将带着我的思念一起飞向那遥远的大杨树。

给爸爸妈妈的信是先写的，也是先邮寄出去的。我给红梅、老领导和朋友们新春祝福的信，还没等发出去，上级来了命令，为了保守部队秘密和战备的需要，禁止我们与家人进行一切联系，信件只能进不能出。

1979年除夕夜。

千户屯火树银花，鞭炮如潮。

部队却与千户屯的喜庆氛围形成了鲜明的反差。部队围墙内，一切静悄悄。

近期以来，按照上级命令，我们功勋师在春节期间承担战备值班任务。

除夕晚上会餐时，王登海连长向大家做了解释："战友们！受战备的影响，今天过年我们就不能喝酒了，我让炊事班给大家多加了几道菜，就算给大家拜年了，大家吃好吃饱，祝大家新春快乐！在新的一年取得更大的进步！"

潘迟指导员接着拜年："刚才连长说了，大家都清楚了。等战备解除时，我们再给大家补上这顿酒，好不好？年前，周绍班长的女朋友要来部队结婚，连部都批准同意了，但是，由于我们承担战备值班任务，这个时候再来部队结婚就不合时宜了。我向周绍班长做了解释，他非常理解，推迟了婚期。咱们连长的爱人也要来部队探亲，他也推迟了，还有李玉田排长和几位战士也都推迟了探家。所有这些，都让我这个当指导员的感激不尽！这是一种什么精神？这就是军人的奉献精神！这就是军人的牺牲精神！作为一名革命军人，当祖国需要我们的时候，我们就要义无反顾，服从祖国的需要，听从祖国的召唤！好了，不说这些了，今天大家就是吃好，不能喝好，祝大家新的一年工作好！"

这个春节少了在家时的那种欢乐和喜庆。

也是巧合得很，在万家团圆吃年夜饭的时候，我走上了哨位，为我们六连的炮阵地站年夜岗，多少有一些紧张和不安。

自当兵以来，我站夜班岗无数次，唯有这次站岗有些特殊。

我们的炮兵阵地在千户屯东侧的山坡上。站在阵地上向西瞭望，千户屯到处是灯火和烟花，鞭炮声此起彼伏。触景生情，我更加思念爸爸妈妈和那个遥远的大杨树。顺着北极星的方向，那就应该是我的第二故乡——大杨树。也许爸爸妈妈还没有入睡，妈妈是最想我的，不知道妈妈怎么度过这个难熬的夜晚。凭我的直觉，妈妈应该是想我想疯了。

如果说今天站岗有些特殊，除了想家外，还有一个更重要的原因，那就是备战值班弄得我心里发慌。零星的鞭炮声为我壮胆做伴。阵地的北侧和东侧都是大山，南侧远方也是大山。这三个方向漆黑一片，阵地上静得出奇，让人瘆得慌，不是毛骨悚然，也是不寒而栗。我努力思索着，如果战争瞬间爆发了，我该怎么办？如果有人偷袭了我们的阵地，我将怎么进行处置？

我双手紧紧地握住冲锋枪，两眼警惕地扫视着四周，紧张地不敢放过任何风吹草动……

好不容易下岗了，我回到营房立即入睡。

突然，急促的哨声连续地响起。周绍班长命令："紧急集合！不要开灯！"

是战争爆发了？我迅速起床着装，背上行李、冲锋枪和器械箱，与大家一起往阵地上奔跑，前后左右都是人，四面八方都是人，像潮水一般黑压压地涌向阵地。从我们六连营房到炮阵地约1公里。我气喘吁吁跑到阵地上，立即架起器械，迅速报告："准备完毕！"

与此同时，各班也都脱去炮身上的炮衣，准备战斗。

王登海连长通过步话机向团司令部报告："六连紧急集合完毕！"

远处传来了各连的报告声。这是吴疆团长巡视各连阵地。我们六连的阵地在全团阵地的最北端，所以吴疆团长最后来到我们六连阵地。

黑夜沉沉，长夜漫漫。

"稍息！""立正！"口令声划破了夜空。

"团长同志！二营六连紧急集合完毕，请您指示！连长王登海！"他报告时，神情略有些紧张。

"不是什么紧急集合，这是全团战备值班训练！你们六连是有着光荣传统的英雄连队，是全师出了名的硬骨头连队。越是国际形势紧张，越是节假日，越要做好战斗准备，脑袋瓜子里要有时刻准备打仗的思想，切不可以掉以轻心，麻痹大意。现代战争突然性最强，应付突然袭击是我们必须掌握的科目，保卫祖国领空的安全，是我们高炮部队义不容辞的职责。"吴疆团长训话长达十多分钟。

大年初一早饭照例是传统的饺子。我起早到炊事班帮厨，摘菜剁饺子馅。大家都起床后，各班把饺馅打回去，自己和面、自己包，哪个班先包完，哪个班就先到炊事班煮饺子。自从当兵以来，我们新老兵比赛学雷锋，经常到炊事班帮厨做好事。在昨晚折腾一宿的情况下，我抢先在春节第一天的早上去炊事班帮厨，旨在放飞我新春的理想并付诸实际行动。

初一上午，连队召开了战备训练会议，贯彻落实吴疆团长指示精神。王登海连长对战前训练提出了具体要求，潘迟指导员又做了战前训练动员："我们要抓紧一切有利时间，进行战备训练，为保卫祖国领空的安全做好战斗准备！"

命令—动员—战备！我们六连又来到炮兵阵地进行合成战备训练。

春节过后，军营内一派紧张。各级首长频繁到我们战功20团来进行战备检查。特别是师首长、沈阳炮兵首长、军区首长到我们战功20团检查时，都要全团集合，举行阅兵式和分列式。每搞一次阅兵，我的神经就紧张一次，仿佛大战在即。

从团部操场回来，亚青从连部带回来了爸爸的一封信。

金勺儿：

你上次来信和邮回来的60元钱都已经收到，你的孝心可嘉，正好春节已经派上了用场。今后你就不用往家邮钱了，千万不要苦了自己。你在外当兵也不容易，一定要照顾好自己的身体，一切要以自己的身体为要。家里我和你妈都能对付过去，不要惦记了。

自从你上次来信后，再也没有收到你的来信，快一个月了，我和你妈急得都快火上房了。特别是你妈真的想你呀！在大年三十那天夜晚，你妈突然发疯地跑过了铁路的加水站，直奔火车站，声嘶力竭呼喊："我去部队看我儿子去！谁也别拦我！"她要到部队去找你，那是给你们部队添乱，我们绝不答应。我和小霞、小平硬是把她拽了回来。近一个时期，我们几个人轮番值班看着你妈，生怕你妈跑到部队去，影响你们正常的战备执勤。

金勺儿，你要常来信，手切不要懒惰，最好每星期一封信，不然的话我和你妈会惦记你的……

烽火连三月，家书抵万金。但是，爸爸"最好每星期一封信"的要求，眼下我是无法做到的。

一天下午，团部操场。

全团指战员在这里集合。我们全副武装，荷枪实弹，列阵整齐，雄壮威武，出征前再一次接受团首长的检阅。

"迎军旗！"

"分列式开始！"

我们各个连队步伐整齐，昂首挺胸，气势如虹依次通过主席台，如铁流滚滚，似排山倒海，我们即将出征。

"宣布'雷霆'军事演习命令！"全团指战员庄严地受领任务，向军旗宣誓。

王登海连长把我们六连带回营房后做出征前动员："'雷霆'军事演习命令已经下达，从现在开始，我们要严格执行战区作战条例和战区作战纪律。作为一名革命军人，要坚决服从命令、听从指挥，党指向哪里，我们就打到哪里，刀山敢上，火海敢闯，为了保卫祖国和人民的安全，我们可以牺牲自己的一切。同志们！有没有决心？"

"有！"我们齐声回答。这声音震撼人心，惊天动地，久久在我的耳畔回响。

晚10时左右，紧急集合，车炮联动，开始摩托化行军。当我们的炮车驶出阵地、驶出营区的那一刻，不知哪台车的战友们率先开始唱起《再见吧，妈妈！》，紧接着所有的出征战士一起唱起这首歌。

再见吧，妈妈！

军号已吹响，钢枪已擦亮，

行装已背好，部队要出发。

你不要悄悄地流泪，你不要把儿牵挂，

当我从战场上凯旋归来，再来看望亲爱的妈妈。

当我从战场上凯旋归来，再来看望幸福的妈妈。

这首战歌高扬而深情，悲壮而雄浑！此时此刻，我们唱起这首战歌，催人泪下，撕心裂肺！此时此刻，我们唱起这首战歌，动容动情，感天动地！

炮车开动了约有十多分钟，突然停下来，歌声也停下来了。什么情况？原来是上级首长传来命令："不允许唱歌，这是军事行动，要注意行动保密。"

瞬时，没有任何人说话。大家随着颠簸的军车来回摇摆。

是夜，我们战功20团在大石桥集结。

向北开的军列，呼啸着一路向北！

我们六连分乘5节闷罐车。王登海连长命令："每节车除留一人值班站岗外，其余的人员可以休息。"

我把军大衣铺在车厢板上，然后打开行李，首先把"红宝书"压在枕头边。一种激动、一种紧张的情绪陡然上升，让我很久没有入睡。

迷蒙中，我影影绰绰地听到了谁在小便的声音，原来专门为我们准备了一个尿桶，一个便盆，我们大小便都要在军列上进行。不知道是什么时候，有人叫我起来站岗，我在蒙眬中眯缝眼睛看见了车厢顶上一盏汽灯在摇晃，恰如"渴睡人的眼"。与其说站岗，莫不如说是端枪坐在门口，守着值班电话。当我犯困时，就用牙紧紧地咬住舌头，直至咬出血。实在还要打瞌睡，我只好用行李绳把自己的脖子吊在车厢门口的挂钩上，时刻保持清醒的战斗状态。

亚青起来小便，看到我如此模样，大声地呼喊："不好了，金勺上吊了！"

连首长和一车的人都被惊醒了。王登海连长迅速起来拔出手枪警惕地问："怎么回事？"

我机灵地报告："报告连长，金勺正在值班站岗！没有其他什么问题，只是困了，采取点小措施。"

王登海连长看我这种窘态，笑骂道："我还以为敌人摸上来了，把金勺给弄上吊了呢。继续睡觉，精神点！"

亚青等了一会儿，直接上岗了。

当我早上醒来时，满脸都是细面子，可能是煤屑或是砖面。

一路上先后在四平、哈尔滨两个兵站用餐，每个兵站的伙食都是大米饭，猪肉炖粉条。到兵站吃饭只有5分钟，前出后进，像流水作业一样。由于我吃饭慢半拍，怕跟不上队伍，第一碗先少盛点饭菜快点吃掉，然后再盛一大碗饭菜，吃不完偷着端回来吃。去兵站吃饭来回都要跑步走，弄得我大衣里外都是白菜粉条。

2月22日早，我们的军列到达了黑龙江省绥棱县。

这里是白雪的王国。

我们快速卸车后，开始转为摩托化行军，在大雪中向目的地开进。忽然，炮三班的炮车侧翻到雪沟中。王登海连长下车后暴跳如雷地喊道："没长眼睛啊，怎么开的车？"那名挨训的老司机战战兢兢地解释："路太滑。"王登海连长接着训道："敌人还没上来呢！你们就这熊样，平时是怎么练的？"没有一个人敢接下句的。

由于雪太深，炮车之间无法自救，哪台炮车也不敢离开主路，唯恐再陷进去。王登海连长命令我们侦察班到附近的村庄，求当地民兵帮忙。我与周绍班长找来了一辆拖拉机和几位民兵，用拖拉机把侧翻的炮车拽了出来。这几位民兵又做了分工，其中两位开着拖拉机在前面为我们开路，另外几位民兵在路两边插上玉米或向日葵秸秆当作路标，指示我们前进。

已经过了中午，在这几位民兵的帮助下，我们顺利地到达了海伦县乐业公社青山大队焦家岗村。

我们六连就在这里集结待命。

让我万万没有想到，驻地居然是我魂牵梦萦的故乡。

海伦平原，白雪茫茫，冰天雪地。

王登海连长神色紧张地做战前动员："上级命令我们，立刻构筑工事，做好一切战斗准备！明天上午，军区首长将要视察我们的阵地。"

军情十万火急。我们来不及入住百姓家，更来不及吃中午饭就立刻开始构筑工事。

我们六连选择构筑工事的地方，正是我们家原来住房北面的那片一望无际的麦地。海伦市是平原地区，风大雪大，白雪足有1米多厚，冻土层足有2米多深。各班要开掘1.5米深、5米宽左右见方的工事，把炮身卧进去，谈何容易。我们指挥排负责构筑连指挥所，与各炮班工事的深度是一样的，还要挖通与各班的交通壕，更是谈何容易。

下午3点左右，炊事班和民兵为我们送来了热气腾腾的馒头，白花花的猪肉炖豆腐，每人一碗姜汤。来送饭的那几个民兵我都不认识，因为有保密制度，所以我没有主动上前与他们搭讪，别有一番滋味在心头。

潘迟指导员趁着吃饭的工夫，又做了战前动员："同志们，上级要求我们必须在明天上午9点前构筑完工事，军区首长要视察我们的准备情况。我知道，眼下天寒地冻，为构筑工事带来了很多困难，但是，即使有天大的困难，也要想办法去克服，党和人民考验我们的时候到了，战地考验党员，火线考验干部，谁提前完成构筑工事任务，就给谁请功……"

潘迟指导员慷慨激昂的动员，让我更加热血沸腾了。养兵千日，用兵一时，在党和人民需要我的时候，必须挺身而出，决不后退半步。我要坚决响应连党支部的号召，按时完成构筑工事任务，接受党组织的考验，争取火线入党。

我负责自己的一个掩体、参与连指挥所掩体和交通壕的构筑。每一镐下去，或是一个白点，或是一个小土块，手掌被震得钻心地疼，天黑时，我的棉裤腰里外都是汗，外部腰带周围竟然结了厚厚的一层冰，弯腰都很费劲了。到了晚上，我实在支撑不住了，忽然我想起了爸爸妈妈亲切的嘱托，想起了红梅来信时呢喃的鼓励，又想起了出征时高唱战歌《再见吧，妈妈》的悲壮，更想到了祖国和人民考验自己的时候到了。

王登海连长再次做动员，仿佛给我们打了一针强心剂。

同样的环境、同样的任务、同样的战友，我不能示弱，我更不能甘于落后。现在是党和人民考验我的关键时刻，怎能掉链子呢？我又咬紧牙关，继续刨挖掩体。腰直不起来，我猫腰刨、跪在地上刨。手磨出了血泡，用剪刀挑开后，缠上药布继续刨。手掌绽裂了，鲜血直流，包扎上继续干。在后半夜3时左右，我向李玉田排长小声地报告："报告排长，我的掩体构筑完毕！"

"好样的，我向连部给你请功！继续参与连部掩体的构筑！"李玉田排长既表扬又命令。

"是！"我坚定地回答。此时，亚青也提前完成了构筑工事任务。

王登海连长、潘迟指导员和李玉田排长一边动员，一边检查，一边亲自带头构筑连部的工事。李玉田排长的哮喘病又犯了，仍然在坚持着。我没有休息，接着来到连部的掩体中，与卫生员、通信员一起又干了起来。

黎明前，突然我听见了潘迟指导员在阵地中央招呼我："金勺过来！参加宣誓！"

潘迟指导员正式宣布："金勺、亚青、杜丁在构筑工事中率先垂范，表现突出，经连队党支部研究决定，批准你们正式加入中国共产党，有关手续等演习结束后再补。下面进行宣誓。"

这叫火线入党。潘迟指导员领着我们，面对汽灯照耀下的鲜红党旗进行宣誓。

我志愿加入中国共产党，拥护党的纲领，遵守党的章程，履行党员义务，执行党的决定，严守党的纪律，保守党的秘密，对党忠诚，积极工作，为共产主义奋斗终身，随时准备为党和人民牺牲一切，永不叛党。

这是多么庄严、多么神圣、多么特殊的历史瞬间啊！火线上入党，这是我一生的光荣！

我能在故乡的黑土地上入党，这也是历史性的巧合。

各炮班通往连指挥所的交通壕还没有最后完工，我没有休息，又义无反顾地投入了新的战斗。

大约在上午8点半，各炮放列，规正炮床水平，检查瞄准线，组织对火炮阵地的伪装。不多时，连指挥所和各炮班阵地都披上一层雪白的伪装网。至此，全连工事提前20分钟构筑完成，王登海连长高兴地向营团指挥所报告。

早饭还没来得及吃，连部通信员摇响了瘆人的警报。王登海连长命令："进入阵地！迅速隐蔽！"

约20分钟后，3架我方军用直升机排成三角形，在我们阵地上方盘旋了两圈。据说，这是军区首长在巡视我们的阵地。

此时，我趴在掩体上迷迷糊糊地打了几个盹，真的好想痛快地睡上一觉，这已经是一种奢求了。

快中午时，我们才分别入住老百姓家。我们侦察班入住的老乡家在村子的最东面，我与他们不认识，免去了很多麻烦。他们家是三间泥房，里面两间住人，外边一间是厨房。我们入住的是中间这间房子，老乡家住南炕，我们住北炕。西边那间由老乡的儿子儿媳住。放下行李后，我恨不得立刻倒下好好地睡一觉，但是我们不能马上入睡，王登海连长在我们进入集结地前，重申了入住老百姓家的纪律和有关要求。我们侦察班入住到老百姓家的第一件事，就是要帮助老乡做好事，把院子打扫干净，把水缸挑满水，然后才能休息入睡。

晚上，全连在阵地集合，晚点名，潘迟指导员在传达完团党委通报后又讲："我们六连提前完成了构筑工事的任务，受到了团党委的通报表扬，王登海连长晋升为二营副营长（仍兼任我们六连的连长）；李玉田排长晋升为六连副连长，周绍班长任指挥排长，炮一班班长到四连任一排长。还有四连没有按时完成构筑工事任务，全连干部从连长、指导员到各排长，一律免职。"

军令如山，赏罚分明。四连的一位司务长被免职后，到我们六连炊事班当战士。

到了集结地后，警卫目标增多，如阵地、连部、炊事班、水井等都需要增加岗哨，站岗的密度自然加大。在营房时，一个星期才能轮一次夜班岗，而到了集结地，平均每两天要站一个夜班岗。在营房站岗时使用普通口令，一般是两个字，一问一答。到了集结地统一使用附加口令。新兵对附加口令有些不大习惯，再加上犯困，频繁交接班传到第二天早晨，弄不好就把口令传错了，闹出很多乱子。

是夜，我在阵地上站夜班岗时，有一种莫名的恐惧感。我头戴钢盔，双手端着压上了子弹的冲锋枪，隐蔽在掩体内，高度警惕地环顾四周。阵地上漆黑一团，静得出奇，静得瘆人，只有天上闪闪发光的星星与我为伴，偶尔能看到远处公路上军车一辆接着一辆驶过，车灯如流水一般。突然我发现，在阵地东南侧的村西头走出来一个人。这个人小心翼翼地朝我们阵地走来，当他接近阵地时，我端着冲锋枪大声地问令："口令！"对方回令："军事地图！"

对方又严肃问令，我回令："判定方位！"

我们对答如流，从口令上辨别是自己人，从声音上听得出来是王登海连长，这是他在查岗。他如果答不对，我就可以开火；我如果回答不对，他就可以开火。他纵身跳下战壕，主动与我聊了起来，其中问道："想家吗？"

"想，能不想吗？关键是我不能给他们写信。我妈想我都快想疯了。"我如实地回答。

"再坚持一下，等演习结束了，一切都会好的。"他安慰我。

"从简历上看，海伦是你的老家，这还有什么亲戚？"他继续了解。

"我在海伦街里出生，好像是文明街。街里还有爷爷、姑姑，街北农村还有大舅和姨妈家。我们家曾经在焦家岗住过，这里还有我的同学，乐业公社还有我的老师。"我如数家珍。

"太可惜了，纪律无情啊！没办法让你们见面，本村的同学也尽可能地回避吧，泄露军事机密是违反军纪的，金勺，作为革命军人你要理解啊！"他不无遗憾地说。

"连长，没关系的，我能理解。"我爽快地回答。其实我多么想见一见本村的那几位要好的同学，不知道他们高中毕业后都在干什么，还有到乐业公社中学看一看，那个久违的四合院不知道是否还存在，还有曾经教过我的老师不知道他们现在情况如何。

"哒哒哒！"一阵机枪的吼叫声划破了寂静的夜空。

"不好，有敌情！"王登海连长判断，他又命令，"你在阵地盯住，我去组织部队！"他纵身跳出战壕。

短又急促的哨声响起来，全连紧急集合。

我在阵地上恐惧万分！我浑身上下一直在打冷战，但双手仍然紧紧握住冲锋枪，目视阵地四周黑沉沉的茫茫雪原。

几分钟过后，各班长带着队伍跑步来到了阵地前集合。王登海连长整理队伍后审问："到底发生了什么情况？"炮五班班长报告："报告！是我们班的一名新战士，擦拭完机枪后，忘记了关保险。睡觉时，按照枪不离身的要求，他抱着机枪睡觉，由于高度紧张，睡梦中就将子弹上膛开火了。"王登海连长气冲冲地骂道："简直是个混蛋！伤人没有？"炮五班班长接着报告："没有，子弹把老乡家的窗户打碎了。"王登海连长略有缓和地说："这是一起严重的安全事故。还好，没有伤着人。当事人要做检查，班长也要做检查，等待处理。我们要认真总结吸取这起安全事故的教训，睡觉枪不离身是对的，但睡觉前要认真检查是否关保险了，要警钟长鸣，今后这项检查要当作一项制度来落实，听明白了吗？"

全连立正，齐声回答："明白！"

王登海连长又指示："明天你们五班要向受惊的老乡道歉，给人家的窗户安上。"最后他命令各班把队伍带回，继续休息。

又是一个夜班岗。下岗后，我悄悄地从当年我们家曾经住过的房屋前走过，房前屋后的笔直的杨树，记录了我童年的时光，它让我回忆起许多的往事。如珍宝岛战役后，边境关系紧张的形势也波及我们焦家岗，家家户户都在这些杨树底下挖防空洞，那个所谓的防空洞，两米左右深，上面盖一层成捆的玉米秸秆……

回到老乡家我很难入睡。一般情况下，班长住炕头，班副住炕梢，我虽然不是班副，但我们侦察班没有班副，因为我个子瘦高，所以我就住在炕梢了。自从入住老乡家那天起，我没睡过热乎炕，总感觉炕梢冰凉。特别是在紧张的构筑工事过程中，我的腰部被汗水和冰块包围了，有一种浸透性钻心的疼痛感，多么想回到老乡家睡个热乎炕啊，但始终没能如愿。我总是怀疑班长住的炕头可能比炕梢热乎多了，但班长说炕头也是冰凉的。第二天，全连集体活动时我了解到，各班住的老乡家的炕都烧得很热乎，唯独我们班"傻小子睡凉炕，全凭火力旺"。晚饭后我们回到老乡家，正赶上老乡的儿媳妇为我们烧炕，我与大爷大娘反映道："不知是为什么这炕总是烧不热。"大爷说："不能啊！天天烧啊。"他用手摸一下炕头果然冰凉，他自言自语地说："真是活见鬼了，来，今天我给你们烧。"我们也抢着要烧，大爷说我们不会烧，最后他争得了这次烧炕的"权利"。

不烧不知道，一烧吓一跳。原来老乡家的炕洞子全部被麦余子堵塞得密不透气，每天老乡家人只是在炕洞口简单地燎把火，以为烧了，其实等于没有烧。顿时，大爷勃然变色，责备老伴儿、儿子和儿媳妇："这几天的炕是怎么烧的，别说政府还给咱们半吨煤，就是不给也要把炕烧热乎的。解放军容易吗，天寒地冻的，我们怎么能让他们睡凉炕呢？"他恼怒地用烧火棍子把炕洞里面的那些麦余子来个"层层扒皮"，全部烧尽。入睡时，我的炕梢第一回热乎起来了，对大爷自然是感激不尽了。

半夜时分，周绍排长突然尖叫一声："不好了！怎么这么烫呢？"

我们几位和老乡全部被惊醒了。原来昨晚大爷给炕烧多了，炕上茬了！周绍排长的褥子被烧了个不大不小的窟窿。救火后，我幸福地沉睡起来。

阵地上，连晚点名。

王登海连长训话："团司令部命令，鉴于东北天寒地冻的实际情况，我们必须加强迅速构筑工事的实战训练。我命令，从现在开始，到焦家岗村东侧的开阔地构筑备用工事。"

漆黑的夜晚，伸手不见五指。我们六连又开始重新构筑工事。王登海连长戏称："打一枪换个地方，不准放空枪。"

潘迟指导员补充道："事实上，对于高炮部队来讲，每进行完一次战役或者每进行完一次射击，必须转换阵地，否则目标暴露了，就等着挨轰吧！"

又是一个"浴血奋战"的夜晚，再一次锻炼我们钢铁般的意志……

在构筑完新的阵地后，我们六连不停地进行合成训练，我的训练科目就是搜捕目标……

一晃，20多天过去了，"雷霆"军事演习胜利结束了。与生我养我的海伦还没来得及说声再见，和焦家岗的父老乡亲还没来得及打声招呼，我们部队就班师回营了。

由于我是在火线上入党的，还没有来得及办理入党手续。返回驻地后，潘迟指导员又让我补填了一份入党志愿书，周绍排长和潘迟指导员做我的入党介绍人。我在志愿书中写道：

在我的心灵深处，中国共产党是至高无上的。

在我儿童时代，妈妈教我学唱了《东方红》《没有共产党就没有新中国》《人民军队忠于党》等革命歌曲。在我上中学、当知青时期，就矢志不渝地申请加入中国共产党。

在当兵后的一年中，我仍然不改初衷，要求加入党组织的心情更加迫切，一如既往地接受党组织的各种考验。多少年来，特别是入伍以来，我始终按照党员标准严格要求自己，坚持学习"红宝书"，坚持少说多做、谨言慎行的座右铭，致力于做一名让党放心的摧不垮、打不烂，泰山压顶不弯腰的钢铁战士。

前不久，在"雷霆"军事演习的火线上，我终于有机会迈进了党组织的大门，并成为一名火线上入党的党员。此时此刻，我激动的心情是无法用各种语言和文字来表达的。我感谢党组织对我这么多年的关心和厚爱，感谢连党支部和连首长对我的教育和培养。我深知自己距离党员的标准还有很大的差距，在思想上还不够成熟，在行动上还有不足。请连党支部和连首长对我多多批评教育。

部队是一座大熔炉，更是一所大学校。部队的特殊生活教会了我许多做人的道理，培育了坚定的理想信念，锻造了钢铁般的意志，养成了艰苦朴素的工作作风，历练了严谨务实的工作态度。今后，我将在连党支部的正确领导下，时时刻刻用党员的标准严格要求自己，时时处处发挥先锋模范作用。要认真总结参加这次大规模军事行动的有关经验教训，以时不我待、只争朝夕的精神，更加勤奋学习，苦练杀敌本领，提高军事技术，争当技术尖子，争当专业能手，争当优秀士兵，以实际行动接受党组织的考验！

如果遇到外敌入侵，只要祖国一声召唤，我将义不容辞、义无反顾地奔赴疆场，用鲜血和生命捍卫伟大祖国的尊严！

1979年3月27日

第七章
英盘沟里诉衷肠　未雨绸缪训练忙

辽沈大地春风荡漾，青草树木开始抽出嫩芽，绵绵的春雨染绿了我的心扉。

还没有完全抖掉满身的征尘，构筑工事时攥镐的双手依然弯曲着，我满载着憧憬与喜悦，与战友亚青一同步入了高炮功勋师的最高学府——师教导大队进行学习培训。

师教导大队设在福顺东的英盘站北四五公里的山沟里，当地人习惯地称之为英盘沟。这次学习是预提班长任职前的培训，为期六个月。对我来说，是一次多么难得的学习机会啊！

报到整理内务时，突然发现我的"红宝书"没有带来，是落在营房了？还是落在海伦焦家岗的老乡家了？或许落在从海伦撤退回程的闷罐车中了？焦急地寻找无果，自己也是恍恍迷离的，根本说不清楚是在哪里把"红宝书"弄丢的。"红宝书"是爸爸送给我的纪念品，也是我的心爱之物，这几年我一直随身携带，珍藏在心，用之学习，而今却糊里糊涂地将"红宝书"弄丢了，真是追悔莫及呀！

在开班仪式前，我把在营房时给爸爸妈妈和红梅还没有写完的信继续写完。

想念的爸爸妈妈：

我失踪了一个多月，让你们操碎了心！

回到营房后，看到了爸爸的几封来信，想必把你们担心坏了吧？

自从上封信寄出后，我所在的部队参与了战备值班，随后我又参加了一次重要军事行动。为了做好保密工作，从那时起就不允许写家信了，断绝一切通信往来，但是家中可以往部队来信。用我们王登海连长的话说，就是见到了你的亲爹亲娘也不允许喊爸爸妈妈，你们说该有多巧，我们的阵地就设在乐业公社青山大队焦家岗村的西北角，这是咱们的老家啊！我都走到家门口了，同村的同学看不了，海伦街里的爷爷、叔叔、姑姑，农村的大舅和姨母都看不了。没有办法，谁让我是一名革命军人了，必须遵守保密纪律。这一个多月，我坚持做到了不写信、不会面、不泄密，相信爸爸妈妈对此能给予理解。

爸爸妈妈，虽然我参加的是一次军事演习，没有什么惊天地、泣鬼神的英雄壮举，也没有立什么大功，但我毕竟是这次重大军事行动的一名参与者，在我的内心深处记录下了这些难忘的日日夜夜。

给爸爸妈妈的信洋洋洒洒，足足写了5页纸，有的内容还没有写全面，只好等待下次再写了。接下来，便准备给我心中的恋人红梅写封信，心中不免怦怦直跳。

想念的红梅，你好！

这几天，我怀着万分激动的心情，分别给爸爸妈妈、红梅你以及大杨树的各位领导、老同学、老朋友写信，倾述自己参与战备值班和参加重大军事演习的热血衷肠。

在一个多月时间中，我一直没有给你写信。我所在的部队处在一级战备状态，按照保密纪律要求，不允许我们往外写信，只能收家中的来信，希望你能够给予理解。

在重大军事行动演习的日日夜夜，特别是在构筑工事最艰难的时候，我时时刻刻地想起你，是你随风飘舞的长发和一双深情的眼睛让我看到黎明后的曙光，是你甜美的笑容让我坚持到了构筑工事的最后胜利，是你的粉红色日记本让我记录了参加这次重大军事行动的全过程，是你的呢喃细语让我找到了做一名钢铁战士的自信。红梅，相思也是动力，恋情就是力量！在未来的生活中，我不能没有你。在杳无音信的一个多月中，我的心灵倍受冲击和折磨，愈发地感觉到你是我生活中不可缺少的重要组成部分。这一点也希望你予以接受，不能再批评我吧？

红梅，我还要告诉你几个好消息，一是我在这次军事演习的火线上入党了。那天晚上，在阵地上面对党旗宣誓的那一刻，我浑身上下热血沸腾，心潮澎湃。我向党宣誓了，随时准备为党和人民牺牲一切，永不叛党！假如到了祖国最需要我的时候，我一定要挺身而出，用青春热血和宝贵生命保卫我们伟大祖国的安全。二是在这次军事行动结束后，我受到了团嘉奖一次，并被评为团遵守纪律模范标兵。三是最近我又被送到师教导大队来学习。师教导大队是我们师的最高学府。此次学习，是预提班长任职前的学习，对我来说特别重要。我一定倍加珍惜，百倍努力，朝着既定的苦练杀敌本领，提高军事技术，争当技术尖子，争当专业能手，争当优秀士兵的目标前进，以最优异的成绩献给最心上的你！

我又抽时间给庆典叔叔写信。自从我当兵后，庆典叔叔经常来信，鼓励我在部队努力学习，干好工作，更重要的是照顾好自己的身体。这次他在信中着重说了一件事，在最近一次林场党委会议上，侯求书记动议拟提拔发花为林场团委书记，庆典叔叔坚持不同意。为什么呢？庆典叔叔说这样做对当年的金勾同志太不公平了。同样是知青，同样是小青年，金勾当团委书记时，说人家"从一名小青年跃升到林场团委书记，跨度有些太大，应该放到基层继续加强锻炼，补上副股级这一课"，那么你们家的发花当团委书记跨度就不大了吗？是否也应该补上副股级这一课？由于庆典叔叔的坚持，林场党委会议没有通过这个提议。后来，大家都来做庆典叔叔的工作，让他无论如何也要给侯求书记一个面子，他都要退休了，发花毕竟是他的儿媳妇，庆典叔叔经过前思后想，最终做出了妥协和让步，还是让发花任上林场团委书记。

庆典叔叔，我真诚地感谢您对我的厚爱和信任，更加欣赏和敬重您的党性原则。当年，我的团委书记被免职一事，对我刺激确实是很厉害的，我曾经感到委屈和无奈，一度抬不起头来，也曾经"呜呜"地哭泣过，真不知道怎么做才能把自己内心的痛苦宣泄出来。但发花是一个善良、活泼、有才华的女孩子，她对我的工作向来是积极支持的。我们之间也曾经摩擦出过瞬间的"火花"，但很快就消失了。关于爱情问题，她有权利做出自己的选择。当初，我也曾经忌妒生恨过——"要把林场汽车驾驶室砸个稀巴烂"，但时过境迁了，我已经把这些不愉快的过往淹没在记忆的海洋中了。忘掉吧，庆典叔叔！忘掉吧，所有过往的一切！

　　庆典叔叔，我们千万不能把侯求书记的一时狭隘和过错所引发的一些不愉快，转嫁给发花。发花是无辜的。她美丽善良，才华出众，渴望把事业干好，大有培养前途。我在千里迢迢的英盘沟恩请庆典叔叔，您一定要很好地培养她，一定要把她培养成为名副其实的林场团委书记，这才是我的最大心愿……

　　英盘沟阳光明媚，清新的空气与和煦的春风一起扑面而来。

　　口号声声，歌声嘹亮。十几个中队迈着整齐的步伐，精神抖擞，斗志昂扬，集合在大队部前面的操场上。

　　"1979年度高炮功勋师教导大队开学式现在开始！"吴刚政委用洪亮的声音宣布。

　　"下面请李齐大队长讲话！"吴刚政委主持开学仪式。

　　没有听错吧？我仔细端详一番，这不是我们战功20团司令部作训股的李齐参谋、李齐股长吗？原来他又升任为我们教导大队的大队长了。

　　李齐大队长主要讲参加"雷霆"军事行动的经验教训，和我们加强学习训练的重大意义。

　　如今我们坐在这里进行学习，就是要对那些经验教训进行认真总结。特别是在参谋作业上，我们好多参谋人员，识图用图的技术不过硬，在这次军事行动中乱了方寸。某部经过一夜的急行军，第二天天亮才发现，基本围绕一座大山绕了几圈，仍在出发点上，结果贻误了战机，受到了上级的通报批评，这个部队的首长因此被撤职。

　　李齐大队长讲到最后声音更加洪亮："同志们，在座的各位，你们都是经过这次重大军事行动考验的优秀士兵。从某种意义上说，这也是你们未来成长道路上的奠基石。我们常说，不想当将军的士兵不是好士兵。将军都是从士兵中成长起来的。你们都是我们功勋师的精英，是各专业的技术尖子，是各个部队的骨干力量。希望你们要珍惜在我们教导大队学习训练的大好时光，有针对性地加强战备训练，苦练杀敌本领和技术，不断提高战术水平，为保卫祖国的安全，人民的幸福，为打赢现代化战争做好一切准备。我们的口号还是那句老话'平时多流汗，战时少流血'！"

　　回到了中队，我们分班进行讨论。中午我没有休息，把自己上午在班内的发言讨论的内容整理后，作为信件邮给红梅，向她倾诉和表达我在从军路上的雄心壮志。

　　红梅，毋庸讳言，不想当将军的士兵不是一个好士兵。

　　到上一级军官学校学习深造是我梦寐以求的理想。李齐大队长的讲话时间不算长，但内容丰富，又干净利落，还特别富有感染性。他和吴刚政委的形象更令我钦佩不已。自从当兵以来，凡是我接触过的军官，像吴疆团长、王登海连长、潘迟指导员，还有李玉田排长，他们讲话都富有条理，富有力量，从不拖泥带水，我必须向他们学习。将来我如果穿上四个兜的军装，就像他们那样，做到军容整齐，仪表堂堂，讲话利落。还要像他们那样，艰苦奋斗，无私奉献，以身作则，廉洁奉公，敢于牺牲，把毕生精力献给祖国的国防事业，这岂不是一件很愉快、很幸福、很富有意义的事情吗？

能到师教导大队来学习，是实现或是接近自己理想的第一步。为此，我制定了一个详细的学习计划，准备分两步走：第一步，在训练时间内，深化训练成果。就侦察专业而言，我经过了一年的严格训练，参加过两次实弹射击，一次重大军事行动，有了一定的基础。来教导大队，主要是针对这次重大军事行动，寻找训练的薄弱环节，有针对性地强化训练，提高实际操作技能。同时，要提高自己的军事理论水平，做到能操作明白、能说明白、能写明白，要达到能讲课的水准。我决心以百倍的努力，取得更加优异的成绩，不辜负连首长对我的期望。第二步，在业余时间里，强化文化课的学习。主要是数理化三科，把早中晚的业余时间都要利用上，争取在师教导大队的6个月的时间内，学有进步，为考取军校做好各方面的充分准备。

红梅，请你相信我，这些远大理想并非天方夜谭，而是实实在在的人生目标和具体措施……

早上，太阳刚刚爬到树梢上。

英盘沟，一座沸腾的军营。

军号嘹亮，响彻山谷；口令声声，此起彼伏。

出早操，大多是正步训练。为了做到整齐划一，更多的时候是进行正步的分解动作训练。

"一！"踢腿（左脚向正前方踢出约75厘米，腿要绷直，脚尖下压，脚掌与地面平行，离地面约25厘米）；"二！"脚着地（适当用力使前脚掌着地，同时身体重心前移，右脚照此法动作）。

"一！"踢腿；"二！"脚着地。循环往复整齐有力地"啪啪"的前脚掌着地的声响，似排山倒海，震得他地动山摇。在大山怀抱中的英盘沟，我最爱听的就是这个最熟悉的声音，这是军人心中最优美最震撼人心的声音。

英盘沟里的所有楼房都是海军某部废弃的营房。我们指挥中队住在山脚下的一座楼房内，我所在的班住在一楼的地板上。控山水从我们的楼下淌过，一楼阴暗潮湿，而我们只铺了一个草垫子，上面就是褥子，褥子总是湿漉漉的。每天早上的内务比在连队时好整理多了，弄成什么样就是什么样，不走形，但是人可遭殃了，一周才能晾晒一次被褥，如果周日赶上了阴天下雨，十天半月也晾晒不上一次被褥。自从到了战区，我的腰疼病就算坐下了。现在每天躺在这潮湿的被褥中，我的腰两侧那种浸透性钻心的疼痛感愈加严重。亚青给出了个损招："找中队长调换一下，不然就给他压床板。"

我心平气和地说："算了吧，我们是来学习的，不是来讲条件的。"

亚青不满我的态度道："自作自受，活该倒霉。"

盛夏，我们的训练进入了最为紧张的阶段。从侦察兵训练的角度看，师教导大队的训练条件要比我们在连队时好得多。比如侦察兵的识图用图、定点训练、与现地对照等都可以车载进行，在我们六连就做不到，清一色用步量。朝荣教员带领我们走遍了福顺市的东部、北部的山山水水，如大伙房水库、张作霖墓地、铁背山、清原、铁岭等地，既开阔了眼界，又强化了训练。

实际训练中，最难的科目是按图行进，这个科目是一个综合性科目，应用方方面面的军事地形学的知识。最令人头疼的是在一个小时二十分钟内找到四个坐标点，即使在白天训练时，在规定的时间内，这四个点也不一定全部找到，晚间训练就更不容易找到了。大家都最怕夜间按图行进。

晚饭后，朝荣教员用汽车把我们拉到一个生荒的地方。下车后，他布置训练任务："总结参加'雷霆'军事演习的有关教训，特别是按图行进方面的教训，我们必须下苦功夫练习按图行进。按照训练大纲要求，今天晚上给你们每个人四个坐标点，计时开始！"

我们首先用手电筒照着图板，用指北针判断方位，量出图上的坐标点，然后判读行进路线，反复检查，确认无误，方可按图行进。这些坐标点，是教员白天在实地测量过的。在五万分之一的军用地图上，铅笔头大小的那么一个小点，相当于实际50米。判图如有误差，那就不可能找着。

弯月已经爬上了天空。据我在图上的判断，第一个点，应该在山脚下的明显标志物上。我迅速跑到坐标点后，果然不出所料，有一根电线杆。弯腰一看，电线杆根底下有一个新劈的露白茬的木条插在那里，我喜出望外地把它拔下来，上面写着"英盘77号"。第二个点应该在山顶上，这个山顶没有明显标志物，根据我两年来的训练经验，这个点应该在山顶中央，第二个点"英盘78号"也顺利地找到了。据在图上判断，第三个点应该在背山坡的山脚下等高线与公路的交会处上，我跑到了实地沿着公路边沟在五六十米范围内反复寻找，没有找到，因时间关系，只好放弃这个点，向下一个点进发。如果在战时，我这个"放弃"就有可能贻误重大战机。

从图上判断，第四个点的等高线很宽，没有明显标志物，只能按着方向和与公路的距离摸索前进。这个点距公路约1000米。我到达了目标所在地，是一片杂草，与我肩膀同高。借着月色和手电光仔细察看，这是一片坟茔地。瞬时，我的头发茬子都竖立起来了。我害怕了，恐惧了，不想找了。但是，不行啊，我已经放弃了一个点了，如果这个点再放弃了，那我今天的训练就不及格了。我只好硬着头皮，深一脚、浅一脚地去找。约有20分钟过去了，我还是没有找到。此时此刻，我哭的心都有。忽然，我想起了朝荣教员在上课时教的方法和原则，即在平缓地带，要找明显标志物；在没有明显标志物的情况下，要找相对中央处或相对突出部位。我按照这个原则，逐个坟头进行搜索，大约找了二三十个坟头，回头再进行比较，哪个在中央，哪个比较大。果然，我用手电一照，中间那个比较大的坟头的坟尖上，插着"英盘80号"，就是它！我把它拔下来，全然不顾地往集合点跑去。

第二天实地讲评时，朝荣教员领着我们再次来到我的第三个点进行实地察看，无论怎么找，都没有找到。朝荣教员向我们解释："可能是被附近的老乡拔走了。"这个结果让我们大家哭笑不得。

昨天晚上，突然收到了爸爸的一封特别来信。

金勾，你的来信都已收到。看到你在这次军事行动中的火线上光荣入党，现在又到师教导大队学习，我和你妈妈都为你高兴。照顾好自己的身体，祝你再有新的进步！

红梅听说咱家养了几头猪，又特意送来5麻袋草籽。你妈妈可高兴了，多次夸奖红梅是个懂事的姑娘。请你写信转告她，只管照顾好自己，不要为咱家操那么多的心，同时也谢谢她。

最近，咱们大杨树除农工商联合公司仍然归黑龙江省大兴安岭地区管辖外，其余的各单位都划归到内蒙古自治区了，你当兵走时的杨树地林业局自然也划归内蒙古克什林管局管辖了。

在这次的重新区划过程中，你的德怀茂大爷调到农工商联合公司任党委书记，你的周陈子坤大爷仍然留在杨树地林业局任副书记。经过慎重考虑，我已经商调到大兴安岭地区漠河县任法院副院长。你也知道，我这辈子就属于"飞鸽牌"的，新调来的海青书记和好多同志也都这么说。

无论是对国家还是对个人来说，重新区划都是一件大事，涉及历史和未来，乃至千家万户。记得你曾经对我说过，你将来要深入地研究一下大杨树，那么你现在最起码要知道大杨树的来龙去脉……

我把爸爸的这封信反复看了几遍，又开始心烦意乱起来……

至于为什么要重新区划，那是国家的事，我就没有必要再进行深入的研究了。然而，爸爸为什么非要调到漠河去工作？漠河在哪个方位？离大杨树有多远？也不怪人家说，爸爸向来是"飞鸽牌"的，在哪也干不长，总是站在这山望着那山高，这又"飞"到漠河去了。

我还是努力劝自己，当好兵，走自己的路，力求不为外界所干扰。尽可能不要想家里的事，更不要想爸爸的事，多想无益。我把兵当好，把眼下的工作干好，无疑就是对爸爸和家里的最大支持和最好安慰。

金秋十月，是收获的季节。我自行设计的"两步走"学习规划，在六个月的集训学习生活中初步得到了实践。我的军政素质有了明显提高，特别是被中队任命为十班的班长，这是我到部队后第一次尝试当"班长"，在各方面又得到了新的锻炼。在自身的学习上，我利用一切能够利用的时间进行自学。晚上经常在电线杆子旁边、路灯底下学习，经常与飞舞的蚊虫为伴。早上一般都在四五点钟起床，中午从来不午睡。学习中最为吃力的还是数学，我请擅长数学的战友帮忙辅导，逐渐也钻了进去。待回连队后，一定要发扬这种"钉子"精神，在学习上取得更大的成绩。

今天上午，在教导大队集训总结大会上，我和亚青受到了嘉奖，同时我还代表学员在大会上做了发言，汇报了六个月集训学习的感想和体会，以及回部队后的决心和打算。在我发言结束后，李齐大队长和吴刚政委向我投来了会心的微笑。

再见了，师教导大队！再见了，放飞我心中理想的英盘沟！

1979年10月17日

第八章
无缘写作常困惑　岁月蹉跎再悔过

千户屯。

又回到了营房，我好像回到了家一样。

我们六连只剩下六七个人在留守，部队到达里应承子靶场集训还没有回来。过去，对部队后勤保障工作缺乏了解，今天我有机会参加留守工作，才知道后勤保障工作在连队建设上有多大分量。我与正在留守的全云开玩笑："隔行如隔山哪！今天我们得向你这个'后勤部长'学习呀！"

"哪里的话呢，你们都是专业尖子，技术能手，让你们来帮助我干活，那可是大材小用了！"全云用四川话给我们几个戴高帽子。

全云是我们六连著名的猪倌。他个子不高，一说话先笑一笑，是典型的四川兵，特别能吃苦。在今年春天我们进入战区前，把能杀的猪都杀了，当时全云还流下了眼泪。从战区回来后，王登海连长又说："这日子还得过呀，全云你还得多养猪养好猪，好改善连队的伙食。"

全云又买了20多头猪养了起来，如今这些猪个头长高了许多。我从英盘沟回到了连队后，连首长让我帮助全云养几天猪，我的人生履历上多了一个猪倌的经历。

早上，我和全云3点多就起床，割猪菜剁碎，用大号锅煮，待开锅后撒些糠进行搅拌，然后略微撒一点盐，当看到猪食的气泡此消彼长、闻到猪食散发出一阵阵香味时，我的内心滋生了一种莫名的快乐，又想起了妈妈烀猪食的情景。

全云说："王登海连长和潘迟指导员他们如果在家的话，经常带领大家跳到粪池中帮助起猪粪。"

我不屑一顾地回答："这个故事我听过多遍了，成天起猪粪不恶心吗？"

全云直言不讳地说道："专业技术标兵有娇气了吧，让你干几天就不恶心了。"

全云批评得太对了，我一阵脸红。

一天下来，我腰酸腿痛，有一种说不出来的甘苦，然而，全云一年四季周而复始地重复一项工作——养猪，如果没有点毅力和耐力，没有淡泊名利的境界，他是坚持不下来的。越是近距离接触全云，越能发现他有一种人格的美，越能发现我们之间的差距，真的让我感到自愧不如。他到部队来最大愿望是当一名志愿兵，但因名额有限，这个朴素的愿望也难以实现，我为之深深地同情与担忧。今年，他荣立三等功，这是当之无愧的。

昨晚下了一场清雪。留守的人员实在是太少了，我和全云除了当猪倌外，还主动参与到抢收白菜的工作中来。我们六连有一个七八十米长的大菜窖，落雪后必须把所有的大白菜和土豆运到菜窖里面去，这些大白菜和土豆关系到我们六连这一冬的"日子怎么过"的大问题。我与大家一道抱白菜、扛土豆，抢晴天、战雪天，夜以继日地往菜窖里面运。在"激战"留守的日子里，我才深深地体会到，"兵马未动，粮草先行"是何等的重要啊！

大部队凯旋，我的留守工作也到此结束了。

我抽时间分别向王登海连长和潘迟指导员汇报在师教导大队的学习训练情况。王登海连长说："你在教导大队的情况都介绍过来了，表现很好，为我们六连争了光。正好咱连的文书已经提到团政治部当干事去了，你回来就接替文书工作吧。"

潘迟指导员对我说："你在教导大队时邮回来的几次思想工作汇报，我们都看了，写得很好，其中有一份作为党员思想汇报范文，被团里报到师政治部去了。希望你接替文书后，要继续努力，再加把劲儿，争取在各个方面再得到提高。"

我被调到连部当文书，在全连引起不小的震动，亚青、杜丁等好多战友都跑过来祝贺。

在火线上提升为指挥排长的周绍，他帮助我把行李送到连部，向卫生员和通信员交代："我把金勺给你们送来了，你们可要多多关照啊！"

在连部，连长、副连长，指导员、副指导员，他们每个人住一个屋，我和卫生员、通信员3个人住一个屋。刚刚接任文书，正赶上迎接师年终工作验收组的验收。我必须在一两天之内，把全连的自然情况、实力情况背下来，必须掌握三种轻武器的分解结合技能，特别是在把眼睛蒙上的情况下也能自如地分解结合。时间紧、任务重，我奋力投入到新的训练中去。尽管我付出了极大的努力，但在这次验收考核中没有考好，成绩不够理想。王登海连长开我的玩笑："时间这么紧，没弄回来几个鸭蛋吃就行了，不要自己跟自己过不去。"

尽管连首长宽慰我，但我还是内疚自责了很多天，一时不能自拔。

一晃，1980年元旦在忙忙碌碌中过去了。一天下午，潘迟指导员意外地通知我："你的那份思想汇报写得很好，被师政治部选中了。团政治部通知，让你前去参加全师文学创作骨干培训班。很好嘛！这是一件很光荣很了不起的事情，如果写好了，被师首长发现了，准能有机会转干。"

我有些发愣地说："指导员，我真的不知道什么是文学创作，还是把这个指标让给别人吧。"

"你这又不懂了，这是组织决定，哪有讨价还价的余地。"潘迟指导员鼓励我去。

"是，服从组织决定。"我被迫表态了。

大家都说我参加这个学习班是件好事，而我却哭笑不得。质量再高的思想汇报怎能与小说、诗歌、散文等文学作品相提并论呢？

也不知是怎么弄的，偏巧这些所谓的好事接踵而至。我背着沉重的包袱被赶鸭子上架，来到了福顺——高炮功勋师师部招待所报到。

开班式，让我眼花缭乱，激动万分。师政治部副主任在动员大会上做了一个激动人心、催人奋进的讲话。他动情地号召："文学作品是历史的血脉、时代的号角。从事文学创作的人，都是人类精神食粮的创造者，肩负着光荣的历史使命。同志们，勇敢地拿起如椽的创作大笔，在部队广阔的天地里，创作出更多更好的反映部队生活的精神食粮，讴歌新时代最可爱的人！"

听了首长的动员，我又浮想联翩起来。

参加这次培训班的有11个人。有搞诗歌创作的、有写散文的、有搞音乐创作的，还有搞新闻写作的，就我是写思想汇报的，相形见绌，可怜至极！但不管是搞哪一方面创作的，他们都有作品见诸于报端，其中有一位战友还在全军最高刊物——《解放军文艺》上发表了作品，真是让我羡慕不已。尤其是搞音乐创作的，当灵感来临时，哪怕是深更半夜，他也迅速起床，抓起笔来，快捷地记下灵感的符号；如果没有灵感，他总是沉默不语，甚至于几天几夜不睡觉，真是达到了疯癫的程度。

我激动地把这种瞬间感受记录了下来，写给千里之外的红梅。

红梅，由此我想到，不管干任何事业，无论从事什么工作，不付出流血牺牲的代价就不会有所成就；对你所从事的工作，不达到疯癫的程度就不能算是热爱。什么是热爱？热爱就是痴迷加疯狂。

目前，我的惭愧是痛苦的。大家几乎都是同龄人，人家为什么有作品问世，而我为什么没有？真是天外有天，人外有人啊！我是不是荒废了时日？浪费了青春？一个正在努力奋斗而又万分痛苦的人惶惶不可终日啊！虽然自己没有什么文学天赋，但可以尝试。要把培养文学兴趣作为自己今后人生的一种爱好，坚持写一些带有文学色彩的日记，或尝试一下诗歌、报告文学等方面的写作，记录我所经历的每一个时代，反映我所熟悉的身边普通人的小事，留给儿孙们欣赏，留下供后人研究。红梅，我坚信，世上无难事，只要肯登攀。

红梅，我意外地参加的这次文学创作培训班，有可能成为我人生的一个重要的拐点……

又是一个春暖花开的季节，1980年的春天来了。

我从师部文学创作培训班灰溜溜回来后不久，又被王登海连长安排到四川去送兵。

我送的这名战士叫刘茅，家住四川杨中，与战友全云是同乡。刘茅是去年退伍的，回到家乡后又反悔了。他不情愿留在家乡务农，想回到部队继续当兵，当兵能有碗饭吃。原来部队有规定，既然已经退伍了，除极特殊情况外不可能、也不允许重新当兵。刘茅把这个问题想得简单化了，前不久他又跑回到部队来了。我这次去的主要任务，就是把刘茅正式交给地方政府。接受任务后，我没有多想，不就是送个兵吗？顺道还能游山玩水，岂不美哉。

临行前，我到全云那里，看他是否有什么东西捎给家中，全云当即写了一封信，还拿出20元钱，让我一同给他家带回去。

火车风驰电掣地向北京、向郑州、向西安、向成都方向驶去。

连续三天三宿的硬座，腿被控得都肿胀起来了。

我带领刘茅直接来到了杨中民政局办理交接手续。县民政局的一位科员接待我们。他斜着身子坐在办公椅子上，傲慢无礼、趾高气扬地接过了刘茅的介绍信，看了又看，审问："这不是去年退伍的吗？怎么才来报到啊？"我急忙上前帮助解释："部队又有任务，多留了一段时间。"我不敢如实说他又跑回部队的事。这位科员又查了一下台账，翻过来倒过去，又没好气地说："一定有问题，不然不会不按时报到的。"我主动介绍并证实："我是部队专门派来送他的，的确是部队有任务，耽误了报到的时间，请地方领导多多谅解。"他看我穿的上衣是两个兜的战士服装，不屑一顾，刁钻地说："送兵起码也得派个干部吧？"我强压底火，笑脸相迎："那是，那是。"在冷遇中，我尴尬地帮助刘茅领取了布票和棉花票。

是夜，我们找了一个小旅馆住下。

我与刘茅的自尊心受到了意想不到的重创，心中五味杂陈。我们退伍兵不需要送兵时的锣鼓喧天，更不需要鲜花和掌声，但我们需要起码的尊重和礼遇，更需要应有的热情和安抚，哪怕是一杯没有茶叶的白开水。

——日记摘抄

第二天，在刘茅的引领下，我们步行来到了乡下。虽然黄色的油菜花遍地开放，但特别狭窄的田埂路弯弯曲曲地向前延伸，让人感到很贫瘠。坡地上有几棵孤零零的大树，有几户人家，刘茅家就住在这里。两间破旧不堪的房子好像要散架子，恐怕也遮挡不了什么风雨，前面房檐较大，像雨搭。正赶上他的哥哥从山下挑水回来，他向哥哥做了介绍，他哥哥没有搭理我，还怒气冲冲地问他："你怎么又回来了？"让人感到惊讶与不解。

我将刘茅交给了他的哥哥。我走了，他一个人——一名退伍兵孤苦伶仃地站在那里，很无助，还频频地向我招手。

他今晚住在哪间屋子里？未来的日子怎么打发？这一切的一切，我都不得而知。

回到了公社招待所，我久久不能入睡，想起了在漫长的旅途中刘茅向我介绍的一些情况。刘茅的父母很早就去世了，只有哥俩相依为命。自从哥哥娶了嫂子，刘茅在家就没了立锥之地，也许当兵是他的一种解脱，或是出路。看样子，如果他在战争中牺牲了，他的哥嫂还能在民政部门领取一笔抚恤金，因为那时他们就是他的唯一亲人了。

我在矛盾纠结中久久不能入睡，可怜的刘茅战友，眼下你到底应该怎么办呢？我只能送你到这里了！

次日早，全云的哥哥赶过来，带我一同去全云家。

同样的油菜花、同样狭窄的田埂路、同样的几棵大树、同样的几户人家、同样破旧不堪的房子，一切与昨天去刘茅家似乎相同，但全云家比刘茅家要热情得多。

听说全云的部队来人了，全云家的亲戚都赶过来了，满屋都是人。我向全云的父母介绍了全云在部队上立功受奖的情况，全云的父母很激动，二老让我转告全云："一定要听党的话，在部队上好好干，不要想家。"四川老乡朴素的话语始终激荡着我的心。

当我把全云捎回来的20元钱放在床边时，全家人惊讶羡慕，都目不转睛地盯住那20元钱，眼睛里溢出了激动的泪花，全云的妈妈不停地在擦拭眼泪。

全云的父亲不停地嘱咐："做点儿好吃的，让部队的战友尝一尝。"

我以为一定是招待客人的一顿美餐。原来是一碗有几个菜叶的面糊糊，我虽然不大爱吃，但与刘茅家相比起来让我感到很温暖。在杨中的几天，几乎每顿都是一碗面条加上一大勺红辣椒，让我不是很习惯，不得已而吃之。今天在全云家换一种吃法，也别有一番滋味。由此，我联想到了我们那个穷家，还算是幸运得多了。

原路返回杨中。我有意仔细欣赏一下杨中，四面环山，三面傍水，水在山中，城在水中。成片的古街巷、古民居韵味十足。我欲在破旧的华光楼前留下一张纪念照，结果没有人给照，不胜遗憾。小城虽然破烂不堪，但我凭直觉能感受出这是一座有着厚重历史文化的古城，隐约地能感受出它特有的魅力。据陪同我的公社干部介绍，杨中坐落在四川东北部，嘉陵江中游，已有2300多年的历史了，为国家历史文化名城。特别是琳琅满目的杨中丝绸，久负盛名。我有心买两个被面带回去，等我和红梅结婚时好派上用场，也算是个定情物或是个纪念品，但是的确拿不出来那么多的钱，犹豫不决半天，最后还是放弃了这个最美好的幻想。

返回部队途中，难得有机会路过伟大的首都北京。

囊中羞涩的我，在北京每天只吃两顿饭，早上一碗豆浆、一张大饼，一般情况晚上一碗面条。舍不得花钱乘坐公交车，几乎每天步行几十公里游览北京，常常饿得饥肠辘辘的。然而，我就像鱼儿在大海里畅游一样，游兴有增无减。五天来，我几乎用双脚丈量了整个北京城。

长安大街，宽阔笔直，车流如潮；天安门，宏伟壮丽，气势恢宏。我第一次来北京，也是第一次在天安门前留影，唯恐照不好，又照了第二次，特意告诉摄影师把毛主席像放大一点儿照。正赶上毛主席纪念堂没有对外开放，我饿着肚子围绕毛主席纪念堂转了三圈，然后我站在毛主席纪念堂北侧，立正，向毛主席纪念堂敬了一个军礼。"多想和毛主席握一次手，让毛主席他老人家接见一次。"这是我平生最大的心愿。

虽然我在北京忍饥挨饿，但没有忘了爸爸在信中的嘱托，"一定要练好字，写一手好字今后乃至于一生都将受益。"在王府井新华书店买了一本庞中华硬笔书法字帖，我没有犹豫，很果断。然而，当我想再买本我特别喜欢的《现代汉语小词典》，每本2.5元，我犹豫了。过去在逛沈阳市时曾遇见过这种小词典，就是没舍得买，今天围绕这本小词典转了好几圈，又犯起难来了。经过激烈的思想斗争，以学习需要为重，还是买了吧！回到旅馆，我趴在床上开始照着字帖一笔一画地练习写楷书，写累了就不停地翻着新买来的那本小词典。

有心给王登海连长、潘迟指导员等各位连首长和战友们买点儿什么东西，但苦于钱不给我做主啊！罢了，不要这个面子了。北京对我的吸引力太大了，也想多转几个名胜古迹，还是钱不给我争气啊！回去吧，等将来自己有钱的时候，一定走遍北京的山山水水，再多写几篇游记，把我在北京的苦处和羞涩一股脑儿地都写出来，告诉后来人，我是怎样游历北京城的。

刚回到营房，亚青、杜丁他们过来看我。亚青问："你外出一趟，都给我们买点儿什么好吃的东西。"我被问得哑口无言，脸红了，搪塞着："没有什么可买的。"

是的，这次外出是王登海连长特别关照，让我出去见识一下。自己外出一趟，两手空空就这么回来了，什么也没给王登海连长、潘迟指导员等连首长买，也没有给战友们买几块糖吃，不是太抠也是抠门。人家绝对不会想到你的家如何的穷，如何的寒酸，没有人理解。

　　是夜，看到爸爸的好几封来信。这么长时间没有给他们回信，想必他们又开始惦记我了……

　　想念的爸爸妈妈，你们好！

　　爸爸在漠河工作还顺利吧？漠河在大杨树北面吧？爸爸带领我们从海伦走来，一路向北，越走越远了。据民间传说，向北走具有吉祥胜利的寓意。红军二万五千里长征，披荆斩棘，大踏步地向北实施战略转移，最终取得了胜利。想必爸爸带领我们一路向北走，一定会为我们家带来吉祥，带来喜气。不管如何，爸爸在北陲漠河工作的同时，一定要照顾好自己。

　　妈妈和家里面也没有个具体的通信地址，只好在这封信里一并表达了，请爸爸回家时代为转达。就目前而言，我们一家人分了四处，爸爸在漠河，我在部队，霞妹在哈尔滨，家里只有妈妈领着弟弟妹妹留守和支撑。家中的生活肯定会有很多困难，妈妈的压力一定会很大。我在部队当兵一时也帮不上什么忙，也恳请妈妈别累着，适当注意休息。

　　再次感谢爸爸在来信中给予了我很多的鼓励。我在部队每取得一点进步，除了部队党组织和首长的关怀和培养外，更重要的是爸爸妈妈含辛茹苦的培养，还有爸爸妈妈的言传身教，是你们教会了我怎么做人，怎么自立，怎么战胜困难。请爸爸妈妈放心，我会在原有的基础上更加努力工作，当前特别要把文书工作做好，以更加优异的成绩向爸爸妈妈汇报。

　　火热的军营，火热的生活。我这个文书自然忙得不可开交。同时，我还着意反省参加师文学创作骨干培训班无功而返的沉痛教训，痛下决心，奋发努力，勤学苦练，弥补过失。前不久我出差路过北京，按照爸爸的要求，买了一本庞中华的字帖。汲取教训当从临摹字帖开始，弥补过失当从练习楷书做起。最近，我练习楷书已经练上了瘾、着了魔。到了晚上，我在一个一平方米左右的军械库里面练，怕连首长看到，把灯罩遮挡上，偷偷地照着庞中华的字帖专心致志地练起来，直至深夜。站岗时，用棍子在地面上写。不管在什么条件下，我都不停地写，随时随地写，见缝插针地写，争取在短时间内练出个样子来。初期越写越好看，后来发现越写越难看，有人说这是写字进步的表现，不知道是真的还是假的。总之，庞中华的楷书，第一讲究用笔，主要是笔画的提顿、藏露、方圆、快慢等用笔方法；第二笔画分明，横平竖直，直而不僵，弯而不弱，工整规范，干净利落，自然流畅；第三结构方整，笔画和部首分布均衡，重心平稳，比例协调，端正大方。我一定按照庞中华字帖的要求练下去，锲而不舍，勤学苦练，一当凝心静气，二当修身养性，三当审美愉悦，四当为文学创作奠基。

　　今天，我就是用端正而又不成熟的楷书给爸爸妈妈写的信，权且儿子在沸腾的军营中向你们的汇报吧！

1980年3月17日

第九章
再到英盘来塑造 晴天霹雳尤残暴

别了，我亲爱的六连！

别了，我亲爱的王登海连长（副营长）、潘迟指导员和李玉田排长（副连长）！

别了，我亲爱的周绍班长（指挥排长）、全云、杜丁等各位战友！

当兵是我的选择，六连是我的港湾。是我亲爱的六连，让我从军生涯更加丰富多彩和惊心动魄；是我亲爱的六连，让我懂得了为什么来当兵？怎样当好兵？感谢六连！是你让我经受了战区火线的各种锻炼和考验，是你给了我继续前行的政治生命和不竭的动力。不忘六连！如果没有王登海连长、潘迟指导员、李玉田排长以及周绍等各位老班长的教育和培养，就没有我到教导大队当教练班长的今天。怀念六连！我将永远记住这段最美好的青春时光，最灿烂的人生时刻。

与去年有所不同，这次我和亚青一起到师教导大队，是作为全师的优秀士兵选调来做教练班长的。这使我想起了去年离开教导大队时，李齐大队长和吴刚政委对我的那"会心的微笑"。

前几天，李齐大队长和吴刚政委给我们做动员时讲，从全师把你们十几位一同选调来当教练班长，是师党委对你们的信任和重托，不仅是你们个人的光荣，而且也是你们原来所在连队的光荣。教练班长虽然也是兵头将尾，但不同于一般意义的班长，你们是全师百里挑一、千里挑一的优秀士兵、优秀班长，是我们高炮功勋师不可多得的专业技术骨干。教练班长实际上就是见习教员，既要亲自带兵，又要参与授课，将在更高、更宽广的舞台得到更全面、多层次的锻炼，也可以从另一个意义上理解，是为全师储备和锻炼了一批干部。如果说教导大队是摇篮，那么你们就是这个摇篮中的新生婴儿。你们将在这里出征，肩负起保卫祖国的重任，不断地经风雨、见世面，经受各种考验，迎接全球现代化军事斗争的挑战。

连日来，我一直沉浸于激动之中。这与我穿上四个兜的军装，当一名职业军官的理想又接近了一步。我一定坚持少说多做、谨言慎行，以钢铁般的意志去努力学习，努力工作，努力奋斗，献身部队，报效祖国，不辜负师党委的信任和重托，不辜负教导大队各位首长的关心和培养，为我们老六连争光，为我们大杨树争光。

到了英盘沟后的第一件事，就是迫不及待地给红梅写信，把我调到教导大队来工作的喜讯告诉她，让她也为我分享此时此刻的兴奋。

想念的红梅，你好！

近来的一切都好吧？谢谢你对我家的照顾，爸爸几次来信一再告诉我，你不但不嫌弃我们这个穷家，还曾多次为我家送去了草籽（喂猪用）和面粉，妈妈为此高兴得不得了。我想这是你对我的无声关心和支持，我从内心里很是感激，希望你今后不要刻意勉强自己，我们距离千里万里之遥，我又不在你的身边，你尽管照顾好自己，这是我的最大心愿。

从庆典叔叔的来信中得知，多布林场的北京、上海、天津的知青都先后开始返城了，当年轰轰烈烈地来，如今如潮地"雁南飞"了。他们都走了，就把唐江排长自己孤零零地丢在了樟松山脚下，也没有人与他为伴了，我们东北人都不会说上海话啊！这让我的心里总不是个滋味。不知道你们反修农场还有你们七连的情况怎么样？事物都是辩证的，也许他们走了，有可能对我们将来转为正式工人还有什么好处呢？起码争指标的人少了。不知道我分析的正确与否，只是个探讨，也许你正在面临着这个问题。

最近，我告别了六连，又重返师教导大队了。这次是调来当教练班长的，即见习教员。说实在的，我多少还有些舍不得离开我们六连，六连给予我的太多了，不是一两句话能说清楚的。总之，没有六连就没有我的今天。然而师教导大队，是我们师的最高学府，是培养和锻炼专业技术人才和部队骨干的地方。我能有机会再次到这里学习深造，是部队各级首长对我的关怀和信任，更是我的光荣和骄傲！

巴甫洛夫写给青年的一封信中的几个要点，对我当前学习工作有很强的指导性。首先，要循序渐进。第二，要虚心。无论什么时候也不要以为自己已经知道了一切，不管人家对你们评价多么高，你们总要有勇气对自己说——我是个毫无所知的人。第三，要有热情。更美好的社会要靠我们自己来建设，更幸福的生活要靠我们自己来创造。

我要牢牢地记住这三句话，当作座右铭，做到吾日三省吾身。

红梅，最美的故事莫过于初恋，最美的文字莫过于你的文字。盼望你的来信，日夜盼望着！如果你再不来信，我有可能急成疯子了……

"中队点名了！"集合的哨声急促地响起。

朝荣中队长在点名后，又布置了一项任务："现在正值春种大忙季节，师部的农场工作有些吃紧。按照师后勤部的统一安排，我们中队奉命前往师部农场帮助插稻秧。今天晚上，大家做一些准备，明天早饭后出发！"

"金勺，你干过这活吗？"有的战友问。

"农活我倒是没少干，就是没插过稻秧。还得从头学。"我如实地回答。

"据说插稻秧这活可辛苦了，没有点儿耐力干不了。"亚青也过来凑热闹。

"没等干，就把你们吓成这样，不至于吧？这也不是上刀山下火海。"我执拗地不信。

"骑毛驴看唱本，走着瞧。信不信，明天见。"亚青打趣到。

师部农场。一下子涌上来这么多人，农场没有地方住，我们中队只好暂时住在废弃的马棚里，在地面上铺一层稻草，然后在上面铺行李。晚上，地面凉得简直让人没办法入睡。亚青趴在我耳边嘀咕："这种住宿条件不比战区、英盘沟强多少。"

"还讲什么条件，睡觉吧。"我劝他。

早上5点起床，仍然进行队列训练。早饭后，7点准时下水。

一望无际的网状稻田里，到处都是人。稻田中的水接近膝盖，冰凉刺骨。一心为了抢农时，我们光着脚在冰凉的水中，每天弯腰插稻秧大约10个小时。去年在战区构筑工事时，震得双手十指蜷曲至今，一直伸不开。如今还要用这双手插稻秧，真是难为了经历火线考验的这双手。

半夜时，我的腰部两侧那种愈发严重的浸透性钻心的疼痛又更加明显了。

又是一宿没有睡实，天南地北地想了许多，红梅应该收到信了吧？为什么不回信呢？

灿烂的阳光洒满了稻田，放眼望去，泛滥着泥浆的稻田波光粼粼。我踏着泥浆水，弯着腰插稻秧，忽然身体有些支撑不住，迷迷糊糊地对亚青说："我的眼前怎么一片黑暗呢？"

说话间，我一头栽进了泥水中……

"这是哪里？怎么会在这里？"我的意识似乎有些清醒了。

"这是农场场部。"亚青告诉我。

"刚才，你一头栽进了水里，可吓死人了。我和战友们背着你，你看看这一身。"亚青如实描述了刚才的情景。

我的外衣外裤已经被他们扒下来了，剩下的内衣内裤也是湿漉漉的。我充满感激地说："谢谢你们了！"

卫生员领着朝荣中队长进来了。朝荣中队长问卫生员："有问题吗？用不用送到沈阳去治疗？"

"看他的脸色苍白，突然晕厥，现在又像好人似的，从症状上看，有可能是低血糖，先补一点糖，观察一下再说。"卫生员诊断并建议。

亚青又去买来白糖，沏上一碗，我喝下去，身体缓解多了。

朝荣中队长建议："金勺的身体虚弱，还是休息几天吧。"

我不好意思地说："没有大事，还是坚持吧。"第二天，我带着虚弱的身体继续插稻秧。

10多天的"弯腰训练"终于结束了。在返回英盘沟的路上，我给大家出一个题目："大米好吃吗？"

有一位战友不屑一顾道："那还用你问，谁还不知道大米比高粱米好吃。"

我再加重语气重复："我是问，大米是好吃的吗？"

还是另外一位战友反应快："金勺是说，插稻秧是艰难的吧？"

亚青补充道："从这个角度来说，大米不好吃。对吧？"

我最后发表高见说："大米好吃，秧难插；想吃大米，就得累趴下！我的结论是，大米不是好吃的，大米是最难吃的！"

有的战友反驳："这都是什么奇谈怪论呢？"

我情不自禁地带头高声朗诵：

锄禾日当午，汗滴禾下土。谁知盘中餐，粒粒皆辛苦。

再熟悉不过的英盘沟，可亲可爱的英盘沟。

我负责带侦察一班，同时参与军事地形学中的地图与现地对照（标定地图、在地图上确定站立点、地图与现地对照、在地图上确定目标点）有关章节的授课。在试讲时，朝荣中队长向我们讲解了当教练班长应当注意的事项："在总结经验教训上，要把参加'雷霆'行动的有关教训贯穿教学的整个过程；在管理上，凭着我几年来带兵的经验和体会，要处理好严格管理和爱护士兵的关系，二者不可偏颇；在教学上，从写教案抓起，试讲不过关不能上课堂；在教学中，要讲究艺术，要写好板书；在实际操作上，注重军事地形学知识点的综合运用和实战化训练。"

我在讨论中表示："如何当好教练班长、如何当好教员，既是我的一块短板，又是我的一个新课题。我要逐一从头学起，注重研究总结，注重发现问题，做到笨鸟先飞，勤能补拙。请中队首长和各位教员对我进行帮助和批评指正。"

朝荣中队长带领我们进行地图与现地对照的教学，搞得生动鲜活，既注重了科目训练，又注重了实际操作，既注重了实战需要，又注重了人文地理。

"今天的训练科目，是按图行进，对变化地形地貌进行判读。具体坐标点到时由金勾教练班长发给大家。"朝荣中队长下达了训练科目。我们按图行进来到了大伙房水库，学员们下车，我把实际测量标定的坐标点发给大家。大伙房水库坐落在英盘沟西南、抚顺市以东，水域面积达110平方公里。由于修建水库，这里的地形地貌均遭到破坏。好多学员对变化地形地貌如何判读，知其然不知其所以然，判读误差很大。

朝荣中队长提示大家："不管等高线有多大的破坏，但河流的走向是不可能改变的。大家要以河流的走向为中轴，然后再寻找主要标志物。请大家换个思路，好不好？"他的话音刚落，学员们开始重新进行判读。

"找到了！我找到了！"其中一个学员站在大伙房水库管理局院内，指着由老一辈革命家朱德题写的金光闪闪的"大伙房水库"五个大字高喊。这名学员很兴奋！朝荣中队长寓教于乐的教学法成功了！

我们几乎每天都要从大伙房水库大坝前过往，我不由自主地模仿朱德为大伙房水库题字的签名，练习写"朱"字的一撇一捺。有时还带领学员登上大伙房水库的大坝，放眼望去，云帆淡淡、峰峦叠嶂、树木葱郁、烟水浩瀚的山岳湖泊风光尽收眼底，令人心驰神往。

铁背山亦叫"界藩山"，意为两条河的交汇处。站在铁背山的制高点四下眺望，在这座山的南面是发源于新宾的苏子河、北面是发源于清原的浑河，在铁背山西侧缓缓地汇入碧波万顷的大伙房水库。朝荣中队长博古通今，他向学员们介绍说："在著名的萨尔浒大战中，努尔哈赤在界藩城前、铁背山下大败47万明军，声威大震，屡建奇功，为满族西进辽沈、问鼎中原奠定了基础。早在1687年，康熙大帝东巡路过铁背山这个清王朝龙兴之地时，即刻赋诗一首。"

城成龙跃竦重霄，黄钺麾时早定辽。
铁背山前酣战罢，横行万里迅飞飙。

"今天我们到这里来进行地图与现地对照、在地图上确定目标点等科目训练，目的就是通过古代经典战例，介绍地形地貌对战争的影响。所以我们作为高炮侦察兵，必须把军事地形学学深学精学透，不然的话我们在战场上就会陷入被动，甚至会有致命的危险。"朝荣中队长借古喻今，再次强调学习军事地形学的重要意义。

在界藩山的北面，隔浑河就是苍松翠柏掩映的元帅陵，即关东枭雄张作霖的陵墓。

整个建筑群坐落在浑河"S"形大甩湾高低错落的丘陵上，高大的城墙为方形建筑，四角建有炮台。陵园内陈列明清两代用汉白玉石刻的石人、石马、石狮子、石骆驼等艺术品，造型生动，精巧逼真，刻有虎、鹿、花、鸟的影壁浮雕，层次分明，构思严谨，做工精细，堪称艺术陵园。元帅陵是1929年5月动工兴建的。选中此地的理由是"前照铁背山，后座朱龙湾，东有凤凰泊，西有金沙滩"。此乃一处风水宝地。站在元帅陵的中轴线上，隔浑河南望铁背山，悬崖峭壁，鬼斧神工，隐约能感受到明清灿烂历史文化的无穷韵味。

学员对这几处实地训练抱有很浓的兴趣，经常探讨历史的来龙去脉，有的甚至提出来在萨尔浒大战中，努尔哈赤指挥千军万马，用的是地图还是沙盘？张作霖如果不死的话，东北是否有可能独立了？朝荣中队长也参与到我们的热烈讨论中。

最近，教导大队又有两名教练班长被保送去军校学习了，这是一个利好的消息，让我振奋不已，同时又有小道消息说，他们的父亲是某部队的首长，又让我不胜其烦。不管怎么说，我一定"时刻准备着"！我坚信，我们这些优秀士兵一定会有机会考取军校的，不会被组织遗忘的。在带兵的日日夜夜，我更加疯狂、更加如饥似渴地进行文化课学习，时刻准备着，一切为了考学转干做准备。兴奋之余，提笔给红梅再写信。

红梅，对我来说，师教导大队是我学习的天堂。能到师教导大队来当教练班长，是我人生的重大转折点。为了有秩序地进行学习并达到一定的效果，我现在重新修订"两个一"的学习计划。劝君莫道学已晚，而今迈步从头越。

一是关于一天的学习安排。早上一般在4点起床，重点放在高中文科的各科复习上。中午一律不准睡觉，专心致志地写钢楷。晚上复习数学，重点放在做数学题上。

二是关于一周的学习安排。星期一、二、三、四、五一律执行"一天的学习安排"，星期六的晚上可以洗衣服、办事、写家信，平日不准写信，不过节假日。星期天，早饭后先对一周进行总结，然后学习文化课。一定要谨记，业精于勤，荒于嬉；行成于思，毁于随。

红梅，请你在千里之外监督我的学习，盼你常来信……

"两个一"的学习计划犹如一团火在我的心头上燃烧，像黎明前的一盏明灯照亮了我前进的方向。昨天晚上10点左右，困意袭来，让我有些克制不住了，但是我的大脑在执行这个学习计划时一点也没有动摇。你不是想睡觉吗？但不能脱衣服睡，不能躺下睡。结果，我在后半夜2点左右被冻醒了，接着又继续学习，终于抢回来两个多小时。我由衷地欣喜。

我又在《人民日报》上看到，中央电视台、中央广播电台拟在今年12月开播英语讲座。其实，我早就想自学英语了，需要买一个小型的收音机来帮忙，但买不起呀。我现在每月才8元津贴费，需要攒起来，过年时好给家邮回去。我这英语是学还是不学呢？

学员们陆续离开教导大队，返回各自的部队去。他们将像一颗颗种子，在各个部队生根开花结果，这是我们作为教练班长的最大心愿。我与亚青等几位教练班长都成了"空头司令"了，除了总结、站岗，别无他事。恰好我要利用这些充裕的时间，向学习发起总攻，万一部队首长在某个时间让我去考军校呢？我应该做一名"不打无把握之仗"的人。努力，奋进，距离我穿4个兜军装的理想不远了！

在千呼万唤中，红梅终于来信了。晚饭后，我在教室中怀着颤抖的心再次偷偷摸摸看红梅的来信。

金勾，盼信急疯了吧？又可能产生一连串的问号了吧？小心眼！

我能猜出你现在像个急猴似的，傻傻的样子，正在多疑生我的气呢。一两个月没有给你写信，是我故意的，好让你想我，也让你猜谜。其实我绝对不是什么冷血动物，而是个感情丰富的女孩子。没有事总写什么信呢？我的文化水平没有你高，写不好怕老班长笑话。再说了，我邮信还得回到大杨树去邮，在这里邮信容易让他们拆看了，那多难堪啊！

金勾，你最近的几封来信我都收到了。看到你当上教练班长了，我发自内心为你高兴。看到你又准备考取军校，我更由衷地为你祝福。祝你在部队取得更大的进步！

我写的信千万不要给你的战友们看，我没有他们的女朋友会写信，别让他们嘲笑我。你尽管在部队努力学习，积极工作，我会经常替你去看望叔婶他们的。事业固然重要，但身体更重要。你也要注意身体，别累坏了自己，照顾好自己。

不要整天在那里傻想了，我都……

突然，有人敲门，我赶紧把红梅的信揣在裤兜里。

亚青推开门："你看谁来了？"原来是爸爸领着霞妹到部队来了。我激动地问爸爸："怎么事先也没有通知我？我好去接你们。"爸爸解释："怕影响你的工作。"

转头看向霞妹，瞬间，我居然愣住了，我不敢认霞妹了。她不是从前那个身材苗条，落落大方，才华横溢的霞妹了。霞妹眼神有些发直且愣，看到我后手舞足蹈，欣喜若狂，她拉着我的手一边摇晃一边大声疾呼："大哥，你就在这儿躲清静啊？咱们家都啥样了？你也不回去看一看？"净说一些不着边际的话，我一阵阵惊愕。爸爸安抚她："有话好好说，别闹了。"霞妹不依不饶："大哥，不是我来闹你的，是'黄仙子'领我来的，还有'胡大师'①他们都跟来了。"我有些莫名其妙地问："你说的都是些什么呀？"爸爸小声地对我说："她着黄皮子了。"

乍听到这个消息，我如晴天霹雳，五雷轰顶，眼前一片黑暗。

我无法接受这个现实。一个美丽聪慧、才艺双全、正直善良的霞妹，怎么一下子会变成这样的人呢？老天哪！你怎么这么不公平啊？让我来替霞妹长病吧，全长在我身上好了！

"嗖！""嗖！"霞妹手指着天棚张牙舞爪地比画着，吵闹着，让所有的人不得安宁。我们强行把霞妹安顿好，给她吃过药，让她先躺下休息。

我和爸爸找了一间教室唠起家常。爸爸老泪纵横，用拳头拍打着课桌，呜咽着："你说，刚要过上好日子，这天怎么就塌下来了，这病怎么就不长到我身上呢？"此时

---

① "黄仙子"和"胡大师"，系指附在分离（转换）性精神障碍病人身上的幻觉附体。

此刻，我没有什么更好的语言来安抚爸爸，任由他倾诉吧！

爸爸满面泪痕。我有3年多没有看到爸爸了，爸爸的容貌苍老了许多，他的双眼布满了血丝，秃顶更加突出，白发明显增多。

爸爸妈妈为了让我在部队安心工作，即使家中有天大的事也不告诉我，巨大的痛苦全都由他们自己来承担。原来在去年8月，霞妹在学校就得了病，而且病得还很严重，晚上很难入睡，有时还狂作。爸爸痛悔："有可能是因为学习紧张，岁数小精神压力大所致；还可能是因为谈恋爱或失恋所致，什么原因也搞不清楚。你妈找跳大神的给她看了好几次，这个'黄仙子'和'胡大师'也没有送走，还让人家骗去好几百元钱。"爸爸越说越懊悔，越说越生气。

霞妹的病可能有许多种原因，但我的第六感告诉自己，分明与爸爸妈妈持续不断的"家庭战争"这种特殊的家庭环境有一定的关系，也许是你死我活的"家庭战争"把霞妹吓成这样的，我没有得精神病已经是万幸了！由此，我对爸爸妈妈又生恨起来。

爸爸还在埋怨妈妈："自从你当兵后，你妈整天地哭。南疆自卫反击战那年，听说部队打仗了，又看不到你的来信，在那一个春节，不知道她发疯了地往车站跑了多少次，要到部队来找你。这不，霞妹有病，她又开始哭。哭，哭，就知道哭！"

这一年多来，爸爸为了给霞妹治病，在刚刚调到了漠河县人民法院的情况下，没有上多长时间的班就请了长假。爸爸是一个事业型的人，轻易不会请假的，经常请假会影响进步的，爸爸为了给霞妹治病也管不了什么进步之类的事了。爸爸又借了很多钱，领着她去了北京、天津、齐齐哈尔等地看病，爸爸备受精神和经济的双重折磨，他也是一个十分不幸而又万分痛苦的人。我又开始理解爸爸有时的烦躁，也劝爸爸多多地理解妈妈。

可想而知，原本困难重重的这个家，又增加了一个重病人，无疑是雪上加霜。眼下全家的日子可怎么过呀？爸爸妈妈还有弟弟妹妹们可怎么生活啊！我是爸爸妈妈的长子，是弟弟妹妹们的大哥，我不能不想啊！一种揪心的痛苦在我的心头开始萦绕。痛！莫过于心痛啊！

听说爸爸和霞妹到部队来了，朝荣、亚青等战友都过来看望，朝荣中队长还特意吩咐炊事班搞几道小菜送来，让爸爸有了暂且的安慰。

霞妹整天焦躁不安，爸爸生怕影响我的工作，他们只在部队小住了两天便离队了。

我深知爸爸有抽烟的嗜好，在沈阳送爸爸和霞妹回去时，特意为爸爸买了一条黑杆羚羊牌香烟，仅仅只用了3.8元。爸爸实在是太可怜了，就不能像人家那样痛痛快快地抽上一条两条大前门或牡丹牌香烟吗？不能，穷字打底，霞妹还要看病啊！

爸爸，请您原谅我吧！您的大儿子现在也是个穷酸鬼呀！

霞妹，请你也原谅我吧！你大哥目前也是无能为力啊……

回到英盘沟，我每天都遥望大杨树方向。在部队服役3年，从大的方面说是为了保卫祖国安全，从小的方面说是为了个人的理想而奋斗，家中发生了什么变故我也全然不知，又远隔千山万水，不能帮助爸爸妈妈分忧，我越想愈发阵阵地心酸。

爸爸回家之后已有一个多月没有来信了。过去，爸爸多长时间来一封信都可以，我只是惦记一会儿就过去了。而如今，我知道的多了，就更加揪心和盼望了。所以我连续写了几封信。

爸爸妈妈，始终没有看到爸爸的来信，我心急如焚。不知霞妹的病情现在是个什么样子了？家中其他情况怎么样？

爸爸妈妈，儿子当兵在外，只带出来了一张嘴，对家中什么忙也都不上，只是着急，但又一想，我们家已经有了一个病人了，所以谁也不能再添乱了，希望我们都要保重身体，特别是爸爸妈妈，也包括我自己，如果谁再有个三长两短，我们家的日子真的是没办法过下去了。同时，我们家目前的困难是暂时的，霞妹的病也一定会好起来。我们全家也需要一种战胜困难的精神力量。

爸爸妈妈，我最近正在带一批新兵，等带完这批新兵后，有可能回去探亲。这是我当兵三年后最高兴的一件事。还有，告诉爸爸妈妈一个好消息，最近教导大队把我们几位教练班长都推荐到师政治部、军区政治部去了，转干有望……

大凡成功者，在没成功之前，总是不能先显露的。特别是像转干这样重要的事情，只是呈报了，还没有批下来，此时报捷未免有些操之过急了。那么我为什么明知故犯呢？因为特殊的时间，特殊的环境，特殊的需要，特殊的宽慰和特殊的希望罢了。

1980年12月17日

第十章
峰回路转定终身　柳暗花明又一村

探家的列车上。

我的心早已飞回了大杨树。飞奔的列车，匆匆的旅客，你们可曾知道我此时此刻归心似箭的心情吗？自从我当兵以来，已经有3年没有回家了。这不，教导大队新兵训练刚刚结束，好心的吴刚政委批准我一个月的探亲假。

列车啊！希望你能再快些开，希望你能飞起来，我们一家人马上就要团聚了！

驶过嫩江，列车奔驰在茫茫的林海雪原上……

晚上9点多。"大杨树车站到了！"列车员报站。

多么熟悉，多么亲切的地方啊！大杨树车站翻新重建了，比我当兵走时气派多了。

平弟率领颖妹、泉弟、杰弟到车站来迎接我。

一晃，我阔别大杨树已经有3年整。平弟和颖妹个子长高了许多，泉弟和杰弟都上了小学，他们的模样我一时都不敢认了。我们推着爸爸那辆再熟悉不过的飞鸽牌自行车，驮着沉重的行囊，有说有笑地走在回家的一马路上。

一马路也是重新修的，比我当兵走时宽敞多了。我们路过大百货、东方红饭店、副食品商店、老邮局、新华书店、土特商店、林业医院、东方红桥（小蓝桥），一切的一切都是那么的熟悉，那么的亲切！

刚进我们家院子的大门，老远就听见了妈妈的亲切呼唤："傻儿子，你可回来了，把妈妈想死了！"妈妈上前一把把我紧紧地抱住，泪如雨下，"赶快回家吧，别在外面当什么兵了！"

此时此刻，纵使我有千言万语要对妈妈说，一时激动什么也说不出来，我也哽咽了。爸爸既热泪盈眶又笑盈盈地站在院子里等我。

我有些眩晕地迈进了自家的门槛儿，大屋看看，小屋看看，所有陈设依旧，没有多大变化。在探家前，我曾做了一些准备，给爸爸买了两瓶辽宁千山酒，给妈妈买了一块布料，给弟弟妹妹们买了一些糖块。3年来，我除了带出去一张嘴外，为家没做出什么贡献。今天我能把这些东西亲手分给他们，也是我感情的一种释放，但爸爸妈妈哪里知道，你们的儿子也是咬着牙、借了40元钱才买的这些东西，等回到部队还得还债呢。

热烈的招呼声此起彼伏。爸爸示意霞妹已经服药躺下睡着了，不要惊动她，瞬间一家人所有的兴奋都陡然地"刹车"了。

次日早饭前，霞妹醒了，神情呆滞。妈妈帮助她穿上衣服，并对她说："霞妹，你看谁回来了？"

霞妹突然看到了是我，上前紧紧握住我的双手上下左右摇晃："这不是大哥吗？你怎么才回来呢？这些年你都干什么去了？咱们家天都要塌下来了，你管不管？别人欺负我，都欺负到家门口了，你管不管？"她越说越激动，拽着我的手说个不停。

妈妈劝慰她："霞呀，你大哥好不容易回来吃第一顿饭，能不能吃完饭了再说。"

霞妹拽着妈妈的衣襟更加激动，推推搡搡地喊叫："吃什么饭？这个世界净是些妖魔鬼怪，没有好人，好人也变坏了，可把我害苦了，找把刀非把他们都杀了不可，把他们全杀了，全都是魔鬼！"

霞妹火冒三丈，突然把饭桌子给掀翻了。

见状，一家人都被惊呆了。我上前一把紧紧地抱住了霞妹，好言好语地劝她。

大家束手无策。

妈妈哭泣地对我说："没办法呀！天老爷没长眼呢！妈妈的眼睛都快哭瞎了。"

"就会哭，哭能哭好了？"爸爸训斥妈妈。

"我说过多少遍了，她不能激动，不能受到刺激，一激动、一刺激，就是这个样子。缓和一会儿就能好一些。等过完春节还得送富余或北安住院去。"爸爸哽咽地对我们说。

回家的第一天，全家都围绕着霞妹来转，我的心越来越沉重。

是夜，我痛不欲生，我的心在流泪！我的泪水止不住地一个劲儿往外流，流到嗓子里，再咽回去。好端端的一个霞妹，怎么突然病到这步田地？什么时候才能好啊？这个家可怎么办呢？

亲爱的爸爸妈妈，可真的难为你们了。回过头来看，我在部队的这3年，即便再苦、再累、再紧张，也没有爸爸妈妈的辛苦多，没有爸爸妈妈的痛苦多，没有爸爸妈妈的付出多。就照顾家而言，我在部队这3年，等于是在外边躲清净的3年。什么优秀士兵呀，什么考学转干呀，全都无济于事，远水解不了近渴。如今，不能帮助爸爸妈妈分忧，"隔岸观火"，此乃你们儿子的最大的痛苦，最痛的心病！无可奈何！无可奈何！！

回到家中，我始终不敢大声说话，心中不免有一种沉重的压抑感。听平弟说，爸爸为了我回家过春节，特意又借了70元钱，办置各种年货。从而让我又滋生了一种深深的负罪感。

爸爸还没有放假，又去加格达奇开会。妈妈还在干理发的活儿，理发按四六分成，大活（剃头刮胡子）0.35元，小活（只剃头）0.3元，一天下来，妈妈即便站得腰酸腿疼，也挣不了几个钱。我曾多少次梦想将来为妈妈开一个小卖店，以我的名字命名，到那时就不让妈妈去理发了，让妈妈坐在家里挣大钱，挣大钱。

1981年的春节即将来临，我怎样做才能帮助爸爸妈妈分忧呢？还是从最简单最直接的事情做起，也叫作力所能及吧。我看见屋子很黑，问平弟："这屋子好像有几年没有刷了吧？"

平弟说："自从你当兵走就没有刷过，就等你回来刷呢。"

我对平弟说："好，说干就干！我们把屋子刷一刷，让爸爸妈妈的心里亮堂亮堂。"

我领着平弟推着爸爸的那辆破旧的自行车，到土特商店买了两袋白灰推回来。用了一天的工夫，我们把大小屋和外屋粉刷一新，然后进行擦拭。我又把全家的被褥单，爸爸妈妈、弟弟妹妹的衣服都给洗涤干净，还帮助妈妈做一些其他的家务，如做饭等。妈妈特别地开心，常与人说："傻儿子出息多了，还是部队锻炼人呢。"妈妈的表扬，使我的愧疚感或许能减轻一些。

妈妈最关心的也最为着急的是我的婚姻问题。一天晚上，当霞妹入睡后，妈妈到小屋又与我说起了这件事："你过年就24岁了，该订婚了。"

我含糊其词地说道："你儿子是一个穷当兵的，上哪去找对象？谁能跟我呀？"

妈妈又试探地说："你不在家时，上门给你介绍对象的也不少，但又不敢给你定，怕你不同意。别的不说，在你刚走的那两年，红梅经常到咱家来，送白面，给弄些喂猪的草籽，还给咱家绣门帘，挺好个姑娘，但她爸爸可是咱们镇上的商业局局长，提亲的肯定少不了。最近一段时间，红梅一直没有来。傻儿子，你可要长个心眼儿吧，不能傻等啊！"

我为难地打断了妈妈的话，不让她继续说下去。这一夜，我翻来覆去，说什么也睡不着觉，近乎失眠了。其实妈妈不知道，自从我当兵以后，我就与红梅建立了通信联系。但往往是我主动给她去信时多，她回信时少，更没有涉及谈婚论嫁的实质性问题。

几天来，妈妈总是催促我主动去找红梅谈一谈。我也正好有这方面的想法，主要是想明确与红梅的关系，成了自然更好，不成也应该有个了断，免得互相耽误，但我又胆怯了、害怕了，没有坚定的自信。当我正在思考怎么鼓足勇气"顺其自然"找红梅的时候，不料正在病中的霞妹和妈妈一样，她对这件事也特别地关心。每当妈妈说起这件事时，霞妹总笑嘻嘻地在一旁听着，还奉劝我说："大哥，你就不能主动点儿，这类事男孩子必须主动。"

我取悦于霞妹并顺着她说："还是霞妹关心我，我听霞妹的话，一定要主动。"

过去，霞妹有事没事经常到红梅家去串门。一天上午，霞妹的心情特别好，不知什么时候她到红梅家硬是把红梅拽到我们家来了。

突如其来，绝处逢生，柳暗花明。

"老班长，你可真行啊！非得让我先来看你，你的架子可真够大的了。"红梅一进我们家的门，便大声地说。

"哪里呀？我刚回来，又是刷墙，又是洗衣服，还没倒出时间呢。"我为自己找理由。

"你这次回来，前后邻居都知道了。但你还没有到我们家去过呢，这是怎么回事呢？我妈妈都挑理了。"她快言快语地向我抱怨。

"再说了，你也得主动见我爸爸一面，如果他不点头，这事恐怕也不好办。"她再次提示我。

"都是我不好。我马上过去看看大爷大娘，也就安排在这一两天。"我兴奋得不知道说什么好，顺势把这件让我始终头疼的事应允下来。

常言说得好，人怕见面，树怕扒皮。她还袒露心扉地向我诉说："这3年来，有好多上门提亲的，我一个都没有看。可是等你回来，你还不主动，让我怎么办呢？"话毕，她的眼睛湿润了。

"我一定主动，一定主动。"我安慰她。

"好了，我该回去了，妈妈知道我出来，在外面待时间长了不好。我在家等你。"我依依不舍地将红梅送出了我家的大门。望见红梅风风火火地走远了，我依然站在那里寻找她轻盈苗条的身影。

红梅能主动来我家，开门见山的一席话就向我袒露了她的心声，还有我们之间简短坦诚的交流，好像将这一层神秘的"窗户纸"捅破了，胜过多少封鸿雁书信啊！所有这一切，都说明红梅的心中有我，她在等我，这正是我所期待的。

这是我苦苦等待3年的一份迟到的信息，来之是多么的不易啊！是长时间痛苦折磨后的"甘露"和"及时雨"啊！

我由衷地感谢红梅襟怀坦白的大度，痛快淋漓的表达，矢志不渝的坚守，不畏贫穷的情怀。

我还要感激病魔缠身不能自理、正在痛苦中挣扎的霞妹，是她在理智的一瞬间，在关键时刻起到了穿针引线的作用，如果我们能够成婚的话，霞妹应该是第一有功之人。

一天，萨吉福从布铁林场来看我，并和妈妈一起帮助我研究如何与红梅相处的对策。听我介绍完情况后，他不无风趣地说："哪有这种好事，这不是天上掉下来的馅饼吗？你还不抓紧呢，恐怕被狼叼去了！他们家开的米面加工厂和大车店，到时候说不上要给哪个姑爷子继承了。"他思量了一会儿又开导我说："人家发花都结婚了，你还等什么？你再不抓紧时间红梅也得跑了。"说完，他兴奋的神情也黯淡下来了，我也略有所思。

吃过晚饭后，萨吉福陪同我第一次去红梅家串门。去红梅家的路上，萨吉福一直很兴奋地鼓励我，我却惴惴不安。因事先没有准备，我和萨吉福到小卖店现买了4瓶"杨树白"和8瓶罐头。萨吉福说："这叫作四平八稳。"我又后悔莫及，在四川杨中，怎么就不给红梅或是给我们买两块丝绸被面呢？今天正好也能拿得出手。还有临回来前，怎么就不到沈阳或是福顺给红梅买点纪念品呢？也不至于今天两手空空啊！真是人穷志短哪！

红梅家在我家的东南方向，需要从109钻井队家属区走过去，十多分钟即到。她家与我家一样都是那种里外屋的老少间。不同的是她家的环境好像比我们家优美干净，从摆设上看比我们家富裕。红梅家有一个妹妹和两个弟弟。芮妹在杨树地林业局招待所当服务员，她天使般的笑容和银铃般的笑声让她们家很有生机。宝弟和强弟都是一等一的大个儿，衣着阔绰，喇叭筒裤走起路来好像地上生风，他们的一双大眼睛透视出生活的美满和十足的自信。大娘和芮妹极尽热情地招待我，宝弟和强弟用异样的眼光在窥视未来的"姐夫"。第一次到红梅家，这让我更加局促不安。

大娘用改造过的山东话与我说："我与你妈妈可熟了，曾在基建连、苗圃一起干临时工。"我紧张的神情略有缓和。不大一会儿，大爷在外应酬完回来了，我激动的心又开始怦怦直跳——"面试"开始了，不知道能否过关呢？管他呢，既来之，则安之。

其实，我对大爷早就有些耳闻，但与大爷近距离的接触这还是第一次。

红梅家的祖籍在河北省隆化县的三岔口，红梅的爸爸1927年8月16日（阴历）在这里出生。后因为红梅的爷爷兄弟分家和生活所迫，红梅的爷爷带领全家辗转一百多里地，来到了隆化县的碱房乡碱房村落脚。红梅的爷爷在11岁时就给地主打短工。一次在刚落雪的初冬，他穿着大裤衩子顶风冒雪上山去砍柴，由于身单力薄，扛不动木头，被压在雪中，险些冻死。红梅的爸爸在朝不保夕吃不上饭的时候，解放军部队路过他的家乡，他就跟着部队走了，目的是想混碗饭吃。红梅的爸爸在辽沈战役中险些被子弹从后面击中心脏，由于行李和鞋底的阻隔，子弹的穿透力有所减弱，才没有丧命黄泉。在辽沈战役结束后，红梅的爸爸所在部队一路南下，一直打到广西，后又参加了广西剿匪战役。红梅的爸爸作战英勇，在战斗中九死一生，多次负伤，为全中国解放立下许多战功。新中国成立后，红梅的爸爸被选送到军校进行学习。他刚刚学习几个月，抗美援朝战争爆发了，红梅的爸爸带领学员闹罢课，要求到朝鲜战场杀敌立功。眼看自己所在部队装备了喀秋莎火箭炮入朝作战，他不听劝阻，擅自离开学校去追赶部队，结果被学校抓回来给予警告处分。红梅的爸爸毕业后，被分配到浙江温州守海岛。当他听说中央军委要组建十个机械化步兵师，他又报名参加，被调到预备六师驻在河南商丘。后来，红梅的爸爸又响应党中央、中央军委的号召，加入了开垦北大荒"十万大军"的行列，参加了858农场的建设，历任858农场政治部主任等职务，后又支援内蒙古开荒建设来到乌兰浩特。他总是倔强抗上，愿意发表过激言论，又被人抓住小辫子下放到焦家岗。再后来与爸爸共同支边来到了大杨树，参加大兴安岭的开发建设。

大爷身材魁梧且标致，步履轻盈，说话利落。虽然转业到地方这么多年，还依然保持军人的风度。我们都是军人，只是时代不同罢了，老少之间交流得还是很投机。我主动向大爷汇报了我在部队的工作、学习情况，特别是到师教导大队当教练班长的情况。

大爷向我了解一些当前部队的管理情况后问："那么，下一步你在部队都有什么想法？"

"到今年底，我的3年服役期已经结束，再干一年属于超期服役了。当前，我们教导大队对我们这些教练班长很重视，就转干问题向师部和军区呈报过多次，但都没有批下来。我正在复习文化课，准备考军校，想当一名职业军官；如果不成功的话，那自然就是打道回府了。"我如实流畅地汇报。

"很有抱负啊，思路很清晰。"我的理想抱负正好与大爷的理想抱负相契合。我能隐约地感觉到，大爷对我的谈吐表达，稳重风格很是满意。萨吉福在一旁不停地溜缝。

"面试"在紧张愉快中不知不觉地结束了。情况到底如何？还需等红梅的反馈后才能知晓。我在焦急地等待，我们在焦急地等待！

事隔几天，红梅又到我家来，她喜出望外地对我说："老班长，你的表现还不错啊！三寸不烂之舌把我爸爸妈妈征服了，他们都同意我们定亲的事了。"天老爷，天赐良机啊！这是真的吗？是真的，红梅就在我的身边，她正在向我袒露心声！此时此刻，少有的激动和兴奋驱散了我心头的压抑感和负罪感。

3年了，红梅足足等了我3年，她的真诚让我万分感动！经过这么长时间的书信往来和深入细致的了解，她心地善良，正派能干，让我心动。我们两个人都是1958年生人，她是阴历四月十七在山东日照出生，我是阴历四月廿三出生，她比我大6天，不算大。她性格直率倔强，脾气不大好，需要天长日久地进行磨合。问题是我们两家的家庭环境、生活水平差异较大，让我始终有一种自卑感，自信不起来。她既然如此诚心诚意，那么我就应该增强自信，克服自卑心理，站在一个平台上面，才能同频共振，我要诚心诚意地与她相处，倍加珍惜来之不易的、刚刚建立不久的火一般的爱情。

热恋中的情人是甜蜜蜜的。我与红梅来往的频率不断加大，我经常到她家去，或她到我家来，偶尔到林业局电影院一起看电影，不间断地增加了解，培养感情，火速加以推进和升温。

大年初一，我被邀请到红梅家吃晚饭。大娘、红梅和芮妹备了一桌菜，大爷特意拿出一瓶茅台酒让我品尝。芮妹乘机调侃："姑爷上门，母鸡没魂。这才刚处几天呢？茅台都拿出来了。"红梅制止道："没正经的，喝茅台怎么了？"姐俩清脆的笑声回荡在整个屋内。我平生以来第一次喝茅台酒，这瓶茅台酒还是用黄纸包的，也不知道它有多么的昂贵和出名，只感到很辣、很烈、很香、很浓。大年初四，我又陪同红梅全家到欧肯河姥姥家去拜年，让各位亲属帮助"面试"。然而，我却喝多了，出丑了，不省人事。

与红梅家人渐渐地熟悉了，彼此说话用不着寒暄和客气了。一天，大娘对我说："你人挺好，我们家对你没有什么意见，就是你家有点儿那个。"

大娘正说到了我的伤心处。我听后付之一叹："大娘，我们刚刚相处，有什么问题还来得及考虑，千万不要勉为其难。"

大娘意识到自己说走了嘴，连忙往回收："我说的不是这个意思，我说的不是这个意思。"

我回到家，爸爸妈妈看出我生气了，连忙宽慰我说："遇事要冷静，切不可意气用事。"

我向爸爸妈妈表态："咱家是穷，穷得叮当乱响，穷得我可能娶不上媳妇，但是容不得别人瞧不起，人穷志不短，风水轮流转！我就不信我们这个家就穷到底了。"

为改变我们家一穷二白的面貌，我一定要做生活的强者。穷且益坚、穷则思变、穷极奋进。这是穷小子从心底里迸发出来的呐喊！

——日记摘抄

次日，红梅来我家解释："我妈那是有嘴无心，无意说的，再者，我妈也代表不了我自己。"

"那你到底是怎么想的怎么看的？"我追问她。

"你家是穷，在咱们大杨树，人尽皆知。在你当兵这3年，我做得如何，我哪一点嫌弃你们家穷了？叔叔、婶婶、弟弟、妹妹全都知道，就连有病的霞妹也都知道，你还有什么可以怀疑的呢？"她很是委屈，一边说一边哭。

红梅伤心了，我也动情了。我平生还是第一次见到女孩子哭的阵势，我慌了手脚，给她拭泪，并宽慰她："都是我不好，都是我心眼儿小。"

她破涕为笑："你们家就是火坑，我也往里跳。"

我开玩笑："那我就在火坑里等着你。"

甜蜜的日子稍纵即逝，归队时间就要到了。我到红梅家来话别。在她家的小屋，她亲昵地嘱咐我："回部队后，不要惦记家，我会常去看望他们的，你只管努力学习，努力工作。"说话间，她送给我一张彩色照片和20元钱。此时我无言以对，我太激动了。我紧紧地拥抱并亲吻了她，第一次吻，她矜持着推脱着勉强地接受了。

我只是呆呆地望着红梅晕红的脸颊，她冲我笑了，笑得是那么的甜蜜和灿烂。我的脸却火烧火燎地阵热起来。

这是我平生最愉快最幸福的瞬间。

回到家中，由于我要归队，霞妹又激动、吵闹起来。这一夜又让我彻夜难眠。

次日，我带着爸爸妈妈的殷切希望，带着红梅给我炒的瓜子和榛子，带着大爷大娘为我带的"杨树白"，带着对大杨树的所有眷恋，踏上了返回部队的归途……

亲爱的红梅，你好！

首先，请允许我正式使用"亲爱的"字眼来亲切地称呼你，想必你能够接受了吧，不会再"警告"我了吧？在难忘的中学时代，因为我们封建的思想，男女同学从来不交流，更不会谈情说爱。曾几何时，由于我个人的疏忽，没有妥善保管好你赠送给我的粉红色日记本，弄得满城风雨，又让你的精神受到了重创。更有甚者，由于我的武断，被当时的大环境所左右，竟然没有让你入团，虽然后来我为你补签了字，但是这种历史性的遗憾让我永远无法释怀。

走向社会后，我们几乎断了联系，彼此之间都互相不了解。如果说怨恨话，那你就怨恨我的那位好心的着急的爸爸吧！是他人前背后造的舆论，"红梅是我们家的大儿媳妇"，抢占了舆论的先机，弄得你没办法与他人处对象，也就把我们生拉硬扯到一起了。

自从我当兵后，我们开始建立起了通讯的桥梁，彼此鸿雁传书，时而中断，时而通畅，互相之间才有了一定的了解。3年来，你的坚毅等待深深地感动了我；3年来，你无私地力所能及地帮助我们家让我更加自信；3年来，你的鼓励和支持成了我前行的巨大精神动力。我能在部队坚持下来，全是背后有一个善良的你，还有你的那本粉红色日记本永远地珍藏在我的心中。

一个月的探家生活，使我们之间的关系和感情峰回路转，柳暗花明，谈婚论嫁这层"窗户纸"终于被捅破了。这是我这次探家最意外的也是最大的收获，也是我一生当中最大的收获。它将成为我人生的一个重要的转折点。所以，感谢你的等待，感谢你的抉择，感谢你的信任，感谢你的真诚，感谢你的期待。

我于24日回到了英盘沟，到达了部队。在旅途中，我曾多少次把你的彩色照片拿出来，偷看几眼，然后再放回上衣兜里，生怕其他的旅客看见。是夜，现在我一个人在教室里，与其说在学习，不如说在想你。我静静地端详你的照片，一双亮晶晶、水汪汪的眼睛似乎会传情说话；白皙的脸颊泛出红晕，衬映出颧骨的光泽；照片上的你，似乎比你本人要胖一些；纯真的你，让我如醉如痴；肩膀上的黑辫子似乎又粗了一些，又让我想起了中学时代的你。在英盘沟的教室里，你仿佛就在我的身边。你知道吗？当我从你的手中接过这张照片的一瞬间，我的手都颤抖了，我的心更加紧张了。

尽管如此，我还是有不少内疚和歉意，如从来没有给你买过纪念品，与你也没有花前月下的恩恩爱爱，更没有大块儿的时间卿卿我我。我们的恋爱是别样的，是与众不同的，也许会更有纪念意义吧。

人非草木，孰能无情？我们之间的感情虽然来得迟一些，时间很短，不怕认识晚，就怕不发展，但愿感情的暴风雨"来得更猛烈些吧"！

红梅，此时此刻，我无法用语言来表达我内心的一切。我们之间刚刚培育起来的感情也是无法用金钱来衡量的。我相信这种感情是纯洁的、真诚的、正义的、久远的，一定能够经得起历史的推敲和检验。作为一名军人，一名普通士兵，我将用保卫祖国、献身国防事业的火热激情和战斗实绩，献给我心中最爱的人——红梅。

我们教导大队正在筹备新学期的开学，一切勿念。

1981年2月27日

第十一章
不因遗憾去申冤　但愿回乡续新篇

小小的英盘沟又沸腾起来了。

全师预提班长齐聚英盘沟。1981年新学期紧张有序的教学工作，把我从喜忧参半的探家情境中拽了回来。

今年到师教导大队来学习的学员大多是1979年、1980年入伍的兵，从服从命令、听从指挥、任劳任怨的程度和学习劲头上看，个别的学员与我们1978年以前的老兵相比，还是有一定的差距。李齐大队长和吴刚政委多次召开会议，要求教员和教练班长要严格带兵，科学训练，规范教学，开展了轰轰烈烈的"会教学、会带兵、严师出高徒"的"两会一严"带兵教学活动。

我还是带一个侦察班，参与军事地形学的部分教学工作。在"两会一严"带兵教学活动中，我严字当头，严字开路。我们侦察班洪武学员地方习性比较严重，疲沓散漫。一次，晚上熄灯后还鼓捣说话，我当即予以制止："熄灯了，不许说话！"不大一会儿，他又开始嬉闹。我立刻严肃坐起来，高八度喊道："臭不要脸的，给我滚外边去！"一顿训斥，全班立刻鸦雀无声了。

第二天的早操前，我又把洪武学员当众训斥一番，没给他留面子。不管发现谁的毛病，我的职责只有一个，就是严格管理，严格要求，严格训斥。

休息日，还是洪武学员，他纠集几个其他中队的老乡学员到英盘下小馆子。一边喝酒，一边发牢骚："咱们教导大队的高粱米什么时候能吃完，我一看到它就恶心。"

还有一位学员补充道："这伙食不如连队的一半，都让他们教员给盘剥了。等咱们走了，他们就该八个碟子四个碗了。"

几个人越喝越生气，又要了两个小菜。店老板的两个小菜上得慢了一点儿，洪武学员就冲着店老板发火道："你还能不能干了，不能干的话，就别在这挂羊头卖狗肉了！"

店老板也是见过世面的人，反讥道："解放军同志，你这是怎么说话呢？在英盘沟，我们见过的大兵多得是，没见过你这样的，愿意吃就吃，不愿吃，就给我滚，别在这儿给我装！"

洪武学员酒劲上来了，骂道："你还敢骂老子，老子也不是吃干饭的！"话还没有说完，他把酒杯摔得粉碎。

店老板不依不饶，拽住他："损坏东西要赔，部队有规定。"

洪武学员动手要打店老板，另外几名学员的酒醒了，怕惹事，拽着洪武学员就往英盘沟里跑。店老板在后面追赶着，一直追到大门前，被站岗的战士拦住。站岗的战士问明原因后，用值班电话向大队部报告了。

李齐大队长发火了："这还得了？光天化日之下竟敢违反群众纪律，关他们的禁闭！"

这起酗酒事件后，大队责成洪武学员在中队会上做检讨。朝荣中队长征求我的意见："大队部让中队拿个处理意见，看你是什么意见？"

"这件事影响固然很坏，怎么处理都不为过。但是，他刚刚来学习，又是预提班长，如果遣送回去，恐怕他这一生的前途都将葬送了，我们都是过来人，如果给条生路的话，还是以观后效的好。"我积极地建议。

"好的，就按你们班的意见上报，但可有一条，千万要做好事后的思想政治工作。要宽严相济，恩威并重啊。"

中队晚点名。朝荣中队长严肃地训话："酗酒事件性质恶劣，严重地违反了群众纪律，理应对其进行严肃处理，遣送回原部队，但我们征得金勾教练班长的意见，本着治病救人的方针，对洪武学员暂作留队察看处理，以观后效。同时，金勾教练班长教育管理失察，对这起酗酒事件负有领导责任，在全大队进行通报批评。"

次日，我带领洪武学员到英盘向这家店老板赔礼道歉，我掏出兜里仅有的5元钱进行赔偿。回来的路上，我与洪武学员进行了一次长谈："作为一名军人必须改掉地方原有的一些积习，我们的一言一行都代表着部队的形象，不能因为我们个人的不慎，而毁了解放军的声誉。个人的名声是小事，维护解放军的声誉是大事。孰轻孰重，你应该懂得。"

"班长，都是我一时不慎，让你也受牵连了。你是我的救命恩人，没有你就没有我的今天。今后我一定听你的，改掉积习，重新做人，干出个样子给他们看看。"洪武学员激动地表示。

两年来，我们指挥中队始终没有训练场地，朝荣中队长决定"劈山建场地"。我从当学员那天起到今天当教练班长，见证了"劈山建场地"的全过程，目前快要收尾了。我们中队每天早上都要利用出操前的半个小时，搞义务劳动。每天清晨，我都要比学员起得更早，第一个到山场劳动。后来，又增加了一个洪武学员，他始终跟在我的后面。

有一次，我一不小心，搬石头时把自己左脚大脚趾砸坏了，钻心地疼。经师部卫生队检查，大脚趾骨折了，需要休息。包扎好后，我用脚后跟走路，一瘸一拐的，每天仍然坚持参加义务劳动和训练，所有这些都让洪武等学员深受感动，他们都跟着我玩命地干。我又从洪武学员酗酒事件中总结出来一个教训，光对学员严格管理、严格教育还不够，必须要把学员当作自己的亲兄弟一样对待，只有这样才能处理好与学员的关系。谁有病了，我给谁安排病号饭；谁家属来队，我都张罗在前面。我这一招一式，全都是模仿我们六连的王登海连长、潘迟指导员的做法，收到了事半功倍的效果，受到了中队、大队、师政治部的表扬。

今天我作为一名基层的教练班长，光荣地出席了全师基层部队思想政治工作经验交流会，并在大会上做了发言。我结合这几年带兵的实践，特别是洪武学员在酗酒事件前后的转变，总结出了"三严一亲"（严格教育，严格管理，严格训练，亲如兄弟）的带兵方法，在教育训练中特别管用实用。我发言时，没有照稿说，只是实实在在地介绍了我如何当好教练班长的几件事，事例生动鲜活，富有感染力，师首长和政治部主任都投来了赞许的目光。会后，师政治部主任接见我们时说，你们这批教练班长是优秀中的优秀，是我们功勋师不可多得的专业技术尖子，师党委已经把你们转干的手续报到军区了。这个信息再一次证实，我的理想即将变为现实，距离穿上四个兜的军装，当一名职业军官，一生一世为保卫伟大的祖国而献身的理想只差一步之遥。

今天还意外地见到了王登海连长，他也在大会上发言，但大会主持人介绍他是战功20团二营的营长。原来，我的老连长最近提升了职务，我为他高兴，也为我们六连高兴。会后，我去拜见老连长。据他介绍，我们六连除了他本人提职外，潘迟指导员提为团政治部副主任，李玉田排长任我们六连指导员，周绍班长任副连长。这些都是我们六连的光荣，也是我这个"海外游子"的光荣。我虽然身在师教导大队，但无时无刻不想念我们的六连，无时无刻不想念王登海连长、潘迟指导员、李玉田排长、周绍班长以及我的战友们，是我们六连让我懂得了为什么当兵、为谁当兵的深刻道理，是我们六连这个大熔炉把我锤炼成钢。现在，我一定要进一步努力学习，努力工作，绝不辜负我们六连各位首长和战友们的期望，以实际行动为我们六连争光。

这些天来，能够让我得到宽慰并占据了我大量时间的，就是白天带领全班战友们拼命训练，晚上我自己拼命地学习。还有一个最大的安慰就是在晚上学习的间隙，偷偷地把红梅的照片拿出来看上几眼。红梅送给我的照片，虽说是套色的侧身头像，但越看越端庄越漂亮。这张照片是用长条红细格信纸包的，看完后再沿着原来的折印小心翼翼地包好。我常常把这张照片放在衬衣兜里，就像她本人陪伴在我身边一样，给我以鼓舞，给我以力量，给我以温暖，给我以希望。

说曹操，曹操就到。7月16日，大队部总机转来电话，"18日上午，到沈阳接站，大杨树来一位亲属，叫红梅。"天哪！真的是她来了，我不是在做梦吧？

18日上午，沈阳车站，人流如潮。当我在出站口努力寻找她的时候，忽然，听见一个熟悉的声音在亲切地喊："金勾，我在这儿！"顺着声音看去，她站在那里，还有芮妹也来了。

"你怎么才来接啊？如果再不来，我们就回去了。"芮妹嘲笑戏弄我，又是一阵清脆的笑声。

"我们还没有洗脸，什么地方有水？先洗一把脸吧。"红梅实在地要求。

她们姐俩激动得你一言、我一语的，险些要把我吃了。这也许是我们见面后一种特殊且又亲热的表达方式吧。原来我乘的这趟去沈阳的火车，应该比她们那趟火车早到20分钟，没承想我这趟车晚点30分钟左右，结果让她们姐俩站在那里"激动"万分。

沈阳车站附近。我带她们姐俩来到了一个小饭店，做了简单的洗漱，每人吃了一碗热汤面。征求她们姐俩意见后，我们一起游览了北陵公园、沈阳故宫等名胜，用我借的135照相机给她们姐俩照相。我和红梅在沈阳故宫第一次留下珍贵的合影。午后时分，我们都饿得饥肠辘辘，我又找了个小饭店，请她们姐俩又吃一顿过水面条。芮妹当即明确提出抗议："怎么就请我们吃面条啊？不能换点别的样吗？我的'面条哥哥'。"穷酸的"面条哥哥"无言以对，一笑了之。

她们姐俩来队的日子，是我在英盘沟最快乐、最幸福的日子。

早上，我带领她们姐俩参观我们教导大队各中队的队列训练，那响彻山谷的口令声，那整齐有力的步伐声，震撼人心。白天，我还领着她们姐俩参观了高炮阵地，并担任义务讲解员，我们还在各种炮身前合影留念。芮妹时常幽默风趣地说道："我才不给你们当电灯泡呢！"说完她单独行动。我们两个人在英盘沟的松树林里散步，踏着厚厚的如海绵的松针，一起徜徉在爱的海洋之中……

原来部队有个规定，未婚妻来部队可以住十五天左右，但是我们教导大队不允许未婚妻来部队探望，如果来也只能住五天左右，害怕影响训练。她们姐俩此次来队已经超过了五天，怕给我带来不良的影响，她们姐俩一直张罗要走，我强留她们姐俩多住了几天。到了第七天时，实在留不住了，我只好到沈阳车站依依不舍地送她们姐俩返程。

汽笛长鸣，撕裂了我的心扉；列车缓动，碾压着我的思念。我一手拿着红梅刚才给我买的雪糕，一手与她挥手再见。望着远去的列车，余下的我孤零零地在站台上站了许久，一种孤独感油然而生。

什么是情？什么是爱？或许在分别和思念时，或许在失落和孤独时，也许你会尝到个中的滋味，尤其是此时此刻的我。

——日记摘抄

月圆，但无心赏月。

英盘沟，在这一年一度的中秋节里，我很是闹心。最近爸爸始终没有来信，霞妹今年的中秋节可能是在北安精神病院里度过的，不知道她现在的病情是否有所好转，红梅回去后也没有来信，是否有什么不测的因素？她在临走时，特意为我买了一件白色的确良上衣，怕我接待她时破费了，她还特意偷偷地为我扔下50元钱。这些真诚的举动，让我感动不已，然而她回去后的确没有来信，我望眼欲穿，很难不胡思乱想啊。

月明，但无心赞美。

昨天，李齐大队长、吴刚政委找我们集体谈话："你们这批教练班长，为部队建设做出了很多的贡献，确实很优秀，我们大队和师政治部多次向上级请示，想把你们转为干部，留在部队继续服役，但上级明确答复我们，为适应部队现代化建设需要，部队干部的来源要走'院校化'道路，暂时冻结了在士兵中提拔干部的方式。这样做对你们来说是亏了一些，我们也无能为力，我们已经做到了仁至义尽了。对此，我们也感到特别遗憾，希望你们能给予我们更多的理解。"

形势急转直下，我的脑袋都要爆炸了！

犹如五雷轰顶，天塌地陷一般！

我将如何向爸爸妈妈等大杨树的父老乡亲们汇报？我将如何向刚刚探亲回家的红梅解释和交代？我与红梅刚刚稳定下来的恋爱关系还能维持下去吗？时运不济，命途多舛。无情的现实让我的人生来个一百八十度的大转弯，或是从天上到地下。

李齐大队长、吴刚政委又找我单独谈话，做我的思想工作。王登海连长听说这件事后，又给我打来电话，对我进行安慰，鼓励我回地方后要努力学习，勤奋工作，一定能干出个样子来。

转弯是痛苦的，回首更是伤心的，也只有一步之遥。

一步之遥，或是通往人生理想的阶梯，让你功成名遂；一步之遥，或是正负数的关系，不进则退，失之千里；一步之遥，或是螺旋式往复，重复式前行；现在我只有期待着重复式前行了！

——日记摘抄

我一直在痛苦中挣扎、徘徊、踌躇，努力想办法去排遣。

眼下我必须冷静地面对现实、接受现实、应对现实。如果不能接受这个现实，那我就不是一个清醒务实的人了，那我就不能称自己为光荣的解放军战士了。

转这个弯子是我人生注定要经历的，也是绕不过去的。铁打的营盘，流水的兵。作为一名光荣的解放军战士，作为一名共产党员，在这个去与留的关键时刻，我必须时刻保持清醒的头脑，必须经得起部队、组织的考验。在部队是保卫祖国，回地方是建设祖国，与个人的理想和目标是一致的。有部队这所大学校的锻炼和改造，有王登海连长、潘迟指导员、李玉田排长、周绍班长、吴疆团长、李齐大队长、吴刚政委、朝荣中队长的关心和培养，有我们六连光荣传统的影响和熏陶，相信自己回到地方后，一定会有新的爆发力推我前行，一定要以无限的热情迎接新的挑战。

将来若干年再回过头来看，实践将会证明，我能有机会当兵乃至我当兵的4年奋斗历程，将成为我人生一笔宝贵的精神财富！虽然我穿四个兜军装、当一名职业军官的理想就这样破灭了，但我还将告诉所有的人，4年当兵终生无悔……

昨天，我光荣地退出了中国人民解放军的现役。在退伍仪式上，我们再次唱响铿锵有力的《中国人民解放军进行曲》，永远不变的军魂让我心潮澎湃。啊！我最崇敬的中国人民解放军，你是热血和奉献谱写的壮丽史诗，你是忠诚和信仰铸就的光辉丰碑！我虽然是一名普通痴情的战士，但我仍然为你骄傲和自豪！

那一刻，我的心情更加复杂。真的舍不得摘下红领章和五星帽徽，真的舍不得脱下草绿色的军装，真的舍不得离开朝夕相处的战友和火热的军营，但是军人以服从命令为天职，我必须无条件地服从部队建设大局的选择。

我虽然退出现役了，但这并不意味着我为祖国、为人民尽完了义务，到任何时候都不能说这样的话。假如祖国受到了外来侵略，我仍然会拿起枪，重新返回部队，坚决听从党和人民的召唤，哪里需要就到哪里去战斗，继续尽我的光荣义务。

在过去的几年里，在部队党组织的关怀培养下，我的思想境界、个人修养、毅力耐力、组织能力、文化水平、工作激情等各方面，都有了一定进步和提高，但是缺点和错误也在所难免。为了使我在这个人生重要转折时期，能够自觉地排除各种消极的、不健康的思想干扰，进一步发扬长处，克服缺点，振作精神，争取更大的进步，根据自己多年工作体会和日记记载，在吴疆团长五点要求的基础上，现整理出《个人奋斗修养十个要点》，作为到地方后的行动指南。

一个理想破灭了的钢铁战士，再把田中角荣的一句名言摘抄过来，与自己共勉吧！"我将愿告诉青年人：无论是谁，只要肯努力，有坚决干的意志和热情，在任何逆境中都能忍耐，那他就能得到光荣。"

一个光荣退役的解放军战士，要始终谨记毛主席他老人家的教导：我们的同志在困难的时候，要看到成绩，要看到光明，要提高我们的勇气。

今天，我带着王登海连长、潘迟指导员、李玉田排长、周绍班长等我们六连老战友的深情厚谊，带着吴疆团长的五点要求、李齐大队长为我题字"祝你在'四化'进军的路上阔步前进"的笔记本和吴刚政委送给我的那支"永生"牌钢笔，带着我对高炮功勋师、战功20团、师教导大队的深深眷恋，带着自己"一步之遥"的职业军官梦和难以启齿的终生遗憾，带着我昨晚刚刚整理出来的《个人奋斗修养十个要点》，告别了英盘沟，告别了亲爱的战友，告别了辽沈大地，踏上返回我的第二故乡——大杨树的列车，开启了我人生新的航程。

1981年10月17日

第二卷
惆怅的退伍证途

第十二章
忧心分手遭蹂躏　好事多磨需自信

仲秋的大杨树，五花山色，让人沉醉。

曾在解放军大学苦苦奋斗了4年的我，几多收获，几多遗憾，又重新踏上了大杨树这片热土。

是夜，秋雨滴滴嗒嗒地落在了我的心头。

我能退伍回家，对于想我快要想疯了的妈妈来说，无疑是一件天大的好事。妈妈为了我们家的生计，每天要在理发店里理发将近六七个小时，站得腰酸腿疼。疲惫不堪的妈妈是多么盼望我早点回来，尽快帮助她一把。然而，爸爸与妈妈的想法截然不同，他更多地关心我如何能进步、如何能发展，特别是对我退伍回来后在哪安置工作、如何安置工作有些忧心忡忡。

新近刚搬过来的西院邻居——原来是我们多布林场的党委书记曹德玉，他正好由机关党委书记改任林业局党委组织部副部长。爸爸经常为我安置工作这件事愁眉苦脸，唉声叹气，也时常到曹德玉大爷家去商量："曹老兄，现在退伍兵的安置政策有没有什么新的变化？"曹德玉大爷热心地安慰爸爸说："等明天我找有关人员咨询一下。"

弟弟妹妹们对我回来都兴高采烈，唯一没有见到霞妹，她正在北安住院，她并不知道我退伍返乡的消息。

自从红梅上次从英盘沟回到大杨树后一直没有音讯。在疑虑中我曾不止一次地憧憬，待我与红梅久别重逢时，那应当是一个怎样的亲热场面？

心急火燎的我，在等待安置工作的日子倍受煎熬。曾经送我去当兵的黑龙江省大兴安岭地区的原杨树地林业局在1979年就被划归内蒙古克什林管局了，按照哪来回哪去的原则，我理所应当到现在这个杨树地林业局报到，但爸爸在黑龙江大兴安岭漠河县工作，他特别想让我也留在大兴安岭工作。他通过同学关系，先为我联系到大兴安岭新林区工作。爸爸原以为大功告成了，兴致勃勃地回到家中对妈妈说："金匀的工作，我安排完了，用不着你瞎操心了。"

妈妈好奇地问："安排在哪儿？"

爸爸如实地报告："新林区翠岗林场当团委书记（政工干事）。"

万万没有想到，爸爸的意见遭到妈妈的坚决反对："孩子在外面当兵4年，吃多少苦？遭多少罪？好不容易才回来了。那么远，你还想让孩子去遭二茬罪、受二遍苦啊，是不是有神经病呀？"

"神经病"是我们家最忌讳的词语。听到"神经病"这三个字，爸爸怒火中烧地吼道："你才神经病呢！你懂什么？头发长，见识短！让孩子守在你身边就好了？有什么出息！"说完，爸爸怒气冲冲地摔门出去了，直接到曹德玉大爷家去诉苦了。

初冬的傍晚，天色灰蒙蒙的。

爸爸到小屋亲自与我说："医院来通知了，你去一趟北安，把霞妹接回来。"

我爽快地答应了爸爸："没问题，我准备一下，明天就动身。"

爸爸从小屋出去后，平弟又偷偷地进来。他向我透露："自你上次探家走后，爸爸就张罗给霞妹安排住院的事，先后借了三四家，才凑足了800元的住院费。为给她治病，爸爸与妈妈大大小小的'家庭战争'进行了无数次，我们都习惯了，你刚回来，可千万别上火。"

一场小雪覆盖了大杨树甘河两岸的山山岭岭。

列车上，长夜漫漫。

慢车，实在是慢，每个车站工区都要停，好不容易到了富余车站进行中转。富余车站曾是我的伤心地，当年我与爸爸共同逃票被抓的窘境，特别是我血气方刚不服气的举动、被富余车站的执勤人员扇两个耳光子的悲惨情景，至今还让我不寒而栗。如今即使我家再穷，但我也好歹是当过兵、受过教育的人，无论如何再也不能"重蹈覆辙"了。今天我光明正大地买了硬座车票，在富余车站就可以理直气壮地等车了，再也不用害怕车站值勤人员过来盘查了。

候车室内灯光幽暗，让人昏昏欲睡。在等车的时候，我迷糊地睡着了。醒来时，已是晨曦，有些饥肠辘辘。我打了一杯开水，拿出妈妈给我带的白面和玉米面两掺的大馒头，一口白开水、一口大馒头，勉强地吞咽下去，玉米面的颗粒碎屑不时零星地落在大腿上。由这些颗粒组成的大馒头，虽然有些糊嗓子，比部队的高粱米还难吃，但却蕴含了妈妈所有的"才华"和深情。

转乘去往北安的列车。

北安精神病院，院墙高耸，电网密布，大门紧闭，大多数人都猜想它一定是个阴森森极其恐怖神秘的地方，让人无限的恐惧。其实，北安精神病院是医治精神病人爱恨情仇创伤的温馨家园，也是他们恢复理智走向新生的心灵港湾。

霞妹在北安精神病院住院已经六个月了，这是她第三次住院了。这次住院是爸爸通过他的同事——张会计联系的。她有一位亲戚家在北安，是他们帮助联系住院并照顾霞妹的。我们全家很感谢张会计和她的这位亲戚。这次到北安来，妈妈特意让我带几绺大杨树的粉条，送给这位亲戚和主治医生。大杨树粉条是妈妈经常用来送给亲戚朋友的馈赠品，虽然拿不出手，但也算是礼轻情意重吧。

主治医生耐心地向我介绍："霞妹的病情目前基本稳定，但没有痊愈，病程时间太长了，属于顽固型分离（转换）性障碍，最容易复发，回家后不再犯就算彻底地治好了。"

　　我焦急地问："就没有什么更好的办法了？霞妹原来可聪明了，各种乐器她都会，怎么就变成了这样子呢？"

　　主治医生明确地说："目前这样的病例在全世界范围内也没有特殊的治疗办法，只能是维持，回家静养。"

　　"维持？"什么时候才能"维持"到头啊！"静养？"我们家万难做到啊！我带着冰凉的心和不尽的悬念疑惑，与霞妹一起登上了西去的列车。霞妹脸色苍白，略浮肿，眼睛直勾勾的。我耳畔响起了主治医生的忠告："这是长期服用氯丙嗪，由于药物的强镇定作用所导致的。"

　　列车在雪花中前行，霞妹深陷自我的世界中不能自拔，始终坐立不安，疑神疑鬼地看着每一位乘客。由于她的面部浮肿，脸色苍白，再加上怪异的举动，有个别好事的旅客窥视她几眼，令她特别警觉。她不时偷偷地趴在我的耳边提醒我："大哥，你要注意那几个人，不是小偷就是强盗。这个世界上没有好人。一定要把咱们的钱藏好，别让他们偷去。"

　　我轻轻地安抚她说："没事的，你放心地睡觉，有大哥在。"

　　她又异常地亢奋起来："大哥，你不是当兵去了吗？怎么又回来了。一定是发大财了，我们家有救了，我们家再也不会受穷了。钱呢？在哪？你一定看好，不然的话放到'黄仙子'和'胡大师'这里，最安全。"

　　又有几名旅客不了解情况，特意偷看我们几眼，被她发现了，她便破口大骂："看你们几个像个人似的，都是装的，当面是人，背后是鬼，全都是坏人。"

　　此时此刻，我的心何止是在滴血，应该是粉碎！

　　我真的不敢相信，自己眼前的两眼直勾勾的她，竟然是原来仪表端庄，心地善良，好学上进，品学兼优的我最爱的霞妹。

　　霞妹的病真的是不可救药了吗？你生活在另一个世界里面了，却不管我们的死活了。你的亲人们可怎么生活在这个世界上啊？爸爸为了你操碎了心，有班不能上，还求什么进步啊？妈妈为了你整天以泪洗面，我们家何时何日才能重见天日啊？我的霞妹啊！

　　霞妹，你为什么这般的倒霉啊？如果把霞妹的病长在我的身上那该有多好，让你放飞心中的理想，再插上音乐的翅膀，那应该是一种什么样的景象啊！

　　在迷糊中，时光倒流，霞妹用小提琴、平弟用二胡合奏的《梁祝》，琴声婉转，互诉衷肠，如泣如诉，揪人心肺，悲痛欲绝的琴声又仿佛在我的耳畔回响。

　　自从我退伍回到家中后，至今还没有看到红梅的人影。除了无限的思念外，我还不时犯起了一些嘀咕，有时候竟然胡思乱想。昨天，听说她从农场回来了。经过一夜缜密的思考和激烈的思想斗争，今天我鼓足勇气到红梅家去看她。

　　红梅家在今年春天时搬家了。新房子是大杨树镇商业局给买的，在大杨树酒厂西侧酒香湖北岸。新房漂亮极了，酒香湖畔，波光粼粼，水平如镜，映衬着五间红砖瓦房很是威严气派，宛如别墅一般。前院有很大一片园子，园子中间是长长的小路，两侧栽满了各种果树，能想象出在春暖花开的季节应该是何等的美丽。

红梅热情洋溢地把我迎进了屋内。最东面的一间是大爷和大娘的卧室，南侧横走廊，相对应中间有2个小间，其中一间是厨房、一间是小卧室，最西侧的一间是会客室兼书房。在我的平生，在我们大杨树镇，还从来没有见过这么阔气、这样漂亮的住房。

今天，我终于见到了红梅，我的心跳陡然加速，我的脸颊也仿佛烧了起来。

快言快语的红梅一见面就向我诉冤："这几个月，为了转为正式工人，我费尽了周折。我们七连一共分了5个指标，其中3个实的、2个虚的，竞争异常激烈。" 她向我暗示没有及时给我回信和最近没有回来的原因。

我关切地问："没有让大爷给找人吗？"

红梅满脸愁绪："你可别提我爸爸了，我与他说了，求他帮帮忙，你猜他是怎么说的？"

我猜："他肯定给你找人了。"

红梅："恰恰相反，他说我们年轻的时候，从来没有找过人，全凭自己干，干到今天，不也是干得挺好嘛。我一听就火冒三丈，上街找个车就回反修七连了。自从爸爸把我气走之后，到昨天我才第一次回来。"

我关切地问："你光生气也解决不了问题，到底是转没转上啊？"

红梅接着说："我们七连召开了职工大会，每个要求转正的职工在大会上陈述自己的理由。事前我们的领导找我谈了，他希望我能转正，但必须在大会上把理由说充分了。在大会上，我重点陈述了自己当知青以来取得的主要成绩，特别是我曾经出席过反修农场的劳模大会。说到劳模，大家都出席过，有的是出席地区的，有的是出席大杨树区的或杨树地林业局的，有的还不止出席过一次。这么一比，就把我比到虚指标中去了。"

我庆幸："虚指标不是挺好的吗？不也照样能转正吗？"

红梅叹气道："虚的就没准了，属于预备性质的指标。在这次会议后，我们的领导还批评我呢，你就不会撒个谎，说是出席林业局的劳模，你说了，谁去查啊？不就进入正式指标中了？死心眼儿。"

说着，红梅眼角流出了泪水，委屈地说道："金匀你说，我是上天无路入地无门，没有人帮我的忙。我的爸爸是万事不求人啊，我被逼得没有办法了，只好鼓足勇气，到公司去找德怀茂大爷，他是我爸爸的老朋友。"

我为她拭去眼角的泪水。红梅接着说："德怀茂大爷问明情况后说，你还是没有干好，如果干好了，怎么也不能把你弄到虚指标中去。"

"我看德怀茂大爷与爸爸的态度没有什么两样，气得我'哇'的一声哭起来了。"

"德怀茂大爷看到我哭了，就安慰我，既然在虚指标中，就放在虚指标中吧，你就回去等着吧。"

红梅又补充说："我回到了七连后，左等右等也没有一个确切的消息。前几天，公司才研究了这件事，我这个虚指标也变成了实指标。"

红梅破涕为笑。我为红梅克服重重困难，积极争取，最终转为正式工人而感到高兴。

久别的人，有说不完的话。临从红梅家出来时，我很难为情地对红梅说："我目前的工作还没有安排，大爷交际面广，能否求他老人家帮帮忙，在大杨树镇或是杨树地林业局为我安排一下工作？"

红梅也很为难地表示："我的忙他都没给帮，说一说试一下吧！也许你这个未来的姑爷子的面子大，他能帮你这个忙。"

是夜，我沉浸在与红梅相见的幸福之中。

在等待红梅"音讯"的日子中，我如坐针毡。我也曾不止一次地遐想，红梅的爸爸——我未来的岳父发挥他自身所有的优势，正在为我安置工作东奔西跑呢。萨吉福多次来我们家对我进行奉承："金勾可真有眼力，找到这样一个有实力的家庭，一个米面加工厂，一个大车店，外加一个好岳父，不但安排工作不用愁，就是将来的生活再也不用犯愁了。"

又过了半个月左右，红梅再次从反修农场回来了。我抱着一线希望再次来到红梅家。红梅很是不好意思地对我解释："不是我爸爸不肯帮忙，他说当兵的回来，组织上分配是天经地义的。只要你耐心地等待，组织上一定会分配的。"

我心急如焚并有点火药味地呛她："这还用他说吗？我不是想早点分配嘛。"

红梅劝我说："不要太着急了，分配只不过是时间的问题。"

我心生疑虑地下结论："这分明是不想帮我这个忙。"

自从红梅到部队看我回来后，她为什么迟迟不给我回信？我退伍后，红梅为什么迟迟不与我相见？说她转正耽误了时间那纯属搪塞，所有的原因都指向我未来的岳父和他们这个家庭，说一千道一万，他们还是看不起我们这个家庭，嫌弃我们这个穷家啊！再加上工作分配的忧愁和家中霞妹重病带来的苦恼，驱使我痛苦地对红梅表白："咱俩别处了！"

红梅大为惊讶地问："为什么呢？我什么也不要。"

我自惭形秽般地罗列理由："我家太穷了，条件不如你家好，我不会给你、也没有能力给你带来更多的幸福；我回来后工作还没有确定，将来干什么还说不准，别牵累着你；早一点了断，别耽误了你的前程。"

我越说越激动，从上衣兜里掏出她送给我的那张用长条红细格信纸包的照片，颤抖地放在了床上，还要从身上脱下她给我买的那件白色的确良上衣。

她暴跳如雷地哭喊："你不用脱了！就算我送给你的了，小心眼儿的东西，你当初干什么了？这三四年我白等你了？"

在她家院子的长长过道中，我一步一回头，犹豫再三，走出去，又走进来，几进几出，最后我还是咬牙痛苦决绝地走了出来。

回到家中，妈妈看我的表情不对劲儿，刨根问底地问个究竟。我实不敢相瞒，把我最近一段时间的想法和刚刚发生的事情向妈妈诉说了一遍。妈妈听后火了："傻儿子！你怎么这么不懂事啊？婚姻大事，是你说黄就黄的吗？红梅是一个多么好的姑娘啊！上哪儿去找？人家等你这么多年，图个啥？人家不嫌弃咱这个家就不错了！人家没提出来黄，你还提出来黄，有你这么做事、做人的吗？"

妈妈，你哪里知道儿子现在的复杂心情啊！是我自卑，是我烦躁，还是我多虑？总之，我没有足够的能力和勇气承担起婚姻的责任和义务啊！

我万分懊悔，痛苦至极啊！

不是我想得太复杂了，而是生活本身太无情了。

晚饭后，芮妹到我家来，很客气地与妈妈打过招呼，然后怒气冲冲地开始教训我："金匀哥，请你说一说，我大姐做的哪件事对不起你，她一不嫌贫爱富，二不嫌你没工作，又等你三四年，为什么要黄？你总得有个理由吧？"

我天生不善于与人争辩和吵架。即便对红梅有一大堆的意见，如她从部队回来后一直没有给我写信，等我回来后一直没回来看我，还有未来的岳父"见死不救"等，我还是茶壶煮饺子，有嘴儿倒（道）不出，既怕事态扩大了不好收场，又怕惊动了正在病中的霞妹，只好任凭芮妹训斥。

芮妹接着又开导我一番："搞对象我倒没什么经验，关键是男同志要主动，金匀哥你可倒好，非得我大姐主动不可，屁大点儿、鸡毛蒜皮小事，动辄就要黄，一点自信心也没有。"

我觉得芮妹言之有理。在搞对象方面，她俨然就像我的老师……

芮妹要回家了，妈妈让我送她。我一直把芮妹送到她家的大门口。芮妹让我到屋里坐一会儿，我略迟疑一下，她硬是把我往屋里拽，我也是半推半就了。芮妹亮开清脆嗓门儿朝屋里喊："大姐，我把这个没骨头的东西给你领回来了！"芮妹又看了我一眼，暗示我这次就看你自己的了。然后伴着一串清脆的笑声，她躲到其它房间去了。

"你这个没良心的，还回来呀？我以为你这辈子也不回来了！"红梅阴阳怪气说了一大堆，也许在撒娇，也许在出气。她一边说一边往她住的小屋走去，然后趴在床上"呜呜"地哭了起来。

红梅哭得很伤心。她越哭我越是后悔莫及，彼此之间太在意了。这也许就是感情吧？我向她承认自己没有勇气，缺少自信，草率地提出来"咱俩别处了"等错误，并且不停地安慰她。

我与红梅第一次经历了"血与火"的考验。经过冷却后，一种痛定思痛的感觉在我的心头油然而生。我们两个人敞开心扉地深入交流，消除了一些不必要的误会，感情终于又和好如初了。至深夜，她关心地说："太晚了，别走了，外面太黑。"她的挽留温暖了我干枯冰冷的心，让我们之间的感情陡然升温，这也是我求之不得的。既来之，则安之。

自己退伍回家后，特别是我与红梅的关系突然骤变的前前后后，有许多经验教训值得认真地进行总结并很好地加以把握。在谈婚论嫁上，要增强自信心。作为男子汉，要有男子汉的样子。男子汉、大丈夫，要敢说、敢做、敢当、敢为、敢爱、敢恨，要不气馁、不惧富，做到不卑不亢。我遇到这么一点困难就后退，这哪里还像什么钢铁战士呢？什么也不是！简直是一个逃兵，是回避问题，逃避困难。在感情培养上，男同志要积极主动。男同志向来是生活舞台的引领者，要担当起唱主角的责任。有生以来，我一见女生就脸红，在中小学时期，从来不敢与女同学主动接触。走上工作岗位后，曾对发花心存好感，却始终深藏心底，一直没有表现出来，甚至有时见面还绕道走，爱不敢爱，恨不敢恨，最终弄得鸡飞蛋打不欢而散。即使与红梅相处，也是如此。冷若冰霜，冷漠无情，何年何月才能点燃心中的爱情火花呢？问题在我，要改，要主动出击，要变被动为主动，时不我待。在工作安置上，既要积极努力争取，又不能挑三拣四。积极努力争取，自然不用说了。不能挑三拣四，是指不能再给爸爸妈妈增加压力，增添烦恼，也不能给未来的岳父施加压力，坚持自己的梦自己圆。现在我们这个家，虽然不能说是百孔千疮，但确实是困难重重。一家8口人，只靠爸爸一个人上班，工资又低，即使妈妈干临时工，也没有从根本上改变我们家穷困潦倒的生活状况。还有霞妹多次外出治病，都是借的钱，真是雪上加霜。霞妹的病，不仅给我们家带来了直接的经济困难，而且更重要的是给我们家带来了无形的精神压力，压得爸爸妈妈和我们都喘不过气来。在这种情况下，我的工作是次要的，为爸爸妈妈缓解压力和分忧是重要的。我决心再不能给爸爸妈妈添堵增压。如果爸爸妈妈中有一个被累垮了、压倒了，那么我们家可怎么办呢？因此，我虽然退伍了，但不失为一名钢铁战士。我一定以《个人奋斗修养十个要点》为指导，面对现实，振作精神，从头做起，学会自信。

1981年11月17日

第十三章
举债完婚娘迫切　洞房凄婉伤心夜

很是奇怪，自上次我到红梅家"闹腾"之后，我与红梅之间的关系不但没有隔阂，反而更加亲密了。如果几天没有见到红梅，我就仿佛缺点什么，好像有一种莫名其妙的情感在发挥作用。晚上，妈妈下班回来乐滋滋地说："你郭大娘到理发所来找我，说明年是你和红梅的本命年，结婚不吉利，后年结婚岁数又大了一些，只有今年结婚正好，你们家怎么还不赶紧张罗呢？"

"我的工作安置还没有着落，现在就结婚合适吗？结婚需要用钱，霞妹看病都是借的钱，我结婚不是火上浇油吗？再说，我上哪去弄房子？一点准备也没有，用什么结呀？"我满心疑虑地望着幸福写在脸上的妈妈。

"傻小子，人家既然提出今年结婚，结就结吧，也了却了妈妈的一桩心事。"妈妈满心欢喜地劝慰我。

我再一次陷入了痛苦的犹豫之中。

如果同意结婚吧，有一大堆困难让我们这个穷家难以支撑；如果坚持不结婚吧，惟恐再次伤害了红梅的心，也会伤害大爷大娘及全家人，那后果就不堪设想了。

见电速回，商议金勺与红梅结婚事宜。付志珍。

妈妈的一封加急电报，把远在漠河的爸爸追了回来。爸爸极为赞同并支持我与红梅结婚。在我们结婚问题上，爸爸与妈妈的意见是"一致通过"的，少有的默契。

晚上，爸爸急匆匆地出去串了几家门，与各位好朋友通报并商量我与红梅结婚的事。爸爸最后又来到了周陈子坤副书记家，向他诉说了我当兵退伍后安排工作和结婚的一些困难。周陈子坤副书记热情地表示："金勺回来就好，他是咱们杨树地林业局送出去的好兵啊！在当兵之前，我们在布铁林场一起出过工作队，这孩子很仁义，反应快，素质好。如果愿意到林业局下面的林场工作，有什么困难，到时候我可以帮助协调一下。到林业局机关来，那就不好说了，现在机关正在清理'以工代干'②，凡是进人都要海青书记签字，不然的话谁也进不来。"

周陈子坤副书记接着解释："共同努力吧，如果在街内找哪个单位还有可能，但进林业局机关难度太大了。"

爸爸感激再三地说："谢谢老营长了，目前我是真的没有办法了。"

周陈子坤副书记又补充说："孩子结婚的事，就用不着犯难了，我可以帮你一把，先在你嫂子那拿一点钱，以解燃眉之急。"

爸爸带着周陈子坤副书记为我安置工作的允诺和借回的700元钱，兴冲冲地回到家中："金勾他妈！快给我弄两个菜，我要喝上几盅！"

"怎么样啊？看把你激动的。"妈妈殷切地问道，然后到外屋给爸爸煎鸡蛋去了。

爸爸情不自禁地把去周陈子坤副书记家的经过一五一十地向我们说了一遍，又补充地说："这叫'双喜临门'呢！小子有点福气，什么事都难不住他，分配在街内还有可能。"

不大一会儿工夫，妈妈把煎好的鸡蛋端了上来，又拿上来几碟小咸菜。我用爸爸的白底蓝色雕龙花纹的酒壶为他热了一壶"杨树白"，倒在白底蓝色花纹的酒盅里，双手递给了为这个家操碎了心、爱恨交加、慈祥宽厚的爸爸。爸爸喝下这盅酒发出甜滋滋的声响，我热泪盈眶了。

爸爸妈妈欣喜若狂地张罗着，为的是哪般，不就是为了大儿子能娶上媳妇吗？我无力劝阻，只能顺势而为了，恭敬不如从命啊。

爸爸为我们结婚借来的700元钱，红梅家并不知情，然而，这却是压在我心中的一块大石头。

隔日下午，爸爸妈妈盛邀大爷和大娘还有红梅，来我们家会亲家，商定我们的婚事，庆典叔叔和曹德玉大爷作陪。妈妈使尽浑身解数，把她的所有的当家菜都端了上来。爸爸深深地知道这桩婚事是如何的来之不易，也知道红梅家起初因为我们家穷不同意，所以他在敬酒时，一改往日的张狂，彬彬有礼地敬酒："哥哥嫂子，我们早有心把你们请过来吃顿饭，合计一下两个孩子的婚事，由于我总是不在家，一直拖拖拉拉到今天才成行，很是抱歉了，先喝一杯抱歉的酒。"

"抱什么歉？没有那么多的说道，关键看两个孩子，他们处好了，咱们说不行也不行；他们没处好，咱们说得天花乱坠也没有用。现在孩子处好了，水到渠成。今后你就别跟我客气了。来吧，喝吧！"大爷爽快回复了爸爸。

"是啊，亲戚都做成了，我看也用不着客气了。从今天起你们两家就是亲家了，我为你们两家喜结良缘而感到高兴！来，干一杯！"庆典叔叔也很高兴。

"翻了一下日历，初步确定今年1月10日上午九点五十八结婚典礼，怎么样？征求一下大哥大嫂的意见。"爸爸首先提出建议。

---

②"以工代干"，系指20世纪七八十年代出现的工人做干部工作的一种特殊现象。

"我看这个日子很好，是腊月十六，又是星期日。"郭大娘表示认同。

"我们家现在这个情况，大哥大嫂你们都清楚，我们先拿出这200元作为彩礼钱，好让红梅买些结婚用品。实在是寒酸啊！拿不出手，红梅是个好姑娘，你千万不要嫌少。"妈妈从借来的700元钱中拿出200元钱给红梅作为彩礼钱，塞在了红梅的手中。

"谢谢朱婶了，我什么也不要。"红梅礼貌地把200元钱又塞给了妈妈。

"都什么时候了，还搞什么彩礼啊，新事新办嘛！"大爷表态了。

妈妈与红梅把这200元钱塞过来塞过去，红梅又看了我一眼，我示意收下吧，不然的话还得推让半天，她才勉强收下。

"现在就差房子了。那天大嫂到理发店与我说，先把你们家原来的老房子暂时给他们住，没有什么变化吧？"妈妈又急切地追问了一句。

"没有什么问题，结婚就住我们家原来的那个老房子，现在已经开始动工维修了。"大爷和大娘同时表态。爸爸妈妈听后激动得不知说什么好，他们心中的一块石头终于落地了，也不知道用什么样的语言来感激亲家和亲家母。

"两家老人都很开明，两个孩子都很懂事。万事俱备，只欠东风了。来，再喝一杯，预祝1月10日婚礼取得圆满成功！"曹德玉大爷见缝插针，推波助澜，活跃气氛。

下午，雪花纷纷扬扬，千姿百态。大娘领着我和红梅到大杨树镇街道办事处进行登记。我怀着忐忑的心情，走进了张志华主任的办公室。原来张主任是大娘的老朋友，登记程序进行得很顺利。我用颤抖的双手从张主任手中接过鲜红的烫金的蒙汉两种文字的结婚证，然后又翻过来仔细辨认，我与红梅的名字端端正正地写在了套印的红色喜字中，我想这不正是自己矢志不渝追求和苦苦期待的结果吗？

亲爱的红梅，一张纸、一生缘、一世情，是它把我们两个人紧紧地联系在一起，感激上天把心爱的你带进了我的生命中，也让我们有机会共同在爱的海洋中去徜徉。

亲爱的红梅，今天我与你正式登记了。登记是神圣的，也是法定的，我们现在就是合法夫妻了，标志着我们之间"马拉松"式的恋爱宣告胜利结束了。请相信自己的眼光和直觉，我没有选错人，你是一位知书达理的女孩，是一位活泼开朗的女孩，是一位善解人意的女孩，是一位勤劳能干的女孩，是一位倔强直率的女孩。也请你放心，我一定会尽心竭力地呵护你，一定千方百计地理解你和包容你，一定与你携手并肩，风雨同舟，恩爱终老。

——日记摘抄

这天上午，零星的雪花与暖阳一起勾勒出冬日里最温馨的画面。

红梅笑逐颜开地领着我来看我们的新房。新房是在林业局电站的东侧林业局家属房，西数第二栋，东数第二家，是红梅家原来的老房子。在探家时，我曾经来过。红梅用钥匙打开锁头，推开房门，俏皮地对我说："新郎官，请检查一下吧。"

新房粉刷一新，我动情地说："真的不知道怎么感谢你和大爷大娘的恩惠了。"

房子是结婚最重要的物质基础，我与红梅终于有了自己独立自主的空间和世界了。我们两个人不由自主地相互依偎在一起，尽情地欣赏属于我们自己的爱巢。我情不自禁地亲吻了她，她胖胖的脸上洋溢着愉快和幸福，一双眼睛含情脉脉，一双手紧紧地揽住了我的腰……

下午，妈妈找来木匠开始打家具。妈妈小声地与我商量："傻儿子，这个木工费就需要300元，材料费还不算，你爸爸借这点钱还是不够用，暂时就给你们做4个板凳、1个立式饭桌、1个碗柜、1个高低柜、1个穿衣柜，先把面子盖过去，等你将来自己挣钱了再添置。你是咱们家老大，后面还有一帮弟弟妹妹们，你就得委屈一些了。"

"妈妈，还是因陋就简吧，这么一大家子的人还得过日子呢。"我万分理解家中的困难。

"傻小子，结婚是件大事，爸爸妈妈也要尽其所能啊！但是咱们这个穷家就是这个条件，你和红梅一定要理解啊！"妈妈不无遗憾地说。

妈妈的每一句话，每一个字，都像刀子剜我的心一样痛。

还委屈什么？没有什么可委屈的，应该是理解。

在种种困难的情况下，爸爸妈妈还为我们举债完婚，你们就是普天下最伟大、最善良、最可亲、最可敬的父母。我还有什么可委屈的呢？我还有什么不理解爸爸妈妈的呢？这桩婚事就是赶到这个当口上了，不然的话等我上班后还可以帮助爸爸妈妈再分担几年，最起码手头不至于这么紧巴巴的，就是穷到家了也不至于这般的寒酸吧？

亲爱的爸爸妈妈，是你们含辛茹苦地把儿子从小拉扯大，养育成人；是你们在万般困难的情况下，举债为儿子结婚，这一桩桩、一件件，都让儿子终生难忘。爸爸妈妈的恩情比天大，比海深，纵使我这一生天天在尽孝，也报答不完你们的恩情。

——日记摘抄

1月10日的婚期越来越近。

爸爸妈妈越是忙活，大家越是张罗，我愈发紧张，心理压力越大。

爸爸多次对庆典叔叔、曹德玉大爷等亲戚朋友交代："金勺结婚是件大喜事，但要量体裁衣，看米下锅。一个原则，就是少花钱、多办事，勤俭节约、盖过面子。"

各位亲戚朋友都特别理解我们家的困境，纷纷帮助参谋策划。曹德玉大爷颇有经验地推荐："我看旅行结婚怎么样？既省钱又省事。"爸爸妈妈都认为："这是一个不失体面的好办法。"

我带着这个意见前去与红梅家商量。红梅听后说："行啊，去哪个城市？"

"到加格达奇，住一宿，然后再回来，免得搞什么婚礼这些形式。"我绕圈子说，其实是为了节省几个办置酒席的钱，但我没有说出口。

"如果到加格达奇旅行结婚，死冷寒天的，要去你自己去，我不去，第二天我在大杨树车站接你回家，你看怎么样？"红梅半开玩笑地讽刺我。

虽说红梅开的是玩笑，但表明了她是反对到加格达奇旅行结婚的。如果去哪个大城市，她也许能应允，但是我们家实在拿不出来那么多的钱啊。

我把红梅家的意见带回来，亲戚朋友又坐在一起商量。如果不旅行结婚，那就得在家办，爸爸犯愁找不着接亲的车。在大家一筹莫展的时候，庆典叔叔又提议："骑自行车接亲是否可行？"我又前去红梅家商量："如果旅行结婚不行，那咱们来一个新事新办，你看怎么样？"

"怎么办？"红梅着急地问。

"骑自行车，你看怎么样？"我诡谲地回答。

"假武工队啊！我在前面骑自行车，你在后面追赶，多好玩啊。"红梅戏弄我。

"这是什么意思？"我不解地问。

"我们家已经陪送了一台小金鹿，那你们家也要买一台大金鹿啊，正好咱俩一家一台，就不用你追我赶了。"红梅将我的军。

俗话说，一分钱难倒英雄汉。本来就是悲喜交集的我，压根也不知道这个婚该怎么结，何况再买一台大金鹿牌自行车，这不是逼上绝境了吗？我欲要发火，又强忍了下去。

我沮丧地带着红梅家的最新态度和意见回家禀报。亲戚朋友再度商量，庆典叔叔善意地建议："还是下决心在家办吧！让他们送亲的少来几个人，少摆一两桌，不就能省几个钱嘛。"

曹德玉大爷表示赞同："对，就在家办，接亲的车我们大家帮助你找，你们家的屋不够用，还可以在我们家摆一两桌。"

"怎么办"的这件事，在万般无奈的情况下终于定下来了。

爸爸妈妈兴致勃勃地把海伦老家的叔叔、姑姑、大舅、姨妈等都邀请来参加婚礼。

晚饭的饭桌上，爸爸和大舅都没少喝酒。爸爸心花怒放，欣喜若狂，不多时就喝醉了，他又开始站到地中央高声朗诵毛主席的名言。

它是站在海岸遥望海中已经看得见桅杆尖头了的一只航船，
它是立于高山之巅远看东方已见光芒四射喷薄欲出的一轮朝日，
它是躁动于母腹中的快要成熟了的一个婴儿。

这是我们兄弟姐妹最耳熟能详的一段，也淋漓尽致地表达了爸爸对大儿子结婚即将看到了"曙光"的激动心情。妈妈在旁边劝爸爸："这都什么时候了，还没正经的，商量一些正事吧。"爸爸不以为然地说："不都商量完了吗？还有什么正事？"大舅善意地提醒说："明天陪酒的人员还没有定下来，现在是否定一下？"曹德玉大爷他们也附和着。爸爸的酒半醒，他用商量的口吻与大舅说："明天陪娘家亲戚的人选，主要以庆典主任、德玉部长等一些老朋友为主，大哥你嘛，还是主要陪好咱们海伦来的这些亲戚们，你看怎么样？"爸爸委婉地不让大舅上主桌。

大舅卷着旱烟，快快不悦，慢条斯理地说："娘亲舅大。咱们海伦这些亲戚中，怎么也得派个代表陪娘家亲戚，我不去陪，那你让谁去陪呢？"

爸爸机智婉转地劝说："他们可都是海量，恐怕你喝不过他们啊。"爸爸言外之意说大舅好贪酒，怕他误事。

大舅顿时怒了，把酒盅往桌子上重重一蹾，然后说道："老妹夫！你这是瞧不起我们海伦来的这帮穷亲戚，你不让我陪娘家亲戚，那你请我们来干什么？"

爸爸也被激怒了，义愤填膺地训斥："大哥，你说的话不讲道理，别倚老卖老，以老大自居，就不让你陪！这是我们家的儿子结婚，也不是你们老付家的儿子结婚！"

大舅怒不可遏，大发雷霆地喊道："你不是人！你刚吃几天饱饭呢？就不认我们穷亲戚了！"说着，一把将桌子掀翻。众人惊。

爸爸怒吼："今天我非劈了你不可！"说着往外冲。

大舅更是火气冲天，迅即到外屋拿起扁担把窗户砸得粉碎，然后到大屋门口指着自己的脑门激将爸爸地喊："有种的你就打死我吧，否则就不是你妈生的！"

我上前去拉仗，爸爸顺势到外屋拿起炉钩子朝大舅刨去："我不刨死你，就不是我妈养的！"

说时迟，那时快。庆典叔叔抱住爸爸的腰，我强行把炉钩子抢了下来。曹德玉大爷怒不可遏地喊道："你太不像话了！儿子结婚本来是一件大喜的事，看你把这事弄成什么样了？还像一名党员领导干部吗？还像一个当父亲的吗？明天孩子还结不结婚了？"

听到曹德玉大爷的训斥，特别是听到"党员领导干部"这几个字眼，爸爸好像冷静多了。大舅被大家拉到邻居家去"避难"了，妈妈、姨妈，还有霞妹等哭成一团。

新婚前夜，我们家在吵闹声中乱成了一锅粥，我的心在流泪。

是夜，泉弟和杰弟陪我回到了新房，他们的任务是压床。让没有结婚的自家弟弟压床，有纯洁和阳刚的象征寓意。民间传说，新娘的床有灵气，睡一睡可治百病；也有迷信的说法，男孩子压床期待着新娘婚后生个男孩。泉弟悄无声息地钻进了被窝，杰弟俏皮地问："他们压车都给钱，我们压床给多少钱？"我好言相劝："快睡觉吧，哪有什么压床的钱？"我和衣而不眠，思绪翻江倒海。几天来准备结婚烦恼的事，像放电影一样在脑海中闪过。别人家的孩子结婚都欢天喜地的，而我结婚就像过鬼门关一样。

我与红梅结婚的正日子终于到来了。

新郎官穿着上自然应该里外三新，但我又是有所区别的。妈妈狠了狠心，只为我做了一件深蓝色的呢子上衣，白色的确良衬衣是红梅送给我的，外裤仍穿当兵前的那条蓝色裤子，其余的背心、裤衩、衬裤、棉袄、棉裤等，都是我从部队带回来的。虽然寒酸一些，但能为这个穷家省一点算一点吧。

曹德玉大爷借来的老牌"嘎斯"汽车派上了用场。我和颖妹乘车去接亲时，着实又激动了一番。

红梅家热热闹闹，红红火火，喜气洋洋。不但亲戚多，朋友更多，好多的亲戚朋友都站在院子的大门外，让我眼花缭乱。芮妹、宝弟、强弟设置的叫门、改口等热闹的"障碍"，我无心应付，只是敷衍。我好不容易冲破重重"障碍"，把红梅迎了出来，请到驾驶室，强弟压车。颖妹和送亲的人全都站在后面的车厢上，他们顶着凛冽的寒风，喜笑颜开。

接亲的车开到"大白块"最后一个胡同接近我们家时，远远地看见平弟、泉弟、杰弟和萨吉福等同学放了几挂鞭炮，向街坊邻居报道了我接回新娘的喜讯，也炸开了我胸中的万般郁闷。

送亲的人都下车了，唯有强弟压车和红梅没有下来。按习俗我递给强弟一个事先准备好的红包，他打开一看，说什么也不肯下车并向红梅告状："大姐，他们家给的也太少了，才10元钱。"

我着急地看了红梅一眼，示意她帮忙劝一下强弟。红梅心领神会，在车上面往下推他，我乘势上前拽他，总算把压车的强弟请了下来，原来多准备的10元钱红包又省了下来。

窗前，简简单单的婚礼开始了。

妈妈与亲戚们把昨天晚上被大舅用扁担砸坏的窗户钉了一个花色被面，用于遮羞。这块"遮羞布"被风吹得呼啦地作响。

庆典叔叔主持，曹德玉大爷做证婚人，爸爸发表了热情洋溢但简短的讲话，我和红梅向天地、向父母行大礼，夫妻对拜，向亲戚朋友鞠躬。

我给送亲的人点烟。到了给宝弟、强弟点烟时总是点不着。我划了很多根火柴，都被他们调皮地吹灭了，把亲戚朋友们逗得哈哈大笑。我强装着笑脸，霞妹风风火火地帮助我解围。平弟、颖妹帮助端盘子，泉弟、杰弟东屋西屋乱窜。

爸爸特意求一位厨师来做菜。我们家的大屋地下摆一桌，炕上摆一桌，曹德玉大爷家地下摆一桌。原计划安排3桌，可是送亲的除了汽车拉来的外，还有骑自行车来的，都是芮妹张罗的，充分显示她神通广大的交际能力。然而，她上哪里知道我们家没有这个接待能力啊，多办一桌要多花多少钱呢？万般无奈，爸爸还是咬紧牙关，硬着头皮告诉厨师又临时挤出一桌，放在曹德玉大爷家大屋的炕上。大舅果然没有到主桌陪上客人……

洞房花烛夜是人生四大喜之一。

凡是洞房花烛夜都是欢天喜地的，而我则不同。

我与红梅吃过宽心面后，萨吉福等稀稀拉拉的几个闹洞房的人也逐渐散去。我长出了一口气，如释重负。两个人刚刚走到一起，不免都有些惶恐和羞怯，无言以对。忽然，红梅深情地凝望着窗户问道："怎么没有挂窗帘啊？"

我望着黑洞洞的一个布丝也没有的窗户，连忙向她赔罪并解释："是我粗心大意，一时的疏忽，忘记了准备。"

红梅没有理睬我。然后从她家带来的皮箱中取出了一个被面子，示意让我过来帮忙挂上。事先什么准备也没有，我只好找来钉子，临时把被面子钉在窗户框子上。

红梅又开始收拾行李。她用手摸一下炕面，硌硌楞楞的，掀开炕单后一看，下面铺的是前些年妈妈捡来的邮政局用的帆布包裹袋子，黑不溜秋的，凸凹褶皱。我立刻意识到，我们这个穷家对生活要求的标准太低了，记得在多布林场一连时，那"波浪床"上还铺一层草呢！何况我们新婚使用的炕呢？太不争气了！瞬时，我握住红梅的手，深深地内疚和自责："红梅，太对不起你了。"特别是在这新婚燕尔大喜之夜，又让我们遇上了这么多的不愉快，我深感愧疚，引过自责。

红梅挣脱我的手，她什么也没说，又从皮箱中翻出一块布来，到她家原来用的仓房中找来一包棉花，铺好布，往上续棉花，在我们的新婚之夜竟然开始做起炕被来。一不小心，针刺破了她的手指，鲜红的血液在手指肚上洇出来。向来刚强的红梅，也止不住泪水夺眶而出，簌簌地洒落在了她亲手缝制的炕被上……

是啊，这就是被我娶过来的新娘，这就是我们的新婚之夜，这也许就是红梅决心要跳的"火坑"吧？殚精竭虑操办婚事的爸爸妈妈，为结婚举债背负沉重包袱的我，没有穿上婚纱留下终生遗憾的她，没有激情浪漫婚礼的我们，这一切就这样永远地留在了我记忆的长河中。一个无时无刻不让人心碎的新婚之夜！

然而，我是结婚了，逃出了这个穷家的虎口，但是爸爸妈妈和弟弟妹妹还将继续生活在"水深火热"之中。爸爸最爱面子，他始终羡慕德怀茂大爷家在四条腿的立式地桌上吃饭，就连这么一个最简单的愿望至今他都没有实现，我居然"率先"实现了；妈妈平日里最喜欢大衣柜，至今她也没有使用上，却举债给她的大儿子做了一个大衣柜，着实让我于心不忍啊！这也许就是爸爸妈妈的舐犊之情吧？我何时才能报答他们的养育之恩呢？

我既在享用着，也在痛苦着，更是在煎熬着！

1982年1月18日

第十四章
雪花漫道斧声急　最爱黄牛几步蹄

1982年的春节渐渐地远去了，但依然还能听到稀疏零星的鞭炮声。

红梅就要返回那遥远的反修农场七连上班去了，她在临行前特别地提醒我："我不在家时，你尽可能少到我们家去。"

"那是为什么呢？我们都结婚了，难道说他们还是不同意吗？"我犯起了嘀咕。

"看你傻样！新进门的姑爷子还不得注意点分寸？我爸和我妈的脾气都相当火爆，不照你爸和你妈强多少，别把你这个胆小鬼吓着。"红梅揭开谜底。

红梅在结婚前，每月都将工资上交给了岳母，结婚时外强中干的红梅身上分文没有。后来她姑父随礼给了红梅40元钱，她只将这40元钱带过门来了。今天红梅又从中拿出20元钱交给了我，说："留着应急用吧，想买点啥就买点啥，一个大老爷们，别太寒酸！"

我一时眼泪在眼圈中打转转，手中捏着这20元钱望着红梅，两个人面面相觑，相对无言。

大杨树火车站，通往各地的汽车均在站前广场始发。

我依依不舍地目送红梅上了大客车。这辆大客车只能到反修农场场部，从场部再到七连还有几十里的路程，还得再找车。等大客车开动后，从车窗看到了用大红围脖围得严严实实的红梅向我招手，示意我别傻站在那里了，快回去吧！

此时此刻，我不禁一阵阵的心酸，更有无尽的牵挂！一个女孩子，不，一位刚结婚的新娘，孤孤单单一个人就要返回自己的工作岗位，没有人护送，也没有人接应，今天晚上她住在哪里也不知道，什么时候才能找到回七连的车还是个未知数。

我在大杨树车站站前的广场上站了许久，一直遥望着大客车开动的方向，纷飞的雪花迷茫了我的视线……

孤苦伶仃的我在空旷寒冷的新房中不知所措，也不知道这新生活到底从哪里开始。

好心的萨吉福和几位朋友来看我，我想给他们沏杯水，没有茶具，只能倒几碗白开水。他开玩笑逗我说："这新郎官当的，怎么不到岳母家划拉一套茶具啊？大姑娘要饭死心眼，会来点事，你岳母可是老厉害了，一个米面加工厂和一个大车店，富得流油，还差你这一点儿了？"

我也开他的玩笑说："人家把姑娘和房子都给我了，还带过来一台自行车、一台缝纫机、两个皮箱，这就不少了，还划拉啥呀？那不是得寸进尺吗？"

萨吉福又狡辩道："那可不是得寸进尺啊，而是借地生财，就看你这个新郎官怎么当了。不管怎么说，我们几个为你结婚帮头忙的，都是有功之臣，等红梅回来可要好好地犒劳我们哟。"

我也不知道拿什么来犒劳他们，毫无底气地脸红了，但硬撑着说："那一定，你们等着。"

萨吉福机智地回应："别让我们等到高粱地里去。"

送走了几位同学后，我上街准备买个茶壶用来招待客人。我到了土特商店转了又转，什么样的茶壶都有，可是红梅给我这20元钱，我怎么也舍不得把它破开，硬是把这20元钱攥出了汗！

我们结婚后，围绕着如何还债，计划什么时间还完等一些棘手的问题，爸爸与妈妈整天吵吵闹闹的。

我安置工作的事还是迟迟没有定下来，由此又引发了"家庭战争"，此起彼伏，我想回避也回避不了。

霞妹的病情似乎有所加重，她始终坚持自己的病症不是什么精神病，坚决拒绝再吃药。霞妹的主治大夫曾多次明确要求，她的病只能在家中静养。

这些乱糟糟的事，别说让霞妹静养了，就连我一天也没有得到安宁，我又深深地陷入了痛苦之中不能自拔。

一天，曹德玉大爷特意过来劝慰爸爸妈妈："对金匀工作的事，也不要太着急了，好事多磨，好事多磨！家里还有病人，你们无休止地争吵，让大姑娘怎么养病啊？"

"金匀安置工作的事，就请他大爷再多费一些心了。他爸走了好几年了，求不动人哪，咱们两家邻居住着，远亲不如近邻哪。"妈妈快言快语道。

"她婶，你就不用太客气了。金匀这孩子在多布林场时，表现就很出色，也很有才干。在我临调走之前，是我给他安排到林场团委当书记的。你不用多说，我一定尽力帮忙。"曹德玉大爷再三表示。

我们两家原本就是相处得很好的邻居，考虑到我安置工作的事有求于曹德玉大爷，妈妈就更主动地与曹德玉大爷家处关系，经常让我和平弟帮助他们家劈柴压水、扫院子，有时颖妹、泉弟和杰弟也抢着一起忙活，使两家邻居的关系更加亲密了。

又一天中午，曹德玉大爷下班后高兴地来到了妈妈家，对爸爸妈妈说："我问劳资科长了，每年退伍兵的手续在春节后就到了，而今年有点特殊，金勾他们的退伍手续现在还没有到。今天正好布铁林场的萨勇书记来办事，我与他说起了金勾退伍回来的事。金勾在当兵前曾在布铁林场出过工作队，萨勇书记对金勾印象还不错，同意接收金勾到布铁林场当政工干事，如果你们家同意的话，可以让金勾先上班后办手续。"

"先谢谢他曹大爷了，对金勾的事这么关心。我看布铁林场还是有点远，还是守家在地的好。他们刚结婚，媳妇还没调回来，他又下林场了，这日子非得过黄了不可。他曹大爷再帮帮忙，再帮帮忙。"妈妈没等爸爸表态便抢先直言。

"那让我再想想办法，你们家再商量一下。"曹德玉大爷委婉地回应后回家了。

曹德玉大爷前脚刚出门，爸爸便恶狠狠地训斥妈妈："年前我说让金勾到新林翠岗去，你说远。这次他曹大爷联系的布铁林场，你还嫌弃远。我看守在炕头最近！"

"你就护着吧！耽误了儿子的前程，你能负得起责任吗？"

"金勾的事我不管了，也管不了，你们在家享清福吧，我去漠河为你们卖命去！"爸爸说完收拾东西，然后摔门扬长而去。我怎么拦也没有拦住他。

我最能理解爸爸的万般无奈。爸爸他何尝不想把他大儿子的工作安排得更好一些呢，目前，他也是无能为力啊！与爸爸同期的同事到大兴安岭中级人民法院的都提拔为处级干部了，而爸爸为了给霞妹治病经常请假外出，把前程丧失殆尽，窝了一肚子火，再加上为我举债置办婚礼，压得他实在是喘不过气来。爸爸能不火药味十足吗？

是夜，我沉静下来，想翻弄一下书本，然而新房如同冰天雪地一般，让我伸不开五指，我只好在被窝中把粉红色日记本中的《个人奋斗修养十个要点》又翻了一遍，用心在朗诵，同时又添油加醋写了几笔感慨，鼓励自己。

困难当头，千万不要泄气。当前最要紧的不是战胜困难，而是想办法如何战胜自己。只有战胜了自己，才能适者生存。

——日记摘抄

我独守新房的日子也是艰难和凄凉的。

新家的火炕冰凉刺骨，如躺在冰面上一样，睡觉时头上还需戴上狗皮帽子，醒来时身体好像没有了温度。我有心想把新房烧得热乎一些，然而岳母家搬家时留下的桦子所剩无几，几乎没有烧的了。为了能填饱肚子，我只能北上回妈妈家、南下到岳母家去混饭吃，把红梅临走时的告诫全忘得一干二净了。

当务之急是应该解决烧柴问题。一天，在岳母家吃晚饭的时候，我半开玩笑地故意向岳父岳母反映了我们小家没有烧柴的情况："没有几块桦子了，快要烧大腿了。"

"明天先在家这边拉一些过去，该烧就烧，千万别舍不得烧，冻感冒了那就得不偿失了。"岳父关切地安慰我。

"正好有一位朋友的牛车在我们米面加工厂干活，明天你就用这个牛车先拉过去一些桦子。"岳母补充。

第二天中午，我吃过午饭后，来到了岳母的米面加工厂。

对于这个米面加工厂，我早有所耳闻，但百闻不如一见。所谓米面加工厂，就是横卧在一马路边上大杨树镇商业局办公室门前的一栋长长的帐篷及板夹泥房子，它已经开办一年多了。远远地就能听到机器的轰鸣声，地面好像都在震动。有几台马车和牛车拴在帐篷附近，零星的几个人进进出出，乳白色的气体从门缝上方缕缕飘散出来，门旁牌子上面写着"大杨树镇第一米面加工厂"。

我推门进去，只见岳母头发及眼角眉梢都是粉尘，她正在与客户洽谈业务。

岳母为我借来了一辆老牛车。

我赶车到岳母家，恰巧宝弟与强弟都在家，正好帮我往车上装样子。岳母家养了一只黑色大狼狗，可能它对我不熟悉或是不让我们往外运东西，拼命地狂吠不止。正在屋内睡午觉的岳父被惊醒了，他怒气冲冲地转到房后，不容分说，拎起二齿挠子朝着大狼狗劈去，大狼狗狗急跳墙，挣脱绳套，在院子中没命地奔跑。宝弟、强弟上前拦截，岳父冲着他们怒吼："它是你们的亲爹啊，影响我睡午觉你们怎么不说啊？"

我赶紧上前去想抱岳父，然而并没有抱住。大狼狗在封闭的院子中，无处藏身，只好匍匐在地，粗大的尾巴"啪啪"地敲打着地面，两眼流出了眼泪向岳父求情。然而，残忍不会为眼泪动情的。岳父根本不给它"改过自新"的机会，在他恶狠狠地挥舞着二齿挠子向大狼狗的脑袋瓜子砸去的时候，我突然冲上前去，抢下二齿挠子，把大狼狗从死亡线上救了回来。

这一插曲让我不寒而栗！吓得我赶着牛车拉着样子悄无声息地往家走。岳父暴烈的性情，在我们结婚前后，红梅就曾多次向我打过预防针，但只是耳听为虚，今天是眼见为实呀。

一边卸车，我一边想，总到岳母家去拉烧柴毕竟不是个办法啊，如果再去拉烧柴，岳父再劈死一个什么狼狗的，那多得不偿失啊，人有不如自己有啊，我何不用这辆老牛车上山去拉点烧柴呢？一来锻炼自己，二来免得到岳母家再去拉烧柴了。顿时我的眼前一亮，路就在自己的脚下，应该自己上山拉烧柴去。对了，就这么定了，我的新生活应该从拉烧柴开始！

下午，我再次来到米面加工厂，向岳母说明了我的来意，她特别支持："行啊，把这个老牛车就放在你那使吧。"

"上哪还得给老牛弄点草吃呢？"我又试探性地求问岳母。

"不用犯难，到一马路桥头的大车店去取就行了，自己家开的店。"岳母安慰我。

我回家召唤着平弟、颖妹、泉弟和杰弟，赶着老牛车慢慢腾腾地来到了距离妈妈家不远的东方红桥道南的大车店。一栋板夹泥房子比妈妈家住的那栋房子还要长。大车店人来人往，熙熙攘攘。平弟站在大门口向东指，惊奇地引导大家："你们看，这是谁开的'毛驴小吃部'？"我顺着平弟手指的方向张望，一栋三间房大小的板夹泥房，房门上的匾额的确写的是毛驴小吃部，行书体，赫然醒目。有谁会这么标新立异呢？颖妹好奇地问："为什么就叫毛驴小吃部呢？多难听啊。"泉弟思忖半天说："可能是驴肉馆之类的。"杰弟指着屋内猜测着说："可能是店老板性格'驴'吧。"平弟幽默说："天上龙肉，地上驴肉。等哪天我有钱了，专门请你们来吃一顿。"颖妹更幽默："千万别让'驴'踢了。"兄弟姐妹少有的欢天喜地，在说笑声中装了一车草，拉回了我们小家。

我独立自主拉烧柴的"会战"开始了。

妈妈让平弟、泉弟跟着我壮胆。我们迎着雪花绕过岗楼山、面粉厂一直往北走，重复走在中学时与红梅等同学上山拉烧柴的山路上。原来面粉厂北山附近的柞桦木几乎被砍光了，如果想要拉到柞木，必须要走得更远一点儿。这个老黄牛的步子虽然迈得非常扎实，一步一步地向前移动，但是慢得实在惊人，让性格急躁的我着实受不了。

待到中午时分，我们好不容易才来到了生长柞树的山场。我和平弟分别用大斧和弯把子锯在齐腰深的雪中放柞树。在如何放柞树这方面，我还是有一定经验的，便自信地给平弟当了师傅。如今平弟已经17岁了，他在放树方面也是无师自通，很有窍门。大斧"咔咔"作响，他不时喊一声："顺山倒了！"一棵棵柞树应声倒在厚厚的积雪中。

泉弟才刚刚12岁，还是一个孩子呢，就跟我上山来拉烧柴，让我于心不忍，"你的任务是喂老牛。"泉弟不时地抓把草，喂老牛，有时也拿起大斧帮忙打枝杈。

装车前，平弟忽然感觉到肚子饿了："大哥，我们光顾干活了，都忘了吃饭了。"

我也意识到了这个问题："吃点儿，稍微休息一会儿。"

我从提包中拿出妈妈给我们蒸的馒头，分给平弟和泉弟。妈妈把馒头用小棉被包着，还没有凉透，这就使我想起在林场清林时啃冻馒头的情景，"你们说，我那个时候怎么那么傻，为什么就不知道把馒头用小棉被包上保温呢？也不至于整天吃冻馒头啊！"

平弟意味深长地说："不是傻，而是不动脑筋。"

平弟的话令我刮目相看："如果让你当知青的话，你就不至于像我们那样傻了。"

平弟自信十足地说："那自然了，不过我也当不了知青了，时代不同了。"

我指挥着装车。往车上抬木头，我、平弟和泉弟累得满头大汗。然后用粗绳把木头前后捆两道，木头被捆得结结实实的。

回程是重载，老牛车走得比太阳还要慢。但我赶着牛车，望着我们的胜利果实，心里还是美滋滋的。下坡时，我和平弟死死地拖住车辕向后坐坡。我一再警告另一侧的平弟："有浮雪，你可要千万加小心，如果实在不行，你就跑开，泉弟你在后面跟着就行了，不要上手。"

顺着长长的下坡路，我有意把车辕抬高，让车尾部的树梢拖地制造摩擦，瞬间震耳欲聋、"突——突"的声响连续不断。下坡的惯性越来越大，老牛顺势小跑起来，车行速度逐渐加快。突然，遇有一个小土包，这个老黄牛前脚一失蹄，整个车身重重地摇晃一下，顺着惯性向侧面翻了过去。在这千钧一发之际，我大声地呼喊："快闪开！"

车翻了！平弟没来得及闪开，被车压在下面，他急忙地呼救："大哥！"

泉弟被车甩出去老远，他坚强地对我说："我没有事，雪很厚，快救我二哥！我回去找妈妈！"话音刚落，他撒腿就往家跑。

"你再坚持一会儿！"我安慰平弟，试图把车抬过来，但根本抬不动。

"快卸车！"平弟提示我。我用大斧把捆车的两道绳子砍断，迅速将车上的木头一根一根地推卸下去，然后我顺势把牛车扶正。

"怎么样？有事吗？"我上前扶起卧在雪中的平弟，并关切地问。

"我好像被压在了路边的边沟中，不然的话早就没气了。下面是雪，没有大事，你看胳膊和腿都能动弹，就是不敢大喘气和说话，一大喘气或说话就肋骨疼。"平弟如实描述。

"走！我领你去医院先检查一下。"我对平弟说。

"大哥，我没有大事。这些木头好不容易拉到这儿，怎么也不能扔到这儿。还是先装车吧！"平弟特别善解人意。

"那就先装车，回头再领你去检查。"我看平弟没有大问题，同时也有点舍不得把这些木头扔掉，也就同意了平弟的意见。

重新装车后我们继续往前走。走着走着，一抬头已经看到了大杨树镇稀疏的灯火，胜利的希望就在前头……

路过杨树地林业局医院，我领着平弟进行了检查。大夫告诉我们，平弟没有大问题，只是软组织损伤，休息一段时间就会好。我们兄弟二人刚出医院大门，妈妈领着颖妹和杰弟赶来了，后面还跟着呼天喊地的霞妹。妈妈哭喊着问："没有大事吧？伤得怎么样？"

"有惊无险呢，没什么大事儿。"我赶紧向妈妈汇报。

"没伤着吧？太危险了！"妈妈上前抚摸着平弟。

"没有大事儿。"平弟向妈妈表示。

"二哥，当时你是什么感觉？"颖妹好奇地问。

"什么感觉？当时我就是死死地向后拽住车辕子，就像拦惊马救儿童的英雄刘英俊那样。"平弟无比自豪地表示。

"明天我也上山，像孙悟空那样一个筋斗十万八千里。"杰弟不知深浅地开玩笑。

"你以为那英雄就那么好当的呢。"泉弟反唇相讥。

妈妈领着霞妹回家给我们做饭去了。兄弟姐妹有说有笑地一直把这车烧柴护送到我们小家。

这几天，平弟在家养伤，只有泉弟陪同我上山拉烧柴。出事那段路是一段险路，每天我们都要在这里经过。每当我们走到这段路时，都要格外地小心翼翼。有时回来得太晚了，又望见了大杨树的灯火，我就对泉弟说："你先回去吧！别把你冻坏了。"

泉弟不情愿地一个人先走了。我一个人赶着老牛车一步一个脚印，朝着灯火通明的方向前行……

截止到昨天，上山拉烧柴的"会战"暂时告一段落了。

从安全角度考虑，在拉烧柴的后几天，我索性再也没有让平弟和泉弟陪同我一起上山。然而，一个人赶着老牛车，也不敢走得太远，只好在面粉厂的后山砍一些榛柴。这里的榛柴漫山遍野，大多数都有手指那么粗，既高又密，且在白雪中亭亭玉立。大杨树的烧柴远比海伦强多了，一般人家只烧柈子，不烧榛柴。我也是不得已而为之。我一天只能拉一车榛柴，坚持拉了十多天，在我们小家的院内院外，榛柴堆得像小山似的，一种成就感在我的心中陡然地升腾起来了。

在拉烧柴的过程中，我们兄弟姐妹虽然受点皮肉之苦，但却锻炼和磨砺了我们的坚强意志，培育和提升了我们独立生活和自我解决困难的能力，同时也进一步印证了一个简朴的道理：穷人的孩子早当家。

我们家向来贫穷，爸爸妈妈对我们从来没有娇生惯养过。在别人家的孩子欢天喜地地度过愉快童年的时候，我们兄弟姐妹早已为家分忧、自食其力、忍饥挨饿、饱尝辛酸，一直为摆脱困境而顽强抗争着。霞妹虽然重病在身，但她特别理解家中的难处，每当听到爸爸妈妈要为她看病再花钱时，她都会自言自语地说："我没有病，我的病早好了！"平弟少年时期就懂事、最勤劳。我高中毕业后就走出了家门，知青3年，当兵4年，退伍后又结婚，可以说自己对这个家没有什么贡献，如果说有些贡献的话，那也是微乎其微的。家中的一些零碎活的"重担"全部都落在了平弟的身上。他不但帮助爸爸妈妈劈烧柴，而且还经常帮助妈妈做饭。"从很小时候起，他就把饭锅背在身上了。"这是妈妈对他最精练的评价。颖妹从小贤淑懂事，她一直把霞妹的那份当姐姐的责任和义务扛在肩膀上，过早地帮助妈妈分担家务。从那时起平弟和颖妹一直是爸爸妈妈的左右手。泉弟和杰弟自小就受到了贫穷的磨砺和锻炼，因此他们也特别自立。

我们家在物质生活和经济条件上虽然贫寒一些，但是我们的精神是富有的，我们家的生活是积极向上的。就是这个穷家锻炼了我们不畏困难的坚强意志，吃苦耐劳的朴素品质，勤俭持家的光荣传统，助人为乐的道德风尚，忍辱负重的精神情操。这是一笔宝贵的精神财富，堪称无价之宝。

就我个人而言，既要传承我们家的良好家风，又要弘扬部队的光荣传统，在困难面前不退缩，迎着困难上，万事要从最简单的事做起，如这次拉烧柴，像我赶的那头老黄牛那样，迈着坚实稳健步伐，一步一个脚印地向前走，在这个世上就没有过不去的坎儿。

1982年3月17日

第十五章
不测风云随处起　旦夕祸福无偏倚

红梅好不容易从反修农场七连风尘仆仆地回来了，她手里拎着一个小提包向我比画。

红梅看到我们小家的院子堆满了柞木和榛柴，她喜出望外地表扬我："你这个新郎官还真是挺能干的，不愧是解放军大学校毕业的。"

我不无自信地表示："哪里呀，只不过是初试牛刀而已。"

进屋后，红梅顽皮得像变戏法似的从她的小提包中取出来一只小白狗，欢喜地向我介绍说："刚生下来一个多月。"

我好奇地上前抚摸它雪白的、毛茸茸的乳毛，由衷地说："这小狗一定是什么高贵的品种，不然的话怎么雪白雪白的呢？一双黑色的眼睛和一点黑色的鼻子怎么这么端庄呢？像传说中的芭比娃娃。"

红梅一本正经地介绍："算是让你给说着了。它当年是上海知青偷偷带过来的宠物狗的后代，它的妈妈已经是杂交的后代了，不是什么宠物了，一直是笨养，但它身上宠物狗的基因还是很强大的，你看，它还是这么雪白雪白的。"

我又追问："你不是最不喜欢什么猫呀狗呀之类的动物吗，怎么想起来把它抱回来呢？"

红梅卖弄一下："这你就不懂了吧，咱们结婚一场，也没什么礼物送给你，就算是我送给你的新婚礼物吧！"

我哭笑不得地说："我哪能受用得起呀，咱俩个人还不知道怎么活下去呢。"

红梅娇柔地说："看你这副傻样，我不是怕你一个人在家寂寞吗，让它给你做个伴儿。"

我啼笑皆非："谢谢我的娘子了。"

红梅急不可耐地说："还没给它起名呢，请老班长给它起个名字吧。"

我很随意地说："我看见它就想笑，就叫乐乐吧，怎么样？"

红梅不大赞同："有点儿太土气。我看它一身白色，又像小熊，叫小白熊怎么样？"

我又折中了一下说："我起得太土气，然而你起的又太洋气，结合一下怎么样？"

红梅疑惑地问："怎么个结合法？"

我略加思索后说："就是起个复式名，小白熊——乐乐，综合咱们两个人的意见，怎么样？"

红梅只好依从我的意见："还是你会折中啊！"

我又卖弄地说："生活无处不在折中啊，不折中就会闹矛盾或者激化矛盾啊。"

红梅取笑我说："老班长又上纲上线了。"

我接着说："你不信，你把小白熊——乐乐带回南头试试？"

红梅满不在乎地说："带回去有什么了不起的，他还敢给我吃了？"

我把岳父用二齿挠子打大狼狗的事，从头到尾向红梅学了一遍。

红梅不屑一顾地说："我爸午睡是雷打不动的，谁若耽误他午睡，他就会跟谁拼命。你看的那还不算精彩，还有比这更精彩的呢。"

我泛起疑问："难道说还有比这更厉害的？我们可不敢往枪口上撞啊。"

是夜，我把炉子烧得通红，火墙不时发出火车头般的轰鸣声，满屋热浪。我用自己劳动的双手经营着刚刚诞生不久的新家，用自己劳动的成果向久别的新娘进行汇报展示。红梅会心地开我的玩笑："听说你都要烧大腿了，今天怎么舍得烧起自己的大腿啦？"

我底气十足地向她幽默："有什么舍不得烧啊？别把我的新娘冻坏了。"

少有的温馨洋溢在我和红梅的眼角眉梢。

不间断的家庭劳动虽然分散了我的一些注意力，但我还是无时无刻不惦记着自己安置工作的事。像盼星星盼月亮似的，何年何月才能熬出头啊？

最近几天，每当曹德玉大爷晚上下班回家时，妈妈都要到他们家坐一会儿，了解一下有关我安置工作的事。然而，曹德玉大爷带回来的消息，没有一条能让妈妈开心，不是联系林机厂人家不要，就是联系大杨树林场人家也不要，还有什么车队、木材厂等单位，没有一个单位愿意接收我的。当兵退伍后安置工作为什么这么难啊？比登天还要难，愁死我了！我的心里开始埋怨妈妈了，不如当初让我直接去新林好了。这又使我想起前年我去四川送退伍兵刘茅时的凄凉情景，我也许就是他，有可能就是他……

每天的等待，都让我心急火燎的。

这天中午下班后，曹德玉大爷兴冲冲地到妈妈家对妈妈说："好消息！林业局党委武装部准备在今年的退伍军人中挑选一个人，要党员，做军械员。我已经向武装部的吴部长推荐了金勺，数咱们家的金勺最符合他们要的条件。吴部长基本上同意接收，但是目前林业局机关进人基本冻结，每进一个人必须经过海青书记亲自签字，否则是不行的。我想是否让老弟回来一次，做一些努力和争取，这事也许还有希望。"

真是峰回路转哪！妈妈万万没有想到还有这等好事，便急切地问："金勺还有进林业局机关的可能？"

妈妈异常兴奋地说："他曹大爷啊！可谢天谢地啊！我马上立刻叫金勺给他爸爸发电报。"

刚听到这个信息，我也喜出望外，这雨点子该有多大啊，居然还能砸到我的头上？

爸爸被我发的加急电报从漠河给追回来了。

背负着"飞鸽牌"包袱的爸爸，对我进林业局武装部这件事不怎么看好，他心事重重地对妈妈说："可能性太小了，如果我当初不调走还是有希望的。"

妈妈急了："我当初劝你不让你走，你就像王八吃秤砣铁了心，非走不可，也不给孩子留个后路，我看你这回怎么办？"

爸爸也急了："有什么了不起的，大不了我们还去新林，你娘们家家的懂什么！"爸爸摔门而出。

爸爸径直到了曹德玉大爷家进行商量。曹德玉大爷知道爸爸背负着"飞鸽牌"包袱的压力，但还是尽可能地劝爸爸："机会难得，还是争取一下吧！我相信海青书记不会那么小心眼儿。"

爸爸从曹德玉大爷家出来，又到周陈子坤副书记家进行汇报。周陈子坤副书记一边分析，一边给爸爸出了一个解决这个问题的良方："我看你直接找海青书记不妥，那多尴尬啊？如果你不调走的话还有可能，是林业的职工子女啊。你最好还是直接去找吴部长，然后让吴部长再去找海青书记。一是工作需要，二是吴部长和海青书记都是蒙古族，他们用民族语言一嘟噜，这件事也许就成了。否则，任何人也办不成这件事。"

爸爸听了曹德玉大爷和周陈子坤副书记的参谋意见，硬着头皮直接到吴部长家进行拜访。吴部长虽然过去与爸爸不算熟悉，但对爸爸的印象还不错。他当即表示："最近，多次听了曹德玉部长和周陈子坤副书记推荐介绍，金勺各方面的条件都很好，我们接收是没有什么问题，但现在林业局机关进人，特别是'以工代干'都严格控制，必须海青书记签字。在这方面有一定的难度，你们能不能自己找一找海青书记签个字？"

爸爸左右为难："我与海青书记根本不熟悉，再说了我是调走的人了，没有办法也没有可能自己去找啊。"

爸爸又接着央求吴部长："吴老兄，俗话说得好，帮人帮到底，救人救个活。我们自己家也是实在没有办法了，这关系孩子前途命运的大事，就求老兄代替我直接找一下海青书记吧，帮忙从中斡旋一下。"爸爸极尽可能地哀求。

见爸爸实在犯难了，吴部长也很勉强地表示："那我就直接找一找，试一试，死马当活马医吧！"

一晃，一个星期过去了。我们全家在煎熬中等待，度日如年啊！吴部长的"找一找，试一试"到底能找到什么程度，试出个什么结果？我们全家以及曹德玉大爷、周陈子坤副书记都在拭目以待。

又过了一个星期，爸爸与妈妈之间的"家庭战争"接二连三。妈妈责怪爸爸："这都等了多长时间了？你就不能亲自找找海青书记，他身上长刺猬了，谁也不能见啊！"

爸爸也正在气头上，又呛妈妈几句："没长刺猬，那你去见一见，我看看！我看你呀，人语不懂！"

妈妈不依不饶地哭喊："我若是能去见，还要你们大老爷们干什么？"

爸爸又翻起旧账训斥妈妈："你横竖不讲理呀！我说让金匀去新林，你就是不让去。如果去了新林，还用得着这么费事吗？犯得着找什么海青书记、河青书记吗？这不是你自己找的吗？"

霞妹听后又激动起来了："你们不敢找，我去找！问一问他还是不是共产党员？我是玉皇大帝派来的，我谁也不怕！"

见霞妹又狂躁起来，爸爸妈妈之间的"家庭战争"顿时风平浪静了。

这天中午时分，曹德玉大爷下班回来后，兴奋地告诉爸爸妈妈："海青书记终于签字了！金匀可以到武装部上班了，'以工代干'，据吴部长介绍，海青书记在签字时表示，我们不能和他们那几个'飞鸽牌'的人计较，如果是工作需要，就可以进来嘛，没有那么多的条条框框。"

爸爸简直不敢相信自己的耳朵："这个领导豁达大度啊！真是海纳百川，有容乃大啊！"妈妈兴奋地与曹德玉大爷唠叨："他与我们家一无亲二无故的，一瓶酒没喝我们家的，一支烟也没抽过我们家的，就这样给金匀的字签了？我真的不敢相信。"爸爸又接着感慨道："他是真的不计较我这个'飞鸽牌'，我们不是在做梦吧？"

曹德玉大爷热情地纠正："这是真的，不是做梦。"

往往无助仿佛就像黎明前的黑暗，如果熬过去就可能看见旭日东升，霞光万丈。

我怀着忐忑不安的心情，到内蒙古自治区杨树地林业局武装部正式报到了，时间为1982年3月19日下午。

林业局党委机关办公室，一栋长长的红砖瓦房，原来是大杨树区委的办公室，爸爸等好多大杨树的开发建设者、支边干部都曾在这里工作过。这栋房的基础很高，南面正门修建了一个既高大又庄重的雨搭，雨搭下面有一个很长的弯形的引台坡道。在这栋房两侧的后面，均有一个室外台阶，当你步行在这个台阶上时，就会有一种自豪感在升腾。这栋长长的红砖瓦房，曾经是我在中学和当知青时心中的一个很神圣、很雄伟的建筑。今天，我终于成为这栋房子中的一员了。

武装部在林业局党委这栋房的最东侧，人称是挂"红牌"的。在林业局党委这栋房的北侧并排有两栋林业局行政办公室，人称是挂"黑牌"的。再往后还有两栋房，东侧的那栋是车班，西侧的那栋是"三用堂"③。在车班的东面还有两栋小厢房，就是林业局武装部的弹药库。

———————

③ "三用堂"，系指知青时代修筑的用于知青吃饭、学习、开会的礼堂或较大的房间，一直沿用到20世纪80年代初。

武装部办公室坐着三个人，正在闲聊。对吴部长这个人我早有耳闻，但我们两个人还没有见过面，我腼腆地做自我介绍："我是新分配来的退伍兵——金勺。"吴部长主动上前与我握手："欢迎，欢迎！"我一眼就认出庚东干事和人勤指导员，他们两人热情地招呼我。吴部长向我做介绍："庚东干事，老副科级了。"庚东干事在民兵指挥部时曾经是我们的队长，他向吴部长坦言："我们早就认识了，他在当兵前还在我们民兵指挥部干过呢。"吴部长欲向人勤指导员做介绍，人勤指导员情不自禁地介绍说："金勺曾经在我们多布林场一连当过知青，很优秀，我了解他。"

吴部长对我的身材很是羡慕，"你还别说，金勺的个儿还挺高的。"

人勤指导员转身要走并向我解释说："我现在调到局党委办公室来了，有什么事你可以过来找我。"庚东干事补充说："重用，大管家，党委办副主任。多布林场出人才啊！工程公司的经理也是你们多布林场来的。"人勤副主任一边出门一边补充说："说的是'寒八级'，与金勺我们都是一个连的。你们聊，你们聊。"

送走人勤副主任后，庚东干事不无感慨地说："他们都是借了你的老书记——曹部长的光了。"吴部长也附和："有贵人相助嘛。"

庚东干事接着回忆说："曹部长在多布林场当书记时，金勺那时候还是个小青年呢，如今都当了4年兵又回来了，曹部长又是你的领导，山不转水转嘛。"

吴部长中等个儿，慈眉善目，面带微笑，头发花白，一副近视眼镜没有掩饰住颧骨凸出，蒙古族人，说普通话有点生硬，他是从森警部队转业回到地方的，刚刚任武装部长有半年左右。

相比较而言，庚东干事个子比吴部长略高一些，身材有些微胖了，仍然习惯剃平头，性格还是那样开朗，但不失稳重。

我刚来报到，座位在哪里？怎么坐？吴部长为此事一直在地上转悠盘算着。

有一会儿工夫，吴部长习惯地用右手往上推一下眼镜，说："来！庚东、金勺，咱们把办公桌重新调整摆放一下。"

原来，一位退休的老部长在退休前在东侧单独一个办公桌，吴部长和庚东干事两个人坐对桌，一直坐到现在没有动。那位老部长早已经退休了，我又是新来的，自然有一个办公位置秩序调整的问题。我和庚东干事把吴部长的"两头沉"的办公桌摆放在东侧那个老部长办公的位置上，以凸显出这里是部长的办公位置。然后，我与庚东干事坐对桌。

好像是开会，又非正式会议。吴部长向我简单地介绍了武装部的情况和我的分工："我们武装部是杨树地林业局党委的重要职能部门，受同级党委和内蒙古克什林管局武装部的双重领导，最高军事领导机关是原北京军区。我们武装部共有3个人，其中金勺是'以工代干'。金勺，你既要当军械员，又要当文书。军械员主要负责两个武器库的管理工作，给你配备了两名更夫。"

吴部长最后与我交代："我和庚东的岁数都偏大一些，需要一个年轻人跑腿学舌。听你家邻居曹部长和你爸介绍，你在部队表现得还不错，又是党员，这样我们就接收了你。希望你勤快一些，多跑一些道，好好干。"

庚东干事也不时地插话，讲机关的俗套："打水扫地，收发文件，跑道学舌，勒表画格，接听电话，起草文件，坐住板凳，等等。"他自己又哈哈地笑了。

吴部长顺情地表扬了庚东干事："庚东干事是武装部的元老了，他说的这些都是经验之谈，金匀你要多向他学习。"

我谦虚地连连表态说："一定，一定。"

吴部长和庚东干事带领我来到了库房。吴部长指着南侧的库房说："这个库房是存放枪支的。"

庚东干事打开库房，各种型号的枪支堆积如山，乱七八糟地摆放一地，地上还有零星的子弹。

我们又来到了北侧的库房，吴部长介绍："这个库房是存放子弹的。"

子弹库房更是零乱，不堪入目。吴部长解释说："没有人收拾呀，等你熟悉情况后，把这两个库房好好地收拾一下。"

我连连点头。

当我们要关上北侧库房时，从林业局车班出来一个人向我们打招呼，吴部长向我介绍说："这个人就是白班的更夫，晚间还有一个更夫。他们没有地方待，暂时在小车班将就。"

回到了办公室，庚东干事拿出一串钥匙，征求吴部长的意见："那我就把库房的钥匙交给金匀了。"

吴部长示意："就交给他吧。"我从庚东干事手中郑重地接过这串沉甸甸的钥匙。

还没等我缓过神来，庚东干事又把几个零散的账本也递了过来。吴部长顺便补充地说："枪支弹药出入库房要严格履行审批和登记手续，还要管好两个更夫，确保武器弹药的安全。"

我和红梅回妈妈家吃晚饭。一家人围在炕桌上吃饭，其乐融融。在饭桌上，我向爸爸妈妈汇报了自己报到第一天的情况。妈妈不懂军械员是干什么的，担心地问："军械员还是像当兵那样吗？"

我向妈妈耐心地解释："就是管理武器弹药的，和当兵不完全一样。"

妈妈似懂非懂，又要往下问，被爸爸拦住了。爸爸最关心的是我如何把工作干好，"你既然已经上班了，工作千头万绪，还是要考虑先从哪里切入。"

我略加思考后向爸爸汇报说："还是从清理武器弹药库开始吧，争取达到我们部队武器弹药摆放规范化水平，但这得需要时间。"

爸爸赞同："对了，今后不管干什么工作，都要选准突破口，从最简单的事情做起。"

我和红梅回到了我们小家。推开房门，小白熊——乐乐欢天喜地地向我们扑来，张着小爪子让我们抱它，小尾巴摇摆的频率好像拨浪鼓一样。其实，我并不喜欢猫狗之类的动物，但红梅给我抱回来了，我不得不喜欢它，"来，让我来抱抱小白熊——乐乐。"它顺势就跳了上来。小白熊——乐乐刚刚断奶不久，不敢把它放到外面去，怕冻死它。红梅在小屋门口处放了两张报纸，训练它在那儿拉屎尿尿，同时红梅还特意给它做了一个圆形狗窝放在了旁边。红梅一边收拾，一边训练它："是不是又拉臭臭了，对了，就往这儿拉。"

放下小白熊——乐乐，我洗一下手，从文件包中取出了账本，在地桌前认真地翻阅起来。

红梅过来关切地问："这个军械员工作，你熟悉吗？"

我安慰她说："在我们老六连时，我当过几天的文书，部队的文书都兼任军械员，掌管全连的武器弹药，对这项工作并不陌生。"

红梅心中有了底："那就好。"

我翻弄着账本又略有所思地说："只是这个账目我看不清楚，记得太乱了！"

红梅惊讶地疑问："你可别瞎说呀，明天上班时了解一下再说吧。"

也许是在部队养成的习惯，也许是按照吴部长"要勤快、多跑道"的要求，在每天清晨上班时，我都是林业局党委这栋房中上班比较早的几个人之一。我还是像在部队做好事那样，把武装部办公室打扫得干干净净，然后到后院打来开水，分别放在吴部长、庚东干事的办公桌上，恭候他们上班。这是我每天必须要办的"第一件事"，吴部长、庚东干事以及林业局党委机关的好多同志都投来了赞许的目光。

今天，我左等右等也没有看见吴部长和庚东干事的人影。

突然电话铃声响起。我接听："喂，你好！我是武装部。"

庚东干事在电话那边小声地对我说："我和吴部长正在陪克什林管局武装部领导在招待所吃早餐，你准备一下，他们一会儿要过去检查武器弹药库。"

我赶紧问了一句："看账本吗？"

庚东干事："看。"

放下电话，我惊慌失措。

不大一会儿工夫，吴部长和庚东干事陪同克什林管局武装部的李参谋和刘干事，来到了武装部。我忙迎上前去欢迎上级领导。吴部长指着我向他们介绍："这是新来的金勺，去年刚刚退伍，在部队入的党。"

李参谋和刘干事向我了解是哪个部队、在部队做过什么工作、学的是什么专业等，我都一一做了回答。李参谋和刘干事在我和庚东干事的办公桌前坐下来。还好他们没有坐在吴部长的办公椅子上，但我紧张得还是魂不附体。

李参谋先说："听一下情况吧。"

吴部长说："我是从森警部队转业的，刚到武装部有半年，不大了解情况。金勺是最近刚分配来上班的，也不了解情况。庚东干事是武装部的元老，他最了解情况，就让他代我汇报吧。"

李参谋和刘干事的脸色顿时不悦："谁汇报都行啊。"

庚东干事仓促上阵，解释说："说句实在话，二位领导来检查工作，我们事先真的不知道，阿里河武装部也没给我们来个电话。不然的话我们怎么的也得到车站去接你们，让上级领导自己找上门来实在说不过去，我在这里首先做个检讨。也没有什么准备，我只有口头汇报了，请二位领导批评指正。"

庚东干事从大杨树的历史变迁讲到杨树地林业局武装部的来历，从基干民兵集中训练讲到武器弹药库的安全保卫，从武装部的内业建设讲到人员的更替变化，他娓娓道来，侃侃而谈，仿佛他就是我们的部长。

庚东干事漫谈式的汇报，既没有什么精心准备，又不那么严肃认真，东一耙子西一扫帚的，让上级领导特别不爽。李参谋立刻变了脸色，十分严肃地说："对工作暂且不做评价，带上武器弹药库的账本，我们对武器弹药库要进行实地检查。"庚东干事向我使个眼神，我哆哆嗦嗦地从抽屉中取出事先准备好的那个账本，跟着他们来到武器弹药库。我分别打开两个库房的大门，请李参谋和刘干事进行检查。枪支存放库房，乱七八糟的景象展现在上级领导面前，地上还有零星的子弹，李参谋不客气地指出："上级一再强调，枪弹要分开，你们这儿怎么还没有分开啊？"

刘干事也开腔了："枪支摆放太随意了，乱的都下不去脚。"

李参谋又问："你们三位不都当过兵吗？部队的枪支怎么摆放，你们也不是不知道。"

吴部长不断地进行解释："自从大杨树区解体后，企业的武装部给的人太少了，少得可怜，一直是一个人，两三个人没有几天。"

庚东干事也乘机解释："人少活多，实在是忙不过来。"

李参谋从我手中抢过枪支弹药明细本问："你们现在一共有多少枪支，有多少种类？库存有多少子弹？"

我们三个人面面相觑。只有庚东干事对付几句："太准确的数也说不上来，我也只能说个大概吧。"

听到这里，李参谋和刘干事都有火药味了。李参谋批评我们说："白山前线的硝烟还没有散去，你们就麻痹到这个程度？你们把库房给我管成了奶奶样，还振振有词？"

刘干事建议："检查就到这吧，我们去找海青书记汇报吧！"吴部长、庚东干事和我都极度尴尬和紧张……

天有不测风云，人有旦夕祸福。

当海青书记在我安置工作的调令上签字之后，大家议论最多的，都说我的命好。

我并不相信命运，但在冥冥之中这一切也都好像是注定的。当知青也好，还是当兵也罢，分配到黑龙江的新林也好，还是留在内蒙古的杨树地林业局也罢，所有的这一切，都是自己没有能力所把握的，这也许就是我们常说的顺其自然和阴差阳错吧。然而，贵人相助则是顺其自然和阴差阳错的重要条件啊！如曹德玉副部长、吴部长、周陈子坤副书记、海青书记，他们都是我生命中的贵人啊！仅凭这一点，我比刘茅的命运要好过多少倍。

然而，自从克什林管局武装部的检查组来了之后，形势急转直下。海青书记听完汇报后立刻发火了："要你们的武装部是干什么吃的？怎么就这么几支破枪都管不好呢？白山前线的战斗还在继续，敌人上来怎么办？"

海青书记还严厉指出："过去你们总说人手少，干不过来，可以原谅，但最近不是给你们选调人了吗？如果再发现类似问题，那就把这个人退回去，把你们武装部就地集体解散了吧！"

吴部长如实地向我和庚东干事传达了我们杨树地林业局党委书记的"最高指示"，我痛定思痛，压力重重。外界也议论纷纷，有的说武装部新分来一个干事，武器弹药库没有管好，也不会搞接待，遭到了克什林管局武装部检查组的批评，还遭到了海青书记的严厉痛斥——"退回去"。一些好心的人都为这个"飞鸽牌"的大儿子捏把汗。

我上班的头三脚还没有踢开，就被无情地卷入舆论的漩涡，多少有些抬不起头来。

摆在我前面的路该怎么走？这是我绕不过去又必须回答的一个严肃的课题。在此迷茫之际，我又翻开了粉红色日记本，找到《个人奋斗修养十个要点》，一遍又一遍地进行默读，试图从中寻找出解决当前困惑的正确答案。

当工作遇到挫折时，千万不能泄气，要培养耐力，学会并善于在逆境中工作，提高战胜困难的勇气。

这句话告诫我，工作上不能"顺其自然"，更不能期望"阴差阳错"，必须要付出百分之百的努力去争取。

往哪里争取？在何处突破？其实爸爸早都帮我分析到了，我的工作重点应该放在武器弹药库的管理上，只不过还没来得及开始实施，就遇上了克什林管局武装部的检查组了。在检查中暴露出的一系列问题，既是坏事也是好事，也正是我今后工作的主攻方向。我曾经是一名经受过严格锻炼的解放军战士，现在又是一名退伍战士，我要及早地做好应对各种困难和复杂问题的思想准备。

从现在起，为了争取不被"退回去"，我必须百倍地珍惜来之不易的这个工作岗位，必须要把这份再普通不过的库房管理工作，当作一份特殊的事业来追求。

1982年4月17日

第十六章

楷书工整写前程　还债痴心孝子情

周陈子坤副书记办公室。

受海青书记委托，周陈子坤副书记召集武装部全体成员开会，专题研究武器弹药库整改问题。这是我退伍后第一次来到周陈子坤副书记办公室，办公室的摆设与我当兵前参加整党工作队开会时相比没有什么新变化。一个"两头沉"的办公桌照旧打斜摆在窗台前，斜对着门。暗红色的陈旧的长条沙发依旧摆放在办公室门的一侧，坐下时弹簧被压下去再也弹不起来，还有几把折叠椅靠墙角摆着。

吴部长向周陈子坤副书记介绍："这位就是你推荐的那位金勺。"

我主动上前打招呼："书记好！"

周陈子坤副书记对吴部长解释："前几年，我们在布铁林场一起出过工作队。"没有介绍我们之间的私交。

周陈子坤副书记又将目光转向我说："金勺啊，这份工作可是来之不易，你可要百倍地珍惜，听说你分管武器弹药库，今天可是专题研究你的工作啊！"

吴部长和庚东干事分别向周陈子坤副书记汇报了武器弹药库有关管理情况和这次检查情况。

周陈子坤副书记建议："你们重点说一下整改意见吧。"

吴部长先说："过去我们人手少，现在我们配备专人管理了，我们要按照检查组提出来的要求和局党委的意见进行整改。"他说的意见很笼统。

庚东干事接着说："过去我是具体抓这项工作的，还是没有抓好，我有一定责任。今后我一定支持金勺同志把这项工作抓好。"他言外之意是我主抓这项工作。

周陈子坤副书记的脸略显严肃地说："具体怎么整改，你们有没有个想法和意见啊？"

吴部长和庚东干事互相对一下眼神，都没有什么好说的。

周陈子坤副书记只好把目光转向了我，问："看金勺有什么想法。"

我被逼上了梁山："各位领导，大家知道，我刚接手这项工作，至于怎么整改，我思考得也不太深入。我想应该从最简单易行的我们又能做到的事抓起。首先，应该按照检查组的要求，将武器和弹药分开存放，会后我就开始做。第二，清理盘点库存，做到账物相符。第三，库房之所以乱，就是我们的枪支都在那里堆放或者是散放着。如果想从根本上解决这个问题，建议能否像我们部队那样，做枪架或枪柜，把枪放到枪架上或枪柜里，这样就能够做到整齐划一了。"

吴部长眼前一亮，肯定地说："金勺说得对，就应该抓这几项工作。"

庚东干事一脸畏难情绪，纠结地说："做枪架或枪柜固然很好，但是没有钱怎么做啊！到财务科要钱你知道有多么费劲吗？"

周陈子坤副书记略微深思一会儿总结："第一，要提高战备观念。我们武装部一定要克服麻痹大意思想，不能马放南山，刀枪入库。第二，要深刻吸取教训。检查组在林区通报我们，这个问题性质非常严重。海青书记指示，你们武装部要立即进行整改。如果你们再做不好，新来的金勺就要被退回去，你们武装部就地解散。什么是'就地解散'？我理解就是免你们的职。第三，金勺说得对，立刻把武器和弹药分开存放。第四，还是金勺说的那条，做枪架或枪柜，彻底解决枪支乱堆滥放问题。至于资金问题，你们打个报告，我们共同向海青书记汇报，相信能够解决。最后一个问题，就是清仓查库，做到账物相符。"

武装部办公室。我们几位回来后都沉默不语。过了多时，吴部长才想起来夸我："你还别说，金勺说的这几条都被子坤书记采纳了，你算是说到点子上了，这几年兵没有白当啊！"

庚东干事也认真起来："咱们说干就干，说改就立马改，金勺你主要收拾库房，我给你打要钱的报告。"我会心地点了一下头。

下午，我走进了自己最新的工作地——武器弹药库。

我奉吴部长的指令，到车班把白班更夫找来，与我一起清理武器弹药。我们把两个库房的大门打开，从枪支库房中把子弹搬到装子弹的库房中，再从子弹库房中把个别的枪支扛回到装枪支的库房中。清点库房来回搬运是个细致活儿，对各种型号的子弹、手榴弹、地雷和炮弹进行分门别类地堆放，只有这样才能做到武器与弹药分开存放。

白班更夫不理解地问："这是折腾什么呢？原来放得好好的，不是没事干吧？"

我仔细打量白班更夫一番，他的岁数与爸爸岁数差不多，体态肥胖，走几个来回就上气不接下气了。我哄着他："哪是没事干呢？这是上级检查组的要求。来，我慢慢地干，你帮助我看着大门就行了。"

正在我来回"折腾"的时候，吴部长和庚东干事来"视察"工作，他们看着我正在忙活，很是高兴地说："你还别说，咱们金勾还真的挺能干啊。"

白班更夫倒背手站在那里。吴部长不悦，并批评他："你怎么不跟着干呢？我不是让金勾通知你了吗？"

白班更夫应付说："他让我看大门。"

吴部长顿时怒气冲冲地说："从现在开始明确，你们值班的更夫都要协助金勾干一些力所能及的活儿，如擦枪，搬运和摆放子弹等等，都要参与一起干。"

庚东干事补充："金勾是管理你们几个更夫的，别不知道大小，更不要欺负他年龄小，今后他让你们干什么就干什么，不听话就给你们辞退回去。" 白班更夫默默听训。

吴部长转过身来又对我说："你对他们千万不要太客气了，这是你的职责职权啊。"

晚上下班前，我回到了武装部办公室。吴部长在他办公桌前看报纸，庚东干事朝我示意："你过来，这个做枪架和枪柜的预算报告我起草完了。我的字拿不出手，你帮助我抄写一下。"

我高兴地接过来，问："用楷书吗？"

庚东干事回答："什么楷书隶书的？写好看了就行。"

我表示："我在部队时曾经练过庞中华的楷书，那我就用楷书来写。"

下班时间到了，他们二位没有下班的意思，都在等我的报告呢。这是我退伍后第一次抄写公文。我一笔一画地认真抄写，庚东干事站在我旁边看着。有一会儿工夫，我抄完了。庚东干事惊喜地向吴部长报告："你还别说，金勾的字比在民兵指挥部时进步多了。"

我不好意思地说："哪里呀，差得远呢！"

庚东干事把报告递给吴部长，吴部长阅后遂心满意地说："我说咱部里今后抄抄写写的就不用犯愁了，也用不着再求爷爷告奶奶了。"

红梅推着系着红绸子崭新的小金鹿牌自行车，在我们办公室门口等候多时了。我们见面后，我主动向她解释了下班晚了的原委。红梅建议："明天我回七连，今晚咱们上南头混顿饭吃？"

我愉快地接受了请求："哪有不行之理？"我骑上这台崭新的自行车，后座上驮着红梅，欢快地沿着一马路飞一般地向西行驶。拐弯到一个泡子前，红梅要抄近路斜插过去。我建议："还是下来推着走，冰面太滑。"我在前面推着自行车，红梅在后面拽着自行车，人与车在冰面上滑行。

岳母家依然灯光闪烁。

大狼狗不在了，缺了不少的热闹。

海青书记在我们枪架和枪柜的请示报告上很快做了批示。

这件事十分重要，切不可麻痹、掉以轻心，请有关部门从速落实。

吴部长乐呵呵地从海青书记办公室取回报告。他左手拿着海青书记签批的报告，右手习惯地向上捅一下眼镜，高兴地对我们说："海青书记问这字是谁写的，我说这就是你批的让人家进来的、又要给人家'退回去'的那个金匀写的。海青书记一听笑了，一再表扬金匀的字写得还是很有功底的。海青书记还说，能写一手好字的人，肯定是善于吃苦、工作细腻的人。"

庚东干事附和着说："金匀，绱鞋不使锥子——针（真）行，你刚刚上班就受到了海青书记的表扬，我都快干半辈子了，也没受到过领导的表扬，挨批评还是有那么几次的。"说完笑声响起来。

我既暗喜又疑惑起来："海青书记居然还能表扬一个'飞鸽牌'的儿子吗？"

我再一次确定，这是表扬，是千真万确的啊！吴部长绝对不能假传"圣旨"的。

三个人的办公室气氛顿时活跃起来了。吴部长又不无幽默地对庚东干事说："看这回的了。我算给你们跑完了，剩下的由你来跑这件事吧！"

庚东干事底气十足地表示："海青书记签字，共计25个字，言简意赅，切中要害，我看他们谁还敢不给，如果谁敢说个不字，我就把报告往那一摔，你们不服找海青书记理论去！"

庚东干事临出门前又对我解释一番："你刚来，有所不知，到林业局财务科要钱就像要小钱似的，我最不愿意去见他们。一个普通会计比科长还牛，上下班都得小车接小车送，不接就不给你核销。个人核销得送点小礼物，公对公办事得给点回扣。否则，就给你脸子看，都是爷爷辈的奶奶级的，哪一个你也得罪不起。"他使个鬼脸出门，吴部长也附和着。

"当当"。

"进来！"吴部长回应。

曹德玉副部长推门进来，吴部长起身相迎："曹部长大驾光临，有何贵干呢？"

曹德玉副部长慢条斯理地说："这不，我们给海青书记报个材料，他批评我们写的字不受看，指名道姓让金匀再给抄写一遍，然后他才看。所以就来求吴部长帮个忙，让金匀帮助抄个讲话材料。"

吴部长笑呵呵地表示："没问题，坚决支持。跟着组织部，年年有进步。"

曹德玉副部长急切地说："说妥了，让金匀马上跟我过去，我跟他交代一下。"

吴部长风趣地送客："再急呀，也不在乎这一会儿，好不容易来的，多给我们指导一会儿。"他打个手势，让我随曹德玉副部长过去。

我们沿着挂"红牌"的长长走廊，一直走到西侧。曹德玉副部长一边走一边与我进行交流："前几天真的为你捏把汗，转眼又时来运转了，你写的字入海青书记的法眼了，这是好兆头啊，不易啊，你可要努力啊！我们和你爸爸对你都充满着希望啊！"

曹德玉副部长办公室。他顺手拽过一把折叠椅，让我坐在他的办公桌对面，落座后和颜悦色地对我说："就是这个讲话，你再工整地抄写一遍，明天早上交给我就行了。下一步，我们组织部的材料多，将来要经常找你过来帮忙，你可要有个思想准备呀。"

我激动地站起来表示："我一定按照曹大爷的要求办。"他没有正面看我，眼睛向下看着桌面仿佛要说什么没有说出来，我忽然意识到自己说走嘴了，立刻纠正过来："一定按照曹部长的要求办。"曹德玉副部长会心地笑了："今后在工作场合，不要大爷长大爷短的。"同时他又瞥了我一眼，对我的敏捷反应还是满意的……

从目前看，海青书记还是就工作论工作的，我被"退回去"的概率有所下降，不像人们主观臆断的那样，但我还要百倍小心为妙。

红梅仍然在反修农场七连上班，始终调不回来，总让我牵肠挂肚。我们两个人虽然不能天天团圆，但久别胜新婚的激情还是与日俱增。红梅克服了很多困难，经常跑回来照料这个刚刚诞生不久的小家。

我上班后，每月工资能开38.5元，我和红梅的月工资合在一起虽然不到一百元，但也是一个很惊人的数目。第一次开工资后，我与红梅商量，每月从我的工资中拿出15元钱资助生我养我的爸爸妈妈。红梅问："为什么是15元？"我回答："用5元固定下来交'党费'（资助妈妈家的意思），10元帮助妈妈还我们结婚时的外债。"红梅二话没说，欣然同意了。联想起红梅在没有过门时，不止一次地给我们这个穷家送白面，逐渐地改善了家里的饮食结构——白面的比例逐渐地提升，玉米面的比例逐渐地下降。而今又如此大度地让我孝敬父母、支援家中15元钱——一个最朴素最简单的愿望得以顺利的实现，使我这颗苦不堪言和压抑已久的心终于轻松了。

当红梅把这15元钱交给妈妈时，妈妈激动地推让道："不用交什么'党费'和还债的，只要你们有这个心意就行了。在你们结婚时也没给你们办置什么，这就够委屈你的了。你们留着，节约点花，攒点家底，用钱的地方多得很。我们需要钱时，我再找你们。"

红梅直爽地开玩笑："总不能娶了媳妇忘了娘。老猫房上睡，一辈留一辈。"红梅给妈妈说得心花怒放。

俗话说，百善孝为先，孝为德之本。大爱之心定当从15元钱等一点一滴的小事做起。儿子孝心不如儿媳妇孝心更加温暖人心。不像有的人家，为了孝敬父母点零花钱而打得头破血流，让对方由此生恨，将心比心哪！这正是我对红梅最感激最敬佩的地方——理解万岁。

我们小两口的日子过得其乐融融。一天，我特意买回来一个茶壶、一个茶盘和几个茶杯，我们结婚后的一个小小的愿望今天终于实现了。

随着积蓄的增加，我又花了75元钱买回一对革制的红色沙发和一个茶几，摆在那空荡了许久的西墙边，让我们的新生活终于有了新的突破。是的，我喜欢红色，我更爱红色，希望我们小家的日子红红火火。

1982年6月7日

第十七章
夫妻月下拭枪忙 忧患书记怒气扬

　　大杨树镇商业局小会议室，召开股级干部和班组长会议。

　　岳父正在做慷慨陈词的讲话。他最后站起来，叉着腰挥着手说："我作为一名四野的老战士，作为一名受党教育多年的老党员，必须身先士卒，以身作则，不让别人做的事自己首先不做。我老伴开的米面加工厂，为我抹了不少的黑，我也知道大家都有意见。我已经与老伴做了殊死的斗争，我要一直与她斗争到底，直至把这个挡在咱们商业局门前的米面加工厂给她挑了为止！"大家对岳父的讲话报以热烈的掌声。

　　岳父还觉得不够解恨："我再次向大家表态，我不但要把米面加工厂给她挑了，还要把桥东的大车店给她捅了！不能让我老伴在资本主义道路上越走越远，在资本主义的泥潭中越陷越深。我要公私分明！我要大义灭亲！"又是长时间热烈的掌声。

　　岳父回到家中与岳母又大动干戈。他没有好气地朝着岳母呼喊："你那个败类的米面加工厂必须给我挑了，不挑了我就跟你没完！"

　　芮妹被吓得大气不敢喘，只能领着宝弟和强弟站在大屋的门口，起着阻隔作用。

　　岳母手里拿着一把饭勺子，不停地挥舞着喊道："你如果给我挑了，我就跟你同归于尽！"

　　岳父破口大骂："我如果不给你挑了，我这个郭字就倒过来写！"

　　岳母用饭勺子指着岳父，咬牙切齿哭喊："我嫁给你这辈子算是倒透霉了！你毁了我的青春，你害得我把工作都给丢了，我劈了你！"

　　岳父与岳母剑拔弩张，互不相让，对峙僵持了半天，被芮妹等强行拉开。

　　岳父与岳母吵吵闹闹有些天了，一直也没有个结果。岳母"罢工"了，她开始不给大人和孩子做饭吃了。岳父冷静之后，想一想自己在商业局会议上说的大话和气话至今还没有兑现，没有办法向全局职工交代，面对依然机器轰鸣的米面加工厂，他很是无奈，更觉得很没有面子。岳父见来硬的不行，就想来软的。听说他的亲家公——我爸爸回来了，他就跑到后院妈妈家来搬救兵。一见面，岳父就对爸爸诉说自己的冤情，申辩自己的理由，想求爸爸出面给予调解："看老弟还有什么办法，对付这个娘们儿，不然的话我没办法向职工交代啊。"

　　这天晚上，爸爸特意来到岳母家做客。岳母出于礼貌，为爸爸炒了几个菜，岳父与爸爸在厨房的地桌边对坐，一起推心置腹地进行交流。爸爸一边喝，一边张罗着："嫂子也累一天了，一起来吃饭吧。"

　　岳母客气地说："你们先吃，我等一会儿。"

　　爸爸彬彬有礼地再让道："嫂子，你坐这儿，我有话与你说。"

　　岳母也坐在地桌的边上问："老弟，有什么事啊？还用得着一本正经的。"

　　爸爸虽然是干仗的老手，但也是思量半天才开口："听说你们老两口，最近的仗没少干哪，我是说啊，都消消火，都冷静冷静，总会找到解决问题的办法。"

岳母接着爸爸的话茬儿，滔滔不绝地诉苦："我开米面加工厂和大车店，为了啥？不是为了这个家嘛，他说什么也不支持。不支持也可以，也不能跟着搅局啊，这个米面加工厂和这个大车店也快给搅黄了。"

爸爸与岳父有约在先，不管岳母说什么，岳父都不许反驳，只能耐心地静听。爸爸不失时机地发表了自己的意见："嫂子，都怪我说话不中听，我说错的地方，你只管批评。我不是给你扣帽子啊，开米面加工厂和大车店，涉嫌走资本主义道路啊，我这个亲家公，大小也是领导干部，作为领导干部的家属，不能带头走资本主义道路，你的米面加工厂的房子是人家商业局的，还横在商业局的门前，让我这个亲家公在外面不好说话、不好做人哪！他们商业局不是要收回这个房子吗？我看哪，让他们收回去算了，然后再给你找个地方，看看形势发展再说，好不？嫂子，你是见过世面的人，我相信你比金勾他妈通情达理。"

岳母略有所思，没有办法对亲家公发脾气，只能不紧不慢地一语双关地回敬爸爸："你们这些男人哪，无论媳妇怎么好，怎么辛苦，都是在外边说自己媳妇的坏话。"

爸爸见岳母的态度有所转变，又乘势而上："嫂子，让我说呀，还是见好就收吧，再干下去，这困难也太多了。"

岳母流着眼泪袒露心声："这米面加工厂和大车店，就是你们让我干，我也干不下去了，没有人支持呀！米面加工厂的房子商业局要收回去，没有厂房怎么干？在内部，全是雇的人，有偷油的，有偷小麦的，有偷糠的，还有偷面的，就我一个人管，也管不过来，管了白天，也管不了晚上，早晚也得让人家偷黄了。前些日子，还有一个女孩子的一个手指头被绞掉了，住院治疗还不算，还得赔人家钱，又给这个孩子买台缝纫机，以便她将来干点什么。既然米面加工厂不干了，那么大车店我也不干了，肠子都悔青了。"岳母没等说完，就到大屋嚎啕地哭起来。

岳母哭得伤心至极，爸爸的劝解仿佛奏效了。

岳父的软硬兼施策略终于成功了，向全体职工交代的目的也达到了，不胜窃喜。

他们两个人又偷偷摸摸地喝了几杯"庆功"的酒。临结束时，爸爸又补充说句："我准备明天晚上请吴部长和曹部长他们到我家吃一顿饭，你过去顺便陪一下，好不好？也让嫂子一起去。"岳父感激地应允了。

傍晚，爸爸特意邀请吴部长、曹德玉副部长到家中做客，热情地款待和答谢他们。岳父岳母也准时到达。红梅身扎围裙，兴致勃勃地帮妈妈打下手，桌上桌下侍候着客人。

爸爸手把着他心爱的酒壶激动地开场说："曹老兄、吴部长，为金勾安排工作的事没少操心，我代表全家感谢你们哪！我和亲家公都不知道说什么好了。要让客人喝好，首先把自己喝倒。"爸爸自己先喝了一盅酒，表示自己的诚意，同时也示意岳父，岳父心领神会跟着一起喝了。

爸爸正式敬酒说："天上无雨地下旱，刚才一杯不能算。来，这第一杯酒，我来敬各位！"吴部长、曹德玉副部长和岳父爽快地喝下。

爸爸接着敬酒："这第二杯酒，我要单独敬吴部长、曹老兄，你们虽然不是我们家的亲人，但却胜似亲人，更是我们家的恩人，来，我敬你们，也请吴部长把这杯美酒给海青书记带回去，转达我们对他的敬意！"

酒桌气氛越来越热烈。爸爸开始敬第三杯酒："俗话说，三杯美酒敬亲人。这第三杯酒专门敬我的亲家。老兄，你是怎么教育的？红梅为什么这样知书达礼，不但每月给我们如数上交'党费'，而且还帮助我们家还债，一共每月拿出来15元。这也让我们太感动了！"爸爸先喝为敬。吴部长、曹德玉副部长附和着夸奖红梅并一饮而尽。只是岳母听后在一旁略愣了一下，在心里画了一个大大的问号。

岳母听后不悦。岳父按捺不住激动的心情主动敬酒："老弟没等菜上齐呢，就喝高了，还表扬红梅什么，这是他们年轻人应该做的。金勺退伍后，我想等待组织分配就行了，没承想麻烦了你们二位，感谢你们二位从中斡旋协调，都是金勺的贵人啊！也是我们家的贵人啊！来，我敬你们二位一杯酒！"

岳父的酒杯刚刚放下，爸爸又提示岳父说："亲家老兄，你只喝一杯哪儿行，怎么也得三杯酒。"

岳父只好按照爸爸的意思张罗敬酒。

吴部长、曹德玉副部长喝得神采飞扬，他们分别把我最近的工作表现向爸爸和岳父绘声绘色地学了一遍。吴部长敬酒说："金勺工作很勤快，字也写得很漂亮，又娶了个这么好的媳妇。来，喝一杯祝福的酒！"爸爸与岳父痛快地把酒喝下。

曹德玉副部长也回敬："金勺虽然刚上班，但在林业局机关的影响很大。特别是一手秀气的钢笔字，上至海青书记，下至机关工作人员，没有不佩服的。东祥老弟养了个好儿子，局长老兄很有眼力找了个好女婿。这杯酒我就不说敬了，咱们应该喝一杯开心的酒，对不对？"

爸爸与岳父喝得更是尽兴。

此时，岳父又见缝插针，单独敬爸爸一杯酒："老弟，我什么也不说了，咱俩把这杯酒喝了！"爸爸心领神会，一扬脖把这杯"胜利"的酒痛快淋漓地喝了下去。吴部长和曹德玉副部长似乎没有察觉出他们两个人有什么怪异的动作。岳母又狠狠地瞪了岳父一眼。

此时此刻，皎洁的月光爬上了窗户，撒满了屋地，爸爸触景生情，不由自主地跳到地下，尽情地高声朗诵：

明月几时有？把酒问青天。
不知天上宫阙，今夕是何年……
不应有恨，何事长向别时圆？
人有悲欢离合，月有阴晴圆缺，此事古难全。
但愿人长久，千里共婵娟！

大家为爸爸精彩的朗诵喝彩！爸爸站在地中央，一手端着酒杯，一手叉着腰，高声倡议："只要尽情喝，不醉也成仙！来，再走一个！"

盛夏的大杨树，骄阳似火；湛蓝色的天空，如水洗一般。
武器弹药分开保管的任务，我已经完成。木材厂制作的第一批枪架已经取回来，我将部分枪支摆上了枪架，武器弹药库的摆放初见成效。但由于第二批枪架和枪柜没有按时做出来，还有一部分枪支仍然堆放在地上。吴部长和庚东干事过来检查一番。吴部长看着新制作的枪架，颇有感触地说："你说，我们干点事多不容易，如果不是海青书记亲自签字，恐怕这个速度也没有，还不得干到上大冻啊。"

庚东干事接着说："除了到财务科求爷爷告奶奶外，到木材厂还得说小话。为了这点儿破事，我都快跑断了腿、磨破了嘴。"

吴部长对庚东干事意味深长地说：现在国内又太平了，所以就没有人理会我们了，他们是不见棺材不落泪呀！尽管这样，你两个人磨破嘴也得去磨，争取早日解决枪入柜和枪上架的问题。不然的话等检查组再来我们再叫爹也不好使了。"

庚东干事答应："好的，下午我再去木材厂追一追，争取时间，争取时间！"

最近一个时期，我开始蹲在武器弹药库中，不间断地对拆封使用过的枪支进行擦拭。尽管是夏日炎炎，但是武器弹药库还是阴凉潮湿的，每当打开大门，一股霉烂味扑面而来。唯恐枪支生锈，我不顾一切地每天擦枪不止，有时中午不休息连轴转。

武器弹药库的大门天天敞开，因此也成为林业局机关院内一道新奇的风景。曹德玉副部长、人勤副主任等好多领导和同事都经常过来观看。他们好奇地问询各种武器弹药的性能，了解一下为什么要天天擦拭的道理，"以前也没有这么擦，为什么现在要天天擦。"我耐心地解释。

武器弹药库的大门正对着林业局小车班。神气十足的师傅们，天天开着"212"吉普车在武器弹药库门前耀武扬威地经过。他们闲来无事，就到武器弹药库与我闲聊。车班班长胖乎乎的，脑袋与脖子一般粗，下车走起步来宛如大干部。他与我聊道："哥们儿，到冬天时，借我一支枪，我打来狍子除了给海青书记外，咱们也分着吃。"

原来他是给海青书记开车的。我客气地敷衍他："那一定，那一定。"他似乎对我的回答很满意，上车后兴致勃勃地一脚油门，汽车的四个轮子瞬间飞速旋转，砂石粒子击打在武器弹药库的大门"咔咔"作响，小车一溜烟走开了。

晚饭后，我与红梅商量说："我去武器弹药库，再擦几支枪。"

红梅下意识地说："我也陪你去，回来再洗碗。"

一拍即合，红梅挽着我的胳膊在前边走，小白熊——乐乐在我们前后像扫地雷似的搜索式前进。

我只打开了南侧的武器弹药库，因为屋里有些黑，就拿出来几支半自动步枪到库外的路灯下进行擦拭，红梅也帮助我擦拭零件。

小白熊——乐乐围着我们身前身后乱窜，不时在墙角处抬腿撒尿，然后四个爪子急促挠地，毫无目标地进行掩埋，有时它的动作如慢镜头一样，后腿飞扬起来。

一辆吉普车从武器弹药库门前"唰"地飞过，小白熊——乐乐"哼哼"地报警。我凭着经验对红梅介绍："这一定是接送领导去了。"

红梅没有理会这辆吉普车的去向和我的介绍，继续擦枪，突然好奇地大嗓门儿地问我："这么多的枪，就你一个人能擦得过来吗？怎么不找几个人呢？"

我无奈地告诉她："吴部长和庚东干事让白班的更夫协助擦，他们根本不玩儿活，活气人，还不如我自己擦拭呢，不够生气的呢。"

红梅一边擦拭一边感叹："真够难为人的了。"她又接着取笑我："与吴部长说一下，把我也调来帮助你们擦枪呗。"

我不好意思地说道："劳驾不起啊，亲爱的，我的工作怎么好意思让你来帮助做呢？"

武器弹药库大门外，月夜朦胧。路灯下，小白熊——乐乐趴在我与红梅中间的垫子上，看着我们擦枪直打瞌睡。

我借题发挥地对红梅感慨："你看小白熊——乐乐有些坚持不住了。其实干什么事情都贵在坚持。你也知道，篮球是我平生的最爱，今天林业局工会在局党委门前举办全局职工篮球比赛，每当听到裁判员的哨声响起时，我都抓耳挠腮的，但我不曾过去看上一眼。这个阴凉潮湿的武器弹药库是我来之不易的工作岗位，我一刻也不能离开这里，坚持擦枪比什么都重要。"

红梅鼓励我说："是啊，精诚所至，金石为开嘛。"

一辆吉普车"咔"地停在了武器弹药库的大门前，把小白熊——乐乐惊醒，"哇——哇"地尖叫两声。车班班长和人勤副主任都抢先下车，到副驾驶的位置恭敬地开车门，小心翼翼地服侍着领导下车。

人勤副主任朝着我们轻轻地通报了一声："金勺，海青书记看你来了！"

天哪！这么晚了，海青书记怎么到我们的武器弹药库来了？我忙脱去手套，三步并作两步，上前迎接海青书记。海青书记像爸爸一样，身材魁梧，迈着稳健的步伐向我走来。我立正，向尊敬的海青书记敬了一个军礼，然后报告："海青书记，武装部干事金勺正在擦拭武器，请您检查指导！"

海青书记伸出一双温暖的大手与我握手，亲切地与我解释："我们去送站刚回来，听车班班长说，你还在擦拭枪支，顺便过来看看。"

海青书记与爸爸讲话的膛音很相似，犹如洪钟般厚重。当我听到海青书记的问候时，一股暖流涌上了我的心头，眼里噙着激动的泪水。

我回过头来忙向海青书记介绍红梅："这是我的爱人红梅，也过来帮助擦拭枪支。"

海青书记主动与红梅握手，并风趣地说："夫妻月下擦枪，这还真是少见呢。谢谢你，这么支持金勺的工作。"

红梅当即小声地为我们月下擦枪找个理由："他一个人擦不过来。"

海青书记趁着夜色、在昏暗的灯光下，检查了我们的武器弹药库。我向他简要地汇报了我们武器弹药存放的明细、各种器械的性能以及保管的要求。他又深入地了解了我们关于武器弹药保管的整改情况。当他看到还有一部分枪支仍然散落堆放在地上时，他指着这些枪问："这是怎么一回事？我签批的枪柜和枪架还没有做完吗？"海青书记勃然大怒。

我只好实话实说："第二批还没有做完。"

海青书记刨根问底问我们："什么原因？"

我晕头转向，不知所云："我不太清楚。"人勤副主任也递不上报单。

海青书记冲着我和人勤副主任开训："这简直是乱弹琴！上级再来检查怎么办？战

争突然爆发了怎么办？太麻痹了！你们通知吴部长、财务科长和木材厂厂长，明天早晨一上班就到我办公室开会！"海青书记怒气冲冲地上车，并使劲地将车门关上。

小车急速拐弯，砂石粒子击打着武器弹药库的大门"咔咔"作响。

我愣了半天，冷静了一会儿，才对红梅说："不好了，我闯大祸了！"

红梅急切地问："那怎么办？"

我与红梅商量："你领着小白熊——乐乐先回家，我先去向吴部长报告。"我与红梅分头行动。红梅抱着小白熊——乐乐渐渐地消失在夜色中。

第二天早上到了上班时间，庚东干事还没有到，吴部长只好让我陪同他一起去见海青书记。

海青书记的办公室在林业局党委这栋"工"字形平房西侧耳房的南端，约有十七八平方米，想不到一位让我日夜崇敬的林业局党委书记的办公室竟然小得这般可怜和寒酸。与我们武装部办公室相比较，还没有我们的办公室大，只不过多占个小走廊的位置，三面有窗户。海青书记坐西朝东，前面横一个"两头沉"办公桌，东南角靠墙摆放了一个套白罩的角形沙发，显得很整洁。

财务科长和木材厂厂长已经先于我们到了，笔挺地低着头站在"两头沉"办公桌对面。海青书记站着训斥他们："为什么枪柜和枪架到现在还没有做完？到底是什么原因？都几个月了？昨晚我亲眼看见，人家新分来的一个小退伍兵——金勾带着妻子，披星戴月在那里擦拭枪支，你们如果要有金勾的半点精神，早就该做完了，什么事都做好了。可惜你们都躺在功劳簿子上睡大觉，混吃等死过太平日子，等战争爆发了就要你们的脑袋瓜子！"

财务科长谨小慎微地解释："庚东干事拿着您的批件过来时，我早就签字了，转给木材厂了，只等着结算了，一天也没敢耽误。"

财务科长抬头朝木材厂厂长瞄了一眼，或自以为躲过这一劫了，或是幸灾乐祸。没有想到海青书记还是怒不可遏训斥："你们是没有耽误，但是不等于你们财务科没有问题，你们财务科个别会计上下班还得车接车送。啊？你回去问一问，他长多大的屁股啊？非得上下班坐我的车？今后我的车让他坐算了，我就不坐了！还有你们财务科的个别会计，吃拿卡要成风，不浇油就不给办事，啊？成什么体统？"

财务科长战战兢兢地表示："我们回去立即整改，请海青书记放心！"

海青书记把目光又转向木材厂厂长："你们木材厂什么原因？"

木材厂厂长抬起头哭丧着脸说："没有什么原因。我们正集中人力给老客锯大方呢，我想等锯完了大方，再集中人力做枪柜和枪架也不迟，没承想要得这么急。"

海青书记拦截住他的话，接着训："你们武装部谁去协调的？怎么传达的？怎么就不急！不急还用我签字干什么？我看你们都是吃了两天饱饭了，太平的日子过得舒服了，一点忧患意识也没有。我说同志！万一上边再来检查怎么办？你们统统的是对武装工作的不重视，包括你们武装部！"

海青书记余怒未消："最后再给你们一个星期时间，完不成就撤你们的职！你们干工作要拿出点金勾的精神来，好不好？"各位都小心翼翼地离开了海青书记办公室……

那天晚上在武器弹药库，月光幽暗，我没有看清楚海青书记的脸形，今天难得一见。海青书记与爸爸一样四方大脸，只不过他的脸上均匀地长了几个粉刺疙瘩，有的感染了憋得通红，有的还露出了白尖。海青书记的眉毛很重，眼睛不时放射出咄咄逼人的光芒。除了他的颧骨略显突出和僵硬的口音外，看不出来他是地道的蒙古族。但他心地善良、为人宽厚、疾恶如仇、爱憎分明、血气方刚等蒙古族的特点，却给我留下了终生难忘的印象。

我和吴部长回到武装部办公室。吴部长看到了庚东干事并为他庆幸："你可躲过一劫，那海青书记把我们训的，鼻青脸肿的。这家伙，可真凶啊！"

庚东干事使个鬼脸，颇侥幸地回味："我骑车走在半道儿就听说了，海青书记昨天晚上就发火了。他让咱们去，准没有好事，所以我就与哥们儿多扯了一会儿。"

吴部长习惯性地用右手往上捅一下眼镜，同时也向庚东干事传达了海青书记的指示："给的期限是一个星期，你们看着办吧。"

庚东干事拍胸脯说："这回是没问题了，我敢担保，谁敢懈怠？他长几个脑袋瓜子？我看他是活腻味了！原先我怎么跟他们说，就是给你磨蹭呀，活该倒霉。"

不到一个星期，木材厂厂长来电话了："吴部长，枪柜和枪架都做好了，我派车给你们送过去。吴部长啊！我们可是按时完成的，你可要在海青书记的面前多给我们美言几句呀！"

吴部长笑呵呵地说："还美言啥呀，咱们不都是挨训了嘛？彼此彼此。"

所有的枪柜和枪架都拉来了。我和庚东干事组织卸车，直接摆放完毕，武器弹药库面貌焕然一新。至此，克什林管局武装部留下来的整改任务在海青书记的坚定支持下基本完成。然而，海青书记深夜检查武器弹药库并发火训人的事，在杨树地林业局机关上上下下引起了巨大的震动，与此同时，"夫妻月下擦枪"的故事也不胫而走。

1982年7月27日

第十八章

练兵习武把歌唱　　壮举瞬间不思量

武装部办公室。

一年一度的全局民兵训练正在紧锣密鼓地筹备中。吴部长为我们做了明确分工说："庚东干事为新组建的民兵连连长，负责这次训练的全面工作，主讲武器常识课。金勾为副连长，负责保障工作和队列训练。"

让吴部长最为头疼的是开训前的动员讲话由谁来执笔，因这个讲话没有在分工之列。吴部长思忖半天，习惯性地用右手往上捅一下眼镜，然后对我说："过去领导讲话都是由庚东干事来起草，现在他全权负责组织民兵训练，也没有时间，你来为子坤书记起草一篇动员讲话，怎么样？"

我向来接受任务没有打过退堂鼓，今天多少有些犹豫，胆怯地说："吴部长，我从来没有写过，只是怕写不好耽误事。"

吴部长为难地坚持说："一回生，二回熟，学着写吧，也没有人写呀。"没有人写、没人愿意写这是实际情况。我勉强地接受任务："那我试试看吧。"

庚东干事为他没有写讲话暗喜，在一旁加油："年轻人不要畏难，没有第一回，就没有第二回。"他又凭借着自己多年来的经验向我传授道："写讲话没有什么了不起的，是个人都会写，就看你写到什么程度而已。来，我教你，第一部分，写这次训练的重要意义；第二部分，写这次训练的主要任务；第三部分，写对这次训练的要求。"随后，他又找来一些资料和以前的讲话稿，供我参考借鉴。

第一次尝试为领导写讲话，除了茫然外，更多的还是紧张，唯恐写不好。在班上写了一天，没有写完，我把讲话稿带回家继续写。红梅没在家，回反修七连上班去了，我独自一人趴在饭桌前挑灯夜战，只有小白熊——乐乐在地桌前转来转去陪伴我。

夜深人静了，小白熊——乐乐在地上困得直打瞌睡，我只好把它抱在怀里继续写。不大一会儿，小白熊——乐乐在我的怀中安详地睡着了，它仿佛是在做梦，小腿有时还踹我两脚。与此同时，我的大脑也在飞速地运转，不断地搜索着最优美、最浪漫、最恰当、最准确的词句，用在部队时练就的钢楷字一笔一画地去写。每写完一段，自己都模仿领导的语调，轻声地朗诵一遍。在朗诵中，我不断地对讲话稿进行修改完善，直至天已经放亮。

昨天晚上虽然开了一宿的"夜车"，但今天早上我仍然第一个来到了办公室，照例重复往日的"第一件事"，然后坐在办公桌前翻弄我的"作品"，怀着忐忑不安的心情等待吴部长上班。

吴部长刚走进办公室，我便拿着起草好的讲话稿，起立迎向吴部长说："开了一夜的车，不知道行不行？请吴部长给修改一下。"

吴部长坐下后只是简单地翻一翻，习惯性地用右手往上捅一下眼镜道："我对写材料也不在行，看了也白看，还是请领导自己看吧。"然后，他用双手轻轻地在桌子上面蹾一下讲话稿，接着说："写了这么多，我看应该没有问题。"

过了一会儿，吴部长拿着讲话稿径直走出了办公室，给周陈子坤副书记送审去了。我暗喜吴部长通过了，心想不知是我钢楷写得好，还是讲话内容写得好。

武装部办公室。

下午快下班前，电话铃声响了。吴部长和庚东干事都不在，我接电话。周陈子坤副书记让我们过去取讲话稿，我小心翼翼地来到了周陈子坤副书记办公室。他用手翻弄着通红的讲话稿，很不客气地对我指出："为领导写讲话，第一要注意篇章结构，比方写这次民兵训练的意义，都应该集中在第一部分中写，不能想到哪写到哪；第二要注意讲话的内容，内容要服从主题的需要，内容要明确要精练；第三要注意紧密联系当前的形势等，还要紧密联系我们林业局民兵训练的实际；第四要注意语言的使用和运用，一定要准确，要有理论的层次和高度，不能像拉家常似的。"

说着他起身绕过办公桌，走到我跟前，用手亲切地拍着我的肩膀说："你可能是第一次写，我给你改了一下。你回去认真抄写一遍，明天早上直接给我就行了。你的钢笔字写得还是不错的。"

我颤抖地接过讲话稿。刚才在他逐页翻弄讲话稿时，我偷偷地看过，满篇都是用红笔改过的，鲜红一片，没留下几个字。我的脸顿时红了，无地自容啊！我略微镇静一下应答："好的，我回去再抄写一遍。"

我拿着讲话稿，晕头转向地走出了周陈子坤副书记的办公室，沿着长长的走廊，好不容易回到了武装部。庚东干事正好回办公室取东西，他问："通过了？"

我不好意思地回答："没有，让我再抄一遍。"

庚东干事扫一眼周陈子坤副书记改过的讲话稿后说："没关系，若是不挑出点问题，那领导就显得没有水平了。我们也不是领导肚子里的蛔虫，谁知道他想什么？让你抄一遍，这是好领导，有的让你再写几遍，也不一定让你通过。过去的领导都是自己讲，根本不用秘书写。现在可倒好，领导是秘书水平，秘书是领导的外脑，不写稿他就根本讲不了，就差给他说个媳妇了。"他发一顿牢骚下班了。

我不能与庚东干事比，他是老干事了，说三道四情有可原，领导拿他也没有办法。我独自一个人坐在办公桌前，还是暗自地检讨自己，是不是自己的文化水平太低了，或是太轻率了，或是对自己估计过高了，不然的话怎么能鲜红一片呢？

加班吧，我的金勾同志。我用端庄清秀的钢楷，一字一句地誊抄周陈子坤副书记修改过的讲话稿。至深夜，我一边抄写，一边细心地揣摩周陈子坤副书记修改的每一句话，还一遍又一遍地轻声朗诵，唯恐再出现什么错误，并决定把周陈子坤副书记用红笔改过的讲话稿永远地珍藏起来。

天快亮时，我回到了家中。只有小白熊——乐乐摇头摆尾地热烈欢迎我。一天一宿没有喂它了，它也饿了，我也饿了，也许是同病相怜吧？

我在我家小屋冰凉的炕上睡了一小觉后起床，翻箱倒柜，找出在部队时穿的草绿色军装和军帽，系上武装带，急匆匆赶到了武装部。

局党委大门前广场。我和庚东干事组织佩良等几位骨干民兵布置会场，拉横幅、挂标语、插红旗、接电线、摆麦克风。

上午九时许，雄壮的《人民军队忠于党》《中国人民解放军进行曲》接连奏响，来自全局的100多名民兵持枪整齐排列，英姿焕发。周陈子坤副书记在吴部长、庚东干事等机关各部门领导同志的陪同下，来到了那个庄重的雨搭下，站在台阶上面，静候大会开始。

或许是庚东干事谦虚，或许是他有意识锻炼我，他非得推让由我来进行报告。情急之下，我身着草绿色军装站在队列前，身姿挺拔，精神抖擞，向全体民兵发布口令："稍息！""立正！"然后转身面朝主席台向吴部长大声报告："部长同志！杨树地林业局武装基干民兵连集合完毕，请您指示！民兵连副连长金勾！"

吴部长向我下达命令："稍息！"

我接受命令："是！""稍息！"然后转身跑步回到队列中。

动员大会由庚东干事主持。他首先用洪亮的声音宣布："杨树地林业局1982年度基干民兵集中训练动员大会现在开始！"吴部长宣读了本次民兵训练组织机构和日程安排，接下来周陈子坤副书记做动员讲话："在纪念中国人民解放军建军55周年之际，杨树地林业局1982年度基干民兵集中训练，从今天起正式开始了……"

我紧张的神经伴随周陈子坤副书记讲话的音调在不断地波澜起伏，这颗心都快提到嗓子眼了。谢天谢地啊！好在周陈子坤副书记照着昨晚我抄写的稿子一字一板讲的，他总算讲完了！

局党委门前广场。队列训练每天照常进行，口令声此起彼伏，口号声震天动地。训练间隙，我组织民兵学唱《我是一个兵》《打靶归来》《人民军队忠于党》《中国人民解放军进行曲》等部队歌曲。行进间的民兵队伍，步伐整齐，铿锵有力，歌声嘹亮，响彻云霄。每天都吸引好多领导和机关干部前来观看，为林业局机关大院注入了生机和活力。

每一个队列动作，我都按照部队正规化训练的要求进行。由此我又重新拾回了王登海连长训练我们六连和我在功勋师教导队当教练班长的感觉。只要站在队列的前面，我就情不自禁地进入了带兵的状态，一身草绿色的军装让我虎虎生威，俨然像一名雷厉风行、干净利落、仪表威严的指挥员。

经过严格的训练，"土八路"能走出正规部队的步伐，是我最为自豪的一件事，也是吴部长、庚东干事和林业局机关同志最为欣赏的一件事。吴部长问我："这是怎么练出来的？"我回答："从分解动作练起。正步走必须训练分解动作，只有分解动作标准了，正步走才能达到要求。"接下来我为吴部长和庚东干事等演示分解动作，"佩良，出列！"

"到！"佩良中等身材，军姿端正，接受能力强，反应敏捷，他迈着有力的步伐走出队列。

我下达命令："注意听口令，正步分解动作！一！"

佩良左脚向正前方踢出约75厘米，腿绷直，脚尖下压，脚掌与地面平行，像造型一样，他的腿稳稳地停在离地面约25厘米处。

我下达第二个口令："二！"

佩良适当用力使前脚掌"啪"的一声着地，同时身体重心前移。

我重复喊着口令："一！""二！""一！""二！"

佩良铿锵有力的步伐动作，节奏鲜明的一招一式，让吴部长、庚东干事等连连叫好。

我概括性地向吴部长他们继续汇报："照此法循环往复，天长日久，就能练出来。"

吴部长肯定道："对了，就这么练，练好了，准备向海青书记、周陈子坤副书记他们汇报！"

我连连向吴部长表示："请吴部长放心，一定组织训练好！"

步枪实弹射击靶场。靶场设在大杨树林场西北的山脚下，"提高警惕，保卫祖国"的醒目标语和各式彩旗映衬在五花山色中。从实弹射击安全角度出发，庚东干事派出哨兵，设置了警戒线。民兵队伍集合完毕，严阵以待。

《人民军队忠于党》乐曲反复回旋，激动人心，响彻云霄。

雄伟的井冈山，八一军旗红，开天辟地第一回，人民有了子弟兵，

从无到有靠谁人，伟大的共产党，伟大的毛泽东，伟大的毛泽东！

两万五千里，万水千山，突破重围去抗日，高举红旗上延安……

上午10时整，海青书记、周陈子坤副书记等林业局领导和机关部委办科室负责同志，在吴部长、人勤副主任和庚东干事的陪同下，乘大客车来到了靶场。男女播音员在音乐声中同步进行解说：

男：各位领导，各位来宾！

女：同志们，朋友们！

男：伴着《人民军队忠于党》雄壮的旋律，杨树地林业局民兵的旗帜高高飘扬！

女：伴着万里林海的阵阵秋风，杨树地林业局全体民兵集合完毕整装待发！

男：经过一个月的紧张训练，杨树地林业局全体民兵精神抖擞，斗志昂扬！

女：杨树地林业局民兵将以优异成绩，向林业局党委、向各级领导汇报！

瞬时，靶场气氛陡然升温，无比的庄严，特别的神圣。

当海青书记、周陈子坤副书记等缓步来到靶场中央时，我跑步向前，面向海青书记立正报告："书记同志！杨树地林业局基干民兵连列队完毕，请您指示！民兵连副连长金匀！"

海青书记发出雄浑厚重的声音："开始！"

我向后转，随即向全体民兵下达命令："分列式开始！"

瞬间，雄壮的《中国人民解放军进行曲》再次奏响，男女播音员同步进行解说：

男：各位领导，各位来宾！

女：同志们，朋友们！

男：你看，鲜红的太阳照耀着民兵队伍向我们走来。

女：你看，鲜艳的旗帜引领着民兵队伍向我们走来。

男：这是一支训练有素千锤百炼的承担着保卫祖国北疆重任的基干民兵队伍。

女：这是一支英姿焕发召之即来的承担着维护社会稳定义务的基干民兵队伍……

"提高警惕，保卫祖国！""团结紧张，严肃活泼！"

"一！二！三！——四！"

此起彼伏的口号声响彻山谷，震撼人心。现场的林业局机关干部不时报以热烈的掌声。

简短的分列式过后，海青书记、周陈子坤副书记露出了满意的笑容，海青书记高兴地问吴部长："这个队列是谁训练的？"

吴部长和周陈子坤副书记同时乘机推介："就是你表扬的那个领着媳妇擦枪的金匀。"

海青书记充分肯定地说："金匀这小伙子，干什么像什么，是块好钢啊！"

周陈子坤副书记附和："精明能干，还肯吃苦。"

海青书记略有深思地感慨："比他爸爸强多了，他爸爸干工作还挑选个地方。记得在咱们分家时，那几个不愿意留在咱们林业局的'飞鸽牌'，都非要调走，他们调走了又怎么了？我看金匀留下来不也干得很好吗。"

周陈子坤副书记和吴部长面面相觑，不知道怎样回答才能让这位老领导满意。在场的所有人对海青书记又重提那几个"飞鸽牌"的事感觉到诧异，都替我捏把汗。顿时我也开始心有余悸了，将来会不会重新殃及我呀？

还是庚东干事见风使舵，及时解围说："请领导观摩打靶吧，都准备好了。"

吴部长也顺水推舟："实弹射击这块都是庚东干事负责的，请各位领导再检查一下。"以求转移海青书记的注意力。

海青书记等各位领导来到了射击场地。庚东干事开始指挥："各小组注意，各就各位！实弹射击开始！"

靶场上，枪声阵阵，划破了大杨树山谷的寂静。

参训的大多数民兵都取得了良好成绩，特别是佩良5发子弹打出了49环的优异成绩。海青书记为佩良感叹："打得真不错！作为民兵能百发百中，实属不易！"

周陈子坤副书记、吴部长、人勤副主任和庚东干事都笑容满面，林业局机关各部门的负责同志也都兴高采烈。应吴部长和庚东干事的邀请，海青书记等领导也都亲自进行了实弹射击，使全体民兵受到了极大的鼓舞。

领导检阅和实弹射击圆满结束了，我带领着民兵队伍高唱着《打靶归来》这首歌满载而归。这首歌伴随着我从军生涯一路走来，如今飘荡在山间，激荡在我心中，穿透了岁月沧桑。

是啊！我在部队蓄积了4年的激情，今天终于得以释放了，不！应该准确地说，是喜忧参半。

手榴弹实弹投掷训练，是这次民兵训练的最后一个科目。我和庚东干事在甘河大桥以西的甘河北岸，找了一个便于隐蔽的长条形的挖沙取土的沙坑。沙坑前有一个天然凸起的高岗，与静静的甘河水呈丁字形，再往前面有一片很开阔的沙滩空地。我和庚东干事在这里反复进行观察，左右衡量，庚东干事最后拍板说："我看就选这儿，以沙坑作为掩体，以空地作为这次手榴弹实弹投掷训练的临时靶场，你看如何？"

我没有异议地表示："我看没有问题。"

我与庚东干事回到部里向吴部长进行了汇报，获得了批准。从安全角度考虑，吴部长建议说："到实地再进行一天的教练弹的投掷训练，然后再进行实弹训练。"次日，我们又组织了全体民兵进行了一天的教练弹投掷训练。有个别民兵不以为然地发牢骚："不就是撇个手榴弹？撇出去不就行了吗？用不着没完没了地练，多枯燥无味啊。"

对这些议论，庚东干事少有地发火了："你们懂吗？平时多流汗，战时少流血。你不练好了，把脑袋瓜子给你报销了！"他向我们讲述了在前些年训练时，由于手榴弹没有甩出去，炸死一名民兵的恶性事件。他最后沉痛地对大家讲："这是用鲜血换来的教训啊！大家不要不以为然，脑袋瓜子随时都能炸开瓢了！"

金色的秋天盛装浓抹地走进了大杨树。甘河两岸斑斓的杨树影子随风飘舞，甘河水依旧稳稳地静静地向东方奔流。

甘河北岸，靶场周边，彩旗招展，哨声阵阵。庚东干事又重述了教学时讲的投掷方法："大家千万要记住投弹的要领，引弹，蹬地，转体，挥臂，扣腕。"吴部长着重要求："大家要听从指挥，投掷要果断，千万不要害怕。手榴弹从抛出去到爆炸时间为3.7秒，千万不要探头看，一定要注意安全！"

手榴弹实弹投掷分组依次进行。庚东干事和我在最前面手把手地教民兵进行投掷，吴部长在掩体内组织民兵安全隐蔽。我又抽民兵佩良等当安全员和联络员，引导民兵取手榴弹进入投弹掩体。实弹训练井然有序，不间断的爆炸声震耳欲聋，沿着甘河河床的走向，在万里长空久久回荡。

最后一组最后一个女民兵投掷。她哆嗦地将手榴弹盖拧开，小心翼翼地钩出拉火绳和拉火环，将小手指套上拉火环，颤抖地举起手榴弹，没有投掷，回头直勾勾地看我们。庚东干事和我几乎同时对她说："千万不要紧张，尽力向前投！"

瞬间，她不但没有投出去，身体反而向右倾斜，将手榴弹甩到了我们身后的浅沟中，手榴弹"嗞嗞"地冒着青烟，众人惊呼："快卧倒！"在这千钧一发之际，我与庚东干事不约而同地一个箭步冲上去把那个女民兵压在了身下。

一声巨响，手榴弹在我们身后的浅沟中爆炸了。霎时间，飞沙走石，弹片横飞……

当时我被震蒙了。

在我扑向那位女民兵的一瞬间，由于自己的右脚奔拉在浅沟的沟边上，悬在半空中，正好被弹片击中。我一时无法站立起来，右脚踝骨处洇出了鲜血。庚东干事大声疾呼："不好！金勾受伤了！"吴部长跑着呼喊："赶快送医院！"

庚东干事和佩良把我抬上了吉普车，吴部长坐在副驾驶的位置上，我们直奔杨树地林业局医院。

杨树地林业局医院手术室。大夫为我进行紧急处置，大夫迅速取出扎在踝骨上的碎片，清理，止血，包扎，固定。大夫根据片子判断，踝骨被击断了，有裂纹。吴部长急迫地问："那得怎么办？"大夫建议："需要静养三个月。"庚东干事附和道："伤筋动骨一百天嘛，你就别下地了。"吴部长不无感叹："有惊无险，没出人命啊！金勾是福大命大造化大啊！"

是的，那位女民兵得救了，庚东干事和佩良等也都安然无恙，我们化险为夷了，一场民兵训练重大的安全事故成功地避免了！

与死神擦肩而过，我再一次经历了生与死的考验！可能是惊魂未定，晚上我多次被噩梦惊醒：海青书记因为我是"飞鸽牌"的儿子，对我冷眼相看，处处难为我。他扔出去的手榴弹冒着青烟，又命令非让我捡回来不可。我被吓得冒出了一身的冷汗……

妈妈被吓得哭了好几场，抚摸我的右脚责怪我："缺心眼，像你爹！"红梅在一旁抹着眼泪附和着："也不是在战场上，怎么非得玩命呢？"

最近以来，林业局机关传开了我和庚东干事舍己救人的英雄壮举。那位女民兵的父母特意到我们小家来慰问，感谢我们的救命之恩。陪同的吴部长频频地习惯性地用右手往上推移眼镜，向他们绘声绘色地讲述那天惊心动魄的场面，那家伙把我们吓的……如果不是金勾经过部队的严格训练，还有庚东干事是老武装了，那就得出人命……如果不是他们英勇无畏地往上一扑，那就得捅天大的一个窟窿了……

林海日报的记者在林业局广播站记者的陪同下，到我们小家来采访："我们听说你舍己救人的英雄事迹很感人，请你谈一谈在那一瞬间是怎么想的？"我坦言："没容多想，本能的，根本也没有时间想……"

没过多久，庚东干事送来了一份《林海日报》，并兴奋地介绍："头版头条，介绍你的英雄事迹。"我诚惶诚恐地说："哪里是什么英雄事迹呀？都是咱们俩共同做的。"庚东干事走后，我面对满篇的赞扬反思良久。翻弄粉红色日记本时，我无意中翻到了《个人奋斗修养十个要点》——"反对在取得成绩时，头脑不冷静，盲目乐观，防止滋生骄傲自满情绪。小骄小败，大骄大败，不骄不败。"这一条对我当前来说是多么的适用啊！切切注意！

1982年10月17日

第十九章
感恩切切天地载　送礼含羞大白菜

这几年，爸爸经常外出给霞妹治病，既耽误了工作，又毁了前程，最近又错过了一次提拔当院长的机会。他神情沮丧，经常对人发无名之火。爸爸在漠河听说我在民兵训练中受伤了，让他惦记不已。今天他在加格达奇开完会，就急匆匆地赶回来看我。

妈妈家。喘息未定的爸爸反复抚摸我的右脚，然后示意："走两圈，我看看。"

我站起来，拄着双拐在地上随意地走着，与爸爸说："没有事，靠时间。"爸爸盯着我的脚，暗中窃喜道："还好，没伤到要害处。能坚持上班吗？"我得意地汇报："一直在坚持工作。"

妈妈在一旁插话说："还好呢？海青书记在靶场都骂你是'飞鸽牌'呢，林业局机关上上下下传得沸沸扬扬，至今他还没有忘记。"爸爸没有听进去，赌气地说："金勺都舍己救人了，差点要了命，他还能怎么的？"见爸爸不以为然，妈妈更加责怪他："你可是上了'躲家庄'了，一躲六二五，让金勺今后可怎么办呢？"

爸爸听后火药味又立刻上来了："我当初就说让金勺上新林，你就是不肯，你这不是自作自受吗？"

妈妈被爸爸堵得连一句话也说不出来，只是呜咽，颤抖着好半天才哭出声："你有理找人家去理论，在家里使气算什么能耐呀？"

爸爸怒不可遏，高八度地喊了起来："不听老人言，吃亏在眼前。"妈妈委屈地放声大哭："这可让我怎么办呢？"我拄着双拐上前拉仗。

霞妹在小屋睡觉被吵醒了。她从小屋窜了出来，惊魂未定，直奔爸爸声嘶力竭地呼叫："你们吵什么？奔丧呢？"

霞妹突然爆发性的呼喊像一副灵丹妙药，让爸爸妈妈不知所措，哭的也不哭了，喊的也不喊了，立刻都冷静下来了，他们一起把爱怜的目光集中在霞妹身上。然而，霞妹着急说道："你们都是胆小鬼，你们不去找，我去替你们找，谁若是敢欺负我大哥，我就与他拼命！"

妈妈擦拭着眼泪，抱住了霞妹好言相劝："你不用着急，都是大人的事，你好好休息。"妈妈一边劝一边往小屋领霞妹。

霞妹挣扎地反复呼喊："谁欺负我大哥也不行，我就与他拼命去！"

大杨树，又迎来了雪花飘飘的季节。

到了年终岁尾，机关的各种材料相对集中起来。周陈子坤副书记对上报克什林管局武装部的这个年终总结材料很是在意，在审定这个材料时一再嘱咐我说："写总结要提起来写，要概括出特点来，要总结出经验来。比如武器弹药库迅速整改的做法，因地制宜进行民兵训练的做法等，都是我们杨树地林业局的特点，一定要把这些写到位。"周陈子坤副书记手把手教我写材料，如同"吃小灶"一般。最近，他对我写的材料虽然有一些改动，但修改的地方较比最初的讲话还是明显少多了。

由于我的钢笔字写得好、出了名，党委办、行政办、组织部、劳资科和工会都来找我抄写材料或填写各种表格，这无形中增加了我的工作量。吴部长最不愿意让我给他们"打官差"，他时常对人说："金勾刚来的时候，给谁谁不要，现在可好了，金勾成了机关大院的'香饽饽'了。"

来的人只好拿海青书记来说事："我们写的字，海青书记不愿意看，指名道姓让金勾来写，我们也没有招呀。"

每当求我抄写材料的人走后，吴部长就反复地嘱咐我："不给他们干，谁若再来找你，你就让他们来找我，我给你当挡箭牌。"从这以后，不管谁来找我抄写材料，我都让他们去找吴部长批准，吴部长总是把那几句话重复几遍，然后也是没有招，我只能是照抄照写不误。

大杨树的冬季，既是雪花烂漫的季节，同时又是鄂伦春族猎民上山打猎最忙碌的季节。记得我在多布林场当知青时，我们一连与多布乡猎民村紧密相连，唇齿相依。每到入冬的季节，他们就会骑着猎马、挎着猎枪成群结队地奔赴密林深处。在春节前夕，他们就会兴高采烈地陆续开着拖拉机拽着大爬犁，带着堆积如山的猎物满载而归。有时我们也能分享一块香喷喷的狍子肉，以解燃眉之"馋"。然而，冬天上山打猎，不仅是鄂伦春猎民的生产生活方式，同时也是生活在这个地区其他民族不可或缺的一种生活时尚。其他民族的同志上山打猎，可以追溯到大兴安岭和大杨树开发建设初期，各种野兽经常出没，野兽袭击人的现象也时有发生，出于生产建设和保卫工作的需要，各个生产站点的汉族同志都要到武装部借枪、买子弹。

自从我接管武器弹药库工作以来，按照克什林管局武装部关于武器弹药库整改工作的有关要求，就着手对现有的武器弹药库库存情况进行了多次盘点。每年都搞民兵训练，子弹消耗容易下账，但还有几支枪至今没有下落，对不上账，我和吴部长都很头疼。今年入冬以来，吴部长多次给我下了死命令："就是亲爹来了，也不能借给他们，你就说是上级有规定。"

1983年元旦刚过，林业局机关召开劳模大会。吴部长听说我没有评上机关的劳模，他愤愤不平，在局党委的走廊里来回"骂大街"："我们金勻哪点不比你们干得好啊？他给你们抄写了那么多的材料，没有功劳也有苦劳啊！你们的心都让狼叼去了！他们两口子擦枪，海青书记都看见了，你们看不见？军训舍己救人的事，《林海日报》都报道了，凭什么当不上机关劳模？"

大杨树是典型的多民族聚集地区。吴部长既是蒙古族，又是能与海青书记直接说上话的人，凡是在林业局机关上班的人对吴部长与海青书记的关系都心照不宣。所以任凭他怎么骂，也没有人敢招惹他。林业局机关劳模会还没有结束，机关党委的一位领导来到武装部办公室，连忙向吴部长做解释："金勻干得很好，机关上上下下都知道，只不过上班时间短了一点，明年一定给他评上，吴部长你消一消火，千万不要生气。"

吴部长露出了胜利的微笑："这还差不多，明年给评上，你千万别再给忘了。"

一顿骂杂，吴部长硬是把1983年度林业局机关的劳模提前给我要来了。没过几天，吴部长从克什开会回来传达，海青书记被评为克什林区重视武装工作的党委书记。同时，也发给我一个大红证书，对我说："你被评上了1982年度克什林区优秀武装干部，比他们机关的还要大，比他们机关的还要高。"激动的我，无言以对，两眼噙满着泪花。

其实，我退伍后安置工作本身就不容易，更何况刚刚上班不到一整年，根本没有刻意追求什么荣誉的想法，还是一切顺其自然，只是吴部长老领导对我太重视了。我决心变荣誉为动力，变动力为压力，以时不我待和只争朝夕的精神，以更加饱满的激情和旺盛的斗志，投入到1983年的工作中去，回报海青书记和吴部长的关怀和厚爱。

我带着"初战告捷"的喜悦，顺利地扔掉了双拐，迎来了1983年的春节。

除夕夜，大杨树万家灯火。

爸爸领着霞妹从富余精神病院刚刚回到家中。红梅绣的各式各样的白底红色喜字的门帘和桌布，挂满了门窗，铺在所有的柜子上，让妈妈家充满着喜庆。平弟领着泉弟和杰弟把灯笼杆早早地竖起来，红梅和颖妹围绕灯笼杆拉起了五颜六色的彩条，霞妹也异乎寻常地参与其中。爸爸忙活亲自撰写新春对联：

上联：喜居宝地今朝好千年旺
下联：福照家门后代强万事兴
横批：代代相传

我们把爸爸写的这副对联张贴在院脖子的大门口。爸爸对这副对联无比地欣赏，我对其中的寓意好像略知一二，弟弟妹妹们对这么深奥的对联似乎没有什么更深的理解。

颖妹是去年10月到古莲河煤矿上班的，她不仅仅是带出去了一张嘴，而且是在初中毕业后连高中都没有上就为这个穷家做出了牺牲。她每天都从事抱板皮等重体力劳动，是这个穷家让她过早地经受了锻炼和考验。晚上，她与红梅共同帮助妈妈剁饺馅包饺子，让妈妈感到格外的欣慰。忽然，爸爸想起来应该拿什么东西去看望一下曹德玉大爷、吴部长和周陈子坤副书记，还有海青书记。是啊！他们都是在我安置工作方面的恩人，在春节之际看看他们也在情理之中。爸爸与妈妈反复商量，也拿不出什么好东西来。爸爸有些懊恼，眼睛一瞪要发火，妈妈急忙过来给爸爸"灭火"："大过年的，红梅还在咱家过年，你可千万别发火啊！"

妈妈抬着脸望着爸爸试探性地问："咱家储藏的大白菜不错，是否能给他们送一些过去？"爸爸紧锁的眉头一下舒展开了："别说，这几家有可能不储藏大白菜，送大白菜也不失为上策。不过给海青书记送大白菜好像拿不出手，一般的都要送好烟好酒，咱们家也没有啊！"

妈妈好像也很为难："先给能'拿出手'的送，海青书记的等过几天再想一想办法。"

妈妈家园子中这个大菜窖，就是妈妈当年累死累活领着我们挖的，修修补补勉强用到了今天。打开菜窖门时，乳白色的热气一下子喷吐出来，蒸腾着翻滚着向上，把大红灯笼团团包围起来。平弟颇有经验地往下扔一个粗杨木杆子，一边搅动一边说："让空气对流一下，防止中毒。"

平弟在下面装，我在上面往上拽，一共装了三袋半。平弟给曹德玉大爷家直接送去，我和爸爸推着自行车驮着大白菜，摇摇晃晃地分别给吴部长、周陈子坤副书记送去。爸爸去周陈子坤副书记家送大白菜回来后异常兴奋地说："老营长还表扬咱家金匀了，说材料有进步，工作很勤奋，大家反映不错。吴部长为金匀没当上机关劳模还找过他呢。"

我和红梅在旁边听了之后都百感交集。饭后我与爸爸妈妈、红梅打过招呼要去值班，爸爸坚决支持，红梅依依不舍，妈妈有些不情愿地说了句："好不容易全家过个团圆年，你又要去值班，怎么就不能与领导说一说，串一串？"

我说服了妈妈，跨上手枪，深情地注视了红梅一眼，便要去值班。爸爸意外地送我出大门，顺便对我说："今后你们就不要往家交钱了，两边也有个平衡的问题。"我敷衍："没事的，红梅没有问题。"说完，我大步流星地值班去了，但隐约能感觉到岳母在交"党费"还债这件事上从中作梗，我恨她多管闲事……

从安全角度考虑，春节前我为两个库房门口安装了照明灯，除了安排更夫值班外，还安排民兵昼夜值班。当大杨树鞭炮齐鸣沸腾的时刻，我带领佩良等几个民兵，在武器弹药库周边进行巡逻。

半夜时分，我顺便把红梅接回了我们小家，小白熊——乐乐疯狂向我们扑来，它还没有"过年"呢。红梅弄食喂它。我从仓房中取出纸制的训练用的手榴弹，和着大杨树欢乐的浪潮甩出几个，爆炸声与众不同，惊天动地，震耳欲聋。这爆炸声，有我的希望和憧憬，有我的力量和激情。然而，小白熊——乐乐被吓得直往我的怀中扑。

伴随着大杨树的"山呼海啸"，我又回到了武装部，重返战斗岗位。后半夜，鞭炮声像潮水一样退却，我不由自主地浮想联翩。作为一名光荣的退伍战士，在中华民族这个传统的节日里，我仿佛又穿上绿军装，带上了红色的领章和帽徽，与战友们站在团部的操场上，接受团首长的检阅。然而，这一切都已成为过往的经历。穿四个兜军装、当一名职业军官的远大理想虽然没有实现，但部队对我的培养教育、锤炼摔打，必将让我受用终身。

回顾这一年，旨在宣传杨树地林业局民兵训练的新闻稿子，曾经在《林海日报》和杨树地林业局广播站上播发。这是我退伍回到地方后的第一篇稿子。这仅仅是第一次，将来还会有第二次，乃至更多次，姑且算一名退伍战士在退伍征程上一个新的起点吧。

此时此刻，虽然我不曾记恨又挥之不去"飞鸽牌"这件事，但是在我的内心深处最对不起的还是海青书记，他连妈妈家的一棵大白菜也没有吃着。愧疚啊！将来再报答吧。

在零星的鞭炮声中，我又度过了一个既有意义而又难忘的除夕夜晚。在部队除夕夜站岗总是别有一番滋味在心头，而今天为武器弹药库值班巡逻更有无限的感慨。时光流转，旭日总是伴着雪花升起；斗转星移，希望必将在坚持中出现。

1983年2月13日

第二十章
千载难逢人祈祷　学习备考心烦躁

上个星期日，我参加了盟里组织的职工文化测试。原来1968年至1980年期间的初高中毕业生，在上学期间基本上耽误和荒废了学业，文化基础都不算太好，上级文件要求必须参加这次全国性的职工文化测试，测试合格者国家承认其初高中学历，作为今后招工、升学、转干等方面的依据。我是1975年的高中毕业生，正属于测试的对象。参加完测试后，我反思了许多问题，不是痛定思痛，也是痛定思痛啊！

　　对过去的事情再抱怨也是无济于事的，关键的是如何勇敢的面对现实！

——日记摘抄

这天晚上，我在粉红色日记本上开始设计：在最近一个阶段上，我要以考上职高为主要目的。在工作时间内，挤时间复习政治，重点浏览每天的报纸；同时练习写机关应用文，从领导交代的材料写起。练习写新闻，往《林海日报》和林业局广播站投稿。每天坚持写1小时的钢楷。节约一切时间，一切为复习让路。在业余时间内，要坚持早上5点起床，复习高中语文、历史、地理；晚上，专心致志地复习初高中数学（自称《"三段式"学习计划》）。规定的复习内容是雷打不动的死任务、硬任务！如再有折扣，那将前功尽弃了。

"业精于勤，荒于嬉；行成于思，毁于随。"韩愈的名言一直激励着我坚定不移地执行《"三段式"学习计划》，向学习再次发起了冲锋。班上学、家里学、白天学、晚上学，学得天昏地暗，眼前直冒金星。对我这样的学习，妈妈满腹疑团，茫然不解，不停地唠叨："学傻了，我的大儿子学傻了，也不出去走一走，你看看人家的孩子既精又灵的，东家走一走，西家看一看，左右逢源，八面玲珑，多好啊！"

在学海中不断苦苦挣扎的我，晕头转向地步入了大杨树的阳春三月。

三月是杨树地林业局"三春"（春防、春造、春播）工作的重要时间节点。这天林业局职工俱乐部内正在召开全局"三春"动员大会，海青书记在会上做了动员讲话，他如洪钟般带有磁性的声音，深深地感染着我："常言道，一年之计在于春。如果让我说呀，我们杨树地林业局一年之计在'三春'。"周陈子坤副书记在动员大会上宣读了"三春"工作组名单，吴部长和我都被抽调参加了"三春"工作组，具体负责布铁林场。第一次参加这样的工作组，一切都令我感到既陌生又新奇。

中午下班前，曹德玉副部长把我叫到他的办公室，很神秘地拿起桌子上的文件让我看，并指点我说："克什林管局林业公安系统要在林区组织录用公安干警考试，这是刚刚收到的文件，海青书记批示后，公安局就要组织报名了。"

我疑惑地问："能考上公安干警，就是转干了吧？"曹德玉副部长肯定地回答："傻小子，能考上就是干部了。你回家商量一下，应该报名啊，不能错过这次转干的机会呀。"

我明确地表示："报名，我一定要报名，这可是千载难逢的好机会啊。"

吃午饭时，我把这一利好消息向妈妈汇报了："曹大爷亲口对我说的，能转干。"

妈妈对外边的事情了解不多，问道："你现在不是干部吗？不然的话怎么能进林业局机关呢？"

我又耐心地向妈妈解释："我现在是'以工代干'，做的是干部工作，实质是工人。"

妈妈又着急了，放下筷子就去了曹德玉副部长家，我没好意思跟着过去。

不大一会儿，妈妈乐滋滋地回来告诉我："你曹大爷说了，真的能转干，下午赶快去报名吧。"

下午上班时，我把自己想报考公安干警这个想法向吴部长做了汇报。让人意想不到的是，吴部长居然不大同意："他们公安干警有什么好考的？将来'以工代干'也有很多机会转干。如果这次你一旦考上了，不就得去公安局了吗？我们不是白培养你了吗？"他道出了不让我参加这次考试的真正意图。

吴部长不同意，让我很尴尬。眼看自己就要丧失一次人生重大转折的机遇，十万火急！我一边抄写材料，一边冷静地思考，必须要积极争取，必须要当机立断。否则会后悔莫及呀！我灵机一动，跟吴部长谎称："吴部长，我请一会儿假，上街为我妈办点事去。"吴部长应允了。

我走出了林业局党委大院后，沿着一马路就朝着老邮局跑去。这次我不发电报了，直接办理了长途电话手续。电话接通了，我近乎哭泣地说："爸爸，你快回来吧！"爸爸在千里之外询问情况："金匀，什么急事？慢慢说。"我如实地把吴部长不让报名的情况向爸爸说一遍。

电话那头，爸爸快刀斩乱麻果断地说："金匀你不要着急，我今天下午就上火车，明天早上你接我，咱们爷俩一起到吴部长家去找他。"

心不顺的我没有心思再去上班了。从老邮局径直回到了我们小家，除了小白熊——乐乐在欢迎我外，其余的一片凄凉。为了抓紧时间复习，我特意把小白熊——乐乐关在了门外。在地桌上，我摊开课本如饥似渴地进行突击复习，起初还能听见小白熊——乐乐挠门叫唤的声音，后来什么也听不见了。天色渐黑，我起身打开电灯，照旧继续复习，既没有点炉火，也没有做饭。

忽然，我听到小白熊——乐乐在欢快地呼叫，一定是红梅回来了。红梅一进门就粗声粗气地大嗓门儿朝我喊："你这是刮的什么邪风啊？刚开春你怎么把小白熊——乐乐关在外边，想要冻死它呀？"

顿时，我心烦意乱起来，"唰"地站起来冲着她大声地吼叫："你刚一回来，就大呼小叫的，喊什么呀？有什么大惊小怪的？"

自从结婚以来，我从未对红梅这样大声地喊过，今天的喊声也激怒了红梅，她没有好气地顶撞我："喊什么？你看看，都什么时候了，炉子也不点，饭也不做，这屋子简直像个冰窖！"

我正在气头上，一点也不相让地说："点炉子做饭不需要时间吗？哪来时间与你们攀比交'党费'还债啊？"同时也在旁敲侧击她。

原本掏炉灰准备点火做饭的红梅，听到我揭他们家的老底，顿时就喊叫了起来："什么交'党费'呀，帮助还债呀，那是你们家的一大特色，我们家还不稀罕攀比呢！我妈帮助我存两个钱又有什么毛病啊？不像你们家活不起了。"

我虽然怒气冲天，但无言以对。回大屋继续复习，实则坐在那里怄气。当我陷入沉思时，小白熊——乐乐像往常一样，纵身一跃跳到我的怀里让我抱它，这口恶气正愁没有地方出呢，我没有好气地抓起小白熊——乐乐往门口一甩，它被摔得"嗷嗷"直叫。

红梅将炉钩子重重地往炉子上一摔冲进屋来，心疼地抱起委屈的小白熊——乐乐，朝我声嘶力竭地喊："你对我有气，你摔狗干什么？它招你还是惹你了？这日子没法过了！"说着她把小白熊——乐乐也摔在地上夺门而走。

小白熊——乐乐再次发出凄惨的嗥叫。

红梅在前面一路小跑，我在后面紧紧跟上。她又拐弯了，是朝妈妈家跑去。坏了，这一定是向妈妈告我的状去了。红梅刚进妈妈家，就一边哭泣一边诉说我的罪状："妈，你说这个金勺，不知为什么，好像中邪了！他不但不点火做饭，而且还摔狗，摔狗不就是摔我吗！"

妈妈一听便知道个一二，顺着红梅骂我："像他那个爹！在外边不顺就回家找茬儿，不就是吴部长不让你参加转干考试嘛，你与红梅使性子就能转干哪？"红梅一听我为转干而着急进行复习，似乎有些冷静了。

妈妈继续责骂我："与你爸爸一模一样，是狗改不了吃屎，江山易改，秉性难移！随你们家的根。金勺，我把话放这儿，你若是有出息，龙叫三声虎下个蛋！看你干这点工作费这个劲儿，看人家的孩子干点工作欢天喜地的，你看你，都快要愁死我了！"

我没有什么好解释的，站在那里任凭妈妈数落。霞妹围拢过来，她披散着头发朝着我怒吼："你怎么敢欺负我大嫂，大嫂与我是发小，是好朋友，你是谁呀？"

妈妈和红梅哄霞妹，霞妹劝红梅，她们娘仨又抱头痛哭，乱作一团。不好了，我把事情惹大了！万一霞妹的病情再复发了严重了怎么办？我只好低头认罪道："红梅都是我不好，是我把在外面的情绪带回了家。"

霞妹突然破涕为笑："大嫂，我们斗争取得了胜利！我们胜利了！给我大哥游街示众！你赶快给我找锣鼓去！"

我继续承认错误并一语双关地说道："好了红梅，都是我做得不对，咱们回家吧，在妈妈这儿不行。"红梅也觉得这件事的确有些唐突，这儿也不是她真正诉苦的地方，便抹着眼泪与我一起回我们小家了。

早上，我迎着飞舞的雪花到车站把爸爸接回来，直接奔吴部长家去，吴部长正好在外面劈杵子。爸爸主动上前打招呼："吴部长是真能干呢，一大早就劈杵子。"

吴部长抬起头来应道："原来是你们爷俩啊，是为金勾报名的事吧？"

爸爸乘机说明来意："无事不登三宝殿啊，让老兄真的猜中了。我是特意从漠河回来的，就是请吴部长帮个忙，还是让金勾报名吧！"

吴部长忙解释："不是不让他报名，就是怕他转干后就飞喽！我们好不容易培养的退伍兵，最后给他们公安局送去了，真是有点舍不得啊！"

爸爸赶紧承诺："吴部长，我看这样，好不容易遇上这次转干机会，先让他报上名参加考试，如果考上了转干了，请把金勾留下来不就行了吗！"

吴部长勉强同意："那只好如此了，先报名吧，以后再说吧。"

我和爸爸谢过吴部长后回到妈妈家，妈妈急切地跟爸爸说："你可回来了，把我都急死了！"

爸爸兴奋地对妈妈说："吴部长同意金勾报名了。"爸爸又补充一句，"是吴部长舍不得金勾走。"

妈妈也高兴起来了："真是谢天谢地呀！"

是夜，红梅在小屋已经熟睡了，我抱着小白熊——乐乐在大屋继续复习。它趴在我怀里的时间久了，一股热烘烘的温度传递过来。有时它还会发出哼哼呀呀的声音，仿佛是在做梦。抱它累了，就会把它放在红梅专门为它缝制的狗窝中，我伸懒腰后继续复习，直至天明。

紧张的转干复习正在冲刺，"备战"的日子也是煎熬的。红梅没有回反修农场七连上班，而是请假专门在家中一日三餐地为我服务。有时她还会讽刺我几句："我得很好地表现哪，如果我侍候不好了，你这个没有良心的，将来不是摔狗了，说不准该是摔我了。"

我心不在焉地搪塞："岂敢，岂敢，我哪里还敢摔什么狗呀，只能摔炉钩子了。"讽刺红梅那天摔炉钩子的事。

接到林业公安局的通知后，我提前两天来到阿里河镇准备参加考试。阿里河镇是旗政府所在地，是全旗政治、经济、文化中心。熟悉过考场后，我又做最后"冲刺"准备。不知为什么，有好多人不复习了，都开始学习"54号文件"了，说是放松一下。也许是他们复习准备好了，也许他们知道考试试题了，也许他们因为某种原因心里有底了。不管他人如何，我依然矢志不渝地坚持复习，又是一个不眠之夜。

终于迎来了3月12日。上午考数学、政治。对数学题我虽然答得不怎么理想，但也不算太差。因为自从当兵以来，我对初高中的数学进行过系统的复习，所以我对数学试题答得还能说得过去。数学考试时间进行过半，有一位监考老师偷偷摸摸地为几个考生递进来一个条子，那几个考生开始鬼鬼祟祟地抄袭起来，然而，我自岿然不动。面对政治试题，我更是心花怒放，特别是当我打开试卷的那一刹那，看到了"五讲四美三热爱"的填空题，让我格外激动。前几天我在办公室曾在报纸上看到过，这是中央新提出来的口号，我答得从容加自信。临近政治考试结束时，我的考卷被前桌的考生拽了过去抄袭，此时此刻我的心像揣个兔子一样怦怦直跳，唯恐被监考老师发现。下午，语文答得自然流畅，特别是作文我一气呵成。

在返回大杨树的火车上，大家对考题议论纷纷。有人问："什么是'五讲四美三热爱'呀？我怎么就没听说过呢？"有人说："心灵美，语言美，行为美，还一个'美'不知道填什么了？"大家胡乱猜测，没有猜出来。有一个人插科打诨道："实在不行就干脆填'臭美'吧！"大家一阵哄堂大笑。有的说数学题出得太难了，有的还说作文没有写完。我虽然在表面上与他们附和着，但却暗自地庆幸，多亏了这么多年自己对学习始终没有放松，不积跬步，无以至千里，不积小流，无以成江海，特别是《"三段式"学习计划》是正确的，也就是这个计划让我今天终于有了用武之地了。

武装部办公室。吴部长和庚东干事关切地询问我考试情况，我简单扼要地做了汇报，但我还是留有余地地说："考试无常，等待最后的分数吧。"

吴部长对我充满信心："你若是考不上，他们谁也考不上，你不信，金勺，我把话撂这儿！"

庚东干事附和并带点牢骚说："这年头，傻学没有用，真学的不一定考上，没学的不一定考不上！"

接着，吴部长向我们布置了当前的工作："好了，就等金勺考试回来呢。我们开一个小会，一个是行政办催我们工作队立刻下去，当前重点是检查春防工作，我和金勺明天就去布铁林场。第二个是克什林管局武装部准备在我们局召开民兵训练现场会，庚东干事在家抓好筹备工作，不过汇报材料还是金勺带着到布铁林场去写吧。"

考试——汇报材料，我迅速转换思维，用了一个下午的时间设计这个汇报提纲。

晚上，我和红梅在妈妈家吃晚饭。妈妈刨根问底问我考试情况："傻小子，到底考得怎么样？你自己还没有个数吗？"我逐一地向妈妈叙述了考试的细节。最后，我无意之中发了一点小牢骚："考试不一定考出来什么真水平来，认真复习的不一定考好，不认真复习的不一定考不好。主要是监考太松了，有的监考老师还帮助传条子。尽管如此，有些人答得还是吭哧瘪肚的。"

红梅有些义愤填膺，亮开了嗓门儿感叹："哪有公平啊！"

听到了我的牢骚和红梅大嗓门儿说的话，霞妹疯疯癫癫地与我们说："不就是考试吗？我最会考试了，大哥你怎么不让我去替你考呢？我要替你去考，我就坐在那看着这帮人，谁若是传递条子或是打小抄，我就给谁抓起来，送到爸爸的法院去审问，判死刑，统统地枪毙！"妈妈与红梅安抚霞妹后，我和红梅在小白熊——乐乐的引领下，高兴地回到了我们小家。

布铁林场。

春风料峭，乍暖还寒。甘河岸边的远山还隐约可见未消融的残雪，沉睡冬眠的红毛柳急不可耐地微微泛红，尤其是它的树梢。久违了，我的布铁林场。这可能是我平生第三次来布铁林场，是我退伍后的第一次。

依然是萨勇书记来接我们，用的还是"铁牛"。布铁林场院子还是从前的样子。萨勇书记用苍老沙哑的声音向吴部长简单地汇报了林场"三春"工作，特别是春防工作情况。萨勇书记原本想让我们吃完中午饭再下去检查工作，挽留我们说："现杀个鸡，吃完中午饭再下去也不迟。"

吴部长急忙解释："不行啊！春防工作，不怕一万，就怕万一。先别着急吃饭，我们这组已经来晚了好几天了，必须抓紧时间先下去走一走、看一看。不然的话让海青书记知道了，我们就得挨批评了。"

萨勇书记对没有留住我们吃午饭感到很歉意，派了几名护林队员陪我们。在陪同的队员中，有我的老同学萨吉福，我与他握过手后向吴部长介绍："他是萨勇书记的长子，地道的鄂温克族，也是我中学一个班的好同学。"吴部长与他握手寒暄。

我与萨吉福好久没见面了。今天我突然发现他的脸颊更加白皙了，颧骨相对突出，一种典型的少数民族美的印记特别清晰。吴部长习惯性地用右手往上捅一下眼镜，与萨吉福等开玩笑地说："你们开路，这个的，明白？"

萨吉福等会心地答道："我的，明白！"

吴部长因在森警部队常年骑马，所以他挑选一匹年轻的白马骑上。这匹马一身雪白，没有一点斑驳和杂毛，而且闪闪发亮。萨吉福知道我胆小，特意为我挑选了一匹岁数稍大一些的枣红马。这匹枣红马个头匀称，颈上披散着长长的鬃毛，流泻着火焰般光彩。我与吴部长并行骑马在前，萨吉福他们背着半自动步枪在我们的身后，或在我们的左右，仿佛战争影片中警卫大首长一样，吴部长神采奕奕，我也春风得意。

吴部长骑在马背上拽着马缰绳，不时向萨吉福等了解各村屯点的春防准备情况。萨吉福驱马上前，就吴部长关心的有关春防问题向吴部长做了汇报。他还特别地抱怨地说："吴部长，这帮盲流太难管了，一点防火常识也没有，不管刮多大的风，他们都敢吸烟。"

吴部长严肃起来："那还得了，发现一个抓一个，没有什么别的办法。"

吴部长带领我们一行在林间小路上翻山越岭，有说有笑。中午时分饥肠辘辘，我们下马吃几块饼干，喝几口背壶里的凉水。用饼干充饥，还是在多布林场当知青打火时吃过，虽然吃不饱，但能充饥。饼干吃多了，有些硌牙粘牙，在嘴里直打转，咽不下去，只有喝口水才能顺下去。吴部长的胃病比我还要严重，我生怕吴部长在检查途中犯病。上午，在林场时萨勇书记让我们吃完饭再走，吴部长硬是要先下去检查没有吃中午饭。我在马背上不停地比较着，真的不敢相信，吴部长有点像我们六连的王登海连长、潘迟指导员，不但能吃苦，而且工作还这么认真。除了敬重外，我更多的是自责，怎么就没为领导准备点吃的呢？如果吴部长真的犯病了可怎么办呢？

毛家铺村在布铁林场的西北，甘河的左岸，大约有三四十户人家。小村规划得很整齐，东西房、南北路，每家院子的前后左右都是大园子，很是宽敞。一眼就能看到那熟悉而又亲切的甘河在这里呈"S"形向东南弯去。驻村的几个护林队员和村主任在村口迎接我们，萨吉福向村主任介绍了我们的来意。村主任点头哈腰，让吴部长一行先到他家休息。吴部长坚持不休息先检查。村主任找来几个村民胆战心惊地帮助我们牵马，小心翼翼地跟在我们的后面，他们每一个人都惶恐不安。吴部长领着我们挨家挨户地进行检查。重点检查是否签订防火责任状，烟囱上和机动车辆的排气管子是否安装了防火罩。我们一边检查防火，一边宣传"野外不吸烟，出门不带火"等有关防火常识。

天色已黑。在村主任的引领下，我们一行来到了村主任家。村主任家是大三间板夹泥房子，中间是厨房，东西两个大屋子住人。村主任把东屋腾出来给吴部长和我用。一盏带玻璃罩的煤油灯高高挂起，炕桌子上面摆满了热腾腾、香喷喷的饭菜，有土豆干炖小鸡、白菜炒木耳、干炸柳根、排骨炖柳蒿芽、尖椒干豆腐、尖椒土豆片，惹人流口水。吴部长招呼大家："大家都饿坏了，我也饿得不得了，先吃饭后洗脸吧，怎么样？"萨吉福与大家异口同声地回答："好！"

村主任彬彬有礼地敬酒说道："吴部长，我们这是盲流点，在此青黄不接的时候，您与护林队各位领导光临寒舍，是看得起我们。现在也没有什么好吃的，净是些素菜，请各位领导吃好喝好，敬各位领导一杯！"吴部长笑容满面地端起酒杯，略抿了一口："谢谢啦！"

萨吉福对村主任直言不讳："不用搞那些客套东西，咬文嚼字的，吴部长都工作一天了，大家都很累，吃喝并进吧。"我们狼吞虎咽地吃起来喝起来。我一边喝酒，一边想，就这么一个煤油灯，像妈妈家似的连个桌子也没有，我的那个汇报材料可怎么写呀？不一会儿，几杯酒下肚，也管不了那么多什么汇报材料了，只是一喝为快，一醉了之了……

昨晚醉酒夜宿毛家铺村。

思绪万千，万千思绪。少有的失眠，早上3点左右我就醒了。

自从红梅赠送我粉红色日记本以来，我就养成了早晚写日记的习惯，风雨无阻，哪怕是三两笔也要记下来。但此时此刻我没敢贸然下地去写日记，怕影响吴部长的休息，只好趴在被窝中，用手电筒照明，一笔一画地写起汇报材料来。

人哪！真是神仙哪！大前天我还在阿里河参加紧张的公安干警转干考试，满脑子试题，充满着幻想和期望，今天却陪同吴部长在毛家铺子检查防火工作。考试虽然时间短，但它将决定我的人生命运。现在的我，有可能就是干部了，也有可能没考上。目前再为之伤神多虑，一点意义也没有，人生事后"诸葛亮""马后炮"都是徒劳无益的，考试的那一天就早已经决定了，只不过目前分数没有出来罢了。因此说，1983年3月12日是我命运转折最为重要的一天。现在看来，此前的一切复习准备都是量的积累。量的积累比什么都更为重要，没有量的积累就没有质的变化，没有艰苦的学习和努力就没有人生的未来和希望，这是一条亘古不变的定律。

写汇报材料时，需要翻弄一些资料。大约6点，吴部长好奇地问我："你在被窝中鼓捣什么呢？"我不好意思地回答："没鼓捣什么，写汇报材料呢，白天也没有时间写。"吴部长对此颇为感叹和欣慰。

早上起床洗漱后，我陪同吴部长到屋外呼吸一下山村的新鲜空气，与醉酒时形成了鲜明的反差，真是少有的凉爽和惬意。远处的甘河弥漫着白茫茫的雾，随风向前涌动飘散，红毛柳在阳光的照耀下露出了明亮的绯红，预示着春天将要到来。

这是我初春走近甘河、醉酒夜宿毛家铺村最真实最深刻的印记。

1983年5月7日

第二十一章

怒气冲天对爱妻　悄然幸福要珍惜

披着早晨的阳光，我们一行沿着甘河左岸逆流向西北方向前行。

中午时分，人困马乏，吴部长让我们停下来休息。萨吉福等给马喂草料，我们几个人在甘河边的沙滩上围坐在一起，拿出毛家铺村村主任为我们带的大馒头、保温饭盒装的大豆腐和大酱，美美地饱餐一顿，权且算作是一次野餐了。

带着满嘴的大豆腐和大酱香，我躺在沙滩上，沐浴着温暖的阳光、和煦的春风，聆听着甘河冰雪消融的潺潺流水声，渐渐地进入了梦乡。不胜美哉！

休息片刻，我们急忙地向着朝阳村方向赶路，我在马背上依然沉浸于半睡半醒之间。

"金勺！你看，西北方向好像有烟柱！"吴部长突然把我从梦幻中唤醒。

火光就是命令。萨吉福手疾眼快，策马扬鞭，带领护林队员跑在了最前面，我和吴部长也紧随其后，朝着烟柱方向奔跑。

望山跑死马。经过半个多小时的急行军，我们一行才接近了起火点，只见两个人正在用力扑打明火。萨吉福凭着经验断定："肯定是这两个打鱼的生火做饭弄的火。"这两个打鱼的觉察出我们好像是来抓他们的，扔下鱼网、水叉和做饭的炊具撒腿逃跑。

萨吉福以迅雷不及掩耳之势，从后背拽出半自动步枪，朝天鸣放了几枪吓唬他们："再跑就毙了你们！"这两个打鱼的从来没有见过这种阵势，被吓得瘫软在地上，萨吉福等下马把他们抓住，扇了他们几个耳光，训斥道："竟敢在防火期打鱼摸虾，还敢生火做饭，胆肥了呢！你能负起责任吗？"

吴部长是一名老森警了，处理这类问题游刃有余，说道："先组织扑火，然后再收拾这两个家伙！"

过火面积虽然不算太大，但火头很高，"噼啪"作响，沿着甘河北岸向西北山坡蔓延。火情迫在眉睫，萨吉福他们奋勇当先，不顾一切地冲到最前边拦截火头，吴部长冲上前去大声制止："萨吉福！你们不要迎着火头打！在后面顺着打！"

萨吉福他们似乎没有听清吴部长的呼喊，在火头中窜来窜去。我领着这两个打鱼的跟在他们的后面一起扑打。山火炙热烤脸，不时胡乱旋转，如果不小心就有可能被卷进去，或者被烤伤了，或者光荣地牺牲了。此时，西北方向也跑来了一群人，原来是朝阳村的灰堆村主任带领村民紧急赶过来参加扑火。经过半个多小时惊心动魄的扑救，这场小火终于被扑灭了。谢天谢地！

灰堆村主任喘息未定，见到我后扑腾跪在地上说："民兵领导！都是我这个村主任失职啊，没有管好村民，才酿此大祸。我该死，发现火情我们就往这儿跑啊，这是我们的责任区啊！"

萨吉福迎上前去扶起灰堆村主任说："什么民兵领导？人家是武装部领导。"然后，萨吉福向吴部长和我介绍朝阳村灰堆村主任。我告诉萨吉福说："我们打过多次交道，早就认识了。"萨吉福又请示吴部长同意后，命令这两个打鱼的："你们两个今天晚上在这里守火场，戴罪立功，如果死灰复燃，就给你们找个吃大饼子的地方蹲起来。"

天色渐黑，灰堆村主任引领我们一行向朝阳村进发，他主动与我套近乎。在夜阑人静的大山里，尽管我已经筋疲力尽了，但在脑海里还不时地构思汇报材料的第三部分，或是猜想我参加公安干警考试的成绩什么时候下来。

灰堆村主任家，他向爱人一一做了介绍，当介绍到我时，他特意强调："这位是咱民兵领导。"她尴尬地与我打招呼，脸庞迅速绯红，不自然地应酬道："民兵领导，你们吃好喝好。"然后，她主动从大屋撤出。

今晚醉酒朝阳村。让我又情不自禁地想起了当年我与名岛副队长在朝阳村抓人的往事。

进了五月，林业局机关大院的丁香花竞相盛开，白花略带一些紫色，惹人喜爱。

克什林区民兵训练现场会即将在我们杨树地林业局召开。这个现场会能在我们局召开，无疑是对杨树地林业局武装工作的一种肯定和激励，作为其中的一份子，我感到很光荣、很自豪。自从"三春"工作结束后，我和庚东干事立即投入到紧张的筹备工作中去。我把重点放在了起草汇报材料上。说是汇报材料，其实是介绍经验。一年来，局党委和林业局高度重视，是做好民兵工作的重要保证；坚持平战结合加强组织动员，是做好民兵工作的重要基础；结合国内外形势扎实推进民兵训练，是做好民兵工作的重要内容。围绕这三条，在我参加"三春"工作组进驻布铁林场时就开始起草，如今已经是数易其稿。我曾经趴在被窝里写，在马背上想，经常挑灯夜战，加班加点，直至最后送审。这个汇报材料出炉后，最先送给庚东干事征求意见。在他修改的基础上，我才把材料交给了吴部长。吴部长简单地翻了翻材料，习惯性地用右手往上捅一下眼镜说："我看还行，不错。"随后，他拿着材料就送给周陈子坤副书记审定。

两天后，周陈子坤副书记让吴部长把材料取回来。吴部长很高兴："金勾可真行，子坤书记说这个材料写得很到位，表扬你的材料功力进步很快。不过，子坤书记建议让海青书记来做汇报。"

庚东干事补充说："子坤书记说得对，这么大的会议，只有一把手出席并汇报，才能显示出局党委对民兵武装工作的重视。"吴部长也认为这样做更好："那我向海青书记汇报建议一下。你们再去一次工程公司，看一看'寒八级'准备得怎么样？"

工程公司位于大杨树南、甘河北岸。

厂区内摆满了翻斗汽车，小型贮木场木材堆积如山。去年新竣工的三层办公楼高耸洋气，往北接出去有两层耳楼，一楼做职工食堂，二楼做开会的大礼堂，是承办会议的好地方。我的老领导——"寒八级"就在这里当总经理。

"寒八级"办公室富丽堂皇，大气时尚，宛如宫殿。比起他在多布林场一连的办公室，比起海青书记、周陈子坤副书记的办公室，一个在天上，一个在地下。我们在"寒八级"的办公室一见面，"寒八级"就用温暖的胸怀把我紧紧拥抱。寒暄过后，庚东干事进入正题说："我们两位来是想看一看现场会准备的情况。""寒八级"向庚东干事和我拍胸脯表示："你们回去可以向海青书记和吴部长报告，我们的会议室和餐厅都准备完毕，万事俱备，只欠东风，林区一流。"

"寒八级"陪同我们考察了礼堂和食堂，又看了最近新平整出来的操场。中午时分，"寒八级"在食堂款待我们。上的菜我几乎没有吃过，喝的酒我从来没有见过。真是"鸟枪换炮"了，今非昔比呀，有实力呀。"寒八级"与我共同回忆起遥远的多布林场的艰苦生活，他不停地向庚东干事表扬我。午餐快要结束时，庚东干事进一步确认问道："谢谢老寒对我们武装部工作的支持，现在看来现场会是绝对没有问题了吧？""寒八级"既幽默又慷慨地回答："要说了算，定了干，天大困难也不变，宁可筋骨断，也叫山河变！"这是他的一句经典口头禅。

我们都沉醉于"寒八级"的热情之中了。

克什林区民兵训练现场会在我们杨树地林业局工程公司胜利召开了。现场会分为室外现场表演与室内大会汇报两部分。

甘河两岸，风光旖旎。随着气温的陡然上升，远山映山红映出了红色的海洋。工程公司的操场上，数十面彩旗迎风飘扬，精神抖擞的民兵方队列阵完毕，《人民军队忠于党》《中国人民解放军进行曲》威武雄壮，激动人心。身着四个兜草绿色军装的盟武装部首长莅临大会指导，克什林管局武装部领导及林区各单位武装部领导云集工程公司操场，海青书记、周陈子坤副书记和吴部长前后陪同。

我身着草绿色军装，腰系武装带，指挥各个民兵方队："稍息！""立正！"

我用标准规范的动作，跑步，立定，向主席台首长报告："首长同志，杨树地林业局民兵方队列队完毕，请您指示！杨树地林业局武装部干事金匀！"

盟武装部首长发布命令："按预定计划进行！"我应答："是！"

分列式在雄壮的乐曲声中开始进行。

"提高警惕，保卫祖国！"

"团结紧张，严肃活泼！"

"一！二！三！——四！"

各个民兵方队依次通过主席台，口号声震撼人心，此起彼伏。

我又单独指挥一个民兵方队进行了正步分节动作训练表演。

"正步分节动作！"

"一！二！""一！二！"我的号令标准洪亮，震天动地。

民兵脚踏大地的动作铿锵有力，其声音和气势如排山倒海。

克什林管局武装部首长向海青书记赞不绝口："训练有素！训练有素！"海青书记脸上洋溢着微笑。

会议转段进入室内——工程公司二楼大礼堂。海青书记向大会介绍经验时，我屏气凝神，逐字逐句地认真地听，唯恐出现任何差错。当他汇报刚结束大家报以热烈掌声时，我悬浮的这颗心总算落了地。

"寒八级"在会议接待上使出了浑身的解数。他从全公司精心挑选了十几位女同志做服务员，她们的统一着装、形象气质、微笑服务都给与会人员以强烈的视觉冲击。不是独出心裁，也是标新立异。在偌大的林区，这是其他地方所没有的，唯有"寒八级"才能做得出来。

武装部办公室。

刚送走各级参会领导和与会代表时，我竟然虚脱了，周身大汗淋淋。吴部长的胃病果然不出所料又严重了，在现场会结束的第二天，他就到滨城去检查身体了。

由过度的紧张到突然的放松，我们多少还有些不适应。庚东干事在家主持工作。他一边喝着茶水，一边与我进行交流，开我的玩笑说："你说你呀，还当过什么侦察兵呢，就干这点活还能虚脱了，我说你还能干点革命事业吗？"

庚东干事又议论起吴部长说："还是吃牛羊肉长大的，又当过森警兵，怎么一点也不抗折腾呢？你看我吧，什么事也没有。身体嘛，是革命的本钱，年轻人，学着点。"

我只好谦虚地应付道："我还体会不深，今后应当加强身体锻炼。"

庚东干事与我一直交流到中午下班时也不肯回家，继续与我说："这次现场会很成功，你功不可没。"

我不敢接受这个评价，谦虚地说："哪里呀？还不是部长和您领导得好，特别是您，功德无量！"我的大脑一直在搜索，也没有找出来什么恰当的词来恭维他，随口"功德无量"了。

他帮助我进行了总结："年轻人，你就不要谦虚了，有功就是有功，无功就是过。首先呢，那个汇报材料的确写得很好，海青书记和周陈子坤副书记都很满意，各地的同行也很服气。其次呢，你在现场的指挥确实很出色，为咱们这次大会争了光。"

我还是谦虚谨慎说："都是您老人家帮助的结果。材料是您改的，现场指挥是您推荐的。我在前台表演，您才是幕后英雄呢。"

庚东干事听到我的赞美后心里美滋滋的。他提议："咱们两个人是否庆祝一下？"

我不谙世事地问："怎么个庆祝法？"

庚东干事索性把意思直接挑明了说："你这个年轻人，一点也不懂事，这儿离你家最近，就到你家庆祝一番呗。另外，看一看你媳妇的手艺怎么样？"

我没有底气且勉强答应道："那好吧！就去我家吧。"

庚东干事眉开眼笑地说："这就对了，年轻人要学会来事儿。"他接着又取笑我，"要学会尊重长辈，知道不？"

我们小家。

红梅与芮妹正好在家。红梅热情地与庚东干事打招呼。我学着爸爸的做派，摆出一家之主的姿态说："给我们弄几个菜，我与庚东叔叔喝几杯。"

红梅没有像妈妈那样百依百顺，而是呛了我两句："到底弄几个菜啊？我心里好有个数呀。"

庚东干事打圆场："对付几个咸菜就行，随便，填饱肚子就行。"

红梅当客人面埋怨我道："来客人也不事先通知一声，搞突然袭击，好歹我也得有个准备呀。"

我想起爸爸经常搞突然袭击，妈妈向来都逆来顺受，到你这儿怎么这么多事呢？但没有办法，当着庚东干事的面我又不好发作，近乎哀求地说："我来帮你做。"

芮妹有些挂不住面子，给我打圆场说："姐夫你进屋陪领导，我帮大姐来弄。"随后我下了台阶进了大屋。小白熊——乐乐围绕庚东干事尽情地撒欢，让他反复抛小花球，它再反复叼回来。庚东干事自己打圆场："这小狗真懂事，太招人喜欢了。"红梅也在外屋应酬了几句："它是人来疯，越是来人它越是兴奋，特别喜欢这个小花球。"

尴尬的局面终于被打破了。红梅与芮妹有说有笑地继续弄饭菜，我在大屋陪庚东干事闲聊，仿佛刚刚找到了一家之主的感觉。

过了一会儿，芮妹端上来四个菜，盐拌花生米、白菜炒木耳、肉炒土豆片、咸鸭蛋，我陪庚东干事喝起了"杨树白"。我不敌庚东干事，他越喝越来劲儿，连续喝了两大杯仍意犹未尽，与我共同回忆起在民兵指挥部的那段时光，向我提起了名岛副队长说："你知道吗？那个名岛队长受到处分后，闷闷不乐，整天喝大酒，最后终于喝死了。"我动了恻隐之心："下场好惨呢！"庚东干事又补充说了句："酒是粮食精，喝多喂老鹰。"

我们在大屋喝得正欢，红梅与芮妹在外屋不断地窃窃私语，她接着庚东干事的话题，不知道是在诅咒谁："早晚得喝死！"芮妹幽默地附和道："蹭饭吃，反正不花钱，不吃白不吃，不喝白不喝。"我与庚东干事听得清清楚楚。

太不给面子了！我所有郁积在心中的怒火被点燃了，我像爸爸对妈妈那样，冲出大屋朝着红梅怒吼："你们也太没有教养了！这饭让我们怎么吃啊？"

红梅把炉钩子恶狠狠地往炉子上一摔，朝我大声喊道："说谁没有教养？有教养还骂人？"

爸爸以前打妈妈的"英雄气概"在我眼前一闪而过。我怒不可遏，挥手扇了红梅一个耳光："我让你跟我犟嘴！我让你们家与我们家攀比！"红梅一愣没有缓过神来，然后嚎啕大哭起来，哭喊道："你敢打我？我跟你没完！"芮妹上前抱住了我劝说："姐夫你怎么能动手呢？"庚东干事也出来拉仗。

我挣扎着怒喊道："你们家那么富有，怎么还与我们家攀比呢？"红梅被芮妹拽走了，她呼喊："金勾，你这个没有良心的！你狼心狗肺！"

庚东干事没有心思再吃下去了，临出门他嘲笑我说："这顿饭吃得真花花！"

我醉酒一个下午。

当我从小屋的炕上爬起来时，已经夜幕降临了，大屋桌上地下一片狼藉，只有小白熊——乐乐在桌前趴着忠于职守。我正在收拾残茶剩饭时，妈妈忽然推门进来了，她有些神色慌张地说："怎么又与红梅干仗了？看你这一出，像你爹，是狗改不了吃屎，你岳父上咱家骂阵来了，他说要打断你的狗腿！"

妈妈生气地嘱咐道："你岳父的脾气与你爸爸一模一样，你可要小心点啊！"

我虽然酒劲未消，但还是相对清醒的，不服气地说："我们两口子干仗，还用得着他老人家动怒吗？"妈妈一边批评我，一边帮我收拾桌子。

我送妈妈回家，刚进大门时，就遇见了曹德玉副部长。他听说我打红梅这件事后怒气冲冲，特意把我叫到他家，对我进行了批评教育："你的两个爸爸身上有许多优点，你怎么就不学习呢？为什么专门学他们的缺点呢？他们打老婆那是大男子主义，是封建思想的残余，都什么时代了，还学着打老婆，传出去多丢人！"他的批评让我无地自容。末了，他嘱咐我说："赶快去给你岳父岳母还有红梅赔个礼道个歉，多做一些自我批评，大胆地承认错误，争取他们的原谅。"

岳母家依旧灯火通明，过道两侧园中十几棵果树盛开着一簇一簇的白花，在月光下灯光前摇曳闪烁，有的含苞欲放，有的绰约多姿，心情烦躁沮丧的我无心欣赏。我透过花间向大屋张望，他们有说有笑，岳父和红梅的气头好像已经消退，我与红梅之间的战争对他们来说好像没有什么大的影响，但我还是不敢贸然进屋，心想观察一番再说，努力准备一下进屋后要说的台词。

我在岳母家的前院至酒香湖的路上转来转去。一轮明月高高地挂在天空上，皎洁的月光在酒香湖中投下了婀娜多姿的身影。在这个恬静的夜晚，假如我牵着红梅的手，漫步在红花绿树丛中，欣赏这湖光涟漪和纯净的月色，没有烦躁，更没有苦恼，那该有多么的惬意啊！然而，这一切都不复存在，真的无心去欣赏酒香湖的夜色美景了。

我再次鼓足勇气，推开了岳母家的房门。我刚一进门还没有来得及进行检讨，岳父就忽地站起来上前给我一个大嘴巴子："你小子胆敢打我姑娘？"我只能招架，红梅与芮妹迅速抱住了岳父。岳父在挣脱中大喊："小兔崽子，让你原形毕露，我跟你玩命！我姑娘算是跳进火坑了，刚过门就给你们家交'党费'还债，什么东西？"岳母、宝弟和强弟都对我横眉怒目。

我略微冷静一下说："玩命不重要！爸爸妈妈，都是我的错，我一时顾及面子打了红梅，现在很后悔，任凭爸爸妈妈发落。"

岳父不依不饶，回身骂道："发落个狗屁！我非得宰了你这个小兔崽子！"

值此这千钧一发之际，红梅果敢地横在了我与岳父的中间，朝岳父怒吼道："要杀你就先杀我吧！是我愿意给他们家还债，这个火坑是我自己跳进去的。"随后，红梅拽着我冲出岳母家。

一马路上，红梅在前边一边小跑一边哭泣，我在后面紧紧跟随。

到了我们小家，小白熊——乐乐围着我们"手舞足蹈"，红梅一脚将它踢得老远："你给我滚！"倒霉的小白熊——乐乐连续不断地发出哀鸣。

红梅直接回到小屋，"咣当"一声反插上了门。

我抱起心爱的小白熊——乐乐，隔着门向红梅说："让你受委屈了。"

是夜，我一个人在大屋的床上辗转反侧，不断地苦思冥想……

七月的大杨树，阳光明媚，风和日丽。

清晨，在上班的路上，我低头盘算着公安干警考试的成绩，为什么还迟迟不下来？

是不是因为有些反映致使这次考试的成绩作废了？不知不觉走到了局党委办公室的走廊，刚推开武装部办公室门时，吴部长面带微笑地迎了上来说："你不知道吧？局党委抽调你参加林业局班子的考核，你现在就马上到组织部报到。"

从来不知道什么叫作考核，具体有什么工作内容全然不知。曹德玉副部长神乎其神地小声告诉我："你是海青书记钦点的。"我的天哪！一个"飞鸽牌"的后代，居然能得到海青书记如此的重视，着实让我诚惶诚恐。

曹德玉副部长把我领到了林业局招待所，见到了克什林管局党委组织部的领导同志。互相介绍，轻声寒暄，彬彬有礼，神秘秘秘，房间内悄无声息。

过了一会儿工夫，海青书记来了。海青书记面相虽然很是威严，但说话还是和蔼可亲的。他首先介绍考核组成员，接着做动员讲话："这次对林业局局级班子考核，关系到我们杨树地林业局未来的发展，关系到把班交给什么人的问题。林管局党委对这次考核特别重视，特意派来了考核组指导我们的考核工作。考核工作以林管局派来的考核组为主，我们抽调的六位同志主要是做一些辅助性工作。你们六位同志是局党委精心挑选的政治素质可靠的同志，希望不要辜负局党委对你们的重托，在考核组的领导下积极工作，圆满地完成这次考核任务。大家一定要认真遵守考核纪律，保守考核秘密，不能跑风漏气，回家也不许与家人说，谁要出现问题就严肃地处理谁。这也是局党委对大家的考验。"

考核组长侧坐在海青书记的旁边。他深深地吸了一口烟，烟雾笼罩着他沉稳思考问题的脸颊，烟灰轻飘飘地落在他的膝盖上。他沉稳地向我们介绍了这次考核程序、考核标准和方法步骤，着重强调了这次考核与以往不同的地方："按照中央的要求，这次考核要突出干部的革命化、年轻化、知识化、专业化，这'四化'是一个有机的整体，缺一不可，但是当前要把重点放在知识化、专业化上，衡量知识化、专业化没有什么明确的标准，只能突出学历、重视学历。因此，在优秀的大学生中选拔领导干部是我们这次考核的重中之重。"

紧张有序的民意测评结束后，管局党委考核组首先提出意见，又征求海青书记的意见，最终确定了考核名单。在当天下午，我和考核组长到营林科考核宗庆同志。宗庆同志个子很高，身材魁梧，浓眉大眼，说话也有膛音，是北京林业大学毕业的大学生。曾在布铁林场当过技术员、林场主任，有着丰富的基层领导经验。通过逐一谈话了解，大家都推荐和拥护他走上林业局领导岗位，与考核组、局党委安排的意图是一致的……

近期以来，我一直沉浸于激动和兴奋中。

除了林管局党委考核组外，在我们林业局共抽调六位同志参与考核，我是其中的一员，而且是最年轻的一员。考核工作很神秘，也很神圣，让我感到无上光荣。

作为一名退伍战士，作为一名"以工代干"，我能够参与并服务于决定林业局班子组成的这样一件大事，做梦都没有想过。如果不是海青书记的钦点，我不可能也没有机会参加这项重要工作。几天来，受海青书记的直接领导，每天都与考核组的同志在一起工作，所有这些足以印证了海青书记海纳百川，胸怀坦荡，大公无私的政治胸襟。他根本没有考虑我是什么"飞鸽牌"的后代，所有的议论都是不实之词，不攻自破，我们包括我自己再也不应该庸人自扰和自寻烦恼了。

这次考核工作虽然结束了，但我今后学习工作奋斗的路程远没有结束，这仅仅是万里长征走完了第一步。我一定要以这次考核工作作为新起点，以《个人奋斗修养十个要点》为指导，丢掉包袱，去掉烦恼，轻装上阵，努力学习，大胆工作，坚持少说多做、谨言慎行，以优异成绩向局党委和部领导汇报。努力吧！曙光就在前头。

干好事业必须要有稳固的家庭作支撑。家庭是事业的重要组成部分。妈妈经常骂我江山易改，本性难移，龙叫三声虎下个蛋。然而，在红梅的身上的确有岳父岳母性格的影子。对于她刚烈倔强的性格，如果不是成家后走近她，我也绝不会了解的。我们两个人算是针尖对麦芒了！还是曹德玉副部长批评得对，在我的身上依然残存着大男子主义的思想，或多或少有模仿爸爸的痕迹。冲动是魔鬼，面子是祸根，任性是胡来。我要认真地总结自己与红梅之间爆发的这几次"家庭战争"的深刻教训，下决心摒弃大男子主义思想，以真心换取红梅的真爱，以真情换取家庭的和谐，以诚意换取家庭的温暖。有人说，女人的温柔是男人滋润出来的，女人的幸福是男人宠爱出来的，女人的快乐是男人温暖出来的。目前，红梅还在遥远的反修农场七连上班，来回一次是多么的不容易啊！过去我对她要求的多理解的少，对她的关心更不够，今后我要以百倍的呵护来补偿她，她是我人生不可或缺的极为重要的精神支柱。

1983年7月20日

第二十二章
无意从警擦肩过　乐极悲起飞来祸

克什林管局党委考核组走了之后，林业局上下议论纷纷，像一锅开水沸腾了一样。

"十一"后上班，从克什接连不断传来了一些小道消息，有好几个版本。庚东干事快言快语："听说宗庆要当大局长了，他从正科级要一步登天了。周陈子坤副书记要退休了。"

吴部长说得更是神乎其神："听说海青书记要去当盟委副书记了，上边要给我们派来一位党委书记。金匀你参加了考核组，听说了没有？"

其实，我对宗庆要当局长和周陈子坤副书记要退休这两条消息早都知道，出于保密的角度，从来没对任何人说起这件事，但对海青书记要去盟里当领导确实不知道。不管是知情的还是不知情的，我对吴部长和庚东干事等领导的议论，只是一笑了之。然而，我更多的是关心自己参加克什林管局公安干警转干考试的成绩什么时候能下来。

周陈子坤副书记已经到了退休年龄，这已经是公开的秘密了。离周陈子坤副书记退休的日子越来越近了，我的心里多少有一些留恋和酸楚，一种无依无靠的感觉在我的心头油然而生。周陈子坤副书记是爸爸的老营长、老同事、老朋友，在妈妈家刚搬到大杨树无房住时，是他"收留"了我们；在我结婚最困难的时刻，是他老人家借给爸爸700元钱办置婚礼，帮助我们家渡过了难关；当我退伍后安置工作遇到困难的时候，是他与曹德玉大爷、吴部长一起帮助协调，最终使我得以到林业局武装部工作；上班后，平生我写的第一个讲话稿是为周陈子坤副书记起草的，虽然没有写好，但他给我"满篇都是用红笔改过的，没留下几个字"的印象太深刻了。从严格意义上讲，他是我在写材料方面最早的启蒙老师。

下午，我悄悄地来到周陈子坤副书记的办公室，满眼噙着泪水，帮助他老人家收拾办公室。见到我主动来看他，他也显得格外地激动，深切地望着我一再嘱咐："好好干，你现在的工作基础不错，大家的反映也很好，海青书记对你的印象也不错，你将来一定会有发展的。今后做事一定要少说多做，一定要夹着尾巴做人。"

周陈子坤副书记收拾办公室，没有惊动局党委办公室的同志，只有我一个人悄无声息地帮助他收拾。我帮他扛着纸箱放在吉普车上，他自己背着包坐在了副驾驶的位置上，我跟着上了车。在尘土飞扬的一马路上，在不知不觉的交流中，我把一位转战万里林海的老铁道兵、一位开发大兴安岭林区的功勋建设者、一位资深的老党员老干部送回了家。又见到了久别的子坤大娘，她也苍老了许多。

几年来，周陈子坤副书记家还是住在原来我们曾经一起住过的那个地方，没有搬到"大白块"来住。这个房子还是大杨树建区时分的老少间，大屋的炕上还是摆放两节旧式的木柜，地面与妈妈家一样都是用红砖铺的，只是照妈妈家多了一对很旧的简易沙发和茶几，看不出来与妈妈家有什么特殊的区别。妈妈家原本就够寒酸的了，对此大家见怪不怪。然而，一位大名鼎鼎的林业局党委副书记家竟然这般的穷酸，让我这个晚辈简直不敢相信，更是无法理解。

周陈子坤副书记和子坤大娘一起把我送出他家的院子。他再次紧紧地握住我的手，饱含深情地对我说："将来随着事业的发展，不管你的职务发生什么变化，一定要保持共产党人的本色不能变，全心全意为人民服务的宗旨不能丢啊！"子坤大娘热情地招呼："常来呀！"

我坐着吉普车离开了他家，走了很远很远。当我深情地回望时，他们还在向我招手。他消瘦的身材、身着褪了色的发白的旧军装，和蔼可亲的形象突然间在我的脑海中再次放大了，他刚才对我的亲切嘱咐仍然在我的耳畔回响。

连日来，宗庆同志当局长固然是全局上下的一个热门话题，然而谁来接任周陈子坤副书记的位置仍然是一个未破解的谜。在一片兴奋的议论中，杨树地林业局度过了漫长的等待。一天下午，林业局党委召开党政干部大会。大会由海青书记主持，他首先向大家介绍了克什林管局党委组织部副部长和干部科长等各位领导，接着请干部科长宣读克什林管局党委关于宗庆等同志的任免决定：

宗庆同志任杨树地林业局党委委员、常委、副书记、林业局局长；

永红同志任杨树地林业局党委委员、常委、副书记。

在一片热烈的掌声中，宗庆局长和永红副书记分别发表了热情洋溢的就职讲话。至此，杨树地林业局的发展历史又掀开了崭新的一页。

武装部办公室。电话铃声响起，我抓起粗重的黑色电话机接听："您好，我是武装部金匀，您是哪位？"

电话对方回答："我是局党委办公室的人勤。有一个通知，一会儿新来的永红副书记将到各个办公室走一走，你们做一下准备。"

其实，在我接电话的同时，吴部长和庚东干事也都听清楚了大致的内容，但我放下电话还是向他们重复报告一下："是人勤副主任通知的。"

庚东干事反应敏捷，对我说："金勺快点简单收拾一下。"

我迅速收拾办公桌，吴部长有一点激动地站了起来："来得好快啊。"

庚东干事试探性地问吴部长："听说永红书记也是蒙古族，在这之前你们是否熟悉？"言外之意是问吴部长，你与永红副书记是否还像与海青书记那样，有一层亲密的关系。

吴部长矢口否认地说："一点也不认识，但我知道他们家还是很有背景的。"

他们两个人正在热议的时候，武装部的办公室门被推开了。人勤副主任在前面引导，彬彬有礼地向吴部长介绍："永红书记来看望你们。"

永红副书记与吴部长、庚东干事握手后，又与我握手。吴部长分别向永红副书记介绍我与庚东干事："庚东干事是咱局党委机关年轻的老干部，老副科级了；金勺是我们部里最年轻的，'以工代干'。"

当我与永红副书记紧紧握手的一瞬间，我能感觉到他的一双大手很温暖，也很有力量。还是在那天下午，永红副书记到职时坐在主席台上，我远距离看过他，但印象并不深刻。今天，我近距离仔细打量了一番永红副书记，他的头发很浓很重，自然往前梳理，没有刻意梳分头；他的眉毛既浓又粗，一双大眼睛很有亲和力；他的脸没有明显的突颧骨，如果不是特意介绍，没有人会知道他是蒙古族；他说话慢条斯理、声音低沉、不慌不忙的。

永红副书记风趣地与大家说："年轻是财富，抓都抓不住！"大家一阵笑声，打破了上级问、下级答的尴尬局面。

送走永红副书记，吴部长与庚东干事又开始议论起来。吴部长神秘地向庚东干事介绍："你知道吗？永红书记的父亲是乌兰夫的老战友，是内蒙古自治区功勋级的元老。早在1948年12月，他父亲就开始当兴安盟盟长了，同时也是开发建设大兴安岭的先驱者，是我们克什林管局有史以来的首任局长。"

庚东干事听呆了："这可是真有背景，太厉害了！"

吴部长用右手习惯性地往上捅一下眼镜："永红书记的父亲也受到过迫害，长达6年之久。1972年重新开始工作，任盟革命委员会主任，同时兼任克什林管局党委书记。1978年10月任自治区党委副书记、人民政府副主席。"

庚东干事又好奇地问："永红书记一定借了不少的光吧？"

吴部长不敢肯定地说："借没借光，咱也不敢说。反正他一直跟随父亲在克什林区南征北战的，也可以说是一名老开发、老会战了，也是一级一级干上来的。"

庚东干事又顽皮地取笑道："这年头，年轻是个宝，学历不可少，只要后台硬……"他话到舌尖留半句，没有全说出来。

克什林管局林业公安系统录用公安干警考试的成绩迟迟没有公布。我一直翘首以待，小道消息也不绝于耳。煎熬了几个月，我的情绪总是沉浮不定，有时也胡思乱想——是否有人在这个问题上又整事了？

等呀等！等得我焦头烂额，只有拼命地工作才能暂且忽略一些。

电话铃声又响了。在武装部，每天我不知道接过多少次电话。然而，今天这个电话让我始料不及："我是公安局政工股的，考试的通知正式下来了，你被正式录用了，祝贺你！"

瞬间，我的眼前一片空白，脑袋瓜子又轰鸣起来，半晌才说出话来："谢谢您，谢谢啦！"

这是真的吗？足足等了五六个月，也煎熬了五六个月啊。

吴部长和庚东干事都为我成功地转为正式干部而高兴。吴部长发自内心地说："金勺，你爸爸妈妈还不得乐开了花？晚上赶快回去告诉他们。"

庚东干事又取笑我："这可是天大的喜事，你和红梅还不得摆几桌啊？不得连喝几天？"虽然这是我最激动人心的时刻，但有了上次请庚东干事在我家吃饭时我与红梅发生"家庭战争"的阴影，还是让我无地自容，没有胆量且不能做主到底摆几桌，只能笑嘻嘻地无言以对。

凡是到我们武装部来办事的人，吴部长都要特别自豪地向他们推介一番："我们金勺不但工作干得好，而且学习也抓得紧，你不知道吧？他参加转干考试考上了。"然后，他习惯性地用右手往上捅一下眼镜，笑嘻嘻地等待对方的认同才能作罢。

妈妈家。正好爸爸也回来了。红梅欣喜若狂地向爸爸妈妈报告："金勺的录取通知书下来了，正式转干了！"

妈妈顿时喜上眉梢："傻儿子就是有傻命，这几年的墨水没有白喝呀。"

妈妈又对几个弟弟妹妹说："你大哥就是有正事，要向你大哥学习呀。"

爸爸更是心花怒放："红梅帮你妈弄两个菜，人逢喜事精神爽，喝几杯。"

晚饭原本是猪肉酸菜炖粉条，爸爸为我转干而高兴要喝几杯，红梅和妈妈到外屋炒个花生米和土豆片，煎个鸡蛋，又切几个咸鸭蛋。我给爸爸热了一壶"杨树白"倒在酒盅里，他也让我喝一盅，我少有的与爸爸对饮起来。那盘黄澄澄、油汪汪的咸鸭蛋是妈妈的主要当家菜，除非是来了客人，一般是不上这道菜的。今天则不同，妈妈为我转干而高兴，特意上了这道菜，但爸爸却不主动去夹，只是欣赏从咸鸭蛋中汩汩流淌出来的蛋黄油。如果爸爸不动筷子，大家就没有办法去吃咸鸭蛋。我主动地夹一块咸鸭蛋放在爸爸的碗中，硬逼着他吃了一块儿，其余的我逐一分给了妈妈、红梅和弟弟妹妹。一家人围着炕桌少有的团团圆圆，兄弟姐妹有说有笑其乐无穷，霞妹的脸上也是美滋滋的。

第二天，我与红梅到岳母家吃晚饭。岳父听到了我考上公安干警的消息，也喜上眉梢，忘却了过往的不愉快："听说你爸爸也回来了，明天中午在咱家请子坤书记、吴部长、曹部长他们过来吃顿饭，好好地感谢他们。"

我按照岳父的想法逐人进行了通知。我回到妈妈家通知爸爸时，妈妈居然冷言冷语地对爸爸说："你不能去，你若是去了就是太没有脸皮了，他们根本没有瞧得起咱们家，当年他嫌弃咱们家穷，那天他还要打断金勺的腿，还与咱们家攀比，你说上哪去找这样的亲家啊？"

爸爸对岳父岳母这些过激的言语早有耳闻，也心存不满，但没有向妈妈表露出来：

"那都是几百年的陈芝麻烂谷子了？你还提它干什么？金勺转干了是件喜事，就应该庆祝一下。"

妈妈仍在怄气地说："谁庆祝也轮不到他庆祝，他没有资格。"

爸爸有些不悦地说："谁庆祝还不一样？"妈妈没有再还口，欲言又止。

中午时分，岳母家一派红红火火，热闹非凡。爸爸、周陈子坤副书记、吴部长、曹德玉副部长、人勤副主任先后来到了岳母家。岳父特意把他原来工作单位——商业局的厨师请过来为大家烹饪几个拿手菜。红梅与岳母为厨师打下手，我为客人们沏茶倒水。

岳母家的餐厅方正宽敞，地桌和椅子也显得格外的豪华。厨师特意做了一桌菜，每上一道菜他都做介绍，飞龙炒咸黄瓜、家常炖重唇鱼、尖椒爆炒狍子肉、五花肉炖土豆、红焖肉炖豆腐、榛蘑白菜片、酱牛肉、盐水猪手、芥末木耳、芝麻菠菜，花样翻新，五颜六色，形态各异，琳琅满目，让客人目不暇接，我也从来没有见过。

岳父到橱柜中取出西凤酒，让我给每一位客人斟上，然后他开宗明义祝酒："各位领导都是金勺的恩人，金勺和红梅回家常常提起各位，金勺的每一步都是大家帮的忙，我虽然赋闲在家，但我的感激之情还在，大家没有嫌弃我，今天都能来，很给我面子。我是当兵的出身，也不会说什么，来喝一杯感谢的酒！"

三杯美酒敬亲人。岳父连续敬了三杯酒，酒桌上的气氛活跃起来，西凤酒的醇香从客厅中飘散开来。周陈子坤副书记与岳父拉起了家常："你也没到退休年龄，没给你分配点什么工作？"

岳父苦不堪言："什么工作也没给分，让你干闲。最近，我把申诉上访材料给解放军原总政治部邮去了。"

上访是一个敏感话题，周陈子坤副书记避而不谈。他顺情安慰岳父说："刚退下来，是闲不住的啊。"

岳父无奈地解释："如果再不给答复，我准备到北京去上访、去申诉。在等待答复的日子里，也挺难熬啊。我上午骑自行车去驮趟矿泉水，下午打个小麻将，一天的日子就算打发了。"

众人都把上访的话题岔开。曹德玉副部长无意地问："大杨树还有矿泉水？"

岳父介绍："有啊，在咱们大杨树镇西北方向刚过铁路有一座山叫鹿泉山。在这个山脚下有一个泉眼，泉水充沛，长年不断，这个泉水就叫鹿泉水。好多老百姓都用塑料桶打回来喝，吃肥猪肉片子喝了鹿泉水不闹肚子，鹿泉水还解酒呢！对治疗心脑血管疾病、胃病等有特殊的疗效。"

周陈子坤副书记好奇地问："有这么神？"

岳父继续介绍："神不神的，喝了就知道了，我们家就有，一会儿各位尝一尝。"

人勤副主任问："距离大杨树鹿场还有多远？"

岳父答道："具体位置还没有到鹿场呢，在鹿场的东侧。"

吴部长好奇地问："为什么叫鹿泉山呢？有什么来历吗？"

岳父有些茫然："这个具体的我也说不太清楚。"

爸爸抢过话题说："为什么叫鹿泉山呢？这个我多少知道一点。在很早以前，鄂伦春猎民长期在大杨树这一带打猎，发现鹿泉山这个地方的狍子、鹿等各种野兽经常出没。这是为什么呢？"爸爸说到这里有意停了下来，看看大家的反应。

大家片刻惊讶："有什么讲究？快点说呀。"

爸爸有些故弄玄虚："这些野兽啊，特别是这些鹿，一般到甘河边喝完水之后，都要到这鹿泉山上来晒太阳。到了冬天特别寒冷的时候，甘河封冻，这些鹿喝水遇到了困难，凭着嗅觉找到了这处泉眼，每到冬天，鹿等动物就到这里来饮水。这个现象被睿智勇敢的鄂伦春猎民发现了，他们就蹲守在鹿泉山附近打猎，从而获得了大丰收。一来二去，鄂伦春猎民把这座山就叫鹿泉山，把此处的泉水称作鹿泉水。"

吴部长用右手习惯性地往上捅一下眼镜说："你还别说，人都说你是'朱马列'，如今又是'万事通'了。"众人哗然："有道理，有道理。"岳父脸上不悦之色一闪即过。

人勤副主任倡议道："还是让他们的亲家提一杯酒吧！"

岳父也示意让爸爸提酒，爸爸开始喧宾夺主："我们家的金匀能有今天，感谢各位领导的大恩大德；金匀今后的发展，还需要各位领导的帮助和提携。鹿泉山，鹿泉水，神仙喝了不后悔！西凤酒，酒中酒，美酒献给好朋友！我亲家敬了三杯，我也连敬三杯！"

酒桌气氛异常热烈。

周陈子坤副书记提酒说："谢谢局长老弟，你能想到我这个退休的老干部，说明你的心里有我呀，感谢啦！今天又安排得这么丰盛，真是用心了！金匀是退伍兵，素质很好，又这么勤奋，将来一定会有大的发展。你家养了个好儿子，老郭找了个好姑爷。来喝杯祝福的酒！"

吴部长、曹德玉副部长、人勤副主任纷纷效仿老领导周陈子坤副书记，每人都抢着张罗敬酒。进入自由交流时，爸爸已经明显喝高了。对于爸爸反复张罗敬酒，岳父曾多次进行劝阻："亲家，咱们少喝点，让客人多喝点。"

爸爸醉酒却执意坚持："要把客人喝好，首先要把自己喝倒！"

岳父脸上多少有些愠色，说道："那不喝乱套了吗？"

爸爸又开始不服管了，竟然喊了起来："不怕乱套，越乱越好！"

岳父生气地叫我："金匀，快点扶你爸爸回家休息！他已经喝高了。"我应声去扶爸爸往出走，好端端的一场酒局让爸爸给搅和了。客人们不欢而散……

说来不怕别人家笑话，我从小到大一直是伴随着爸爸妈妈打打闹闹走过来的。喜事则喜不起来，高兴事也高兴不起来，说不上从哪里就会节外生枝，我结婚时亦是如此。这次两个亲家表面是因为我转干由喜转怒，乐极生悲，实则是因为攀比什么交"党费"和还债大打出手，反目成仇，真是让人始料不及啊！

就目前而言，如何摆平两个家庭的矛盾，让我很伤脑筋，简直是束手无策。看来问题并非那么简单，冰冻三尺非一日之寒。要靠流水般的时间和我与红梅的高度耐心逐渐来修复吧！不然的话也会影响到我事业发展的。

最近，公安局通知我去报到。来电话的人说，公安局刚开过局长办公会会议，我被分到预审股，服装已经从克什领回来了。预审股是公安局的业务科室，也是最好的、最有发展前途的科室。我上预审股还是局长亲自点的名。

我再一次茫然了，不知所措。真的要离开我刚刚熟悉和热爱的武装部，还有朝夕相处的吴部长以及庚东干事，有些舍不得。

我把公安局来电话催我报到的事向吴部长报告了。吴部长闷闷不乐地说："不是事先说好了吗？考上后，还留在武装部工作，你怎么又活心了呢？"

我耐心地解释："不是我活心了，我还是愿意跟着吴部长干，可是公安局来电话说，我不去他们不给转干了。"

没容多说，吴部长用右手往上捅一下眼镜，抓起电话打给公安局孙局长："我们金勾刚分配的时候你们没有人要，我现在培养教育好了，你们又来挖我的墙脚，我说你也太不够意思了。"电话两端为我去与留的问题争吵起来了。

一天下午，吴部长在万般无奈的情况下，去找了海青书记。海青书记说："不就是一个小干事吗？调他局长不也得过来吗，公安局不用去了，留在武装部也是工作需要，转干手续由他公安局正常办理。这件事就这么定了。"

除了海青书记与吴部长同是蒙古族，使用民族语言交流便利外，再加上海青书记个人威望一言九鼎，他的一句话却改变了一个"飞鸽牌"儿子的人生轨迹。

我去与留的问题终于得到了解决，仿佛像一块大石头终于落了地。连日来，我暗自地庆幸自己，多亏了自己这么多年来一直始终坚持不懈地进行学习，这次果然派上用场了。然而，学习也是一种考验，更是一种煎熬，尤其是对人生意志的磨炼。如果说知识改变命运的话，那么学习积累则改变人生。古人云，有备无患。毛主席说，不打无准备之仗，不打无把握之仗。古今中外，多少实践一再证明，成功永远垂青有准备的人。

1983年9月17日

第二十三章

大是大非须考验　惊涛骇浪应锤炼

少林少林，有多少英雄豪杰都来把你敬仰，
少林少林，有多少神奇故事到处把你传扬，
精湛的武艺举世无双，少林寺威震四方，
悠久的历史源远流长，少林寺美名辉煌……

深秋时节，全国轰动一时的电影《少林寺》在大杨树开始播放。《少林，少林》主题曲通过林业局职工俱乐部的大喇叭传得很远很远，让许多青少年热血沸腾，摩拳擦掌。

一天下午，林业局职工俱乐部卖票窗口前人头攒动，挤满了大人和小孩。宝弟和强弟已经看过了几遍《少林寺》，今天他们哥俩儿与几位哥们儿哼着《少林寺》主题曲又挤在了买票的人堆中。突然从外面又冲进来两名醉酒青年，大个儿的青年涨红着脸吆喝："都给老子让开，老子是刚从少林寺回来的！"小个儿青年满嘴酒气嚷道："知趣的，赶紧给老子让开，否则老子就给你们'杀'出一条血路来！"

宝弟不服气地上前进行制止说："你们从少林寺回来的就多个三头六臂啊？上后面排队去！"强弟也上前帮腔："老子也是刚从少林寺回来的！想怎么的？"几位哥们儿也跟着起哄。

其中大个儿青年年轻气盛，瞬间回手就是一记重拳打在了强弟的脸上："你敢跟老子装！我让你认识一下谁是从少林寺回来的！"顿时，强弟的鼻子和牙花子都被打出了血。

宝弟与几位哥们儿见状，奋不顾身上前保护强弟，与大个儿青年进行激烈搏斗。此时只见小个儿青年从腰间拔出一把匕首在空中挥舞："我让你装，老子给你白刀子进去红刀子出来！"强弟机敏上前一阵霹雳闪电式快拳打在小个儿青年的脸上，顺势夺下他手中的匕首，然后朝大个儿青年腹部顺了进去。强弟的手顿时感到一阵热乎乎的黏糊糊的。大个儿青年应声倒下，殷红的鲜血在刀口处向外喷涌。

宝弟、强弟与几位哥们儿见势不妙撒腿就跑。

现场一片混乱，有人呼喊："不好了！杀人了！"有的私下议论："那个杀人的好像是商业局长的小儿子。"

好心的人们抬着大个儿青年往林业局医院跑去。我在武装部办公室接到了林业局医院朋友的电话："你的内弟杀人了！"我急迫地问："被伤害的人怎么样？"那位朋友认真地告诉我："那个人有生命危险，你赶快过来看看吧！"

我放下电话，与吴部长、庚东干事打过招呼，骑上爸爸那辆破旧的飞鸽牌自行车朝林业局医院奔去。林业局医院手术室外挤满了看热闹的人，我从人堆中挤到了前边张望。不大会儿工夫，一位外科大夫出来板着脸对我说："伤者有生命危险，需要进行剖腹探查。现在关键是需要家属签这个字，再一个就是患者失血过多，需要寻找血源。"

伤者的家属还没有到场。时间就是生命。我没容更多地考虑，斩钉截铁地说："这个字我代表家属来签，你们只管尽快抢救好了。"

我一边签字一边想，能争取一秒钟是一秒钟，能保住受伤者的性命，就是保全强弟的性命。

这时，大个儿青年的父母也火急火燎地赶到了林业局医院，他们对我这种积极负责的态度感到很欣慰，怨气逐渐有所减弱。我对他们表示："现在不是断案的时候，当前最要紧的是积极抢救。只要人活着，一切事情都好办。"

杨树地林业局医院。

那个大个儿青年命很硬，肺部被划破了一公分左右的口子，差一点划破心脏，被林业局医院大夫给缝合上了。

术后观察，看看是否能保住大个儿青年一条小命。同理，也关系到强弟的命运。

夜深人静时，岳父与岳母、红梅与芮妹，还有妈妈也都赶到了医院。岳母把我叫到一边问："这个人怎么样，有问题吗？"我明确地告诉他们："刚下手术台，还没有脱离危险，就看这小子造化有多大了？"岳母又问："这得花多少钱？"我怒气冲冲反驳："这不是钱的事，是人命关天的大事，救他就是救我们自己。""钻钱眼"这句话，在我嘴边没有说出口。

红梅又贴在我的耳边小声地说："强弟与宝弟还在岗楼山后面蹲着呢，怎么办？"

我不假思索地说："大家商量一下怎么办吧。"

岳父在小声地骂强弟："这个惹事的根苗，败家子！"但他就是不说怎么办。

岳母有主见，说："赶快跑，跑得越远越好。"芮妹也是这个意见。

红梅急迫地问我："你看怎么办？"

妈妈着急了，小心翼翼地对我说："傻儿子，这可是人命关天的大事啊，还是让你岳父岳母定吧。"

红梅有些着急了，冲着妈妈说："这不是谁定的事，而是谁说得有道理就听谁的，金勺，还是你拿个意见。"面对红梅的信任，在此进退两难的境地，我终于冒出了一句与岳母相反的意见："投案自首。"红梅诧异："投案？"众人惊讶地把目光一起转移到我的身上。我坚定地重申："就是投案自首！"

岳父在此关键时刻没有了主张，岳母坚决反对："那不是自投罗网吗？往山东日照跑。"

我立马反驳了岳母的意见："杀人偿命，欠债还钱。这是天经地义的！况且现在是'严打'时期，对所有案件都要从严、从重、从快处理，投案自首也许还能从宽处理。"

岳母哭哭啼啼的，岳父骂阵不停，妈妈左顾右盼。红梅对芮妹说："你姐夫说得对，也许这就是一条出路，不听他们的，走！找强弟去。"

红梅与芮妹领着宝弟和强弟到桥东派出所投案自首。桥东派出所不予受理，他们说案件发生在林业局职工俱乐部门前，属于林业公安管辖。红梅与芮妹又领着两位弟弟来到了杨树地林业公安局投案自首。孙局长正在坐镇指挥缉捕强弟，当他看到宝弟和强弟前来投案自首时，镇静地说："噢！送上门了，我正撒下人马找你们呢，好啊！免得我们费事了。"

经过初审，确认是强弟捅的人，与宝弟没有关系。孙局长细问："那几个哥们儿都有谁呀？"强弟吞吞吐吐地供认："有农场局公安局副局长的儿子，有林业局副局长的儿子，还有一个副镇长的儿子，还有一个物资局局长的儿子。"一位干警怒目而视："都是些官二代，纨绔子弟。"

孙局长用眼神示意，轻轻地挥一挥手，两位干警上前给强弟带上了锃亮的手铐。

强弟被两名公安干警押走了，他回过头来向两位姐姐呼喊："我冤枉啊！是他们先打我的，我是被迫自卫还击的！"

红梅与芮妹望着远去的强弟，眼泪一串一串地往下掉，红梅扑腾给孙局长跪下哀求地说："求求您啦，孙大爷，给我们家强弟留一条生路吧！"

"一人当兵全家光荣！"
"提高警惕，保卫祖国！"
"军民团结如一人，试看天下谁能敌！"
"没有一个人民的军队，便没有人民的一切！"

各式各样的大幅征兵宣传标语，贴满了大街小巷，贴在林业局机关大院和林业局招待所的宣传标语更加醒目。一年一度的征兵工作又开始了。

眼下当兵不仅光荣，而且退伍回来还能安排工作，当兵是林区子女就业的一个重要渠道。到目前为止，当兵的吸引力仍然很强大，"当兵热"有增无减。

两天前，局党委决定派庚东干事到多布林场任主任。在欢送的酒会上，庚东干事激动万分地说："这次我去多布林场任职，不仅是我个人的光荣，而且也是我们武装部的光荣。咱们武装部多少年都没有人事变动了，我都快熬成'黄脸婆'了。"

吴部长补充说："这都是新来的永红书记帮助积极争取的结果，不然的话庚东这个年轻的'老干部'真的就成'老大难'了。"

庚东干事动情地对我说："这两年来，金勺你也锻炼得差不多了，基本上能独当一面了。你今后要多干一些，为吴部长多承担一些。我总是这样认为，干工作累不死人！当前的征兵工作，金勺你就要多考虑一些。"我与庚东干事喝了一杯交接的酒。

吴部长欢天喜地地把庚东干事送到多布林场去赴任。

我留下来与部队接兵的同志一起组织报名。这几天忙得热火朝天，不可开交。

去年征兵我虽然也参与了，但都是庚东干事张罗的，我充其量不过是一个"跑龙套"的。如今庚东干事走了，全部的重担都压在了我的身上，下发征兵工作通知，分配名额，接听电话，一天忙的不亦乐乎。

报名工作十分火爆。佩良被林场推荐上来了。佩良是我们杨树地林业局的优秀民兵，我们积极推荐他去当兵既合情又合理，也不会犯什么说道。可是宝弟是自己家直系亲属，前不久他与强弟又参与了斗殴，强弟还在林业局看守所羁押，这件事的影响还远没有散去，虽然他的身体没有问题，但我担心他的政审关过不去。岳母却不以为然地"护犊子"说："他们哥俩那都是正当防卫，别人如果不先动手，他们哥俩能打他们吗？"

我情急直言："那也不能随便捅人呢。"岳母对我这种态度大失所望："你当姐夫的可不能替别人家说话呀！行了，我算是看透了，你胆小怕事，我们家不麻烦你，我们自己去活动。"岳母开始打着岳父的旗号，到处去做工作。

体检在林业局医院紧张地进行。在大杨树地区除了农场局医院和煤矿医院外，林业局医院是相对较大的医院。特别是最近一个时期，林业局医院成功地进行了一例肺部缝合手术，其声誉更高了。强弟这一刀，为杨树地林业局医院外科手术技术领先于大杨树地区各个医院，"杀"出来一块金字招牌。从局党委到接兵的同志，对林业局医院都充满着信任。

岳母与芮妹对林业局医院也充满着期待，然而她们娘俩只能在站在林业局医院大门口挤在人群中。原来根据部队接兵同志关于"在体检中防止'走后门'"的要求，我们在林业局医院设置了征兵体检专用通道，其他人不得入内。芮妹站在那里总是笑容可掬地与熟人打招呼，清脆的笑声传得很远。一天下来，宝弟的体检顺利地通过了。岳母家一扫强弟出事的阴霾，岳父不无感慨："东方不亮西方亮啊！"

我虽然第一次组织征兵体检，但整个体检组织得很严密，进行得很顺利，部队接兵的同志对我们武装部和林业局医院给予了很高的评价，我也欣欣自得。可是，体检工作马上就要结束了，却迟迟不见佩良来体检，吴部长曾问过几次，我不免也心急火燎的。佩良为什么不参加体检？发生了什么事？或许他放弃了当兵？工作一忙起来，我就把这件事给忘掉了。

晚上，我到办公室整理材料，又想起了这件事，正要给佩良打电话问个究竟，突然，佩良风尘仆仆地来到了办公室。我生气地质问他："怎么搞的？才来，不想当兵了！"佩良一脸无奈地诉说："金勾哥，怎么不想当兵啊？一言难尽哪。"接着，他比比画画地向我诉说来晚的原因。

原来，林场领导计划昨天晚上派"铁牛"把佩良送下来参加体检。可是，佩良的几位好哥们儿听说佩良当兵报上名了、要体检了，大家都为他高兴，启开几瓶罐头和"杨树白"，热火朝天地喝了起来。有的祝福佩良，有的说当兵回来就能转为正式工人，有的说到了部队常来信。这几位哥们儿都比佩良岁数大一些，又是为他送行，佩良磨不开面子，只好用水应付一会儿就要走，可是这几位哥们儿说什么也不让走。这工夫，开"铁牛"的师傅过来催促佩良，佩良谢过起身要走，有个哥们儿建议说："今晚不走了，明天早上让师傅起早送，不耽误体检就行呗。"佩良十分清醒地劝大家："不行啊，这可不是闹笑话，马上就得走！"其中，有个哥们儿一把拽住开"铁牛"的师傅的胳膊，大大咧咧地说："我们师傅也不能'脱离'群众啊！是不是？一起喝！我看你佩良还往哪走？"没承想这位师傅不禁劝，半推半就地与几位哥们喝了起来。几位哥们儿一片盛情，大家一直喝到深夜，这让当兵心切的佩良哭笑不得。

就在今天早上，天还蒙蒙黑，室外天寒地冻。佩良起床来到了林场后院，开"铁牛"的师傅正在用明火烤车（准备启动车），两人寒暄着。突然，明火蹿上了车头，车头燃烧了起来，师傅慌张至极，不知所措。见势，佩良找来一把扫帚，奋力地扑打，但火越打越大。这时，师傅清醒了，对着佩良呼喊："看哪有破棉被！"佩良又气又恨，怒吼着："上哪里去找破棉被！"说着，佩良就往宿舍跑，抱起自己的行李就往林场后院奔跑，一边跑一边呼喊："快来救火啊！车着火了！"到了车前，佩良扯起自己的棉被敏捷地用力甩到车头上，瞬间大火被扑灭了。

林场领导和职工纷纷来到了现场。了解情况后，林场领导给这位师傅一顿臭骂："就像哪辈子没喝过酒似的，见着马尿也能喝几口。佩良如果当不上兵，你负全责！"这位师傅慌里慌张的，也不知道说什么好，嘴里小声嘟囔着："线路烧坏了，报废了。"林场领导心急如焚，自言自语："这可怎么办？咱们林杨就这么一台破'铁牛'，用什么送佩良啊？"大家面面相觑，佩良坚定地说："领导，为了当兵，就是爬我也要爬到大杨树！"说着，佩良撒腿就朝着大杨树方向奔跑。

佩良翻山越岭，40多公里，从早走到晚，一直走到现在……

听了佩良的诉说后，心绪难平的我情绪稍微缓解了许多，但为难地对他说："咱们的体检已经结束了，晚了，完了。"佩良当兵的心情迫不及待，急不可耐地说："金勾哥，你对我是了解的，一定要为我想一想办法啊！"

其实，我何尝不希望佩良能够顺利地当上兵啊！我思索半天后说："办法只有一个，那就是我们去找吴部长，让他与部队接兵的同志通融一下。"佩良点点头。

我与佩良沿着一马路大步流星地来到了吴部长家，把佩良没有按时参加体检的原因和过程向吴部长做了简要汇报，佩良也在一旁苦苦地哀求。佩良在民兵训练中表现优异，吴部长特别地喜欢他，佩良没有按时参加体检也让他搓手顿足，问我："还有什么补救措施吗？"

我没有过多地思考，直截了当地参谋道："也只有找部队接兵的同志进行商量了，说明佩良耽误体检的原因，为了当兵从林场到大杨树走了一整天，强调佩良是我们向部队输送的优秀民兵，看部队接兵的同志还有什么好办法。错过了体检也就等于错过了一生啊。"

吴部长赞同我的意见："这个办法成立。咱们现在就去，再晚了恐怕来不及了。"

杨树地林业局招待所，吴部长进屋与部队接兵的同志进行协商，我与佩良在外面焦急等待。过了大约半个小时，吴部长才出来。他高兴地向我们两个人说："旗里后天进行体检，明天部队专门派一名接兵的同志陪同佩良去旗里进行异地体检。"对此，我和佩良都喜出望外。

局党委常委会议室。

永红副书记主持召开征兵工作领导小组会议，专题听取报名、体检、政审等有关工作的汇报。报名情况由我来汇报，顺利通过。体检情况由医院院长汇报，也没有什么大的问题。由于我心中有"鬼"，一直忐忑不安，直至这项议程通过。

公安局孙局长汇报政审时，如惊弓之鸟的我，又如坐针毡。由于岳父提前做了孙局长的工作，他在汇报到宝弟时极尽圆滑地说："这个同志在前一个阶段，曾经参与了一起轰动整个大杨树地区的严重斗殴事件，他的弟弟夺刀后给对方造成重伤，险些丧命，正在住院治疗。目前，这个案件正在进一步审理中，他的弟弟还在林业局看守所羁押。虽然对方有错在先，但是他们也是大打出手，况且没有及时阻止自己弟弟的行为，给对方造成了严重伤害。就这件事怎么认定，我们一时还拿不出来什么很好的意见，提请会议进行讨论。"

永红副书记听了他的汇报后，脸色突然严肃起来："大家都说说吧，看看这件事怎么认定？"

无论永红副书记怎么启发，与会人员就是没有人发言。可能是岳父事先与吴部长等征兵领导小组有关领导做了不少的工作，没有人表态。

永红副书记一脸严肃地并慢条斯理地说："那只有我来说吧。第一，你们公安局政审工作做得不细，把关不严，你们应该提出一个意见来，是同意其当兵，还是不同意其当兵，你们总得有个态度吧，不应该把这个皮球踢到会议上来。不然的话要你们公安局就没有用了，局长就成了摆设了。今后凡是上会的议题，承办单位都要提出明确的意见，否则，就取消你这个议题。"

会议室鸦雀无声，喘息声都能听得出来。吴部长、孙局长低着头，不敢正视永红副书记，我的心里如揣着个兔子怦怦直跳。

停顿了好半天，永红副书记接着更加严肃地讲："第二，就这件事而言，要放在从严、从重、从快'严打'斗争大环境中来考虑。你们公安局回去后，要认真地进行研究，拿出一个向局党委、向接兵部队、向社会、向受到伤害的家属能交代得过去的一个意见。"

永红副书记又顿了顿，征求接兵部队同志的意见后："我就说这两点意见，供你们参考，不正确的地方请你们批评指正，散会！"

听到这个消息，岳母在家又开始哭天抹泪，全家人都垂头丧气，红梅生气地偷着向我埋怨她妈："就知道'护犊子'，小子为重，儿子为大，我们姑娘的事她一概不管不问。"

一眨眼，全局征兵工作胜利结束了，佩良等9名同志被录取了。几天来，部队接兵的同志、吴部长和我，又忙得不亦乐乎。忙什么？忙吃请，谁家儿子能当兵，谁家就是福从天降，举家同庆。部队接兵的同志有纪律要求，不准到老百姓家去吃饭，但是说什么也拗不过新兵家属那份纯真的热情，只好勉强去享受新兵家属发自内心的敬意和款待，但每次部队接兵的同志都没有忘记交上餐费。

我是借光的，既参与其中，又享受其中。自从我记事以来，还从没受过这般的礼遇，似乎有些飘飘然了。轮到佩良家请客，他家特意杀头猪，摆两桌，炕上一桌，地下一桌。佩良是我们武装部力荐的优秀民兵，部队接兵的同志一到佩良家就感到格外的亲切，吴部长和我自不用说。大家全都尽情地喝，放松地喝，喝到了最后都开始要酒喝。吴部长和我极尽了对佩良的夸赞，部队接兵的同志也反复地表态说："请你们放一百个心，我们一定把佩良培养成为一块好钢。军民团结紧紧地，试看天下能怎的！"

大杨树火车站，又是雪花飘飘。佩良和他的战友们在锣鼓和鞭炮声中踏上了从军的征程……

永红副书记的"两点意见"，像一颗重型炸弹在全局上下引起了强烈的反响。

庚东干事从多布林场回到部里与我们偷偷地议论："听说永红书记还真的有点水平，这叫作真人不露相，露相不真人。"吴部长也悄悄地说："他还真的不怕得罪人，原则性真强，敢于拍板，还是很有魄力啊。那把孙局长训得什么也不像！"曹德玉副部长小心翼翼地嘱咐我说："你可要小心点儿，这个人可是六亲不认哪！"人勤副主任不无同情地对我说："你虽然刚刚转干，但现在的情形对你很不利啊！一个内弟'蹲小号'，一个内弟当兵被取消，千万别把自己牵扯进去。"

如何面对永红副书记的"两点意见"，对我来说既是一种学习，又是一种考验。对于永红副书记的第一点意见，我要认真地进行学习和领会，如果将来我有机会到会议上进行汇报时，我一定要按照永红副书记的要求，提出我们自己的意见，为领导决策提供参考。不能遇到麻烦的问题就绕着走，上推下卸，更不能没有明确的意见，就草率地提交会议进行讨论，一推了之。

对于永红副书记的第二点意见，尽管涉及我的亲属，但我也不会怨恨他。从严格意义上讲，在这个问题上我既有私情又有私心，任凭宝弟蒙混过关的过程也是我私心杂念暴露无遗的过程。一个人从一开始就徇私，等当上了领导必然要枉法，必然要舞弊。可想而知，这是多么危险的信号啊！多亏了我遇见了永红副书记，他的原则性、他的正义感深深地触及了我的灵魂深处。

好说话，爱面子，讲义气，是我们这一代年轻人的通病。我要向永红副书记学习，干工作不讲情面，处理与家人的关系不能徇私舞弊，更不能意气用事。认识到了这一点，也许是我的一个大进步。毛主席曾经说过，错误和挫折教训了我们，使我们比较地聪明起来了，我们的事情就办得好一些。任何个人，错误总是难免的，我们要求犯得少一点。犯了错误则要求改正，改正得越迅速，越彻底，越好。

1984年1月18日

第三卷
放飞的青春之歌

第二十四章
奋进证程喜若狂　青春路上洒阳光

大杨树的春天又到了。

几场春雨让大杨树的山山岭岭逐渐披上了绿装，就连岳母家南面的酒香湖也是碧绿碧绿的，如一面镜子，映出蓝的天、白的云和绿的树；岳母家前园子的果树也渐渐萌绿吐蕊，含苞欲放。我和红梅推着自行车进了岳母家院子的大门，一股清新的味道沁人肺腑。

强弟终于出来了！像一股春风一扫笼罩在岳母家的重重阴霾。

自从强弟出狱后，岳母一家人还是第一次在一起吃顿团圆饭。岳父兴致很浓，张罗着启一瓶西凤酒，我陪岳父一边喝一边聊。强弟讲自己"蹲小号"的"光荣"历程，他极尽玄乎地说："就连死刑犯都得让我三分。"宝弟直来直去地说："在里面你就得熊住他，你不熊住他，他就得欺负你！"岳父连连点头喝酒，岳母乐不可支，为强弟的"英雄"壮举而感到自豪。

芮妹抢过话题说："我们在外面也不是什么好过的日子。妈妈整天以泪洗面，爸爸为你的事东奔西跑，大姐给你往里面送饭，姐夫与被你捅伤的一家进行周旋，争取被害人不起诉，你以为容易呢？"

强弟再三感慨："再不容易也比进去'蹲小号'强多了。这个'小号'不是人'蹲'的啊！"

红梅见缝插针劝道："强弟这次'蹲小号'有了切肤之痛！宝弟和强弟也都老大不小了，不能总在外边打仗斗殴、游手好闲的，应该有正事、走正路，不能再给爸爸妈妈找麻烦了。这次多亏你姐夫了，如果不是他夜以继日地看护那个人，如果那个人不能及时抢救过来或有个三长两短的，强弟恐怕早就被'走铜'了，还能坐在这儿吃饭？"

岳父赞同红梅的说法："你大姐说得对，做人应该有正事、走正路啊。"岳母不以为然地抢了岳父的话茬儿说："他们还小，等长大了自然就好了，俗话说，淘小子有出息。"

红梅不同意岳母的说法："你们这是'护犊子'！还小什么啊？都老大不小的了。"

芮妹调和压服红梅："小点儿声，那么大嗓门儿干什么？"

红梅说："我就这么大的嗓门儿，是爸妈给的。"岳母上前轻轻给红梅两拳。

红梅有些激动地说："你看咱爸，自从强弟进去后，到处去找人'活动'，不就是强弟'带把'吗？轮到我们姑娘的事，哪件事他管过？没有一件。就拿我们来说吧，金勾的工作你不管，这就不说了。我们婚后一直两地生活，想调也调不回来，没人管没人问的。爸你与德怀茂大爷也是老同事了，他现在是联合公司的总经理，你都从来没给我说过一句话。"

岳父今天兴致勃勃，没有生气，反而幽默地说："你是我们捡拾回来的，他俩是我们亲生的。"随后他又略微抿了一口酒。

在回我们小家的一马路上，我提醒红梅道："你好话好说呗，干吗那么激动啊。"

红梅立即反驳："我们家与你们家不一样，老两口'护犊子'。在我小的时候，爸爸没少打我，上中学了他还拿着皮带满大街打我。现在我已经成家了，我也不怕他了，该说就说呗，反正老两口偏疼儿子，一点儿也不心疼我们姑娘，说一说心里痛快，偏疼儿女不得济。"我不知所云。

红梅接着向我诉苦："转正是我自己找的，看起来这调转工作也得自己找啊！"

我安慰红梅："慢慢来，我们共同想一想办法，反正车到山前必有路。"

是夜，我又辗转反侧。两年来，红梅没有调回来，我也有责任啊。虽然上次往林业局调她不同意，但我再也没有继续想其他的办法，只是一心一意地扑在工作上了。从明天起，我应当更多地考虑一下红梅往回调的事。

次日，我与红梅商量："不然的话咱们两个人到德怀茂大爷家去串个门，说一说调转的事。"红梅迟疑不决地问："好吗？"我坚定地表示："那有什么不好的，走，自己的事自己办。"

德怀茂大爷家已经搬家了。这是他们搬家后我与红梅第一次去串门，可惜德怀茂大爷有事没有回来，只有大娘在家。有很长一段时间没有见到大娘了，大娘高兴地既给我们抓糖又给我们倒水。大娘问起："你爸爸的脾气改多了吧？霞妹的病情怎么样？"我逐一进行了回答。大娘回忆在一起住邻居时的生活，特别是帮助妈妈炸丸子时的情景："你妈妈可巧了，我一教她就会。"她还感慨地说："你妈妈这辈子遭受的苦真是太多了。你家的孩子与我们家的孩子一样多，但我们家是双职工，你们家是单职工，吃了上顿没有下顿。全靠你妈妈来维持这个家庭。金勾啊，你可不要娶了媳妇忘了娘啊！"我和红梅会心地笑了。

与大娘聊得很晚，德怀茂大爷一直没有回来，我与红梅便起身告辞了。大娘一直送我们到大门外与我们告别："有时间再来！"

无功而返。是夜，我苦思冥想，何时才能把红梅调回来？想什么办法才能把红梅调回来呢？

自进入盛夏以来，林业局党委开始进行二级班子考核。我又被抽调参加考核组，这无疑是一种政治待遇。吴部长高兴地说："去吧，据说这个考核组的名单都是海青书记与永红书记亲自敲定的。"我不安地说："那咱们部里不是唱'空城计'了吗？"吴部长安慰说："咱们部的事是小事，参加考核是大事。有我在，没有问题。"

二级班子考核正在紧张有序地进行，林业局机关的人见我都开始客气起来。有的还向我通风报信说："还得去你们武装部去考核呢？"我将信将疑，来我们部里考核谁？除了吴部长就是我，莫非要考核我？我在冥冥之中有一种预感，可能我的工作要有变动了。局党委已经两次抽我参加考核组，组织部平时经常找我抄抄写写的。我暗暗地猜想，也许局党委组织部的文书大姐要提拔了，我有可能接她的文书工作。如果能接上这个文书工作也很好，将来对我的进步肯定会大有益处。

我在疑团重重的猜想中完成了林业局二级班子的考核工作。1984年9月9日下午，林业局党委召开干部大会，宣布新调整的林业局二级班子任职决定。不经意间，好像听到了我的名字也在其中，局党委任命我为共青团杨树地林业局委员会副书记，主持工作。乍听，脑袋瓜子轰鸣作响！我不敢相信，这是真的吗？我退伍回来还不到三年，爸爸调离杨树地林业局也有好几年了，只靠我一个人打拼，没有任何关系和背景，一个"飞鸽牌"的儿子，居然能当上林业局团委副书记，太不可思议了！不是天方夜谭，不是白日做梦！

我原本想能到局党委组织部接上文书就很不错了，可是万万没有想到我能出任这个职务，比自己预期的结果要好得多。散会时，我不知是怎样走出会议室的，头晕目眩，眼花缭乱，好多老领导与我打招呼表示祝贺，我只是机械地微笑点头，不知怎么回答他们才好。

回到武装部办公室，吴部长兴奋异常地对我说："怎么样？没有白干吧！"

我谦虚地说："这都是吴部长帮助的结果。没有吴部长，哪有我今天啊！"

吴部长直截了当地说："只要你脚踏实地去干，绝不会亏待你的。海青书记和永红书记力排众议，才选中了你。"

我的心情又沉重了起来："真不知道怎么感谢他们才好。"

吴部长接着话茬儿说："感谢什么？只要你把工作干好了，他们就高兴了。"

吴部长又嘱咐我："这下可好了，我的姑娘吴江阳在局团委当干事，比王刚干事去得晚一些，你可要多关照啊！"我积极地表示："那一定，那一定，还要请她多帮助我。"

晚上下班时，我抄近路从武装部弹药库绕过林业局电站飘飘然地往家走。

我刚刚打开院子的大门，小白熊——乐乐欢蹦乱跳向我扑来，它把一双爪子搭在我的双腿上，嘴巴就像要亲我一样，用舌头舔我的双手，小尾巴来回摆动的频率不断加快。原来它也这么的通人气啊！你看它摇头摆尾、欢天喜地、欢呼雀跃的样子，是多么的乖巧可爱！

我走进家门，看见红梅正在炉子前做饭。我急不可耐地把自己提职的事从头到尾学了一遍。她听得聚精会神，惊喜地问："这是真的吗？"我告诉她："千真万确。"在不知不觉中，蒸馒头的焖锅冒出了缕缕的烟气。红梅嗔怪道："光顾听你白话了，把馒头都蒸煳巴了！"

我开玩笑："火烧旺运，煳巴了就煳巴吃吧！"

红梅幽默道："新官上任三把火，千万别把你烧煳巴了！"

这几天，红梅兴奋地一遍又一遍地哼唱《我们的生活充满阳光》。

欢快的旋律，温馨的歌声，在我们小家中久久回荡，余音袅袅。

新的一天，我刚到班上，曹德玉副部长电话就过来了："你带上笔记本，海青书记上午要与新提职的干部进行谈话。"

海青书记办公室。曹德玉副部长引导我见海青书记。我坐在沙发的西头，尽可能离海青书记办公桌近一些，聆听海青书记的亲切教诲："共青团是党的助手和后备军，是先进青年的群众组织。我们杨树地林业局共有职工3443人，而青年人就有1969人，大约占职工的57.2%，青年人富有朝气，在我们杨树地林业局的发展进程中占有重要的位置。局党委决定由你来担任局团委副书记，主持工作，是局党委对你的充分信任。关于这个人选也着实让我们费了一番脑筋。我们是在全局优秀的青年干部中挑了又挑、选了又选的。希望你不要辜负局党委对你的信任，带领全局青年干出一番事业来……"

海青书记和颜悦色、推心置腹地与我交谈起来，重点向我介绍了他参加第四野战军和从事共青团工作的光荣历程。他参加四野没有打过仗，而是到被服厂做服装。开始时他想不通，但没有办法，必须服从组织分配，后来经过被服厂教导员的耐心教育，他的思想开始转变了，认识到为前线指战员做服装也是参加战斗。此后他夜以继日地干，一天能做出8套服装。他在这个平凡的岗位上干出了不平凡的业绩，先后兼职担任了车间团支部书记、被服厂团委书记。不久他被组织上选送到中央团校学习。1949年7月4日，中央团校第一期学员毕业典礼在中南海怀仁堂隆重举行。毛主席亲切地接见了他们，并发表了热情洋溢的讲话。海青书记说到这里，眼睛里噙着幸福和激动的泪花……

毕业后海青书记和同学们先后参加了接管北平、开国大典等重大活动。新中国成立后海青书记满怀雄心壮志，不畏艰险，来到图里河参加林区开发会战。此时此刻，海青书记的声音略带颤抖，像慈祥的父亲教导孩子一样，让一个"飞鸽牌"的儿子，一名刚从部队退伍3年的退伍战士，一时哽咽无语，热泪盈眶。

我从海青书记办公室出来时，仍然擦拭着眼角的泪珠。

曹德玉副部长又把我领到永红副书记办公室。永红副书记办公室与海青书记办公室紧挨着，与海青书记办公室相比少了一个走廊大小的位置，没有套白罩的沙发，多了几把木制的椅子。永红副书记虽然来的时间短，但口碑相当好，他对自身的要求近乎苛刻，对不良现象敢于斗争，讲话也很有亲和力。他与我着重谈了如何适应青年人的特点开展系列活动。他深情地说："共青团工作的生命力在于活动啊。"

上午，我在极度的兴奋中搬到了团委书记办公室。

一个不大不小的单独办公室。窗前打斜摆放着一个"一头沉"办公桌和一把破旧的椅子，门口摆放着一个快要散花了的木制旧卷柜，整个办公室显得空荡荡的。

刚刚当上团委副书记的我，有些不知所措，其实更多的还是茫然。翻开海青书记、永红副书记与我谈话的记录，一遍又一遍地仔细阅读，我力求从中找到开启团青工作的"金钥匙"。两位领导嘱咐我要做的第一件事，就是调查研究，了解情况。

王刚干事最先走进我的办公室。他英俊魁梧，眼睛炯炯有神，虽然比我还年轻，但不失稳重。他直白地向我诉苦："现在基层团的工作没有人重视，相当不好干。"吴江阳干事是林业局武装部吴部长的女儿，她天生丽质，文静端庄，笑意盈盈的脸上少了明显的凸颧骨的印记。她只是到我的办公室彬彬有礼地送了几次文件，介绍了文件的轻重缓急，其他的并没有向我反映什么情况。

基层团委书记最先来汇报的是布铁林场的起武。起武中等身材，特别健谈，思维敏捷，工作汇报条理清晰。起武反映，当前全局团青工作的主流是好的、积极的、健康的，但也不同程度地存在一些问题，主要是团青活动搞得少，有规模有影响的更少。基层团委书记不能按照党章规定列席同级党委会议，导致基层团委书记不了解中心工作，从而不能更好地服务于中心工作，甚至有些活动与林场的中心工作相脱节，白忙活，费力不讨好。最后他与我握手告别时，很是谦虚真诚地邀请我："在方便时，请金勺书记到我们布铁林场检查指导工作。"我表示："在方便的时候一定去。"

不久，工程公司团委书记平华到我办公室汇报工作。平华大高个儿，一表人才，说话有膛音。他向我反映基层团委书记调动有些频繁，直接影响了他们工作的积极性。平华建议："在这方面，局团委是否搞一个硬性的规定，以稳定团青队伍。"我顺便核实一下基层团委书记能否参加同级的党委会议时，平华更直截了当："那是没门儿，黄嘴丫没退净，还参加什么党委会？"临走时，我鼓励他说："有什么好的意见，可以直接来找我。"

从花名册上看，多布林场的团委书记是我的老同学发花。我们之间大概有六七年没有见面了，如今她已为人母了。当年她的老公公有权有势，硬是把我从林场团委书记的岗位拿下来，让我去当什么"不脱产"的副连长，"侯三"硬是从我和发花的中间横插一杠，留下了一段令人费解而又揪心的辛酸往事。

各单位的团委书记都主动来汇报工作，却迟迟不见发花的身影……

每天清晨上班时，我总愿意多看上几眼门框上面挂着的白底红字的"团委书记"办公室标牌。每当我看到这个标牌时，我的心中就洋溢着春风、充满着阳光。

记得在我小的时候，曾几何时，如我有做的不如意的地方，妈妈就会打骂责怪我，总是恨铁不成钢。她曾多次教训过我："傻儿子，你若是有出息，那就得'龙叫三声虎下个蛋'。"妈妈这句话真的把我说中了、封住了。高中毕业后当了知青，我没有勇气报考大学，丧失了一次重要的机遇。当兵时，一心想当一名职业军官，结果梦想再一次破灭了。没办法，在无奈中我退伍回到了地方，一切从头开始，一切从零干起。这次对我的任命，是局党委对我的莫大信任，是海青书记、永红副书记、吴部长、曹德玉副部长和人勤副主任对我关心帮助的结果，更是我矢志不渝努力奋斗的结果。现在，我每每回味起妈妈的责骂是多么的亲切啊！如果没有妈妈当年的责骂和教育，恐怕就不会有今天的进步。应该说，妈妈的责骂是一种深爱，是一种激励，是一种鞭策，让我增添了无穷的动力。

回顾这些年来，我与共青团工作始终有不解之缘。在初中一年级，我就光荣地加入了中国共产主义青年团。在高中毕业前，我曾担任班里的团支部书记。从1975年开始，我在多布林场曾担任过连队的团支部书记、副连长、林场团委书记。我曾积极组织青年参加生产和各种政治活动，甚至元旦春节也不回家，组织青年搞文艺演出。至今我还能记得人勤指导员的"姑娘打草忙，草堆满山岗"的诗句，我执笔写的、发花组织编排的

《这座大桥像金桥》的快板书。在那个火红的年代，我是一腔热血、天真无邪啊！自从当兵后，原以为自己告别了共青团战线，没承想在我退伍后刚好3年，就接任了林业局团委副书记工作，你说我与共青团的工作情缘该有多么的深厚啊！

"世界是你们的，也是我们的，但是归根结底是你们的。你们青年人朝气蓬勃，正在兴旺时期，好像早晨八九点钟的太阳。希望寄托在你们的身上。"几天来，毛主席他老人家洪亮的声音一直在我耳畔回响，海青书记和永红副书记的亲切嘱托，一直激励着我努力前行。但就目前而言，如何开创杨树地林业局团委工作的新局面，是摆在我面前的一个全新课题。未来的一切，我都不完全清晰，是像在多布林场时那样去抓共青团工作？还是像在部队时王登海连长、潘迟指导员他们抓连队正规化管理那样去抓共青团工作？我既踌躇满志，又不知道从哪里开始切入。

1984年9月17日

第二十五章
无独有偶又伊人　岁月无情拭泪痕

一个重磅级的消息在全局上下引起了震动，让我兴奋异常。

听说内蒙古自治区党委组织部要到杨树地林业局来进行考核。考核谁？考核海青书记！曹德玉副部长带领组织部的有关人员，到林业局招待所进行安排。

我跑回了"娘家"武装部，找吴部长探听虚实："吴部长，我听说要来考核海青书记啦？"

吴部长笑呵呵地肯定："那还能有假？无风不起浪啊！海青书记要去当盟委副书记啦！"

我激动得险些要跳了起来，说："那太好了，这真是众望所归啊，我们一百个拥护。"

我又关心起林业局未来的命运："那谁来接林业局党委书记职务呢？"

吴部长肯定地回答："那还用问，自然是永红书记接任呗。"

我更是兴奋无比："那真是求之不得啊！"

吴部长接着说："永红书记刚来时，还有些人议论，什么'根红苗正''上面有人'啊！什么'镀金'哪！怎么样？那些议论不消自灭了吧，咱们的领导干部如果都像永红书记那样做就好了，党风早就端正了。"

我又补充地说："在他的身上有革命老干部的精神，一本正。"

吴部长忽然又帮我揣度："我说金勾哪，你的命可真的不错啊！海青书记走了，还有永红书记呢，好好干吧，错不了。"

我谦虚地说："也少不了吴部长的关怀啊，还有吴部长不能总'光杆司令'啊，选调人的事怎么样了？"

吴部长无奈："这个人可不好选哪，你说长得精神的，材料不会写。真是难挑啊！"

我帮助吴部长参谋："老领导还是抓紧时间的好，完美无缺的人没有啊，比如我也有许多缺点哪，你就是没有发现罢了。"

吴部长用右手向上捅了一下眼镜，看着我会心地笑了……

林业局招待所。

没隔几天，上级考核组真的来了。在林业局招待所门前遇到了正在忙活的曹德玉副部长，他嘱咐我说："给海青书记和永红书记他们好好谈一谈。"我心领神会地点头。

处级干部都在房间中等候。走廊都是准备谈话的科级干部，我在人群中走来走去等待谈话。忽然，遇见了芮妹，她向我微笑。今天她身着白色制服，与我们在家接触时不同，显得更加端庄大方和青春靓丽。她热情地把我让到值班室，问："姐夫，今天怎么来这么多当官的呢？"我第一次参加这么高规格的谈话，心里多少有些诚惶诚恐，敷衍她说："都是谈话的。"芮妹刨根问底："谈什么话呀？"我应付她说："考核谈话，考核干部。"她异常兴奋地说："姐夫，你也能参加谈话，了不起呀！"随后她情不自禁地发出了银铃般的笑声。我生怕他人听见，故意压低声音制止她说："这没有什么，属于正常工作，你小点儿声。"芮妹见我敷衍塞责她，怏怏不悦，没有再问。

不多时，曹德玉副部长把我引荐给内蒙古自治区党委组织部的两位领导，然后谦恭地退了出去。考核海青书记的是以内蒙古自治区党委组织部为主，考核永红副书记的是以林管局党委组织部为主，盟委组织部领导主要是陪同内蒙古自治区党委组织部的领导。我们互相寒暄后，直接进入谈话。我虽然按照曹德玉副部长的要求做了认真准备，但由于谈话的时间紧张，他们没容我为海青书记做更多的介绍。其中，一位领导让我给海青书记"画像"，什么是"画像"？瞬间把我难住了。我只是把自己与海青书记的接触过程，特别是他对一个"飞鸽牌"后代的大度包容的态度简单地做了介绍，谈得并不充分，上级领导就急于结束了谈话，我很遗憾地从谈话的房间退了出来。

我在值班室又与芮妹闲聊起来。一直等到天黑，曹德玉副部长才把我领到林管局考核组领导的房间。他彬彬有礼地向上级领导做介绍："这是我们局团委副书记金匀同志。"考核组的两位领导似起身非起身地勉强与我拉手，看得出他们明显地疲倦了。其中一位领导坐在沙发上一边翻弄谈话的记录，一边略有所思。一位领导则与我说："时间也不早了，关于优点你就不用说了，你就直接谈一下永红书记有什么缺点，好不好？"

他们又把我给难住了。我疑惑这分明是在鸡蛋里挑骨头嘛！我有些激动地说："自从永红书记来到我们杨树地林业局之后，工作做得完美无缺，我们学还学不过来呢，哪来的什么缺点啊？"

这位领导又解释："考核嘛，大家都谈了很多的优点了，你帮助我们提供一些缺点，写考核材料时参考。"我还是没有弄明白，又生怕影响永红副书记的提拔，便说："那我得回去准备一下。"

另一位领导听到后有些不耐烦了："让他先回去吧，是刚上来的。"意思是说我什么也不懂。我怏怏不乐地走出了他们的房间，见到了曹德玉副部长，他热情地问我："谈得怎么样？"我闷闷不乐："不怎么样，他们非得抠永红书记的缺点。"曹德玉副部长与我面面相觑。

为我尊敬的两位老领导谈话，没有谈得很充分，我是茶壶煮饺子——有嘴倒不出来，一种愧对海青书记和永红副书记的内疚感开始萦绕在我的心头。

林业局小会议室。

杨树地林业局团委常委会议正在这里举行。在北侧主席台下方，临时用桌子围成四边形，上面铺着深绿色的毯子，我和局团委的两位干事端坐在北侧面对大家，这是我第一次主持这样的会议。开场白中，我对自己上任前后的情况简单地做了介绍，然后开宗明义："今天的会议有两项议程，一是汇报工作；二是专题研究'十一'庆祝活动的有关事宜。请大家积极踊跃发言。"

进行第一个议题时，不知道什么原因，大家汇报工作都很拘谨，没有青年人的朝气。

进行第二个议题时，王刚首先沉稳干练地汇报了林业局团委庆祝新中国成立35周年活动的有关安排。预定时间为9月30日下午，地点在工程公司礼堂，要求街内每个单位组织10人左右参加，山上有条件的单位也要组织人员参加。讨论时没有人主动发言，一时间有些冷场。见状，平华书记带头发言才打破了僵局："我们工程公司寒前总经理对这次活动特别重视，他说局团委金匀书记在我们公司搞活动，我们一百个支持，活动场地没有问题。"起武也做了简短的表态发言。

其他的团委书记都沉默不语。我扫视会场一圈，久违的发花端庄地坐在我的对面。多年不见了，她依然那样眉清目秀，脸颊略微有些红润，一双饱含深情的眼睛默默地注视着我。当我们的眼光直接相对时，她立刻把眼神转移到了别处。

我故作镇静地启发大家："各位都说一说，看看我们局团委提出来的这个安排是否妥当，大家还有什么意见，青年人的会议，我们不能死气沉沉哪。"

会场还是一片寂静，没人发言，只等我表态了。

我再次扫视会场后把目光转向了发花："多布林场是咱们林业局最大的林场，请发花书记说一说吧！"发花被"逼上梁山"了，只好矜持地说："这次局团委组织的庆祝新中国成立35周年活动，是金匀书记上任后组织的第一次活动，我们多布林场一定全力支持。"

还是老同学啊，她最能理解我，我暗中揣测，但发花话锋一转，又说道："金匀书记也曾经在多布林场工作过，多布林场距离大杨树街内太远，组织更多的人参加有一定的难度，我们能不能只组织几名文艺骨干参加，看这样做行不行？"经过简单的思考，我直接答复："派几个文艺骨干当然可以，活动主要以街内各单位为主，看你还有什么建议？"

发花补充道："没了。只是金匀书记刚刚上任，这个规模是否小了一些？"她欲言又止，凝神望了我几秒钟。

这时我的耳畔又不时地回响起永红副书记关于"共青团工作的生命力在于活动"的谈话精神。如何贯彻好永红副书记的指示，我的大脑在高速运转，发花提示得对啊！同样是搞活动，为何不把规模做大、搞出效应来？如果把规模做大，那么原来的方案就要做修改调整。临时修改方案好不好，是否会伤害到局团委两名干事的积极性，怎么办？

如何决策也是对我的一种考验哪。

经过几秒钟的深思，我开始拍板说："发花书记说得对啊，应该把这次活动的规模搞得再大一些，一个是为了庆祝新中国成立35周年；二是向老领导海青书记汇报，海青书记有可能在'十一'后即将告别我们杨树地林业局，到盟委赴任；三是通过这次活动检验一下我们组织活动的能力和水平；四是向社会展示我们青年人的风采。"

稍停顿片刻，王刚小心翼翼地提出了不同意见："书记你是不知道啊，规模太大了不好搞，有难度，咱们团委搞活动历来就像求爷爷告奶奶一样，因为我们是'小字辈'。"接着好几位同志发言都表现出了畏难情绪。

我的火性脾气和执着的性格显露无遗，当即反驳了他们的这些意见："活动不搞则罢，如果要搞就搞得大一些，大有大的好处，大能大造声势，小打小闹不如不搞。"会场内鸦雀无声，起武、平华和发花等人都注视着我。

这次活动是我上任后的第一次活动，如同部队打仗一般，要随着战场形势的变化而不断地修改我们原来的方案，不然的话这个活动就没个搞了。我快刀斩乱麻地说："我看这样吧，对原来的方案我没有考虑太妥当就上会了，刚才发花书记的提示还是正确的，我们重新设计一下吧，时间定在9月30日晚上，地点在大杨树一马路的林业局一侧，参加人员为街内各单位的团员青年，1500人左右的规模，项目为集体舞表演。"

大家对我这个设想感到很震惊！有的甚至还投来了怀疑的目光——你金勺是否在胡闹？

我以为这样的决定没有错，新官上任"三把火"中的第一把火，必须把它烧起来。我不客气地给大家做了分工："王刚负责总体策划和组织协调，撰写解说词，落实人员和经费，会场布置和会标横幅等，这项工作请布铁林场的起武书记配合一下；吴江阳负责指导集体舞表演、领唱独唱等，这项工作请多布林场的发花书记配合一下；当天晚上现场解说这项工作及安排，请工程公司的平华书记配合一下。"

会议结束前，就今后团委的工作我提出了几点希望和要求："一是希望大家振作精神，克服畏难情绪。干什么工作不能动辄前怕狼后怕虎，如果我们总是小打小闹的，那我们将永远是'小字辈'。二是安心工作，履职尽责。大家都是局团委常委，在过去的工作中积累了丰富的工作经验，要搞好传帮带。水平高低不要紧，关键看是否尽职，看工作热情和工作态度。局团委机关原来分工暂时不作调整，大家要各尽其责，互相支持，互相配合。三是坚持民主集中制原则。会上要充分发表意见，形成决定后，要坚决执行。会后绝不能犯自由主义，做事要光明正大。四是改变工作作风。工作要及时请示、及时汇报，工作有头有尾。五是树立良好的形象。我们的各项工作都要走在全局青年的前列，为全局青年做出榜样。六是就全局工作而言，要谋划好下一步工作的总体思路……"

团委书记办公室。

我刚坐下，突然有人敲门。我应声道："请进！"

原来是发花。天哪！她怎么主动来了？一时弄得我惊慌失措，有些局促紧张。

发花刚一进门，就开始调侃："我说老班长，几年不见让人刮目相看哪！没承想你的水平提高得这么快啊，太厉害了。"

"哪里呀，你过奖了，你现在工作得怎么样？"其实我是一语双关，没有明确问她生活得怎么样。我手忙脚乱地搬过一把椅子让她坐下，又刻意一改常态故作镇定地倒杯水递给她。

我们之间历史性的僵局今天终于被打破了，但这只是迟到了的春天。经过这么多年的历练与反思，我们可能更理智、更成熟了吧，否则的话，我们不会这么坦然地会面。

她沉思了一会儿，既心知肚明又不无自卑地说："还行，马马虎虎，不如你呀！"

我不忌讳地问道："你的公公现在可好？"

她的脸突然红涨，但还是诚实地说来："他任书记时岁数就挺大了，都退休好几年了，总喝点儿小酒，去年又得了脑血栓。"

我心不在焉地敷衍她说道："那就得好生地照顾他老人家。"

发花无奈地答道："不照顾也没办法。"

我好奇地问："你爱人'侯三'还开车吗？"

发花有些窘态："不开车了，学习修理，一个修理工，有啥出息？"

接着，发花幽怨地感慨："都是过眼的烟云了，还提他干什么？一个优柔寡断，一个意气用事，不是吗？"她好像为我们之间曾经的过往无尽地伤感，泪水在眼圈中转来转去。

发花太激动了。

我立刻意识到自己正在犯一个相当严重的错误，必须果断地了却这段悔恨不及的"儿女情长"，劝慰道："好了，岁月无情啊，不提了。"我话锋一转，"不过，今天多亏了你的提示啊，我才决定修改方案。咱们都是老同学了，今后工作上还得靠你多支持啊。"

发花两眼凝神地望着我："如今你是局团委书记了，你怎么安排，我们基层就怎么执行。"然后，她娇羞地欲言又止："好吧！今天我就是过来看看你，就聊到这儿吧，我得赶车回多布林场了。"她带着许多遗憾和不尽伤感走出了我的办公室。

送发花到走廊，我望着她依然娇柔的身影，不禁想起了中学和在多布林场时与她的所有过往……

局党委常委会议室。

永红副书记正在主持召开协调会议，重点研究全局庆祝新中国成立35周年活动。各部门各单位都汇报了本部门本单位的具体安排，我是最后一个汇报的。我把局团委拟搞1500人集体舞表演的总体设想汇报了一遍，永红副书记很满意地点头。他在会议小结时沉稳地说："按照上级要求，在国庆节期间，各地要搞文化夜市。我看咱们的文化夜市内容已经出来了，团委金勾搞的这个安排符合上级关于搞文化夜市的要求。9月30日晚的文化夜市就以局团委为主并牵头，其他各部门密切配合，要人给人，争取把这项活动搞出特色来。金勾，你们可以适当再扩大一些规模，搞他2000人到3000人。青年人嘛，就要有这样的热情，就要有这样的气魄，我特别欣赏他们这一点。"

永红副书记的表扬让我有些诚惶诚恐，他让局团委牵头组织这么大规模的活动，又让各有关部门配合，这让刚刚走马上任的我着实感受到了从未有过的压力。其实，我最担心的是各部门的领导怎么看，但又一想，领导已经授权了，管不了那么多了，反正初生牛犊不怕虎，不管三七二十一，就是要把这件事干出样子来，再想就多余了，再多想就什么也干不成了。

又经过一宿的酝酿，踌躇满志的我沐浴着秋天的朝阳，大步流星地走在上班的路上。我有个习惯，每天下班时总愿意抄近路，从武装部的弹药库绕到林业局电站回家；每天上班时总愿意绕到林业局看守所，尤其心情爽朗时，最愿意走在阳光照耀下铺满黄沙的金光大道上。

到办公室门前，我又情不自禁地看一眼门框上面挂着的白底红字的"团委书记"办公室标牌。是啊！如今我是这个办公室的主角了。说不太清楚，也许是一种自豪感吧。

打扫完办公室卫生后，倒杯水，稳稳神，开始梳理一天的工作。我下意识地决定，召集局团委办公会议，迅速传达贯彻局党委协调会议精神。在会议上，我首先传达了永红副书记对我工作思路肯定的意见，从而在两位干事面前进一步证明我关于扩大活动规模、突出大造声势的想法是正确的。传达完永红副书记的评价意见后，我特意观察一下两位干事的表情，他们无不感到震惊和佩服。对此我暗自欣喜，又进一步强调："从永红书记主持的协调会来看，我们设计的活动方案与局党委搞文化夜市的思路是完全契合的。永红书记让我们局团委在30日晚文化夜市活动中总牵头、负总责，还让扩大规模，这是局党委对我们局团委的高度信任，也是我们局团委甩掉'小字辈'帽子的一个良好开端。如果我们把这次活动搞好了搞成功了，那么我们局团委今后的工作就会变被动为主动，就能开创新局面。"说到这里，我清了一下嗓子，环视了两位干事一眼，他们两人都在低头做记录。

我又接着讲："第一，为了集中办好30日晚上的夜市活动，对原活动安排我们应略做一下调整。要搞一个开场仪式，地点选择在林业局俱乐部门前；开场仪式后各单位进行集体舞表演比赛；最后是沿街进行表演。第二，要逐单位落实人员，确保3000人。以上两点请王刚干事具体负责。第三，经费由我具体找宗庆局长去请示。第四，集体舞表演、领唱独唱指导，是这次准备工作中的重中之重，要从全局抽调文艺骨干，组成指导组及早深入各单位进行指导。这项工作还是由吴江阳干事来负责。第五，撰写解说词和现场解说也是个重点，现场能否烘托出气氛，关键看现场解说，看音响质量。王刚一定要把解说词写好。"

围绕我讲的这五点意见，与他们二位进行商讨。王刚干事为难地说："让我组织3000人，实属困难。街内各单位青年职工人数在这儿摆着呢，把老职工加在一起也凑不够啊。"我安慰他说："车到山前必有路，先这么定吧，大家一起想办法。"然后我又补充强调："从今天开始，每天早例会，听情况汇报，研究解决问题，指导下一步工作。"

散会后，两名干事都走了。我坐在那把破椅子上，使劲儿伸一下懒腰，长长呼出了一口粗气。

几天来，各项准备工作都在紧锣密鼓地进行。起武、平华、发花他们都被抽上来帮助我们工作。各单位的文艺骨干都纷纷聚集到局团委，又被分成几个组下基层检查指导。每天的早例会雷打不动，每天又都加班到深夜，局团委办公室灯火通明，热闹非凡，像过年一般。吴部长、曹德玉副部长、人勤副主任等其他机关干部经常到我们局团委来看一看，局团委的人气指数陡然上升。

集体舞表演的指导工作进展得很顺利，但令我头疼的是上哪去落实3000人，还有现场解说词写得不到位，这使我心烦意乱，所以多次批评撰稿人王刚："写得太简单了，没有动脑子，一点儿也没有激情。"在我看来，各项准备工作就绪之后，现场的组织协调、气氛调节至关重要，而且现场解说又是这个环节的重中之重，直接关系到活动的成败，这也是我一直关注解说词的一个重要原因。所以我反复对王刚讲："解说词一定要有现场感，有激情，能煽情！"王刚数易其稿，最后才算勉强通过了……

往往工作越是繁忙，事情就越往一块挤。9月恰好是我的母校——林业中学（原来的大杨树区二中）建校10周年。经局党委、林业局同意，9月27日上午9点，林业中学在林业局职工俱乐部隆重举行庆祝活动。我是林业中学的首届高中毕业生，现在又是林业局团委主持工作的副书记，自然被列为邀请的对象。当我收到请柬后，既激动不已，又惶恐不安。

几天来，3000人还是没有凑够数。我们被这个问题给难住了。带着这个问题，我提前来到了林业局职工俱乐部。这个俱乐部就是当年大杨树区电影院，它在我的心中始终很宏伟很高大，门面朝北，八扇门对开。门前有高高的台阶，台阶上面有一个很宽阔的平台，这里就是我们当年拥挤抢买电影票的地方，也是强弟前不久"英勇格斗"的地方。今天，林业局职工俱乐部门前布置一新，彩旗招展，鼓乐齐鸣。当我以双重身份参加这次校庆拾级而上时，步步登高的感觉油然而生。

俱乐部楼上楼下坐满了"林中"的师生，人声鼎沸，歌声嘹亮，二楼眺台上悬挂着"热烈庆祝林业中学建校10周年"的醒目横幅。让我始料不及的是，我的德祥老师——现在的林中校长，他把我安排到了主席台前排就座。这是我平生第一次坐在主席台的前排位置。面对我从前的老师和今天的校友们，我激动万分，感慨万端，浮想联翩。

是啊！我的母校已经建校10周年了。时光如水，岁月如歌。让我真的不敢相信！在恍惚中，听到了一位从"林中"走出去的研究生师妹在慷慨激昂地发言。与这位研究生相比，我们算是什么？是劳动大学毕业生，还是学工学农的生力军？没容我多想，在一片欢呼和掌声中，我做了热情洋溢的讲话。作为杨树地林业中学的首届高中毕业生，我向全校老师同学们汇报了建校初期的艰难历程，包括洪凯校长如何带领我们用手推车拉杨木杆、师生如何建校舍、如何用手推车拉沙子垫操场等；作为杨树地林业局团委副书记，我还就当前团青工作简单地提出了几点要求。

在其他领导讲话时，我没有集中精力听。海青书记讲话结束时，我特别地注意到台下欢呼雷动的师生们，这不正是一支朝气蓬勃的强大的青年力量吗？如果为我所用，或是"借船出海"，那么我们需要的人数不就凑齐了吗？那将是一种什么样的壮观场面呢？其效果将一定是不同凡响的。然而，我却没有贸然地直接与德祥老师去沟通，待我与永红副书记汇报后，再与他说这个问题也不迟。

1984年9月28日

第二十六章
他年情愫已凋零　何必缠绵忆旧情

　　庆祝新中国成立35周年文化夜市活动已经进入了倒计时，时间相当紧迫。我要"借船出海"，到底怎么个"借"法，才能"借"来这艘大"船"呢？

　　永红副书记办公室。我鼓足勇气向他汇报："落实3000人现在还有一点儿困难。我昨天参加了'林中'的校庆时看到他们人很多，能否让'林中'再出一些人或是全校参加，还有'林小'也再出一些人。"永红副书记当即表示："没有问题，你就传达我的意见，让他们支持一下。"我灵机一动地说："这么大的事，还是请领导直接打个电话为好。"

　　永红副书记采纳了我的意见，直接给刚刚走上校长岗位的德祥老师打电话："这次局团委搞的文化夜市活动，是一个全局性的活动，请'林中'全员参加，给予支持，好不好？"德祥老师在电话那端连连表示："一定全力支持，请永红书记放心。"永红副书记又给'林小'校长打过电话，然后对我进行交代："你找他们的校长去落实吧。"

　　我带领王刚干事骑自行车直奔"林中"。在校长室我再次见到了德祥老师，互相寒暄过后，我们商定了"林中"全员参加文化夜市活动的有关事宜。德祥老师表示："我们一定按照永红书记的要求支持局团委的工作，全员参加这次文化夜市活动，总共能出动1500人。"德祥老师的支持让我欣喜若狂："那太好了！"德祥老师又疑虑起来："但搞集体舞，这些同学大多都不会跳怎么办？"我当即表态说："没关系，下午我就派吴江阳干事他们带着文艺骨干来进行速成培训，好不好？"德祥老师与我一拍即合。然后我们又到"林小"落实参加文化夜市活动的人数。

　　回到办公室我立刻召开了协调会，听取各方面准备情况的汇报。协调会上，我着重强调："一是吴江阳干事与发花书记带领文艺骨干，下午立刻分别到'林中''林小'搞集体舞培训。现在人数已经落实了，关键是加强集体舞的指导，而且还要速成。二是现场解说由发花与平华具体负责，通过现场的解说，实现我们的导演意图，确保此次活动圆满有序完成。三是临时增设一个引导组，具体由王刚干事和起武书记共同负责，专门引导局党政工领导到各现场观看。四是突出重点注重细节。细节决定成败，大家想得越细越好。王刚和平华负责用电、照明、音响等重点环节。五是统一协调指挥。从现在开始，大家要各就各位，分兵把口，落实责任。希望大家多想一些，想得更仔细一些，绝对不允许出现任何问题，一定做到万无一失。散会，大家分头去准备吧，我在办公室静候各位的佳音。"

　　晚上，桥头毛驴小吃部。

　　窗前，耀眼的霓虹灯发出令人眼花缭乱的彩光，整个小吃部显得优雅时尚。柜台后面的货架上摆着"杨树白"等各式各样的酒品。墙上张贴特色风味驴肉菜谱：爆炒驴板肠、大刀驴肉、罐香驴肉、驴肉战线、红焖驴肉、带皮驴肉、大葱拌驴鞭、红焖驴排、手撕驴肉干、驴三件，还有驴肉蒸饺等。我暗自盘算，还真是名副其实呀，这哪里是什么小吃部，分明是毛驴大饭店。

点完菜后，我与大家闲聊："前年我们家的兄弟姐妹就曾经好奇地议论过，这是谁开的小吃部呢？怎么叫毛驴小吃部呢？有谁知道？"发花书记快言快语地向我介绍："你不知道啊？就是咱们多布林场崔毛驴子开的。"我有些疑惑惊奇地问："谁开的？"发花书记又补正道："就是与你曾经对垒过的崔毛驴子开的，不然能叫毛驴小吃部吗？"我很有兴致地说道："有特点，敢为人先哪！怎么没见到人呢？"发花书记问过服务员，不巧他外出办事去了，此时此地没有见到崔师傅，让我略有些遗憾。

与其说是吃加班饭，不如说是一个小会餐。酒喝到高潮时，发花书记开始起高调，鼓动大家："现在万事俱备，只欠东风了。明天晚上跳集体舞，局团委是否也带个头，特别是金匀书记也要带这个头啊！大家说，对不对呀？"局团委的两名干事和基层的文艺骨干、起武和平华都一起跟着起哄。起武说："发花书记说得对，机关不带头，下面没奔头。"平华说："我看这个事可办，王刚、吴江阳你们就安排吧。"王刚和吴江阳看我并不反对，就回林业局机关安排去了。

林业局小会议室，灯火通明，桌子椅子都靠边摆放。手提式录音机播放着各种圆舞曲，我瞬时置身于轻松浪漫的氛围之中。

我从来没有跳过舞，与大家手拉手跳起集体舞，总是笨手笨脚的。发花书记一再起哄："今天晚上我们必须把书记教会了，否则明天他下不了场、带不了头啊！"说着，她过来一把抓住我的手，使劲儿攥住不肯松开。她一遍又一遍地教我："放松，放松，好，转！"如果我哪个动作做不下来，她还直接训斥："你真是个书呆子，怎么就这么不开窍呢！"在场的人都不明白她的用意，怀疑她怎么胆敢公开教训书记呢？什么关系？

我难以为情，既不想让她教训，又不肯真心离去。发花书记依旧不依不饶，一语双关地说："机会多难得，你上哪去找我这样的好老师啊！来，再练几遍。"

发花书记又教我练了起来，一遍又一遍。她紧紧握住我的手指，分明能感受到她手的力度和温度。面对面教时，她那含情脉脉的眼睛仿佛有话要说，我能感受到她的热情与渴望。她颤抖的嘴唇想要说什么，欲言又止。我微闭上眼睛，凝神与她努力地配合，享受这片刻的愉悦，少有的愉悦。

直至在回家的路上，我还没有缓过神来，依然沉浸于美妙的乐曲声中，还在回味和享受发花书记教我跳舞时的情景，是小白熊——乐乐的呼叫把我从沉醉中拽了回来。进了家门，红梅大嗓门儿地埋怨："都疯到几点了？才回来？"我心不在焉："加班了，还不到十一点呢！"红梅接着又挖苦我说："我说你们团委就怪了，总是半夜三更加班加点，工作还挺积极呢？"

是夜，我一边接受红梅的数叨，一边回味着与大家在一起学跳集体舞时的感觉，特别是与发花书记在一起的分分秒秒，是多么惬意和温馨啊！

"大战"在即！

我站在林业局职工俱乐部的台阶上，凝视台阶下面的广场，红旗如海，人流如潮，歌声鼎沸。虽然准备得很充分，但对今天晚上的活动能否取得绝对成功我还是心里没底。原定的活动时间是晚上7点整，在等待的过程中实属煎熬啊！我的心扑腾扑腾地直跳，简直快要跳到嗓子眼儿了。

这时，我对王刚等下达指令："清点一下人数。"不大一会儿，他们飞快回来报告："各队伍都到齐了，"林中"和"林小"都按照规定的人数到达，特别是布铁林场代表队到了80多人，比原计划多了20多人。"我下意识地看了一眼在我身边的起武，他仿佛很轻松很自信。

终于熬到了活动开始的时间。海青书记、宗庆局长、永红副书记等杨树地林业局党政工领导在王刚和起武的引导下，准时来到了我们活动的现场。

平华书记和发花书记精神抖擞地站在麦克风前，手拿着解说词，伴着优美的旋律，发出了洪亮而又清脆的声音：

> 男女合：各位领导、青年朋友们，大家晚上好！
> 男：又是一年金秋送爽时，
> 女：又是一轮花好月圆时，
> 男：我们带着兴安儿女的喜悦和憧憬，
> 女：我们带着营林工人的豪情和渴望，
> 男女合：热烈祝贺新中国成立35周年这个伟大而又光辉的节日！
> 男：走进十月，我们用幸福的眼神凝望金秋，
> 女：凝望金秋，我们用无限的激情欢度国庆，
> 男：欢度国庆，我们用嘹亮的声音歌唱祖国，
> 女：歌唱祖国，我们用欢快的舞蹈诠释情怀，
> 男女合：杨树地林业局庆祝新中国成立35周年文化夜市活动现在开始！

平华的声音是那么雄浑厚重，发花的声音是那么娇柔亲切。我重点抓的现场解说此时发挥了重要指挥和调节作用，现场热烈的气氛骤然升温了，每一个现场的人都被深深地感染了。

> 女：各位领导，青年朋友们，下面将要进行的是青年集体舞汇报表演。首先是林业中学1500名青年集体舞表演——《在希望的田野上》。这是共青团中央指定的庆祝新中国成立35周年的歌曲。

> 我们的家乡，在希望的田野上，炊烟在新建的住房上飘荡，小河在美丽的村庄旁流淌……
> 我们的理想，在希望的田野上，禾苗在农民的汗水里抽穗，牛羊在牧人的笛声中成长……
> 我们的未来，在希望的田野上，人们在明媚的阳光下生活，生活在人们的劳动中变样……
> 我们世世代代在这田野上生活，为她幸福，为她增光……

一曲《在希望的田野上》立刻把整个活动推向了高潮。紧接着，林业小学、布铁林场代表队分别进行表演。"林小"人数众多，体现出了规模，布铁林场代表队身着民族服装，伴着鄂伦春小唱《高高的兴安岭》等歌曲翩翩起舞，体现了浓郁的民族特色。

简短的开场式结束后，按照事先的策划，林业小学1000多人在林业局电站至林业商店的公路上，林业中学1500多人集中在林业商店门前的公路上，林业局各单位的青年1000多人在林业局招待所门前的公路上，身着节日盛装的各族青年和中小学生伴随着舞曲跳起欢快的集体舞。

林业局电站的职工早就在这三段公路上接上了照明灯，林业局广播站在汽车上安装了高音喇叭，《社会主义好》《泉水叮咚响》《洁白的羽毛寄深情》《边疆的泉水清又纯》《青春啊青春》《太阳岛上》《我们的明天比蜜甜》《浪花里飞出欢乐的歌》等10多种集体舞竞相亮相，林业局电站、林业局商店、林业局招待所门前的马路上集体舞表演遥相呼应。这是歌声的海洋，这是欢乐的海洋。这优美的旋律，飘逸的舞姿，表达了杨树地林业局各族青年对美好生活的向往和热爱，抒发了杨树地林业局各族青年对美好未来的憧憬和祝愿，为刚刚步入改革开放新时代的大杨树人带来一缕清风，让人们耳目一新，为之一振。

人如海，歌如潮。在大杨树地区，多少年来都没有搞过这么大规模的活动了，观众越聚越多，远远超过了原计划的人数，后来有人说是万人空巷。

妈妈和红梅拽着霞妹也挤在人群中，平弟他们也来了。当他们看到我时，还高兴地向我招了招手。其实妈妈早就知道这次活动是我张罗的，今天她和红梅特意领着霞妹出来看一看，生怕我搞砸了。妈妈和红梅的无声支持是我搞好这次活动的强大精神动力，妈妈会心的微笑是满意的表示，传递了赞许他的傻儿子成功的信息。

观看中，海青书记高兴地频频对我说："这个活动搞得好，很有规模，很有声势。"宗庆局长补充海青书记的话说："金勾，海青书记对你们搞的活动很满意，我也不例外，大家很满意。今后，团委在工作中有什么困难，直接来找我，我支持你们。"

永红副书记也不断地称赞："规模出效益啊，声势凝聚人心啊，这次活动的空前规模和现场的热烈气氛是出人意料的。"吴部长、曹德玉副部长、人勤副主任等机关领导都赞不绝口。

是夜，《年轻的朋友来相会》在大杨树的上空一遍又一遍地回响……

啊！亲爱的朋友们，美妙的春光属于谁，
属于我，属于你，属于我们八十年代的新一辈。
再过二十年我们重相会，伟大祖国该有多么美……

十月中旬的一天下午，在全局党政干部大会上，林管局党委组织部领导宣布，免去海青书记杨树地林业局党委书记职务，另有任用，永红副书记接任杨树地林业局党委书记。这是我们杨树地林业局全体职工期盼已久的一件大事，人们再次奔走相告，喜笑颜开。

海青书记"另有任用"，这是官方习惯性语言。其实大家都知道，海青书记到盟委任副书记，这已经是公开的秘密了。

明天海青书记即将赴盟委走马上任了，永红书记特意指示，今天晚上请局团委举办一场欢送海青书记的联欢晚会。

又是秋高月圆时，林业局职工俱乐部前厅张灯结彩，乐曲悠扬，各单位的文艺骨干纷纷提前到场。恰好发花书记今天来局团委办事，也被我留了下来参加联欢晚会并主持。

晚会原定七点三十分开始，我们一直等到了八点三十分，领导们在林业局招待所的会餐还没有结束。伴随着悠扬的舞曲，发花书记等文艺骨干按捺不住艺术的冲动，纷纷结伴自发地跳起了交谊舞。发花书记发现我一直在那里坐着，她主动走过来站在我面前弓身，左手背后，右手向前伸邀请我跳舞："老班长，跳一曲。"我摆摆手推辞道："我不会跳交谊舞。"她又突然迅速地用双手拉起我的双手："哪有当团委书记不会跳舞的？怎么能说得出口？来我教你。"我半推半就地与她学起了交谊舞。

发花书记先教我舞步的要领："基本动作，长步前进，来，慢慢——快快！共4拍。"我还是笨手笨脚地不得要领，险些栽倒，一把被发花书记揽在了怀里，她温柔的目光一直注视着我。我假装没有什么感觉，有意识地躲避她。她涨红了脸训我："书呆子！"然后，她又用力紧紧地抓住我的手，继续教我。我借力与她旋转着、旋转着……

人生的圆舞曲没完没了，一切尽在不言中……

吴江阳干事跑过来报告："海青书记他们来了。"我们立刻终止了"现场学习"。我赶紧吩咐："赶快列队欢迎！"

我跑步到俱乐部大门口，迎接海青书记等各位领导。当海青书记、永红书记、宗庆局长等陪同上级领导步入俱乐部前厅时，全体文艺骨干和青年分列两旁热烈鼓掌欢迎，海青书记等各位领导频频向大家挥手致意。我弓身上前请示永红书记："是否可以开始？"永红书记点头同意。发花书记上前主持。

各位领导，各位来宾！大家晚上好！

杨树地林业局欢送海青书记联欢晚会现在开始！

在这金秋送爽的时节，在这五花山色绽放的时刻，我们用美妙的歌声、用优美的舞姿，向我们最尊敬的老领导海青书记致以最崇高的敬意！

在发花书记的示意下，一曲节奏明快、自如轻松的《青年圆舞曲》响起，上级领导和海青书记、永红书记、宗庆局长等领导在女青年的簇拥下翩翩起舞。

《蓝色的多瑙河》《青年友谊圆舞曲》……

一曲接着一曲，时至十二点半，晚会在《难忘今宵》中结束。

待回到我们小家时，红梅生气地把门反锁上了，只听到小白熊——乐乐在欢叫，红梅说什么也不给我开门，怄气地吼道："我往回调的事没有人管，你就继续在外边疯吧！你们男欢女爱的多好玩啊？"我好言好语地哀求道："欢送海青书记，领导没有走我们怎么走啊？快开门吧，我的祖奶奶，别让邻居听见了！"我费了九牛二虎之力才把门叫开，红梅大嗓门儿地严正警告我："如果再有下次，你看我怎么惩罚你！"

第二天下午，大杨树火车站人声鼎沸。

送海青书记的人挤满了站台。我怀着依依不舍的心情，加入送行的队伍中。我努力抢上前去，紧紧握住海青书记一双温暖的大手，久久不愿松开。海青书记一再嘱咐我说："开局不错，你上任的第一炮已经打响了。下一步，要结合青年人的特点，谋划好工作思路，把重点放在解决实际问题上。今后你有什么事，可以到盟里来找我。"

海青书记在永红书记的陪同下登上了列车。汽笛一声长鸣，列车徐徐开动，海青书记还在向我们挥手，片片离愁不断涌上了我的心头。

星期日，林业局广播站特意派了几名工人，给我们小家安装了一部电话，让我感到特别意外。原来林业局内部规定，林业局党委常委（包括组织部部长、宣传部部长两位科级常委）、副处级以上干部还有几位重要岗位的正科级干部（两办主任、财务科长等）才有资格在家安装电话。就拿爸爸来说吧，他是我们大杨树区开发建设的元老，家里至今也没有安上电话。在我们杨树地林业局能在个人家安装上一部电话无疑是一种优待。据安装的工人讲，我这部电话是永红书记的建议，宗庆局长特批的。有一位工人告诉我："你是林业局党政工青四大家之一，就是开大会也要坐在主席台上。"

对这突如其来的待遇，着实让我犯难了。我虽然在局团委是主持工作的，但毕竟是副书记，怎么也不会享受这种特殊的待遇。从林业局横向看，我刚刚提拔不过几个月，太年轻了，论资排辈也轮不到我。这不会是从天上掉下来一个大馅饼吧？

刚安装电话的头几天，每天下班没事的时候，我总是愿意摸一摸这个油黑锃亮的电话机。它的底座很大，从正面看，底座是一个四方的山坡形，斜坡上面有四个小爪子，电话机架在上面；从侧面看，由倒直角三角形和立着的四方形组成，如果想打电话，首先要摇动侧面那个小摇把子，它既很灵活又很有阻力，摇起来齿轮咬合的声音也很悦耳。这时，当你拿起沉沉的话机，交换台那面就会传来一位女接线员甜甜的声音："金勾书记，您要打哪里？"

此时此刻，我才如梦初醒，这不是幻觉，这是千真万确的事实。

初安电话，电话的使用频率并不高。我家电话铃声第一次清脆地响起时，小白熊——乐乐发出了疯狂欢叫，我被吓了一跳，但激动不已。当我拿起沉甸甸的电话机时，话机那边传来了永红书记的亲切而又熟悉的声音："是金勾书记吧？"

我的声音略有些颤抖："是，是我！"

永红书记温和地对我说："这次庆祝新中国成立35周年文化夜市活动和欢送海青书记的联欢晚会，你们搞得很成功，我建议你们认真地总结一下，总结经验也是为了更好的工作嘛。"

我郑重其事地表示："好的，我们将按照永红书记的要求，认真搞好这两次活动的总结。"同时我又放低了声音："谢谢书记特意为我安装了电话，我也不知道说什么感谢的话了。书记，这个待遇是不是有点太高了，我怕别人有意见。"

永红书记就此解释并安慰我："别客气，这是应该的。对年轻干部除了大胆使用外，在生活等各方面的待遇也都要跟上。我是想让大家都知道，当团书记光荣，当团书记有地位，当团书记应该受到普遍的重视。"我万万没有想到，安装一部小小的电话，竟然凝结着局党委领导这么多、这么深的厚爱与希望。

是夜，我无论如何也抑制不了自己兴奋的心情，辗转反侧，一会儿想起文化夜市那天壮观的场面和成功后的喜悦，一会儿想起与发花书记学跳交谊舞时片刻的温馨与矛盾，一会儿梦想我参加了盟的那达慕大会，一会又梦想我们杨树地林业局团委工作受到内蒙古自治区团委和团中央的表彰。梦乡啊，梦想！梦想啊，梦乡！你竟然这般的奇特和美妙……

庆祝新中国成立35周年文化夜市活动和欢送海青书记的联欢晚会虽然取得了成功，但这个平台是海青书记和永红书记为我搭建的。如果没有这个平台，纵使我有再大的本事，我也不会组织起3000多人的活动来。在这两次活动中，我既得到了锻炼，又收获了成功。

海青书记虽然走远了，但我这颗感恩的心永远不能"走远"，更不能昧良心而泯灭！海青书记，是你把我安置在武装部工作，让我"一步登天"；是你在我被录用公安干警的关键时刻说了一句关键的话，才使我如期转干并继续留在武装部工作；是在你的主持下，林业局党委研究决定我为林业局团委副书记，这才使我这个退伍战士在回乡刚好3年的时间竟然得到了出人意料的重用。曾有多少人问过我，海青书记帮你办了这么多的事，你给他送了多少大礼？我可以明确地告诉大家，海青书记不但没收过我的一分钱，而且连我家的一口水和一杯酒都没有喝过，就连我家的一棵大白菜也没有吃到过。这既是我终生最遗憾的痛处，也正是我应该感恩的地方。

金勾啊，做一个知恩图报的人吧！不然的话你的内心就会负债累累。如果你感恩的情感得到了宣泄，那么你的心里就会越来越敞亮。否则，你的良心将备受谴责，终生连行尸走肉都不如。海青书记，感恩的心感恩于你，无论你走到哪里我都会用心去感谢你！

海青书记临别赠言，指示我要结合青年人的特点，谋划好下一步的工作思路。这几天，我一直在反复地思考，一两场轰轰烈烈的活动虽然结束了，但是下一步我到底重点要抓什么呢？我再次与局团委的两名干事和基层团委书记谈心谈话，征求他们的意见。综合大家的意见，当前要结合青年人的实际，继续开展有规模、有影响、有凝聚力的联谊活动。通过活动联动上下左右，通过活动提升我们的能力，通过活动重塑八十年代青年人的形象，通过活动改变我们"小字辈"的局面。还要想办法解决基层团委书记调动频繁的问题，团委书记不稳定，没有人干活。同时要重点解决基层团委书记列席同级党委会的这个政治待遇问题。以上三个方面的问题，实质是三个方面的重点工作，今后我要把这三个方面的重点牢牢抓在手上，一抓到底，不抓出成效誓不罢休。谋事在人，成事在天；事在人为，路在脚下。

1984年10月27日

第二十七章
爱国歌曲聚人心　万里林海有知音

王刚认真地起草给局党委的工作报告，虽然几易其稿，但我还是不满意，特别是对下一步的工作思路尚不清晰。在讨论时，我结合当前的形势不断地启发他："围绕当前形势能否做点文章？动一动脑筋。"

王刚很睿智，一点就透，马上说："全国都在搞爱国主义教育，我建议增加一条对青年进行爱国主义精神教育呗。"我表示："是这个想法，但不能太笼统，不然不好操作，应该具体集中在一两个点上。"吴江阳擅长文艺，从自身的特点出发说："唱爱国歌曲，比如《十五的月亮》等歌曲，多么抒情啊。"王刚又提议："还应该把立足岗位学英雄再加上。"

三个臭皮匠顶个诸葛亮。他们的发言反过来又启发了我，综合大家的意见，再加上我当兵和退伍后搞民兵训练的诸多体会，我提出了一个大胆的工作思路："开展一个'爱国歌曲聚人心，培育作风搞军训，立足岗位做贡献'的爱国主义教育活动，既表达了我们的心声，又符合青年人的特点，大家以为如何？"我话音刚落下，两位干事异口同声地赞成。

我又补充地说："在下一步建议中，把团委书记调动频繁和不能参加同级党委会议的问题也要写上，帮助基层争一争口袋。报告形成后，以最快的速度呈送局党委领导审阅。"

下午，稍有空闲，我忽地想起了红梅因工作调动这件事一直也没有个结果对我的责怪。两地分居，困难重重，她的抱怨与日俱增，特别是在我加班回来晚些时，她的抱怨达到了无以复加的程度。然而，红梅最恨的还是我的岳父，"他一点正事也没有，孩子们工作的事从来不过问。我好像不是他们亲生的一样。"一想起这些琐碎的事，我的内疚感就不断地升腾。

农工商联合公司是黑龙江省大兴安岭地区的一户驻外企业，下辖1个建材厂和8个农场，约有14万亩土地。这8个农场又横跨鄂莫两旗（鄂伦春族自治旗和莫力达瓦达斡尔族自治旗）。联合公司的办公楼就是当年建材厂的那座小二楼。在我高中刚毕业做临时工时，上下班时经常在这座办公楼前路过。当年对这座小二楼许多的是猜测和羡慕，如今历历在目。

我轻轻敲开了总经理办公室的门。一看是我，德怀茂总经理从座位上站起来热情地与我打招呼："噢，金匀来了，有很长时间没有看到你了。"我极尽解释："这段时间工作实在是太忙了。"德怀茂总经理高兴地与我聊起来："听说你都当上团委书记了。"我把当上团委副书记后的工作简要地向他老人家做了汇报，他频频地点头："进步很快呀，在咱们'大白块'邻居的孩子中，数你进步得快啊！"我谦虚地说："快什么呀，都是托大爷大娘的福啊！"

闲聊过后，德怀茂总经理感觉到我好像有什么事，问道："你是不是有什么事，就直接说吧。"我把与红梅两地生活的诸多困难向他倾诉了一番："想求大爷帮帮忙，把红梅调回来，以解决我们两地生活的困难。"

德怀茂总经理感到很是为难："傻小子，你怎么不早点说呀，现在机关是满满的。"

我又央求："我们小两口也不认识别人，就得请大爷多多帮忙了。"

德怀茂总经理表示："这个忙是一定要帮的，但得等机会。好不好，你先回去等着，不用老跑了，有什么信我会通知红梅的。"

我激动地表示："谢谢大爷了。"与德怀茂总经理握手告别，走出了这座小二楼。

回到我们小家，我把去找德怀茂大爷的事向红梅学了一遍，她不但没感动，反而突兀地哭泣起来："我这个命怎么这么苦啊？姥姥不亲舅舅不爱，没有人管我的事。我来回快跑10年了，结婚后都跑3年了，还得让我跑多长时间啊？"

红梅哭得伤心至极，不断抽泣着。我尽最大努力去哄她："慢慢地来，面包会有的，一切都会好起来的。"晚饭没有吃，我饿着肚子继续哄红梅。

红梅躺在小屋的炕上仍然在伤心落泪。我来到大屋趴在地桌上，打开粉红色日记本准备写日记。忽然，那部电话响起了悦耳的铃声，小白熊——乐乐听到后"呼喊"着让我去接电话。人勤副主任在电话那边对我说："金勾，你们写的工作报告，永红书记已经做了批示，明天上班后，请你过来取一下。"我答应着。

第二天，我激动地从人勤副主任办公室取回工作报告，在走廊中模糊地看几眼永红书记的批示，但没有完全看清楚。回到了办公室，我认真地阅读永红书记的批示：

请局党委办公室将此件转发下去。共青团工作特别重要。希望各单位党政领导一定要高度重视并给予支持，帮助他们解决当前普遍存在的两个方面问题。现在团的工作抓得比较好、比较实，有新气象。希望局团委多开展一些诸如"爱国歌曲聚人心，培育作风搞军训，立足岗位做贡献"等符合时代特征、符合青年人特点的活动，为林业局发展再立新功！

这是我主持局团委工作以来，第一次看到局党委领导这样有力度的批示，蓝色钢笔字，遒劲有力，字字千钧。几天来，我和局团委的两名干事反复认真地学习永红书记的批示，逐条理解逐条消化。我反复揣摩，永红书记的批示可能有三层意思，第一层是针对基层领导讲的，对他们提出了明确要求，也是为我们共青团工作撑腰；第二层是充分肯定了我上任以来的工作成绩，是鼓励、是鞭策；第三层是肯定了我们的工作思路，同时对我们共青团工作提出新的更高的要求。

面对永红书记的批示，我喜出望外，百感交集。

林业局小会议室，正在召开全局知青工作会议，事先没有通知我参加。会议开始不大一会儿，宗庆局长发现我没有参加会议，就问行政办的同志："通知局团委了吗？"行政办的同志回答："没有通知。"宗庆局长突然变了脸色："今天的会议虽然是从行政角度召开的，但不能不让局团委的同志参加，党政工青嘛！另外这次会议内容与他们有关，请金勾书记来参加会议。今后凡有重要的会议，你们办公室都要通知局团委的同志参加。"受到宗庆局长批评的同志立刻给我打电话："金勾书记，你快过来参加知青会议吧，我们事先准备不周，没有通知你，请你谅解。"我放下电话立刻赶赴会场。行政办的同志急匆匆地把我让到主席台上就座，说这是党政工青的惯例。刚落座，我往台下一看都是各单位的一把手，被迫只好把目光转移到天棚角或窗户处，再也不敢正视他们。

宗庆局长正在讲话，只见他感慨激昂地讲："做好知青工作，首先要解放思想，更新观念。都改革开放五六年了，我们还是原地踏步。前几天，自治区来了一位副主席严厉地批评我们，大杨树这个地方是改革春风吹不到的地方，山高皇帝远哪！我们的好多职工子女，这个活不愿意干，那个活又干不了，好多活都让外来人员干了。我们要学习浙江姑娘'掌破鞋'的精神，不怕丢面子，不怕闲言碎语，敢于吃苦耐劳，勇于艰苦奋斗，干一行爱一行，干一行精一行……"

会议进行分组讨论。我被分到与宗庆局长一个讨论组，大家争先恐后地进行发言。宗庆局长对有些同志的发言不满意："你们发言要言之有物，不能言不由衷。下一步的知青工作到底怎么开展？每一个部门都要实实在在地做一些事，再不能搞那些花拳绣腿了。"

每个人都得发言。迫不得已，我怀着忐忑不安的心情也做了个简明扼要的发言："我来晚了一点，听到了宗庆局长的讲话很受启发。贯彻落实好宗庆局长的讲话精神，我们局团委结合当前形势和林业局知青工作的实际，准备开展'爱国歌曲聚人心，培育作风搞军训，立足岗位做贡献'主题教育活动，不知道是否可行？汇报完了。"

宗庆局长好像没有完全听清楚，他建议我："你再展开一点说。"

坏了！我是否在搞"花拳绣腿"？惹宗庆局长不满意了。

我顿了顿，镇静一下，鼓足了勇气接着汇报："关于'爱国歌曲聚人心'，就是结合白山前线浴血奋战的实际，结合青年人的特点，在元旦春节前后组织全局团员青年大唱以《十五的月亮》为代表的爱国歌曲，抒发青年人爱国的豪情壮志。我们局团委印发了《十五的月亮》《妈妈的吻》《在希望的田野上》《党啊，亲爱的妈妈》《年轻的朋友来相会》《在那桃花盛开的地方》《我爱你，塞北的雪》《军港之夜》《驼铃》《幸福在哪里》等歌曲，届时各地各单位都要组织不同形式的歌咏比赛。关于'培育作风搞军训'，就是针对当前青年人纪律松散，作风散漫，吊儿郎当等现象，我们局团委要主动与武装部、防火办密切配合，在有条件的单位适时组织开展军训活动，着力培育青年人纪律严明、作风优良、崇文尚武、吃苦耐劳的优良品质。这项工作主要在春防工作期间进行，力求与防火工作紧密结合。关于'立足岗位做贡献'，就是结合青年人本职工作岗位的实际。开展劳动竞赛，大力表彰劳动能手；开展'青年突击队'活动，大力表彰青年突击手，推动全局营林事业的大发展。"

没有等我说完，宗庆局长不苟言笑、侃然正色地接过话茬儿说："你们看看人家局团委的金匀，虽然说的都是形式上的东西，但有具体内容，既容易操作，又受青年人欢迎，既能鼓舞士气，又能凝聚人心。我从行政角度完全支持局团委开展的这个主题教育活动。把全局的青年人都组织起来，大唱爱国主义歌曲，全员搞军训，立足岗位做贡献，我看这个角度选得很准，不然的话我们的青年人就是一盘散沙，成天打架斗殴，什么也不愿意干，全靠父母养活着，哪里还有什么爱国主义情怀啊？金匀哪，你们好好地抓一抓，有什么困难你们直接来找我。"

出乎意料，我不但没有受到批评，反而还受到了表扬，心中的一块大石头才算落了地。

晚上，我把局团委的录音机带回家，逐句地学唱《十五的月亮》。我天生五音不全，在部队时唱歌还曾遭到过班长的批评，这不红梅还嘲笑我："像老牛'哞'！"但我还是没有泄气，解释说："现在年轻人最愿意唱《十五的月亮》等歌曲。南疆自卫反击战以来，南国的枪声就没有间断过，至今还有一些部队的指战员正在白山前线浴血奋战，这首歌曲最能代表这个时代青年人的心声。所以，我必须要带好这个头，管他老牛怎么叫呢？"红梅笑了。

全局性的学唱《十五的月亮》等歌曲活动此起彼伏。我对两位干事交代："局团委的同志先带头学唱，要像学习集体舞那样。"吴江阳干事找来几位文艺骨干专门教我们学唱，大家自然学得很快，唯有我学得慢一些。还好，当年在部队唱歌时挨批的窘况没有再度发生。我现在已经是林业局团委的领导了，虽然唱得不好，但大家还是鼓励我："金匀书记学得真快。"

我虽然已经退伍3年了，但是曾经作为一名光荣的解放军战士，对这首新时代的"兵哥思妻"曲有着最深刻的理解。

十五的月亮，照在家乡，照在边关。
宁静的夜晚，你也思念，我也思念。
你守在婴儿的摇篮边，我巡逻在祖国的边防线；
你在家乡耕耘着农田，我在边疆站岗值班。
啊！丰收果里有你的甘甜，也有我的甘甜；
军功章啊有我的一半，也有你的一半……

到了年底，各项工作都在紧锣密鼓地进行，特别是全局歌咏比赛让我们局团委全体同志忙得不亦乐乎。

一天上午，王刚干事送过来一份克什林管局团委转发的内蒙古自治区团委的文件。

从标题上看是组织刊授学习。那么什么是刊授学习呢？我第一次听到这个新名词，到底怎么组织？我很是迷惑不解。

我反复认真地阅读文件才弄明白，这是内蒙古自治区团委为全社会青年人办的一件大好事。文件要求，在内蒙古自治区高等教育自学考试、刊授辅导中心下发招生简章的基础上，由各级团委协助承办刊授发行和刊授辅导工作，号召全区广大团员青年踊跃报名，积极参与，刻苦学习，备考应试，把"丢失的青春"补回来。

经请示永红书记同意，我们局团委及时召开了会议、下发了文件，并在林业局广播站连续几天播发了招生简章，但万万没有想到，机关上下出现了不少的闲言碎语，好心的吴部长过来向我通风报信说："刊授学习是教育部门的事，局团委抓这项工作是越位。"有的还说："金匀的手伸得也太长了，林业局的事他都要管。"

初听这些闲言碎语，我很是生气和难受。本来是上指下派的工作，我的手怎么又伸长了呢？我感到很委屈，觉得费力不讨好。同时我对这件事又进行了冷静的思考，从工作性质上讲，这件事确实是教育部门的事，但是内蒙古自治区团委既然有了布置和明确要求，我们作为下级团委理应义不容辞地抓好落实，再者说来，这也是一个新生事物，谁抓都不过分，目标只有一个，就是最大限度地满足广大青年人的求知欲望。如果我们坚持不懈地抓下去，这件事也许能成为一项广大青年共同参与、共同受益的最有意义功德无量的事业，历史将会见证一切。机不可失，时不再来。要时刻保持清醒头脑，要坚定地走自己的路，千万不能错失良机。

永红书记办公室。

我像受了委屈的孩子一样向永红书记诉苦："这项工作也太难开展了，不干吧，上级团委有要求，干吧，人家在背后说长道短的。"永红书记听后很淡然，他和蔼地对我说："不理会他们，现在社会上就是有这么一些人，自己什么事也做不了，别人做点儿事总是在后面说三道四的。新生事物嘛，要经得起大风大浪的考验。你们只管坚决地抓下去，不要受任何干扰，最后看结果。"

永红书记又提示我："目前你们搞的只是刊授发行，要尽可能发挥自己的优势把它抓好，但如何把刊授辅导搞好，让更多的人参与到自学的行列中来并提高素质，你们团委自己搞还是有一定困难的，还是联合教育部门一起来搞的好，你们回去认真研究一下，好不好？"

永红书记一席话给我吃了定心丸，同时又给我指出了抓好刊授辅导的路径。

就搞刊授辅导而言，教育部门比我们团委有优势。我何苦死要面子活受罪呢？不用研究了，永红书记已经提示我们了——"联合教育部门一起来搞"，另外局教育科的科长就是我们二中原来的洪凯老校长，找他老人家求援去。次日，我主动到局教育科登门拜访，互相热情地寒暄后我直言道："我是向老校长来求援的。"洪凯科长说："客气了，有什么事你直接说出来。"我把内蒙古自治区团委办刊授学习的这件事，从头到尾学了一遍，也把永红书记的意见向洪凯科长转达了。我又真诚地解释："这件事是上指下派，我们也没有办法，特别在刊授辅导这块，还是教育部门资源丰富。我想咱们两家联合起来共同抓好刊授学习，我们局团委充分发挥自身的优势搞发行，教育科利用得天独厚的教育资源搞刊授辅导，不知老校长有何意见？"

洪凯科长见我毕恭毕敬，又主动上门求援，就把这件事应了下来："就这么办。尽管我们的上级主管部门没有这方面的文件精神，但为了全局青年人的学习，我们也应该联合起来，共同抓好刊授学习。"我从洪凯科长办公室出来，直接到永红书记办公室进行汇报，永红书记感叹："还是老同志心胸开阔啊！"

局党委和林业局的高度重视进一步激发了地处祖国北疆的杨树地林业局广大团员青年的爱国热情。目前，全局广大团员青年学唱《十五的月亮》等歌曲活动异常火爆，在杨树地林业局的山上山下迅速掀起了歌颂亲人解放军，弘扬爱国主义精神的热潮。

刚刚接到通知，林管局团委最近要在克什召开工作会议，要求准备汇报材料。王刚干事夜以继日地加班加点，很快起草完毕。王刚干事的写作能力经过最近一个时期的锻炼，已经有了长足的进步，我对他的材料改动的越来越少了，令我十分欣慰。修改完毕后，我一遍又一遍进行试读：

我们杨树地林业局团委，按照永红书记既定的"既符合时代特征，又能体现青年人特点"的工作总要求，始终坚持"两手抓"，即一手抓普及学唱《十五的月亮》等革命歌曲，一手抓刊授学习。仅在刊授发行上，我们顶住了来自各方面的舆论压力，经过上下的共同努力，共报名806人，本局报名479人，大杨树地区报名327人。其中，报党政干部专科349人，会计专科187人，英语专科21人，汉语言文学专科249人，年龄最大的56岁。订阅刊授学习杂志《这一代》810份。从这些数字上看，远远超出了我们的预期，说明我们顺应了时代发展的要求，受到了林区广大求学者们的热烈欢迎。在刊授辅导上，我们按照永红书记的指示，坚持不争功、不推诿，主动与局教育科进行联系，充分发挥教育部门的资源优势，对所有参加刊授学习的人员进行辅导，收到了较好的效果。

克什宾馆，异常气派，耀眼豪华，仿佛像个"总统府"。

我带着对共青团工作最初的感悟，前来参加克什林管局共青团工作会议。这是我到团委工作以来第一次参加林管局团委的工作会议，也是内蒙古林区二级班子改革完成后的第一次团的工作会议。林管局所属的38家单位的50多位团委正副书记参加会议。最小的团委书记才21岁，26岁的我在杨树地林业局算是屈指可数的年轻干部，但与林区同行相比年龄居中游，不算是最年轻的。两天来的伙食置办得异常丰盛，每天晚上都举行宴会，领导与青年朋友们觥筹交错，欢聚一堂。在每天晚上举办的舞会上，所有参会的团委书记朝气蓬勃，歌声悠扬，舞姿翩翩，尽显青春才华与风流，我自愧不如！此时此刻，这倒使我想起了发花书记总要给我"吃小灶"的情景，好像多少还是有一定的道理。每天晚上回到宾馆可以看闭路电视，如《剑雨飘香》《虎、虎、虎》《上海滩》等。我第一次享受这种高标准高规格的接待，多少有些晕头转向，更是彻夜难眠。

触景生情，扪心自问。目前我们所享受的这一切，不正是先烈们，抛头颅、洒热血，换来的吗？而我们没有任何理由在这里花天酒地，歌舞升平，于心何忍？我虽然没有达到纸醉金迷、醉生梦死的程度，但我尚未泯灭的良心却一次又一次地受到了谴责！这种谴责是深重的、持久的、痛苦的。

——日记摘抄

会议主要传达团中央十一届三中全会精神及内蒙古自治区共青团七届三次扩大会议精神，并进行座谈讨论。在座谈讨论中，我重点汇报了杨树地林业局团委开展"爱国歌曲聚人心，培育作风搞军训，立足岗位做贡献"主题教育活动的有关情况，同时也把刊授学习情况做了简要汇报。各个林业局团委书记在汇报中也都谈到了刊授学习情况，但与我汇报的思路大相径庭。有的书记汇报怨声载道："团委是抓青年工作的，不是抓教育的。"有的抱怨："我们管得太宽了，手伸得也太长了，我们千万不能包办代替，不能干费力不讨好的事。"有的一针见血地指出："成人教育和职业教育应由教育部门来负责，我们团委配合一下就算说得过去了，也不至于'赤膊上阵'。"

树林书记等领导凝神低眉，认真听取大家的汇报，参与大家的讨论，虽然还不时插话，但敛容屏气，场面尴尬……

今天，我着实为林管局团委的几位领导捏把汗。他们真是大度包容，假如是我早就听不进去了，说不定早都发火了——与先烈们、前辈们比一比，你们干这点工作还抱怨什么？你们还有什么资格去抱怨？！

树林书记身材很清瘦，两眼炯炯有神，讲话很利落，但语速不快，俨然像个大领导。树林书记和几位副书记既年轻有为，英姿勃发，又不失老成持重，稳健有余，不愧为林区青年人的领袖集体。在会议进行总结时，树林书记又谈到了刊授学习工作。他说，刊授学习是社会助学的一种重要形式。自治区团委发起创办的刊授学习，反映了时代的要求和青年人的期盼，是为全区青年团员办的一件好事实事。在发行的过程中，我们团委主要是认真发行，积极服务，零利润，零差错，不挣一分钱。尽管社会上有一些议论，但大方向没有错。布赫老领导对我们讲："你们能给20岁以上的青年人每人发一套大专教材，就是了不起的成绩。我们的社会风气很不好，你若是不干，他也不干；你若是想在前干在前，总会有一些人跟在后面说风凉话，这是国人的通病啊！"志宏主席对我们讲："既然是一件大好事，那么我们一定要把它办好，否则就对不起千千万万青年人对我们的期望了。"树林书记说："实践证明，杨树地林业局团委已经创造了一个解决这个问题的好办法，即积极发行，主动联合，共同抓好刊授学习。请金匀同志代表我们向高度重视并大力支持我们工作的永红书记和那位洪凯老科长问好！向他们表示敬意！我个人认为，杨树地林业局的经验、杨树地林业局的模式，应该在全林区推广。他们的经验告诉我们，在困难和复杂问题面前，只要我们积极主动，办法总比困难多。我们号召各单位要有杨树地林业局团委那么一股劲，那么一种热情，积极主动工作，敢于迎战困难，善于解决复杂的问题，不要把矛盾上推下卸，不要整天怨声载道，积极做好分内工作。这些都是杨树地林业局团委在刊授学习方面最可贵之处。"

意外的表扬，意外的收获。使我的心血一个劲儿地往头上涌，脸顿时通红。

同时，我也从中悟出一个深刻的道理，即不管干任何事情，都要主动作为，有所作为，尽力而为，要始终保持积极进取、阳光向上的人生态度，不为舆论所左右，不与闲言碎语争高低，那些终日怨天尤人、表面化的谦虚谨慎、似乎看破红尘的做法，无疑是自作聪明，其实是藐视自己或是饱食终日、无所作为，长此以往，百害而无一利，没有一丁点儿的实际意义。活得太聪明了，反而活得太困难、太累了，还不如痛痛快快早点辞世的好。

1984年11月17日

第二十八章
北国瑞雪纷飞处 致敬英雄史光柱

带着领导的表扬和重托，我绕道齐齐哈尔回到了大杨树。

清晨，我踏着厚厚的积雪，迎着零星的雪花，"检阅"整齐站立在一马路两侧的杨树。它们注视着我，我也在欣赏着它们，杨树的树干和树梢都涂抹了一层薄薄的白霜。

推开家门，红梅已经生炉火准备做早饭。我惊奇地问："今天太阳怎么从西边出来了？怎么没有睡懒觉呀？"她让我猜谜："你猜呢？"我不假思索地回答："是欢迎我回来呗。"

红梅娇嗔地回敬道："美得你呢！公司劳资科昨天通知，让我今天去办理借调手续，不然的话我才不起来呢。"我兴奋异常："这是天大的好事啊，德怀茂大爷还真的办事啊！"随即我一把将红梅揽在怀里欲要亲昵，红梅用饭勺子挡住了我的嘴，小白熊——乐乐疯狂地扑上来"拉架"，"保护"红梅。

我情不自禁，激动的心绪好半天才平静下来，关切地问："是借调啊，借到什么单位？"红梅不冷不热地说："公司财务科，说不准借到什么时候呢？"我还是很激动："管他什么借调呢，先回来再说。"红梅流露出亦喜亦忧的表情："那只好先对付了。"

本来是一件盼望已久令人兴高采烈的事情，红梅反而没有高兴起来。记得红梅曾经与我说过，她有几位同事先前都是直接调回来的，也许这种期望没有实现罢了。我安慰红梅说："这肯定是德怀茂大爷采取的策略，我看先报到再说，毕竟是先回来了，不用再往农场跑了，其他的事情以后再说。"

红梅点点头。

永红书记办公室。

我向永红书记汇报了林管局团委工作会议精神，特别是树林书记对我们杨树地林业局工作的表扬，让永红书记着实高兴。趁此机会，我把全局正在开展的歌咏比赛、迎新春活动和刊授学习进展情况向他做了汇报。他听完汇报略加思索，然后嘱咐我说："从全局上看，你们局团委的工作思路与上级精神是一致的。从局部上看，春节前各部门活动安排得太多、太满、太挤，春节后又突然凉了下来，可否把你们的歌咏比赛挪到春节后的正月十五晚上搞，主题定为'十五的月亮'，既歌颂了亲人解放军，又弘扬了爱国主义精神，可谓一举多得，好不好？"我欣然地接受了永红书记的建议："太好了！我们都快忙疯了。"

从永红书记办公室出来，我特意跑到局教育科，向洪凯老科长通报了树林书记表扬我们杨树地林业局刊授学习的情况。他听后喜上眉梢，说道："都是应该做的嘛，不足挂齿。下一步，结合贯彻会议精神有什么新要求，你尽管提出来。"

我试探性地说："如果我们辅导的时间、质量能有保证，刊授学习就没有问题，最好几家坐下来开一个协调会，再进一步明确责任和任务，老校长看这个意见行吗？"洪凯老科长肯定地答复："没问题，由你确定时间、地点，我来通知系统内的有关人员参加会议。"

刊授学习协调会如期召开。在会议上有的老师提出："刊授辅导工作量很大，又是利用业余时间进行，能否给一点辅导补助。"洪凯老科长看了我一眼，示意我能否解释一下。我接过来说："首先应该肯定，给辅导老师们一点经济补助是应该的，关键是钱从哪里出。我们刊授发行这块是零利润，完全是没有报酬的服务，从这里面一分钱也拿不出来，但是我们一定积极想办法，一定要保证老师们辅导补助费用，大家只管安心工作好了。"

洪凯老科长见我为难，帮助我圆场："方才金勾书记不是说了嘛，补助费是一定要给的，给多少再说。至于这笔钱从哪出，大家就不要管了，我和金勾书记来想办法，你们只管认真地上课辅导就是了。"

会后，我与洪凯老科长商量："能否给宗庆局长打个报告，要点儿钱。"洪凯老科长否定了我的想法："全局上下，有谁不知道宗庆局长是一个'抠门'局长，有的单位找他要钱像是'要小钱'似的，谁管他要钱，他就冲谁发火。"我无奈道："不向他要钱，我也没有别的办法啊！以咱们两家的名义打个报告，试试看，张嘴三分利。"

我记得宗庆局长曾多次强调"党政工青"，还多次对我说过局团委有什么困难让我直接去找他。难道他还能说一套做一套？这天下午，我经过激烈的思想斗争，鼓足了勇气，拿着请钱的报告，战战兢兢地来到了宗庆局长办公室。

宗庆局长办公室简单朴素如同原来海青书记办公室一样。我向宗庆局长汇报了请钱的来龙去脉，他没有等我汇报完，便拿起笔来在报告上批示：

局团委刊授学习急用，请财务科审核后安排。

他放下笔亲切地对我说："都说我'抠门'，他们什么也干不了，我能不跟他们抠吗？但对能干活的会干活的，我坚决支持，你们局团委有事尽管来找我。"宗庆局长真诚的话语，让我激动得连连给他行礼。我拿着宗庆局长批示的报告，兴奋地再次跑到局教育科向洪凯老科长汇报。洪凯老科长感慨地说："真是没有想到啊，他竟然这么痛快就批了，事在人为啊，不一样就是不一样啊！"

爸爸从遥远的漠河回到大杨树过1985年元旦，更准确地说是回来搬家。

与历次搬家相似，还是事先没有通知妈妈。妈妈抱怨道："搬家这么大的事，说搬就搬，从来也不与我商量。"爸爸气哼哼地说："还有什么好商量的？漠河是新建的县，孩子们好就业。"妈妈哭喊着说："不去漠河就得死啊！这么多人都在大杨树，不也活得挺好吗？"一场"家庭战争"不可避免地爆发了。

霞妹这时从小屋出来，着急地哄妈妈："噢，妈妈不哭，妈妈是乖孩。"妈妈反过来又哄霞妹，爸爸被气得摔门出去了。霞妹又忽然对妈妈暴跳如雷，激动地喊叫："妈妈，不去不行啊，咱们家在大杨树有血光之灾啊！"妈妈安慰霞妹道："谁说的？傻孩子！"瞬间，霞妹盘腿坐在炕上细声细语地讲："昨晚'黄仙子'托梦给我了，不信你问一问它。"妈妈震惊地问："孩子，你是不是被黄皮子又给迷住了？"霞妹接着轻声地说："没有，是'黄仙子'占了我的窍，这不，它们都来了，还有'胡大师'也来了。"妈妈欲哭无泪："这可如何是好？它们怎么又来了？"霞妹身上的"附体"怪声怪气地说："既然如此，你们害怕了，穷酸样，我们先回去了。"

霞妹是爸爸妈妈"家庭战争"的克星，只要霞妹出现在他们的面前，不管多大的"家庭战争"都能立刻偃旗息鼓，今天也是如此。霞妹又用手指着窗户哆嗦起来："嗖——嗖！妈妈，'黄仙子'它们刚走。"

说要搬家，妈妈有一万个舍不得。尤其在房东头新接的两间板夹泥的房子，是妈妈心上的最爱。这几天张罗着卖房子又没有卖上好价钱，这便是妈妈最为心疼的地方。这两间房子凝聚着妈妈多少辛酸的泪水啊！没有人知道。妈妈盖这两间房子的初衷，首先考虑到她自己养的儿子多，结婚时没有地方住，眼看几个儿子越来越大，这是为她的儿子们准备结婚用的窝！还有妈妈领着我们新盖的猪圈、园子中新打的压水井等都无不牵动着妈妈的心。更有与妈妈在一起相处了十三四年的好邻居，妈妈与他们都不舍得分开。

　　要告别大杨树了，爸爸张罗着请周陈子坤副书记、德怀茂大爷、曹德玉副部长、江辉大爷、吴部长到家里吃顿饭。无奈！妈妈又犯愁地说："一个炕桌也装不下这么多的人呢。"爸爸又有点儿火了，他挥舞着拳头恶狠狠地砸了一下跟了我们家二十几年的炕桌，发狠地说："到漠河就换新的！今天我先去借一个用。"

　　爸爸出门到曹德玉副部长家借过来一个地桌。地桌是爸爸梦寐以求的，也是我们心中的时尚。我与爸爸把这个地桌折叠的腿打开，上面铺上一个大大的圆桌面，比妈妈家的炕桌款式要时髦多了。有了它，妈妈家这顿饭的档次仿佛又提升了一大截。

　　傍晚时分，客人们都到齐了。德怀茂大爷和周陈子坤副书记被让到炕边上坐，坐北朝南。爸爸和其他几位客人围坐一圈。妈妈和红梅在里外屋忙活着，这时庆典叔叔不请自到："这么多领导啊，我老远就闻着香味了，也想讨杯酒喝啊！"曹德玉副部长介绍："庆典有喜事，局党委刚研究过，他升任布铁林场主任了，今天也给他祝贺一下！"

　　每到酒场爸爸总是独占鳌头，滔滔不绝地"霸占"酒桌。今天，他站在地桌边上发表热情洋溢的致辞。他一手拿着心爱的酒壶，一手比画着说："今天把几位领导老兄请来，没什么好吃的，只不过是薄酒素菜。要搬家了，回想起在大杨树生活的十三四年，真的有些舍不得啊！第一是感谢各位老兄老弟对我们家的关心和支持，这种感情是无法用语言来表达的，千言万语都在这盅酒中，只有两个字——感谢！是不是得喝一杯呀？"

　　周陈子坤副书记等附和道："感谢什么？客气了，来，大家共同喝一杯酒吧！"大家响应一起喝。

　　接下来，爸爸又开始主持说："这第二盅酒呢？还是感谢！从金勾和红梅的角度来说，金勾当知青时就得到了曹德玉部长、庆典老弟悉心照顾；金勾当兵得到了德怀茂老兄亲自关照；退伍回来后安排工作和结婚，得到了子坤老营长、曹德玉部长、吴部长等各位的关怀，金勾进步这么快，当上局团委书记，这是我做梦也不敢想的；最近德怀茂老兄又把红梅从农场借调回公司。所以说，大家都是我们家应该感谢的人，谢谢各位！我们虽然去漠河了，但把金勾他们留下来了，日后还得请各位多多关照，来再喝一杯！"爸爸话音刚落，他的第二盅酒就迅速下肚了，大家也跟着喝起来。

　　各位都围绕着我当团委书记这件事议论起来。爸爸借着酒劲又开始张罗："都说三杯美酒敬亲人，这第三盅酒要与庆典老弟喝，他和我都是一起支边到筑路营的，没有功劳也有苦劳啊！今天他到布铁林场去当主任，属于扶正啊，说实在的比我自己进步都高兴，在这里，我提议共同喝一杯祝贺的酒！"

　　庆典叔叔附和着："谢谢，谢谢！"

三盅酒喝下肚后，爸爸的话匣子基本打开了，高兴得也不让别人提酒。周陈子坤副书记赶紧压服："今天太高兴了，悠着点，慢点喝。"江辉大爷、曹德玉副部长、吴部长、庆典叔叔分别从不同的角度敬酒，酒桌上的气氛在不断高涨。

周陈子坤副书记与德怀茂大爷商量说："来，我先张罗一杯，最后请德怀茂总经理提议。今天能把我这个退休书记请来，让我很高兴，这充分说明你不忘旧啊。他叔婶这些年来不容易，6个孩子都长大成人了，也熬尽了他们的心血，特别是培养了金勾这么年轻有为的干部，更是难得了。关于金勾个人的成长进步，我没帮上多少忙，全凭金勾自己的努力，金勾这个孩子素质好，是他们教育有方啊！对不对？"

大家附和道："对，书记说得对！"周陈子坤副书记接着说："来，感谢他们今天晚上张罗这一桌子菜，敬一杯酒！同时也给庆典祝贺！"

德怀茂大爷最后提议："大家都说得很好，我就不重复了。我们是老邻旧居了，自从'大白块'建起来，我们就搬过来住，一直住到了去年，今年春天才搬走。我对金勾太了解了，他当知青是一名好知青，当战士是一名好战士，如今他虽然退伍了但不褪色，是一名优秀的退伍军人，这就是好家风培育出来的好苗子。来，敬老弟一杯酒，祝他们家庭兴旺，人才辈出！也祝金勾长江后浪推前浪，事业再有更大的进步！"

我是爸爸心上的最爱，爸爸最愿意听他人表扬我，表扬我就等于表扬爸爸。几位领导的表扬，让爸爸心花怒放，忘乎所以。

这是爸爸妈妈第四次搬家。

上午，我和平弟到车站帮助妈妈往漠河发了6麻袋粉条，妈妈说："争取把这么多人的车费挣回来。"爸爸一百个不同意，嫌弃地说："太丢人了！"

下午，大杨树车站。在风雪站台上，我有一种冥冥的预感，好像这次是我与爸爸妈妈真正分别的开始。亲爱的爸爸妈妈，这次不是我离你们而去，而是你们离我而去。

爸爸妈妈，还有弟弟妹妹们，透过雪花敲打的车窗向送行的人们频频招手。爸爸妈妈苍老的面容，还有妈妈那曾经抚育我们成长的双手，特别是霞妹对着车窗的强烈呼唤，都随着列车的移动恍惚飘逝在白蒙蒙的山川中。

自此，我和红梅开始了真正意义上的独立生活。孤孤单单的我们像一叶小舟，漂泊在茫茫的人海中，只有大杨树这个小家才是我遮风避雨的港湾。

好不容易熬到了1985年的春节。在春节的前一天，我与红梅踏上了去漠河的列车。

直通漠河只有这一列慢车，见站就停，工区也停，慢腾腾的如老牛车一般。我与红梅没舍得花钱买票，只是买了盒烟给列车员打点了一下，就堂而皇之地逃过各种检查。硬座车厢里越来越冷，冻得我们浑身直打哆嗦，时而我与红梅站起来在车厢里来回踱步，时而两个人依偎在一起，共同熬过去漠河探家的漫漫长夜。

列车接近漠河时，我与红梅通过车窗向外眺望，努力搜寻爸爸妈妈的新家，但什么也没有看到。漠河被笼罩在一片白茫茫的雾海中，太阳被冻得出不来了。我与红梅都大吃一惊，数九寒天，天寒地冻，从哪里来的雾海呢？

上午9点多，西林吉车站到了，这就是我梦中的漠河。

原来，西林吉镇是漠河县所在地，车站因此而得名。刚下车，我就倒吸了一口冷气，袭得我喉咙和气管有痛感，噎得我一时喘不过气来，这哪里是什么雾海？分明是高寒下凝固的空气，远处看仿佛像雾茫茫的海。

平弟和颖妹坐着爸爸单位的吉普车前来接我们。平弟见面就介绍："怎么样，比大杨树还冷吧？今天才零下39℃，前些天一直在零下40℃左右呢。"司机师傅插话："这算什么呀？1969年冬天漠河最低达到了零下52.3℃。"

这有可能就是漠河给我们的下马威吧？

平弟与红梅开玩笑："大嫂，你怕不怕？如果害怕这里冷，咱们还是回大杨树吧。"

红梅爽朗地与平弟开玩笑："怕什么？有什么可怕的？冻死迎风站，回去算什么英雄好汉？"红梅一阵戏言，逗得平弟与颖妹一阵开怀大笑。

此前，爸爸曾经多次向我介绍，漠河是一个既神奇而又美丽的地方，以境内漠河命名。漠河古称"木河""末河"，因河水黑如墨，又称"墨河"，还因河水曲折旋转如石磨转动，亦称"磨河"，"墨""磨"同音，渐沿用"漠"。漠河旅游资源得天独厚，"极昼""北极光"是漠河的两大天然奇观。北极村是我国唯一可观赏到北极光和极昼现象的地方。中俄界河——黑龙江，发源于漠河洛古河村的西端，江水悠悠，曲折而下，两岸风光旖旎，景色秀美，境内原始森林繁茂葱郁，可探险、狩猎、篝火野宿。漠河历史悠久，"胭脂沟""古黄金之路"充满了历史的神秘感，雅克萨古战场等明、清、民国时期的古迹遗址景点众多，每年都吸引众多中外游客来漠河观光旅游。漠河1981年建县，虽然正值青春年少，但还是一个富有发展潜力的地方。

妈妈的新家在西林吉镇东南角的九区，四间砖瓦房，崭新的松木板障子夹成四方大院，院门朝东开。我们还没有下车，慈祥的爸爸妈妈便已笑容满面地站在大门口等候我们了。与爸爸妈妈分别刚刚一个多月，仿佛像分别了几年一样。当我从车窗看到爸爸妈妈的第一眼时，怦然一阵心酸。想念的爸爸妈妈，今天我终于见到了你们，不是在大杨树，而是在漠河。

我噙着激动的泪水，努力克制着没有流出来。与爸爸妈妈分别打过招呼。爸爸妈妈像欢迎久别的亲人一样招呼我们。四间砖瓦房分两个老少间，比在大杨树时住得宽敞多了。欢迎我与红梅最激动最热烈的当属霞妹了，她问得最细致，把大杨树邻居家的人和事问个底朝天，千年谷子万年糠无一落下。妈妈端上来早餐招呼大家吃饭，这才有意识地中断了霞妹的"审问"。妈妈从来舍不得吃的油黄的咸鸭蛋和妈妈的当家菜——尖椒炒干豆腐、酸菜炖粉条、白菜木耳又隆重地端了上来。在品味妈妈的当家菜的时刻，我好像又回到了大杨树妈妈那个家。

红梅忙着分发她夜以继日、一针一线织的毛衣："这个是给爸爸的，试一试大小。""这个是给妈妈的，也试一试。"红梅又招呼几个弟弟妹妹："每人一件，作为新年的礼物送给你们。"她给霞妹的更为特殊一些，有毛衣、毛裤、围巾，还特意给她买了一双新皮鞋，从头到脚里外三新。我越来越发现，红梅十分心疼霞妹，她常对我说："霞妹实在是太可怜了！如果她没有病的话早都该上班了，咱们家就应该是另一番景象了。"红梅还把她钩织的白色带红花的门帘挂在了所有的门窗上。红梅所有的举动让爸爸妈妈苍老的脸庞洋溢出幸福的笑容，让弟弟妹妹们也特别地开心，让我也着实美哉。

中午时分，平弟领着我们来到妈妈家东边不远的老潮河畔。老潮河像我们大杨树甘河一样宽阔，被白雪覆盖着，一尘不染，踏上去犹如白色的海绵。老潮河两岸到处都生长着樟子松，青翠挺拔，被白雪点缀得更加苍翠妩媚，而我们大杨树甘河两岸没有"美人松"，长的都是杨树与红毛柳，相比之下是另一番风景。我、红梅和弟弟妹妹们分别合影，造型千姿百态，杰弟在老潮河的雪中打滚，泉弟依靠在松树旁挥着手，颖妹用手扬起洁白的雪花，平弟专门为兄弟姐妹设计各种造型。意犹未尽的我们回到家里，招呼爸爸妈妈，还有霞妹，出来一起在妈妈家的东院外照了张全家福，把我们最美好、最快乐、最幸福的时光定格在这个历史的瞬间。

爸爸妈妈向来重视除夕下午这顿饭。红梅、平弟、颖妹帮助妈妈张罗了一桌丰盛的饭菜，爸爸也不例外地帮助忙活着。平弟一个劲儿地劝爸爸："您指挥就可以了，就不用亲自上手了。"他唯恐爸爸像在以往春节那样动辄发火。这时，有人来买妈妈从大杨树带来的粉条，妈妈兴高采烈把粉条卖给人家，不断地夸奖："这粉条可扛煮了。"待买主走后，爸爸不悦地说："把大门关上，大过年的还卖什么粉条，穷不起了？"好在妈妈到外面去送买主，没有听到爸爸的训斥。这时又有人敲门，妈妈兴高采烈地再次迎了出去，她以为又有人来买粉条，原来是一名被告的家属来给爸爸送礼。那人进屋寒暄后委婉地表达了诉求，临走时将手中的一个小皮包扔下，爸爸手疾眼快撺了出去，将这个沉甸甸的小皮包抛出去了很远，然后气呼呼地把院门重新关上……

让人意想不到的是，爸爸今天不但没有发火，反而总是笑容满面，春风洋溢。爸爸张罗着放鞭炮："你们要学会热爱生活。"爸爸让我陪他一起多喝了几杯酒，不停地谆谆教导我说："在外边工作要学会应酬。"爸爸提议让我们多敬妈妈几杯酒："你们要学会尊老敬老，你妈妈这辈子为你们操劳也是不容易的。"爸爸还借着酒劲为我们讲人生哲学的大道理……

听说我与红梅今年回家过年，爸爸张罗借来2000多元钱，为家里添置了一台黑白电视机，还特意请木匠专门打了一个地桌。电视机对妈妈家来说是奢侈品，能用地桌招待客人是爸爸一生的追求，如今终于实现了。全家人吃完晚饭后，围坐在地桌边一起看电视，或一起谈天说地。我因陪爸爸多喝了几杯酒，一直迷糊，也不知道电视在演什么节目，在蒙胧中红梅把我推醒："快起来看，你们当兵的战斗英雄！"

当我睁开眼睛时，只听中央电视台的节目主持人报幕："大家知道，我们今天的和平环境来之不易，是人民子弟兵用生命和鲜血保卫祖国的安宁。今天，我们特意请来一位战斗英雄——史光柱，请大家欢迎！"

"史光柱同志1984年4月参加了收复白山的战斗，当时他担任某团四班班长、代理排长。在进攻敌人阵地过程中，他在4次负伤、8处重伤、双目失明的情况下，一直坚持指挥战斗，带领全排攻占了57、50号高地，胜利地完成了上级交给的战斗任务，被中央军委授予'战斗英雄'称号。让我们大家再一次以最热烈的掌声向史光柱同志表示崇高的敬意！"

"下面请史光柱同志演唱一首他最喜爱的歌曲《小草》。"

没有花香没有树高，
我是一棵无人知道的小草。

从不寂寞从不烦恼，
你看我的伙伴遍及天涯海角。
春风呀春风你把我吹绿，
阳光呀阳光你把我照耀；
河流呀山川你哺育了我，
大地呀母亲把我紧紧拥抱。

史光柱的名字是英雄的名字！史光柱的《小草》是时代的旋律！我虽然不是什么战斗英雄，但我是一名光荣的退伍军人，又是一名基层的团委书记。如果我们能在当代青年人中把英雄的牺牲精神，军人的奉献意识进一步发扬光大，以此唤醒人们正义的灵魂，向史光柱那样做一棵无名的小草顽强地扎根于大地上，那么我们将无愧于时代给予的一切。

正月十五的夜晚，月亮爬上了东南方向深蓝色的天幕，圆圆的。
坐落在甘河北岸的杨树地林业局工程公司礼堂，灯火通明，乐曲悠扬，人声鼎沸。
永红书记、宗庆局长等林业局党政工领导在我和"寒八级"的引领下来到了活动现场，300多名青年欢声雷动。平华书记与发花书记在一片热烈的欢呼声中开始主持。

男女合：各位领导，各位来宾，青年朋友们，大家晚上好！
男：瑞雪迎春春入户，松涛报喜喜临门；
女：辞旧鞭炮催春潮，迎新锣鼓闹元宵。
男：歌声千曲月儿圆，月亮照亮我的心；
女：苍茫大地歌声起，献给亲人解放军。
男：让我们用优美的歌声抒发我们的豪情，
女：让我们用豪迈的激情唱响我们的心声，
男女合：杨树地林业局团委"十五的月亮"歌咏晚会现在开始！

各单位代表队纷纷上台进行歌咏比赛。欢歌如海，颂歌如潮。一曲曲优美的歌声，献给亲人解放军；一颗颗激动的心，声援边疆子弟兵。历时两个多小时的歌咏活动接近了尾声。

男：月亮飞歌，唱不完我们对守卫边疆战士的日夜思念，
女：月光如水，抒不尽我们对亲人解放军的情意绵绵，
男女合：下面请林业局党政工领导与我们同唱《十五的月亮》！

永红书记、宗庆局长等林业局党政工领导走上舞台，站在我们青年人中间，与大家同唱《十五的月亮》。平华书记与发花书记领唱，台上台下一起唱，强烈的共鸣把晚会推向了高潮。

十五的月亮，照在家乡，照在边关。

宁静的夜晚，你也思念，我也思念。

我孝敬父母任劳任怨，你献身祖国，不惜流血汗；

我肩负着全家的重任，你在保卫国家安全。

啊！祖国昌盛有你的贡献，也有我的贡献；

万家团圆，是你的心愿，也是我的心愿。

啊！啊！……

晚会虽然结束了，但永红书记、宗庆局长等林业局党政工领导与我们青年人仍然徜徉在《十五的月亮》那皎洁的月光里和优美的乐曲中。

这不仅又让我想起了苏轼的名句，人有悲欢离合，月有阴晴圆缺，此事古难全。但愿人长久，千里共婵娟。是啊！古人的词，现代的曲，穿越时空，叩击心扉，催人泪下。

平华的声音是那么的雄浑高亢，唱出了一名戍边战士爱国爱家、奉献牺牲的情怀；发花的声音是那么的深情缠绵，唱出了一名军嫂思念丈夫，支援国防事业的无尽情感。

在年前年后，为了唱好这首歌，平华书记和发花书记把录音机都快听烂了。他们对哪里是强拍，哪里是弱拍，哪里高一些，哪里低一些，都把握得特别准确。他们唱得声情并茂，委婉流畅，起伏的旋律从肺腑流水般汩汩涌出。尤其是"你也思念我也思念"八个字，把守卫边疆的全体指战员的爱祖国、爱人民的博大情怀和思念亲人的情愫表现得淋漓尽致，那细腻的乐音里蕴含的真挚情谊，还略带几分凄楚和缠绵，深深地感动了每一个人。

没有当过兵、没有到过前线的人，对这首歌的理解不会那么深刻。我当过4年兵，对这首歌有着特殊的情感和特殊的理解。这是一首军人的战歌，更是一首时代的情歌，它从我们的心底唱出了这个时代千千万万青年人的心声。这优美的旋律必将鼓舞、激励和感动这个时代的青年人，在亿万青年人心中激荡起情感的波澜。

因此，我们要因势利导，通过青年人喜闻乐见的时代歌曲来教育感染青年人，号召他们向守卫边疆的英雄学习，向史光柱等英雄学习。学习他们热爱祖国、热爱人民的博大情怀，学习他们为保卫祖国、保卫和平而英勇献身的革命英雄主义精神，学习他们像一棵无名的小草深深地植根于大地的无私奉献精神。现在天下太平了，都过上了衣食无忧的生活，大多数青年人不愿意再去艰苦奋斗了，缺少那么一种吃苦、奋斗、奉献、牺牲的精神。如何对广大的青年人进行教育，除了普及时代的歌曲这种最好的、最有效的方法外，还要用当兵的思想、情感、理想、实践来教育改造现在的年轻人，让我们的年轻人过上半军事化的集体生活，从而提升年轻人思想觉悟，培育正确的人生观，让艰苦奋斗，无私奉献，敢于牺牲的精神植根于青年人的心田。如果是这样，国民的素质就将会有一个大的提升，祖国的繁荣昌盛就会变成美好的现实。

1985年3月6日

第二十九章
植树造林亦赎罪　春风国里难宽慰

布铁林场是我任团委副书记后深入基层调研的第一站，王刚干事陪同。

记得在当兵前，因参加整党整风工作队我曾经在这个林场工作过几个月；在武装部工作时，曾陪同吴部长参加"三春"工作组在这个林场工作过一两个月。我对这里的一切都特别熟悉。起武带领几个小青年到车站迎接我。走下高高的站台，起武他们把我让到了既熟悉又久违的"铁牛"拖斗车上。"铁牛""突突"的轰鸣声犹如优美的音乐，驾驶楼前的烟筒冒出几缕黑烟飘散在蔚蓝色的天空上，宛如一幅水墨山水画。春寒料峭，甘河两岸的红毛柳在白雪的映衬下已经明显泛红，它是大兴安岭最早的报春使者，那一丛丛殷红如同一抹红霞在天边流动。

"铁牛"载着我们正直向西，路过布铁乡的公安派出所、银行办事处、镇政府，然后向北路过镇小学校、林场家属区。快到林场大门时，便看见红底白字的深入开展"五讲四美三热爱"活动等标语口号张贴在林场大门口左右，场区内外到处是人，拿着扫帚和铁锹打扫卫生。

庆典主任在林场办公室门口迎接我："欢迎金匀书记到我们林场检查指导工作！"在长辈面前我谦让未遑，急忙解释："哪里呀，庆典叔叔，我是向你们学习取经来了！"起武惊讶问道："原来你们认识？"庆典主任喜形于色，无比自豪地表示："岂止是认识。"我向起武介绍说："庆典叔叔是和我爸爸一起来支边的老同志、老朋友。"庆典主任解释："我上午还有事，就不陪你了，让起武他们陪你，中午咱们一起吃饭。"

起武首先引领我参观了林场的"青年之家"活动室，实地察看了布铁林场开展"青年之家"竞赛活动的有关情况。这是我第一次看到"青年之家"雏形，自言自语地感叹："'青年之家'有标识、有活动场所，还是图书室，一室多用，很好。"起武向我介绍说："正因为一室多用，所以'青年之家'的利用率还是很高的。"我频频点头称赞。

我又抓紧时间召开一次座谈会。参加今天座谈会的大多都是一线的知青，大家发言不怎么踊跃。在我和起武的启发下，有一位达斡尔族姑娘小涂勉强发言："我们林场是多民族的林场，有达斡尔族、鄂温克族、鄂伦春族、蒙古族等，少数民族职工占职工总数的50%以上。我们少数民族天生就愿意唱歌跳舞，这次开展的普及集体舞、学唱《十五的月亮》等歌曲活动，受到了我们少数民族青年的欢迎，但是林场没有大的活动场地，我们的活动又受到了一些限制。你们上级团委领导来了，能否跟我们林场领导协调一下，帮助解决活动场地等问题。"我看一眼起武，他一直低着头，也没有解释这个问题。

我一再启发，林场机关的一位老同志开始发言："我们的起武书记精明能干，有思想、有点子、有朝气、有激情，善于团结带领团员青年干一番事业。特别是组织开展的向白山前线英雄学习活动，寓教于乐，寓教于唱，跟上了时代的步伐，符合时代的要求，受到了小青年的欢迎，但也有的老职工提出一些意见，小青年开展活动好是好，但不能总停下生产、放下手中的活儿专门搞活动，这样长期下去容易导致小青年不愿意干活，不愿意吃苦耐劳，好吃懒做。"我问："这位老青年是做什么工作的？"起武介绍说："林场机关大员，政工人事股长言前同志。"我谦虚并幽默地说："欢迎老青年多提意见哪！"座谈会气氛顿时活跃起来。在大半天的调研中，我认真听、认真记，受到了很多的启示，引发了我对杨树地林业局团委工作的更多思考。

午饭时，庆典主任、言前股长和起武陪同。言前股长热情地介绍："在庆典主任到林场任职后，金勺书记还是第一次到我们林场调研，庆典主任特意吩咐食堂多做几个菜，干烤排骨、小鸡炖蘑菇、锅包肉、鸡蛋炒木耳、牛肉炖萝卜、葱爆羊肉。"我感叹道："太丰盛了，不要再上菜了。"庆典主任谦和地对我说："我到林场后，你还是第一次来，如果招待不好了，我的那位老兄就会找我算账的。来，我陪你喝点！"

"杨树白"微微地来劲儿。我替起武他们说几句话："起武书记非常优秀，今后还得请庆典叔叔多多关照。"庆典主任没等我说完就表态："没问题，起武有朝气，他的工作我都会支持的。"我借机坦言说道："他们现在有一个困难，想求庆典叔叔帮助解决一下，就是没有活动场地，看您能否想一想办法。"庆典主任说："我这不是刚来嘛，将来把食堂这栋房子改造成活动室，既可开大会，又可活动，让咱们的小青年想唱就唱，想跳就跳！"我乘机又提出一个问题："能不能在小青年中集中开展军训活动？可否在布铁林场先尝试一下。"庆典主任为了表示对我工作的支持，顺着我的话说："你说得太对了，对这帮小青年就得实行军事化管理。可以在护林队、知青队先行搞个试点，然后看看情况，再决定是否推开。"由于有庆典主任在这里主持工作，一顿中午饭工夫，不但把起武他们的困难给解决了，也把我的设想落实了。

听起武说萨勇书记有病在家，我提议到萨勇书记家去看看老书记。

这是我第二次到萨勇书记家来。第一次还是在遥远的中学时代，我与发花等同学曾陪同班主任老师到萨勇书记家进行过家访。一晃有10年没有来过萨勇书记家了。萨勇书记家还是10多年前那个院，还是那个板夹泥的老房子，屋内还是那南北两个大通炕。在见到萨勇书记、握住他那双大手的瞬间，我的心头一热，他苍老了许多，头发白得更彻底了。他反复地向我表示说："自己的身体不行了，已经向林业局党委提出退居二线的申请，但还没有批复。"我安慰他老人家说："安心地养病，不要多想，局党委会考虑您的申请的。"

近一个多月，我先后深入到了布铁、大杨树、多布、宜里、胡得气、奎中、红花尔基林场等单位进行调研。每到一个单位，我都本着学习的态度，认真听取团组织建设、组织发展、坚持团组织生活会制度、团费收缴、开展各种活动情况汇报，了解基层领导和青年人的反映和要求。通过调研了解到，全局共青团的工作发展态势良好，可圈可点，可喜可贺，但也发现了一些亟待解决的问题。如有的基层单位团的工作仍存在着你干你的、我干我的，与中心工作相脱离的"单打一""两层皮"现象。

回到办公室，我与王刚干事研究，如何巩固发展良好势头，如何围绕林业局中心开展共青团工作，努力做到让领导满意、让群众满意、让青年人满意（概括为"三满意"），是我们今后共青团工作的重中之重。此次调研活动虽然结束了，但对共青团事业的探索和实践仅仅是刚刚开始。这几天我与王刚干事加班加点、夜以继日地起草调研报告，争取尽快向局党委汇报。在这个报告中，我们努力把团中央、内蒙古自治区团委、克什林管局团委的有关精神揉进去，结合本局实际，围绕林业局的中心工作，尽可能地把"五讲四美三热爱"活动具体化，在全局开展"立足岗位学英雄做贡献，争当新长征突击手"活动；在个人政治进步、列席同级党委会议、提高有关待遇、解决活动场所等几个方面，帮助基层团干部"争口袋"，调动基层团干部工作的积极性、主动性、创造性；争取在三五年内，把我局各级团组织建设成为有活力、有凝聚力、有战斗力的青年之家（概括为"三有之家"），努力使报告的内容更加丰富。

　　共青团事业是火红的青春事业，大有干头，大有奔头。如今，我更加热爱这项崇高而又光荣的事业。只有热爱，才能迸发出火一样的激情，才能不断增长才干追求卓越。

——日记摘抄

　　5月4日，我们局团委一班人和各单位团委书记，还有"林中"的部分学生，一大早就来到了林业局职工俱乐部布置会场，有插彩旗的、有挂横幅的、有摆麦克风和水杯的、有擦拭座位和桌椅的，大家都忙得不亦乐乎，但大家都有一个共同的信念，一定要把今天这次会议开好、开成功，接受局党委领导的检阅。

　　会场内座无虚席。参加会议的人员都准时来到了会场，永红书记、宗庆局长等林业局党政工领导和林业局机关有关科室负责人在热烈的掌声中走上了主席台。这是我有生以来第一次站在林业局职工俱乐部这个舞台上主持这样大规模的会议，抑制不住内心的激动，多少还有点紧张。我首先用沙哑的声音宣布：杨树地林业局纪念五四运动66周年暨"立足岗位学英雄做贡献，争当新长征突击手"动员大会现在开始开会！

　　此时此刻，如潮水般的掌声向我袭来。

　　在悠扬的乐曲和欢快的鼓号声中，少先队员为主席台上的各位领导献花并佩戴红领巾。他们深情地高声朗诵：

　　男：五月，是绚丽多彩、青春燃放的季节，
　　女：五月，是万物复苏、绽放生机的季节，
　　男：在这青春如火的五月，
　　女：在这春风荡漾的五月，
　　合：我们站在九峰山下共同庆祝五四运动66周年！
　　……
　　合：亲爱的叔叔、阿姨，大哥哥、大姐姐们！
　　男：请看，鲜红的战旗迎风招展，
　　女：请听，嘹亮的号角已经吹响，
　　合：我们虽然不能亲自到战场上去杀敌，
　　男：但我们都有一腔热血，有铮铮铁骨，有一往无前的英雄气概！
　　女：我们站在九峰山下向你们庄严誓言：立足岗位学英雄，志在边疆做贡献……

少先队员响亮童真的声音，在这激情澎湃的俱乐部内，在这辽阔的大杨树的天地间，如春雷滚滚，经久不息。永红书记、宗庆局长激动得带头鼓起掌来，向全局少先队员们致以崇高的敬意。

永红书记首先发表了热情洋溢的讲话。

"今天是五四运动66周年纪念日。我作为五六十年代的团书记能参加今天这个纪念和动员大会，感到格外的亲切。与青年人在一起，我又感到年轻了许多。首先，我代表局党委、林业局向到会的青年同志们并通过你们向全局各条战线的广大团员青年致以节日的祝贺！

"……自从金匀同志主持团委工作以来，全局共青团工作发生了积极的变化，取得了明显的进展，局党委和林业局对你们的工作是满意的。如你们开展的普及集体舞、学唱革命歌曲、刊授学习等活动，深受青年人的欢迎，在全局产生了轰动性的影响。如你们开展的向守卫边疆英雄学习活动，抓得及时，抓到点子上了，具有明显的时代特征。现在的年轻人，生在新社会，长在红旗下，天天过着幸福生活，天天处在和平的环境中，不愿意艰苦奋斗，不愿意努力上进，干点儿工作就要代价，舍不得付出，真是身在福中不知福啊！早在五六十年代，我们整天爬冰卧雪，风餐露宿，吃糠咽菜，从来没叫过苦，从来没伸过手。当时有一句最经典的话，'问我苦不苦，想想红军两万五；问我累不累，想想革命老前辈'。当前，我们不用想得太远，想一想守卫边疆的英雄们，想一想史光柱的英雄壮举，他们和大家一样拥有青春年华，但是为了祖国的安宁，为了人民的幸福，为了我们在这里能够正常工作生产生活，他们正在浴血奋战，他们正在流血牺牲。想想他们，我们还有什么理由不努力学习、不努力工作、不努力奋斗？还有什么私心杂念不可抛弃？还有什么恩恩怨怨不能放弃？在这里，我要郑重地告诉大家，没有，一万个没有！所以说，你们开展的向守卫边疆英雄学习的活动方向正确，符合当代青年人的实际，要坚持不懈地抓下去，局党委、林业局坚决地支持你们。

"向守卫边疆英雄学习，要结合实际，立足本职工作岗位。比如结合我们杨树地林业局营林、防火的工作实际，成立各种突击队；结合青年人愿意过集体生活的实际，实行军事化管理，集中力量打几个漂亮的'歼灭战'，在营林防火的第一线充分发挥青年主力军作用，为杨树地林业局营林事业的发展做出应有的贡献。

"同志们，青年是祖国的未来和希望，也是我们杨树地林业局的未来和希望。希望大家珍惜最美好的年华，以一万年太久，只争朝夕的精神，干好当前的工作，走好脚下的路，在建设伟大祖国的神圣事业中一显身手，再立新功！"

永红书记的讲话在热烈的掌声中结束了。今天他身着一身藏青色呢子中山装，显得格外的庄重，更加老成。永红书记的讲话向来都很精炼、富有文采，一般情况下是不用准备讲话稿的。今天我特别地注意到，他从上衣兜里掏出一个林业局机关普发的红色笔记本放在桌子上，讲话时不时翻弄几下或扫几眼，然后就滔滔不绝地展开讲。这是他一贯的讲话风格。

岗楼山位于大杨树镇铁路干线的北面，在这座山的北面就是远近闻名的曾经为大兴安岭开发建设立下汗马功劳的大兴安岭地区面粉厂。

从远处望去，岗楼山浑圆、厚重、巍峨。山顶上耸立一个木质结构的防火瞭望塔。每到春暖花开的季节，大杨树人总愿意晨游岗楼山登高望远，呼吸山间的新鲜空气，欣赏品味大杨树细微的变化，凝神目送嫩江至加格达奇的火车在山脚下穿过，聆听火车头喷发出一簇簇水蒸气的那一瞬间奏响的优美晨曲；还有一些人乐此不疲地登上这高高的瞭望塔，或高歌、或呼喊、或挥手，大有一种征服者凯旋的韵味。从某种意义或情感上讲，岗楼山应该是我们大杨树人心目中的一座丰碑，这座防火瞭望塔也应该是我们大杨树人心中的地理坐标。每当你外出归来，远远地就看到了这座山、这座塔，这就是我心中的大杨树，一种莫名的亲切感油然而生。

今天，湛蓝色的天空浮动着几朵白云，岗楼山上春风荡漾。

"全党动员，全民参与，植树造林，绿化祖国"等宣传标语伫立在岗楼山上；彩旗飘扬，团旗猎猎，还有各种"青年造林突击队"旗帜迎风招展。

广播里不时传来了《十五的月亮》《在希望的田野上》《年轻的朋友来相会》《在那桃花盛开的地方》等歌曲。平华与吴江阳干事在麦克风前滚动播报造林现场的好人好事。这些声音在春风中旋转着，时而高、时而低，时而远、时而近，时而快、时而慢，着实让现场的人激动不已。

全局青年、中小学生和部分林业局机关干部共计2500多人把岗楼山团团围住，有的运苗木，有的挖穴，有的担水，大家干得热火朝天，到处是欢歌笑语。

永红书记、宗庆局长等林业局的党政工领导都亲临植树造林现场，我和永红书记编为一组。永红书记手握着铁锹用力地挖穴，有时碰到了石头，就会发出刺耳的"叮叮当当"响声，不大一会儿工夫，他就挖出一个30公分见方坑穴，我把三年生的樟子松苗植入坑穴，按照技术员"三埋两踩一提苗"的要求进行培土，然后再浇上水。栽了10多棵树后，豆大的汗珠从永红书记宽厚的脸颊上滚落了下来。我劝永红书记："您不用着急，先休息一会儿，一会儿再挖。"永红书记说什么也不肯，执意地说："这才栽几棵树啊？不用休息，累不着，我们今天来不是做样子的，要实实在在地干，实实在在地栽，要把我们当年砍树的欠账补回来。"

何缘要把当年砍树的欠账补回来呢？永红书记接着向我解释："我们这一代人砍树砍得太多了，虽说是支援国家建设，但做的也有不妥的地方，如滥砍滥伐、'法人超采'等，给脆弱的森林资源造成了毁灭性的打击。"永红书记深深地自责。栽上一片林，植上一片绿，还上一份欠账，就增加一份希望，原来永红书记等林业局党政工领导带头参加这次植树造林活动还有另外一层深意。他越干越来劲，我只好奉陪到底了。我们大家都知道他有心脏病，唯恐把永红书记累坏了，我又急中生智地建议："书记，您是否到各单位的造林地块走一走、看一看，对各单位领导和我们这些小青年也是个鼓舞啊！"永红书记"就范"了。

我立刻招呼永红书记、宗庆局长等一起进行"巡视"。每到一个单位的地块，我都要向在场的人大声地介绍："永红书记和宗庆局长来看望大家了！"

各单位的领导纷纷主动过来与永红书记、宗庆局长等几位领导握手，汇报本单位的植树造林进展情况。平日里永红书记相当严肃，动辄愿意批评人，时常发火，大家都特别害怕他。而今天在这空旷的岗楼山上，在这暖融融的春日里，永红书记也少了一些威严，大家自然也少了一些拘束，这些都让永红书记感到欣慰。

我就近把参加植树造林的人集中过来，请永红书记对我们大家讲一讲。永红书记略推托了一下，然后走上山岗的高处面对大家，挥了挥手，俨然像一位打了大胜仗的将军一样，使劲亮开了嗓子说："大家辛苦啦！今天，局团委组织的这次植树造林活动，组织得非常好，应当给予充分肯定。我们杨树地林业局自1976年成立以来，就是以营林为主的林业局。你们说，一个营林局所在地周围的山总不能光秃秃的，更不能像岗楼山这样'寸毛不长''颗粒无收'啊！岗楼山是我们大杨树的门户，是我们大杨树的象征，我们必须首先把它绿化好。经过我们几代人的努力，未来的十年、二十年，岗楼山将长满樟子松，更加郁郁葱葱，枝繁叶茂，让后来人有一个观光休闲的好去处，那我们将功德无量了。常言道，前人栽树，后人乘凉嘛！所以我说，我们的植树造林活动很有意义，等于'往地下埋黄金'啊！我建议在岗楼山上立块石碑，写上'青年林'三个大字，让后来人永远地记住我们的努力与辛苦，记住我们这一代人不仅是砍树的人，而且也是造林的人，还是将功赎罪的人！"

宗庆局长接过永红书记的话茬儿动情地说："刚才，永红书记讲的话意味深长啊，你们青年人要很好地体会。我们杨树地林业局不仅要把岗楼山绿化好，而且还要把100万公顷的山山岭岭都绿化好，你们青年人肩负的历史责任非常重大，要一代接一代地坚持抓下去，一个山头接着一个山头地去绿化下去。坚持数年，必见成效，到那时，后人就会叹服我们是'氧气的制造者'！"

永红书记和宗庆局长的讲话赢得了大家的阵阵掌声。是啊，我们每栽下一棵树，仿佛都看到了一丝绿色的希望。

一次富有纪念意义的植树造林活动胜利结束了。平华跑过来向我们建议："是否给各单位都挂上牌子，实行责任制？"永红书记当即表示同意："是个好办法，平华这个点子不错，不但各个单位要在自己分担的责任区内挂上牌子，而且给每个人植的树也要挂上牌子，一方面便于区分责任，保栽保活；另一方面也让大家有一种植树造林的荣誉感，这些树寄托着我们的绿色希望啊！"我当场表示："我们立刻组织落实。"

我与王刚、吴江阳干事等收拾工具和彩旗横幅等，稍晚了一会儿抄近路下山。在山脚下，我意外地发现了一个身着褪色发白旧军装、戴着草帽的老头，肩上背着一个军用草绿色的水壶，正弯腰用力地挖植树穴，穴的旁边堆了一捆树苗。我的心中立刻画了几个大大的问号，便问："这个植树的人是谁呢？怎么还有老年人参加我们今天的植树造林活动？"没有人回答。

我大步走上前去仔细地一看，原来是我们林业局已经退休的老领导——周陈子坤副书记。与周陈子坤副书记好长时间没有见面了，今天在这岗楼山的山脚下，能与他老人家相见，我除了感到特别的亲切外，更多的是一份敬重，是一种折服。一名老党员，一名老军人，一名已经退休的老领导，还能坚持义务植树，这是一种什么样的境界呢？如果说他图的是名，但他已经退休了；如果说他图的是利，但他完全是义务的。那人们不禁要问，他到底图的是什么呢？

我的眼睛湿润了，上前握住他沾满泥土的双手，哽咽地劝道："老领导别累着！"

周陈子坤副书记轻松地告诉我："没问题，我的身体结实得很，能干得动。"

大家你一言我一语地说："我们几个陪一陪您，帮您栽几棵。"

周陈子坤副书记执意让我们回去："不用陪，你们回去吧，因为过去我比你们砍的树多，所以我今天也包括将来要多栽些树，多偿还陈年欠账，没事，反正我在家也是待着。你们今天栽的树也不容易，将来我帮助你们看着，我来给你们当义务护林员，好不好？"恭敬不如从命，在无可奈何的情况下，我们只好抛下了老领导下山了……

今天的植树造林活动取得了圆满成功。特别是轰轰烈烈的植树造林场面，永红书记、宗庆局长的殷切希望和周陈子坤副书记躬身造林的情景一直萦绕在我的脑海里。

永红书记说造林是"往地下埋黄金"，宗庆局长说造林人是"氧气的制造者"，又遇见了义务植树人——周陈子坤副书记在"赎罪"。三位老领导身体力行的造林实践，让我平添了几分感慨。

是啊，早知今日，何必当初。早知道我们要"往地下埋黄金"，我们何必当初毁林呢？然而，当年的毁林者如今大多又是"氧气的制造者"啊！试问，我们今天要植树赎罪，我们何必当初充当森林的"刽子手"呢，而且是血淋淋的"刽子手"。

由此我不免伤感起来。以岗楼山为例子，好端端的一座山，有些原始树木早已被人们砍去做烧柴了，雪白的树茬让我的心里在流泪。我不禁惊叹：开发者的功臣中也不乏犯罪的人或犯罪的行为，也许你、我、他，都曾经或多或少地做过一些造孽的事，比如说我自己，虽然没有在岗楼山上砍过树木，但我曾跟随爸爸在其他的山头成片地砍过杨树，拉回家来做烧柴。以爸爸他们这辈人为例，据说他们上山采伐时，有时根本不按采伐计划进行，"拔大个""开天窗""剃光头""法人超采"等比比皆是。

一位学者曾忧心忡忡地说，大兴安岭的土层只有几公分厚，太薄了，如果照这样高歌猛进地砍下去，它的下场还不如黄土高原。黄土高原毕竟还有厚厚的黄土层，然而大兴安岭只有裸露的岩石了。甚至于有人大声疾呼，砍伐者你何时才能放下斧头锯？何时才能终止你们的犯罪行为？否则，我们的泪水将恰似"黄河之水天上来，奔流到海不复回"。

从这个意义上说，我们今天美其名曰的植树造林活动，只不过是一个将功赎罪的过程，让当年犯罪的人心里得到一些安慰罢了，没有什么可值得炫耀的。

无论罪孽如何深重，从现在起我要做一名实实在在的赎罪人，也许还能亡羊补牢。此时此刻，赎罪人将要编织新的绿色希望，又着实让人豁然开朗。

1985年5月7日

第三十章
三春铸造突击队　嘹亮军歌更沉醉

五月，杨树地林业局的黄金季节。

林业局从机关派出的"三春"工作组，占机关干部的一半以上。我和吴部长又一同被分到布铁林场，他老人家任组长，我任副组长，还有工程公司团委书记平华和林业局机关的同志也编到我们一个组。能再次与老部长在一起共事，再次聆听他老人家的谆谆教海，是我求之不得的。

宽阔甘河的北岸，蓝色的天空，凉爽的春风，令人心旷神怡。我和平华等陪同吴部长乘火车到布铁。萨勇书记因身体原因没有前来接我们，庆典主任带着"铁牛"到车站接我们。再次坐上布铁林场的"铁牛"以及"铁牛"发出的轰鸣声都让我感到格外亲切，还有"铁牛"烟筒喷出的一股股黑烟飘散在天地间宛如水墨画一般。

我们一行径直去了萨勇书记家，探望正在病中的萨勇书记。什么也没来得及买，简单得很。经过一年多的休养，萨勇书记的气色比我上次见他时好多了。萨勇书记见我们前来看望，心情格外舒畅，有说有笑，沏茶倒水。萨勇书记说："今年林场的春防、春造工作，庆典主任都安排就绪了，春防工作早都开始了，护林队都驻到外站和村屯点去了，造林这几天也刚刚开始。可谓万事俱备，只欠东风了！"

吴部长、萨勇书记、庆典主任都会心地笑了。萨勇书记还向我们透露了他的心事说："我多次向永红书记、宗庆局长汇报过，我的身体实在是支撑不下去了，让局党委派一名新的书记来，迟迟还没有研究，但我不能拿林场的工作当儿戏，一天没研究，我就一天也不能放弃工作。吴部长你说对不对？"

吴部长附和着说："对。我们都是老党员了，要站好最后一班岗，再坚持一下，好不好？"

庆典主任表示："老书记安心养病，只管掌舵，我领着大家在前面干，没有问题。"

萨勇书记爽快地回应："好，吴部长、庆典主任你们就辛苦了！"

晚上在听取庆典主任的工作汇报后，吴部长对工作组也进行了分工："我就在林场坐镇指挥了，金匀、平华你们年轻，多下去跑一些，多做些具体检查指导工作。"

吴部长对我们工作组的内部分工，正符合我要下基层抓突击队的想法。我虽然是林业局团委的副书记，但在老部长面前仍然还是小字辈，说话办事不敢贸然行事。如果没有他老人家的授权，我还真的不知道怎么抓才好。今天的分工等于给我授权一样，我在暗自庆幸中进入了梦乡。

第二天下午，我和平华来到了起武所带领的知青队造林点——八连沟。首先映入眼帘的是袅袅炊烟和一面迎风招展的红色队旗。两栋卧在山坡下的灰白色帐篷，这就是造林点，也就是他们的家。晚餐很简单，我、平华和起武分别坐在小木头墩上，将盛大米饭的碗和盛土豆炖豆腐的菜碗摆放在了大一点的木头墩上，没有小灶，只给我们单独上了两块腐乳。我平常对腐乳没怎么在意，而今天吃起腐乳来有一种特别的味道，好像比我当知青时吃的香多了。

太阳渐渐西下，星星慢慢地爬上天幕。起武熟练地发动着了自带的小型发电机，空旷的山野一下子澎湃了起来。几十号青年人忘记了一天植树的疲惫，围拢在一个大电灯下，先是组织收听一段"保边疆献青春"报告团的报告。有时录音机还卡壳，起武用手掌轻轻地敲打一下，声音拐弯抹角地又回来了。

战争，饱含着腥风血雨，意味着空前的悲壮把生命的花朵撕得粉碎。可我英雄的边防战士，他们在敌军的炮火枪弹如狂风暴雨般倾泻面前，在生死攸关的时刻，没有一个懦夫，没有一个逃兵。

同志，你还记得陈选峰这个身体单薄、年仅22岁的年轻军官吗？战斗中，他在严重伤残情况下，仍然以钢铁般的毅力向前爬行，坚持指挥战斗，他爬呀爬！后面留下了长达几十米的血迹，他用钢铁之躯书写了青春的年华。

同志，你还记得吗？一名刚入伍不久的新战士，身负重伤，生命垂危，他用极其微弱的声音求战友一件事："指导员，我快要不行了，我没有别的要求，只想吸一口烟。"可是，指导员找遍了全身也没有找到一支烟。他——一个年仅20岁的年轻战士，在临牺牲前，连想抽一支烟的愿望都没有实现，他用最朴素的遗言过早地写下了生命的休止符。

同志，你听到了吗？在祖国的南疆，"祖国的利益高于一切，人民的利益高于一切！""亏了我一个，幸福十亿人！"这就是英雄战士的铮铮誓言，豪言壮语，也正是他们用理想、青春、热血和生命谱写了一曲曲荡气回肠的时代英雄交响乐……

起武把我从激动的情境拽了回来："每天只听一小段，以对小青年们进行革命英雄主义和革命理想教育，润物细无声呗。"我称赞他们这个做法："很有创意啊，把立足岗位学英雄做贡献活动与生产实际结合起来了，而且还是见缝插针。"

接下来，青年男女在一起尽情地唱歌，尽情地跳舞。女青年把白天围在头上的围巾或纱巾在头上舞动，如春潮滚滚，在人们的心中飘荡。平华与大家融入得最快，他的一曲《十五的月亮》深深地打动了大家。

是夜，我在风雨飘摇的帐篷里，躺在杨木杆铺上翻来覆去睡不着、思考着，起武带的这支队伍是多么富有朝气啊！这不正是我在寻找的"青年造林突击队"吗？睡梦中的我，还在给全局各"青年突击队"大声训话，这声音在大山间久久地回响……

清晨，八连沟静悄悄，只有乳白色的薄雾像哈达一样在山间缠绕。吃过早饭后，昨晚热血沸腾的青年们带着自己的植树工具，无精打采地来到了自己的造林地块。我和平华在起武的陪同下草草地用过早餐，就开始下地检查造林情况。

相对植树造林，我算不上科班出身，但有在多布林场当知青的经历垫底，也绝对不是外行。真正的植树造林不像我们局团委搞活动那样集中、那样轰轰烈烈。起武把小青年分配在东一个、西一个的，哩哩啦啦好几个山头，大家分别被淹没在草丛和树林中。我们三个人对知青队的造林地整个检查一遍就得一小天，每天都是这样例行检查。从总体上看，知青队的造林质量都很合乎要求，没有扔树苗的、没有挖坑埋的、没有踏不实的。但也有个别的不按操作规程去做，只要让我们发现了，起武就会让他们进行返工。其中有一个小青年，在地头落下了一捆树苗，起武把那个小青年骂得狗血喷头："我看你是活腻味了，竟然敢糊弄老子，还是故意破坏？你说到底是怎么回事？"

那个小青年被训得低着头、脸通红，想解释，又不敢出声。

起武怒气冲天："回去给我写检查，罚款10元。"他手一挥就算处理完毕了。

我还是第一次看到文质彬彬的起武发这么大的火。在基层就是这样，书生气十足还真干不了，反倒被欺负，当年我在多布林场也经历过这样的事，这也许是魄力的另一种表现形式吧？

到中午时分，我们坐下来吃几口凉馒头，取下绿色的背壶喝几口凉白开，然后躺在山岗的草丛中，仰望着蓝天、白云，还挺富有诗情画意的。当然，我们在交谈中，议论最多的还是造林质量问题。

起武曾多次向我表示："请金勾书记尽管放心，造林质量出一点儿问题，唯我是问！"我饶有风趣地对平华、起武说："最好是没有问题，我与布铁林场这么有缘分，还能有问题？"平华不解地问："领导，你能否给我们解释一下，这缘在哪里？"

我解释道："从历史上看，我前后三番五次地来布铁林场，这是不是缘？从眼前看，我找到了'青年突击队'的答案了，起武带领的这支队伍不正是我们要找的'青年突击队'吗，你说这是不是缘？"平华频频点头："是缘，是缘！"

我又郑重其事地对他俩说："我看这样吧，起武派一名同志到大杨树找个地方，做几面'青年突击队'的旗帜，选一个'雨休'的日子，搞个授旗仪式，好不好？"

起武应声道："马上落实。今天下午我就派人到大杨树去做，感谢领导的鼓励！谢谢金勾书记！"起武坐起来拱手一再表示感谢。

暖融融的睡意被一阵由远及近的马蹄声惊醒，原来是布铁林场护林队的萨吉福前来接我们，按照事先约定前去毛家铺村检查防火工作。

我和平华骑在马背上，在萨吉福的引导下，翻山越岭，跃马扬鞭，直奔毛家铺村而去。其实我对毛家铺村并不陌生，前年我第一次参加林业局的"三春"工作组时，曾陪同吴部长来过毛家铺村。飘散在村头上的乳白色的炊烟挂在远山上，与如血的晚霞交相辉映。村边呈"S"形的甘河悠闲自在地流向远方，不用挤压就流淌浆水热气腾腾的大豆腐等都给我留下了深刻的印象。今天，吴部长在场部坐镇，让我代他下来例行检查，我自然也受到了前呼后拥的待遇，一种前所未有的自豪感和荣耀感在我的脑海里神采飞扬起来。

还是在村主任家东屋用晚餐。用餐时不光我们几个人，还有其他10多名护林队员，在西屋也摆了一桌。我到西屋敬酒时发现，清一色是少数民族，地中央如伞形架着10多支半自动步枪。我问及萨吉福："现在护林队有多少人？少数民族队员占有多大比例？"萨吉福虽然酒意正浓，但却郑重其事地向我介绍："布铁林场护林队一共有60多人，少数民族队员几乎占97%以上。每到防火的紧要期，分班驻到村林、朝阳、乌尔其各个村子和几个外站，每个班的人数不等，多的十多个人，少的五六个人。老同学不瞒你说，我才弄个班长干干，还得老同学多多提携呀！"最后他又与我开了一个玩笑。

我给大家敬酒："共同努力，共同进步，大家辛苦啦，来共同干一杯！"其实，我的第一句话是说给我的老同学听的，当着大家的面也只好如此敷衍了事，同时也有暗示的意思；我的第二句话是与大家初次见面的礼节。

回到东屋，我与大家聊得热火朝天。其实我喝不了多少酒，几盅酒下肚，除满面通红外，浑身上下从头到脚也都通红。在我们喝得酣畅淋漓时，我再给本桌敬酒："酒壮英雄胆。借今天的酒，一是祝我们布铁林场今年的春防工作能大获全胜。希望各位坚守岗位，负起责任，抓好检查，再辛苦一下，好不好？这第二呢，我有个想法，想在我们布铁林场护林队的基础上，做一面红旗，组建'青年扑火突击队'，在扑火时叫得响，拉得出去，招之即来，来之能战，战之能胜，好不好？两层意思一杯酒，干！"

"干！不就是做面红旗，旗帜上写几个字，还是我们这些人，还是干这些活，对不对？"萨吉福从另一个角度给做出了解释。

"对！"我也不便做更多的解释，不管他们理解的正确与否，反正先建立起来再说，以后再规范。

夜深了，情长了。萨吉福借机又给我出了很多好点子，一个点子一盅酒，小小的饭桌上一下变成了座谈会。我对萨吉福他们说："既然'青年扑火突击队'组建起来了，那么今后每天早上起来必须搞军训，实行半军事化管理，你们看怎么样？"萨吉福他们没有更多地考虑就回答："我们虽然没有当过兵，但是我们最愿意过部队的生活。"我连连点头说："那就好，一言为定。"

我带着组建"青年扑火突击队"既良好又朴素的愿望，与防火一线工作的同志们碰撞出了思想的火花，异常的兴奋，免不了又多喝了几杯。平华乘兴站到地下，为大家演唱一曲《十五的月亮》，唱毕，东屋西屋的人一起鼓掌，一起欢呼雀跃，在大家的强烈要求下，平华又为大家演唱了一曲《小白杨》。

原本计划第二天早饭后，由萨吉福陪同我们摆渡过甘河到查拉巴旗外站去检查，但今天早上突然接到了林场的通知，让我今天上午马上回林场场部，参加下午吴部长组织召开的紧急会议，因此只好取消了原来的行程。

午后，我和平华急匆匆赶到林场场部。会议室坐满了机关工作人员和各队队长。吴部长面带怒容，不断地习惯性用右手往上捅眼镜："金匀书记回来得正好，营林一队造林质量太差了，有的还把树苗偷偷摸摸地埋起来，糊弄洋鬼子呢？这是一起严重的破坏造林的事件，要认真地查一查，查出来要严肃处理。"

庆典主任也大发雷霆："吴部长刚才不是讲了吗？我们要一查到底！还有你们这些当队长的都干什么去了？机关下去检查的人员干什么去了？为什么我们到地头就能发现问题，而你们整天在山上转，为什么发现不了问题？这不是严重的失职吗？让我再查出来问题，看我怎么收拾你们！"

原来坐镇场部的吴部长，在庆典主任的陪同下，也挤出时间到各造林地随机进行抽查。我暗自庆幸，起武所带的知青队造林质量还算过得去，主要是起武敢抓、敢管，造林质量一直在全场领先，今天不但没受到批评，反而还受到了吴部长的表扬。

会后，我把起武叫到一边，叮咛他一定要把这次紧急会议精神传达下去，严把质量关，千万不能出问题。起武向我拍胸脯说："请金匀书记放心，现在我马上返回八连沟，今晚就传达这次紧急会议精神，对质量问题再组织一次检查。还有我们林场团委简单地研究了一下，趁着吴部长和金匀书记在我们林场蹲点的机会，下一个'雨休'日，让护林队各站点的队员和知青队的同志回林场休整一次，然后搞个突击队授旗仪式，不知领导意下如何？"

我当即表示支持："我看可以。我抽时间向吴部长汇报一次，你也请示一下庆典主任。"我心里盘算着，起武和我想到一起去了。

天不扛念叨。不几天，布铁林场果真下了一场不大不小的春雨。

细雨绵绵，春风催绿，甘河两岸红毛柳一派生机勃勃。

我很早就把搞突击队授旗仪式的意图向吴部长做了汇报，他对我这个点子表示赞同："当年我在森警队当教导员时，曾经抓过这项工作。青年人愿意过集体生活，像部队那样组织起来，出早操、教唱歌、跳集体舞，肯定能受到欢迎。"

下午，布铁林场团委组织的"青年突击队"授旗仪式在林场简陋破旧的"三用堂"举行。"三用堂"坐满了青年人，他们刚从山上走下来，有的是造林知青，有的是出外站的护林员，从他们的身上看不出有多少疲倦，大家久别重逢反而有说不完的话，整个"三用堂"一片欢声笑语。在热烈的掌声中，吴部长、庆典主任在我、平华、起武的陪同下走上了主席台。会议进行第一项，林场团委书记起武用少有的洪亮声音宣布授旗仪式开始。

"同志们，团员青年朋友们，今天，我们在这里隆重举行'青年突击队'授旗仪式，这对我们布铁林场全体青年来说，既是激动人心的时刻，又是令人难忘的时刻。在这里我要特别介绍一下，林业局武装部吴部长、林业局团委副书记金匀、林场庆典主任、工程公司团委书记平华在百忙中出席我们的授旗仪式，这是对我们林场团委工作的关心和支持，更是对我们全场青年人的关心和支持，让我们以热烈的掌声欢迎各位领导的光临和指导！"

会议进行第二项，宣布成立布铁林场青年造林、扑火突击队决定。在雄壮的《中国人民解放军进行曲》中，吴部长和庆典主任为"青年突击队"授旗。面对"青年突击队"队旗，青年队员举起右手进行了集体宣誓，十分庄严雄壮。

会议进行第三项，起武请我代表林业局团委讲话。

"各位领导、青年朋友们，值此杨树地林业局今年'三春'工作关键时刻，今天布铁林场团委在这里隆重举行'青年突击队'授旗仪式。在此，我代表林业局团委向支持共青团工作，关心青年成长的吴部长、庆典主任，以及林场的各位领导表示衷心的感谢！向光荣的'青年突击队'全体成员致以崇高的敬意！

"大家知道，组建'青年突击队'是团中央、内蒙古团委和克什林管局团委的号召，旨在把青年人组织起来，围绕党的中心工作，发挥青年人朝气蓬勃、突击性强的特点，为实现祖国'四个现代化'的宏伟目标做出应有的贡献。

"'青年突击队'是共青团组织、动员、团结、带领广大团员青年投身经济建设主战场的一种青年突击性组织，也是围绕经济工作开展共青团工作的一种好形式、好载体。今天，布铁林场团委根据林场造林、防火的实际，组建了'青年造林突击队''青年扑火突击队'，并在这里举行授旗仪式，这是布铁林场团委对这项工作的有益探索，将对全局具有重要的指导意义。从今往后，大家就是'青年突击队'的光荣一员了，希望大家在今后的营林和防火工作中，向守卫边疆英雄学习，积极开展岗位练兵和劳动竞赛，发挥青年人朝气蓬勃的特点，发挥'青年突击队'富有突击性的作用，把大家在实践中焕发出来的积极性、主动性和创造性，转化为锐意进取的强大精神力量，为林场造林和防火工作做出新的更大贡献。让突击队的旗帜在生产一线高高飘扬，让青春热血在杨树地林业局各项事业的发展进程中再创造新的辉煌！"

由于一时的激动，我也不知讲什么好了。不管我讲什么或怎么讲，青年们都买账，他们就是热烈地鼓掌……

第二天早上，在雄壮的《中国人民解放军进行曲》军乐声中，起武组织两支"青年突击队"在林场学校操场集合，进行军事训练，吴部长、庆典主任、平华书记等前来观看。我担任军事教官，主要是进行队列训练，"立正！""稍息！""向右看齐！向前看！""齐步走！"青年们在队旗的引导下，意气风发，斗志昂扬；而我重操旧业，热情洋溢，声音洪亮。"青年突击队"响亮的口号和激动人心的军乐声，穿透了甘河两岸的层层薄雾，在远山间久久地回荡……

"三春"工作早已经结束。回到林业局机关以后，我一直在深入思考，当下的青年人最爱什么？自当知青以来的实践让我深切地体会到，青年人最爱集体活动，最爱军事化生活。这一点有可能成为中国未来大的发展趋势。

记得在多布林场当知青时，虽然条件艰苦，但是我们新老知青在一起工作生活，却感到很充实。当时我们的组织体系是连、排、班建制，实行半军事化管理，出早操、晚学习、唱战歌、演节目是家常便饭。如果某天不出早操、不搞晚学习，就好像缺少点什么。连队的集体生活是沸腾的火热的，是有强大凝聚力的。

4年的当兵生活，虽然枯燥乏味，但却让我终身受益。除了没有实现当上职业军官的理想外，一切都是那么的值得回忆。有人说，部队是一所大学校。4年的当兵生活，让我对这一点体会得最为深刻。部队的一日生活作风养成、军事训练，有助于培育青年人理想、信念、品格、毅力、情操。有人说，部队是一座大熔炉。4年的当兵生活，让我见过多少以前再调皮捣蛋、吊儿郎当的青年人，只要到了部队这座大熔炉，都能被铸造成为一块好钢。部队的一日生活作风养成、军事训练，有助于培养青年人作风严谨、艰苦奋斗、吃苦耐劳、乐于奉献、敢于牺牲的精神。所有这些，都是社会影响和家庭教育完全不可比拟的，也是无法复制的。

回到地方后，特别是到林业局团委工作以来，通过深入基层调研组建"青年突击队"的过程，不难发现我们当代的青年人特别渴望过集体生活，外加上军事化管理，他们喜欢而并不排斥。关键是我们如何进行因势利导。

从国家的宏观和战略层面上考虑，对青年人有必要实行准军事化管理，诸如大学实行全过程军事化管理、或大学毕业后一律服兵役2至3年（特殊兵种除外）、青年人集聚的企业和单位实行半军事化管理。如果能做到这样，对当代青年人的生活作风养成，理想信念形成，吃苦耐劳精神、爱国主义精神、集体主义精神的培育，将会有很多益处。如果是这样，我们的民族、国民的素质将会有一个明显的提升。

现在计划生育工作抓得这么严，一对夫妇只生育一个孩，每家的孩子都是"娇生惯养"的，如果我们任其"娇生惯养"下去，在这样不可逆的大环境中，我们国家将后继无人，我们的国民素质将会大大降低，保卫国家、建设国家都将成为一个严肃的大问题。亡羊补牢，为时未晚。无论是从国家角度还是从家庭角度出发，对于下一代的教育还是应该立足"穷养"与历练。千里之行，始于足下。目前我们杨树地林业局团委通过守卫边疆的英雄事迹对青年人进行的爱国主义精神、革命英雄主义教育，组建"青年突击队"，实行军事化管理，也都是着眼这些方面考虑的。组织起来就有力量，组织起来就有激情，组织起来就有干劲，否则就是一盘散沙。实行军事化管理利国利民。一旦有战争，我们有钢铁般的民族团结，过硬的国民素质和先进的科学技术，有敢于奉献和牺牲精神，我们就能够赢得未来战争；在和平建设时期，通过军事化管理，让青年人做到居安思危、艰苦奋斗、无私奉献、有备无患，自觉解决"时代骄纵"问题，就一定能把我们伟大的祖国建设得更加富强。

对于这些问题，我曾与平华、起武等进行过多次讨论，他们对我这番高论都表示认同，但同时也认为我的思考似乎有些"早春二月"了。

1985年6月17日

第三十一章
应是同心一首歌　情深无语更凝噎

一场全国范围轰轰烈烈的整党活动在杨树地林业局已经开始。

党的十二届二中全会做出了关于整党的决定，各地闻风而动，积极响应，正在分期分批地进行。今天杨树地林业局党委正在林业局职工俱乐部召开动员大会，永红书记做动员讲话。

"中央及时做出整党的决定，审时度势，非常英明，符合全党的实际，符合人民群众的意愿。现在社会上不正之风盛行，就是党风不正的必然表现。如果任其发展下去，怎么得了？过去，我们下基层与职工同吃、同住、同劳动，吃饭还得交钱。公家的东西一分也不能动，写家信也不用公家的信纸，就是一个心眼儿干工作、干事业，没有想到自己如何升官发财，也没有以权谋私这一说。可现在党员不像党员，干部不像干部，鱼目混珠，泥沙俱下，特别是有的单位领导在造林工作中不负责任，年年造林不见林，甚至还有偷着烧树苗的现象，大家说一说，这些问题不解决能行吗？这个党不整顿能行吗？"

永红书记越说越生气，越说越激动……

最近，我和王刚干事被抽调到局党委整党办工作，主要负责整党办的综合和信息工作。信息工作，主要对上反映杨树地林业局的工作动态，对下编发简报指导全局整党活动有序进行。综合工作，主要负责领导的讲话起草及有关调研材料。永红书记讲话向来有一个习惯——即席讲话，从来不用秘书准备讲话稿。动员大会后，王刚和综合组的同志连夜加班，对永红书记的讲话进行整理。整理讲话是个苦差事。人勤副主任是起草领导讲话的专家，有着丰富的经验。据他测算，领导讲话的时间与整理讲话的时间是1∶3的关系，慢手估计可能达到1∶5。在整理时，既要忠于领导讲话原意——原汁原味，又要在领导讲话的基础上加以丰富和完善。王刚干事整整熬了一个通宵才整理完毕，在这个基础上我对照笔记本上的记录再加以润色，然后送人勤副主任审阅，最后才能送永红书记审定。

我和王刚干事每天都要加班到深夜，白天还要正常上班，同时我们局团委还有一大堆工作需要做，这几天我和王刚干事正在起草布铁林场团委《让"青年突击队"的旗帜在经济建设主战场上高高飘扬》的经验，经过几易其稿刚刚出手，已经上报克什林管局团委和局党委，并下发各基层单位，指导各地进一步加大组建"青年突击队"的力度。

一段时间内，我可谓是"两手抓"，一手抓局团委的工作，一手抓整党办的综合信息工作，忙得不亦乐乎。红梅时常讽刺我："大忙人，谁也没有我们家的金勺忙！你看咱们家离开你可以照样过日子，但是杨树地林业局缺了你有可能要停摆吧？"对她的阴阳怪气我怏怏不平，责怪她："何苦呢？人生能有几回搏？要奋斗就要遭点罪，不干能行吗？"红梅又挖苦我："对了，是要几回搏，不然怎么能叫'钢铁战士'呢？"我与红梅谁也没有说服谁，赌气入睡。

早上刚刚上班，吴江阳干事送过来文件说："金勺书记，咱们前不久上报的信息，林管局团委给我们转发了。"我很兴奋地问："这么快？"她努力回忆一下说："也快一个半月了。"

同时，树林书记还亲笔给我写了一封信。

金勺书记：你们上报的关于"立足岗位学英雄做贡献，争当新长征突击手"的信息，价值很高，具有普遍的指导意义。希望你们通过典型示范，在面上推开，把这项工作做实做细，为林区共青团工作提供新鲜的经验。同时，给永红书记、宗庆局长带个好！在方便的时候，我想去你们杨树地林业局就"青年突击队"有关问题进行调研。

我把这个信息和树林书记的亲笔信一并在第一时间报给永红书记。永红书记当即指示："你们'青年突击队'这件事算是抓到点子上了，做到了与经济工作有机结合，避免了'单打一''唱独角戏'的倾向。下一步要在全局推开，抓好推进落实，动员全局广大青年都投身到经济发展的主战场上来。树林书记要来调研，你们更应该做好充分准备。这封信也要给宗庆局长看一看，他们是同期的林业局团委书记，交情不错。"

过去，我根本不知道树林书记与宗庆局长有这层关系，正好我一直在盘算着如何找机会向宗庆局长再讨要几个买卷柜的钱。

今天，我拿着林管局团委转发的信息和树林书记的亲笔信，来到了宗庆局长办公室。借转达树林书记向他问候的机会，行要钱之实，我把请钱报告递上去，他沉稳地签字，同时我也向他汇报了我们局团委抓"青年突击队"的做法。听完我的汇报后，他把请钱报告递给我，又对我进行热心的鼓励："自从你到任后，局团委的工作很主动，各方面的反响都很好。特别是你们抓的'立足岗位学英雄做贡献，争当新长征突击手'活动在全局影响很大。在当前新形势下开展'青年突击队'活动，最大好处是与林业局的中心工作紧密地结合起来，希望你们继续抓下去，在服务经济建设的主战场上大显身手啊！今后，你们局团委有什么困难可以直接来找我，我与树林书记是同期的团干部，也是好朋友。"

每次向宗庆局长汇报工作，他对我都很和蔼。宗庆局长这次对我们局团委抓"青年突击队"做法给予了充分肯定,出乎我的意料。我猜想"青年突击队"这种做法有可能更符合行政领导的心理。从他信任的目光中,可以看得出他对我的喜欢和器重,这也许就是我要钱从不太费劲的原因吧,又或许他与树林书记是同期团干部的缘故。

我既兴奋又紧张地从宗庆局长办公室出来,手里拿着我们团委购买卷柜的请示报告,反复研究欣赏宗庆局长用刚刚问世又很少有人使用的软笔在报告上的签字,笔锋遒劲有力,潇洒自如。我仔细一看,"可控制在220元之内",大概能买两套木制卷柜。钱虽然少了一点,但能给我们局团委批了这笔钱就已经是很了不起了,在林业局大院内算是很有"面子"的单位了。

几天来,我反复地在思考,如何贯彻落实好树林书记亲笔信精神,把林业局党政领导的指示落到实处,经我与局团委一班人共同商量,决定召开一次全局"青年突击队"活动推进会议。时间选择在这个周六,地点选择在工程公司。王刚擅长写领导讲话和办文办会,就由他具体办会;吴江阳干事擅长文艺活动,就由她具体指导周末晚会。

我们杨树地林业局少数民族职工比例高,又恰逢改革开放的春风刚刚吹进来,也是为了满足各方面业余文化生活的需求,自我上任以来,大体上每月都要搞一至两次的文艺活动,主要以交际舞和集体舞为主,这就是所谓的"周末晚会",受到了局机关广大干部和青年朋友的欢迎。如果因某种原因该办而又没办"周末晚会",好多林业局领导、机关干部和青年朋友都往我家打电话问个究竟,但我们局团委长此包办下去也遇到了不少困难和问题,首先是场地不大好解决,每次活动都要临时借用场地,同时也很牵扯精力,容易得疲劳症,又没有什么新鲜感。怎么才能既很好地解决这些问题,又能调动各单位的积极性呢?综合大家的意见,我们突发奇想,在举办"周末晚会"的基础上搞各个单位轮流坐庄,即"流动周末晚会"。

"流动周末晚会"在我们杨树地林业局问世,可以说是我的一大创举。它不仅是对各单位共青团工作的一次大检阅,而且也是对各单位团委书记能力水平的一次大历练,各个单位办晚会的积极性空前高涨,都比赛办晚会,他们千方百计把"流动周末晚会"办成一个高水平、高质量的晚会,不但各有特色,而且还培养出了一批"舞迷""歌星",更能充分展示我们杨树地林业局多民族职工能歌善舞的民族特色和团结奋进的精神风貌,做到了局党工领导、林业局机关干部、青年朋友们"三满意"。另外,从我们局团委的角度来看,只是原则上指导一下,排一下轮流坐庄的时间表,不但省心,而且坚持的时间还长久,常办常新,我们局团委的社会影响力也不断扩大,可以说是一举多得。

这次我们局团委把全局"青年突击队"活动推进会选择在这周六下午进行,正好这周六晚上由工程公司举办"流动周末晚会",恰好也让全局的团委书记都一起参加,不但有现场典型示范的作用,而且还能为会议锦上添花。工程公司的经理"寒八级"是我在多布林场当知青时的老领导,他对团委的工作向来是支持的。这次"流动周末晚会"安排由工程公司举办,也是特意让他给我们撑面子,也是让全局的青年朋友看一看。

会议首先听取各单位团委书记关于开展"青年突击队"活动的情况汇报。总的看,面上基本铺开，比如布铁林场、多布林场、工程公司、防火办等多数单位抓得比较实，行动比较快。但从全局看开展得还不够平衡，有的单位行动迟缓，至今按兵未动，有的林场防火办不配合。听到这里，我当即就火冒三丈，不容分说，对这些行动迟缓的单位提出了严肃的批评。

"我们当团委书记的，是青年人的带头人，不管干什么工作都要有朝气，要像部队那样，雷厉风行，说干就干，不干则已，干就干好。关于开展'青年突击队'活动，我们早有布置，你们有这样那样的困难都不是理由。目前，林管局团委已经转发了我们的经验，树林书记在亲笔信中还表扬了我们，过几天他还要专程来搞调研，大家说怎么办？林业局党政领导特别重视这件事，大家说怎么交代？在这次会议之后，大家要把上级的文件精神和永红书记、宗庆局长的指示，原封不动地向各单位领导进行传达，传达不到的是你们的责任，传达到了领导还不支持的是领导的责任。请王刚干事记录在案，对在这次会议后仍然按兵不动的，要给予全局通报批评，抄报给永红书记和宗庆局长，我看你们单位的党政一把手能不能扛得住？明天我们去防火办协调一下，就组建'青年扑火突击队'问题，以我们局团委、武装部、局防火办三家名义联合发文，我看你们谁还敢不落实？总的想法是，不管三七二十一，挂上旗帜争第一！挂不上旗帜就挨批！谁英雄，谁好汉，在秋防时分再评判……"

在日常工作中，我遇事一般不发火，也是有意识地培养自己的修养。今天例外，既把不住门了，又刹不住车了，把所有的"子弹"都放了出去。实在是太着急了。原来我在本子上简单地拉了一个讲话提纲，也没有用上，怎么想的就怎么讲了。本来是一个很轻松的会议，经我这么一训，气氛骤然严肃起来。多亏了我的老领导——工程公司总经理"寒八级"，特意为这次"流动周末晚会"杀了一头肥猪，举办晚宴款待前来参加会议的各单位团委书记，使突然紧张的会议气氛又逐渐缓和了许多。面对工程公司领导的盛情款待，我和各单位团委书记互相敬酒，气氛又融洽了，距离重新拉近了，大家仿佛把我在会上训斥的话抛到九霄云外去了。发花书记敬酒时贴近我耳边小声说："训得好，不狠不吃粉，无毒不丈夫！"我没有回应她。

工程公司办公大楼北侧二楼礼堂豪华气派。

夜幕降临，礼堂外华灯齐放；礼堂内旋转彩灯若明若暗，悠扬的乐曲让人痴情陶醉。很早就听说过"寒八级"特别开放，经常组织舞会，着实让我刮目相看。记得当年在我们多布林场时，"寒八级"只哼哼个小曲儿而已，万万没有想到他的文艺基因这么强大。由于刚刚时兴跳舞，有的青年妇女因跳舞回家晚了，招惹丈夫训斥和打骂，有的甚至要闹离婚，导致她们再也不敢参加公司组织的活动了。然而，在一次会议上，"寒八级"在大会上公开讲："跳舞是一种文明、健康、向上的活动方式，你们懂吗？都改革开放这么多年了，还因循守旧。我明确地告诉你们，跳舞也是工作需要，谁敢反对、谁敢无故不参加活动，我就停谁的工，罚谁的款！再严重的，就开除他的公职！"这话很快就传开了，从此以后没有人再胆敢阻止自己的爱人参加公司组织的舞会了。有些男人不但不阻止了，而且还主动接送自己的爱人去参加活动，有时他们自己自觉或不自觉地加入到舞会中来。

耳听为虚，眼见为实。舞会开始不久，"寒八级"等公司领导主动邀请公司机关女同志率先步入舞池。身着艳丽飘洒舞裙的女舞伴争相邀请各单位团委书记跳舞，一下子打开了过去有时跳舞没人邀请的尴尬局面。舞曲一曲接着一曲，青年男女你拥着我、我引领着你，徜徉在欢快的乐曲声中。

我跳舞虽然还显笨拙，但在发花书记的引领下，自然了许多，从中也品尝到了跳舞的某种韵味和快感。发花书记不时与我说起了悄悄话："老班长的舞步有长进呢，偷着跟谁学的？"我不好意思地说："哪里呀？不都是你教的吗？"我又解释，"只不过去了两次克什开会，又跳了几次。"她微微一笑，意味深长，没有再与我说什么，只是默默地搭住我的左手并用力地勾住我的右肩，与我紧紧地相拥，我与她紧紧相随，伴随着三步舞曲或明或暗的灯光漫步徜徉，姿态万千，百转千回，尽情享受这妙不可言的愉快时光。

是啊，幸福的时光让我陶醉，让我迷恋！

"姐夫，你也跳舞来了？"突然有人喊我一声，我的脸顿时袭来一阵热。

我经过仔细地辨识，原来是芮妹的女同事，便勉强中断了与发花书记的舞步，过来与芮妹的女同事敷衍地打招呼寒暄，神色尴尬不自然，担心她传话给芮妹，再传到红梅耳朵里。然后，我心不在焉地与"寒八级"坐在一起品茶聊天。

晚会的中间，穿插着各单位团委书记嘹亮的歌声。平华书记一展歌喉——《小白杨》，赢得了大家热烈的掌声，进而把晚会推向了高潮。

晚会结束了，大家依依不舍，不肯离去。我汗流满面地走到室外时，一弯明月已经挂在深蓝的天幕上，甘河两岸吹来了阵阵清风。

"寒八级"派一台解放牌汽车送我们回街内，我少有地坐在了驾驶室内。我们局团委的两位干事意犹未尽，在车厢上与起武、平华、发花等商量，决定吃点夜宵，不断敲打着驾驶楼，把汽车直接指挥到了桥头毛驴小吃部。

毛驴小吃部已经关门了。发花书记与王刚干事他们既敲窗户又敲门，终于把崔毛驴子敲起来："敲什么敲？都几点了，不营业了！"发花书记上前搭腔："崔师傅，我是多布林场的发花，我们开会弄到了大半夜，麻烦您给我们弄几个菜吧。"崔毛驴子听到了发花书记的声音后态度有所缓和："是你呀！好的，我马上开门。"

发花书记有意识地给崔毛驴子引荐："崔师傅，你看看是谁来了？"崔毛驴子吃惊地看到了我："这不是金勺吗？"我激动地上前握住他的手："崔师傅，你好吧！"崔毛驴子笑声朗朗："马马虎虎，生活所迫，这个资本主义的尾巴没有完全割净，留下了这么一点点。"发花书记又介绍："金勺现在是咱们林业局的团委书记了。"崔毛驴子惊喜交集："我早就看出金勺有出息，果不其然吧？"发花等附和着。我诚恳地说："谢谢崔师傅夸奖。"崔毛驴子兴奋地说："好了，必须用实际行动来夸奖，我给你们弄菜去，你们先聊。"

不多时，崔毛驴子把大刀驴肉、爆炒驴板肠等几个回勺菜端了上来，坐下后不间断客气地说："太晚了，几个小菜，将就着吃。"起武等打开了几瓶"杨树白"，给每人都倒上一杯酒。崔毛驴子没等我们提酒，就先入为主地说："贵客到了我们家这个小店，虽然晚了点，没有什么准备，但蓬荜生辉呀！金勺是我的铁哥们儿，为人仗义，我先敬金勺和大家一杯酒，今后还请各位多多捧场！"与我撞杯后他一饮而尽。我百感交集地说："祝崔师傅生意兴隆！"崔毛驴子又慷慨地说道："今天晚上你们就不用结账了，算我请客！"我们大家都争相客气，王刚特意强调："还是由我们局团委请。"崔毛驴子豪爽地亮开嗓门说："这不是谁请的问题，是感情问题。你知道我与金匀、发花是什么关系吗？是一生一世的感情，那个时候只有金匀敢割我的尾巴，我们两个人是不打不相识，吃顿饭算什么？今天不用结算，白吃！我请客！谁若是再争，我就跟谁过不去，下次就不用来了！"我们大家拗不过他，只好顺从崔毛驴子的意思。崔毛驴子这才理智地欲退，并解释："已经大半夜了，白天我还得干活呢，今天我就不陪你们了，我先回家睡觉去，你们替我值班吧，金匀你们走时把门锁上就行了。"望着崔毛驴子的背影，我的心情久久没有平静下来。

我们的酒局刚刚开始。平华书记张罗主持："今天的晚会取得了圆满成功，我们何不庆祝一番。下面请金匀书记讲几句，好不好？"大家一阵掌声。

我端起酒盅动情地对大家说："一年来，我们局团委大事多，重点活动多。今天，我们又成功举办了'流动周末晚会'，收到了意想不到的效果，这是大家共同努力的结果。王刚和吴江阳干事付出的辛苦自不用说了，平华、起武、发花等几位团委书记，一直以来对我们局团委的工作给予了大力支持，感谢你们，大家都跟着我挨累了。虽说辛苦，但苦中有乐，乐在其中，我们用满腔热情和实际行动赢得了全局各级党政领导的认可，受到了全局广大团员青年的拥护，杀出了一片新天地。仅凭这一点，我就感到很欣慰。来，我敬大家一杯酒！"大家共同干杯。

大家都沉浸在成功举办"流动周末晚会"的喜悦之中，相互敬酒，我是被"进攻"的重点。这时，起武借助酒意发挥："我看今天大家这么高兴，何不请平华书记与发花书记共同再演唱一曲《十五的月亮》，大家要不要？"大家异口同声"要！"又是一阵热烈掌声。

平华与发花爽快地站了起来，二重唱《十五的月亮》……

男：十五的月亮，照在家乡，照在边关，
女：宁静的夜晚，你也思念，我也思念……

发花书记一边动情地演唱，一边深情地望着我。她泪眼汪汪，温情脉脉。我的眼神有意地回避她，不敢直视，只是默不作声地品味她那深情款款和如泣如诉的声音。

歌毕，起武乘兴感叹道："多抒情啊，太感人了，来敬军哥军嫂一杯酒！"大家陪同平华和发花书记喝了一口酒。发花书记放下酒杯，酒意浓浓地说："今晚咱们是不是还得为金匀书记'吃小灶'啊？是不是还得举办舞蹈扫盲培训班啊？"大家异口同声："对！"

平华提议："把桌子靠边放，把录音机打开。"大家把饭桌子统统地搬到一边，吴江阳干事打开录音机。悠扬的舞曲像一条欢快的小溪缓缓地滋润着、激荡着我们的心田，人们情不自禁地翩翩起舞。

桥东毛驴小吃部——大杨树的"不夜城"。

发花书记主动陪同我跳了几曲，依旧缠绵，意犹未尽。

我忽然想起了前几次半夜三更回家时与红梅闹不愉快的情景，婉言谢绝了发花书记的再次邀请："我明天还要去克什开会，不早了，我先回去了。王刚、吴江阳你们继续进行，千万别扫了大家的兴致啊！好不好？"说完我就起身告辞。大家先行送我，发花书记也跟着出来相送。我与大家握手话别时，她也抢着使劲地握住我的手不肯松开，并用一双深情的眼睛注视着我，欲言又止，无语凝噎。一种触及灵魂深处的情思在这茫茫的月色中款款地流淌，仿佛能听到了声音、感受到了温度……

最近，我再次参加了克什林区团委书记工作会议。

凡参加上级的会议，都能见识很多的世面，了解到上级很多的精神，不但能住上高级宾馆享受贵宾般的服务，而且还能参加一些高层次高水平的文艺活动。所有这些，让我这个从小在农村和山沟里长大的孩子，感受到了从未有过的新鲜、放松和惬意，还有一种无形的冲击。我早已经入乡随俗了，忘却了那久远深重的自责了。

这次会议传达了团中央工作会议和内蒙古团委工作会议精神，研讨当前企业团委工作的指导思想，布置团员在这次整党活动中要主动接受教育的有关工作。记得在年初林管局团委工作会议上，我汇报的积极主动抓好刊授学习的做法，得到了树林书记的充分肯定。然而，在这次会议的讨论中，我没有什么好说的，更没有什么经验可以介绍，只是把我们如何围绕林业局的中心工作，开展"立足岗位学英雄做贡献，争当新长征突击手"活动的点滴做法，向林管局团委领导和同事们做了如实汇报。又是一个万万没有想到，树林书记在总结时，对我们杨树地林业局团委"立足岗位学英雄做贡献，争当新长征突击手"活动的做法再次给予了充分肯定和高度评价。

树林书记说："金勾的发言符合这次会议中心议题的要求。从某种意义上说，他的发言也是我们共青团在企业改革中必须回答的重要课题。我们企业团委工作的指导思想究竟是什么呢？我个人认为，无外乎是八个字，即围绕中心，服务大局。如何围绕？如何服务？这里面大有文章可做。

"比如杨树地林业局团委开展的'立足岗位学英雄做贡献，争当新长征突击手'活动，就是围绕中心，服务大局的生动体现。我认为他们设计并开展的这项活动，起码有这么几个特点：一是把'五讲四美三热爱'活动具体化。他们开展的向守卫边疆英雄学习的活动，由学唱爱国歌曲到立足岗位学英雄做贡献，始终突出了爱国主义教育这条主线。二是与企业的中心工作紧密结合。他们结合春防春造的实际，成立了'青年扑火突击队''青年造林突击队'，充分发挥'青年突击队'在企业生产过程中的生力军作用，不但没有游离企业的中心工作，反而还受到了企业党政工领导和青年朋友们的欢迎。三是抓得实实在在。金勾同志亲自下基层抓试点，而不是坐在上面喊，干打雷不下雨。在这里我提倡，我们的团委书记都要走下去，沉下去，在基层的广阔天地里锤炼自己、改造自己、提升自己。特别是在这次整党活动中，各位团委书记都被抽调到整党办工作了，大家要借这次整党的机会走下去，围绕企业团委工作的新变化，多掌握一些新情况，研究一些新问题。四是搞了一些具有前瞻性的探索。金勾同志提出来的对青年人实行军事化管理的大胆设想，是一个了不起的探索，符合我国当前正在实施的计划生育国策国情，大胆探索了将来谁来当兵谁来保卫祖国、如何提高国民素质和改造青年人等一系列重大问题，具有全局性、历史性，方向性，如果大家不信的话，今天咱们就把我说的这些话摞在这儿，到那时就等待历史检验吧！"

当时我无地自容，既激动不已，又羞愧难当。其实这些都是我自己的一孔之见，登不了大雅之堂，居然还受到了表扬。

1985年9月7日

第三十二章
火场队旗化灰烬　曙光在即仍责问

深秋，多布林场西部的原始森林，浓烟滚滚，暗红色的烟尘遮天蔽日，空气中散发着一股呛人的味道。

宗庆局长第一时间奔赴前线指挥扑火。永红书记坐镇多布林场已经一天一夜了，我、吴部长和发花书记一直陪伴左右。林场办公室炉火烧得通红，火墙发出了像火车头般的轰鸣声。早晨，永红书记刚起床，对我和吴部长吩咐："山上一定特别的冷吧？你们准备一下，早饭后到前指去慰问一下宗庆局长他们。"吴部长劝永红书记说："你的身体不大好，宗庆局长特意让你在家坐镇指挥，就让我和金勺上去慰问吧。"永红书记有些不悦道："前方将士们在天寒地冻的情况下浴血奋战，我怎能安心在后方享清福呢？"

吴部长吃了闭门羹，冲着我使个鬼脸，我也没敢再多言，只好按照永红书记的意见去准备慰问品，发花书记一起帮助张罗着。林场防火办为我们每一个人配发了一件棉军大衣。

我们乘坐的吉普车出发了，发花书记一身戎装骑在马上与我们挥手致意。

永红书记坐在副驾驶的位置，我和吴部长分坐后座的位置。永红书记好奇地回头问我："发花她骑马干什么去？"我如实地向永红书记介绍："她抄近路去火场。"永红书记接着问："她日常工作情况怎么样？"我如实从头到尾介绍发花书记的工作表现："她工作向来是很有激情的，而且非常有才华，多才多艺，特别能干。'青年突击队'这块，多布林场也走在了全局前列。"吴部长对发花书记也很有好感，补充道："是一位很优秀的女干部，性格泼辣。"永红书记回头又对我说："你们团委最了解青年干部，也有推荐年轻干部的权利和义务。"借此机会，我把起武、平华、发花和我们团委的两位干事的工作表现逐一向永红书记做了推荐介绍，吴部长在一旁不时地"溜缝"。

还不到中午时分，我们到了火场前指——樟松山脚下。

我们走进帐篷，宗庆局长与几个人在研究今天晚上的扑火方案。永红书记见到宗庆局长格外的亲热："老伙计，辛苦啦！"宗庆局长对我们几位说："永红书记身体不好，怎么让他也到前指来了，在家坐镇就可以嘛。"吴部长一再解释。

我组织人员把永红书记带的慰问品搬了进来，宗庆局长及时阻止说："好东西别都留给前指。永红书记来了，正好我们一会儿要到附近的几个分指慰问一下，需要带点慰问品。"

我们分乘几辆吉普车，宗庆局长陪同永红书记到火场一线慰问。远远望去，多布林场"青年扑火突击队"的旗帜高高飘扬，让我倍感亲切和自豪。

多布林场前指由庚东主任带队，发花也刚刚骑马赶到这里。庚东主任向永红书记、宗庆局长汇报了火场情况："我们昨天晚上干了一宿，明火基本扑灭。这帮突击队员都是好样的，个个都很优秀。"永红书记赞扬道："你们组织'青年扑火突击队'上来扑火，很好嘛！"宗庆局长补充："全局的防火系统都要组织'青年扑火突击队'，做到招之即来，来之能战。"发花向我洋溢着幸福自信的笑容，我也为她送去了赞许的目光。我镇静后开始给他们分发永红书记带来的慰问品。

我们又到了工程公司扑火前指。他们的"青年扑火突击队"旗帜被大火烧出了几个洞洞，50多名青年扑火队员正在旗杆下睡觉。平华满脸灰土，一身征尘，主动迎上来欢迎我们。我向永红书记、宗庆局长介绍："这是工程公司团委书记平华，也是'青年扑火突击队'队长。"永红书记上前握住平华的手温和地说："你们辛苦啦！"平华答道："不辛苦，养兵千日用兵一时嘛！"宗庆局长补充说："要注意人员安全，不能大意！"我把几瓶"杨树白"分发给他们。

当平华听说几位领导饿着肚子前来慰问，就急忙打开几瓶罐头和几瓶"杨树白"，招待各位领导。正在这时，有人进来报告："不好了！火头上来了！"我们闻讯都跑出了帐篷。

风向突变，火借风势，风助火威。远处的山上几条火蛇猛地腾空而起，呼腾呼腾地往上翻滚着，窜上了十多米高的树梢，顺着沟塘朝我们的驻地扑来。情况万分紧急，永红书记立刻命令："赶快组织扑打！"宗庆局长沉着冷静命令："大家不要慌张，先点烧防火线，以火攻火！"防火办的同志按照宗庆局长的指挥，瞬间点燃了防火线，眼前变成了一片火海，火头呼啸着远去。

永红书记、宗庆局长指挥："一起上！消灭内线的火头！"

永红书记、宗庆局长、吴部长和我一拥而上，拼命扑打内线火头。平华组织队员分片切割，包抄围打。庚东主任和发花书记也带着多布林场的"青年扑火突击队"前来支援，与平华他们协同作战，共同迎战火魔。

火场形势瞬息万变，狂风大作，陡然旋转，突然两个火头不期而遇在空中爆炸，火星四溅。

"快卧倒！紧急避险！"宗庆局长厉声疾呼。在场的人闻声卧倒，趴在过火迹地上，但还有几个青年队员好像是没有听见宗庆局长的命令，还在继续扑打，我站在那里向他们大声疾呼："快趴下！快点趴下！"瞬间，有人突然一把将我推倒并趴在我的身上。

大火卷着热浪在我们的背后头顶呼啸而过，浓烟迷住了我的眼睛，呛入喉咙，快要窒息了。

大火被成功地拦截住了，我们胜利了！樟松山安然无恙，巍然屹立。然而，平华他们住的帐篷和"青年扑火突击队"的旗帜早已化为了灰烬。

原来趴在我身上的这个人正是发花。她先挣扎起来，然后用力将我拽起来。我抖去身上的灰尘，向她深情地问道："怎么样？没问题吧？"发花满脸灰尘双眼红肿，泪花在眼圈晶莹般地转动，并责怪我："你不要命了！"我关心地问："你烧着没有？"发花书记抬起左手，瞧了一下说："这只手好像被火燎了一下。"她的左手迅速蒸发起了一片既黄又黑的水泡。我惊呼："发花书记受伤了！"永红书记、宗庆局长等都闻讯跑过来。宗庆局长命令："快！将发花书记送下去处置！"我与庚东主任将发花书记送上解放牌汽车。

汽车开动了，发花还深情地回望着我，我注视着汽车远去的远方。

随后，宗庆局长神情严肃地从身后通讯员手中要过对讲机，辞色俱厉地发布命令："各个分指请注意，第一，扑火休息时，要选择好休息地点，要科学论证。第二，休息的地方一定要打好防火隔离带，确保人身安全。第三，休息时要指派专人值班瞭望，防止大火突然袭击。第四，如果哪个单位发生死伤问题，我就拿那个单位的带队领导开刀！"这个命令同时也是说给我们在场所有人听的。

宗庆局长布置完毕后，与永红书记商量："从工程公司再往前都是林业局机关的队伍在看守火场。我建议把金匀留下来，统一指挥这几支队伍，进一步看守清理火场。永红书记你看如何？"永红书记看着我说："我看可以，锻炼年轻干部嘛。"永红书记、宗庆局长他们没有再继续慰问，而是匆忙地回到前指去了。

黑夜沉沉，我与平华等机关的队伍在一起坚守火场，好在是过火地段已经没有明火了。

深秋与初冬交替的大山里，气温突然降到零下4℃左右，滴水成冰。没有帐篷，没有避风的地方，我们必须在这里坚守72小时。尽管我们燃起了熊熊的篝火，但火烤胸前暖、风吹背后寒的感觉更是难熬。有一名刚刚上班的小青年被冻得哭哭啼啼的，有的被冻得来回乱窜，我和平华也被冻得流下了眼泪，只是没有出声罢了。我忽地想起红梅常说的话，冻死迎风站！是的，我既是林业局团委副书记，青年人的头头，又是一名退伍战士，在这守火场的考验面前，绝不能后退半步，要为他们做出个样子来。我起来组织大家围绕着篝火跑步，我带领大家呼喊口号：

"下定决心，不怕牺牲！"

"排除万难，去争取胜利！"

"一二三——四！"

一阵阵口号声在这黑夜的山谷中久久回荡。

停歇时，我试探性地问平华："你何不领着大家喝点酒，取取暖，再唱几首歌，分散一下注意力？"平华反应过来了："大家都喝上口酒，我来教大家唱《十五的月亮》！"

此时此刻，我们每喝一口"杨树白"，就仿佛喝的是激昂的壮行酒；我们每唱一遍《十五的月亮》，就仿佛唱的是悲壮的英雄曲。

漫漫长夜，苍天无情；雪花零星，星月稀疏。平华书记领唱的这首英雄赞歌在大山中的火场上一遍又一遍感天动地般回响着。我忽然走神了，仿佛他与发花书记在合唱，又好像发花书记在独唱。她是为了掩护我而受的伤，她现在还疼痛得很厉害吗？

上午，局党委常委会议室。

永红书记主持局党委整党办专项整改通报会。前不久，克什林管局整党办对我们杨树地林业局的整党活动进行了检查验收。检查组认为，杨树地林业局前期整改做了大量的工作，但也有些整改工作抓得不够实，特别是职工群众反映比较突出的问题还没有得到很好的解决，通过民意调查，职工群众对整改满意度没有达到50%。所以检查组经请示林管局党委主要领导同意，对杨树地林业局的整改工作暂不予以验收。

原来在这次整党活动中，职工群众提出意见198条，涉及行政工作53条、党群工作48条、形式主义和官僚主义37条，以权谋私40条，其他20条。检查组留下了5条具体意见：一是对不正之风必须予以坚决纠正，不搞"下不为例"，职工群众不满意的不予验收，特别是有的林场烧树苗的问题一定要查清。二是对以权谋私的事要坚决予以纠正，对各级领导干部子女进机关、提拔快、公费进修等问题，要坚决予以处理，挽回在职工群众中造成的不良影响。三是重点解决领导干部违法乱纪、不团结、不称职等问题。四是反对形式主义。局团委搞活动占用生产工作时间太多，他们搞的"青年突击队"只是挂上旗帜，没有发挥突击队的应有作用。五是正面典型的宣传力度不够。已经退休的周陈子坤副书记就是大家学习的好榜样，一身正气，一生清白，从不搞特殊化，全家7口人还仍然住在大杨树区开发初期的老少间中；在子女的安排上，没有找老同志"走后门"，凭子女在一线自己干；连续多年自觉参加义务植树造林活动。这样的好典型要集中重点进行宣传，从而树立党员领导干部的良好形象。

听了永红书记的通报后，我的脑袋瓜子好像轰然爆炸了！

整党怎么整到我的头上来了？我怎么又得罪人了？当头一棒啊！

我和王刚所有的前期工作不是白抓了吗？我原本想在这次会议上把全局整党办的信息工作做一次全面的汇报。我是在部队火线上入的党，又是刚刚有6年党龄的新党员，第一次参加整党，浑身上下有使不完的劲。半年来，对上发表信息21条，其中有1条信息被内蒙古自治区党委整党办采用；对下发简报一共57期。纵然我有再多的工作成绩，在这个极其严肃的场合，也是不值得一提的，更是不合时宜的。

永红书记在会议上异常严肃地指出："正确对待上级的批评，正确对待群众的意见；本着缺什么补什么，有什么问题就改什么问题的原则，把整改工作引向深入，让职工群众看到实实在在的整改成果。"

没有过夜，局整党办通宵达旦地紧急贯彻落实永红书记的讲话精神。负责综合工作的我和王刚干事，对全局比较突出的问题进行了集中梳理，制定了整改工作方案。同时，我们整党办还分成若干个工作组，对各单位进行了突击式的检查。针对部分领导干部超标准住房问题，专门成立了分房委员会，规定处级以上领导住房不能超过55平方米，今后不允许建超标准的大房；现住房超面积的每平方米要加收0.34元。针对领导干部子女集中到扎兰屯学校进修的问题，专门成立了清退工作组，局党政领导要带头把占用的指标让出来。针对林业局机关7位处级和科级干部在工程公司索拿、私借的财物问题，成立了工程公司有关问题清退工作组，限15日清退完毕，对逾期不退的要进行通报批评，给予组织处理，不予以登记。

最新统计，在这次整改中，共清退用于盖房子的钉子121公斤、暖气片55组、皮大衣11件、井管子22根、铁皮17张、红砖2万块、水泥150袋。我和王刚将这些案例及时发在简报上，对全局深化整改工作起到了积极的推动作用。

一天下午，永红书记把我叫到他的办公室。他耐心地鼓励我说："要正确对待别人的批评嘛！他们的那条意见不是对'青年扑火突击队'来的，而是冲着我来的。关于'青年扑火突击队'要继续加强完善就可以了，这个方向没有错，有则改之无则加勉嘛！"我委屈地低头不语，差点流泪。

永红书记又指示我说："你带队深入到有关几个林场，对在春造中焚烧16万株树苗的问题进行调查，有什么情况回来如实汇报。"我领受任务后，顺便从上衣兜里拿出局团委向局党委推荐干部的文件，包括起武、平华、发花和局团委的两名干事。永红书记接过我们的文件表示："我们会认真研究你们的意见，我也会支持你们的。"我特意提醒了一句说："他们当中有的是'以工代干'。"永红书记当即表示："我们用干部一定要打破条条框框，主要看实绩，看能力，看表现。"我很是感动。永红书记又关心地问："发花书记的伤怎么样？"我如实地汇报："只是左手手背被火燎了一下，但她仍然坚持上班呢。"永红书记又补充道："她还是很英勇的，巾帼不让须眉啊。请转达我对她的问候。"我连连地表示："谢谢，谢谢！"

连续几天的调查，我大有"剪不断，理还乱"的感觉，越查越糊涂。有人反映："烧点树苗有什么大惊小怪的？烧指定是烧了，烧的是好苗还是坏苗，谁能搞清楚？"还有的人反映："烧树苗不只是今年的事，年年都烧，你能查得过来吗？"还有的人愤愤不平道："查一查，大杨树区从1972年开始造林到现在，一共造林49万亩，实际测量还不到31万亩，那18万亩都造哪去了？怎么没有人去查一查呢？真是狗拿耗子多管闲事。"

一个多星期下来，我无功而返。我实事求是地向永红书记做了汇报，最后我建议："烧树苗问题特别复杂，如要继续调查必须让公安局介入，否则难以查清楚。今后要在制度上想办法，如实行树苗商品化，与造林人的工资挂钩，或许这个问题就能得到解决。"永红书记对我的意见不置可否，没有正面回答，而是说："那就以后再说吧。"有可能是永红书记日理万机忙不过来了，也可能是法不责众或是积重难返吧？

暴风骤雨式的集中整改活动，在我们杨树地林业局上下掀起了巨大波澜，对全局423名党员也是一次洗礼和考验。林业局党委再次向克什林管局党委提出申请，要求对我们的整改工作进行再次验收。

让我意想不到的是，这次检查验收组的组长竟然是我的上级老领导——树林书记。树林书记一行5人，经过几天的严格检查验收后，局党委召开了全局党政干部大会进行通报，永红书记带病主持大会并讲话。永红书记首先通报了全局的整改情况，其中讲了清退领导干部子女占用上学指标的问题。此时，台上台下鸦雀无声。他一边擦拭额头的汗珠一边讲："扎兰屯林业技工学校给我们林业局一些指标，本来是一件好事，但没有做好。我本意是11个林场每个林场给一个指标，结果只分给了基层4个指标，那7个指标被林业局机关和领导干部子女给占用了，其中我和宗庆局长占用了2个指标。他们说是照顾老干部，照顾一下我和宗庆局长就行了呗，结果大家都跟着坐车，大面积照顾，都成了老干部了。这也难怪下面有意见，这件事做的的确不怎么光彩。如果不是群众在这次整党中提出意见，如果不是上次克什林管局检查组的及时提醒，我们还将继续执迷不悟。在这里，我代表林业局党委、代表宗庆局长向大家作检讨，道个歉，机关领导干部子女占用的8个指标全部退出来，让给基层，还大家一个公平。"

此时俱乐部内响起一片掌声，大家被一个五六十年代的老干部、老领导的无私无畏、敢于亮家丑、敢于承认错误的宽广胸襟感动了，此时再也没人计较他的过失了。同时，我再次留意永红书记在主席台上气喘吁吁地讲话，也心生一丝怜悯。

当个清官的确不容易。绝不护短，需要胆识；敢于亮丑，需要魄力；一身正气，更需要鼓足战胜自我的勇气！

——日记摘抄

答谢晚宴在林业局招待所后院贵宾厅里举行。

贵宾厅灯火通明，轻音乐如小桥流水一般婉转缠绵，桌上摆满了特产佳肴。热菜有盐煎对虾、清蒸大闸蟹、红烧鳇鱼、飞龙丸子汤、家常炖重唇鱼、粉条炖鲤鱼、尖椒炒狍肉、红焖肉炖豆腐、榛蘑土豆片；冷菜有酱牛肉、盐水猪手、虫草芹菜、芝麻菠菜、凉粉、拌凉菜。我还是第一次出席这么隆重的晚宴，每道菜色调各异，花样翻新，琳琅满目，美不胜收。永红书记带病出席并致辞，然后他与宗庆局长纷纷敬酒，主客寒暄，喜气洋洋。林业局副处级以上的领导出席晚宴，我是晚宴中唯一的科级干部。树林书记是我们克什林区共青团的领导，上级团委领导来了，我作为林业局的团委书记自然陪同，能出席这么隆重的晚宴，是我一个刚刚走上领导岗位的青年干部的荣幸。

树林书记站起来开始回敬："这第一杯酒，敬永红书记、宗庆局长两位班长，今天永红书记代表林业局党政班子的通报耐人寻味，发人深省，不护短，境界高，使我们检查组一行受到了一次生动的党性教育。回去后，我要很好地向林管局党委汇报，介绍你们的经验，永红书记也要注意休息，保重身体。宗庆局长咱们是老朋友，这也是宗庆任局长以来我第一次到大杨树，算是公私兼顾了，与其说是来检查，还不如说是来看看老朋友。共同敬你们两位一杯酒。"三人对饮而尽。

"这第二杯酒，敬在座的各位。可以说，杨树地林业局是我们克什林区的老、小、穷局，又是一个营林局，不如山上的各个林业局财大气粗，你们能在这样的艰苦环境中坚持工作就已经很了不起了，就是党性强的表现。再者说来，这几年杨树地林业局的防火工作连续三年无重特大森林火灾，营林工作朝着100万亩目标迈进，党的建设和精神文明建设也取得了很好的成绩，这三点都是可喜可贺的。来，共同敬大家一杯酒！"三桌共饮一杯酒。

树林书记说："好了，我就敬两杯酒。"接下来他亲切地望了我一眼，并示意我道："过来，咱俩共同敬几位领导一杯酒。"

听到了树林书记的热情招呼后我心领神会，迅速地从第三张桌子的后面绕到主桌前。树林书记开始向永红书记、宗庆局长举荐我说："金匀同志素质非常好，工作很有热情，能结合实际大胆创新，比如刊授学习、开展'青年突击队'活动、向守卫边疆英雄学习、创办'流动周末晚会'等项工作都走在了林区的前列，特别是对青年人实行军事化管理的方法也很有创意，具有广泛的指导意义。我这次来走了几个单位，没承想金匀他们做了这么多实实在在的工作。听金匀汇报说，局党委、林业局领导都很重视团委的工作，我在这里表示感谢了。虽说是党政工青，但毕竟是'小字辈'，干点工作不容易，还请你们二位领导今后对林业局团委的工作多多给予支持，对金匀的个人成长进步也多多给予关心。来，我们两个共同敬你们二位一杯酒。"树林书记能为一名基层团委书记撑腰打气争口袋，让我不知所措，激动的我把一杯足足有2两的白酒一口干了下去。由于我的酒量一般，在座的几位林业局党政工领导对我的"壮举"都感到惊讶。永红书记向树林书记表示："金匀很优秀，有考虑，有考虑，请树林书记尽管放心。"宗庆局长也表示："你放心，没有问题。"

今天我虽然醉了，但我是最幸运的，也是收获最多的一个人。

晚宴结束后，永红书记因身体原因坚持不住回家休息去了。宗庆局长和我一起陪同树林书记一行来到了工程公司的礼堂，共同检查"流动周末晚会"开展情况。工程公司礼堂张灯结彩、欢声笑语，如同过节一般。"寒八级"和平华书记在大门口迎接我们，还有发花左手缠着纱布并挂在脖子上也在迎接我们。在平华和发花的共同主持下，大家翩翩起舞，徜徉在《青年友谊圆舞曲》之中……

蓝色的天空像大海一样，
广阔的大路上尘土飞扬，
穿森林过海洋来自各方，
千万个青年人欢聚一堂，
拉起手唱起歌跳起舞来，
让我们唱一支友谊之歌……

今天，树林书记带着对杨树地林业局、包括对我本人的殷切希望返回了克什。他走后，我最后悔莫及的是没有给树林书记带点什么纪念品或土特产，也没给他表示意思一下，就这样让他两手空空地回去了。曹德玉副部长、吴部长、人勤副主任他们都说我没有办事经验，但好在林业局招待所已经提前做了安排。

整党活动进入了登记阶段。我们宣传部、机关党委、局团委联合支部的评议会议连续开了4个下午，人人过关，大家评议极其认真和严肃。在会议上，结合自己入党以来的实践和体会，特别是结合自己在部队临近退伍时整理的《个人奋斗修养十个要点》，我重点谈了自己参加这次整党活动的收获和今后的努力方向。

记得在我小的时候，妈妈就在炕头上教我学唱《人民军队忠于党》这首歌曲，"雄伟的井冈山，八一军旗红，开天辟地第一回，人民有了子弟兵。从无到有靠谁人，伟大的共产党，伟大的毛泽东，伟大的毛泽东！"激情荡漾，千回百转，百唱不厌。早在1974年读高中时，我就开始申请入党，当知青后一直在不懈地努力争取，直至到了1979年重大军事行动的火线上，我光荣地加入了中国共产党。从那时起，我进一步坚定了理想信念，时时刻刻用党员的标准严格要求自己，在部队要当一名好战士，回到地方在林业局武装部要当一名好干事，在林业局团委要当一名好书记。总之，一个矢志不渝的退伍战士，要坚定不移地为党努力奋斗终生！

然而，奋斗的路上并不平坦。如我在团委的一些努力，大有"早春二月"的嫌疑。特别是在防火战线成立"青年扑火突击队"等举措，曾遭到一些人的非议。我要本着有则改之、无则加勉的原则正确对待，努力做好当前的工作。今后组织"青年扑火突击队"，既要注重形式，更要注重实效，使其与林业局防扑火工作更紧密地结合。

从现实看，当前共青团工作面临的任务非常艰巨，概括起来为"小字辈"、困难多、标准高、压力大。但作为杨树地林业局团委的主要负责人，作为一名共产党员，作为一名退伍战士，我一定要勇挑重担，敢为人先，下定决心，排除困难，努力做好当前的共青团工作，重点是围绕林业局的中心工作，继续开展"立足岗位学英雄做贡献，争当新长征突击手"和"青年突击队"活动，进一步探索对青年人实行军事化管理的新途径和新经验。

在人生这个重要的节点上，能在杨树地林业局担任团委副书记，是一名退伍战士的光荣，更是我一生的荣耀！因此，我要把自己全部精力、所有心血、火一样的激情，全部投放在培养一代共产主义新人的事业上，使共青团作为党的助手和后备军作用发挥得更加明显，让杨树地林业局共青团的工作更加生机勃勃，努力为社会主义建设、国家富强、人民生活日益美好的伟大事业做出自己应有的贡献。

奋斗是写在青春乐章上最美妙的音符，青春时节是奋斗者的花开季节。杨树地林业局应该是我为之奋斗并献出最美好青春的地方，请党考验我的过去、现在，更重要的是将来，乃至整个一生。

1985年11月7日

第四卷
升腾的绿色希望

第三十三章
初来乍到枪声响　　不是豪杰亦闯荡

又是雪花飘飘的季节。

大杨树的雪花很有灵气，它不但向世人展示了洁白，而且又向我们传达了一种神奇的灵感。

早上，我在林业局党委办公室走廊中遇到了吴部长，他热情招呼我并走近我跟前，贴近我的耳边悄悄地说："知道吗？你又升了！"是"升"还是"生"？我没有听明白，心生狐疑。

是"升"？我还往哪里升？自己刚刚当局团委副书记才一年多一点，不可能再升了。如果是"生"？红梅至今还没有怀孕，怎么可能生？瞬间，我莫名其妙了。

吴部长见我没有听明白，满脸笑容地对我解释："是昨天晚上研究的，你提为正科级了。记住昨天是11月17日，'要起'呀！"我茫然了。

我在团委书记办公室刚刚坐定，曹德玉副部长的电话就打了过来："我昨天晚上没有跟你说，你的工作又有变动了，准备一下，一会儿到永红书记办公室谈话。我这边还忙着呢，具体的情况等我有时间再与你说。"组织部干部说话向来都是这样神神秘秘的，他并没有具体说明我的工作是怎么变动的，让我一头雾水。曹德玉副部长与妈妈家是近邻，也是看着我成长进步的，论理说他应该早告诉我一声，但他确实什么也没告诉我，这说明我虽然提职但去处可能不算太好。

近一年来，我经常到永红书记办公室去汇报工作，每次去都让我感到很亲切，都能从他那里获得无穷无尽的力量。而今天则不同，永红书记办公室让我感到从未有过的神秘和庄重。我刚刚在沙发上坐定，永红书记两手把持着办公桌上的透明水杯，朝我很得意地露出了笑容，正式地说："昨天晚上，局党委召开了常委会，经研究决定，由你去布铁林场接替萨勇的党委书记职务，晋升为正科级。萨勇书记因身体和年龄原因，再加上他自己也多次申请，局党委同意他退居二线。谁来接这个班，局党委经过再三慎重考虑，决定还是由你去接替比较合适。"

看起来吴部长和曹德玉副部长他们刚才向我透露的信息都是千真万确的了。瞬间，我居然怀疑自己是不是在白日做梦，怎么一点迹象也没有啊？我真的不敢相信，自己任副科级一年零两个月还不到就晋升为正科级，居然还能到一个较大林场去当党委书记？我开始怀疑自己："我能行吗？"

永红书记很是严肃地开导我说："什么叫行？什么叫不行？首先你自己要有自信心，我相信局党委的集体决策不会失误的。关于局党委为什么要重用你，我不便更多地加以评价了。总而言之，我和宗庆局长以及各位常委对你在团委短短一年多的工作都很满意，前不久树林书记来时也给了你很高的评价。你还年轻，需要到基层锻炼一番，这次让你去挑这个大梁，就是为了摔打你、锻炼你。希望你不要辜负局党委的重托，在新的岗位上干出一番事业来。"

我不停地点头，并做记录。

永红书记开始嘱咐我说："下去之后，有这么几点需要你很好地把握和注意。一要搞好民族团结。从地区角度来看，布铁林场施业区内有两个乡政府，一个是布铁乡，另一个是讷尔克气乡。其中，布铁乡是典型的民族乡，有鄂伦春族猎民50多户、149人。从林场本身来看，也是一个多民族的林场，少数民族职工占38%，这个比例在我们杨树地林业局来说也是比较高的。布铁地面社情民情也相当复杂，治安形势相对混乱。在布铁林场开展工作，搞好民族团结显得尤其重要，要像爱护眼睛一样珍视民族团结。二是把握好营林工作的大方向。抓好造林工作，不断提高质量，要从根本上改变年年造林不见林的怪现象。要抓好春秋两季的防火工作。我们杨树地林业局是克什林管局出了名的'火罐子'，而你们布铁林场又是全局防火的重灾区。因此，防火工作也是重中之重。要坚持以林养林的基本方针，探索多种经营新方式、新途径。三是巩固整党的成果，努力实现党风的根本好转。你本人要带好头，喊破嗓子不如做出样子，打铁必须自身硬。同时要敢于坚持党性原则，对歪风邪气敢抓敢管，敢于触及矛盾，敢于碰硬。现在就有人写信反映林业局杨副局长和一个科长的子女占你们林场指标公费上学，群众反应很大。我们局里的都已经纠正了，怎么林场还有呢？你到职后了解一下情况，如果属实，必须予以纠正。否则，怎么才能实现党风的根本好转？这不是自欺欺人和贼喊捉贼吗？四是要搞好班子团结。要发挥好庆典主任等老同志的作用，他是行政一把手，50多岁的人了，年龄比你大，遇事多与他商量。特别是在实行经济体制改革的大背景下，党政一把手的团结合作，比以往任何时候都重要，当书记的要学会处理好各种关系。五是从严治场。抓好劳动纪律的整顿，从整顿党风开始，一级抓一级，实行一点过激手段也是必要的……"

永红书记反反复复、苦口婆心地对我进行了出征前的交代，我逐字逐句地记下了永红书记的谈话要点。我同时又急切地关心起局团委班子的建设情况，便问："局团委谁来接我的班呢？"

永红书记郑重其事地说："在你们局团委推荐的基础上，局党委坚持优中选优，将工程公司的平华同志提任为团委副书记，接你的班主持工作，你看怎么样？"

乍听到这个信息，我欣喜若狂，激动地说："那可太好了，选得准！平华确实胜任这项工作。"

永红书记接着向我介绍："这次局党委在年轻干部的使用上，坚持打破了论资排辈和'以工代干'不能使用等条条框框的束缚，看实绩、看能力、看表现，对你本人的使用我们就是这样考虑的，对你们局团委推荐的平华、起武、发花、王刚同志也是这样考虑的。起武同志任布铁林场副主任，发花同志到局工会任宣传部副部长，局党委办公室原主任已经退休，人勤同志接任主任，你们局团委的王刚同志到局党委办公室任副主任。怎么样？"

听了永红书记介绍后，我愈发激动："这是局党委对我们青年干部成长的关怀和重视啊！估计克什林区也没有几家能这么做的，我们这辈子算是遇上了开明的好领导了，我代表他们感谢您！不过，吴江阳干事这次没有提上，我可怎么向吴部长交代呀？"

永红书记郑重地解释："吴江阳比王刚来得晚一些，她的进步等有机会我们再考虑。在这次整党中，群众对领导干部的子女进机关、官官相护、裙带成风、提拔进步快等现象提出了不少的意见。今后，对领导干部的子女提拔我们要从严把握，不能再搞'老子英雄儿好汉'的那一套。不然的话我们没有办法向群众交代呀！关于吴部长那我去谈，你就放心好了。"

我感激地表示："那我就替吴部长和吴江阳干事感谢您了！"永红书记直言道："正常工作，感谢什么？不用客气。到了布铁林场后，有什么事、有什么困难你只管来找我。今天你先回去准备一下，明天我和曹部长一起送你去到职。"

我既激动不已又晕头转向地从永红书记的办公室退了出来。

漫天的雪花在飞旋，如缤纷的礼花。

我们乘坐的吉普车向南驶过甘河大桥，然后开始向西飞驰。

永红书记端坐在副驾驶的位置，我和曹德玉副部长分坐在后座位置。我是永红书记和曹德玉副部长他们两位的"得意之作"，一路上他们两位有说有笑，喜悦之情溢于言表。而我则不然，我是他们送的对象，又是履新之行，免不了心事重重，心里七上八下的。

永红书记与曹德玉副部长他们之间聊了什么，我始终没有太注意。

我联想起前些日子树林书记到我们杨树地林业局检查验收时，向永红书记推荐我的情景，又想到了永红书记当场对他说"有考虑"的应允，看来永红书记对我的使用早就"有考虑"了。自从树林书记走了之后，我一直在局党委整党办"帮办"，忙于实现党风根本好转情况的验收，局团委有好多应该做的工作还没有做完。自我上任以来，针对青年渴望进步、积极进取的特点，我曾大胆地尝试强力配齐专兼职团干部、向各级党委推荐优秀青年入党、提干、评模等，特别是我曾把这些问题写进了《关于进一步加强杨树地林业局共青团工作的指导意见》中，已经呈报到了局党委，还没来得及全面铺开，我就卸任了。虽然这次局党委重用了4位青年同志，但这只是一些积极的破题式探索，不免留下了许多的遗憾。

雪花窸窸地敲打着车窗。在颠簸中，我反复盘算如何报答永红书记、树林书记、曹德玉副部长和吴部长他们对我的关怀，一时还没有找到答案。看来只有在布铁林场这个局部的小范围内，对我在局团委没有做完的这些事继续进行尝试，为青年人成长进步铺路架桥，待树林书记再来检查时好给他一个惊喜。

对于布铁林场，我并不陌生。从中学时的家访到参加整党整风工作队，从武装部参加"三春"工作队到局团委来这里进行调研，这么多年没少往布铁林场跑，但做梦也不会想到，今天我能来到布铁林场任党委书记。我想自己这一生，与布铁林场的情缘算是绑定了。此时此刻，我既心潮澎湃，又错综复杂。这个党委书记到底怎么才能当好呢？与领导班子成员见面时讲点什么？新官上任的三把火到底怎么烧？头三脚到底怎么踢……

我们乘坐的吉普车，经扎莱河农场涉水蹚过还没有完全封冻的甘河一直向北，直奔布铁林场驶去。零星的雪花飞舞在甘河两岸，汩汩的甘河水像在白衣少女的胸脯上流淌，显得更加妩媚多娇，不时飘浮起来的缕缕薄雾犹如仙气一般。

视线中，布铁林场越来越近了，林场后面的樟子松在雪花中显得更加翠绿。吉普车没有减速急转弯就开进了林场的大门。林场院内站满了机关干部和职工，他们的视线跟着吉普车前行在移动，大家争相一睹新书记——金匀的风采。

萨勇书记气喘吁吁地站在办公室门前迎接我们，他向永红书记介绍庆典主任、曲直副主任、开怀主席、起武书记、言前股长等，永红书记与他们一一握手。在欢迎的人群中，我一眼就发现了当年在整党中受过我与老高所长审问的遥条副主任正在向我摆手，我用惊奇和久违的眼神与他打招呼，但没有机会说话。我小声地问庆典主任："那不是当年的遥条副主任吗？"庆典主任忙着没有多解释："是他，是林场让他回来上班的。"言前股长恭敬地把我们让到了原来萨勇书记的办公室。这个办公室我曾经来过多次，小的不得了，三四个人就转不过身来。曹德玉副部长见状有些着急了："没有大一点儿的吗？"言外之意这间办公室太小了，打不开场子，开不了会议。

庆典主任试探性地请示永红书记："我来了之后，'青年职工之家'刚修缮完，是开大会用的。暂时还没有中小会议室，能否到食堂将就一下。"

永红书记很无奈："这等小事就不用请示我了，你们党政领导都在，自己定吧。"永红书记不无幽默地朝我们示意，起身朝外走去。

林场食堂与"青年职工之家"一栋房，在它的西侧。没到饭时，食堂空荡荡的。我们来的几个人和布铁林场的股段级以上干部，分别坐在那几排仍然很简陋的长条木制饭桌前，我与萨勇书记、庆典主任陪同永红书记和曹德玉副部长坐在大家的对面。庆典主任主持会议、言前股长做记录。首先由曹德玉副部长宣布局党委的任免职决定，接着永红书记讲话，他在讲话中简单扼要地介绍了萨勇书记退居二线的原因，对萨勇书记的工作给予了高度评价。此时，我看了一眼热泪盈眶的萨勇书记，他现在应该是一种什么样的复杂心情呢？是激动呢，还是惋惜呢，或许应该是留恋吧。他退出领导岗位后又该如何去开启新的生活呢？能否适应？所有这一切都不得而知。

永红书记重点对我个人的政治素质、工作作风、主要成绩都一一地做了介绍，他语重心长对大家说："布铁林场在全局中具有举足轻重的地位，是一个较大林场。局党委对布铁林场党委班子建设是高度重视的。这次局党委派金匀同志到布铁林场来担任党委书记、主持林场全面工作，主要是从我们杨树地林业局长远发展战略、培养青年干部的角度来考虑的。海青书记曾经对金匀同志有过很高的评价：'金匀同志是一块好钢。'既然是一块好钢，就应该用在刀刃上。希望萨勇书记要发挥余热，扶上马、送一程，再带一带金匀同志。还有庆典主任等，从行政角度要给金匀同志更多的支持。"

永红书记还就重用年轻干部做了一些解释："对经受了锻炼考验有发展前途的年轻

干部，就要大胆地使用，我们不搞论资排辈那一套，也要打破'以工代干'不能使用的条条框框束缚。根据局团委的推荐，我们这次集中研究了一批优秀的年轻干部予以提拔重用，为他们的成长进步提供舞台。这其中包括你们布铁林场的起武同志，希望林场党委多给起武同志压担子、交任务，统筹兼顾进行锻炼。"

永红书记还对布铁林场的民族团结、营林生产和护林防火、巩固整党成果、搞好班子团结等工作提出了明确的要求。最后，他祝布铁林场在林场党委统一领导下，艰苦奋斗，奋力拼搏，争取各项事业不断取得新的更大的成绩。

萨勇书记做了一个简要的离职告别讲话，他为党的事业奔波了一辈子，就这样老泪纵横地画上了一个句号。

我即席讲了三个方面的想法："首先，感谢局党委和各位领导对我的关怀和器重。可以说，这次工作的变化，我一点思想准备也没有，原打算在局团委再干上两三年，把我的一些设想都变成现实。这次局党委让我担任布铁林场党委书记这么重要的职务，虽然有些突然，但对我是莫大的信任。我深知自己年纪轻、资历浅、基层经验不足，在今后工作中，还要请局党委各位领导一如既往地关心我、支持我、爱护我。第二，既来之则安之。从今天起，我就是布铁林场的一员了。一家人不说两家话，我要一边熟悉情况，一边开展工作。至于如何发展、下一步有什么样的工作思路，没有调查研究，我一时也说不好，只能是边干边学了。第三，认真贯彻落实好永红书记方才的五点指示精神。昨天，永红书记与我谈话也谈的是这五点。其实，这五点指示，既是对我本人提出的要求，也是对布铁林场提出的要求。只要我们把这五点要求逐一落实好，相信林场的各项事业就能百尺竿头再进一步。万事开头难，今后还要请林场各位多多给予支持。"

我的心一直在颤抖，手也在哆嗦。永红书记、曹德玉副部长目不转睛地盯着我，因为我是他们精心策划和倾力打造的"作品"，所以他们对我的期望值特别大，唯恐我在见面会上的讲话"掉链子"。

与此同时，庆典主任也做了一个表态发言，他最后说："上面千条线，下面一根针。我们在基层，没有那么多的说道，尽管外地都在试行什么厂（场）长负责制，但是我们林场小，大家在一起分工不分家，一个锅里搅马勺，我中有你，你中有我，有事共同商量着办，我与金勺书记之间没有问题，一定会配合好的。"就差没有直接说出我们是叔侄关系。

庆典主任的话音未落，永红书记顿时面有愠色，但没有发火。从永红书记的面部表情可以看出，他对庆典主任的表态发言没有摆正自己的位置不满意。片刻，他当即予以纠正："我再次明确一下，今天我们派金勺同志是主持林场全面工作来的。现在虽然外地都在试行厂（场）长负责制，但是中央目前还没有下发文件，我们不要操之过急，要走一步看一步，甚至于看两步三步。当前，从我们杨树地林业局的实际情况出发，林场党委书记还是要主持全面工作的，家有千口主事一人，但同时也要吸收试行厂（场）长负责制有益的积极的因素，分工协作，团结共事，探索出一条领导体制改革的新路子。"庆典主任连连点头，脸色略微有些泛红。

中午时分，永红书记和曹德玉副部长与我们布铁林场班子成员共进午餐。我原以为中午能大吃二喝一顿，理由也很充分，永红书记亲自出马、我这个新书记刚刚走马上任、萨勇书记又刚刚从领导岗位上退下来，痛快地吃喝一顿也在情理之中。万万没有想到，在来之前永红书记亲自给庆典主任打过电话，明令要求中午吃便饭，不得聚餐、不得喝酒，所以大家只好围着一张大桌子吃起便饭来。所谓的便饭也很丰盛，庆典主任试图给永红书记倒杯酒，被永红书记拒绝了。我想还是永红书记把握得好，带了个好头，不然我上任之时就是酩酊大醉之日，也正是被人拿下之时。其实，永红书记到我们杨树地林业局以来，一直敢抓敢管，敢于碰硬，率先垂范，清正廉洁。由此看来，永红书记今天不让我们搞迎送午宴就不是什么另类的反常举动了。

午餐后，送永红书记他们。永红书记的吉普车飞快地驶出了林场大门，我站在林场办公室门前望着吉普车在雪花中留下的一缕缕尾气木然了，直到言前股长彬彬有礼地叫我："书记回屋吧！"我才如梦初醒——原来我已经到了布铁林场了。

夜幕降临。

"砰！砰！"林场院外的枪声不绝于耳。

今天庆典主任和几个住宿的同事一起回大杨树了，林场领导宿舍里只剩下我一个人，听到枪声不免有些害怕。这几天常听大家说，林场外经常有打架斗殴、酗酒闹事的，这枪声足以说明他们打得很凶。这使我联想起刚到多布林场当知青时听到的零星枪声，同样的清脆，同样的让人心惊胆战。

电视连续剧《新星》正在热播。

突然，我们的宿舍进来三四个人，抬着一箱啤酒往地中间一放，大个子先开口说："听说你是新来的'小书记'，今天我们哥几个来给你接一下风，怎么样？"从声音上听得出来这几位是少数民族职工，已经喝得醉意蒙眬了。

没等我说话，其中的一位稍微清醒，驳斥刚才说醉话的那位大个子："什么'小书记'呀，这话多没有礼貌啊，叫金勺书记。"

那位大个子也意识到了自己说走嘴了："对，叫金勺书记。把啤酒启开，我和金勺书记喝一个，为金勺书记接风！"

我心里"怦怦"直跳，一时不知所措，只是紧张地推辞："我不会喝酒。你们几位喝，你们几位喝。"

他们几位启开啤酒，手把瓶地喝了起来。那位大个子看见电视中正在播放电视连续剧《新星》时，又来了话茬儿："你看人家李向南是怎么当的书记？看看你是怎么当的书记？林业局领导干部的子女就可以随便上学吗？林场的职工为什么就不能上学？是谁批准的？还有没有王法了？"

他越说越生气，一脚踏在啤酒箱子上嗔怪我："你得好好地向人家李向南学一学，当官不为民做主，不如回家卖红薯！"言外之意是让我管一管这件事。联想到临来时永红书记与我谈话时曾提起过这件事，我还没来得及了解情况，他们就找上门了，看起来这件事的确是存在了。

我尴尬且无地自容，不知道如何才能应对眼前难堪的局面。恰好我的老同学萨吉福前来看我。他一进门见到此情此景，由笑转怒，义愤填膺，用少数民族语言怒斥："是谁让你们来的？金勺书记根本不会喝酒，为什么让他喝酒？对金勺书记也太不尊重了！"原来那位大个子中年人姓索，达斡尔族，在家中排行老大，长得又高又胖，所以人称索老大，是营林二队的职工。

索老大赶紧解释："没有别的意思，我们几个是来给金匀书记接风的，千万不要误会。"他们几个的酒也醒了几分。

萨吉福上前用力地推搡他们："接风也轮不到你们几个，没大没小，你们这叫私闯金匀书记宿舍，打扰领导办公和休息，等老高所长回来非把你们几个扣起来不可，还不快点给我滚！"萨吉福这么一顿臭骂，索老大他们几个还真的吃这一套，抬着啤酒箱子灰溜溜地走了。

我忙感激萨吉福的到来："你来得太及时了，要不然我真的不知怎么对付他们呢。"

萨吉福开导我说："你有点太文绉绉的了，在基层林场干，必须说打就捞，想骂就喊，敢想敢干，敢作敢为，宁愿把他打黄了，也不能让他熊黄了。刚才你不也看到了吗，什么人什么对待，他们就吃这一套。"老同学萨吉福对我书生气十足的劲儿提出了善意的批评。

萨吉福接着教我："你不厉害一点、霸道一些，真的干不了。"他又给我讲了一个有趣的故事。

去年乡政府刚调来了一位副乡长，对乡里情况还摸不着头脑。有一天，他到甘河岸边检查新修的防汛堤坝，发现堤坝全部都是河卵石堆起来的，根本防不了洪，施工质量存在严重问题。他当场发火了，训斥陪同的工作人员："这是谁承包的工程？质量这么差劲儿，洪水来了怎么办？"他走一路训了一路，气派十足，趾高气扬，目中无人。没有想到第二天中午，这位副乡长正在宿舍午睡，只听房门"咣"的一声被人踹开，然后就是"叭叭"两枪。来人手握半自动步枪，醉醺醺地骂道："谁说我修的堤坝不合格，别人都说合格了，你为什么说不合格？不合格，钱的，从哪里来？酒的，怎么喝？"说完，来人朝天棚又是两枪："我看你合格不合格！狗——拿耗子，多——管闲事！"这位副乡长被吓得屁滚尿流，踹开南侧的窗户逃之夭夭。来者又追了他一二里地，没有追上，只好再放了几枪才算作罢。后来这位乡长跑到旗委组织部，说什么也不来布铁干了。他逢人就说："险些丧命，这个鬼地方，打死我也不去了！"听后我毛骨悚然，惊出一身冷汗。

我问萨吉福："你刚才说的老高所长是咱们公安局的那位老高吗？"萨吉福肯定地回答："是的，他是与庆典主任一起调来任派出所所长的。"我又高兴了几分："那太好了！"萨吉福反问我："你们原来认识？"我不客气地回答："何止是认识，我们当年还在一起办过遥条副主任的案件呢。他是蒙古族，今年也50多岁了吧，是一位身经百战的老公安。"萨吉福赞同我的说法："他在治安防范上的确很有一套，特别是在对付地痞流氓方面经验丰富，在这个地面上，所有的混混都怕他。如果你有事，只要一提老高所长就好使。"陡然，老高所长的形象在我心中又高大起来……

把这几天所见所闻的事情联系起来，自然会想起永红书记与我谈话时的忠告，布铁林场社情复杂。我清醒地意识到，在布铁林场不用说把工作事业干得如何出色，能在这里坚持正常工作和顽强生存下去，就是福大命大造化大了。不然的话像那位乡长死里逃生恐怕又会让人耻笑了。

金匀同志，一定要经得住初来乍到的严峻考验，尽管不绝于耳的枪声在欢迎我，尽管各种匪夷所思的乱象在袭扰我，但是我到布铁林场绝不是闯荡江湖来的。乍听到枪声响起，不心惊胆战毛骨悚然那是假的；听完萨吉福讲的案例，不提心吊胆心有余悸那也是假的。眼下，我只有一往无前地勇敢无畏地去面对，别无选择。今天，我让后勤工作人员为我准备了两个镐把，分别隐蔽地放在我的办公室和宿舍中，以防患于未然。如老同学萨吉福所说，宁愿把他打黄了，也不能让他熊黄了。从今往后，我绝对不能再文绉绉的了。要想在布铁林场长期干下去，必须说打就撂，敢想敢干，敢作敢为，不是闯荡江湖也跳不出江湖了，非闯荡不可了。

金勾同志，开弓没有回头箭啊，坚持就是胜利！我是一名年轻的党员领导干部，又是一名光荣的退伍战士，面对复杂环境和重重困难，绝对不能后退半步，必须在这里站稳脚跟并长期坚持下去，出色地完成林场党委书记的神圣职责和光荣使命。不然的话我就对不起林业局党委对我的培养，更对不起永红书记等老领导对我的厚爱，恐怕还要给他们丢脸了。

毛主席教导我们说："国家的统一，人民的团结，国内各民族的团结，这是我们的事业必然胜利的基本保证。"联系布铁林场的实际，在正视现实的前提下，千方百计与少数民族职工打成一片，多交少数民族朋友方为上策。其中萨吉福应该是我最先要依靠的对象，一定要拜他为师，通过他联系其他少数民族职工。否则我将寸步难行。我还要按照自己当兵退伍时整理的《个人奋斗修养十个要点》的要求去做，坚持做到少说多做、谨言慎行。要把"坚持、信念、勤奋、正直"8个字牢牢地记在心间，将它作为我到布铁林场任职后的座右铭。

1985年12月28日

第三十四章
悔恨交织忆往昔　伤疤痛处落残疾

桥东毛驴小吃部门口。

我们迎面遇见了刚吃完饭出来的芮妹和她的女同事。我向她解释："与几个同事小聚。"待她们走远了，我仔细地搜索回忆，好像在哪里见过芮妹的女同事。想了半天，原来是在工程公司跳舞时曾经遇见过她。今天又遇见了她，有一种不好的预感，恐怕她与芮妹、芮妹与红梅"烧底火"。

平华副书记已经正式走马上任了。利用回局里参加局党委整党工作会议机会，我与他办理了交接手续。晚上，他特意邀请我和刚刚到林业局工会宣传部任副部长的发花、到局党委办任副主任的王刚以及吴江阳干事，一起到桥东毛驴小吃部小聚。这不又遇见了芮妹和她的女同事，不是好兆头。

毛驴小吃部灯光幽暗。吴江阳干事把她带来的四个喇叭收录机打开，优美的乐曲悠扬地回旋着。我先与吴江阳干事交流："临走时，我也把你推荐上去了，但是永红书记说下次有机会再考虑，你先别着急，慢慢干。"吴江阳干事很机灵地说："永红书记都与我爸爸说了，在我这儿不成问题，我还得感谢金勺书记关心才是。"我很欣慰地说："那就继续努力。"吴江阳干事表示："一定努力。"我回过头来与平华副书记交代："一定要照顾好吴江阳啊，她工作能力很强，非常优秀。"我算是与平华副书记再次做了交接，他真诚地表示："那一定！按老书记的意见办。"吴江阳也会心地笑了。

我转过头来又与发花副部长聊了起来："你这个手好的怎么样了？"发花副部长答道："基本上好了，落下了点疤癞。"我自责地说："都是为了我呀，多危险呢？"发花副部长故意撒娇地说："知道就好，我怕你不知道啊！"我脸上顿时阵阵发热。过了一会儿，我又关心地问道："你们家从多布林场搬来后，你爱人准备往哪安排？提前做个准备。"发花副部长漫不经心地说："你是说'侯三'呀，一个司机能往哪安排呀？他停薪留职了，省事。他和一个哥们儿一起开了一个通达汽车修理部。"我感叹："好有魄力啊！"发花不好意思地说："什么魄力呀，没有办法，养家糊口而已，哪敢与老班长比呀。"她欲言又止。

崔毛驴子弄完菜后上桌，热情地与我打招呼："金勺哥们儿怎么有段时间没过来了？"我解释："就是一个字——忙！"我又好奇地问："崔师傅，咱们大杨树也不生产驴，你这个驴肉是从哪里弄来的？"崔毛驴子解释："都是从齐齐哈尔进来的。"我又追问："驴肉有什么讲究吗？"崔毛驴子亮开嗓门儿，为我们开始普及有关驴和驴肉的知识："据《本草纲目》记载，驴肉补血，治远年劳损，固本培元。中医认为，驴肉性味甘凉，有补气养血、滋阴壮阳、安神祛烦等功效。驴皮是熬制驴皮胶的主要原料，即我们大家所说的阿胶……"

平华副书记此时幽默地打断了崔毛驴子的介绍："神不神、好不好使，一会儿吃了就知道了。"大家都笑了。随后我向大家热情推荐："既然这么神，各位都是部门的头头，可要常来捧崔师傅的场啊。"大家都点头："那一定，一定。"崔毛驴子意犹未尽，接着我的话茬儿："金勺书记说得对，我这个小吃部是大家捧出来，也是各位领导吃出来的，在这儿先谢谢各位了！你们先进行，我到后厨去看一看。"崔毛驴子笑呵呵地去了后厨。

平华副书记兴高采烈地主持："我们在普及驴肉知识的基础上还是言归正传吧，我们响应老书记的号召，多来捧场就是了。老书记赴任时走得急，我们没有欢送上，明天就是元旦了，今天我们大家一起陪老书记在这里度过一个不眠之夜，既是欢送老书记，又是共同迎接1986年新年。金勺书记在任的一年零两个月里，全局的共青团工作发生了天翻地覆的变化，在座的各位都是这个变化的受益者。比方说，是金勺书记提供这个舞台锻炼了我、培养了我，使我才有机会到局团委来担当重任。我和起武、发花、王刚都是最大的受益者，吴江阳的进步也是指日可待。如果没有这个舞台，如果没有这一年来如火如荼的事业，如果没有金勺书记的推荐，我们就不会有今天这个进步。来，我们大家共同敬老书记一杯酒！"

大家纷纷起立，举起斟满了"杨树白"的酒盅，互相进行碰撞，都情不自禁地把这盅酒喝了下去。大家刚刚坐下，发花副部长开始幽默地说："别一口一个'老书记'的，容易把金勺叫老了，这么年轻，26岁的林场党委书记，全局都没有啊！对不对？"又是一阵笑声。王刚干事插话反问："那我们应该叫他什么书记？"发花副部长机智地回答他："叫金勺书记也将就吧，总比叫'老书记'好多了，金勺书记还有发展呢，对不对？"大家相视而笑。

大家情投意合，又是几位履新后的第一次相聚，所以大家相互祝贺，推杯换盏，酒意浓浓，情意深深。发花副部长一头蓬松的大波浪式长发披在后肩，显得尤其性感和浪漫。红色紧身小棉袄稀疏点缀着若干白色的花儿，让她更加洋溢着青春的气息。她端庄大方的仪态，温柔似水的眼睛，让我瞬间走了神。

发花副部长接着敬酒："我也敬老书记一杯酒。"她的话音刚落，大家笑她。发花副部长自己解释："我也顺拐了，我是说敬老班长一杯酒。我这个老班长向来是一本正，在学校时当班干部就有组织能力，当知青时没大伸开腰，受挫了一段时间，在这里我就不多说了。"她顿了一下，害羞地看了我一眼又接着说："经过这几年当兵锻炼，他就像换了一个人似的。局团委这一年零两个月的工作，他铆足了劲，使全局共青团的工作面貌焕然一新。刚才平华书记说了，我们大家都是最大的受益者，我作为他的老同学深有体会。老班长胸怀坦荡，不念旧恶，不计前嫌，为我个人的进步创造了机会和条件。可以说，没有老班长，就没有我今天的政治进步，我更应该感谢老班长。来，我们共同敬老班长一杯酒！"大家响应一起喝。

什么胸怀坦荡啊？什么不念旧恶呀？什么不计前嫌呀？大家听得一头雾水，根本不知道发花副部长表达的是什么意思，唯有我知道其中原委。平华副书记仿佛听出了话外音，他借着酒劲有意地挑逗发花副部长："老班长既然这么优秀，你怎么不早点下手啊？"这句话，也只有这句话直接触及了发花副部长的心灵痛处。她低下头沉默了一会儿，然后抬起头拭去眼角点滴的泪花："说实在的，我这个老班长，哪样都好，就是一样不好，他不懂女人的心，虽然不是冷血动物，但也太慢热了，一般女人受不了，我也不知道红梅是怎么与他相处到一块去的，红梅是怎么接受他的，扯远了，见笑了，还是喝酒吧。"

平华副书记使个鬼脸："发花部长，你对金勾书记与红梅嫂子是不是羡慕忌妒恨呢？"吴江阳干事急忙帮助发花副部长解围说："你们没正经的，拿发花部长开涮？"发花副部长借着酒劲发泼："你们小毛孩子懂个啥？我这是给你们进行革命传统教育。来，听明白的懂我的，跟我一起喝。"说完一扬脖把酒干了，然后她把酒盅往桌子上重重一蹾，酒盅被蹾得粉碎，顺势她趴在桌子上，用纤细而柔软的小拳头有力地敲打着桌子："倒酒！倒酒！"居然她又嚎啕地哭泣起来。

大家都愣住了，傻眼了。发花副部长究竟痛在哪里悔在何处？无人知晓。然而，此一时彼一时，我们不能不面对现实啊！后悔药没有地方去买呀！我立刻意识到问题的严重性，既果断又客气地命令道："今天就到这里吧，谢谢各位的好意，你们把她送回去吧。"发花副部长还坚持道："我没有醉，继续喝，谁也不许走，一会儿跳舞！"

我毫不犹豫地走出了桥东毛驴小吃部，平华副书记等追出来送我。此时此刻，我脑袋立刻清醒了。我与平华副书记推让说："你不用送我，我没有问题。你们把发花部长送回去，千万不要出什么事，让她好好休息一下，明天就好了。"平华副书记当即表示："请金勾书记放心，我们一定会照顾好她，您路上小心！"

漫步在回家的路上，脑海中不断地回放我与发花副部长从一中到二中，从当知青到现在所有纠葛的恩恩怨怨，从那天在火场上她救我到今天她喝醉，一幕一幕犹如奔流的小溪，时而欢快，时而激荡。

小白熊——乐乐"汪！汪！汪！"连声的呼唤，把我从回忆中拽了回来，到家门口了。我略停了一会儿，深呼吸冷静一下。

红梅没有睡觉，她朝我大嗓门儿吼道："你还知道有个家呀？"我自知回来晚了，马上赔罪地说："哪能没有家呢？"红梅讽刺我："那可没准儿，家里面哪有外面好啊，外面有勾魂的。"

顿时，我怒气冲天："是不是芮妹说什么了？挑拨离间！"红梅从被窝中爬起来坐着，一点也不示弱回敬道："她说不说不重要，为人不做亏心事，半夜不怕鬼叫门！"

我强硬地与她辩解："跳舞那是工作需要，我们也没有什么越轨的行为，怎么的了？"

红梅在炕上气势汹汹地站了起来喊："你还敢诡辩？你当我什么都不知道啊，拿我傻瓜啊，你和发花旧情复发，还回来干什么？"

我怒目而视，骂她："你说的简直不是人话！胡说八道！"

红梅气急败坏跳到地下，与我喊："你敢骂我！我去给永红书记打电话，让他评一评理，你在外面胡搞到底对不对？"

一听永红书记，我立刻被吓得魂不附体。我上前一把抱住红梅："我的姑奶奶，你怎么生这么大的气呀？家丑不可外扬啊，何况我与发花还真的没有那种关系呀！"她在我的怀中挣扎着："那你们是什么关系？"

我使劲地抱住她，让她挣脱不得。我耐心地劝慰她："我们是清清楚楚的同学关系，是清清白白的同志关系。"

红梅气喘吁吁地骂我："金勾你丧尽天良！早知道有今日，何必当初？姑奶奶我也不是嫁不出去了，非得找你这块臭肉！"我还是好言好语地哄她，她变本加厉，咬住我的右胳膊不肯松开。

我咬紧牙关挺住，任她咬吧，这也许是她出气的一种方式。我还是死死地抱住她不松开："咬是亲，骂是爱，不咬不骂是祸害。咬是亲，骂是爱，不咬不骂是祸害。"

我抱红梅已经抱累了，我们转身依靠在小屋炕沿边上。

时间一分一秒地过去了。

红梅在迷糊中发出了轻微的鼻鼾声。

我很早就听说生气睡觉不好，就轻轻地将她唤醒："红梅，醒一醒，上炕睡觉。"红梅睁开眼睛，艰难地挣扎着，还没有忘却与我争吵："你说，能不能向我保证，断绝与发花的来往？不然的话明天我就找永红书记去评理。"我开始哄她："我向你保证，绝对不与发花藕断丝连，断绝一切来往，你放心，绝对不会有下次。人家发花在局机关，我在林场，现在想见面也难啊！"

我还是用力地紧紧抱住红梅不肯松手，她仿佛没有什么力气了，只好依偎在我的怀中，又发出了轻轻的鼻鼾声。咬人——拥抱——含蓄地交流。红梅的牙齿好像很锋利，我被她深深地咬了一口，那两排深深的牙印仿佛是她无比强烈爱恨交加情感的一种释放；我对她长时间的拥抱她并接受，也仿佛是小两口亲昵并休战的一种表示。

漫漫长夜，零星的雪花温柔地敲打着窗户。

回布铁林场。

刚一上火车，就遇见了老高所长，我们都为能在一个林场工作而兴奋。老高所长抢先说："最近我们外出办一个案子。听说金匀书记到职了，我们派出所受双重领导，还没来得及向书记您汇报，这在火车上就遇上了，多巧啊！"我与他笑着说："我到林场那天就打听你，咱们两个是老同志老朋友了，这次我来林场工作，还得需要你们的大力支持啊。"老高所长表示："在林场党委的领导下，我们一定要保好驾护好航。听说索老大给你接风去了，如果我在家非得收拾他不可！索老大曾经被劳教过，没出来几天，又开始得意忘形了。"这么复杂，他居然还被劳教过？我又陷入了沉思……

元旦后上班第一件事，走访老干部。在言前股长和萨吉福的陪同下，我到萨勇书记家进行走访。萨勇书记站在家门口迎接我，伸出右手要与我握手，恰巧我的右胳膊被红梅咬得抬不起来，只好伸出左手与他拉手："老书记身体还好吧？"萨勇书记用生硬的汉语说："托金匀书记的福，总算跨过了1986年的门槛了。"我们相拥进屋寒暄。

言前股长抢前主动地介绍："金匀书记在元旦后上班第一天，就到老书记家来走访。"言前股长中等个儿，上衣习惯穿蓝色发白的中山装，两个衣兜总是揣得鼓溜溜的。他逢人都要先开口笑，然后再说话，戴一副近视镜，俨然像一位饱经风霜的老先生。

我接过言前股长的话茬儿说："是啊，萨勇书记在我们林场德高望重。今后我还要向您老很好地学习取经，您老要搞好传帮带啊，在今后的工作中，看到我们有什么地方做得不妥，直言无妨。"

萨勇书记直言："我性格直爽，说话不会拐弯抹角，总喜欢直来直去。我已经退居二线了，没有什么更多的奢求了，只是萨吉福在林场护林队工作多年，你们又是老同学，在工作上你可要多帮助他进步。"萨吉福脸颊泛红，扭捏地劝阻："当着金匀书记面说这些干什么？"

萨勇书记说的与我心中想的是一致的。我没有经过更多的考虑，就直接亮明了自己的态度："那一定，一定。"话音未落，我怀疑自己说走嘴了，又找个理由补充自己刚才说的话："培养少数民族干部是民族工作的一项重要内容，也是我们林场党委的工作职责所在。"

言前股长补充："萨吉福素质很高，工作很优秀。这么多年来，萨勇书记一直为了避嫌，所以耽误了萨吉福的进步。"就这个话题我们聊了足有10多分钟。我的右胳膊还在隐隐作痛，便找个理由告辞。

我们直奔林场卫生所。我撸起袖子露出了右胳膊的伤处，两排牙印泛红发炎了，卫生员为我处置。言前股长关心地问："怎么弄成这样？"我敷衍道："狗咬的，母狗咬的。"言前股长诧异地说："狗咬的，一般比较深，表面看不出来，而你这是隔着衣服咬的？怎么创伤面这么大呢？用不用回局里打狂犬疫苗？"我不悦，嫌他多管闲事，对他不冷不热地说："不用了。"

庆典主任与爸爸都是筑路营的老支边，又是我的老领导，因此我在众人面前叫他主任，背地里还得叫他叔叔。我们共同吃在一个食堂，晚上睡在一铺火炕上，有什么话都可以直接进行交流。是夜，庆典主任躺在被窝中如数家珍地向我介绍布铁林场的概况。布铁林场是1971建场，施业区总面积50674公顷，占全局总面积97万公顷的5%，南北长约35公里，东西宽约20公里；去年造林任务6千亩；每年的抚育伐生产在1万米左右；两乡有70个自然村屯，"九沟十八岔，岔岔有人家"，每年的防火任务特别重，人为火灾次数呈逐年上升趋势，是全局的重灾区。全场职工557名，大集体知青70人。分设营林一、二大队、知青队、苗圃队、护林队、中心小学校、卫生所、公安派出所和林场机关。现有党员90人，团员110人。

　　过去我虽然曾多次来过布铁林场，但对其规模、人员、经营等了解得还不够细致，今天我趴在被窝中发自内心地感激庆典主任，如果没有他或者不是他，我对林场情况熟悉的进度说不上还得推迟多少时日。

　　庆典主任在被窝中侧过身来，向我建议："这几天应该召开一次林场党委会议，林场劳模会的事，还有遥条副主任是否停薪留职的事等，都需要进行系统的研究。"我也侧过身来，问起当年对遥条副主任处理的事："那时我在布铁林场整党整风工作队，后来就当兵走了，也不知道后期对遥条副主任是怎么处理的？"庆典主任介绍："我也是后来听言前股长说的，当年在整党中给了他党内严重警告、行政撤销副主任处分。"我不无感慨地说："这也算是刀下留情了。"庆典主任接着说："自从组织上对他进行处理后，他就长期不上班，利用老关系在沟里往全国各地发木材，生意越做越大，发大财了。"我专注地听着，庆典主任又感慨地说："这年头，你没听说有句顺口溜吗？什么造导弹的不如卖茶蛋的，守法经营的不如二道贩子，安分守己上班的不如调皮捣蛋的。他长期不上班，照样开工资，职工群众都有意见，最近我们把他找来，想与他谈一谈，要么上班，要么停薪留职或辞职。你正好到职了，把这件事也列入这次党委会议专题研究一下。"

　　我坐起来披着被虚心地请教庆典主任："起武也已经走马上任了，看对他如何进行分工？"庆典主任仍然躺在被窝中胸有成竹："年轻干部就得给他压担子，放手让他们干。我看让他分管营林工作，怎么样？"我表示赞同："我看可以，优秀的年轻干部就得多锻炼多实践，但知青队和团委的工作还得让他暂时兼任一段时间，目前也找不到合适的人选来接替。"庆典主任欣然同意我的意见，然后翻身睡觉了。

　　第二天上午，我在办公室审定会议通知和会议程序时问言前股长："起武怎么没有列席会议呀？"言前股长很随意地汇报："一是议题不涉及他，二是他不是党员。"我慎重地想了又想，还是直言不讳地说："我看还是让他列席会议吧，他现在已经是林场的副主任了，会议上涉及对他的分工问题。另外，他还是林场的团委书记啊，团委书记列席同级党委会议是党章规定的。你说呢？"言前股长拍了一下脑门："那就马上把他列上，党章是有规定的。"我又特意强调："今后这项制度在我们布铁林场一定要坚持好落实好。"

　　这是我到林场以来主持召开的第一次党委会议，包括我在内的7个委员参加会议，起武副主任破天荒地列席了林场党委会议。我首先提出了对起武副主任的分工以及调整分工的建议，大家没有不同意见。起武副主任用感激的目光注视着我。

　　开怀主席，中等身材，胖乎乎的，达斡尔族，突出的特征是颧骨比较高，说汉话舌头发硬。他简明扼要地汇报了1985年度林场劳模大会的筹备情况："有关表彰名额早已分配好了，奖品也都采购妥当，邀请林业局领导和友邻单位代表的名单基本敲定。庆典主任的报告也几易其稿，大家在讨论中也没提出来什么意见。"庆典主任建议："我看这个报告还是由金匀书记来做为好。"我忙推让地说："我刚来林场不久，对林场情况不了解，还是请庆典主任做这个报告为好。"庆典主任接着说："金匀书记第一次参加林场大会，又是第一次与职工见面，不讲一讲也不好。"开怀主席及时从中斡旋："我看金匀书记说得对，庆典主任毕竟了解林场情况，这个报告还是由庆典主任来做。回过头来说，庆典主任说的也在理，金匀书记与大家第一次见面，不讲一讲也不好，我建议请金匀书记做总结讲话，怎么样？"我和庆典主任都接受了这个意见。

敲定林场劳模大会时间这件事，让庆典主任颇费脑筋。他饶有风趣地建议："金匀书记，我掐手指头算了一下，1月17日是个好日子。借用'17'——'要起'的谐音，寓意我们布铁林场在新的一年里大发大起。"我赞同庆典主任的寓意："那就借庆典主任的吉言，为我们林场祈福吧。"庆典主任满意地笑了。

研究遥条副主任是否停薪留职这件事令人头疼。曲直副主任为难地说："现在犯错误的，受到组织处理后都不上班，照样开工资，这已经是不成文的规定。如果我们强迫他停薪留职，他肯定会抱怨我们的。"开怀主席也是这个意见："杀人不过头点地，应该给他留个后路，刑不上大夫嘛。"庆典主任与他们的意见截然相反，十分严肃地说："他长期不上班，照样开工资，自己却发木材富得流油，职工群众能没有意见吗？"说着，他"唰"地站起来了，面带怒容："再说了，他长期这样下去影响极坏，我们怎么号令全场职工？改革嘛，就应该敢于碰硬，这问题不是明摆着的吗？你们还和稀泥，我看还是请金匀书记定吧。"瞬间，大家将目光都一起转向了我。

棘手啊，太棘手了！我的脑袋瓜子开始轰鸣起来。经过几秒钟慎重思考，我别无其他的选择，只好"一边倒"了，慎重地说："我个人认为，庆典主任的意见是正确的，我们应该支持庆典主任的意见。这件事就这么定了，请开怀主席与他谈并通知他，要么上班，要么申请停薪留职或辞职，二选一或三选一。"我神情异常凝重，会场气氛也陡然沉重起来。

"我个人认为，这样处理是轻的，他若是不服气，让他直接来找我，再给他扣起来。搞破鞋还兴风作浪了？"坐在后面的老高所长仗义执言，打破了会议的严肃局面，不知是谁还发出了讥笑声。老高所长接着说："咱们还是研究正事吧，我看金匀书记刚来，咱们布铁林场的治安环境不太好，在劳模会和春节期间应该加强治安防范，加强值班带班。局里刚开完会，就这个问题做了专门布置，今天在这里也简单地向大家传达一下……"

涉及治安问题，我不知道如何安排，便看了一眼庆典主任。庆典主任把话接过去说："老高所长说得对，在劳模会召开期间，你们派出所的4名公安干警要全部上岗到位，全力做好安全保卫工作，防止出现意外。春节期间，家在林场的机关干部带班，请言前股长做好安排，同时护林队也参与护场护院工作。金匀书记，你看这样妥否？"我当即表态："要把老高所长讲的会议精神传达到各股队，总体上按照庆典主任安排进行落实。"

第一次主持林场党委会议，虽然没有烧起所谓的新官上任的"三把火"，但对我来说也是一次严肃的考验——这个党委书记不是那么好当的啊。

这几天，我开始与林场的科级干部、股级干部进行谈话。开怀主席向我反映：

"大家对庆典主任的工作总体上还是满意的，只是在处理林业局杨副局长和一名科长的子女上学这件事上，大家意见不少。现在厂（场）长负责制不是挺时髦的嘛，他确实有点独断专行的劲儿。"我仔细分析一下这件事的病根，是林业局领导干部用了林场的子女公费上学名额，无形中挤占了林场子女上学的指标，再加上没有经过林场党委会讨论，庆典主任一个人做的决定。怪不得给我"接风"的索老大等几位少数民族职工那么生气，看起来永红书记在与我谈话时所交代的让我"了解一下情况"也是属实的。曲直副主任向我反映："配给萨勇书记指挥扑火用的袋装鸭绒被，在他老人家退二线后或者说到现在也没有主动交回来。他不交回来，不用说护林队员不够分，就是你当现职书记的指挥扑火也没有用的。"我安抚他说："不要管我的，到时候庆典主任还不给我买一套？"曲直副主任直言："你可别提庆典主任了，他是铁公鸡一毛不拔啊。"

群众反映的情况件件属实，在实现党风根本好转的过程中，我这个新书记可怎么办呢？这些问题既涉及上级领导，又涉及原林场的党政一把手，如果纠正吧，怕影响我与上级领导、班子之间的关系，不纠正吧，群众又在拭目以待，都在看新来的"小书记"能不能行、有没有魄力。又是一个棘手的问题，我可怎么过这关呢？

一日，我主动来到了庆典主任办公室，试探性地与他交换意见。刚一谈及上边说到的纠正上学的事，他一改往日的那种热情，对我不是发火也是开导："我说金匀书记啊，你刚来，应该多了解一些情况，没必要着急纠正这些事。"他从办公桌后面"唰"地站起来，走到前面，倒背手在办公室来回踱步，生气地说："别听那么几个人瞎叫唤，没什么大不了的，翻不了天。再者说了，现在都要实行厂（场）长负责制了，我定几件事有什么了不起的。我说金匀书记，定了就定了，如果改来改去，那将来还有谁会听咱们的？"近乎训斥。

我们两个人突然僵持到这儿了。这也是我到布铁林场以来第一次与人正面交锋，怀里像揣着兔子"怦怦"直跳，浑身也在颤抖。在庆典主任面前我毕竟是"小字辈"，对他怒形于色的态度，我显得束手无策。

想了半天，我终于鼓足勇气并单刀直入地说："据我了解这件事没那么简单，有人告到永红书记那了，是永红书记让我了解的，不是我非要了解的。"没有办法，我只好把永红书记抬出来了。除了永红书记个人威信外，小道消息传说他快要提拔到林管局当领导了，想必庆典主任不敢怠慢。

"永红书记"这副药果真还很灵验。经验丰富的庆典主任马上由阴转晴，把话拉回来说："既然是永红书记让你查的，那你就查吧，怎么查都行。我说的不是别的意思，你是刚来呀，处理问题还是要稳一些，是否先与这些当事人都聊一聊，以便人家能接受得了。再说了，从你爸爸这层关系来看，我必须对你负责啊，不能看你的笑话。你也要理解呀，理解万岁嘛。"

按着庆典主任的提示，借回到林业局开会的机会，我先到永红书记办公室做了汇报："您让我了解的几件事都是真的，而且群众反映也很大，但纠正起来难度更大，首先是庆典主任这关难过。"永红书记看我面带难色，耐心地鼓励我说："在整党工作中，局党政主要领导家的子女上学一事都纠正了，何况一个林场了。再难也要纠正，不管涉及谁都要纠正。不纠正，能否实现党风根本性好转暂且不说，那你的头三脚也踢不开呀！这样吧，杨副局长那我先与他说，相信他能够理解和支持。至于其他方面你们自己去沟通，怎么样？"永红书记既坚定地支持了我，又教了我工作方法，给我吃了定心丸。

这天，我回到布铁林场已经是晚上了。我们躺在宿舍的火炕上，我把永红书记的意见向庆典主任做了传达。庆典主任趴在被窝中说："永红书记有指示，就照他的指示办，但我还是提醒你，心急吃不了热豆腐，等把劳模会开完了，消停过个年，待春节后再进行处理，这样稳妥啊！"庆典主任的提示也是善意的，听人劝吃饱饭，我也同意暂且把这些要纠正的事先放一放，《新星》中的李向南毕竟是电视剧中的演绎，不是现实生活，不能完全照搬照抄，更不能一味地模仿……

我初到林场，一切都是新鲜的又都是陌生的。林场的干部职工都在看着我如何烧好新官上任这"三把火"？除起武副主任年轻外，林场的主任、副主任，还有各股长都在40多岁开外或50岁左右，一个26岁的年轻干部，能压住他们吗？能服众吗？

最近，林业局机关的议论也多了起来。大家主要怀疑我基层经验少，担心我驾驭不了庆典主任，把林场搞得乱七八糟。有的还担心我太老实，既不会来事，又不会请客送礼这一套，早晚会站不住脚。还有的说我升得太快了，是坐火箭上来的。其实我们杨树地林业局干部的老班底基本上都是从大杨树区直接转任过来的。在通常的情况下，四五十岁能升到一个正科级干部就已经很不简单了。他们与爸爸都一样，大多数是开发建设林区的"老会战""老开发""老支边"，在林区艰苦奋斗了一辈子，有的刚刚被扶正，有的至今还没有机会扶正。对他们的这些议论，见怪不怪，我多少还能理解。

我劝天公重抖擞，不拘一格降人才。其实，人在"走字儿"的时候，除了自己努力外，大多时候自己是把握不了的。我主要遇上了海青书记、永红书记、宗庆局长、周陈子坤副书记等一批好领导，特别是海青书记、永红书记，他们高度重视年轻干部的成长，这次又集中提拔了起武、平华、发花、王刚等一批年轻干部，这在克什林管局的发展进程中也是绝无仅有的。他们起用年轻干部最大的特点，就是打破常规，大胆起用，如起武还是非党，他们有的还是"以工代干"。如今我们遇上了他们，是多么的幸运啊！

此前我被红梅重重地深深地咬了一口，右胳膊还隐隐地作痛，使我在这个元旦过得并不愉快。这个伤疤又让我想起了与发花的许多过往，我们之间的恩恩怨怨、藕断丝连就此应该画个句号了，不胜烦恼！再加上急于纠正一些群众反映强烈的问题，弄得我心烦意乱。

我的右胳膊发炎化脓了，到林业局医院进行处置。从医院回家的路上，遇上我的老领导周陈子坤副书记，他握着我的左手很兴奋地嘱咐我："听说你又挑新的重担了，要服从组织安排，千万不要辜负局党委对你的希望。你是班长，是党的化身啊，一定要严格要求自己，一定要坚持党性原则啊，不要干有损党的形象的事。现在党和群众的鱼水关系不正常啊，你可要把握好这个根本问题。"周陈子坤副书记的嘱托尽管都是些大话套话，但语重心长啊！特别是"鱼水关系"这个词，现在很少有人提及了。他老人家的"两个一定"的嘱托，好像回答了我应该怎么办的问题，我谨记在心。

我若想在布铁林场立足，就得靠自己直面问题，解决问题，不懈前行，努力奋斗。

1986年1月9日

第三十五章
空前盛会遭砸场　纷乱开局难想象

布铁林场劳模会正在紧锣密鼓地筹备中。

这几天，我一直在思考，如何才能在林场劳模会上做好总结讲话呢？我有意像永红书记那样，提前在笔记本上打个草稿，到时脱稿讲。今天，我正在办公室伏案聚精会神地构思这个讲话提纲，忽然开怀主席敲门进来，我以为还有什么未尽事宜要请示，他却小心翼翼地趴在我的办公桌前与我说："遥条副主任想要和你单独谈一谈，行不行？"心底无私天地宽，我爽快地答应了。

开怀主席引领遥条副主任进来。自从在我当兵前与老高所长共同审问他之后，有八九年光景没有见到他了。如今他发福了，白皙红润的脸膛比当年丰满多了，小指粗的大金链在胸前晃荡，皮带都捆不住的肚子上下地波动。崭新的黑色皮夹克和腋下夹着的一个黑色高级手包——所有当地暴发户的标配，一眼看去就知道他发得不得了。

我与他礼节性地握手，并一语双关地寒暄："都是老朋友了，今天又见面了。"遥条副主任面带羞涩，尴尬地与我应酬说："可是老朋友了呗，看你发展得多快？"我示意他落座，开怀主席主动退出。遥条副主任从手包中拿出红塔山牌香烟递给我，我摆手表示不会吸烟，他便自己点着，吞云吐雾般地吸了起来。

我十分厌恶和特别鄙视他这种判若两人和装腔作势的做派，开门见山地问："想必开怀主席都跟你谈过了，你有什么要求就直接说出来吧。"遥条副主任吞吞吐吐："不停薪留职行不行？"我冷冰冰地直截了当地说："可以不停薪留职，但前提是必须上班。现在企业既不养闲人，也不养懒人，不上班就不能开工资。"遥条副主任试探性地问："如果上班的话，能让我干什么工作？"我略加思索："这个林场党委还没有研究，不过，我想应该按一般干部来安排吧。"遥条副主任勉为其难地请求道："能否通融一下，睁一只眼睛，闭一只眼睛，与人方便也与己方便，不纠正行不行？过几天我到你家给你送年货，等我挣多了再给你分点，何乐而不为呢？你刚来，我知道这都是庆典主任的主意，不是你的意见。"对于他的拉拢，倒让我敏锐地警惕起来，我干脆地回答他："这件事通融不了，也不是哪个人定的事，是林场党委集体讨论决定的，我怎么能一个人就否定会议决定呢？"遥条副主任又反复哀求我，我始终没有答应，他最后无奈地站了起来，恼怒地说："事已至此，大路朝天，各走一边。你走你的阳关道，我过我的独木桥。你们不让我好过，我也不会让你们好过！"我被他气得站了起来，粗暴地拍桌子说："那你还想怎么的？没有王法了吗？"他摔门而出，扔下一句话："骑毛驴看唱本——走着瞧！"

我恼怒了，打电话把开怀主席叫来，气呼呼地向他布置："不上班就不给他开工资,逼他停薪留职或辞职。什么东西?小人得志。"开怀主席无奈地表示:"扶不起来的烂泥,只好这么办了。"此时,言前股长也过来请示工作,开怀主席告辞离去。

言前股长请示:"会前会后准备播放几首曲子,有《运动员进行曲》《在希望的田野上》《年轻的朋友来相会》《在那桃花盛开的地方》等歌曲,您看是否可以?"我反复扫了几眼歌曲的单子,也是借机消一消气,略微冷静一下后才建议:"应该加上《人民军队忠于党》《中国人民解放军进行曲》《三大纪律八项注意》等部队歌曲,这几首军歌旋律铿锵有力,威武雄壮,催人奋进,还能与当前向白山前线英雄学习活动的氛围相吻合。"言前股长马上表示赞同:"好的,再加上这几首曲子,放在最前边。"凭借着在局团委工作的经验,我关切地问:"全场职工家属都能听得到吗?"言前股长汇报说:"我们只在室内播放,职工家属听不到。"这几首军歌是我平生最爱,我要竭尽全力地去宣传它、推广它。看了一眼言前股长后,我又建议:"要把这次劳模大会开成一个团结鼓劲、激动人心的大会,我看应该直播出去,对内是鼓舞和激励,对外也是一种宣传和鼓动,一举两得啊,好不好?"言前股长表示认同:"金勾书记这个点子是金点子,就这么办。"

1月17日早饭后,《人民军队忠于党》《中国人民解放军进行曲》《三大纪律八项注意》《运动员进行曲》等激动人心的旋律,通过林场的广播喇叭开始在布铁林场上空一遍又一遍地回响,这是布铁林场的第一次,全场职工兴高采烈、喜笑颜开地来到了新修缮的"青年职工之家"等候开会,没有参加会议的职工家属也是激动不已。

这个"青年职工之家",还是根据我当时在局团委来调研时的建议,庆典主任把一栋废弃库房进行了重新改造,其中西面的两间改造为职工食堂,东侧七八间统一改建了现在这个"青年职工之家"。其实它就是一个大会议室,团委来检查就说它是"青年之家",工会来检查就说它是"职工之家",兼顾林场开大会和青年人唱歌跳舞等多种功能。庆典主任幽默地说:"干脆把它合并为'青年职工之家',免得你们团委与工会打架。"今天"青年职工之家"中间摆放两个卧式油桶做成的大铁炉子,炉火映红了每一个与会人员的笑脸,发出的"噼啪"声响与欢快的乐曲声交织在一起。

会场内外悬挂着彩旗和标语,张灯结彩,像过节一样热闹。我与庆典主任在办公室门外恭候林业局各位领导。在《人民军队忠于党》《中国人民解放军进行曲》等旋律中,两辆吉普车驶进林场大门。林业局杨副局长带队,还有曹德玉副部长、吴部长、王刚副主任、平华副书记、发花副部长等前来祝贺。杨副局长等人伴着欢快的乐曲下车,都情不自禁地激动起来。杨副局长连连感叹:"激动人心哪!真是今非昔比呀!"我用左手与他们每一个人都拉手。由于上次"被母狗咬伤右胳膊"的阴影,所以这次我对发花副部长有意回避,唯独没有与她拉手。她快快不快地将伸出的手又缩了回去,与我擦肩而过。

我与庆典主任把上级领导迎进"青年职工之家",在主席台上就座。

开怀主席主持大会。伴随着欢快的乐曲节奏,披红戴花的林场劳模依次走上主席台,由杨副局长和我们前排就座的各位领导为他们颁奖。当我为萨吉福老同学颁奖时,一种莫名其妙的感觉涌上了心头。庆典主任做了一个全面系统的工作报告。杨副局长做了简要的讲话。在热烈的掌声中我开始讲话。像永红书记讲话那样,我打开这几天写在笔记本上的草稿;像爸爸那样,用洪亮的声音发表我到布铁林场以来的第一次讲话——

就职演说，只是声音略微颤抖。我的讲话虽然简短，但激情澎湃，赢得了台上和台下长时间的热烈掌声。

劳模们在会议室里重新摆放好桌椅板凳，准备会餐。会前庆典主任让后勤人员专门为这次劳模大会杀了两头肥猪。开怀主席和言前股长特意抽调林场机关年轻女同志和学校的年轻女教师为大会服务，统一定做了粉红色连衣裙，她们穿行在各个酒桌之间，如彩蝶飞来飞去。我到林场后还是第一次见到这样的阵势，让人眼花缭乱。

我和庆典主任在主桌陪同林业局杨副局长和两乡政府代表及各位来宾，频频敬酒。庆典主任向杨副局长介绍："今天大家喝的是我们自己酿造的'四粮液'，是林场多种经营的一个项目和品牌，与'五粮液'差一点，大家只管品只管喝，喝时什么样，喝完还是什么样，一点儿也不走样。"杨副局长高兴地说道："来，祝贺林场劳模大会取得圆满成功，我们走一个，但不能走样啊！"大家响应杨副局长的号召同饮。

酒不醉人人自醉。恍惚的我连续给杨副局长、曹德玉副部长、吴部长、王刚副主任、平华副书记敬酒，单打独斗一圈。唯独没有给发花副部长敬酒。杨副局长戏弄我："到基层当书记就是不一样啊，酒量见长啊！"我已经醉意蒙蒙，酒后吐真言："局长你得支持我们的工作呀，永红书记不是与你说了吗？你孩子上学的事我得替你管一管哪！你得让我的面子过得去，然后你让我干什么都行。请领导多支持、多支持，来喝！"我酒后失言，语无伦次，斗胆说起纠正他孩子上学的事，不知道我是否说明白了，更不知道他是否听明白了。这"四粮液"说是不走样，但我还是走样了。

曹德玉副部长、吴部长、王刚副主任、平华副书记都劝我不要再喝了，言外之意不让我再说了，以免惹得杨副局长生气。发花副部长悄悄地把我的酒盅抢过去换成了白开水，杨副局长警觉地两眼直勾勾地望着发花副部长："怎么给金勾书记换成白开水了？你们两个人是什么关系？"发花副部长急忙解释："金勾书记不胜酒力，喝多了。"杨副局长也是醉意深深，又看着我，话锋一转道："我是说，没有关系，我们就按永红书记意见办还不行吗？"大家听得稀里糊涂，我却窃喜，他虽然说的是醉话，但好像是不得不同意纠正他孩子占林场指标上学的事。

杨副局长不理睬我了。他开始对发花副部长目不转睛，醉眼蒙眬。发花副部长的波浪式发型似乎比我们上次在一起吃饭时要自然多了，不经意间一缕头发散落在左肩膀上，显得更加飘逸。也许是发花副部长又发福了，那件红底白花的小棉袄更加贴身，显得更加妩媚了。

杨副局长主动牵着发花副部长白胖的小嫩手不肯松开，招呼一起来的局机关的几位要员："走！咱们到各桌走一走，给劳模们每人敬一杯酒。"我与庆典主任赶紧陪同。

我醉醺醺地走在前面向各桌介绍："各位！杨局长代表局党委、林业局来给大家敬酒！"大家备受鼓舞，推杯换盏，豪饮起来。

走了几桌，杨副局长开始纠正我说："我！不仅代表局党委、林业局！"大家都愣住了，他还要代表谁呢？杨副局长牵着发花副部长的手不无幽默地说："我还代表局工会、局团委，党政工青嘛？你刚来才这么几天，怎么把工会和团委给忘了，不够哥们意思啊，必须罚酒！"看发花副部长没有给我倒酒的意思，杨副局长不依不饶地说："怎么不给你们的金勾书记倒酒啊？在团委他是你们的领袖，在林场就是'封疆大吏'，咱们可得罪不起呀，共同敬金勾书记一杯酒，好不好？"

杨副局长见发花副部长无动于衷便发火："你为什么不给他倒酒，你们是什么关系？是情人还是夫妻？怎么胳膊肘儿往外拐呢？"发花副部长的脸一阵红一阵白，在没有办法的情况下，她只好给我倒了盅酒，大家响应杨副局长倡议，都一饮而尽。

杨副局长接着对平华副书记和发花副部长下指示："你们团委和工会是怎么安排的？可否检查一下他们的业余文化生活？"庆典主任见状马上打圆场说："我们有安排，一会儿就汇报。言前股长呢？告诉起武他们马上安排！"言前股长立刻去安排。

间隙，我在开怀主席的陪同下又接着走了几桌。我一眼看到萨吉福，就主动过去与少数民族职工喝杯酒。萨吉福眉飞色舞地张罗："金勾书记给大家敬酒，大家欢迎！"一桌人起立鼓掌、干杯。不知什么时候并不是劳模的索老大凑到我身边，醉眼蒙眬地向我检讨："那天，我的，做得不够好，书记，大人不记小人过。"我很风趣地回复他："你的——'编外劳模'，你是林场为我接风的第一人哪！"满桌人哈哈大笑。萨吉福解释："他是混进来的。"索老大贴近我耳边小声耳语："一会儿我们过去给杨局长灌尿裤子！"我半清醒地嘱咐他及萨吉福："千万使不得，他是咱们请来的上级领导，你们可要把握好啊！"

主桌这边酒兴正酣。言前股长和起武副主任指挥青年们把桌椅板凳往两边撤，不大一会儿工夫，音乐响起。起武副主任主持："各位领导，各位来宾，大家下午好！庆祝林场劳模会胜利召开联谊会现在开始！"杨副局长与大家一起起哄："好！"一阵热烈的掌声。

杨副局长首先把苗条轻盈的发花副部长揽在怀里，徜徉在曼妙的舞曲中，酒意浓浓的发花副部长更加情绪化了，舞姿像天使般地飞旋，脸庞像鲜花般地盛开，一双明眸勾人魂魄。

我因右胳膊"被母狗咬伤"的影响无法下场，只好坐在那里观看。起武副主任为庆典主任安排舞伴跳舞时，庆典主任幽默地小声说："先可领导。"他拒绝了跳舞。

这时，索老大晃晃悠悠地走过来，突然一把拽住杨副局长的脖领大声喊叫："你就是杨局长，白山前线还在战斗，你就可以随便地抱着小媳妇跳舞啊，怎么就没人请我们跳啊？"

见状，庆典主任大声疾呼："老高所长！"老高所长紧急跑到地中间猛地一跳，一挥手大声喊道："把他给我扣起来！"几名干警拿出锃亮的手铐给索老大戴上押走。索老大在挣扎着呼喊着。

激情四射的联谊会被索老大给砸场子了。我和庆典主任等送走了杨副局长后，照直来到了派出所。索老大被扣在派出所走廊的暖气管子上，他酒意已经全无，哭爹喊娘地哀求："金勾书记，你放了我吧，我再也不敢了！"我怒火中烧，没有理睬他；庆典主任大发雷霆呵斥："你这酒是喝到人肚子里去了？还是喝到狗肚子里去了？一个好端端的劳模会让你给搅了，我们白忙活了，该当何罪？"

老高所长把我们让到他的办公室，急忙解释："都是我们的安全保卫工作没有做到位，让索老大混进来了。"我不知如何回答，庆典主任自我圆场说："下次一定要注意啊。"

派出所一面墙上挂着各式各样的治安情况图板，他的身后挂着警棍、手铐子和大檐帽。我问老高所长："打算怎么处理他？"老高所长为难起来说："一般治安案件，一是教育，二是吓唬，不够拘留。"庆典主任怒气冲冲地补充道："那也不能轻易饶恕他，给我狠点收拾他，杀一儆百！"

老高所长反应机敏，凭着经验说："收拾他有的是办法。先让他在那清醒，什么时候他真的服软了，让他写一个检查留下字据，完了再放他回去，估计能管一个春节。"庆典主任接着说："你们辛苦啦，金勺书记咱们先回去，交给他们处理吧。"老高所长把我们送到派出所门外。

借开劳模大会的机会，庆典主任让后勤又多杀了几头猪，食堂管理员给我砍了两块后丘送到大杨树我们小家。庆典主任晚上躺在被窝中对我说："一块给你们小家自己吃，另一块你带到漠河给你爸爸妈妈家过年用。"给爸爸妈妈带猪肉回去还真的符合我的想法，这几天我正一直盘算过春节带什么东西去漠河呢？我未加思索感激地说："谢谢了，庆典叔叔考虑得这么周到，用不用交钱？"庆典主任有些不悦地说："我们这种关系，还交什么钱？"随后他翻身睡觉去了，我说什么也睡不着觉，又在无限地联想了。

第二天，我在食堂吃饭时问管理员："给我们分的猪肉多少钱一斤？"他神秘地告诉我："不用结算了，这是庆典主任的意思。"对这件小事我开始纠结起来。结算了吧，这是庆典主任的意思，容易造成他的误解，怕影响我们两个人之间的关系；不结算了吧，整党刚结束，我在大会上小会上喊实现党风的根本好转，又刚到林场任职，好说不好听，生怕产生不良的影响。

中午我到办公室，与红梅通电话商量："这件事怎么办为好，是交钱呢，还是不交钱呢？"红梅没有过多地考虑说："你刚刚下去，还是严格要求自己的好。不然的话怎么张嘴说人家啊？咱们家虽然是白手起家，但也不差那点钱，不能贪图小便宜。"

还是红梅说得对，"不能贪图小便宜"。我应该向永红书记、周陈子坤副书记他们学习，像爸爸、父辈们那样严格要求自己，处处事事以身作则、率先垂范，只有这样我在布铁林场才能站稳脚跟。

一天，我把食堂管理员叫到办公室，与他说："我还是把猪肉钱交了，以免我的思想负担过重，请你成全我的心意。"食堂管理员在万般无奈的情况下只好同意我的想法："一共是88斤，每斤0.95元，合计83.6元。"啊？吓人哪，相当于我现在的一个月的工资呀！经过一番激烈的思想斗争，我还是把钱如数地交给了食堂管理员，并再三地嘱咐他："千万不要告诉庆典主任，以免误会。"

我仿佛一身轻松了，再也用不着为贪图这点小便宜纠结了。防微杜渐要从不贪图小便宜开始，防患于未然要从点滴小事"防"起。心有阳光，一路芬芳。

——日记摘抄

也许是劳模大会的激励作用，全场职工喜气洋洋的劲头始终不减。临近年关，林场几乎家家都要杀年猪。不管谁家杀年猪，都要请林场领导和各股段长到家大吃二喝一顿。庆典主任每每参加完吃请后，回到宿舍都很得意地向我推介："这是一种密切联系群众的好办法，也是了解各种信息的好渠道，该参加时也得参加一下，不然的话会脱离群众的。"我表面上只好推托："我喝不多少酒，会影响兴致的。"但在内心世界里，我却与庆典主任看法不尽一致。只要你吃了第一家，就得吃第二家第三家，越吃越多，越滚越多，你怎么能吃得过来呀？为职工造成过重负担自不用说，还会产生厚此薄彼的现象，如果领导干部再喝多了还有可能损害自身形象。

与萨吉福闲聊，他给我讲了一个故事。护林队有一家杀了年猪，由于各方面关系都不错，连续两天请朋友吃年猪，结果把一头猪吃光了，但是还有一些朋友没有请到，感觉到很没有面子，不得已他又到市场买几十斤猪肉回来，继续把没有请到的朋友请到家中吃喝一顿，还得假装面子称这是"自己家杀的猪"。竟然出现了自己家杀猪过春节时自己家还得买猪肉吃的怪现象，听后让人啼笑皆非。

言前股长家不杀猪，别出心裁地宰羊。他知道我不好请，就通过庆典主任来找我："我说金勺书记，别人家你可以不去，但是言前股长是咱们的四梁八柱，属于骨干力量，这个面子你得给呀，还是去吧。"我只好听从庆典主任的劝说。

言前股长家中。地桌上摆了一个铜火锅，炭火通红，圆圈铜锅中热水沸腾——涮羊肉。这是我第一次享受这种炭火锅待遇，好像在邻居德怀茂大爷家见过。铜火锅也好，炭火锅也罢，总之这种东西在我的心灵深处是一种奢侈的享受。

庆典主任介绍："铜火锅不但具有质坚耐用、无毒、传热快等优点，而且还具有美观华丽的特点。涮羊肉最初是少数民族的吃法，他们在山上打来了野兽，切成片用清水煮，放点佐料即可食用，既简单又方便。"

言前股长劝酒："来，我来敬各位领导一杯酒，祝各位领导在新的一年里工作顺利，事业有成，身体健康！"我与庆典主任等用嘴唇轻轻地抿了一口酒。我对言前股长说："都在一起工作，不用客气了，还是请庆典主任讲一讲铜火锅的民族吃法吧。"

庆典主任接着讲："这铜火锅可是有历史了。据说乾隆皇帝最喜爱铜火锅，自此铜火锅成了一道著名的宫廷菜，清宫御膳食谱上就有'野意火锅'这道菜。乾隆四十八年正月初十，在乾清宫办了530桌铜火锅宴请宗室，盛况空前。说远了，来，咱们还是喝酒，感谢言前股长这么盛情款待，一年来你的工作也很辛苦，我和金勺书记都掌握，祝你在新的一年心想事成。"

恰在此时，只见言前股长的手不听使唤，酒盅从他的手中脱落到地上。说话间，他人像面条一样出溜滑到桌底下，我们都愣住了。庆典主任凭经验喊道："他是炭火中毒了，赶快把他抬到卫生所去。"众人忙把言前股长抬到室外进行通风，然后送往卫生所进行紧急抢救……

言前股长见风后特别是到了卫生所后便清醒了。天哪！真是有惊无险哪。

是夜，鉴于言前股长请吃的危险及领导干部普遍吃请的问题，在宿舍的火炕上被窝中，我终于向庆典主任亮明了要禁止领导干部吃"百家饭"的观点。庆典主任认为我纠正吃"百家饭"的想法不无道理，但苦于他在基层干了这么多年，领导干部吃"百家饭"是司空见惯的事，他对我急于纠正吃"百家饭"的问题还是心存芥蒂："这就是一个人情的社会嘛，都是乡里乡亲的，吃点喝点不算什么事，烟酒不分家嘛。"

我仍然坚持道："现在的大环境与过去不一样了，是整党整改的一个敏感时期，如果我们不大胆地进行纠正，恐怕群众的负担就会日益加重，潜在的影响就会日益加深；现在我们及时地进行纠正，大家总有一天会理解的。理解万岁嘛。"

庆典主任在没有办法的情况下勉强同意了我的意见，不过他还是绕着弯对我说："我说金勺书记，你刚来，怎么纠正都有理，人随王法草随风，况且你是党委书记。在这件事上，你怎么定我都支持，但还是先过年，年后再说。"

至深夜，不知是火炕烧得太热，还是因未能完全说服庆典主任后的不安，我翻来覆去、浮想联翩——在林场做一件事情怎么就这么难啊？

在制止和纠正吃"百家饭"的问题上，对外我一直还没有公开自己的想法，好多股段级干部仍然照例请吃不误。对此我暗下决心，不能等过了年再说，要从现在开始，要从我做起，带头不吃"百家饭"，否则就刹不住车了。几天来，有几位股长家杀了年猪找我去吃血肠，都被我好言好语地拒绝了，庆典主任也不好意思再去了。还有曲直副主任家也杀了年猪，同样也来邀请我去他家吃血肠："都是班子成员，小范围，没有问题，不会造成什么影响。"我还是婉言谢绝了："别聚了，多麻烦人，实在不行，就拿几根血肠给食堂，我和庆典主任一起尝一尝，好不好？"

这样一来，我给大家的印象不怎么太好。好多股段级干部都认为我这个"小书记"是另类，或是不食人间烟火的疯子。金勺，疯就疯到底吧！过不了这些人情关、嘴巴关，这个党委书记我是当不成的。

1986年2月6日

第三十六章
北疆万里赞英雄　林场方圆荡新风

1986年春节，漠河县西林吉镇九区。

带着到布铁林场履新的喜讯，我和红梅再次来到漠河。庆典主任给的那块沉甸甸的猪肉也一同带到。从前年妈妈搬家起到现在，这是我第二次来到漠河。爸爸仍然在漠河县法院当副院长，如今虽然我们已经是一个级别了，但爸爸饱经风霜的经历还是让我敬佩不已，我暗下决心要借这次回家过春节的机会，向他老人家多学一些在基层当领导的工作方法。

妈妈家搬到漠河后，为了全家人的生计，妈妈开始学起了做豆腐。她每天都要起五更、爬半夜，从泡黄豆到磨黄豆，从煮豆浆到挤豆浆，从点卤水到制豆腐，最后还要推着小车到大街小巷去卖。由于长期起早贪黑，长时间站立，睡眠严重不足，妈妈的腿和脚已经出现了浮肿，这是一个非常危险的信号啊！做豆腐的每一道程序都饱含着妈妈无尽的辛苦。我们作为儿女的什么时候才能为妈妈分担得更多一些呢？什么时候才能拯救这个一直生活在水深火热之中的穷家呢？一阵阵心酸涌上了我的心头。

妈妈对我们这些儿女没有分外的奢求，她最大的愿望是盼着我们学习进步。听说我当上了林场党委书记，她喜上眉梢，不停地当着弟弟妹妹的面夸奖我。霞妹的病情基本稳定，只是偶尔发作，这也是对妈妈的最大安慰。平弟正在哈尔滨上中专，颖妹已经上班三四年了，让妈妈的心里平添了许多寄托。泉弟和杰弟正在读初中，如有谁学习不努力，她不是打就是骂，妈妈这种最传统的教育方法也很适用。如遇妈妈打骂时，泉弟脾气倔强，总是在那里挺着挨打挨骂，杰弟则一跑了之。如今又一年过去了，看着孩子们不断地成长进步，让妈妈心里更有了盼头。

尽管弟弟妹妹到漠河已经两年了，但他们总是念念不忘在大杨树生活的日日夜夜，特别是看到我和红梅回家过年，总围着我们问大杨树的邻居家的事，这一年来大杨树又有什么新的变化？

我们每年回家过年，红梅都要为弟弟妹妹织一件毛衣，今年也不例外。今年她还特意为辛苦操劳的爸爸妈妈每人织了一套毛衣毛裤，爸爸妈妈穿上大儿媳妇给织的毛衣，心里乐开了花。霞妹穿上红梅为她织的毛衣后不停地夸赞："大嫂心灵手巧心眼好，好人得好报啊，我保佑你长命百岁！"其实，红梅为了给全家织毛衣，经常起五更爬半夜，终日手不离针、眼不离线，累得腰肌劳损、颈椎麻木。我曾多次地劝她，不用那么过度劳累，干什么事都要适度，她只是一笑了之，仍然像机器一样继续纺织加工。今年妈妈家，里外屋的门上又都挂上红梅绣的白底红喜字的门帘，漠河新家又增添了喜庆的色彩。妈妈逢人就讲："这都是我大儿媳妇给绣的。"

除夕夜，万家灯火，鞭炮齐鸣，边陲漠河到处是欢乐的海洋。此时此刻，妈妈家就是我们这些儿女的幸福港湾。

年夜饭是红梅帮助妈妈共同做的，一共是10道菜，寓意十全十美。妈妈拉着红梅的手说："就差抱孙子了，那就十全十美了。"红梅幽默地说："心急吃不了热豆腐，不急。"妈妈说："红梅呀，怎么不急呀？"妈妈与红梅"咯咯"的笑声荡漾在我们的心中。

爸爸要插手做饭，红梅没有让他参与："您指挥就行，不用亲自下厨了。"红梅早已了解爸爸逢年过节做饭就要发火的脾气，所以她把爸爸推回大屋，但爸爸并不生气，反倒更加兴致勃勃。爸爸闲不住，很早就把他无比推崇的地桌翻滚到东面那间大屋中，摆到地中间。这是爸爸来到漠河后在我们面前最值得炫耀的东西。

红梅端着最后一盘菜放到圆桌上并大嗓门儿地招呼："开饭啦！"一家人团团圆圆地围在地桌四周，爸爸妈妈端坐在北炕沿上对着圆桌中央，坐北朝南。爸爸拿出珍藏多年的"杨树白"："你们都尝尝。"我给爸爸的酒盅斟满了酒，爸爸又示意我："也给你妈和红梅倒点酒，让她们也尝尝。"妈妈谦让地说："我可不喝，齁辣的。"红梅不客气地回绝了："不会喝，你们喝吧，我们喝饮料。"弟弟妹妹都一起跟着喝饮料。

爸爸只要端起了"杨树白"，就兴奋不已。他向来就有在饭桌上滔滔不绝讲话的习惯，今天也不例外。今年令爸爸最高兴的是我提拔为布铁林场的党委书记。爸爸与我聊起了林场的规模、人数、面积、生产作业方式，嘱咐我怎样当好党委书记，一定向电视连续剧《新星》中的李向南学习，教我一些常见的工作方法。他还特意嘱咐我："讲话时一定要注意仪表，不要拖泥带水，要干净利落，充分显示出自己的水平来，不要像现在有些领导干部没有稿不会讲话，讲话照稿念，有时还念得吭哧瘪肚的，那是最没有水平的表现，我这辈子最看不上这种人。"

爸爸又喝口酒接着举例子："有一位领导干部在庆祝建党64周年的大会上，竟然把'华诞'读成'华延'，把'兢兢业业'读成'克克业业'，把'恪守'读成'格守'，把'忏悔'读成'千悔'，你说台下那么多人都在听你讲话，这个白字老先生把党员领导干部的脸面都给丢尽了！还有一位校长，在纪念五四青年节大会上讲话，竟然把'鸿鹄之志'读成'鸿浩之志'，把'莘莘学子'读成'辛辛学子'，让人啼笑皆非，怎么能为人师长呢？所以人们把这位校长戏称为'笑长'了。"

杯酒论英雄。爸爸激动地回忆起他年轻时是如何如何的有作为，特别是对自己在26岁时到海伦东方红公社当副社长这段历史津津乐道："那时候年轻气盛，讲话向来不用稿，一讲就是一两个小时，不像现在的有些领导离开了秘书就不会讲话，都是靠溜须拍马、投机倒把、挖门盗洞上去的。"爸爸愤然将酒盅往桌子上一蹾，一双眼睛喷出了愤怒的金星。

妈妈不时打断爸爸的"经验介绍"："你爸喝多了，又开始'走麦城'了，好汉不提当年勇。"如果是往日，妈妈说这些不中听的话，一定会引发"家庭战争"，今天则不同，爸爸特别的开心，对妈妈说这些不中听的话不屑一顾，更不予理睬。

病中的霞妹似乎又激动了，她无端地反驳爸爸："我问你，你那么有水平，怎么没当上县委书记啊？人家'黄仙子'没有水平怎么就当上了县委领导了？人家'胡大师'连话都讲不明白怎么就当上什么部长了？"爸爸惊呆了，酒醒于霞妹的怒吼，被迫终止了他的"经验介绍"。

妈妈与红梅一起来安抚霞妹，霞妹又似乎清醒了，又似乎激动地说："来咱们几个敬大嫂一杯酒，吃水不忘打井人！"她这个小小举动着实让红梅百感交集。霞妹又突然站起来亮相，开始唱起《红梅赞》来。

红岩上红梅开，千里冰霜脚下踩，
三九严寒何所惧？
红梅花儿开，朵朵放光彩！
昂首怒放花万朵，香飘云天外！
唤醒百花齐开放，
高歌欢庆新春来新春来新春来……

霞妹的歌声让全家人既欣喜又愕然，更让我揪心。

红梅上前抱住霞妹既哄又商量："咱们不唱了好吗？你看电视里谁在唱？与他们比一比。"霞妹被安抚住了，全家又片刻放松了——看电视。

电视正在播放春节联欢晚会特别节目《现场婚礼》，守卫边疆战斗英雄——双目失明的史光柱同志与女大学生结婚激动人心的场面呈现在我们的面前。史光柱同志向心爱的妻子表达真情时说："感谢你，感谢像你这样一些后方的姑娘。战争，虽然夺去了我的双眼，但是我却能看到你那颗金子般的心。这是前方将士对你的一片敬意啊！"史光柱同志的妻子激动地接受："谢谢！我的生命将与军人的使命紧紧联系在一起！"在庄严神圣的婚礼现场，她又为大家演唱了一曲不同凡响的《十五的月亮》。

　　十五的月亮，照在家乡，照在边关。
　　宁静的夜晚，你也思念，我也思念。
　　我孝敬父母任劳任怨，你献身祖国，不惜流血汗；
　　我肩负着全家的重任，你在保卫国家安全。
　　啊！祖国昌盛有你的贡献，也有我的贡献；
　　万家团圆，是你的心愿，也是我的心愿。
　　啊！啊！

　　她饱含深情的演唱结束时，现场掌声雷动，经久不息。
　　我——一名退伍战士在千里之外的漠河也热泪盈眶，史光柱同志的英雄事迹让人无不为之动容，史光柱同志与妻子的爱情故事让人无不为之心醉！此时此刻的《十五的月亮》，激荡着革命军人用热血谱写的青春音符，澎湃着革命军人用生命演绎的华美乐章。
　　我激动得不能再坚持看下去了，便与红梅穿上大衣在弟弟妹妹的陪同下逛漠河的大街。平弟和颖妹是向导，一边走一边介绍。纵贯东西南北宽敞的马路旁，重新安装的别致的高级路灯特别明亮。县委、县政府、中学和幼儿园都是新盖的楼房，楼上各式各样的霓虹灯，五彩缤纷，色彩斑斓。漠河今年搞了冰灯展，造型各异的冰灯里装着一根根彩色电灯管，把冰灯装扮得晶莹剔透，光彩夺目，使漠河春节的夜色更加迷人。冰灯展中有一条百米左右的冰滑梯，我晕高不敢上去，只好看着红梅和弟弟妹妹从上面滑下来，几个急转弯，速度不断加快，异常刺激，欢声笑语响彻了漠河的夜空。
　　边防部队军营的大门前，有两位身着厚厚军大衣荷枪实弹的边防战士正在站岗，他们像雕像一样威严地耸立在那里。我在他们的哨位前驻足了许久。触景生情，使我想起了当年自己为伟大祖国站岗的日日夜夜，想起了在一起朝夕相处的王登海连长、潘迟指导员和李玉田排长等我们六连的老战友，还有师教导大队李齐大队长和吴刚政委等。我抑制不住内心的激动，话语凝噎："你们看，这就是我们的边防战士！他们在冰天雪地里站岗，我们却欢天喜地地享受着节日的幸福。"平弟顽皮地问："那他们就不能过节吗？"我明确地告诉他："越是过节，部队越是紧张，都在进行战备值班。史光柱不过是他们代表之一，还有千千万万个解放军战士在为伟大祖国站岗放哨，保卫国家的安全，这就是军人！"由此，我开始向红梅和弟弟妹妹讲解史光柱去年在春节联欢晚会上唱的那首《小草》和今年他妻子唱的《十五的月亮》的深刻内涵，把自己对军人的敬意、理解和留恋不断地传递给他们。

　　布铁林场仍然沉浸在新春佳节的喜庆氛围中。
　　我和庆典主任在节后上班的第一件事，就是带领林场党政班子成员到各办公室给林场机关的同志拜年。随后我又提议："到萨勇书记家去拜个年，怎么样？"庆典主任不大同意："我说不用去，年前咱们不是买东西送去了吗？差不多就行了。"我执意坚持地说："大过年的，他刚退下来，我认为还是去看看的好。"庆典主任意识到自己说走嘴了，又改口说道："那我们就一起跟着书记去吧。"

我们几位在萨吉福的陪同下步行来到了萨勇书记家，给他老人家拜年。从气色上看，萨勇书记的身体还算说得过去，只是哮喘稍严重了一些。在春节前我们曾经议论过要收回萨勇书记袋装鸭绒被这件事，并通过萨吉福向他渗透过，由此他对我们今天来给他拜年特别敏感，火药味十足地说："是集体拜年来了，还是集体要鸭绒被来了？"我急忙解释："老书记误解了，我们不是来要鸭绒被的，而是真心实意地给您老人家拜年的。"他将信将疑地解释："这个鸭绒被，我一开始就没想把它留下来，一不上山打火，二不打鱼摸虾，我留着也没什么用。你们不用追得这么急，过几天我就让萨吉福给你们捎回去。"

我瞧一眼庆典主任后又再三解释："老书记有话好说，用不着这么生气。"萨勇书记气喘吁吁地说："作为老党员、老书记，我这一辈子总是教育别人了，不能马列主义嘴对外，对自己放松要求，再者说我也不能给金勾书记新班子找麻烦呢！是不是？"

我有些激动："还是老书记高风亮节啊！一条鸭绒被没什么，只是有的群众提出了意见，又列入了整党整改的范畴，不得不走这么个形式。不着急，急什么？我们今天来是给您老人家拜年的，多多保重身体，多多保重身体！"

萨勇书记怨气十足地说："没有什么可高风亮节的，不卸磨杀驴就行了！"他显得更加激动，"我刚刚退下来回家，你们这不是拿我开刀吗？让我的脸面在大庭广众之下往哪里放？还不如一枪把我毙了好！"说话间，他跨几步去取墙上挂着的半自动步枪。萨吉福上前一把抱住萨勇书记用鄂温克语言说："人家金勾书记和庆典主任好心好意给您拜年，您怎么能这样对待人家，让我今后还怎么在林场工作啊？"萨勇书记在儿子的怀里挣扎着，大声地喊叫："你们在劳模会上大吃二喝，既唱歌又跳舞的，为什么不让我出席？我还算什么老书记？"老书记道出了他生气的真正原因。

庆典主任打圆场说："您是老书记，我们怎么敢'杀驴'呀？如果不是赶上这次整党，永红书记盯得紧，一条鸭绒被算不了什么，老书记干一辈子工作了，赠送一条鸭绒被也很正常，但是现在的情况完全不同了，我们也是不得已而为之啊！我看这样，今后老书记看病了，家里有什么大事小情的，只管与我们说，金勾书记和我们一定会尽力帮助您解决。"庆典主任似乎在搞条件交换，不得已而为之。

萨勇书记听到庆典主任在"讲条件"，似乎略有缓和。我想要进一步解释，萨吉福向我摆手示意："他早上喝了点闷酒，你们先回去吧，一会儿他就好了。"我与庆典主任只好转身告辞。

在回场部的路上，庆典主任埋怨我："我说不用去拜年，结果怎么样？"我解释："真的没有想到会是这样。"庆典主任气呼呼地说："基层与机关不一样，这是基层！"我哑口无言。

我独自一个人在办公室苦思冥想了许久，基层与机关真的是不一样啊！就这么一条袋装鸭绒被竟然扯出来这么多的问题。原来袋装鸭绒被是新配发的一种防火装备，大家都特别喜欢。林场党政主要领导和分管防火工作的领导每人配发了一条，其他领导谁扑火或谁下村屯蹲点，谁临时借用。这件事看似小事，但主要是分配不公。部分护林队员的意见是，我们长年累月驻外防火，最需要袋装鸭绒被，却没有配发，然而林场主要领导不怎么下去还发了一条；领导班子成员的意见是，没几个钱的事为什么还搞三六九等？对此大家背地里都有意见。到底应该怎么办？着实让我苦恼了一阵子，但是我必须要拿出一个主意来，否则将威信扫地。

下午，有人敲门。我应声道："进来！"萨吉福满脸笑容地进来，走到我办公桌边上与我解释："老爷子刚退下来，还没有转过来弯，你千万不要生气。"我如实地说："不生气是假的，但现在已经消了。这个书记的工作怎么这么难做呀？"萨吉福安抚我："好做，好做，关于那条鸭绒被没问题，如果他不交，到时候我把它偷出来给你交回来，你看怎么样？"我很是感激："还是老同学理解我支持我呀！谢谢你，有你这句话，我的底气就足了。"

又有几位股长进来拜年，萨吉福告辞。言前股长代表他们说："我们几位股长合计一下，今天晚上准备邀请您和庆典主任吃饭，保证不会再中毒了。"大家"哈哈"一阵笑声。

原来布铁林场有一个不成文的规定，逢年过节领导回来都要接风洗尘。看来，春节上班后的第一顿晚饭到底怎么吃已经摆上了我的日程。我认为这与年前的杀年猪请吃血肠如出一辙，是领导吃"百家饭"的翻版。年前考虑大家热热闹闹的过年，怕影响大家过年的心情和气氛，只是我个人带头不吃"百家饭"，而没有系统地研究解决这个问题，现在觉得解决这个问题的时机已经成熟，我灵机一动对大家说："晚饭班子成员一起吃。"

言前股长等都急着问："去谁家？我们好回去准备一下。"

我只好揭开谜底："谁家也不去，在食堂吃，一会儿我与庆典主任商量一下，好吧！"

又寒暄了一会儿，几位股长纷纷退去。言前股长特意没有走，他善意地提醒我："庆典主任同意去，大家都同意去，唯有你不同意，那多不合群呀！"

我执意回答他："当书记的就得这么做，不然的话哪还有什么规矩啊？没问题，天塌不下来。"言前股长忧心忡忡地退出了我的办公室。

正好庆典主任过来了。我与庆典主任说："晚饭我谁家也不想去了，咱们班子成员在食堂吃一顿团圆饭，好不好？"庆典主任不情愿地说："你是书记，你定，在哪吃都一样。"

林场食堂，班子成员齐聚，还有老高所长应邀参加。晚饭同在家过年一样，也是炒了10个菜。我首先提议："首先感谢各位、特别是感谢庆典主任对我到林场以来在工作生活等各方面的关心和支持，将来仍然需要大家的关心和支持。新年后第一顿饭，我给大家拜个晚年，祝大家新年吉祥！大家尽情地喝！"在我的鼓动下，庆典主任、老高所长等喝得热火朝天。

不一会儿，我有些喝多了，并反复磨叨："今后咱们就在食堂吃，谁也不要再去吃'百家饭'了。"大家似乎也听明白了……

近日，我主持召开了林场党委会议，共有三个议题。第一个议题是研究党员领导干部带头端正党风、不吃"百家饭"的问题。我首先就这个问题分析了利弊，阐明了观点。庆典主任带头表态同意我的意见："对这个问题，过去咱们是见怪不怪，习以为常，只考虑联系群众这方面，没有考虑给职工造成负担这方面，更没有上升到端正党风、实现党风根本好转这个高度来认识这个问题。我看金勺书记纠正得对，对于党风好成什么样我不敢担保，但起码能减轻职工群众的负担，我们既能少喝酒，又能让老婆孩子高兴。我看大家就这么办吧！"庆典主任这么一幽默，大家都豁然开朗，纷纷表示赞同。

第二个议题是纠正违规上学的问题。大家认为这个问题不好纠正，两个上学的分别是林业局副局长和主要科长家的孩子，如果真的纠正了，容易影响咱们林场与上级的关系。在如此僵局的情况下，我阐明了自己的观点："关键在于对这件事怎么看，不纠正吧，群众有意见，他们写信告到永红书记那里了，在我上任时永红书记就责成我调查处理这件事。我刚来时，有几位少数民族职工给我'接风'，还有在劳模会上跳舞时索老大砸场子，都说明职工群众对这件事不满意。由此看来，这件事就不是简单的上下级关系问题，而是关系到如何端正党风的问题。我们是一级党委，如果在这个问题上没有原则立场，都不敢碰硬，不敢较真，那么实现党风根本好转不就成了一句空话了吗？"我越说越激动。

庆典主任马上接过话来："在这件事上我有责任。主要问题是没经过党委会集体讨论。当时林业局杨副局长和张科长找到我，平常关系都不错，我不好驳面子，就答应下来了。回来也想开会集体讨论一下，当时因萨勇书记身体原因没开成。可以说，这一年来我们党委例会也不怎么健全。其实我的出发点是想搞好上下级的关系，忽略了林场职工在这方面的要求。金勺书记刚来，怎么纠正都不为过，我都拥护，请大家也要给予理解。"

这件事是庆典主任自己定的，如果纠正等于纠正庆典主任自己，庆典主任态度来了个一百八十度大转弯，着实让大家感到震惊和佩服。

我对庆典主任的态度给予了充分肯定："我个人认为，庆典主任姿态很高、境界很高，高风亮节，自从我来后与庆典主任多次交换意见，再到今天这个会议上他的表态，都使我很受感动。在一个班子里，我能遇到这样一位深谙事理、晓明大义的老领导、老同志的帮助，何愁我们班子不团结，何愁我们不把事业干上去？谢谢庆典主任，也谢谢各位！"

接着我对第二个议题做了总结："这件事就这么定了。如果他们要继续上学的话，学费自理。汲取这件事的教训，凡事要集体讨论的好，今后凡属林场的大事要事都要经过党委会集体讨论，这应该成为一个制度。人秘股清理一下，看看我们林场还有哪些议事制度需要进一步完善，争取在下一次党委会上很好地讨论一下。"大家对我的结论没有异议。

第三个议题是收回萨勇书记的袋装鸭绒被问题。大家对收回萨勇书记袋装鸭绒被没有什么异议，只是有些同志担心萨勇书记退二线了，能否想得通？特别是前不久我们去给萨勇书记拜年时他老人家火气冲天的事，在林场上下传得沸沸扬扬。好在我手中有萨吉福这张"底牌"，今天我特意向大家炫耀，以显示我的魄力："这件事没有什么好讨论的，请言前股长直接通知萨吉福，告诉他党委会就是这么定的，萨勇书记的思想工作将来由我去做。"我暗中盘算，这是考验萨吉福他们爷俩的时候，如果成功，将来可能会产生"等量代换"或是"等价交换"的效应。总之，我不得已开始使用这些小"权术"了。

会后，这三条消息如爆炸性新闻在林场上下产生了强烈反响——金勾书记开始下茬子动真格的了。鲁迅先生的一句名言一直在鼓励着我：必须敢于正视，这才可望敢想、敢说、敢做、敢当。在实践中，我有意识地通过这三件事，树立起我敢爱敢恨、敢怒敢言、敢说敢做、敢做敢当的工作风格，让那些瞧不起我的人或是怀疑我的人刮目相看去吧！

1986年2月25日

第三十七章
菜刀劈斩办公桌　直面问题不退缩

春风吹拂，雪花飘飘。鹅毛般的雪片飘舞在大杨树的甘河两岸，温暖的春雪没有一丝的寒意，与万物复苏的生灵相伴相随。

林业局"三春"工作会议结束后，我与庆典主任下午乘火车急忙赶回了布铁林场，初步商定明天上午召开林场党委会议，迅速传达贯彻林业局"三春"工作会议精神。

是夜，我在办公室审阅言前股长报来的林场党委的几个议事规则。言前股长顾虑重重地汇报："现在提倡实行厂（场）长负责制，党委会议议事规则空洞无物，缺乏实质性内容，只强调搞好保证监督服务，没有什么事可议了。"我也苦于无奈地表示："这确实是当前的一种大趋势，我们在基层也没有什么好的办法，但不管怎么说我们当书记的也得吆喝啊，否则我们就该失业了。"言前股长一直挠头，左右为难地说："落实在规则上不好写啊。"我强装笑脸，反复地鼓励他："想一想，有没有一个什么万全之策？"言前股长直摇头，我低下头，陷入了沉思默想，也很痛苦。

不多时，我抬起头来，眼睛盯着他一会儿，联系自己到林场以来的工作实际突发奇想："能否变通一下，搞一个类似'1+1'的会议模式。"言前股长莫名其妙地问："'1+1'？"我思忖一会儿，与他和盘托出我的想法："第一个'1'嘛，还是照样写林场党委会议议事规则，空就空吧，但还是要强调一下党委的领导，如干部任免等，应写尽写。第二个'1'嘛，作为第一个'1'的补充，即搞一个党政联席会议制度之类的东西，不管什么事，都上党政联席会议研究，这样就可以保障书记实质参与林场全过程的领导，既照顾了书记的面子，又支持了场长的积极性，免得搞'两层皮'，怎么样？"言前股长一拍脑袋豁然开朗："对呀！搞个'1+1'，这个矛盾似乎就可以解决了。不过，第一个'1'里面，行政干部任免还得行政一把手提名，到党委会那也只是走形式。"我快快不乐地表示："走形式，也得走，没有招啊。"对于第二个'1'，言前股长还是瞻前顾后："这不等于把行政权力给平分了吗？庆典主任能干吗？"我无可奈何地说："也管不了那么多了，只有先行参与进去，才能发挥党委书记的作用，才能保证监督，才能和衷共济。不然的话各吹各的号，各唱各的调，又是'两层皮'，我不成了光杆司令了吗？你说，当下还有什么好办法吗？"我既近乎束手无策，又近乎命令："这样吧，你今晚先行起草，明天早上给我。我这就回宿舍与庆典主任商量。"

宿舍的火炕被烧得热乎乎的。在被窝中，我以"小字辈"的角度和身份，不无谦虚地与庆典主任提起实行党政联席会议制度这件事。庆典主任思考了一会儿表示："咱们是小单位，不比大的企业，确实没有必要搞得那么复杂，凡事还是党政领导事先沟通、一起商量的好，免得不通气，我看可以。"我激动地表示："还是庆典叔叔支持我的工作啊！"庆典主任很坦诚地说道："一个小林场，党政领导必须搞好团结，不然林场非乱套不可。再者说来，我们两个人如果搞不好团结也对不起你的爸爸妈妈呀！"我更加感动地说："有庆典叔叔这句话，我心里就有底了。"在热乎乎的火炕上，我这个"小字辈"怀着无比激动的心情渐渐地进入了梦乡。

言前股长加了半宿的班。一大早，言前股长将新起草的《林场党委会议议事规则》《林场党政联席会议议事规则》等送到我的办公室。我简单翻了一下后吩咐："昨晚我已经和庆典主任进行了沟通，他基本同意。这几个规则特别是前两个规则特别重要，还是送庆典主任审阅后再上会。"言前股长提示："原定的党委会议还是上午开吗？"我答复："估计这两个规则得反复修改几遍，征求一下庆典主任的意见后，党委会议挪到下午开，欲速则不达嘛。"果不其然，庆典主任对《林场党政联席会议议事规则》修改得专注认真，屏气凝神。言前股长从我的东边办公室到庆典主任的西边办公室来回送审，折腾了一个上午。

下午，林场党委会议。

我首先传达永红书记在"三春"动员大会上的讲话。

第二项内容由庆典主任布置布铁林场的"三春"工作任务："今年林业局给我们下达了6千亩造林任务，改革嘛，我们对营林一、二大队、知青队要实行造林目标责任制承包，对造林个人要实行沟系或地块承包，责任到人到地块。同时，也要大胆尝试试办家庭林场，看有没有愿意干的？如果有干的，要给予一定的政策倾斜。今年林业局给我们林场苗圃下达了育苗100亩、换床70亩的生产任务。苗圃也要实行经济目标责任制承包，苗木实行商品化经营。今后造林人与苗圃的苗木是经济关系，是买卖关系。关于防火工作，是否定指标，在我们林场的施业区内不允许发生重特大森林火灾。我们林场是杨树地林业局出了名的 '火罐子'，是防火的重灾区，能否实现这个目标风险很大。"庆典主任皱着眉头一字一板、一板一眼地对行政工作进行精心布置，我留意向他学习如何布置行政工作。

会议进行第三项，言前股长对《林场党委会议议事规则》《林场党政联席会议议事规则》等9个会议制度和"林场'五四三'活动领导小组""防火工作领导小组""计划生育领导小组"等10多个领导小组进行了说明。研究各种领导小组，那只是个形式，研究党委会议议事规则、党政联席会议议事规则，着力解决当前党委书记有名无实，伸不开腰，说了不算，灰溜溜的现状和问题，这才是我的真正用意。还好庆典主任首先表态："对这几个规则，我原则同意。尽管现在试行厂（场）长负责制，但是我们林场规模小，遇事还是党政领导商量的好，有规则了就按照规则去办。我再次强调一下，今后各股段级干部要大力支持金匀书记的工作，如果有谁借机搞什么不轨行为，我不会轻饶了他！" 庆典主任的发言明的是支持我的工作，为我树立威信，但似乎也有在大家面前要什么权威的因素，让我心里不舒服。大家对庆典主任的表态目瞪口呆，出乎大家的意料，都要问个为什么？

突然，办公室门"咣当"被踢开了。

索老大手拿着一把雪亮的菜刀闯了进来，疯狂地比画着："你们不干正事，整天在这里开会！"然后，他将菜刀"咣"地砍在了我的办公桌上，这把菜刀直挺挺地扎在了办公桌的桌面上。

我和大家被吓得大惊失色！

我一边往后躲闪，一边去摸桌子边事先放的那个镐把儿，一边磕磕巴巴地朝他喊叫："你要干什么？"

迅即，老高所长站起来大声喝令："你敢闯党委会议？给我扣起来！"没有人执行。

索老大酒气熏天地朝我大声地呼喊："你为什么要没收我姑父的鸭绒被，你们对老书记也太不尊重了！"列席会议的萨吉福刚刚反应过来，上前扇了索老大一个大嘴巴子。他与老高所长、言前股长等蜂拥而上把索老大强行扭押出去。

林场党委会议又被索老大砸场子中断了。

又过了一会儿，老高所长来到了我的办公室，他请示："怎么处理？"我气咻咻地说："一定要严肃处理！"庆典主任也恶狠狠地说："能拘多长时间就给他拘多长时间！"老高所长有些为难地说："治安拘留最长15天，我看拘个三五七天的就行了，吓唬吓唬他，让他写个检讨书，看他的态度。"庆典主任又补充："他是翻墙进来的，又损坏了好几棵树，该罚款的罚款。"

索老大在众目睽睽之下，被派出所的干警押往杨树地林业局看守所拘留。

晚上，林场座机响个不停，我的办公室灯火通明。

我继续主持召开林场党委会议，在众多的议题后又临时插进了一个帮教工作。

老高所长发言："帮教工作是治安工作的一项重要内容。索老大自从劳教回来后，总是'旧病复发'，在林场职工群众中影响很坏。我建议在林场党委领导中，看谁来承担索老大的帮教工作？"各位都推托，庆典主任最后说："索老大的帮教工作别人帮不了，只有金匀书记亲自出马才能见效。"会议确定，我是索老大帮教工作的第一责任人，大家拭目以待。

最后，我又大胆地提出一个超乎寻常的建议："为保证'三春'工作顺利进行和为'三春'工作进行造势，从现在开始，我们将对护林队员、知青队员、机关和学校实行军训，即实行'军事化管理'。"其实这个设想是我在局团委工作期间蓄积已久的，在布铁林场曾经试行过，后来又中断了。这个意见一提出，党委会上开了锅。曲直副主任直接说："地方与部队不一样，实行不了。"开怀主席说："这倒是一件新鲜事，但组织实施要困难。"在此关键时刻，老高所长投了赞同票："我看可以，实行'军事化管理'就是整顿作风、整顿纪律。我们林场也该整一整了，对净化治安环境有百益而无一害。"此时，庆典主任也站出来赞同我的意见："虽说金匀书记的意见比较大胆，好像在咱们克什林管局没有先例，超出了我们的想象，但我个人认为是可行的，可以先试一试。我相信实行'军事化管理'，一定会对林场各项事业、特别是对推动'三春'工作将起到积极的促进作用。"

上午10点左右，我正在办公室为临时抽调来的几名退伍军人布置军训任务，庆典主任急匆匆过来通报："金匀书记，在春亭阁方向发现了一股黑烟。"

我环视一下正在开会的人："今天的会议就开到这儿，言前股长赶紧去通知！"此时的我俨然像一名军事指挥员在下达作战命令，所有的人都神色慌张地跑出去。

我的命令下达还不过几分钟，林场广播就传来了女播音员清脆有力的声音："紧急通知，紧急通知！在家的护林队员请注意，请你们马上到场部集合，准备扑火。林场防火指挥部……"这声音一遍又一遍地伴着春风传得很远很远。

原来林场护林防火预案中规定，遇有紧急情况可以通过广播发布通知。今春的护林防火与往年一样，庆典主任把林场护林队的60多人分成若干小组，大多数护林队员都被派到各村屯点和外站去驻扎，在林场场部留守的只有20人左右，作为机动小分队。这是我到布铁林场后第一次遇到火警，也是我对林场护林队紧急集合的一次实战检验。

10分钟过去了，20分钟过去了，大多数护林队员骑着马陆续赶到场部，但还没有集合齐。我和庆典主任都有些着急了，庆典主任下令清点人数，萨吉福背着半自动步枪骑在马上向我和庆典主任报告："在家的护林队员除去值班的都到齐了，只有阿胶队长还没有到。"我怒不可遏，大声地责问："身为队长，为什么还没有到？干什么吃的？平常是怎么训练的？"

见此情景，萨吉福和所有在场的护林队员都噤若寒蝉了，只有几匹马刨地、高扬着马头发出了出征前的嘶鸣。

集合快到30分钟了，阿胶队长才骑着一匹老马急匆匆地赶来。

我对阿胶队长怒目而视，大声呵斥："都什么时候了，还吊儿郎当，我看你是不想干了！"

这是我到林场以来第一次粗暴地发火。

阿胶队长辩解道："我的马被儿子骑出去了，刚刚找回来。"

庆典主任赶紧帮助打圆场，柔中带刚地说："儿子骑出去玩就有理了？我看金匀书记对你们的批评是轻的，这件事不算完，等打完火回来再进行严肃处理！"

我又着急补充："愣着干什么？还不赶快出发？"

我的话音刚落，曲直副主任和阿胶队长带领着20多名护林队员冲出了林场大门。

回到我的办公室，庆典主任气呼呼地也跟进来了："金匀书记，你都看到了吧，护林队就这样拖泥带水、吊儿郎当的，散漫惯了，不整顿早晚要出大事。"

我向庆典主任征求意见："你看这件事怎么处理好？"

庆典主任一时还拿不准，又让我拿意见："你是书记，怎么处理都有道理。"

我突然又谦虚谨慎起来："这件事属于行政方面的，应该由主任提出意见为好。"

庆典主任一再圆滑地推让："党政不分家嘛，有什么事党政一起研究，有时候在一个火炕上睡觉、在一张桌子上吃饭，咱俩就能把事定了。规则刚刚定完，这事还是由书记来定。我看你在会议上提出来的搞军事训练的意见就很好，应该试验一下。"

待庆典主任出去之后，我认真分析今天突如其来的一系列事情，特别是刚才与庆典主任之间的一顿谦虚后，我有些茫然不知所措。对这件事如何处理，庆典主任把我推到了前面，有尊重、有信赖，也有几分考验。

初生牛犊不怕虎。这天下午，我首先找到政工股的言前股长、护林队的值班员了解情况。言前股长向我介绍："阿胶队长也是鄂温克族，当一辈子护林员了，人很好，对护林防火工作责任心很强，就是岁数大了一点，过这个年都54岁了，不适合再出外站和到第一线扑火了。"

我试探性地问言前股长："搞一辈子护林防火工作，就因为一次紧急集合迟到了，给撤职查办处理合适吗？"

言前股长回答说："撤职查办当然不合适，但必须处理。"

我再次试探："如果阿胶队长不干了，谁当队长合适？萨吉福怎样？"就此我的一个公私兼顾的大胆设想完成了。

言前股长顺着我附和道："护林队以少数民族职工为主体，队长应该由一位少数民族同志来担任。萨吉福嘛，还是比较合适的，就是有点贪酒，性格温和。不过护林队真的是太散漫了，也确实需要换个头头整顿一下，否则着大火怎么办？"

全场职工都知道，萨吉福是我的老同学，但举贤不避亲，知人善任嘛；散漫就得整顿，实行军训嘛。对于这两点想法，我似乎胸有成竹，狠狠地暗下了决心。

晚睡前，我与庆典主任在滚烫的火炕上翻来覆去地睡不着。虽说春亭阁的小火已经扑灭，但还需要10多名职工和村民看守72个小时，防止死灰复燃。庆典主任是防扑火的专家，他凭经验说："就看老天爷明天能不能刮风，如果刮风就不好说了。"我与庆典主任在被窝中都默不作声地进行祈祷，明天风和日丽，不起风。

我在迷糊中把在白天与言前股长商量的两点意见和盘托出。庆典主任表示："军训的事我早就支持，动人的事一定要稳妥，等曲直副主任他们扑火回来再沟通一下。"我与庆典主任沟通无果。

曲直副主任扑火后刚回到林场，我就在自己办公室立刻召开了林场党政联席会议，专门听取曲直副主任关于吸取这次扑火教训的汇报。曲直副主任一直是低着头汇报，满脸愧色地讲："这次的火虽然扑灭了，但是集合真的是太慢了，我分管护林队，理应由我来负责！"

庆典主任发言之后，我简单地做了总结："曲直副主任的汇报还是实事求是的。庆典主任的意见是正确的，我完全同意。我个人认为，这次护林队集合慢腾腾、没有及时出发，看似小事，实际上是一种隐性的危险，为我们诸位敲了警钟。事情虽然发生在护林队，但根子在我们林场一班人身上。从这件小事上说明我们林场一班人有麻痹大意思想，没承想火情火警来得这么早这么快。曲直副主任专门负责防火工作，对护林队集合慢腾腾的问题负有主要责任，抓得不严、不细、不实，一定要认真总结经验教训。我刚来，对护林防火工作是门外汉，一切都拜托大家了。"

我刚才直接点名批评了曲直副主任，他的表情更加不自然了，低着的头都要贴近裤裆了。我环视一下四周，大家都面面相觑，整个办公室呈现出少有的严肃气氛。我接着做布置："下一步，对护林队要进行必要的整顿，实行军训，进入临战状态。从明天早上开始，各单位都要开始进行军训，军训教官我已经找好了。还有林场护林防火工作会议可以提前召开，不要等林场'三春'动员会了。另外，阿胶队长年龄偏大，不适合再担任队长工作。我认为应该做一些调整。不然的话今后还会出事的，很有可能出大事。"

会议的主题由总结经验教训突然地转入了人事问题，大家都愣住了，不知我葫芦里卖的是什么药。曲直副主任略微抬起头不解地问："那谁来当队长呢？"我直截了当地回答："我看萨吉福很合适，怎么样？"

大家不置可否，会议僵持了几分钟，静得谁的心脏跳几下都仿佛能听得见，是我这个意见提得太突然了，还是大家都没有思想准备？我的自信心和尊严受到了从未有过的挑战。

没有办法，我为自己打了一个圆场："大家别闷着，当面锣、对面鼓，有什么意见可以直接发表，都是为了工作嘛。"

好在昨天晚上我与庆典主任在被窝里沟通过这件事，他已经有了这方面的思想准备。庆典主任沉着地说："我看金勾书记的这几条意见都是可行的，防火工作如果不采取果断措施，那是抓不好的。关于萨吉福当队长嘛，我看也可以。萨吉福既年轻，又身体力行，还是少数民族，但阿胶队长可是老队长了、老护林员了，不当队长总得有个职务，因集合慢了就撤职查办也说不过去。是不是？金勾书记？"

明摆着，庆典主任是帮我下台阶。我急中生智地想起了部队连队的建制，沉稳地说："为护林队专设指导员职务。如果阿胶队长改任指导员后，既可以全身心地做好护林队的思想政治工作，又不用外出参加扑火了，既可坐台指挥，又可照顾身体，也可以说是一举两得啊！大家看怎么样？"

庆典主任、曲直副主任、开怀主席等纷纷表示赞同……

萨吉福任护林队长这件事就这么定下来了，我心中的一块石头终于落地了。

我在会议总结时布置，明天上午由曲直副主任到护林队去宣布。同时也要认真地讲一讲护林队实行军训，加强整顿，严明纪律等问题。

在我片刻窃窃私喜的时候，曲直副主任提出了一个问题："阿胶队长是老同志，工作调整总得有个领导与他谈一谈，反正我谈不合适。"

我愤然生气，仍然坚持着道："谁谈合适？你主管，你谈最合适。"又僵局了。

庆典主任思忖半天看我一眼说："我看这件事很重要，阿胶队长也算得上是咱们布铁林场的重量级人物，别人与他谈也的确不合适，得一把手去谈，还是请金勾书记亲自出马为好。"

我不想再争辩下去了。如果我执意坚持让主管领导去谈，显得我太小气和不敢碰硬。于是我想了想说："那好吧，由我先去谈，明天上午谈。大家看这样好不好，集体力量大，我与他谈完之后，庆典主任、曲直副主任也都和他谈一谈，这样显得郑重。"

大家万万没有想到我会把庆典主任、曲直副主任绕进去，他们二位也没有话可说了。临散会时，言前股长、起武副主任向我投来敬佩的目光。

我经过认真的思想准备，与阿胶队长直接谈话。刚开始交锋时，阿胶队长还是火气很冲："迟到几分钟，也没耽误扑火，凭什么把我撤换了？没有功劳也有苦劳啊！"

他一声低沉的怒吼，让我的心在颤抖！

我冷静数秒钟后，对他晓之以理、动之以情，温和地与他说："这件事也都是赶到一起了。不然的话我们也要研究如何照顾你的问题，因为你的岁数比较大了，不适合在外面奔波了，在家坐镇指挥比上前线扑火要强多了。"我首先对他多年来在护林防火第一线的工作给予了充分肯定，随后我又拐弯抹角地绕乎："这次对你的工作调整不是处分，而是照顾。再者也是为了让年轻人及早地进行锻炼。"话说到这个程度，阿胶队长的态度开始转变，直至欣然接受。然后我又让他到庆典主任、曲直副主任办公室去，与他们逐一进行谈话。接着我抓紧时间与萨吉福谈话，一番鼓励，一片希望，一种深情。

我与阿胶队长到底是怎么谈通的，是林场党委一班人永远猜不透的谜。不管怎么说，我把阿胶队长给撤换这件事，在林场上下产生了杀一儆百的效应。然而，现在的情况一切都变味了。谁提拔了，有什么好事了，大家都争着抢着与他谈话，甚至提前通风报信，或者收买人心；遇到得罪人的事，大家都绕着走，唯有我直接去面对。好在这件事如愿以偿地成功了，但也令我极伤脑筋和后怕。

毛主席曾经指出："什么叫工作，工作就是斗争。哪些地方有困难、有问题，需要我们去解决，我们是为着解决问题去工作、去斗争的。"所谓的"斗争"，我理解就是发现问题、直面问题、解决问题、总结得失，这"四个步骤"的确是对我的严峻考验啊！如果一味地谦让、回避、遮掩，那么问题会越积越多，我这个林场党委书记就不如"回家卖红薯"了。

1986年4月16日

第三十八章
口令声声震天响　春风晨曲在荡漾

清晨，《中国人民解放军进行曲》《人民军队忠于党》《三大纪律八项注意》等部队歌曲伴着春风在甘河两岸回荡。我和庆典主任倒背手，漫步在林场场部与林场学校之间，检查林场机关、护林队、知青队、营林一、二大队和学校的军训情况。

林场小学操场。我和庆典主任所到之处，队列训练的口令声此起彼伏。军训教员都是我从林场各单位抽调的退伍军人，他们都具备一定的军政素养和队列水平，也都是预备役人员。20多名护林队员肩背着清一色的半自动步枪，迈着整齐的步伐行进在小学的操场上，刚刚走马上任的萨吉福队长和阿胶指导员威武地走在队列的前列。当带队的军训教员看到我们到来时迅即下达了命令：

"立——定！"

"向左——转！"

"向——右看——齐！向前——看！"

"稍息！立正！"

带队的军训教员向后转，端起双臂跑步，立定，向我们两个人报告："金勾书记、庆典主任！护林队在家留守队员正在进行队列训练，请你们指示！"

我让庆典主任讲几句，庆典主任没见过这样的阵势，不知道讲什么是好，他让我讲，我只好不再推辞："同志们！"

我的声音刚落下，在场的护林队员"唰"地立正了。

我面对护林队员用洪亮的声音讲道：

"这次军训是林场党委着眼于林场的工作实际，所采取的整顿纪律的重要举措，对于加强林场的精神文明建设，提高林场的凝聚力，树立林场对外形象等方面具有重要意义。护林队是这次军训的重点单位，是我们布铁林场对外的窗口。通过这次军训，要认真解决平时吊儿郎当、作风散漫、好吃懒做等问题，要认真解决下基层搞林政检查时吃喝卡要、耀武扬威、欺男霸女、欺上瞒下等土匪习气。通过这次军训，要把护林队建设成为战时应急用得上、急难险重冲得上、两个文明建设争着上的战斗集体。大家有没有信心？"

"有！"全体护林队员齐声响亮地回答，响亮的口号声伴着阵阵的春风在甘河两岸的大山间久久地回响。

我与庆典主任又来到了学校的队伍前，年轻的老师正在训一个大个的学生："你没长脑袋啊，都教多少遍了？怎么还不会做呢？"他又重重地推搡着那个学生一把。我问庆典主任："这个老师我怎么不认识啊？"庆典主任解释："在你来之前新分来的中专生，叫克刚。"然后庆典主任呼喊："克刚，快把队伍带过来，让金勾书记检查一下。"克刚老师带着队伍走了过来，履行报告程序。我指示："继续操练！"

克刚老师血气方刚，虎虎生威，又把队伍带开，喊起了响亮的口号："一！二！三！四！"

布铁林场小学操场的口号声此起彼伏，给人一种激励和震撼。

此时此刻，我仿佛找到了那么一点在部队当首长的感觉，像我们战功20团吴疆团长每天清晨在阵地上倒背手腆着肚子检查队列训练，还像王登海连长和潘迟指导员带领我们六连参加全团队列会操，又像在英盘沟里接受师教导大队的李齐大队长和吴刚政委检阅各中队分列式。

我有些飘飘然了。

上午，我们正式召开1986年布铁林场"三春"动员大会。

我既熟悉又亲切的《中国人民解放军进行曲》《人民军队忠于党》《三大纪律八项注意》等部队歌曲的旋律在会议室内外回响。虽然来到林场的时间比较短，会议开得不算多，但我已经习惯了与庆典主任一起端端正正地坐在主席台的正中了，我们两个人是布铁林场名正言顺的党政一把手。

有感于这种兴奋和激动的气氛，我与全场职工一起聆听了守卫边疆英雄事迹录音报告。

接下来由开怀主席传达永红书记在全局"三春"动员大会上的讲话，庆典主任宣布林场"三春"工作方案并对全场"三春"工作进行了安排布置，他在讲话的最后，宣布了对索老大的处理结果。

"索老大曾经因打架斗殴被劳动教养过一年。回来后虽然有些悔改，但改得还不算彻底。前不久，他先后酗酒大闹林场劳模会和林场党委会议，性质恶劣，影响极坏，已经被行政拘留了。同日他还违反林场有关规定，在酗酒后偷翻林场石头院墙罚款10元，损坏5棵树罚款50元；酗酒还违反了营林二队内部规定，罚款30元，数罪并罚，共计罚款110元。现对索老大在全场予以通报批评，希望索老大要认真吸取教训，引以为戒，痛改前非……"

索老大站在主席台上做了深刻检查。他念检讨书的声音如同蚊子声一般，始终不敢抬头，更不敢直视台下的职工。他痛哭流涕，态度诚恳，膀大腰圆的索老大一扫往日酒后的豪气，威风扫地。

我在正式讲话前，也狠狠地痛批了索老大。

我满脸怒气以及高八度声音，充分显示了魄力与权威。台上台下鸦雀无声，我用右手摔了一下笔记本，然后喝口水，再扫一眼台下职工凝重的神态，意识到自己威风已经耍到了极致。接下来，我开始做题为《向守卫边疆英雄学习，为争取林场"三春"工作全胜而努力奋斗》的动员讲话……

　

和煦的春风滋润着林场每一个人的心田。

营林一大队、二大队和知青队的全体队员都积极主动地奔赴造林的山场。

这几天，开怀主席陪同我一直在营林一大队、二大队的造林地块进行检查。工作再忙，我一直没有忘记索老大是我的帮教对象这件事，"怎么没有看见索老大呀？他在哪个地块？我们正好过去看一下。"临近中午时分，开怀主席引导我来到了索老大的造林地块。他们正在休息吃午饭，开怀主席用少数民族语言向索老大招呼："金勾书记看你们来了。"索老大很激动地站起来向我们招呼，然后向我介绍他的爱人和儿子："这是'苦菜花'，这个是我儿子。""苦菜花"用生硬的汉语与我客气："过一家门，再吃一点呗！"我与她寒暄谢谢。开怀主席用生硬的汉语补充介绍："'苦菜花'是一朵鲜花插在牛粪上了，可能干了，这个家就靠她了。" 索老大和"苦菜花"只是嘻嘻地笑。我注意打量"苦菜花"，她的个头儿照索老大矮不多少，头上戴的红头巾已经发白了，高挑鼻梁，修长浓眉，眼睛略向内凹陷，颧骨略突出，仿佛像混血儿。

索老大的儿子浑身上下都是泥土，袖口处和屁股都挂着草叶随风摇曳，他手里拿着馒头围绕着我们转着玩。不一会儿，索老大的儿子嘴里叼着一块馒头躺在草堆上睡着了。我关切地问："他怎么也跟着上山来了？"索老大解释："刚七岁，不够上学年龄，在家淘气，爷爷奶奶看不了。"我感叹道："一个孩子怎能受得了啊？"索老大比画："拎个苗木桶什么的，有时还能帮助拎点水。"我陷入了深深的沉思。恐怕只有他们的儿子为了造林才在这空旷的杂草丛生的山坡上睡午觉吧？不然的话还有谁家的儿子能舍得出来呢？一阵心酸涌上我的心头。

开怀主席手指前方："这是谁抱着孩子来了？""苦菜花"抢先介绍："是我婆

婆，孩子的奶奶，给我送孩子来了。"远远地就能听到孩子接连不断的哭泣声，索老大的妈妈气喘吁吁地抱着并哄着孩子："不哭了！乖孙女！马上就找到你妈妈了。"接近我们时，她又对"苦菜花"喊："给孩子喂奶吧！都要快饿死了！""苦菜花"接过孩子并喂奶，孩子的哭声立刻停止了。开怀主席幽默地说道："全家齐上阵，三代人一起上！"我又是一阵心酸："谢谢你们全家呀！为了完成林场的造林任务，全家都上来了。"索老大的妈妈用生硬的汉语赌气地说："还谢什么呀？不收拾我们就不错了。"开怀主席用少数民族语言训斥他们："怎么说话呢？金勺书记是看你们来了，索老大不闹事能收拾你们吗？怎么不收拾我们呢？"索老大站起来忙劝解："我妈妈的，不大会说话。"我自己打圆场说："老人家生气了，我们还是先走吧。"我们尴尬地离开索老大造林地块。我暗自盘算着，我们在大会上讲得倒挺舒服，可人家还在赌气呢。

一日晚饭后，天渐渐地黑了下来。我邀开怀主席一起去索老大家进行家访，开怀主席坚决不同意："没有必要这么做，用不着惯着他们的臭毛病。"我说服开怀主席："职工有怨气，咱们得知道他们怨在哪里呀？"食堂为我准备了四瓶"杨树白"，我又买了四袋奶粉，直奔索老大家。

索老大家在林场的东南角，地势相当高，老式的板夹泥房子，院子是用一劈两半杨木杆夹的障子，豁牙露齿的。用几根杨木杆架起来的大门框子仿佛能被风刮倒，没有门扇，大门洞开。房门也掉了几块板子，厨房锅碗瓢盆杂乱无章，一头搭在外屋门槛子上的烧剩下的杨木杆仍然插在灶坑中，有些绊脚，大屋空荡荡的。"苦菜花"抱着吃奶的孩子迎了出来，儿子也跟了出来。开怀主席用少数民族语言与她打招呼："金勺书记又来看你们，你们可太有功劳了！"我们把四瓶"杨树白"和四袋奶粉递给来回跑动着的她的儿子。"苦菜花"感到惊讶，大大咧咧地客气道："这也太'突然袭击'了，我们刚从山场上回来，还没做饭呢，快请进屋里来坐。"

我们两个人被让进大屋坐在炕沿边上，我的手在炕沿上仿佛触摸到了一层柔软细腻的尘土。我问："索老大呢？""苦菜花"没好气地回答："说不上哪去了，准是又喝酒去了。"开怀主席也对他抱怨："'死不改悔'啊！白瞎金勺书记的工夫了。""苦菜花"也附和着说："治得轻！"

开怀主席当着"苦菜花"的面向我介绍："他们两个人的感情一直不大和，正在闹离婚。家里也没有什么温暖，他索性就不愿意回家。白天上班，晚上到外边喝大酒，酗酒闹事，屡教不改，恶性循环，最后到了被劳教的地步。"

我急忙地问："我们在大会上对他进行批评处理后，他有什么反应呢？""苦菜花"说："没有什么反应，就是说你们处理得也太狠了，也不给留活路，吃的都没有了。"我略带幽默地说："那就给你们留条'活路'，怎么样？有什么要求，尽管提出来。"我们三人都笑出了声。

"苦菜花"还没有反应过来。开怀主席帮助她说："论理说也不是什么困难，好像是有些不公。金勺书记你也都看到了，他们夫妇两个人都在造林第一线。""苦菜花"才反应过来，抱怨地说："就是啊，我们两个人都在山上造林，大的跟着在山上跑，小的还没有断奶。"

我尽可能地安抚她说："关于这个情况，我们再了解一下，争取想一想办法。""苦菜花"眼睛一亮兴奋地望着我："那我们就相信书记这一回。"开怀主席提醒她说："还不谢谢书记？""苦菜花"说不出来这个"谢"字，只抿嘴一笑。

我接着对她讲："我来了以后，净看索老大的阴暗面了，他有没有什么优点长处啊？"没等"苦菜花"说，开怀主席接着帮腔说："你还别说，我仔细品了一下，索老大也有很多的优点，比如为人仗义，打抱不平，吃苦耐劳，特别能干等。"

我好像看到了索老大有可能好转的一线希望，感慨道："那就好，只要不是'死不改悔'的，那就好办。咱们共同努力做好他的工作，不过还需要'苦菜花'你配合呀。""苦菜花"不解地问："怎么配合？"我直接劝慰她说："请你看在两个孩子的面子上，多给索老大一些家庭温暖，给他悔过自新的机会，多一些鼓励。""苦菜花"不停地点头。开怀主席又帮我说："金勺书记到咱们家来，是真心帮助你们家，你们可要长点心啊！不能总是因为你们家的索老大让林场党委书记操心哪！""苦菜花"还是腼腆地点头。

我们刚要出门，迎面遇上了索老大回来。开怀主席用少数民族语言对他说："金勺书记是特意来看你的！"索老大握住我手使劲地摇晃，用生硬的汉语说："太感谢金勺书记了！我是一个戴罪立功的人，你怎么还来看我？"我接着问："没喝酒吧？"他回答："没喝多少。"我嘱咐他说："今后一定要少喝酒，控制一些。刚才我们在一起议论，你为人侠胆仗义，任劳任怨，身上还是有许多闪光点的。发扬成绩，克服缺点，以厉再战，好不好？"开怀主席敲边鼓说："金勺书记看过谁呀？不就是来看你吗，一定要记住金勺书记的话，把那些恶习都改掉了。"

索老大激动地把我们送到了很远才回去。

我问开怀主席："他爱人怎么叫'苦菜花'呢？"开怀主席解释说："他爱人也是达斡尔族，自从他们结婚后受尽了索老大折磨，大家怜悯她苦难深重，所以都管她叫'苦菜花'。"我感叹道："真是啊！"

今天我应邀出席了讷尔克气乡政府召开的春防联防会议。

我作为布铁林场代表，属于内蒙古克什林管局系统，讷尔克气乡政府归旗管辖，白桦乡归黑龙江省加格达奇区管辖。布铁林场施业区西部边缘"一国三方"的错综复杂的局面，要求我们必须搞好联防联治。据说每年都要召开这样的联防会议，协商解决防扑火职责权属不清、"三不管"互相推诿扯皮等方面的问题，重在"联"字上做文章。联防会议实行轮流坐庄制，明年轮到我们布铁林场，后年轮到白桦乡政府，以此类推，循环往复。虽说是传统的例会制度，但对我来说还是第一次，一切都是新鲜的。

在会议上发言时要找好角度，主要是讲我们布铁林场自己是怎么做的，做了哪些准备工作，寄希望友邻单位帮助做些什么，在哪几个方面搞好合作等，绝不能给人家布置任务。在发言的语调上也要把握好分寸，不能像在本单位讲话那样盛气凌人和大声疾呼，要和风细雨，娓娓而谈，显得稳重有余和大家风范。联防会议的高潮在于中午这顿酒局，我虽然不胜酒力，但我是代表布铁林场来的，在这种"外交"场合，绝对不能示弱，模仿着爸爸霸占酒桌的霸气，穷尽了我的所有辞令，一展我的才华。酩酊大醉的我，不让他人说话，尽是些豪言壮语，高谈阔论，天南地北的。

失忆的我，不知是怎么下的酒桌，更不知怎么上的马，翻江倒海后进入了梦乡。

一身疲倦的我，酒后干渴，后半夜又倒失眠了。天还没有彻底地放亮，我躺在热乎乎的土炕上，翻来覆去地睡不着觉。昨天联席会议的情景还依稀记得，午宴的前几个回合还模模糊糊，但后来我是如何主持和霸占酒桌全局的，如何散席的，怎么来到朝阳村的，我全然不知。在"一国三方"的联席会议上，我是一方代表，让我从中找到了一个林场党委书记的感觉。是的，目前我已经是杨树地林业局最年轻的主政一方的"封疆大吏"了，从南（大杨树）管到北（白桦乡），从上（白发苍苍）管到下（开裤裆），忙得不亦乐乎。

今宵酒醒何处？朝阳村也。倒失眠是痛苦的，回笼觉则是香甜的。

萨吉福队长和灰堆村主任一起呼唤我起床。灰堆村主任的爱人端上来热气腾腾的大馒头，很不自然地与我招呼："民兵领导，吃饭吧。"我茫然不知如何作答，灰堆村主任抢先纠正："叫书记，是咱们林场书记。"他爱人既惊讶又腼腆地应答，然后退去。萨吉福队长告诉我，庆典主任听说我舌战群雄，醉卧朝阳村的情况后，通过电台关心询问："千万别把金勺书记累着，适当回林场休息一下。"昨天"一国三方"大战着实让我受到了少有的重创，我有气无力地与萨吉福队长说："目前我想回林场也回不去了，暂且休整一天吧。"萨吉福队长顺应我的说法道："在朝阳村再进行检查。"灰堆村主任满脸赔笑。

我问灰堆村主任他们："朝阳村有什么好看的吗？有什么历史遗迹吗？"

萨吉福队长抢先说："一个小村，什么也没有。原来这个村子叫朝阳沟，意思这个小山沟坐北朝南向阳，便于人居住，顾名思义朝阳沟。"

我对他们的各种解释没太在意。萨吉福队长、灰堆村主任和几个荷枪实弹的护林队员簇拥着我，沐浴着阵阵的春风，来到了朝阳村车站的站台上。此时，我顿感车站的站台也高了许多，放眼群山万里，"峰峦如聚，波涛如怒，山河表里潼关路"的历史壮怀油然而生，又仿佛像指挥千军万马的将军一样，我也在朝阳村车站的站台上来回踱步。虽然自不量力，比不了历史上的杰出人物，但我也要尝试找一找历史悲壮的感觉。

还是灰堆村主任他们把我从历史的深思中唤回到了现实："西北方向的那个山洞是进入大兴安岭的第一个山洞。据说当年铁道兵开凿山洞时还牺牲了几名战士，他们的尸骨就埋在了这个洞口。"萨吉福补充说："'铁道兵硬骨头战士'张春玉就是在这个1号山洞，临危不惧，舍生忘死，不顾个人安危抢救战友的。"

我颇有感慨地说道："铁道兵三、六、九师的8万官兵用鲜血和生命，铺就了大兴安岭开发建设之路，其中有300多位战士献出了年轻的生命，几乎平均每修一两公里铁路就牺牲一名铁道兵战士。如此说来，小小的朝阳村也不是没有历史啊！"

我久久注视着朝阳村西北方向的那个山洞。这个山洞的洞口飘荡着铁道兵英烈的忠魂，他们在为我们大兴安岭的山门站岗，我默默地向守护山门的英烈们致敬……

青年人富有朝气，说干就干。在这个春天里，我早已热血沸腾，心潮澎湃了。

是啊，我要在布铁林场这块小天地里大干一场，干出一番实实在在的事业来。

几天来，在萨吉福队长的陪同下，我先后深入到毛家铺、朝阳村、乌尔其检查春防工作，又参加了"一国三方"的联席会议。一般情况下，我骑枣红马在先，萨吉福等人背着半自动步枪骑马在后，呈三角形状前行。在行进的途中，每每我都有一种一马当先的感觉。如果是在战争年代，我就犹如驰骋在疆场上的指挥员一样。每进一个村子，萨吉福都在前面带路，重点检查防火宣传是否到位，防火措施是否落实，防火制度是否上墙，防火队伍是否建立，防火器材是否准备齐全了。

清晨，我重点检查驻村护林员的军训情况。他们用录音机播放《人民军队忠于党》《中国人民解放军进行曲》《三大纪律八项注意》等部队歌曲，护林队员在晨光下开始新的一天军训。激昂奋进的军乐声和清脆悦耳的口令声吸引了老乡们的围观，当我置身于他们立正报告的情景之中，感觉到很有威严，很是威风。我大胆提出的在林场抓军训搞整顿的设想，如今得到了顺利实施，特别是护林队员的长头发变短了，大胡子也不留了，衣着也整洁了，对待老乡恶劣生硬的态度改变了，土匪作风习气也不见了。是啊！这也许是我当知青时集体生活锻炼的缘故，也许是4年解放军大学校锤炼的使然，自从我任局团委副书记时就开始了这种大胆探索，如今终于实现了。所有这一切都让我有一种前所未有的成就感。总之，我有一种憧憬，如果我们的伟大祖国全体青年人都实行军训或服兵役，既能保证充足的兵源，又能使国民素质有一个明显的提高，做到招之即来，来之能战，战之能胜，生龙活虎，生机勃勃，代代相传，到那时我们伟大的祖国会呈现一种什么样的景象呢？

朝阳村曾是我放飞理想的一个小山村。

1986年4月27日

第三十九章
情意绵绵深似海　三春会战尽风采

清晨，我最喜欢听的《中国人民解放军进行曲》《人民军队忠于党》《三大纪律八项注意》等部队歌曲准时在布铁林场上空响起，犹如当兵时的冲锋号，让人精神百倍，尤其是在这美妙的春天里。

昨晚我回到林场时已经很晚了。睡前听庆典主任说周陈子坤副书记带领林业局机关的部分离退休老干部到我们布铁林场进行义务植树。乍听到这个消息我很激动，想到职工宿舍去看望老领导，又怕影响老领导休息，只好作罢。

起床简单洗漱后，我怀着急切的心情去看望老领导，恰好周陈子坤副书记、庆典主任与几位老领导正在办公室前交流。我大步流星地走上前去，用力地握住老领导干瘦的双手，两眼泪汪汪地端详着老领导布满深深皱纹的面孔，哽咽地一时说不出话来。周陈子坤副书记感受到了我的激动。庆典主任见此情此景忙解释：“金勾书记昨天回来得实在太晚了，想过来看望老领导，怕影响领导的休息就没有过来。也是太疲劳了，不然每天比我起得早。”

周陈子坤副书记关切地说：“还是不见胖，要多注意身体，注意休息啊！”每次与他老人家见面，他都是这样亲切地嘱咐我。

我和庆典主任陪同周陈子坤副书记他们有意无意地向林场小学操场走去，目的是让老领导检查一下我们的军训情况。自从军训以来，凡是上级领导到我们布铁林场来检查工作，我和庆典主任必须留他们在我们林场过夜，第二天早上必须引领他们在《中国人民解放军进行曲》等乐曲声中检查林场的军训情况。也可以说，抓军训搞整顿是我们布铁林场的一大创举、一大品牌。每当我和庆典主任听到赞誉后，我们都乐不可支，心里像开了花一样，今天更是如此。

　　周陈子坤副书记曾经是铁道兵三师的老营长，在岗时曾分管过武装工作和共青团工作，对军训有着难以割舍的感情。他和几位老领导一边检查，我和庆典主任一边介绍我们抓军训搞整顿的初衷以及实行军训带来的新变化。作为我的老领导，周陈子坤副书记看后特别高兴，高度赞扬我们的创意："好啊，你们抓得好啊！现在的青年人不严加管理，还得了，能上天。特别是今后的独生子女，独苗苗啊！娇生惯养的，谁来当兵保卫祖国，谁来吃大苦耐大劳来建设祖国，这都将是一个社会问题。你们学英雄、抓军训、搞整顿、促'三春'的做法和经验应该很好地总结一下。"他又略加思考，掰着手指头说："我个人认为起码有三点好处，一是培养教育青年人增强军人纪律作风的一种重要渠道，二是企业改革管理的一种重要方法，三是加强精神文明建设的一种重要载体。回去后，我要把你们学英雄、抓军训、搞整顿、促'三春'的做法向永红书记很好地汇报一下。好不好？"这其中有他老人家从工作角度出发的成分，也有对我这个晚辈深情爱护的成分。

　　我和庆典主任几乎异口同声地回答："谢谢老领导！"

　　其实，我抓军训搞整顿的初衷与周陈子坤副书记的想法是不谋而合的，但是万万没想到他把学英雄、抓军训、搞整顿、促"三春"做成了一篇大文章。还是老领导站得高、看得远，有经验、有水平。

　　吃过早饭，我用"铁牛"把周陈子坤副书记一行5人送往造林地。周陈子坤副书记此行是在今年全局"三春"动员大会后临时约定的。在"铁牛"的拖斗车上，周陈子坤副书记感慨地与我说："这辈子树没少砍，欠了子孙后代很多账，争取在有生之年把这些欠账还上。"

　　我当即表示道："我们一定全力支持。"我原以为他们像林业局机关造林那样，比画半天就完事了呢，让我们意想不到的是，周陈子坤副书记等几位老领导都带来行装，准备在我们林场安营扎寨大干一场，并声称在有生之年一定要"还清欠账"。如果不安排吧，领导来了，有辜负老领导的朴素愿望；如果安排吧，造林属于重体力劳动，又怕几位老领导吃不消，毕竟都是六十多岁的人了。经我与庆典主任合计，在知青队造林地中划一块相对好的地块给他们造林，好让起武副主任对他们有个照应。这也是没办法的办法了。

　　站在"铁牛"拖斗车上，远远望去，再次看到了那鲜红的迎风飘扬的"青年造林突击队"旗帜，让我感到无比亲切。三顶帐篷坐落在向阳的山坡上，比我去年来时多了一顶。我手指旗帜和帐篷方向，向周陈子坤副书记他们介绍道："这就是知青队驻地——八连沟，也就是我们的家。"

　　周陈子坤副书记又感慨："好啊，不容易啊！"我一时也没有弄清楚他老人家这句话的真正含义。旗帜和帐篷离我们越来越近，"向白山前线英雄学习，争取'三春'会战全胜"的红底白字标语映入了我们的眼帘。

待"铁牛"停稳，我首先跳下车，然后搀扶周陈子坤副书记他们逐个下车。我又向在这里迎接他们的起武副主任分别做了介绍。庆典主任早就与起武副主任打过招呼，他们上山时特意多带来一顶帐篷，作为队部的办公室和老领导的宿舍。

我一边帮助周陈子坤副书记摆放行李，一边察看这顶帐篷的摆设。照去年多了一个办公桌，一把椅子和几个小板凳，我们住的虽然是大通铺，但不是像去年用杨木杆做的，而是清一色用松木板子做的，平整得很，不用惦记睡觉时会硌腰，肯定会很舒服。也是在这栋帐篷里，我们一起用午餐，没有什么特殊的，白面馒头，炒的白菜木耳和一个海带豆芽汤。起武副主任真是用心良苦啊，这一切都是为我的老领导准备的。

帐篷西约1公里，就是起武副主任精心为周陈子坤副书记一行准备的造林地块。周陈子坤副书记一行中午不肯休息，急于到造林地块去造林，我和起武副主任只好陪同前往。周陈子坤副书记一行5人，两个人一组还出现一个单，我只好参与其中与周陈子坤副书记一组。周陈子坤副书记对我这样分组不同意："我们分两组正好，余下一个人运苗或打杂或轮换着干，你们不用陪同我们。你们不能只限于我们这里，还有全场、全队的造林需要检查。如果我们让你们陪同的话，那我们就不是来造林的，岂不是来添乱的吗？听我的话，你们的好意我们领了，但违背我们的初衷那就不好了，各自方便好不好？"

老领导来我们布铁林场植树造林本来是一件好事，如果弄不好还会惹老领导生气。我急中生智，既向老领导请示，又向老领导征求意见："一定照办，一定照办。几位老领导刚来，情况还不熟悉，今天下午让起武主任到各地块去检查，我留下来陪你们一下午。就一个下午，明天我就不陪了，好不好？"

周陈子坤副书记听我说得也很有道理，便听从了我的意见。起武副主任帮助我们安排好后反复叮嘱："你们千万别累着、慢慢干，注意劳逸结合。"然后他翻山到别的地块检查去了。

余下我们6个人，2个人一组。我和周陈子坤副书记一组，自然由我来挖穴和培土，有时还帮助周陈子坤副书记栽树苗。周陈子坤副书记一边栽树苗，一边给我上课："造林一定保证质量，不能年年造林不见林呀！过去我们搞采伐，是为了支援国家建设，但砍得也心疼啊，我们既是功臣，又是罪人呢，而今天我们要造一片成活一片，栽一棵是一棵。"

"听说有的林场还烧树苗、埋树苗，这不是造林，而是造孽啊！"

"你们当书记、当场长的，要多体察民情，要与职工一样干，不能脱离群众，不能脱离劳动，不能当官做老爷啊！"

他像父母一样与我不停地絮絮叨叨。

一个下午，周陈子坤副书记他们不停地植树，有说有笑，不知疲倦。收工时，远山的落日金光闪闪，尤为灿烂。

晚餐与往常一样，大馒头和土豆炖豆腐。周陈子坤副书记等几位老领导也没有什么特殊的待遇，与小青年吃一样的饭菜。我有心想给老领导搞点什么特殊的，一是山上的确没有什么好吃的，也搞不出来什么新花样；二是老领导不是那样的人，也不允许我那么做。我到食堂转一圈，也没有找到什么好吃的。起武副主任特别理解我到食堂转这一圈的目的，他很快地反应过来，让食堂的小青年上一小盘腐乳。这算给我们加了一个菜，既给足了我的面子，又体现出对老领导的关心。

晚上，那台破旧的发电机又轰鸣起来，帐篷内外的灯光又亮了起来，录音机先放一段白山前线的英雄故事，然后开始放悠扬的乐曲，小青年不顾一天的疲劳又跳起欢快的舞蹈。《十五的月亮》等歌曲在山谷中回荡，"青年造林突击队"的队旗在月色和灯光照耀下，显得格外醒目。

整个八连沟又沸腾起来了。

我和起武副主任陪同周陈子坤副书记等各位老领导坐在树墩上，一边观看"青年造林突击队"队员庆祝五四青年节的文艺节目演出，一边欣赏八连沟宁静的月色……

送周陈子坤副书记等几位老领导回帐篷休息，我做短暂的话别："明天上午，林业局团委召开纪念五四运动67周年座谈会，点名让我参加，我得连夜赶回大杨树，开完会我就回来陪同老领导植树。"周陈子坤副书记关心地问："这么晚了，怎么走？"起武副主任汇报："这段先骑马把领导送到车站，然后再坐半夜的火车赶回大杨树。"

"走夜路可要小心哪！"我在周陈子坤副书记嘱咐声中上了马。

一直忙于"三春"会战，我好久没有回大杨树了。

回大杨树就是回家。在列车上，我渴望拥抱红梅的冲动愈发强烈，兴奋地盘算着和幻想着，红梅将用什么样的方式欢迎我回家呢？希望她能接受我热情的拥抱，更希望得到她甜甜的吻。渴望不断升级，仿佛是一种躁动，我的心早已飞回到我们小家了。

漆黑的大杨树虽然没有灯光闪烁，但一马路上的一切仍然是那样的亲切。

当我从裤腰间掏出钥匙开启我们小家大门的门锁时，小白熊——乐乐朝我发出了亲切的呼唤；当我走近家房门时，它反复地往我身上扑撒欢。红梅下地打开房门，对小白熊——乐乐说："对，狠狠地咬他！咬他这个没良心的，快把我们都忘记了吧！不是走错门了吧？"

红梅经常正话反说，我早都听习惯了。我低头轻轻地抚摸着小白熊——乐乐的脑袋，猛然间我意识到："小白熊又长大了许多。"睡眼蒙眬的红梅亲昵地看了我一眼说："别啰嗦了，什么小白熊，小黑熊的？你看我长没长大？还不赶快上炕睡觉？都什么时候了？"

红梅披着小红棉袄半遮半掩，白皙无瑕的皮肤暴露无遗，蓬松的长发披在双肩上，一双长腿更加纤细修长，如出水芙蓉，让我如痴如醉。

我三步并作两步来到了小屋，钻进了热烘烘的被窝。

局党委常委会议室。

永红书记出席了杨树地林业局纪念五四运动67周年座谈会，平华副书记主持。王刚副主任、发花副部长也参加了会议坐在后排。昨天我接到的会议通知较晚，到现在连发言的提纲都没有拉出来，只好临时仓促地漫无边际地做了发言。

是啊，也就是在昨天晚上，我们布铁林场知青队在八连沟举行了一场别开生面的纪念活动。在夜色朦胧中，"青年造林突击队"的队旗在猎猎地飘扬，帐篷在春风中阵阵抖动。青年们围绕着一盏高挑的电灯和一个录音机，先是收听守卫边疆战斗英雄故事，然后伴着欢快的青年圆舞曲载歌载舞。此时此刻，我也与他们在一起激情澎湃。今年春天，这支"青年造林突击队"在起武副主任的带领下，共担负1500亩造林任务，男女配对组成若干造林小组，每组必须保证日造林3.3亩，每天要按"三锹两脚一提苗"的规定动作重复上万次，即便是成年人也得累散架子了。其中有一个女孩子一顿竟然吃了5个大馒头。他们大多数是林场职工的子女，以少数民族青年居多。高强度的劳动没有压垮他们，恶劣的生产环境没有征服他们，他们时刻以白山前线的英雄为榜样，立足本职岗位做贡献，他们以乐观向上的精神面对山场所有的一切，这正是对五四运动光荣传统最好的纪念。这种"艰苦的青春岁月"如同我们当知青时一样，深深地印记在我的心中，将来我一定会把他们可歌可泣的事迹写出来，留在杨树地林业局的发展历史上。

最近，周陈子坤副书记等几位老领导在我们布铁林场进行义务植树。昨天晚上，几位老领导还在八连沟参加了青年们的纪念活动。今天早上，我还梦到了周陈子坤副书记他们栽的小树苗已经绿树成荫，郁郁葱葱。

周陈子坤副书记一边造林，一边感叹："还债还账多栽树，不然的话就会死不瞑目。""十年树木，百年树人。"这次陪同几位老领导植树造林，让我有机会再一次聆听老领导的教诲，是我的偏得。特别是他的赎罪心理，让我惊叹！

周陈子坤副书记是铁道兵的老战士，是我们林区老一代林业工作者，他虽然退休在家，但闲不住，年年参加义务植树造林活动，今年又特意到我们布铁林场来造林，让我发自内心的感动和敬佩。可以说，无论是在大兴安岭林区开发建设时期，还是在社会主义建设的新时期，都渗透着铁道兵老战士、老一代林业工作者的心血和汗水，周陈子坤副书记就是他们当中的杰出代表。在周陈子坤副书记身上表现出来的坚强的党性、坚定的立场、朴实的作风、对人民群众深厚的感情、勤政廉政的风范，是党的光辉传承的具体体现，是我们的无价之宝。特别是周陈子坤副书记艰苦朴素、艰苦奋斗的作风，吃苦耐劳、乐于奉献的精神，将永远值得我们这代年轻人学习。我当知青时，还能吃大苦、耐大劳，自从退伍回到杨树地林业局5年来，我真正到第一线从事体力劳动还不多，在劳动观念上和思想感情上与老领导相比，是不是发生了一些细微的变化？值得我细细地品味和深入地思考。

纪念五四运动67周年，从历史上看，我们要继承发扬五四运动的光荣传统，从现实上看，我们要向守卫边疆的英雄学习，更要向身边的老领导学习，学习周陈子坤副书记的优秀品质，为我们杨树地林业局各项事业的发展做出新贡献……

眼前的一幕幕，像回放的电影一般。我随心所欲地给与会人员讲起了故事来。

我发言完了，不知道效果如何，反正没有任何准备。稍微空了一下场，永红书记插话："我看金勺书记的发言很有思想，一是联系实际、立足岗位纪念五四运动。他的发言启示我们，当前我们所做的任何一项工作，都要紧密地和杨树地林业局的中心工作结合起来。他们把纪念活动与'三春'会战紧密地结合在一起，这个做法很是可取。二是把向守卫边疆英雄学习与向身边的老领导学习结合起来，这个做法也很实际。当前，我们有个别的年轻同志，一当上领导就飘飘然起来，走起路来端个小架——横晃，说起话来——装腔作势，对待老同志不如从前热乎——势利眼哪！金匀书记能认识并做到这一点，真是难能可贵了。请金匀书记回去后，给子坤书记他们带个好，别让他们累着。"

永红书记的表扬又让我始料不及。

清晨，薄雾如绸布满了山岗。

乘火车，转骑马，我又兴致勃勃地回到了八连沟。

起武副主任带领几个小青年起床了。先是发电机的轰鸣声，然后传来了录音机播放的《中国人民解放军进行曲》等部队歌曲。真神奇呀！在这空旷的山沟里能听到这激动人心的《中国人民解放军进行曲》，让我这名退伍战士心旷神怡。

我陪同周陈子坤副书记等几位老领导走出了帐篷，只见朝霞、薄雾洒满了山野，鲜红的"青年造林突击队"队旗在春风中飘扬。起武副主任正在指挥小青年进行队列训练。口令声和步伐声在山谷里久久回荡。

这正是我所期望的。周陈子坤副书记等几位老领导饶有兴趣地观看，赞不绝口："你们在山沟里还搞军训，这个做法很可取啊，对青年人就得这么抓。"

早饭时，我把永红书记对周陈子坤副书记的关心及时做了转达。饭后，周陈子坤副书记他们执意要求自己去造林，我和起武副主任实在也想不出来什么好办法去陪同，所以就没有再陪同他们去造林。望着身着褪了色发白军装的周陈子坤副书记和几位老领导渐渐远去的背影，我对起武副主任说："这不正是我们身边的老英雄吗？我们要远学守卫边疆英雄，近学老领导造林精神啊！"

起武副主任赞同地说："太了不起了，我们青年人不及啊！"我感叹道："何止是不及啊！"

一场春雨一场绿。我们的春造生产即将胜利结束了。放眼望去，山岗上秋黄色的草已经低下了头，绿草嫩芽已经萌生出来绿色的希望……

一天，我所担心的事情终于发生了。周陈子坤副书记被累倒了，不停地上吐下泻。他阵阵弯腰呕吐难受的样子，让我一阵阵地心酸。我满眼噙着泪花拍打着他的后背："老领导啊，是我们做得不好，没有照顾好您呀！"他仍然地坚持说："小毛病，没有问题。"是的，周陈子坤副书记等父辈们就是这样不图回报，不计报酬，为大杨树的"绿色事业"发展默默无闻无私地奉献着。

我和起武副主任把周陈子坤副书记护送到了杨树地林业局医院，经诊断是胃肠感冒和胆囊炎复发，立刻点滴治疗。夜晚，我和起武副主任与他的儿女们一直守候在他老人家的身旁。

夜阑人静。周陈子坤副书记的日记本从黄白色的挎包中掉了出来。

我不经意地翻了几页。他在日记中写道："守卫边疆战斗牵动着我的心。听了守卫边疆录音事迹报告后，我深受鼓舞和教育。我们的英雄战士，他们都是热血青年，他们都是我们的孩子啊！不愧为新时代最可爱的人！像史光柱等就是他们中的杰出代表。庆幸的是史光柱在双目失明的情况下找到了心爱的人，将陪伴他终生。这说明，我们伟大的祖国是英雄辈出的国度，同时也是崇尚英雄的国度。但是也应该看到我们的国家实在是太困难了，怎么牺牲一个战士的抚恤金才给800元，实在也太寒酸了！这样我们怎么能对得起英雄们！为了让英雄流血不流泪，在全社会唤醒崇尚英雄的良知，我决定为守卫边疆的英雄们捐款1000元，以求达到抛砖引玉的作用。"

看到这里，一阵阵酸楚又涌上了我的心头。在团委工作时，我只是号召立足岗位学英雄做贡献了，怎么没有想到为英雄们捐款呢？他们为国捐躯了，他们的家人应该得到必要的安抚，我们应该让他们的家人生活在温暖如春的怀抱中，努力营造一种当兵光荣，为国捐躯更光荣的氛围，而不是让他们的家属整天以泪洗面，终生抱怨和后悔。作为一名退伍战士、作为一名团委书记、作为一名林场党委书记，我自责，我万分地自责！让英雄们流血不流泪，才是我们应该做的啊！

我好奇地又往下翻了几页。周陈子坤副书记写道："过去我们砍的树太多了，现在我要把历史的欠账补回来，多植树多造林，为子孙后代留下一片又一片的绿荫，为大兴安岭再造秀美山川增添绿色贡献我的一生。""栽下了一棵树，就等于栽下了一个希望，无数个这样的希望聚集在一起，就能给子孙留下一片绿荫，一片希望！"

难怪乎，我的老领导这么执拗地去造林，原来他不但有崇尚英雄的情结，而且还在有生之年追求一种远大理想——绿色的希望！

生命不息，造林不止！这不仅是豪言壮语，而且是掷地有声的铮铮誓言。它将激励和鼓舞我们青年一代向守卫边疆英雄学习，继承和发扬大兴安岭人的创业精神，为大兴安岭再披绿装做出我们应有的贡献。

窗外，雨停了，太阳出来了！大杨树，我每呼吸一口新鲜的空气，都是那般清新凉爽。

1986年5月17日

第四十章

飞燕衔泥报喜来　温馨做伴更舒怀

大杨树的初夏，实质是大兴安岭春天的季节，万山萌绿，绿浪无边。

我们小家屋檐下，燕子飞来飞去，它们衔着泥丸或小树枝正在筑巢。

红梅善做面食。与其说她勤劳，不如说她特别能"祸害"面，一袋面没有几天就被她"祸害"得无影无踪了。她蒸的馒头、烙的饼、包的饺子和包子确实好吃。今天早上，她新蒸一锅馒头，在厨房我几口就吃了一个。红梅见我如此吃相，"噗嗤"地笑了："看你狼吞虎咽的样子，好像几百年没吃过似的。如果你多在家待两天，不就天天吃我蒸的馒头了？"

我故意使个鬼脸："现在'三春'工作基本结束了，这几天局里的会议特别地多，我要常住'沙家浜'了，就要天天吃你蒸的'馒头'了，怎么样？"我特意把"馒头"二字语音加重拉长。

红梅居然听明白了这其中的引申意义，识破了我的天机："你这个馋猫啊！怎么还急不可耐呢？你整天吃还没吃够啊？"小小的厨房弥漫着水蒸气，流淌着欢声笑语。

突然，红梅捂着嘴跑到屋外弓身呕吐起来。我赶紧过去帮助她拍打后背，然后倒杯水递给她漱口，急切关心地问道："这是怎么了？"

她既痛苦难耐又情意绵绵地白了我一眼："看你那个傻样，什么也不懂，就知道当书记。"她简单洗漱一下，急匆匆地上班去了。

红梅这番呕吐让我感到很惊讶！我猛地清醒过来。红梅是不是有喜了？我是不是要当爸爸了？如果我没有猜错的话，那就是红梅有喜了，这可是我们全家天大的喜事呀！

欣喜若狂的我，开始帮助红梅收拾碗筷。我也好久没有做家务了，说起做家务，红梅是行家里手，全能冠军。她操持家务不知道累，从早干到晚，一刻也不停歇，没活还得找活干，而我则是打下手的。就打下手而言，有时我还打不好，时间长了她索性就不让我干了，嫌我碍手碍脚的，我们两个人的分工也就自然形成了，男主外、女主内。如红梅不在家，在没有人指导的情况，我干得反倒自由自在，井井有条，今天也是如此，我悠然自得地奏响了锅碗瓢盆交响曲；扫地打扫院子，一种家的温馨在我的心头油然而生。与此同时，小白熊——乐乐叼着红梅最近给它买的也是它最喜欢的小花球，在我的身前身后欢蹦乱跳，拱来拱去，让我陪它玩，我则以为它是为我助兴。

一个人在家静悄悄的。无意中我看到了那部好久没有用过的电话，下意识地摇动沉甸甸的电话机，接长途，给遥远的爸爸打电话："爸爸，我是金勾哪。"

爸爸那头接起电话："你好长时间没给我打电话了，最近的情况怎么样？工作忙吧？身体怎样？红梅的身体怎么样？……"爸爸的一声声亲切问候，如一股股暖流涌遍了我的全身，此时的我又情不自禁地热泪盈眶了。

我很高兴地向爸爸汇报我们林场的"三春"工作情况，又小心翼翼地告诉爸爸："红梅可能是怀孕了，今天早上呕吐得特别凶。"

爸爸惊喜交加地问："是真的吗？多长时间了？"我在遥远的大杨树能听得出，也能感受得到爸爸要当爷爷的那般激动。

我含糊其词地回复爸爸："征兆很像，有多长时间了，我也说不清楚，反正今天早上呕吐得很凶啊！"

爸爸兴奋地断定："傻小子，你就要当爸爸了，还稀里糊涂呢！还不赶紧带她到医院去查一查，不就知道了吗？"

爸爸在电话的那一端不停地发布指令："你可要照顾好红梅，别让她干重活，你多干点……"

对呀，我如梦初醒，应该去医院进行检查啊！我迅速锁上房门和院子的大门，领着小白熊——乐乐步行向东朝着联合公司方向走去。我有很长时间没有单独领小白熊——乐乐出来了，今天它显得特别的兴奋，一直在我的前面像扫地雷似的领路。

这条路是红梅每天早晨迎着朝阳上班的马路。

她的工作单位——农工商联合公司，是黑龙江省大兴安岭地区驻内蒙古大杨树镇比较大的企业。今天，当我跨进联合公司的铁架子大门时，与我当年每天上班时从这个大门经过的意义有所不同，现在就等于我到黑龙江省走亲戚一样，这里是大杨树镇的"国中国"。联合公司的办公区在原来大杨树区建材厂的位置上，与十年前相比没有什么新的变化，那座两层的小办公楼仍然在那里鹤立鸡群，红梅所在的财务科就在这座楼的一层。再往东几百米就是我熟悉的那座庞大的建筑物——烧红砖的砖窑。当年我高中毕业后曾在那里干过一两个月的临时工——"帮坡"，是我真正走向社会的第一起点。在披星戴月"帮坡"的日子里，我们三班倒，去砖窑上下班几乎每天都要经过这座两层办公楼，每次我心里不禁要问，都是些什么大人物在这里面上班呢？我不知何年何月才能到这座小楼里来供职？从那时起，我就对这座小楼产生了一些美好的憧憬。到现在我对联合公司的大铁门、这座小二楼，还有那个"屹立在大杨树东方的超级建筑物"，仍然有着一种无名的特殊的历史亲切感。

我在联想中走进了这座小二楼，走进了红梅她们办公室的走廊，如同又走回了我们高中毕业后多姿多彩的历史隧道。小白熊——乐乐先行窜进红梅的办公室摇头摆尾，咬着红梅的裤腿来回拧并连续发出"哼哼"的声音。红梅欢喜惊讶地与同室姐妹们说："我的妈呀！我家的小白熊——乐乐什么时来的？"她抬头惊喜交集地发现我在办公室门外，便大嗓门地幽默："你不在家好好地待着，到我们黑龙江来视察什么？"我微微一笑向她示意。

待她出来，我在走廊中轻声地激动地向红梅献殷勤道："我领你到医院去检查一下如何？"她故作娇嗔地说："真不够你嘚瑟的了，一起回南头就是了。"她到室内简单迅速地收拾办公桌桌面上的东西，然后向室内同事打招呼："我提前走一会儿，家里有点事。"同事们应允。

红梅亲昵地挽着我的右胳膊，与我并肩在这个走廊中通过。她的平底皮鞋发出"嗒嗒"的声音，我们仿佛一起走进了漫长的岁月中。

楼外树荫下，红梅充满深情地把拴着红布条的小金鹿自行车钥匙递给了我。我骑上了轻快的小金鹿，她熟练地拽着我的上衣偏坐在自行车的后架子上。从小二楼到铁大门是平整的砂石路面，略有上坡我却毫无感觉，自行车轻松地自由地滑行。

出了联合公司的大门，是新修的通往一马路的砂石路面。红梅不时用她的右手臂使劲地揽着我的肚子，隔着背心轻柔地捻掐我的肚皮，她的脑袋幸福地依附在我的后背上，她的温柔给了我无穷无尽的力量。自行车车轮碾压在砂石路面上发出了"沙沙"的声响如同轻音乐一般。小白熊——乐乐在自行车后撒欢地追赶着。

不知不觉路过了我们小家路口的林业电站，又过了"东方红"小蓝桥。红梅娇柔地问我："今天的太阳怎么从西边出来了？怎么想起来给我做检查呢？这么出息？"我兴奋地告诉她："是爸爸让我们到医院去检查的。"随即她用左手的小拳头轻轻地敲打我的后背，又用右手使劲地掐我的肚皮："你可真能咋呼，唯恐全大杨树人不知道啊？还说到漠河去了！"

我故意狡辩地回了她一句："对，等你的检查结果出来了，我就满街贴告示，让大杨树人都知道，红梅有喜了！"

到了林业局医院大门口。我慢慢地将自行车的速度降下来，双腿用力叉住车，对红梅说："医院到了，下车，看医生去。"

红梅的右手用力地揽住我的腰，脸颊死死地贴在我的后背上，撒娇地对我说："我就是不下车，要检查你去检查，要不然你与爸爸一起去检查。"

这是怎么一回事？我一头雾水，摸不着头脑。我一边扶着车把，一边转过身来，看一眼坐在我身后的红梅。她满脸通红，像火烧的云霞；她双眼痴情，像会说话的月牙。她再一次地用小拳头使劲地敲打我的后背，娇羞地说："看你这傻样，人家早都做过尿检了，还让人家做！等你回来做都晚'三春'了。"

我恍然大悟。对了，我要当爸爸了，这已经是不争的事实了。

幸福的瞬间突然定格在林业局医院的大门口。我掩饰不住内心的激动，望着林业局招待所门前的车水马龙，我要向过往的人们宣告我内心所有的这一切，那就是即将要当爸爸的幸福与渴望！

我沉浸于幸福之中。红梅催促并提示我："走呀！怎么不走了？回南头呀！"

红梅的提示把我从愉快的遐想中拽了回来。她说的回南头就是回娘家。应声，小白熊——乐乐跟在我们的侧面往前跑，大有在前面领路的架势。过了老邮局往南走，又过了二马路，在路西的一个小水泡前，小白熊——乐乐突然停下来，围着我们转了几圈，然后毅然"扑通"一声扎下水中朝西南方向游去。

原来小白熊——乐乐记路。在冬天时，每次回家都是从这个水泡子的冰面上打斜过去的。所以今天回家它必须从这里游过去。望着它往前游的身影，我感叹道："小白熊——乐乐不会拐弯抹角啊！"

岳母家仍然在大杨树老酒厂的西侧。我骑自行车驮着红梅围绕这个小水泡子走了三角形的直角"勾"和"股"，小白熊——乐乐抄近道路在"弦"上游了过去。我们几乎同时到达老酒厂的西侧。小白熊——乐乐上岸后，使劲地抖落身上的水珠，然后在我们的前面欢快地带路。

岳母家南面长长过道两侧的园子郁郁葱葱。岳父岳母前些年亲手栽植许多棵果树，有李子树和沙梨树，如今在这初夏的明媚日子里，白色粉色的鲜花开满了枝头，一阵阵花香沁人肺腑。当你走进院子里、站在窗台前向南眺望，老酒厂南侧的酒香湖与甘河水紧紧相连碧波荡漾，一群河鸥在水面上飞来飞去。甘河南岸的山坡上又披上了层叠的绿装，远处的红毛柳中不时传来布谷鸟报春的叫声，红梅兴奋地与它对说："光棍好苦，光棍好苦！"

唱和声此起彼伏。红梅又兴奋地对我说："我进屋取照相机，在果树前给我照张相。"不大一会儿，红梅从屋中拿来傻瓜照相机递给我，我开始为红梅选择位置和角度。红梅泛着红光洋溢着幸福的脸颊定格在照相机中，在粉白色的花丛中，不，在我的心中不断地聚焦起来。

岳母家大屋。

茶几上端端正正地摆放着一本中华人民共和国老干部离休荣誉证，红色证书上印有金色的国徽。我怀着无比崇敬的心情轻轻地翻开这本证书，岳父一寸半身黑白色免冠照片贴在上面，"内人老字"四个字套红色，第18544号，除姓名、性别、出生年月、籍贯外，下方印有长条红色印章——"享受处级待遇"，发证机关即批准离休单位是内蒙古自治区经济委员会。

这本离休证书，记载着岳父这位四野老战士从枪林弹雨中拼杀出来，到开发北大荒和大兴安岭林区的光辉历史，浓缩了党和政府对他的褒奖。

"享受处级待遇"，迟到的爱，迟来的爱，来得是多么的不容易啊！这是岳父多次写信并到北京上访的结果。

红梅在东屋西屋转了一遍，没有发现岳父岳母："'空城计'，指定在后院呢。"

红梅领着我从后门出去，在几只大公鸡和大鹅的护送下，迅速通过了"敌战区"的围追堵截。岳父岳母与几个邻居在一个小板房门前打一角钱的小麻将，每一个人都全神贯注地盯着麻将桌。小板房不高也不大，门上方挂着一块"老兵商店"的牌匾。我有好长时间没有回来了，岳母热情地与我打招呼："姑爷回来了，我的牌立刻就能好起来了！"岳父低头聚精会神地出牌，抬头朝我示意了一下。我到"老兵商店"屋内转了一圈，转不过身来，货架子上摆满了烟酒糖茶等小商品，充其量也不过是一个小卖店罢了。

岳父与我搭腔："这是我刚刚开的商店，离休没事干。"岳母又联想起了往事来，责怪岳父："放着米面加工厂和大车店这样的大买卖你不干，干这种小鼻子小眼睛的东西，还值得吹嘘？"

岳父心烦意燥地说："打你的麻将得了，这个啰哩巴嗦的！"

此时，岳母的上家打了一张三条。岳母感慨道："都什么时候了，还敢打三条？"其他三人皆屏气凝神，无声无息。岳母又抓起一张牌后自言自语地判断："看起来，小条子没有人要啊，二条！"牌刚一落地，岳母的上家："鸡夹胡！"

岳父火爆地把麻将往桌子上重重地一摔，训斥岳母："明摆着呢，人家掰三条就是要二条，你糊里糊涂的，怎么还敢打二条啊！"

岳母委屈不服："你管不着，我愿意怎么打就怎么打！这把我打二条，下一把我还打幺鸡呢！"

岳父盛怒之下，一把将桌子掀翻了，恼怒地喊："我让你玩个屁！"麻将散落一地，麻友不欢而散。岳母气得与岳父对阵起来："就是在家的能耐，还有脸挂什么'老兵商店'的牌子，净给四野丢脸！"

不提四野也罢，一提四野岳父更加怒气冲天："你什么都不懂！你胆敢羞辱我们四野？我跟你玩命！"说话间，岳父上前要打岳母。

我与红梅拉架。红梅怒不可遏地劝说："一个玩，用得着动这么大的肝火吗？"

岳母不依不饶地说："人家四野哪一个不是将军，你看看你，临秋末晚才弄一个'享受处级待遇'，还是上访告状弄来的，寒碜不寒碜啊！"

岳父被气得从板房内拿起一瓶水果罐头，朝岳母头部砸去："我让你不知足！打死你！"岳母躲得飞快没有砸着，罐头落地粉碎。

岳母不服气，捡拾一根杨木杆朝着岳父走来："我开米面加工厂和大车店，你要割我的尾巴，说我尾巴长，那你的'老兵商店'的尾巴是短粗胖啊？"说话间，她抡起杨木杆朝岳父打来，我快速挡驾。

红梅强行把岳母拽走，我在这里陪伴岳父。岳父气喘吁吁地对我说："她既不会打麻将，又不虚心！"我安抚岳父说："一毛钱的小麻将，何必那么较真呢？"岳父辩解道："如果不是她开什么米面加工厂和大车店，我能遭到免职处理吗？多亏了现在党的政策好，让我离休了，不然的话我不得窝囊一辈子啊！"我没有什么更好的语言来安慰他，只能听岳父自己在那里诉苦："我为党干了一辈子工作，从突然免职到现在离休了，有多长时间了？你知道这个落差有多大吗？没有人理解啊！"岳父抑制不住内心的委屈，呜咽着哭泣起来。

晚上，红梅闲不住，照例坐在小屋的炕上织毛衣。我趴在炕沿边写日记，记录在这春天里发生的所有让人心动的事情。今天岳父与岳母为了一角钱的小麻将能打个天翻地覆，真是令人叫绝，不能不记上一笔。

忽然，大屋的电话发出悦耳的响声，小白熊——乐乐发疯般地向我们报告，唯恐我们不去接电话。我到大屋接起电话，原来是庆典主任打来的。他在电话中说："过几天林业局要召开'三春'工作总结会议，行政办公室通知让我们林场做典型发言。据说在前几天，周陈子坤副书记专程向永红书记汇报了我们林场学英雄、抓军训、搞整顿、促'三春'的做法。永红书记对这件事特别感兴趣，特意指示让我们林场在'三春'总结会议上做典型发言。你正好在家，好好准备一下，到时你去发言。"乍听了这个消息，我异常兴奋，但在电话中略加掩饰和控制，有意推辞地说："我起草发言材料没有问题，但还是请庆典主任去发言的好。"庆典主任又执意推辞："还是你去发言的好，学英雄、抓军训是你的专利和首创，我不能去摘桃子。再说年轻干部应该多表现、多锻炼，我这个半截子老头不需要再抛头露面了，你不用谦让了，就这么定了。"我争执不过庆典主任，便应允着："那我就先准备着，到时再说。"

庆典主任还向我详细地介绍了林场的"三春"工作情况，他说："今年咱们林场春造6000亩，面积实，苗木充足，合格率95%。问题也有，如个别地块苗木计划不周，局部苗木不够用；初植密度过大。今春春防，在53天没有下雨的情况下，落实了春防的责任制，特别是对护林队员实行军训，提高了防扑火的能力。发生了几起火警，过火林地400亩，主要在朝阳村和八连沟，发现得及时，护林队等上去扑打及时，做到了打早、打小、打了，没有酿成大灾。反正我也不大会综合，这些情况你也都了解，你润色一下拔一拔高，就可妙笔生花了。"

庆典主任在电话里一边说，我一边用肩膀和耳根夹着话机，一边用右手拿着笔不停地记。我把"拔一拔高"的庄严任务终于接了下来。

回到小屋，正与红梅叙说刚才庆典主任来电话的事，大屋的电话又响了，小白熊——乐乐再次发出疯狂的呼叫，并用嘴叼着我的裤脚往大屋拽。我再次抓起电话，听到了妈妈那遥远而又无比亲切的声音："金勺哪！听说红梅怀孕了？这可是天大的喜事啊！你怎么不早告诉我呢？"

妈妈高兴，儿子更高兴。我在电话中一五一十地汇报了为什么才告诉她的原委。妈妈不管我说什么似乎都感到不解渴："我要和红梅说两句。"我把红梅从小屋叫过来，红梅兴奋地接过电话："妈妈，看给您惦记的，是真的！"

妈妈在电话那端嘱咐："红梅，可别累着自己呀！我知道你特别地要强，但千万不要逞能啊！有些活计让那个书记多干些。"

红梅撒娇式地奏了我一本："还让金勺干呢？'三春'一个多月我都没抓着他的人

影，就'五四'青年节回家住了两宿，其他时间一直蹲在林场山沟里，他根本也不管我呀！"她说完话一伸舌头向我使了个鬼脸。妈妈与红梅在电话中亲热地唠个没完没了，电话那边霞妹又把电话抢了过去："大嫂，我'黄仙子'怎么不知道你怀孕这件事呢？'胡大师'也没跟我说呀！"红梅目瞪口呆……

红梅怀孕一事让我如同注入了强心剂一样。

连日来，我通宵达旦，加班加点赶写庆典主任推让给我的发言材料，着实在"拔一拔高"上下了一番功夫。我暗下决心，一定要把会议材料准备充分，到会上发言时一定要表达好。我是永红书记一手提拔起来的全局最年轻的基层领导干部，也是我当林场党委书记第一次在全局大会上做经验介绍，所以此次发言事关重大，掉不起链子，也绝不允许掉链子，一定为永红书记争光。

林业局"三春"工作暨上半年总结会议一直推迟到6月20日才召开。当轮到我发言时，尽管我抱着为永红书记争光的必胜信念，但还没等我说上几句，我的心跳突然加速起来，声音和双腿有些颤抖。不好！太紧张了，我强作镇静安慰自己，排除各种私心杂念，放慢了语速，好不容易一字一板地把发言稿念完。在会议总结时，没承想永红书记对我们布铁林场《学英雄、抓军训、搞整顿、促"三春"》的做法给予了充分的肯定："布铁林场结合'三春'工作实际，开展军训和向守卫边疆英雄学习活动，不能不说是当前企业党委开展思想政治工作的一大创举，也是对当前如何开展团青工作的一大探索……"

永红书记在表扬我时，他也自豪和得意。他一边讲话，一边笑容可掬地观察大家的反应，也许他在努力地向大家证明——我用的干部没有用错，我用的年轻干部富有朝气更有作为。此时此刻的我，家中红梅有喜，工作上又受到永红书记的表扬，如同生活在梦幻中一般。

傍晚，我兴奋地用电话向远方的爸爸汇报了永红书记表扬我时的情景，意想不到的是，爸爸在电话中给我泼了一瓢冷水。他反复地嘱咐我，人在一帆风顺的时候，千万要保持清醒的头脑，切不可头脑发热，爸爸本身就是一个典型的例子，你千万要汲取爸爸的经验教训。特别是当自己做出成绩取得进步的时候，一定要谦虚谨慎，不能沾沾自喜，更不能骄傲自满。更何况你取得这点成绩，固然有你大胆尝试不断进取的因素，但离不开庆典主任对你的支持，如果没有庆典主任和全体班子成员对你的支持，你可以想象自己能做成什么事？同时还离不开永红书记对你的器重。我虽然与永红书记未曾相识，但凭我的经验和直觉可以断定，永红书记将是你一生不可多得的好领导。其实，人的一生遇到的好领导是屈指可数的。关于这一点你现在还体会不到，只有当你遇到重大挫折的时候，只有当你走完这一生的时候，回过头来你才会有更加深刻的体会——谁是你心中最可敬的好领导，几乎是凤毛麟角。

1986年6月29日

第四十一章
力排众议无所惧　　未雨绸缪还顾虑

夏日的大杨树，天湛蓝、云洁白。

下午，我们从大杨树乘火车返回布铁林场。从车窗吹进来的阵阵凉风让人心旷神怡。

列车路过鹿泉山和鹿场瞬间。我与老高所长还有几名青年围坐在一起触景生情，探讨大杨树鹿泉山的鹿泉水是如何包治百病、鹿场还有多少头鹿以及鹿茸和鹿鞭的药性是如何的大。老高所长讲得更是津津乐道："鹿鞭泡酒要少许放一些枸杞子，对治疗阳痿不举、肾虚耳鸣、腰酸腿疼等症状特别的神奇。"

车窗外，甘河水从来没有像今天这样漫涨，犹如波澜壮阔的海洋与火车并列地向前延伸着。老高所长感叹道："哪来的这么大的水，都出槽了。"我对老高所长的感叹并没有更深层的理解。

我和老高所长刚走进林场的大门，便遇上了布铁乡政府派来的一个骑摩托车的人，他急匆匆地通知我们："甘河上游近日连续下起大暴雨，预计洪峰今晚或明早在布铁段通过，乡长让我来通知你们做好有关防汛工作。"我疑惑地问："这大晴天能发大水？"送信人重申："这可是上边让我通知的。"说完他从衣兜中掏出一个小本子，递给我说："领导你最好做个签收吧！"我拿笔签收："今天是？"送信人提示："今天是7月18日。"我在送信人的笔记本上潦草地写上"接到通知"几个字，并签上我的名字和日期。

望着远去的一阵烟尘、隐约可见的摩托车及送信人，让我犯起了嘀咕。前些天，林场党政联席会议曾对今年的防汛工作做了一次安排，成立了防汛工作领导小组，庆典主任任组长；确定护林队从防火立刻转入防汛，作为林场抗洪抢险的突击队，有关方面要做好充分的防汛准备。但在那次会议上，曲直副主任不以为然地说："我们在布铁生活了这么多年，从来没有发生过大的汛情，根本不可能发生什么大的洪水，用不着兴师动众的。"庆典主任则戏言："走一走形式而已。"我对防汛工作没有经验，没有发表更明确意见，稀里糊涂地把这个议题算是"走程序"了。然而今天的情形却不同，布铁乡政府正式派人来通知，又是我签收的，如果不认真对待吧，万一真的洪水袭来，我负不起这个责任。如果认真地对待吧，万一洪水不来，恐怕虚张声势，在职工群众中造成不良的影响——"小书记"胆小怕事。顿时，我的大脑进行着激烈的思想斗争，犹豫不决，徘徊彷徨，到底应该怎么办？

艰难的抉择，也是痛苦的！对我这个年轻的党委书记来说也是一个严峻考验。

不行！我必须对这件事负起责任来，即便是走程序、虚张声势、胆小怕事，我也要认认真真地走下去——居安思危，防患未然，不然的话后悔莫及。我迅即拨通电话："言前股长，你通知一下，让林场防汛领导小组成员到我办公室开会，落实一下今晚的防汛工作。"不大一会儿，言前股长敲门进来说："防汛是行政的事，庆典主任又没有在家，再说洪水不来怎么办？"他善意地提示，又让我有些迟疑不决。我又思索一会儿说："还是通知吧！即便是走程序也得走，无非担一个瞎指挥胆小怕事的名声。" 言前股长接受我的命令回他办公室进行通知。

林场防汛工作领导小组紧急会议。我说明原委后请大家讨论。曲直副主任满不在乎地重复上次会议上论调："大晴天的，发什么水？根本不可能，用不着大惊小怪的，不用听他们乡政府瞎咋呼。我下午打电话问局防火办了，他们说旗里每年在防汛的时候总是虚张声势，例行公事而已。"开怀主席也是这个观点："书记你是第一次经历这种事。你是不知道啊，年年防汛，司空见惯的事，根本发不了大水，没必要兴师动众的。"言外之意是说我没有防汛的经验。

他们今天再次发表这样的意见似乎有点出大格了。以往有什么事情我都与庆典主任在一起商量，可是今天庆典主任在林业局开会还没有回来，遇到这样事情我好像少了一个主心骨。目前我是林场的唯一主官，不能束手无策。又是一番激烈的思想斗争，我不得已当机立断驳斥了他们的观点："我个人认为，你们这是经验主义或是麻痹思想在作祟，万万要不得啊！谁也不是龙王爷生的，发不发水谁也不知道，只有天知道，但布铁乡政府的通知是明确的，我们如果再不做好准备，万一真的发了大水，群众被淹了，怎么办？"我又环顾一下各位的表情，思忖了几秒钟后，用力把笔记本合上斩钉截铁地说："这件事就这么定了，出了问题我负责！"

我少有的高八度，有些怒不可遏，整个办公室鸦雀无声，大家全部被震慑住了。

片刻，老高所长慢条斯理地帮助我打了个圆场："金勺书记说得对，这个责任谁也负不起呀！虽说咱们这个地方没有下雨，但不等于甘河的上游没有下雨，我从火车上看甘河水早都出槽了，说不准会发大水，我看还是提早安排一下为好。"

老高所长在关键时刻给予了我有力的支持，让我增强了信心。我接着老高所长的话茬儿继续陈述我的观点："我是头一回遇到这样的事，庆典主任又没在家。我看没水要当作有水防，宁左勿右，宁可听职工灾前的骂声，也不愿意听职工灾后的哭声，权且当作抗洪抢险的实战演习了，好不好？水有多大我不管，关键是不能淹了职工群众。"曲直副主任、开怀主席再也没有坚持他们的观点。

我又快刀斩乱麻地对今天晚上的组织指挥系统进行了临时调整和充实："庆典主任没有在家，我自己任总指挥，曲直副主任继续担任副总指挥，同时增加开怀主席和老高所长为副总指挥。"接着我又沉着地对今晚防汛工作进行布置："护林队、知青队作为抗洪抢险第一突击队，抽调营林一、二大队的部分骨干作为抗洪抢险第二突击队，负责第一线的抗洪抢险，这项工作由曲直副主任具体负责。开怀主席和言前股长负责指挥联络和通讯保障工作，包括'铁牛'运输，再找两条船准备应急，广播负责通知，卫生所做好保障。一旦洪水上来，就以林场广播通知为准，届时组织撤退。老高所长及派出所负责安全保卫和断后事宜。"

老高所长感慨道："我这是临危受命啊，还弄个副总指挥干，有点像打仗一样。"是的，此时此刻的我，的确像一名部队的指挥员，早已经进入了临战状态。

开怀主席还提议："索老大平常愿意打鱼摸虾，水性又好，是否把他也编入第二突击队？"我略加思索后决定："还是放在指挥部集中调度使用吧。"

我带领林场抗洪抢险指挥部全体成员对甘河河床进行了详细勘察，认真分析了洪水的走势。我问大家："如果洪水真的来了，应该从哪个方向突破？"老高所长凭经验说："洪水极有可能在很远的地方就开始漫过了河床，这个防洪大坝是豆腐渣工程，根本挡不住水。金勺书记你听说过了吧？有一个副乡长被修坝的人用枪给赶跑了。"我努力回忆搜索："好像听说过，是有这么一回事。"老高所长帮助我参谋："洪水从正北方向袭来的可能性还是很大的。"曲直副主任建议："一定要在小孤山后面派出流动观察哨，时刻监测水位变化。"我最后拍板："把这个维系全场职工安危的流动观察哨的重任就交给护林队吧！萨吉福队长，你派几名队员去进行观察，半个小时回来报告一次。"我又对他们下达了最严厉的命令："两班倒，不允许漏岗。如果谁耽搁了抗洪抢险军机大事，我就开除谁！"我的每一道命令，都像我们六连的王登海连长下命令一样，干净利落。

萨吉福队长接下来用少数民族语言对他身边的护林队员进行了再布置。然后他转过身来贴近我耳边小声说："没有问题，我们保证不会误事的，请老同学书记放心。"

我转过身来又向大家提出一个问题："如果真的洪水来了，我们在哪里指挥？指挥部设在哪？"曲直副主任明确地告诉我："索老大家地势最高。"

顺着大家的指点，我们来到了位于林场东南的索老大家。果然如大家所说，站在索老大家能够居高临下看清全场乃至布铁乡的全貌，的确是抗洪抢险临时指挥部最佳的地方。我当场吩咐林场电工："把我宿舍的电话接到索老大家来。"

我接着问大家："那么，我们往哪个方向撤退？"开怀主席凭经验说："往索老大家以东铁路山上撤退，最为安全。"

我再向东瞭望，一片低洼地带、铁路、山岗。我手指车站方向问开怀主席："就是这个方向吗？"曲直副主任和开怀主席异口同声："是这个方向。"我再一次明确："不过，撤退突围的时间一定要选准，保证职工群众有足够的时间冲过这个低洼地带。"大家纷纷表示："那一定。"

索老大是我的帮教对象。今天，索老大和"苦菜花"两个人听说我决定把林场抗洪抢险临时指挥部安到他们家，这让他们两口子感到无比的自豪。电话线和电话机布完后，我对索老大说："人们常说浪子回头金不换。如果今晚上发大水，我就看你索老大的表现了。"

索老大拍着胸脯坚定地向我表示："请金勺书记放心，我这个完整的家是金勺书记给的，林场党委这么信任我，我索老大做人光明磊落，知恩图报，刀山敢上，火海敢下，脑袋掉了碗大个疤，随时随地听从金勺书记的调遣！"

"苦菜花"快言快语地补充道："金勺书记，你有什么急难险重的任务就交给他，如果他成了孬种，等他回来看我怎么收拾他！"一看"苦菜花"在这个家中又开始说了算了，在场所有人都笑了。老高所长不无幽默地说："你看看，如果今天晚上洪水来了，妇女还能顶半边天哪！"

晚饭后，我又带领曲直副主任、开怀主席、老高所长、萨吉福队长等人来到了林场以西的二道河子察看水情。放眼望去，汪洋一片，甘河水早已经漫过二道河了，那个"豆腐渣"大坝形同虚设，根本挡不住甘河水的漫灌，如今验证了那位被人用枪赶跑的可怜的副乡长说的是对的。然而他说对了又有什么用，又有谁能对他负责呢？只能是留在人们茶余饭后的一个笑料而已。瞬间，我的脑海里立刻"嗡"的一下，看来今晚我是躲不过这一劫了。这洪水到底能有多大呢？现在开始组织撤离？不行啊，职工群众是不见棺材不落泪啊！一定要稳住，命令一定要下在最恰到好处时，金匀，你可要千万把握好这个分寸啊！

我双眉紧锁，一个人打破了我的思绪："金匀书记，今晚给我分点什么任务？"起武副主任不知什么时候站在了我的身后并向我请战，他身后站着克刚老师。

曲直副主任拍了起武副主任的肩膀半开玩笑地与他搭话："回来得早不如回来得巧，跑不了你。"起武副主任说："我和克刚老师是从加格达奇赶回来的，原来想直接回大杨树了，一看讷尔克气、朝阳村、毛家铺的水老大了，都出槽了，我想必须先回林场报告，做好防汛准备，所以就直接下火车回林场来了。"

对起武副主任和克刚老师这么有大局观念，我心里很是高兴："好啊，正是林场用人之际。"我与曲直副主任商量后向他交代："从现在起，你们组织全场青年要挨家挨户地进行宣传通知，今晚让他们务必做好随时撤退的准备。"起武副主任表示："没问题，保证完成任务。"克刚老师也表示："我也参加。"曲直副主任兴奋地对他们说："多多益善。"

在回林场场部的路上，恰巧又迎面遇见了萨勇书记，我向他说明了原委："这不是要发大水嘛，我们几个出来察看一下。"萨勇书记直言不讳地说："我在林场大半辈子了，没看过也没听说过布铁这个地方发过大水，这水漫过二道河子那也是一大关了。咱们布铁这个地方河道特别宽阔，泄洪能力也特别强，没有问题。"

我耐心地解释："老书记，还是精神点为好，做点准备也无妨，大意失荆州啊！"

萨勇书记凭经验负责地向我们介绍。"那是，那是！如果说有可能发大水的话，极有可能是布铁乡政府往甘河边上修的那条公路要出问题。那条公路修得很高，与甘河呈现出'丁'字形，有可能拦截洪水泄洪。"

听到这里，我立刻意识到问题的严重性，严肃地对大家说："正好路过老书记家，咱们就地召开'诸葛亮'会议，再分析一下今晚的洪水形势，看一看还有什么问题需要安排？"曲直副主任、起武副主任、开怀主席、老高所长、言前股长与萨吉福队长他们交换了一下眼神，但都没有发声，又都在张望着我。

我镇静后单刀直入地说："从目前看，职工群众麻痹大意思想还是相当严重，还需要做耐心细致的思想解释工作，请起武主任、开怀主席和言前股长你们分片负责，发动机关干部和小青年再挨家挨户地走一遍，声势再造得大一点，让职工群众宁可信其有，不可信其无。刚才老书记说的那条公路极有可能是今天晚上的最大隐患，这个问题需要立刻向布铁乡政府通报。事情紧急，我看这样吧，曲直主任你亲自到乡里跑一趟，通报一下，建议他们能否把新修的公路炸开一个口子，以便于泄洪，等洪水过后再修上，如果差钱林场多拿几个也无妨，等庆典主任回来我跟他说。好不好？"

"好！我马上就去办。"曲直副主任领了任务，带着人火速地去了乡政府。

我接着布置："护林队在小孤山北侧继续监视，随时随地向我报告，千万不可大意。什么时间撤退，关键看你们的情报准确性了。撤早了，职工群众骂我们瞎指挥；撤晚了，职工群众就会被淹。我金匀在此就拜托你们啦！"布置完毕，我双手合十，向大家拱手作揖，走出了萨勇书记家。

布铁林场场部灯火如昼。值班人员在各办公室和护林队办公室集中待命，有的打扑克，有的打麻将，有的海阔天空地讲故事。我径直回到了自己的办公室，几个陪同的同志怕我的身体支撑不了，让我先休息一会儿，他们都很有礼貌地退出并轻轻地关上了办公室的房门。

我坐在软绵绵的沙发上，直勾勾地望着窗外，一片漆黑，什么也看不见了，莫非大水真的要漫过林场吗？

有人急促地敲门，我下意识地站起来，不好了，洪水来了？我略微定神："进来！"

来人是"苦菜花"。她急匆匆地进来，慌慌张张地对我说："你家嫂子把电话打到我们家——指挥部去了，说是找你有事，我是特意来向你报告的。"我沉着地说："好的，谢谢你了，你先回去，我一会儿给她打电话。""苦菜花"应声走出了办公室。

我随后给红梅打电话："你刚才来电话了？身体怎么样？"红梅生硬地回答："不怎么样！怎么当书记了，我还不行给你打电话啊，没良心的！"我疑惑起来："这是怎么一回事呀？你不是犯神经病了吧？"红梅大嗓门儿："你才犯神经病了呢！是不是发花又上你们林场与你约会去了？都约会到你们宿舍去了，够亲密无间的了！"我听后"哈哈"地笑出声来了。

红梅在电话中怒气冲冲地喊道："你居然还有脸笑？我非得到永红书记那里告你去！"我压住底火耐心地解释："你误会了，刚才接电话的是林场的'苦菜花'，我们今晚防大汛呢！临时把指挥部设在她家，把我们宿舍的电话拽过去了，她替我们值班呢。"红梅半信半疑："反正都是花，你周围的花也太多了吧，不是什么野花吧？"

"咚咚！"急促的敲门声又响了，我小声地对红梅说："好了，有人来了。"红梅迅速把警告电话挂断了。

曲直副主任急忙从乡政府赶回来向我报告："他们也意识到了这段公路要出问题，通过电话多次请示上级，对于炸公路这个问题没有人敢做主，说是要请示领导后才能定。他们刚才又请示，电话线突然中断了。没有上级的指示，乡里谁也不敢做这个主。"我听得不耐烦了，站起来，背着手在办公室来回踱步："人命关天呢，还请示个屁！十足的官僚主义。"

开怀主席和起武副主任他们回来了。开怀主席向我汇报："我们组织机关干部和小青年挨家挨户都通知到了，但是大多数职工还是不相信能发大水，都钻进被窝睡觉了，认为我们多此一举。"对此，我意味深长地自言自语："真是不见棺材不落泪啊！"

大家都劝我休息，我执拗地等萨吉福队长的信息。说曹操曹操就到，萨吉福队长他们骑马正好赶回来报告："水位涨势均匀，每小时涨0.1至0.2米左右，按照这个速度上涨的话，洪峰来袭应该在明天早上四五点钟左右，或者更晚一些。"我听了报告后侥幸地希望："洪峰最好能在天亮后到达，好方便我们组织职工群众转移。"

曲直副主任、起武副主任、开怀主席、老高所长等都附和着我说的话，但我觉得自己失言了。一名指挥员的一言一行，对整个抗洪抢险来说都有着直接的影响，特别是大战在即，绝对不能让大家有一丝一毫的侥幸和懈怠，否则就会出大事的。接着我话锋一转："但是洪峰什么时候到是不以人的意志为转移的，萨吉福队长你们今晚辛苦了，要瞪大眼睛，万不可粗心大意。"萨吉福队长当即坚定地表示："我们少数民族说话算数，出半点差错，你剁了我的手指头！"

我对萨吉福队长的态度表示满意："好！军中无戏言。"我接着又吩咐："走，咱们一起到前沿去看看，千万不要犯官僚主义的错误。对了，开怀主席到食堂去拿几瓶白酒和罐头，晚上天凉，让队员们喝上几口。"我和曲直副主任、起武副主任、老高所长等几个人一起爬上了"铁牛"后面的拖斗车，开怀主席从食堂拿着几瓶酒出来直接到驾驶室去开车："金匀书记，今晚我给你露一手。坐好喽，开车了。"我连忙问："怎么好让开怀主席亲自驾车呢？"曲直副主任忙解释："司机请假回大杨树了，没来得及赶回来。"原来如此……

"铁牛"的轰鸣声划破了沉睡的寂静夜空。潮湿的夜晚静得出奇，黑得吓人，仿佛要让人窒息。多亏了"铁牛"的轰鸣声和跑在前面的马蹄声，为我壮了不少的胆。

"铁牛"翻过雄伟的小孤山，绕过一片松树林，在公路边的一堆若隐若现的篝火旁停了下来。隐隐约约地看到萨吉福队长他们从马背上跳下来，大声地向值班的几名队员们招呼："金匀书记来看望大家，水势怎么样？"黑乎乎的，也看不清是谁拿着手电筒在比画着报告："水涨得不算快，和刚才测的差不多。"

我大步地走上前去问候："大家辛苦啦！你们今晚可是我们全场职工的'千里眼'和'顺风耳'，只有你们付出辛苦、观察准确了，才能让我们及时做出正确的判断，否则职工群众就会淹在被窝里。"大家发出一阵笑声。稀疏的笑声传得并不远，就被这黑洞洞的潮湿的夜幕给淹没了。

我从开怀主席的手中接过一瓶酒，递给萨吉福队长他们，激励大家说："来！大家喝几口'杨树白'，暖暖身子骨，你们要通宵夜战，今晚成败就靠你们了！"一名少数民族队员很客气地对我说："谢谢金匀书记，这么晚了你还来看我们，你也喝一口。"我从那名队员手中接过一瓶酒，狠狠地喝了一大口，似乎感受到了从嗓子眼儿到胃肠火热的辛辣，以及往下流淌的声音和律动。由此我能体会得到，大战出征前，酒壮英雄是多么的沉重啊！

我在公路边的标杆前仔细地观察一番。曲直副主任用手电筒照着标杆的刻度并向我介绍："这条粗一点的红线是警戒线，基本与咱们这条公路持平。"我反问道："意思是说水漫过公路就等于洪水到了？"曲直副主任很有经验地回答："基本上差不多少，到那时林场也应该进水了。"

萨吉福一再劝我们回去："情况基本就是这么一个情况。我们两班倒，保证误不了事。在这关键时刻，我们少数民族同志也得向各位领导露一手。请回吧，金匀书记和各位领导。"曲直副主任、起武副主任、开怀主席和老高所长也同样在劝我。我思索了半天还是应了大家的要求："听人劝，吃饱饭。那咱们就回去吧，起码我们没有犯官僚主义的错误。"

伸手不见五指。我不停地回望着在黑暗中那一堆有气无力的篝火渐渐地远去。多么可爱的少数民族同志！多么难忘的夜晚啊！小孤山将见证这里今晚所发生的一切！

1986年7月18日

第四十二章
出生入死瞬息间　为有叹惜万万千

"咣咣"！我趴在办公桌上被突然的敲门声惊醒。

萨吉福队长慌慌张张进来向我报告并请示："洪水已经超过警戒线了，预计洪峰快要到了！"

我猛地站起来，斩钉截铁地发出命令："通知，立刻组织撤退！"

瞬间林场的广播响彻云霄。职工群众非常熟悉的女广播员的声音，今天显得特别的深沉凝重，她一遍又一遍地在麦克风前口播事先准备好的紧急通知："林场职工家属同志们，甘河洪峰马上就要到林场家属区了，请大家听到通知后，立即向车站方向撤退，到铁路北山上集合。布铁林场抗洪抢险指挥部。"

紧急通知通过高音喇叭迅速传遍了林场的各个角落，也包括乡政府北侧的家属区。

曲直副主任、起武副主任、开怀主席、老高所长、言前股长纷纷来到了我的办公室，都神情严肃地望着我，等待我的命令。我看了大家一眼，低声地吩咐："大家按照预案分头行动吧，老高所长、萨吉福队长、索老大随我行动。"

我看了一下手表，时针指向凌晨3点半多一点，我抓起了电话机，想给永红书记打个电话，报告一下林场目前的情况，但又怕水势不够大，小题大做谎报了军情，恐不好收场。我只好轻轻地放下电话。

当我走出办公室时，感觉到了鞋底下黏糊糊的，好像有水波在涌动。

放眼望去，浓雾密布，漆黑一片，对面几米看不清人的脸庞。开怀主席开着"铁牛"驶出了林场的大门，有的值班人员坐在拖斗车上，也有好几个人跟在后面跑。萨吉福队长为我牵来了事先准备好的枣红马，我踩着马镫跃上马鞍，双手用力勒紧缰绳一拽，招呼一声："走！到家属区去看看。"

老高所长提示我："不好，水没马蹄子啦！"

我们沿街走了几栋家属房，职工群众闻风而动，像潮水似的往东跑，有的赶着猪，有的赶着羊，有的牵着牛和马，有的推着手推车，开怀主席开着"铁牛"拉着人也行驶在其中，整个场景就像电影中溃不成军大撤退、大逃窜一个样。

这样的惨境让人始料不及！我有些发怵！

老高所长过来向我报告："营林二大队队长刘之负责的那个抗洪抢险小组自动散伙了，他居然领着一家人率先逃跑了！"我听到这个情况后，十分气愤，粗暴地骂道："等完事之后，我非撤他的职不可！"

我的余气未消，与老高所长又继续走了几户。

不知为什么，还有几户人家屋里屋外忙活着，就是不撤退。带着疑问，我再次来到了萨勇书记家。老高所长大声地问道："老书记，你怎么还不撤退呢？"

萨勇书记不慌不忙地说："我原来以为洪水来不了呢，现在看样子是真的要来了，那我们还得收拾一下东西，时间还来得及。"

这是何等的麻痹呀？再麻痹大意下去会出大事的，说不定会有生命危险。我吩咐萨吉福队长："你派几个人去找曲直副主任、起武副主任、开怀主席以及机关的各股段级干部，向他们传达我的命令，强行组织撤退，一个小时之内必须撤出！"

接着我又与老高所长、索老大商定："索老大你回到指挥部去等我们，你千万不能离开指挥部，懂不懂？老高咱们继续走几户，好不好？"

他俩异口同声地回答："听书记的！"

从萨勇书记家出来，我急切地问老高所长："还有没有什么高招？让职工家属撤得再快些！"老高所长说："有，鸣枪！制造恐慌，大家就害怕了。"

我同意了老高所长的意见："情况特殊，我看可以。等萨吉福队长他们过来，人多力量大。"

待萨吉福队长他们通知回来，我向他们说明了我和老高所长的用意："多找几个人，多找几把枪，多放几枪，把声势造得大一点。"

一阵清脆的枪声，划破了浓雾翻滚的夜空："不好啦！洪峰马上就要到啦！"

"不好啦！洪峰到啦！快撤退吧！"

这招还特别管用。萨勇书记牵着马从他的家往外走，一些"顽固派"也都纷纷从自己的家中跑了出来。

洼地的水已经没膝盖了。老高所长建议我们撤到预设的指挥部去："还是索老大家那地势高，到那里去指挥吧。"

我欣然同意老高所长的建议："好，走吧。"

我与老高所长分别骑着马，在已经被洪水淹没的林场家属区的街道上前行。天哪！我骑的枣红马肚皮底下都是水了。我必须紧紧地盯住道路两侧的板障子，不偏不倚，在中间慢慢地蹚水试探地行走。我这个"旱鸭子"见到水就害怕，恐惧的心都提到嗓子眼了。在一个拐弯处拐急了，我连人带马掉进了道路两侧的边沟里，枣红马只剩下马头高扬在水面上，我死死地抓住马脖子。

老高所长朝我使劲地喊："抓住马鬃别松手！两脚使劲地蹬马肚子！"

我骑在枣红马的背上，老高所长向我呼喊着施救方法，顿时胸脯上下感觉到洪水的涌动与沉浮。由于枣红马用力过猛，前蹄扑空扎到水里，把我摔到了水中。

枣红马显然是呛水了。

我也呛了几口水，又猛然喷出，拼命地挣扎，死死地抓住边沟的板障子，奋力地浮出了水面，有气无力地呼救："我要不行了！"

"抓住板障子不要松开，千万别动！"老高所长一边安慰我，一边朝天鸣枪，一边骑马朝索老大家的方向跑去。

我的那匹枣红马眼睁睁地被洪水冲得翻滚，不一会儿就消失在泛滥的洪水中。如果再淹死几个林场职工我也就不用活了。

板障子随着洪峰波涛在震动摇晃，整个林场顿时变成了汪洋一片，到处是洪水。

我紧闭双眼，绝望无助！无助地绝望！

突然听到索老大在喊我："金勺书记，别着急，我们来救你！"

顺着声音望去，我看到了索老大划着一条破船向我急速驶来。老高所长、萨吉福他们骑着马紧随其后。待索老大这只救命的破船逐渐地向我靠近时，我一把死死地抓住船帮，如同抓住了一棵救命的稻草，长长出了一口粗气。索老大在船上使尽全身的力气往上拽着我，老高所长、萨吉福他们在水中拼命地往上托举着我。我终于上船了，得救了！

萨吉福骑着马跟在船的后面调笑我："总指挥福大命大造化大，是不是？"大家跟着宽慰我。

我不好意思地随口回了一句："什么命大、造化大呀？小命一个，落汤鸡一个！"

索老大这只破船在林场家属区的汪洋中向东行驶。船在索老大家门口停了下来。索老大向他家门口的一群人招呼："大家别着急，我送完了金勺书记再回来接你们！"

瞬间，我严厉地反驳了索老大的安排："索老大，这怎么能行，职工还没有撤完，我怎么好先撤呢？"

索老大坚持道："你刚才不是被淹了吗？所以就得先送你。"老高所长他们都同样地坚持着他们的意见。

我坚决反对，一边说，一边猛地跳下船："不行！先送职工群众！"

我的纵身一跳，使在场的人都惊呼起来："金勺书记，太危险！加点小心！"我在齐腰深的水中险些再次被洪水淹没。

曲直副主任、开怀主席他们见状忙蹚水过来接我。当我一踏上索老大家院子时，我的心里就踏实多了，险象环生啊！索老大家满院子都是人，我着急地询问："还有多少人没撤出去？"

曲直副主任如实地报告："大概有30人左右，其中有两个孕妇行动上不方便。"

混乱的场面让人万分焦急。情急之中，我略镇静一下："我看这水越涨越大，而且越涨越快，必须抓紧一切时间组织突围！索老大的船专门拉着几位孕妇和女职工出去，然后再回来接其他人。开怀主席的'铁牛'是否可以再跑一次，多拉几个人出去。曲直副主任随车到铁路北的山上负责指挥疏散职工群众，不能群龙无首啊！萨吉福队长你们回场区再进行一次搜索，看看是否有'漏网'的？"

大家都同意我的意见，唯有曲直副主任坚持要留下来指挥："还是让金勺书记先行撤退，我留下断后！"他虽然是好意，但我听后有点火了："都什么时候了，争什么争！我是林场的一把手，又当过兵，我不留下来，谁留下来？这个责任只能由我来承担，我死也得死在这儿！别争了，快执行命令吧！"

曲直副主任突然上前与我拥抱了一下，重重地拍打着我的后背，然后挥泪指挥大家上车上船。目送远去的'铁牛'和索老大那条破船，我泪眼汪汪，心想自己的这条小命将在这里'光荣'了。他们一直在向我挥手，哭喊着："金勺书记多加小心哪！""小心哪！"

我环视一下四周，水位还在不断地上涨，索老大家的院子越来越小。我又照顾一眼没有走的几位职工群众："大家别担心，一会儿'铁牛'和索老大他们就过来接你们。"

我焦急地看了一下手表，是早上五点整，心想这么大的洪水应该向永红书记汇报了。我走到了索老大家窗台前，抓起昨天晚上临时安装的那部电话，直接要通了永红书记家。我像几年没有见到了爹娘似的，带有哭腔地如实地汇报了这次洪水发生的情况，最后还说了句不吉利的话："永红书记，洪水把整个林场都淹了，这恐怕是我在布铁林场最后一次给您打电话了。再见了，永红书记！"

永红书记在电话那边给我打强心剂："作为一名基层领导干部，在危急时刻最重要的是镇静，千万不要惊慌失措，更不能说些丧气的话，最重要的是不能淹死人，你也要撤到安全的地方去指挥，不能有闪失。一会儿我就坐火车上去。"

永红书记说得对呀！在洪水如此泛滥之时，作为布铁林场的党委书记，我确实应该镇静，不应该惊慌失措。

索老大划着那条破船又带回来一位妇女。他下船后贴近我的耳边小声地说："'铁牛'去时险些憋灭了火，水太深了，'铁牛'回不来了。"

这是一个特别危险的信号！我没有回答什么，一筹莫展。那位妇女刚下船就扑通地给我跪下了，拽着我湿淋淋的裤腿，撕心裂肺地向我哭喊："金勾书记，快救救我的儿子吧！"

原来，听说要发大水，她那五年级的儿子和几个男同学自发地到学校去护校。当听到林场广播通知时，在慌乱中她一个人到学校也没找到她的儿子，等到铁路北集合时，也没有发现她的儿子。

坏了，她的儿子危在旦夕。我没工夫倾听她的哭诉，果断地命令索老大："你快去到学校附近，察看一下这几个孩子的下落，老高所长有劳你也跟着去一趟。"

二位爽快地应答下来，上船朝学校方向划去。

大家心里都明镜似的。索老大家这儿地势再高，但从洪水长势上看，这里也不是久留之地。我原本等索老大他们返回来后，就坐这条破船与大家一道撤到铁路北去。这也是最后一线希望了！万万没有想到又节外生枝。如果我们几位早点撤退，就能多一分的保险，如果我们几位在这里与这位妇女继续纠缠下去，危险系数就会无限增大。

在这生死攸关的时刻，是去还是继续留下来，不容我做过多的考虑和抉择。无论如何，我都必须把那几个护校的孩子找到，还是我们当兵人的那句话：人在阵地在！

煎熬地等待。

忽然，学校方向又传来了两声清脆的枪声，这一定是老高所长在鸣枪找孩子呢。

我望眼欲穿啊！索老大和老高所长他们的破船终于回来了。船上又多了三个人，其中一个男孩子朝着岸上这位妇女大声哭喊："妈妈！妈妈！"

这声音穿透了我和在场所有人的心。这位妇女发疯般跑到水中，用力拽住船帮，紧紧地抱着她的儿子抱头痛哭："妈妈以为再也见不到你了！""妈妈！"

生离死别后的重聚感动了在场的每一个人。她的粗野动作险些把船弄翻。索老大怒火中烧："嚎什么？孩子不是好好的吗！都什么时候了，还像哭丧似的！"

一场激动一场欢喜戛然而止。是的，这不是我们庆祝胜利的时候。老高所长跳下船向我报告："这三个小子被吓得跑到教室的天棚顶上护校去了，我若是不放两枪他们是绝对不会下来的。金匀书记，等大水过后，应该给这两名学生评为'护校小英雄'，还有一位是新来的克刚老师应该评为'护校英雄教师'。"

我沿着老高所长手指的方向仔细看去，一个很清瘦的年轻小伙子，与我们林场学校大一点的孩子差不多，那天军训时我见过他。他急步过来，我什么也没说，只是紧紧地握住他湿漉漉的双手使劲儿地摇晃，也顾不了那么多的客套和寒暄了。

当我再次清点人数还没有查完时，萨吉福队长他们骑马涉水回来了，马背上还驮着起武副主任。他向我报告："林场的人基本上都撤出去了，只有起武主任还没有撤。"起武副主任是在指挥疏散群众中没有赶上"铁牛"，被萨吉福他们捡回来的。

时间就是生命。必须抓紧一切时间往出运人，这是当前的头号任务。目前只有索老大一条破船，一次顶天能运七八个人。然而被大水团团包围的临时指挥部，不！此时此刻已经是濒临被大水淹没的临时指挥部，还有14个人，如何来分配和调度？大家拭目以待。

我揪心地望着老高所长一眼："怎么办？"

老高所长坚定地说："我留下来！金匀书记前面需要指挥，你和大家先撤。"

老高所长的话音刚落，起武副主任和克刚老师也坚定地表示："我们也留下来，请金匀书记先撤。"萨吉福抢着说："金匀书记，我对地形熟悉，我们的马还能涉水，你不要惦记我们。"

我怀着沉重的心情与大家商量："谢谢大家对我的理解，但我作为党员领导干部绝不能先撤。这样吧，索老大你先把这位妇女和两个孩子，加上原来剩下的5位老职工运出去，然后再回来接我们！好不好？"

大家默不作声。

就在这8位老少上船之后，索老大突然用他那粗大的双手一把把我抓住，往船上拽我，老高所长、起武副主任和克刚老师也在后面把我往船上推，硬是把我拖到了船上。

船慢腾腾地游动了。

片刻，我也犹豫了。我何尝不懂得，如果我能先一步出去，生还的希望和几率要比留下来大得多啊！我先出去一步也是有理由的，是他们硬把我拖上船的啊！但当我看到老高所长、起武副主任和克刚老师，还有萨吉福队长他们向我们船挥手的时候，我万分不安的内心受到了前所未有的极大谴责，这难道不是临阵逃跑苟且偷生吗？这与在战场上当逃兵还有什么两样？绝对不可以！

说时迟，那时快。我纵身跳入水中。

老高所长、起武副主任、萨吉福队长和克刚老师他们蜂拥而上，三步并作两步把我从水中拽到了索老大家的窗台前。说来也巧，此时的电话铃声又响起来了。我抓起了救命的电话，耳机那边传来了永红书记的亲切声音："是金匀书记吧，情况怎么样？"

我上气不接下气地汇报："还好。请永红书记放心，全场的职工群众都撤出去了。指挥部这里，还剩下我们6位同志，等船回来我们就撤出去。"

永红书记暖心地说："好，我代表局党委和全局职工感谢你们，你们一定要安全地撤出去！你们一定要——"电话线被洪水冲断了，但永红书记的亲切慰问和热情鼓励，让惊魂未定的我仿佛又注入了一针强心剂。

此时此刻，洪水已经悄无声息地接近了"索老大"家的窗台了。老高所长从"索老大"家后院找来一个梯子，搭在前房檐上，老高所长先爬了上去，随后我等跟着上去。我虽然从小就晕高，向来不敢上树爬墙，但是今天也顾不了那么多了，也装着胆子爬了上去。

我小心翼翼地骑在索老大家的房脊上向远处张望，西面那个"豆腐渣"大坝多处决口，从甘河南岸到北面的铁路，整个布铁汪洋一片。远处通往车站的公路上还有众多的老乡在撤退，近处林场附近零星破旧的房屋不时落入水中，激起了一股又一股的烟柱。

老高所长警觉地向我报告："不好，这房子好像有点晃，如果我们的房子挺不到索老大回来，怎么办？金勾书记。"

危在旦夕！如何是好？我急切地大声地问房上房下所有的人："有什么办法？怎么办？"

萨吉福队长急中生智地建议："找绳子，扎木排！"

起武副主任补充道："我看这个办法可行，我们不能在这里坐以待毙。"我同意了他们的意见："大家动作要快！"

洪水已经没过了索老大家的窗台。起武副主任和萨吉福队长组织几位少数民族职工锯木头、捆绑绳子，三下五除二把木排扎好了。萨吉福队长请示我："咱们也撤吧！"我与起武副主任、老高所长交换一下眼神后，下达最后的命令："撤！"

我们6位同志爬上临时扎好的木排，起武副主任、萨吉福用杨木杆支撑着木排慢腾腾地前进，他们的坐骑好像懂事一般跟在我们的后面。萨吉福不时夸奖："它们都会游泳！"是啊，它们都是英雄的战马！但是我恐怕来不及对他们进行表彰就有可能壮烈了。我用双手死死地抓住木排的横木，紧紧地盯住波涛起伏的洪水，生怕一不小心掉落在水中。

木排向东行至一会儿，克刚老师惊喜欢喊道："金勾书记你看，索老大接我们来了，我们有救了！"是啊，人不该死，阎王爷请都不去，当我们6人换上索老大这条救命的破船的那一刻，还没来得及激动，远处索老大家的房子也一股烟似的落入了水中，激起一股烟柱。大家惊呼异常！我们这6位同志算是死里逃生了，万幸啊！

索老大的破船好不容易划到了北山铁路边。我们上岸时，永红书记、庆典主任、曲直副主任和林场的灾民们蜂拥而上，亲切地打招呼："金勾书记！金勾书记！"在这里，一切的人际关系都变得水乳交融了，蓝天下充满着真情与大爱！

当我与永红书记激动握手的一瞬间，我热泪盈眶，惊喜交集，两脚轻飘飘的，哽咽得什么也没有说出来，一下子瘫软在永红书记的怀抱中……

回想起"7.18"这场洪水，让我从心里往外后怕。我个人生死是一件小事，如果处理不当，淹死几个职工，其后果就不堪设想了，恐怕更是罪责难逃了。心有余悸的我，晚上常常做噩梦被洪水包围。说句土话，我们成功地躲过了这一劫！说句文明话，让我人生经历了一次最严峻的考验。

所谓最严峻的考验，就是生与死的考验。不是庆幸生，而是庆祝逃生成功。多亏了我死死抓住的那个板障子，是与一棵大杨树捆绑在一起的。这棵大杨树是我救命的树。否则我今天就没有机会在这里写日记了。至今，我仍然忘不了那匹枣红马被冲走时的情景。枣红马是萨吉福队长他们精心为我挑选的。我本身就不会骑马，他们生怕我摔跟头，才特意挑选了性情温驯而缺少烈性的枣红马专门给我用。枣红马是为保护我而壮烈牺牲的，如今连它的尸首也没有找到，但它却在我的脑海中一直"翻滚"着。

我能多次化险为夷，多亏了索老大，还有他的那条救命的破船。索老大是我的救命恩人，还有老高所长、起武副主任、萨吉福队长、克刚老师，他们都是我的生死弟兄啊。曲直副主任与我最后的拥抱是多么的意味深长，实则是生离死别啊。

同志们！请你们看一看泪水涟涟无家可归的灾民们吧！老人们悲观失望地仰天长叹，女人们悲痛欲绝地用双手拍打着大地，眼睁睁地看着他们的房子被洪水无情地冲走，他们的家园不复存在了。当我在永红书记的怀中苏醒过来时，向他汇报了整个抗洪抢险的过程，最后向他感慨地诉说了自己从来不敢说的一句话："天灾人祸啊。"永红书记不无同感："人祸比天灾更可怕。"你听，永红书记的话是多么的意味深长啊！

昨天下午，林场召开了"7.18"抗洪抢险总结表彰大会。修缮一新的林场会议室座无虚席，当全体职工耳熟能详的《中国人民解放军进行曲》《人民军队忠于党》《三大纪律八项注意》等军旅歌曲再次响起时，我心潮澎湃，热泪盈眶。抗洪抢险的先进个人先进集体披红戴花，会场内外欢声雷动。庆典主任主持大会，我即席发表了热情洋溢的讲话。

在生与死的考验面前，"人"字一撇一捺一目了然。比如说，萨吉福队长和开怀主席几过家门而不顾，一直战斗在抗洪抢险的第一线；老高所长在关键时刻临危不惧、赴汤蹈火、挺身而出，始终坚持战斗到最后一刻才撤退；曲直副主任、起武副主任、索老大、萨吉福队长，还有新来的克刚老师和几名小学生在这次抗洪抢险战斗中表现出的大无畏的牺牲精神，让人刮目相看。在洪水过后的几个晚上，为了维护林场的社会治安，确保林场职工家属的财产不被偷抢，萨吉福队长他们骑马在齐腰深的水中轮班进行巡逻。萨吉福队长本人发高烧38.5℃，自己偷偷吃了几粒感冒胶囊，仍然坚持巡逻。洪水是在第二天漫过大杨树二马路的。起武副主任的家在大杨树二马路南边住，他回大杨树把受灾职工安置在林业局招待所后，却没有顺道开小差回自己家看上一眼，又立刻回到林场参加抗灾自救。还有言前股长在生死攸关时刻几过家门而不顾坚持左右协调、开怀主席的"铁牛"发出"突突"的轰鸣、女广播员临危不惧坚持广播等，都让我终生难忘。同志们！我为布铁林场有这样一支奋不顾身、敢打敢拼、不怕牺牲、公而忘私、团结协作的优秀的干部职工队伍，特别是拥有一支优秀的少数民族干部职工队伍，而感到无比骄傲和自豪！我还可以上点纲上点线地说，我们用实际行动奏响了一曲民族团结抗洪抢险的英雄赞歌！

我的讲话多次被林场职工暴风雨般的掌声打断。职工越是鼓掌，我讲得就越是慷慨激昂。

护林队、知青队是经得起历史考验的两支抗洪抢险突击队，派出所在这次抗洪抢险中表现出色，他们3个单位被评为林场抗洪抢险先进单位。曲直副主任、起武副主任、开怀主席、老高所长、索老大、萨吉福队长、言前股长等14名同志被评为林场抗洪抢险先进个人，每人奖励30元。还有那两名小学生被评为"护校小英雄"，克刚老师被评为"护校英雄老师"，每人奖励35元。同时，给予刘之留党察看、行政撤销营林二大队队长职务处分。

今天，我能活着在这里记述这件事，在"八一"建军节抒发一些感慨，还敢去理论一些东西，算是向远方的王登海连长、潘迟指导员、李玉田排长、吴疆团长、李齐大队长和吴刚政委等部队各位首长的一个专题汇报吧！我虽然称不上是一名真正合格的基层党委书记，但我绝不是孬种，起码我还是一个有血性的退伍战士。

1986年8月1日

第四十三章
青云直上遇谗言　家有贤妻免祸端

林场小会议室里又是灯火通明。

后院的发电机又像往日一样发出阵阵轰鸣，由林场北侧的纵深处滚滚而来。

我正在主持林场党政联席会议，研究水灾后的生产自救和秋整地生产等问题。关于水灾后如何进行生产自救，我与庆典主任的意见基本是一致的。我对大家动情地说："洪水虽然冲毁了我们的家园，但不能冲毁我们积极向上的生活意志，我们要坚持恢复生产，生产自救，要坚持以自力更生为主，不能等、不能靠，要主动出击。同时，把灾情摸透，把数字搞准，要积极做好向上争取政策工作。"庆典主任神情凝重地说："林场家属区连续在洪水中浸泡了五六天，有81户不同程度被淹，其中完全被冲毁的有15户。对这15户要给予重点考虑。与林业局的计划科商量好了，林场要重新再建3栋砖房，主要是外委组织施工。为了保证施工进度，营林一大队与机关、营林二大队与苗圃、知青队与护林队各负责承包1栋房的施工保障任务，如开挖地槽、装卸红砖、拉砂石等，充分发挥人多力量大的作用，确保在上大冻之前让受灾户搬进新居，这是死的任务，如果谁完不成任务，就撤谁的职！同时，营林一、二大队和知青队还要完成8000亩的秋整地生产任务，为明年春造做好充分准备。这也是一项刚性任务，谁若是完不成也要撤谁的职！"

庆典主任布置任务时掷地有声，现场气氛陡然严肃起来。突然，有一个人用脚将小会议室的门踹开，虽然大吵大闹但却有气无力地发出了女人一般的声音："你们这些挨千刀剐的，怎么不给你们每人割一刀，让你们也断子绝孙！"

庆典主任小声地向我介绍："这个人就是吴能。"我对吴能早有耳闻，开怀主席和言前股长先前都向我介绍过。他残疾的身体是林场计划生育结扎造成的，这次他家的房子也被冲毁了，也是林场水毁的重点救济对象。我们之间虽然没有见过面，但今天我算是领教了。庆典主任、开怀主席、老高所长与吴能是冤家对头，不容分说，就对他强拉硬扯，他就是赖着不走。

会议被迫中止。

不大一会儿，吴能又哭天抹泪地来到我办公室："你是林场党委书记，管计划生育的，我不找你找谁？"我安抚他："有话好说，坐下来慢慢地说。"吴能又抑扬哭泣起来："还说什么呀？你们是饱汉子不知道饿汉子饥呀！"

吴能的面相就一定程度上展现他的痛苦。他面色苍白如雪，青筋暴露无遗。因下腹疼痛总是直不起来腰，说话的声音像太监一样细长，他声嘶力竭愤怒地控诉他痛苦的经历："那是1975年7月，开怀主席做我的思想工作，说省医疗队下乡来了，服务上门，让我积极响应国家号召，带头做结扎手术。没想到发生了事故，我向谁去诉苦呀？更没有人管我的死活啊！"

他见我无动于衷，就恶狠狠地瞪了我一眼，让我倾听他的叙述："自从我身体不行后，我爱人承担起所有的家务劳动，上山拉烧柴、劈木头等重体力活都由她一个人来干，整天愁眉苦脸的，我这个丧失劳动能力的丈夫看在眼里，痛在心里呀！我既不能帮她分担家务，又不能给她精神慰藉。"突然，他又用手比画着高八度地朝我怒吼："我恨自己无能啊，我不想活了！三番五次地找你们林场报点药费，也没有人管哪！你们还有点良心吗？"然后他开始捶胸顿足，嚎啕大哭，情绪异常激动。

受病痛和精神双重折磨的吴能，苦不堪言，我很是理解地安慰他："老吴啊，有话好说，有苦就诉，你千万别憋在心里，我这个当党委书记的也应该好好听一听，但话说回来，计划生育也是国策啊，成千上万的人做结扎手术都好好的，这个个例让你摊上了，怨天尤人又有什么用，就得面对了，有什么困难你就直接说，我们共同面对想办法，好不好？"

吴能的情绪略有些缓和了。他便直截了当地诉说他家当前的各种困难："金勺书记，最可恨的是林业局和林场不承认我是计划生育的后遗症，目前我已经丧失了劳动能力，前几年林场还让我上山去清林造林，没办法我就得求自己家的亲属帮助我完成任务，如果完不成任务，还扣我的工资。去年底到哈尔滨看病药费还没有报，家里又死了两头猪。我爱人说我无能，死活还要与我离婚。这次我们家的房子又被冲毁了，林场到底管不管？"

我耐心地解释："老吴啊！对于你的痛苦我深表同情，只是我无法代替你，如果能代替你，情愿为你分担。对你这件事，我管是一定要管的。至于怎么管，管到什么程度，依据什么管，需要我进一步了解情况后，才能答复你。请你相信，林业局和我们林场还是共产党的天下，一定会说理的，也一定会帮助林场职工群众解决实际困难的。老吴，请你先回去，冷静一下，给我一点时间，我与庆典主任商量商量。好不好？"

吴能哭得泪流满面，哽咽地说："这么多年没有人管我们的死活啊！杀猪还得嚎叫几声呢，宰鸡还得扑腾几下呢，何况我一个大活人呢？是不是啊？金勺书记！"

我语重心长地安慰吴能："换位思考，理解万岁，林场党委所能做的，就是帮助你减轻痛苦，解决你们家当前存在的困难和实际问题。但需要时间哪，得有个过程。好不好？老吴。"

吴能将信将疑："我再相信你们一次。如果再不解决，我就抱着行李卷到你的宿舍来住，你到我们家去住。"吴能一边说着气话，一边往外走。

每次和吴能接触后，我都要与庆典主任进行通报和商量。庆典主任说："不是不想给他解决，解决得有个依据。不然，大家会说他泡病号，也会说我们处事不公道。比如，原来吴能在营林一队工作，考虑他半残，干不了重体力劳动，就把他调到机关后勤，干一些力所能及的轻体力活，他还是干不了，三天两头就到林场来闹腾一阵子。有一次，吴能两口子把行李抱到咱们宿舍来了，要与我同住。还有一次，声称要往林场的水井里投毒，把林场领导都给药死。"

我顿时毛骨悚然。但是，这是秃子顶上的虱子明摆着呢，问题不解决是不行的。怎么解决？庆典主任还是很有经验，他给我支招："你是林场党委书记，主抓计划生育工作，你想怎么解决都可以，我都坚决支持，无非是拿几个钱而已，但要想解决这个问题，林业局计生办要有个说法，或出个什么文件之类的东西，不然的话出师无名。"

对庆典主任的支招我心领神会，但对"无非是拿几个钱而已"的弦外之音让我感到不舒服。尽管不舒服，但我没有与他更多地计较，谁让他是我的长辈呢。

早上，我和庆典主任急急忙忙地乘火车从布铁赶回大杨树，参加全局防汛工作座谈会。宗庆局长主持："今天我们召开全局防汛工作座谈会，目的是进一步总结经验教训，亡羊补牢，对今年的下一步防汛工作进行再部署、再安排。首先请布铁林场党政领导发言。"

我重点就"7·18"抗洪抢险在组织领导上如何克服麻痹思想、组织撤退过程中领导干部始终战斗在抗洪抢险第一线、舍生忘死救职工等方面做了经验介绍。庆典主任就灾后如何组织生产自救做了经验介绍。

接下来，工程公司总经理"寒八级"就此次抗洪抢险组织不力做了检查。他放低了声音颇有感触地说："大家知道，我们工程公司虽然建在了甘河的泄洪区上，但从来没有发过这么大的水。我们接到局防火办（防汛办）的通知后，不以为然，认为上级是小题大做，七月份不可能发什么大水，所以就没有认真做好防汛准备，当洪水真的来了，我们就傻眼了，致使国家和企业蒙受重大损失，一名更夫被洪水夺去了生命。我们的教训是惨痛的，太麻痹大意了，没有像人家布铁林场金勺书记那样未雨绸缪，能掐会算的，所以我们认打认罚。"他顿了一下，又慷慨激昂地说："要说了算，定了干，天大困难也不变，宁可筋骨断，也叫山河变！请局领导看我们的实际行动吧！"

局防火办主任也在会上做了检查："我们接到旗防汛办通知后，只是把通知原封不动地转发下去了，既没有向局领导汇报，又没有深入下去组织实施，我们犯的错误更严重，愿意接受局党委和林业局的任何处理，什么处理我们都接受。"

宗庆局长在总结讲话时指出：会前我与永红书记交换了意见。在这次"突然袭击"式的抗洪抢险中，布铁林场金勺书记的做法具有典型指导意义。在全局上下一片麻痹声中，他们克服了麻痹思想，果断地就地组织实施抗洪抢险，为了职工群众的安危，置自己的生死而不顾，把损失降到了最低。大家可以设想一下，如果金勾书记不果断、不主动地组织抗洪抢险，都像你们在座的那样麻痹大意，那将淹死多少人，后果将不堪设想。我这个局长恐怕也当不成了，永红书记恐怕也当不成了，我在杨树地林业局工作这么多年，确实没有经历过这么大的洪水，"7·18"抗洪抢险既是个例也是首例，现在上级也没有什么表彰，如果有什么表彰的话，我们把金勾书记推荐到中央表彰也不为过。所以，我们只能先为金勾书记默默地记上一功。

宗庆局长环视会场一周，略有些动怒："你们工程公司、防火办这次检查不怎么深刻，没有认识到问题的危害性。你们接到通知后，就没有像布铁林场金勾书记那样果断认真地组织抗洪抢险，特别是工程公司发生了淹死人的事件，教训是沉痛的！你们所犯的错误是严重的经验主义、官僚主义和形式主义，凭经验办事，置国家和人民生命财产于不顾，把防汛工作说在嘴上，挂在墙上，这不是糊弄鬼吗？人命关天哪！你们还瞎喊什么口号啊？来点实的行不行？我跟你们说，现在正值防汛的紧要关头，如果还有谁拿防汛工作当儿戏，我就撤谁的职！"座谈会一直开到中午时分，在宗庆局长的批评声中不欢而散。

中午，我们小家。小白熊——乐乐发出欢快的汪汪声，不停地摇晃着向上开花的小尾巴，不时叼住我的鞋不放。红梅从屋内出来气道："对，使劲儿地咬，咬这个没有良心的！"我幽默地回答她："你光让它咬有什么用？还不如你亲自动手掐、动口咬呢！"红梅反讥："我咬你怎么的，你这个没良心的就该咬！"我再对付："有良心的，我还没有吃饭呢！"红梅一边为我热饭，一边与我絮叨："你顾林场我并不反对，但我们家也是受灾户，你也得差不多呀。"

我往大屋一看，地下床上都是人。岳父岳母在床上起身，宝弟强弟躺在地下睡午觉。我惊愕了！红梅向我嘟囔："咱们家的灾民怎么没有人管呢？"岳母出来帮助红梅弄饭："咱们家的事向来没有人管。"她一语双关，岳父好像没有听清楚。岳父下地向我叙说："没见过这么大的洪水，洪水漫过酒香湖时，我们就开始把东西往炕上堆，根本来不及带出去。洪水漫过了二马路，我的那个'老兵商店'也被洪水卷走了。这么大的洪水也没有兔子大的人通知我们。"我对岳父岳母表示歉意："对不起了，爸爸妈妈，发洪水时我也没有在家照顾好你们，只顾我的那个林场了。电话线被洪水冲断了好多天了，昨天才接上。让你们受惊了。"岳父深明大义："你首先照顾好林场是对的，家里还有我们这么多人呢，等房子干一干我们就刷房子，好搬回去。"岳母小声地讥讽我们爷俩："都是一个熊样，干工作顾头不顾腚的。"岳父又上来了火药味："哪有你这样当岳母的？与姑爷怎么说话呢？"我及时安慰："没有什么，我的确做得不够好。"岳母不依不饶："我自己的嘴，愿意怎么说就怎么说！你管不着！"岳父盛怒："你懂个屁，在部队当兵的出生入死天经地义，在地方当领导干部先公后私也是天经地义，狗屁不懂！"话音刚落，岳父摔门出去。

小白熊——乐乐也疯狂地叫唤。

一天下午，林业局临时召开全局党政干部会议，座无虚席。

永红书记主持会议，克什林管局党委组织部领导做说明讲话。他面无表情地说：

"我们这次推荐的后备干部，是在克什林管局一级班子和二级班子改革完成后进行的……"

什么是后备干部？什么是第三梯队？对这些概念，我还是第一次听到，此前一无所知，闻所未闻。尽管永红书记和上级领导都讲得很清楚，但我还是感觉到很神秘。

我莫名其妙地从工作人员手中接过推荐选票。当发现自己的名字——金勺也并列十人其中，排名第九位，培养方向党务干部，让我感到万分惊讶。我何功何德何能居然列入其中？我发现好多声望高、能力强的领导干部并没有列入进来，这又让我忐忑不安。是永红书记提名推荐的，还是大家推荐的？我的大脑在飞速地运转、不停地猜测。

人勤主任、吴部长、曹德玉副部长、平华副书记等好多领导干部都向我投来了羡慕的目光。我努力平复自己激动的心绪，静静地填票，也在自己名字的那一格郑重地画了一个对勾。之后，永红书记在台上通知："投票后，请副处级以上领导、山上各单位的党政主要领导、局机关科长到林业局招待所参加谈话。"

林业局招待所又是一番热闹景象，走廊中都是等候谈话的人。又是芮妹值班，她热情地将我让到了值班室："姐夫也谈话来了，行呀！"她话音未落又发出了清脆的笑声。我与芮妹就什么是后备干部闲谈起来。轮到我谈话了，曹德玉副部长把我领到118房间，向考核组领导同志介绍："这就是永红书记向你们推荐介绍的战斗在抗洪抢险第一线的金勺书记。"我主动走上前去，与刚刚站起来的两位考核组领导同志握手："不好意思。"考核组领导同志说："你的抗洪抢险事迹很是感人呢。"我刻意谦虚谨慎："哪里呀，都是应该做的。"

热情简短的寒暄让我不知所措。照着方才推荐票的名单，我逐个做了简单推荐介绍。又应考核组领导同志的要求，我向他们介绍了自己当知青、当兵以及退伍后等工作简历，同时也重点介绍了刚刚发生不久的抗洪抢险的全过程。我说得很激动，他们听得也很认真。考核组领导同志不时插话评价："局党委永红书记、宗庆局长和大家对你的意见是一致的，没有任何杂音，特别是在民兵训练中舍己救人，还有在这次抗洪抢险中，你组织得非常到位，表现得也很英勇。"我只是频频点头，不知道怎么表达才能表现得更谦虚。考核组领导同志又对我下一步的努力方向提出了要求："就今后个人发展而言，你的高中学历远不够用了。我们将向局党委反映，你应该抓紧时间续个学历，以适应今后发展的需要。好不好？"我怀着万分激动的心情结束了与考核组领导同志的谈话。我忽然明白了，怪不得有那么多人蜂拥而上打破脑袋瓜子要上大学呢。

林业局招待所门厅。我迎面遇上了林业局计划生育办的中东科长，他满面笑容地与我握手："祝贺你呀，金勺书记。"我努力抑制自己激动的情绪："哪里呀，还不是大家厚爱呀。"中东科长快言快语："机会多难得啊！你是咱们全局最年轻的后备干部呀。"我有意识地把话题岔开："谢谢了，正好遇上您了，原来我就准备到您的办公室专门汇报一下吴能的事，只好在这儿汇报了。"见我主动来汇报计划生育工作，中东科长显得很热情："吴能的问题我太了解了，咱们边走边聊。"我急切地汇报："他前几天把我们的党委会议都给搅了，怎么办呢？"我们共同走出局招待所，顺一马路往东走，边走边聊。

自从吴能大闹会议室以来，我一直把他的事放在心上，如何帮助他解除心头之痛，也是我的一块心病。中东科长对这件事了如指掌，他详尽地向我做了介绍："原来没承想吴能同志的后遗症这么严重，自从他到医院做了全面检查后才知道，是典型的术后后遗症，但医院轻易不敢出示证明，怕给正在如火如荼的计划生育工作带来麻烦，更怕给基层单位带来不必要的负担。"

原来症结在这里。我着急地亮明观点："老领导，这事可是人命关天哪，吴能是为了我们的计划生育工作做出的牺牲啊，他的痛苦是别人无法体会的，我们要想个办法帮助他解决为好。如果说解决不好，我们好像亏欠他什么。"

"既然如此，你们林场愿意主动解决这个问题，我也愿意帮这个忙。过几天我到旗计生委汇报一次，研究一个解决的办法。好不好？"中东科长被我的诚意感动后说出了这番话。我很是感激："谢谢老领导了，您可帮我大忙了。"

接下来，中东科长又点了我两句："你们林场过去各项工作抓得都不错，但有3名职工超生，生二胎，这可是严重的政治事故，也是一票否决。虽然是前几年的事，但你们也逃脱不了责任。刚才与考核组谈话时我没有说这件事，你自己知道就行了，抓紧时间把这个问题处理了就算完事。"

我万般感激："太感谢老领导了！请您放心，我回去后一定认真调查，严肃处理。今后还得请老领导多多指导。" 中东科长没有向考核组揭发我们林场生二胎问题，令我感激不尽。

我恼羞成怒地乘火车回到了布铁林场。到办公室的第一件事就是与开怀主席、言前股长共同商量，重启对吴能问题和计划生育超生事件的调查。突然，办公桌上的电话铃声响起，我抓起电话："是曹部长，您有事？"曹德玉副部长："你这么快就回林场了？考核组刚才通知，明天上午你陪同红梅来一次，他们要深入了解一些情况。"我应答："好的，什么事这么急呀？"曹德玉副部长没有正面回答并嘱咐："具体是了解什么事，我也不便问。不过你必须连夜赶回来，你们两个人明天上午千万不要迟到。"放下电话，我开始疑神疑鬼起来——到底要了解什么呢？是否要再了解我此次抗洪抢险的先进事迹？还是了解林场计划生育超生问题？或许是其他的什么问题？

是夜，我又搭乘铁路货车的尾车连忙赶回了大杨树。下车时，东方欲破晓，群山渐泛红。到家时，小白熊——乐乐懒洋洋地起来，前爪弓后爪蹬伸懒腰，未来得及"呼啸"便开始摇头摆尾了。我小声地叫开房门，大屋岳父岳母他们鼾声此起彼伏。红梅曼妙隐约的背影突然让我热血沸腾。我迅速钻进热乎乎的被窝，一边用她的大腿焐热我的双手，一边向她说明连夜赶回来的原因。然后用我的右手轻轻抚摸她渐渐隆起的腹部："有什么动静啊？"她迅速将我的右手推掉，"噗嗤"地娇笑出声："你以为这是杀猪吹气呢？那么快呀？"她翻过身去欲睡："我以为是什么事呢？兴师动众的。"我还是心事重重……

林业局招待所。曹德玉副部长神情紧张地把红梅叫到一边耳语了几秒钟，红梅严肃起来，只是不停地点头。我陡然紧张起来，大事不好！不妙！

曹德玉副部长把红梅领去谈话。我与曹德玉副部长在门外悄悄地听着。寒暄几句，考核组的领导同志就开门见山："林业局党委拟推荐金勾同志为林业局的后备干部。我们在考核时，有的同志向我们反映，说金勾同志与发花副部长有不正当的男女关系。你是金勾书记的爱人，不知道你是否发现他们之间有什么不正常的？"我顿时如天打五雷轰顶，眼前冒出一片金星，腿有些瘫软。

好在刚才曹德玉副部长的耳语为红梅下了"毛毛雨"，她的大脑飞速地旋转并进行激烈的思想斗争，她略定了几秒钟的神："没有发现什么。金勾与发花副部长是初中高中的老同学，是地道的同学关系。"我的天哪！一语千钧，红梅救我也，峰回路转。

考核组领导追问："金勾书记在团委工作期间，听说他们经常在一起唱歌跳舞到深夜，你们为此还发生过不少的口角，有这种事吗？"红梅听不下去了，勃然大怒站起来，大嗓门连珠炮似地说："这是谁嚼的舌头啊？这肯定是看金勾要当后备干部了，忌妒啊！挖的陷阱呀！都改革开放这么多年了，年轻人唱个歌跳个舞不是很正常吗，有什么可大惊小怪的。再说了，团委组织唱歌跳舞那都是工作需要啊！"红梅又解释："举家过日子，哪有舌头不碰牙的？小两口干个仗不也很正常吗？"我与曹德玉副部长都佩服红梅的快速反应。

考核组领导又追问："那你能说明你们小两口经常发生口角的具体原因吗？"红梅坐下来还是很激动地说："我们之间有时发生的口角都是因为他不顾家。比方说，前几天甘河发大水，他就蹲在林场半个多月不回家，我妈妈家在酒香湖边上住，都被大水给淹没了，他都不闻不问。我们之间所发生的口角，都是为这些事。如果你们不信，到我们家去看一看，我们家的灾民也是睡一地呀，没有人管。"

考核组的领导敬佩地一直把红梅送出了招待所大门外。恰巧迎面遇上了平华副书记和发花副部长也被约来谈话，在我与他们分别握手后，红梅也主动与他们握手，又特意与发花副部长开玩笑说："听说你的酒量大，哪天到我家来，我给你们炒几个菜，咱们比画一下。"发花副部长顿了顿，不无幽默地说："我只怕老同学你喝不过我呀。"红梅又挽起我的左臂与大家告别。当我们共同手挽手走过东方红桥时，红梅突然翻脸怒吼道："你等着，姑奶奶我跟你没完！"然后，她朝着林业电站——我们小家的方向扬长而去。

我站在那里呆若木鸡。红梅为我"出庭作证"，应该算是深明大义了吧？家有贤妻夫不遭横祸，这是亘古以来的至理名言哪，但我这个后备干部能否当上还要打一个大大的问号了。

1986年8月16日

第四十四章

天经地义唯公道　推己及人不深奥

繁星点点，皓月当空。

布铁车站专用线，全场职工正在挑灯夜战抢卸抢运红砖。我背着能否当上林业局后备干部的沉重包袱，故作镇静，强装笑脸，也参与其中。

自从我与索老大的爱人"苦菜花"谈话后，特别是在抗洪抢险总结表彰大会上我对索老大进行表扬后，他们夫妻两个人就像换了个人似的，既不打了也不闹了，索老大一改喝大酒的坏习惯。今天，索老大在车皮上面卸砖，"苦菜花"在车皮下面接砖，夫妻两个人有说有笑，令众人诧异。曲直副主任开玩笑道："金勾书记的思想政治工作做得就是好，一直做到了'苦菜花'的心坎上去了。"开怀主席贴近曲直副主任耳边小声说："那也不能瞎做呀，怎么还做到人家的'心坎'上去了？"曲直副主任辩解："我是说做思想工作，夫妻团结紧紧地，试看天下能怎的？"大家一阵笑声。我也与他们开玩笑："妇女能顶半边天啊，索老大力气再大也没有'苦菜花'的能力大，只要'苦菜花'略施小计，索老大就乖乖地被拿下了。"大家又一阵哄堂大笑。

"苦菜花"羞羞答答地朝我喊："金勾书记，你怎么也开我们的玩笑呀！"索老大接着取笑"苦菜花"："你也不知道个好歹啊，这是金勾书记表扬你呢！""苦菜花"："去你的，赶紧干你的活儿！"索老大使个鬼脸，大家跟着起哄。

第二天吃过早饭，我与庆典主任一起来到了3栋水毁房工地。庆典主任向我介绍："前几天集中挖地沟、拉河卵石，今天集中力量砌石头，明后天就可以砌砖了。"我询问："照这个速度，上大冻之前完工应该没问题吧？"庆典主任倒背手满有信心地说："应该没有问题。只是这些天总是搞人海战术抢建水毁房了，秋整地生产耽误了一些。"我接着说："红砖拉回来之后，再也用不着那么多人了，就可以集中进行秋整地生产了。"庆典主任道："那是最好不过了，实现施工与秋整地生产两不误。"

我与庆典主任一边讨论，一边回到了他的办公室。过去我很少去庆典主任的办公室，今天他很敏感："金勾书记你有事？"我与庆典主任商量道："既是索老大家的事，也是工作上的事。"庆典主任很爽快："你直接说！怎么还吞吞吐吐的？"我略加思考壮胆地说："'苦菜花'和索老大夫妇两个人共同在造林第一线，生活上有诸多困难。能否把'苦菜花'调整回来？也好照顾孩子。"我出乎意料地提出这样敏感的问题，庆典主任立刻把脸阴沉下来，开始来回踱步，没有发表意见。我又接着说："索老大最近一个阶段表现非常好。把他树立为帮教对象的典型，既可减少和转化对立面，又可以调动各方面积极性，我想提拔他任营林二大队副队长，不知可否？"

庆典主任办公室格外的静，仿佛我们两个人的心跳都能听得到。他还是来回踱步，我站在那里很是尴尬，仿佛是被大人审问的小孩子，几乎到了无地自容的地步。我的目光随着庆典主任来回踱步的身影不停地移动。庆典主任终于开口："我说金勾书记呀！你的这两个意见都是积极的，但是都不大好操作啊。如果把'苦菜花'调回来，不是一家两家的问题，涉及很多家，所以这件事要慎重。把索老大提拔为副队长的事有点急、有点愣，你再考虑考虑，怎么样？"

我在庆典主任面前少有地吃了闭门羹。虽然我有些火气冲天，但还是努力地克制自己，对他不能发火，谁让他是我的长辈又是我的老领导了。

我略微镇静一下。索老大儿子在造林山场叼着馒头睡着了、"苦菜花"在造林山场为没断奶的姑娘喂奶的情景，一直在我的脑海里翻腾着。我还是努力寻找理由去辩解去争取："我已经调查过了，真正两口子在营林队一线的只有那么5户，一起都解决了也不是什么问题。"庆典主任看我固执己见，他态度生硬地说："机关这块没有地方啊，往哪里安排？"我不卑不亢地建议："把他们的爱人都放在苗圃不可以吗？也都是营林第一线，女同志都能干。"庆典主任察觉到自己失态了，态度略有些缓和没有再坚持："女同志是都能干。"我又忽然想起了自己当年从林场机关团委书记岗位下放到连队当不脱产副连长的经历，乘势又为索老大的事找理由："我看让索老大当副队长是有些愣，但给他一个表现的机会，在营林二大队当不脱产的副队长，既不吃草又不费料的，还能调动积极性，浪子回头金不换，何乐而不为呢？"庆典主任没有别的办法再进行阻挠，没有好气地推辞："那就提交到下次党政联席会议讨论一次吧！"

我特意顺着庆典主任的话再一次明确："那好，正好计划生育的问题也需要研究，一并上会。"他虽然没有表态，但也算是默许了。我有些挂不住面子地走出庆典主任的办公室。在走廊中我合计，虽然有失党委书记的尊严，但估计这两件事基本有戏了，我的"阿Q精神"胜利了。

能否当上林业局后备干部的事一直没有音信，时常烦扰我的心。我只有把工作日程安排得满满的，才能略微淡化此事。这天下午，我主持召开了林场党政联席会议，一是研究有关人事安排问题，二是专题研究林场的计划生育工作。

我首先就"苦菜花"等5对夫妇都在营林队一线的困难做了说明："为了照顾他们的孩子及他们的家庭生活，我与庆典主任商量，决定把他们的爱人调回苗圃来工作，大家以为如何？"开怀主席抢先发言："我拥护这个决定，这样做才能显示公平合理。金匀书记的这个提议深得人心。"大家纷纷发言，都支持我的提议。庆典主任不悦："别扯得那么远，哪有那么多的公平合理啊？就事说事。"我乘机和稀泥："好了，好了，这件事就算通过了，言前股长做好记录。"我暗中盘算着，我才不与你争什么公平不公平的，让事实说话才是真正的公平，职工群众心中自有一杆公平秤。

我又对索老大任营林二大队不脱产副队长的事做了说明。曲直副主任直接问："不脱产是什么意思？"我耐心解释："就是与职工同样分担生产任务，同时还负责管理工作，多给个名誉头衔，不吃草不费料的。"起武副主任理解为："先给个名誉头衔，调动他的积极性，干好了就转正，干不好了就取消。"我点点头："对了。"庆典主任抢着发言："索老大这个人有点愣，没有长性，能服众吗？再说了，在咱们林场还没有这样的先例啊！"庆典主任言外之意是不同意。

庆典主任做了否定性的发言，没有人再敢发言。会议陷入了僵局，沉闷——尴尬——无助，这个议题有可能被否定。我再往前赶也不行，后退还不行。等了几秒钟还是没有人发言，实在没有办法，我又鼓足了勇气启发大家："看一看大家还有什么意见？"期盼着谁能站出来替我说句公道话。

整个会议室静得出奇。老高所长先是用眼光热切地扫视一下各位，然后发言："我倒以为这是一件新鲜事。从帮教角度来看，如果索老大能当上了不脱产的副队长，不但在林业局内，而且在全克什林管局范围内，甚至在内蒙古，或在全国，都够当典型了，这也是我们帮教转化的成果啊！对这个索老大，我们不能用老眼光去看他，要看到他的进步和成绩。在这次抗洪抢险中他置生死于不顾，冒着生命危险抢救职工，就凭这一条，别说给一个什么不脱产的副队长呀，就是给队长也不为过。在这个节骨眼上，对索老大这个典型确实需要拔一下高，是不是呀？庆典主任还有各位，我们不妨先试一试。"老高所长一直望着庆典主任，等待着他表态。

庆典主任被老高所长问得半晌没有说出话来。他不好当众驳老高所长的面子，不情愿地很窘迫地表态："那就先试一试吧。"庆典主任一言九鼎，这个议题勉强通过了，我高悬的心终于落了下来。

言前股长汇报计划生育有关工作。大家对于吴能计划生育案进行了深入的讨论，在综合大家意见的基础上，我发表了意见："我个人认为，要采取积极稳妥的措施，主动争取林业局计生办和旗计生办的同情理解和大力支持，主动争取有关政策，早日解除吴能本人及家庭的痛苦。在上级没有明确答复之前，我们暂且可以把吴能当作困难户来对待，在这次水毁房分配上予以优先考虑和安排。其他的要等一等上级的政策。好不好？"

庆典主任与我的意见基本达成一致。他给了我面子，说："金勺书记的意见既积极又稳妥，对各方面都能说得过去，我看可以。"然而，在讨论对3名超生职工如何处理时，会议又显得沉闷了。对于这样的敏感性问题，没有人站出来先发表意见，都在等待观望。此时此刻，我作为林场党委书记必须阐明立场，亮出观点，不能再含糊其词了。我首先打破了僵局，说："按照计划生育政策规定，超生就应该开除公职。手心手背都是肉，人心都是肉长的。虽然我们也不忍心这么做，断了人家的生活出路，但也没有别的好办法。对于林场来说，超生是一项否决指标。如果不严肃查处，还会有人铤而走险，我们的计划生育工作就没有办法抓下去。只能如此而已！行政有关部门和工会履行程序吧！"大家面面相觑。

这3名超生职工就这样三下五除二地被我们给开除了，他们未来怎么生活？对我们是否怨恨？无人知晓。

是夜，我与庆典主任在宿舍熟睡。"咣"！"咣"！几块砖头破窗而入，其中的一块飞到地中间，另一块砸在了我的左手上，我尖叫了一声。庆典主任从睡梦中忽地起来了问我："怎么了？"他迅速打开了手电筒，往我身上照了一遍，别无他伤，只有我的左手背上洇出了鲜血。

庆典主任到卫生所把卫生员找过来，为我做了简单的包扎。血是止住了，但左手背剧烈的疼痛着实让人难忍。

杨树地林业局医院。

林业局医院的大夫一边仔细观看X片，一边告诉我，只是左手食指轻微骨折，无碍大事。大夫给我的左手食指简单地固定好，挂在脖子上，并嘱咐我："伤筋动骨一百天。"

我顺着一马路往东走，到林业局办点公事。每到一个办公室，当大家看到我的左手挂在脖子上，都纷纷上前好奇地问个所以然。我仿佛从战场上挂花凯旋一样，悠然自得地口若悬河地"炫耀"昨天晚上我所经历的一切。自从上次林管局考核组走后，我一直不敢回家面对红梅，总是躲着她。今天也是磨蹭到中午时分，我才往家走。当我打开我们小家院子大门时，小白熊——乐乐像往常一样摇晃着尾巴热烈欢迎我。红梅则不然，她两手叉腰，微挺着肚子，阴阳怪气地阻挡在房门中间："我说金勾书记呀，你不是走错了门了吧，是哪股风把你给吹回来的呀？"

红梅又看了我的左手一眼，好像悟出点什么："怎么挂彩了？如果不是挂彩的话，你说什么也不能回来呀？轻伤不下火线嘛。"

红梅把我弄得哭笑不得："我的姑奶奶呀！我哪还敢回来呀？我是怕你跟我没完哪！"红梅接过话茬儿："你躲过初一，还能躲过十五啊？"我慢慢地向她道明"挂花"的原委，努力岔过上次因我"惹是生非"她"出庭作证"的不愉快话题。红梅快言快语道："你们断了人家的后路，人家不砸你们才怪呢？"

我们不愉快话的题终于平息了。

幸福的夜晚又降临了。

小屋的灯光从来没有像今天这样温馨，火炕被红梅烧得格外热乎。红梅清澈明亮的眼睛炯炯有神，稀疏长长的睫毛微微地抖动，透红的嘴唇如花露欲滴。我将耳朵轻轻地贴在她的肚子上，细听胎儿蠕动的声音。红梅用双手向上轻扶我的脑袋，不停地问我："听见了吗？"

我迫不及待地兴奋地回答："听见了，听见了！"

红梅撒娇地轻轻地向上推移我的脑袋："顺杆爬！"

我们小两口尽情地享受这如胶似漆的美好夜晚……

梦乡中，我恍惚听到大屋窗户"咣！""咣！"连续两声巨响。小白熊——乐乐连续发出狂啸般的报警，不停地扒门。我机警地对红梅说："不好，有人砸咱家的窗户。"红梅有些紧张。我安慰她："不要怕，有我呢！"

我到大屋仔细察看，窗户被砸碎，满地碎玻璃被月亮照耀得像繁星一样闪闪发光。与布铁林场昨晚窗户被砸同出一辙，联想起来我恼羞成怒："竟然还敢撵家来砸！"

红梅责怪我说："不就是超生几个孩子吗？你不掘人家祖坟，断人家香火，人家能出此下策吗？非得开除干什么？多罚点款不就解了吗？"

我们小两口昨夜受到惊吓，左邻右舍一大早都过来嘘寒问暖。叔婶们说："你们家院子的板障子太矮了，应该再加高以防患于未然。"红梅第一个采纳了他们的建议："对，加高！不然我一个人在家，多担惊受怕啊？"

我又打电话给庆典主任，叙说了昨晚发生的一切和加高板障子的想法。庆典主任特别同情地说："这还得了！林场党政领导的宿舍和党委书记的家都不能确保安全，我们还干什么？让老高所长尽快破案。平常你也回不去家，对小家照顾得也不够，这次你在家就多住几天吧，我在林场顶几天，等把板障子弄好后再回林场。这年头不得不防啊！"

我家窗户被砸的消息不胫而走，在整个大杨树被传得沸沸扬扬。

下午，起武副主任领着克刚老师来看我，平华副书记听说后也赶了过来，佩良正好赶上休探亲假到我家来玩。他们看到我自己正在钉板障子，几个朋友不约而同地说："这活怎么能让金勾书记亲自干呢？"起武副主任说道："你指挥就行了，我们几个帮助你干。"最初，我想把板障子改成2米高，大家都说还矮，防不住贼。平华副书记建议："干脆把板障子改成2.5米高，顶端再架上带刺的铁线，就能做到万无一失。"

要钉2.5米高的板障子谈何容易？多亏了起武副主任去年冬天为我拉了一汽车柞木烧柴，我从中选取了一些质地好的柞木锯成板材，今天派上了用场。经过部队大熔炉几年锻炼的佩良格外细心，他用丈量板子宽度的办法，计算出符合2.5米高的板子还差4至5块。他使个鬼脸问大家："怎么办？还差几块。"我坦言："我就这么点儿家底。"我无计可施，大家为难。起武副主任笑呵呵地说："好说！活人还能让尿憋死。我和克刚到我妈家去看看，兴许还能找几块回来。"

佩良又向我建议："哥，最好把煤仓建在院子东南角，朝外开门，卸煤时直接往煤仓里面卸，免得往院子倒煤的劳顿之苦，平常把门一关，就是板障子，取煤时在院子内取。"我欣然地接受了佩良的建议："你这个意见很超前哪，就这么干！"

我们热火朝天地干了起来，前后左右邻居纷纷前来围观看热闹。

每到夏日，我与红梅都愿意使用窗前的炉火做饭，其实我最爱听榛柴在炉火中燃烧的声响。今天我一扫昨晚的晦气，顺便把窗前的炉子点着，一把一把的榛柴在炉火中燃烧得"噼啪"作响，眨眼工夫，水壶欢天喜地地沸腾了。我为他们沏好茶水，用四个小凳摆在院外的大道上，又回屋给红梅打电话："几个小朋友都来了，他们帮助钉板障子呢，现在是万事俱备，只欠东风啊！"红梅在电话中幽默："什么东风西风的，不就是炒菜做饭吗？"我也幽默地回答："知我者，莫过妻也。"

平华副书记与佩良钉得好快呀，三分之一的板障子快钉出来了。我正在盼望中，起武副主任和克刚老师用手推车推回了几块板子，解了燃眉之急。克刚老师悄声地对我说："这几块柞木板子是起武副主任他妈特意留下来的，准备为他结婚打家具用的。"

我几分内疚地对起武副主任说："可真是不好意思啊，这不是夺人之爱吗？起武，我看还是别用这几块板子啦！留你结婚时打家具用吧？"

起武副主任大方地说："结什么婚？八字还没有一撇呢，到时再说，等今年冬天我再拉点木头不就完事了吗？急用，救急！好不好？"

一个"好不好"把大家逗得哈哈大笑。这个"好不好"是我的专用口头语。他此时此刻用了这个"好不好"，恰到好处。

平华副书记与起武副主任都是基层团委书记出身，彼此之间都特别了解。他随口幽默："谁说八字没一撇啊？我听说你们在地下处了很长时间了，哪天是否领来让我们认识一下，你说好不好？"

又是一阵笑声，起武副主任多少有些不自然。此时，再熟悉不过的自行车链盒的敲打声与我们的笑声交织在一起。红梅把自行车停稳后快言快语地接过话茬儿："对，起武老弟呀，不能金屋藏娇啊，不早点领回来让大家看一看，也得先让嫂子我过一下目吧。好不好？"

笑声此起彼伏。红梅推着自行车与几位好朋友打过招呼进院："我给你们炒菜去。"

院内窗前，红梅忙里忙外，在榛柴燃烧的"噼里啪啦"声中击打着马勺，我在院外也能隐约地听见红梅炒木耳的爆炸声；院外板障子在"叮当"的交响曲中逐渐地竖立起来了。我开始欣赏起自己的杰作来。不，应该准确地说，这是我们集体智慧的结晶。东面的煤仓从外面根本看不出来，一旦卸煤时就可把假门打开，省去往院内倒煤之苦，多么方便啊！中间的大门从外面也看不出来，门闩门锁都在里侧，外面只做了个假门闩，小偷一时弄不明白还以为家里有人呢，具有很强的隐蔽性，多么巧妙啊！2.5米高的板障子，大杨树绝无仅有，上面还挂有带刺的铁线，纵使有三头六臂也是翻不过去的。

收工时，天幕已经渐黑下来。红梅炒的家常菜热气腾腾地摆满了一桌子，劳作了小半天的几位朋友围坐在方桌前喜笑颜开。我稍年长一些，只好端庄地坐在炕沿儿边，坐北朝南。我拿出"杨树白"递给佩良，让他代我给大家斟满酒。我虽然酒量不大，但可能是受爸爸的影响，我对"杨树白"也是情有独钟。"杨树白"回味悠长自不用说，它最大的特点是不管你今天喝多少，保你第二天不上头，浑身上下都很轻松。凡是在人多的时候，我有意无意地像爸爸一样喧宾夺主，好为人师。今天，"杨树白"刚过二两，我便打开话匣子，滔滔不绝地讲起了人生，讲起了我的远大理想和抱负，嘱咐几位朋友如何地干好工作，如何地处理好人际关系等，把昨晚窗户挨砸的那件事早都抛到九霄云外去了。佩良当兵在外，很少有机会与我们在一起，因此他最愿意听军事行动那段光荣历史。克刚老师是第一次端我们小家饭碗，难免有些拘谨。针对他刚参加工作的实际，我又讲起自己当知青那段艰苦奋斗的历史，如何地抢重活干，如何地吃不饱，特别是与上海、北京、天津知青相处的那段火红的岁月。我们还相约，每当谁有一点进步或是喜事时，我们都要喝谁的喜酒，要处一生一世的好朋友。

酒不醉人人自醉，月光窗前醉……

回到布铁林场有几天了。彻查我家窗户和我们的宿舍被砸案件始终没有什么进展。据老高所长讲，光怀疑是那几个被开除的超生职工干的，或怀疑是遥条副主任鼓捣的，那都不行，破案必须重证据。经多方查证，现在查无实据，难以定案，只有保留案底将来再说吧。

几天来，我又设身处地地换个角度想了许多，人家因为超生被开除了，对于一个家庭来说已经是一个毁灭性的打击，今后他们怎么生活且不说，如果砸窗户案件真是他们干的，又要把他们抓起来，有可能被强制劳动改造。这无疑是雪上加霜，既不利于化解矛盾，又不利于问题的解决。

说句实在话，也许是良心发现，我也不情愿看到这个案件真相大白。开除他们几个职工，实在是没办法的办法。

从某种意义上说，有时无头案会更好些，难得糊涂嘛。不就是砸坏了我们几块玻璃嘛，我们要宰相肚子里能撑船嘛，他们泄了私愤，出了口恶气，也情有可原，还是算了吧，不要再穷追不舍了，杀人不过头落地，得饶人处且饶人。否则人为的矛盾还将持续地升级，得不偿失。

过去，我对计划生育是天下第一难的工作理解得不够深刻，今天我总算是领教了，特别是对吴能同志的痛苦和困难有了更深刻的理解。我们老婆孩子热炕头的，而吴能他无法过正常人的夫妻生活。在这个世界上，无法过正常夫妻生活应该是人类最大的痛苦了吧。对吴能同志我们要给予深深的理解,在政策允许范围内,尽可能地给予他及他家人更多的关怀。这也是人之常情啊!

我带着这样的朴素情感主持召开了林场党委会议,再次专题研究林场的计划生育工作。事先我与庆典主任和其他党委委员进行了沟通,党委会议进行得很顺利。庆典主任对吴能同志也很同情,大家的发言也都很中肯,经过认真讨论,根据旗计划生育办公室和杨树地林业局计划生育办公室的意见和有关政策,最后形成如下决议:一是吴能同志夫妇二人去哈尔滨检查(包括此前和今后发生的费用)按公出对待,每人每天补助2.5元;二是给予一次性困难补助150元;三是发3个月的护理费,每天2元;四是给吴能妻子安排工作;五是为吴能同志照发工资;六是在水毁房分配时予以优先照顾。落实政策的消息不胫而走。吴能同志奔走相告,全场职工也无不为之感到振奋,都认为林场党委坚持正义,主持公道,同情弱者,体恤民情。

由此看来,职工利益无小事,小事也都是大事。我们当领导干部的涉及能否当上后备干部等升迁之类的事,也都挖空心思、寝食难安,何况职工群众的切身利益了?我以为,做人也好,当党员领导干部也好,还是经常换位思考的好,还是将心比心的好。

1986年8月27日

第四十五章
人生无常风着雨　世事难料云遮月

永红书记办公室。

永红书记亲切地与我进行谈话:"根据克什林管局党委考核组的考核,局党委决定,你已经正式破格被列为林业局的后备干部。向你表示祝贺!"永红书记起身隔着办公桌伸出右手与我热情地握手。我用双手紧紧地握住永红书记的右手,激动地说:"谢谢书记,谢谢书记!"

我原来以为这个林业局的后备干部自己这辈子是当不成了,今天心中的一块石头终于落地了。

永红书记深有感触地与我说:"你是占了毛主席说的'老中青'三结合的'青'字,才结合上来的,阻力不小啊!你27周岁,符合年轻化的要求,不拘一格降人才嘛!这在整个克什林区也是绝无仅有的。关于对你如何破格的问题,局党委和考核组也是慎重考虑的。主要是任正科级不满一年,时间太短,再一个就是与发花的关系弄得满城风雨,但是你的人品、素质和能力都很强,你的党性原则、奉献牺牲精神尤为突出,特别是在这次抗洪抢险中展现出了一名基层党员领导干部的风采。综合考虑还是把你报上去了。我们相信你一定不会辜负局党委的希望,把今后的路走好,用实践证明我们选你没有选择错。"我的双眼控制不住地流淌出激动的泪花,无语哽咽。

永红书记又风趣地调节气氛:"你回家也要好好地感谢红梅同志,没有她'出庭作证'，我再担保也不好使啊，她还是很大度啊！"我激动地表示："那是，那一定。"

我有意识地镇静自己，谦虚地征求永红书记的意见："书记，您看我下一步还要注意哪些问题？"永红书记略加思考为我开了药方："关于工作这块，不用更多嘱咐你了，巩固当前的成绩，保持良好的发展势头，在任何情况下都要坚持下去，就能取得最终的胜利。当前最紧迫的是要取得大专以上的学历，'知识化'这块是个硬杠，想办法补个学历。还有你与发花部长的关系，要保持适当的距离，人多嘴杂，唾沫多了也能淹死人呢！"我当即表示："一定按照永红书记的要求去做，绝不辜负永红书记的希望。"

早就知情的曹德玉副部长最为兴奋。晚上，他邀请我与红梅、人勤主任、吴部长、庆典主任、"寒八级"、平华副书记、王刚副主任和发花副部长在桥东毛驴小吃部一聚。

崔毛驴子掌控着大马勺，火苗窜到马勺上边来了。

曹德玉副部长兴奋地主持聚会："各位老同志，还有几位年轻的同志，金勾是我们看着成长起来的基层领导干部，也是我们大杨树第二代建设者，他今天能当上林业局后备干部，是我们大家的期望。今天我们这个小小的聚会就一个主题，为金勾当上林业局后备干部而祝贺，同时也祝贺红梅早生贵子，来，干一杯！"曹德玉副部长等人都喝了一大口"杨树白"。

大家的情绪迅速被曹德玉副部长调动起来了。各位老领导纷纷向我表示祝贺，我感到自愧不如。吴部长不胜酒力，他端起酒盅说："金勾当兵回来就在我们武装部上班，我对他是太了解了。他不像别的小青年整天混日子，金勾始终有一颗上进的心，所以我说金勾今天的进步是必然的。不过话又说回来，如果没有我们老领导——永红书记，金勾这个后备干部也当不上。你们信不信？"大家异口同声："信，太信了。"吴部长："那么，也为我们有这么一位开明的好书记喝一杯！"大家纷纷响应。人勤主任曾长期在永红书记身边工作，颇有同感，他接着引经据典："世有伯乐，然后有千里马。千里马常有，而伯乐不常有啊，金勾遇上了永红书记算是三生有幸了。"庆典主任兴奋地说："永红书记敢于打破条条框框，敢于起用年轻人，真是有魄力啊，金勾书记跟着没有白干。"大家喝得兴高采烈，知心的酒千杯不醉。

轮到平华副书记和发花副部长敬酒，他们两个人都站了起来。平华抢先说："金勾书记是我们年轻人学习的榜样，祝福你！红梅嫂子是贤内助，祝福你早日当上母亲！"发花副部长快言快语："祝福老班长，不管走多远，可千万不要忘了老同学呀！还有红梅，我算佩服你的眼力和能力，你是怎么把老班长抓到手的？"大家一阵笑声。发花副部长凭着酒劲借题发挥："当年在多布林场，我那么追老班长，老班长居然没有理睬我，你说就凭我的身材我的长相也不照红梅差多少，死活没有追上，硬是把我推给侯三了。侯三，一个司机，学了几天修理，在二马路桥头旁边开了一个通达汽车修理部，怎么能与老班长相比呀？一个在天上，一个在地上，相差十万八千里呀！这是为什么呢？"她幽默地停顿下来，故意看着大家的表情，大家反过来追问她："为什么？"发花副部长不无诙谐地说："答案只有一个，那就是我发花命苦啊！他们布铁林场不有一个什么'苦菜花'嘛，她不行，我才是真正的'苦菜花'呀！"大家又是一阵笑声。人勤主任和"寒八级"顺情恭维发花说："依现在的形势发展，侯三将来能发大财。"大家也附和着。

红梅接着插话解释："人这辈子谁跟谁，那都是命。金勺常说，两口子搞对象就像抓猪一样，抓到什么样的，就是什么样的。我和金勺能走到一起，所有的老师和同学都不看好，我嘛，太倔了，脾气不大好。金勺嘛，是个慢热的人，发花你在多布林场时，你们整天在一起花前月下的也没有把他逮住，那怨谁呀？谁也怨不着，那就得认命了，怨你没有抓住机遇乘虚而入，没有把他'做实'了，是不是呀？不过，话又说回来，你现在再追也来得及，我红梅的大门随时随地向你敞开！怎么样？"大家哄堂大笑。

发花副部长借酒劲发飙："红梅你敢再敞开，金勺书记的后备干部可就当不成了。"惹得大家把肚肠子都快要笑出来了。在笑声中发花副部长接着说："考核组找我调查时，我就跟他们这么说的，我们就是同学关系，不信你们可以问红梅呀。在这个问题上，红梅最有发言权。如果红梅说我们有关系，那我还求之不得；如果红梅说没关系，那就是我们今生没有这种缘分。"红梅也回忆起那天考核的情景："考核组也是这么问我的，你知道金勺书记与发花部长的关系吗？我说知道啊，是同学关系呀。考核组问他们整天在一起唱歌跳舞你知道吗？我说知道啊，都改革开放这么多年了，青年人在一起唱歌跳舞不是很正常吗？再说了，我们家金勺是团委书记，唱歌跳舞那也是他的工作需要呀。说得考核组领导哑口无言，一直把我送到招待所大门外。"发花副部长与红梅一唱一和，仿佛导演过的一出活报剧。曹德玉副部长等各位领导就像听天书一样入神。

发花副部长接着提议："好在没有影响老班长的进步，也算是我三生有幸。各位领导，我发花就是这样一个大大咧咧的人，愿意唱歌，愿意跳舞，愿意喝酒。来，喝酒吧！"大家一饮而尽。发花接着发飙："这酒可不能白喝呀！我们家侯三开的通达汽车修理部，还请各位多多给予支持，特别是你们工程公司，还有什么布铁林场了，都来捧个人场，多换几个零件呀。"我和"寒八级"等人在笑声中附和着："那一定，一定。"

红梅也提议一杯酒："大家知道，我带着身孕喝不了酒，只好以水代酒了，请各位领导原谅。各位老领导、庆典叔叔、人勤主任、寒总经理、曹大爷、吴部长，你们都是对我们家金勺有恩的人，金勺能有今天，都是你们帮助的结果，同时也是平华老弟、发花老同学和王刚支持的结果。来！我敬各位一杯酒，感谢你们！"大家纷纷起立，碰杯，喝酒。

发花副部长等又把刚忙活完的崔毛驴子让到桌上。崔毛驴子见缝插针地说："各位领导，今天大家能在我这个小店为我的铁哥们儿——金勺庆贺，是我们小店的荣幸。我和大家的心情是一样的，大老粗也不会说什么，就是祝金勺铁哥们儿有更大的发展，祝各位领导都有更大的进步，来，走一杯！"大家响应。崔毛驴子又接着表达："我还有个小小的提议，不知妥否？"曹德玉副部长准许："你们都是老朋友，有什么不妥的？"崔毛驴子说："我建议平华与发花再合作一首《十五的月亮》，好不好？"大家酒兴正酣，"寒八级"带头呼喊："好，来一个！"平华副书记谦虚地推让："还是请寒总经理与发花合作的好，他的歌比我唱得好。"大家起哄："对了，请寒总经理上！""寒八级"索性没有再推让，起身与发花合作："那我就与发花合作一曲，在祝贺金勾进步的同时，祝曹部长、吴部长老领导，祝人勤主任及各位，让我们今天在毛驴小吃部度过一个难忘的夜晚，下次到我们工程公司来做客，我来安排大家，好不好？"话音未落，掌声便响起来了。

"寒八级"和发花副部长时而重唱，时而独唱，一曲深情的《十五的月亮》，像小溪流水一样在我的心中潺潺流淌。中学时代、知青岁月、当兵历程、退伍后的奋斗经历等，一幕一幕像过电影一样在我的脑海闪过。他们唱得那么深情那么投入，深深感动了在场所有的人。

"寒八级"一往情深的歌声令人叫绝，发花副部长情意绵绵的歌声更耐人寻味，在座的各位并不一定听出她的弦外之音，红梅仿佛敏锐地察觉出一二来。

是的，在所有的艺术中，歌声与人的灵魂最近。世事纷扰，唯有歌声永恒，如同汇入甘河的一泓清泉，滋润着你的心灵，激荡着你的心弦。

——日记摘抄

布铁林场，我的办公室。

没有勇气去报考大学是我一生的遗憾。上次林管局考核组领导与我郑重谈话的记忆极为深刻，从此让我滋生了上大学的念头。如今永红书记又重提续学历的问题，必须引起我的重视。

最近以来，我经常在报纸上搜集有关成人大学招考的信息。虽然全国成人大学方兴未艾，但都需要考试方能录取，唯有自学辅导类学校入学不用考试。我开始翻箱倒柜，找到了在局团委时保留下来的《这一代》刊授学习杂志和《大学语文》等有关课本，又翻开粉红色日记本，找到了当年制定的《"三段式"学习计划》，决心比照这个计划进行再学习再冲刺，争取年底参加内蒙古或省里组织的自学考试。

"咚咚！"一阵敲门声打乱了我的思绪。言前股长进来提示："人都到齐了，就等您开会了。"我只顾自己如何续学历的问题了，把秋整地生产推进大会抛在脑后了。

会场外，庆典主任等各位林场领导手拿笔记本，站在那里等我一起入场开会。我假意地谎称："接一个电话，耽误时间了。"开怀主席开玩笑："时间都得听书记的，哪有耽误的事。"我又问："怎么没有听见广播放音乐呢？"言前股长解释："都放了好几遍了，《中国人民解放军进行曲》《人民军队忠于党》《三大纪律八项注意》，你没有听见？"

会场内，台下坐满了林场职工。我和庆典主任落座后，曲直副主任主持大会开始。首先，庆典主任传达内蒙古自治区党委"念草木经，兴畜牧业"动员大会精神；会议进行第二项，起武副主任传达林业局试办家庭林场会议精神；会议进行第三项，庆典主任对当前秋整地生产、救灾房建设、秋季防火、试办家庭林场等重点工作进行安排；会议进行第四项，由我进行讲话。由于我满脑子都是怎么续学历的问题，什么"念草木经，兴畜牧业"呀？什么试办家庭林场呀？我根本一点也没有思考，所以讲不出来个甲乙丙丁。我的大脑如同闪电一般搜索着，迅速形成了一个讲话提纲。第一部分，通报近期林场党政领导班子确定的几件事；第二部分对秋整地生产、救灾房建设、秋季防火工作提出常规要求，这也是不得已而为之。

我向全场通报了因为超生开除3名职工这件事，台下没有任何反应，纹丝不动。当我通报到为吴能解决一系列问题时，台下响起了掌声。当我通报索老大任营林二大队不脱产副队长、"苦菜花"等5名女职工调回苗圃工作时，台下响起了长时间热烈的掌声。这掌声是肯定、是拥护、是鼓励！我窃喜一个临时对付的讲话，却收到了意想不到的效果，这真是万万没有想到啊！

最近，我一直在八连沟知青队蹲点。今天，在回林场的途中，我路过营林二大队整地的地块。地头散落支起了几个窝棚。这些简易窝棚用树枝子支起来，上面披上塑料布，地下铺的是草，远远看去像乌篷船似的。我临时起意："走，过去看看索老大干得怎么样？"索老大看见我来了，他和几个少数民族职工从远处激动地跑了过来："金勺书记，你怎么来了？"我向他说明原委："你这刚刚走马上任，我过来看看。整地进展情况怎么样？"索老大用手指着山岗上一排排整齐有序的坑穴："金勺书记，我们可是按照林场的要求干的，我想搞块样板地！"顺着索老大手指引的方向，新刨的坑穴泛着新鲜的黑土，冒着缕缕的蒸汽。我高兴地夸奖道："好样的，还有什么困难吗？"索老大直截了当："金勺书记我有什么说什么，整地扩穴必须达到30公分以上，这个劳动强度有点太大了，一天干不了多少。这不为了赶进度吗？我带领大家住在山上，起早贪黑地干，进度还不算太快。"我不无同情地表示："这也太难为你们这些老同志了。"索老大接着诉苦："如果遇到好地块还行，如果遇到不好的地块，那难度就大了去了，根本完不成。"我又问及："地块是怎么分的？"索老大："抓阄呗！"我苦笑，索老大认真起来："金勺书记！工资定额和补助费太低了！若不是你的一个报告把我们动员上来，我们才不干这累死人不偿命的活儿，每到夜晚像守坟丘子似的。话又说回来，你这么关心我们营林一线职工的死活，我们也不好意思不干。"我安抚他们："好弟兄，你们几个是我可亲可敬的少数民族弟兄啊！我们吃这些苦，受这些罪的，明年春造也方便嘛。对不对？"索老大他们直点头。

此时此刻，我没有什么更好的大道理可讲了，顺手从索老大手中抢过一把镐头："来，咱们一起干！"在多布林场当知青时，我曾参与过整地扩穴的劳动，今天刨起坑穴来并不费劲，但是连续刨了几个穴后，多少有些喘不过气来。索老大见状就劝我："金勺书记刨几个就行了，你们坐机关的干不了这个。"我稍许喘口气："没有问题，难得的体验啊！让我多干一会儿。"索老大等人都与我一起干起来，欢声笑语传遍了山野。

近中午时分，我已经汗流浃背，双手都磨起了水泡，但没敢声张。我们回到了索老大的窝棚前坐下来。索老大从坛子中特意给我盛了一碗浓浓的酸奶："金勺书记，自己家酿制的，不知您是否喝得习惯？"由于我干了一上午，口渴难耐，一口气喝了好几口。乳白色的酸奶，晶莹剔透，凝脂细腻，酸甜可口，沁人心脾。我连连大加赞许："不是习惯不习惯的事，而是特别喜欢喝！我在多布林场时曾经喝过，好喝，哥们儿，再来一碗！"索老大又给我盛了一碗，同时递过来一张大饼说："从家背上来的，'苦菜花'烙的，将就吃吧！"我咬了一口大饼，根本咬不动，有些硌牙，但我还是夸奖一番："越嚼越香。"

索老大一边吃一边与我聊："山上的情况基本就是这么个情况，您也都看到了。吃过午饭后，请金匀书记还是回林场吧。林场还有那么多的事情等待您来处理。金匀书记，请您放心，是您的一个报告把我们动员上来的，今天您又与我们一起刨穴整地，我们还有什么理由不把任务完成呢？"听人劝吃饱饭，我乘机下台阶说："好的，我听索老大队长安排。"大家一阵笑声。我与索老大等——握手告别："好兄弟，能否完成任务就看你们哥们儿的了。"索老大坚定地表示："如果完不成任务，请金匀书记把我这个队长免了！"

办公桌上的报纸又堆积如山。

报纸上刊登社会各种办学的广告林林总总，五花八门，令我眼花缭乱。

忽然，职业培训大学招生简章映入了我的眼帘。对于这所职业大学，我从来没有听说过。仔细阅读招生简章，才得知这所大学是社会助学（职业培训）性质，分脱产学习与函授学习两种，每年组织参加一次全国高等教育自学考试，及格一科毕业一科，按开考计划考试全部及格获得高等教育自学考试毕业证书，国家承认其大学本科或大学专科学历。太好了！不用考试就能上大学，求之不得，天助我也！他们开设的课程有党政干部基础、汉语言文学、会计、英语等社会急需的专业。我权衡利弊，兼顾自己的工作，汉语言文学专业将来也许能派上用场。

林场正值秋整地生产大忙季节，救灾房正在建设之中，我没有时间也不忍心去上大学，但为了自己将来的发展，只有兼顾工作与学习双管齐下，做到学习与工作两不误、两促进，就此下了决心，提笔向局党委写申请，一直到深夜才收笔。

回到宿舍，庆典主任已经熟睡了但又被我给弄醒了。我向他讲了这几天上山检查的见闻，并就改善山场生活条件提出了自己的意见。庆典主任不假思索地应付道："别听他们瞎嚷嚷！提高工资定额和补助标准，上哪出这笔钱，林业局也不给这笔钱。"他翻身又睡了过去。本来我还想与庆典主任沟通自己报考函授大学一事，没承想他把我呛回来了，索性就没有与他说自己报考函授大学的事。

早饭时，庆典主任主动又与我说起昨晚关于提高山场伙食费标准的问题："如果你在山上答应了他们，那就得在管理费中挤，或是从冬天抚育伐生产中提取了，否则，没有别的办法。"我与庆典主任说："倒没有答应，只不过山场整地实属太艰难了，适当提高一点也许能起到鼓舞士气的作用。"庆典主任很理性地表示："既然如此，那我考虑安排一下。"我又与庆典主任沟通道："今天我回大杨树到组织部把起武、萨吉福和言前股长入党的事汇报一下，你还有什么需要我代办的事吗？"他表示没有。我竟然忘记了与他沟通我报考函授大学的事情，便回到了大杨树。

清晨，我们小家电话铃声急促地响起。

由于昨天晚上我又参加了一个祝贺我当上林业局后备干部的"局子"，所以我醉得很深。小白熊——乐乐发出狂欢的呼叫，示意让我去接电话，我这才勉强起来到大屋接电话。电话那端传来了老高所长慌张的声音："金匀书记，不好了，出大事了！"我急切地问："什么大事？慢慢地说。"老高所长颤抖地说："通达汽车修理部被大火烧了！"我第一反应想起了发花，着急地问："发花怎么样？"老高所长带有哭腔地说："他们夫妻二人还有孩子都被活活地烧死了！"顿时，我的脑子一片空白，心脏仿佛像骤停了一样。

天哪！发花的命怎么会是这样啊？

那天晚上我们还在一起热热闹闹地聚会，发花副部长与红梅不间断地调侃，惹得我们捧腹大笑；"寒八级"与发花副部长合作的二重唱——《十五的月亮》深情款款，让人沉醉；特别是发花副部长为侯三的通达汽车修理部招揽生意的情景，让人记忆犹新。这才隔几天呢？怎么会就阴阳两隔、天各一方了呢？我不敢相信老高所长所说的全是真的。

"我要到现场去看一看！"我与老高所长沉痛并焦急地说。

大杨树二马路桥头边，道路南侧。老高所长陪同我急步赶到。

围观的人们议论纷纷。有的报以同情，有的则不然，什么侯三嘚瑟大劲了，什么挣两个破钱大杨树就放不下他了，什么钱不是好道来的。还有的问："侯三这么有钱，怎么不在大杨树买个房子，把他爸爸妈妈接来住呢？"另一个知情人说："听说向他爸爸妈妈许过很多次愿了，但是做不了媳妇的主、当不了媳妇的家。"又有一个人补充说："现在越有钱的人越抠门！你看表面挺孝顺的，那纯粹是装门面，给外人看的，整景！"还有一个人气愤地感慨："那就不怕他的爸爸妈妈百年后来找他们？"

透过围观的人群，我看到通达汽车修理部早已经被烧成了废墟，现在只有烟雾缭绕和残垣断壁了。我一时无语凝噎，泪水不断地从腮边滚落。

一周后，案子破获了，两名罪犯被抓住了。老高所长向我叙述了案情的全过程。

原来，侯三的通达汽车修理部在发花副部长的帮衬下，开得风生水起，每天各单位来修理汽车的应接不暇。然而侯三掩饰不住内心的喜悦，不但沾沾自喜，而且还经常向外人炫耀自己每天能挣多少钱，特别夸口自己的技术水平如何如何地高，以此来证明自己是靠实力、而不是靠发花帮衬而发家的。后来侯三不顾发花的反对买了一辆三轮摩托车，这在大杨树暴发户中也是绝无仅有的。有时侯三骑上这辆三轮摩托车在大杨树一马路和二马路来回兜风，遇到人多时，他故意加大油门，使摩托车发出放炮似的爆炸声响，冒出一股股黑烟，向人们炫耀——我是通达汽车修理部侯三！我是大杨树的侯三！唯恐别人不认识他，此时就有人偷偷地诅咒他："要想死得快，就骑'一脚踹'④。"

谁也不会想到，由于侯三的嘚瑟和炫耀，却招来了杀身之祸。侯三有一个学徒工，是刑满释放人员，对侯三家经济收入了如指掌，表面上装得极尽勤快和热心，但背地里却起了歹意。他写信给家住齐齐哈尔的狱友，称侯三家富得流油，建议朋友过来一同"杀富济贫"。后来他就把这位狱友约来并介绍给侯三当学徒工。他们两个人经过精心密谋，多次察看了侯三家金柜存放的地方，偷偷配制了侯三家房门钥匙。那天晚上，他们两个人悄悄地打开房门、来到了东厢房，由于行窃时发出一点声响，侯三、发花和孩子都被惊醒，情急之下，他们两个人穷凶极恶地用扳手将侯三和发花打死，又用绳子将孩子活活地勒死。他们两个人行窃得手后，为了掩人耳目，又用汽油把修理部点燃，制

---

④ "一脚踹"，老式摩托启动时要用脚踹起动杆，俗称"一脚踹"。

造了一起火灾烧死人的假现场。

其实这是一起灭门惨案！火灾现场缭绕的烟雾虽然像阴霾一样一直笼罩在我的心头上，但发花灿烂的笑容，她甜美的歌声，她靓丽的身影、洒脱的举止、妩媚的眼神，都将永远地尘封在我的记忆中……

你说这人怪不怪？走着走着就和发花阴阳两隔、天各一方了，如今她却在极乐世界里无忧无虑地开始了新的生活，而我们活着的人只要有一口气，还要苦苦地去奋斗、去挣扎。相比而言，我还是幸运的。我报考函授大学的申请很快地被局党委批准了。又是一场梦，像过山车一样。

但是庆典主任对我报考函授大学特别不爽。在宿舍，我们一同坐在炕沿边上聊起了我上学这件事，他在挑我的理："这么大的事，你也事先不和我沟通商量一下，好让我有个思想准备。"说完话，他愤然而起，拂袖而去。言外之意，你没有把我这个长辈、老领导放在眼里呀，你这分明是逃避工作或是捞取政治资本。

我是林业局后备干部中唯一被推荐上在职大学的，其轰动效应不言而喻。尽管我去面授只要十天半个月的，但是永红书记还是很重视，临行时他特意指示局党委办专门调来一台大客车为我送行。人勤主任、曹德玉副部长、吴部长、王刚副主任、平华副书记等一直把我送到大杨树火车站。唯独不见庆典主任前来送行，令我尴尬不已。还有发花副部长不可能为我送行了。

列车徐徐开动，送行的人们还在向我挥手致意，投送来许多美慕的目光。我从来没有享受过如此这般的待遇，仿佛像杨树地林业局的一颗耀眼的新星正在冉冉升起。

尽管我是在职公费上学，林业局给报销学杂费和交通费等，但我还是没有舍得买一张卧铺票。列车缓慢行驶，我困倦难忍，只好在硬座下面铺两张报纸，钻进去香睡起来。睡到半夜时，蒙眬中听到有人嘲笑我："这个人一点也不讲究卫生，那下面什么味都有。"我心里又不免"阿Q"起来，总比在山上住窝棚住帐篷强百倍。

学校在这里租借了一个教室，大有寄人篱下的感觉。我们的班主任是一名退休老师，白发苍苍。在第一次班会上，白发班主任向我们耐心地解释："汉语言文学专业由师范大学主考。我们聘请的授课老师都是师范大学资深的有丰富经验的题库出题老师，同时又是阅卷老师，他们手中都掌握着各专科的题库，每个专科的题库共计20套题，只要大家认真地去学习，把题库的题背下来，参加考试保证没有问题，但是题库的题不包含在资料费用中，每个专科题库另追加35元。"课堂内一片哗然。这不禁让我疑惑起来，这是什么大学呀？莫非是上当受骗了？

第一学期开设《中国古代文学》《写作》《外国文学》三科。《中国古代文学》的主讲老师是师范大学中文系的老教授，七十有三，拄着拐杖，讲课声音洪亮。他开篇讲到《诗经》，"关关雎鸠，在河之洲。窈窕淑女，君子好逑。"他抑扬顿挫，摇头晃脑，仿佛唱和，韵味十足，引人入胜。《写作》的主讲老师是师范大学写作教研主任，又是自学考试写作评卷组组长。《外国文学》的主讲老师是全国大学《外国文学》教科书的主编。几节课程上完之后，这所学校的师资力量让我们震惊了。

1986年9月26日

第四十六章
深秋整地霜白处　只待三春植绿树

　　林场会议室烟雾弥漫，庆典主任与几位股长都是"小锅炉"或"大烟筒"。

　　我原原本本地传达了永红书记在林业局党政领导干部会议上的讲话精神。尽管当前党政分开，国有企业实行厂（场）长负责制的呼声很高，但是永红书记在我们杨树地林业局说话还是相当有分量的。这次永红书记在会议上布置了集中精力抓好秋整地生产任务，如果在10月20日前完不成秋整地生产任务，不但取消各林场党政一把手的奖金，而且还要进行通报批评；认真组织实施"双百分目标责任制"检查评比；认真贯彻落实中央和内蒙古民族工作会议精神等三件大事，谁也不敢怠慢，唯恐出现闪失。我和庆典主任在贯彻落实这次会议精神上自然形成了分工，他集中精力抓好秋整地生产，我侧重抓好迎接"双百分目标责任制"检查评比和促进民族团结工作。

　　我们布铁林场的秋整地生产处在收尾冲刺阶段。庆典主任还是严厉地提出："'当不上先进，也不能打狼'，我们的底线是必须在10月15日前完成8000亩的整地生产任务，比林业局提前5天，留有回旋余地。"

　　庆典主任深深地吸了一口烟，吐出一圈又一圈的烟雾，又熟练地把烟蒂吹得火红，脸朝我这个方向说："金勾书记，我看应该提出几条具体的措施，以保证秋整地生产的完成。"

　　我虽然在多布林场参加过秋整地生产，但还是缺少这方面的管理经验，10月20日左右有可能落雪了，到底怎么完成8000亩的秋整地生产任务？我心里没有数，如果讲也只能是笼统地强调和泛泛地要求。考虑到为尽快修补因为自己上函授大学与庆典主任之间造成的不愉快，我急忙地迎合补充道："对呀！是应该提出几条具体的办法，不然的话没有什么约束力。还是请庆典主任拿一个具体的意见吧。" 庆典主任随后把自己的一些具体想法全盘说了出来："我的想法不知是否可行，在10月10日前完成的，每超过1亩的奖励15元，以奖代补；10月15日前完成的，算你完成任务，不奖不罚；超过15日的，少完成1亩罚款10元。金勾书记，还有大家看看怎么样？"

　　庆典主任的意见，让我眼前一亮，恍然大悟，如同锦囊妙计一样为我所接受，但也有不同的意见。开怀主席认为："职工辛辛苦苦一个月能挣几个钱，动辄就罚款，谁还会给你干呢？"曲直副主任和几个股队长也是这个意见，两种截然不同的意见僵持不下。照常规庆典主任的意见在我们林场是一言九鼎的，没有人敢站出来说不同意见，今天却让我始料不及。

　　会议进入了"白热化"状态，庆典主任被气得脸色铁青，我也是胆战心惊、忐忑不安。

　　庆典主任无助地看了我一眼，似乎希望我出来打个圆场。我只好见机行事，壮胆地说："好了，大家不必争啦，说实在的，这个办法就是打死我也想不出来。当前我们不这么做也没有别的什么好办法。改革嘛，不能总是像过去那样吃大锅饭，搞平均主义，多少也得有点刺激。我个人以为庆典主任提出的这个办法不失为上策，符合当前的改革精神。从更高的层次来认识，这不正是经济承包责任制在我们秋整地生产中的灵活运用吗？"我的声音虽然很清脆，但略有些颤抖。

会场气氛仍然紧张着。大家看我坚定地支持庆典主任的意见，也不好再说其他的了，虽然他们心中还有许多不平，但这件事就算勉强通过了。我又乘机强调："在这个基础上，要发动一次立体攻坚战，林场领导和机关的同志，也要实行经济承包责任制，分片包干，同奖同罚，与职工同吃同住同劳动，把思想政治工作做到山场上去。"

与此同时，我把做好迎接"双百分目标责任制"检查评比和贯彻落实上级民族工作会议精神的有关工作做了安排。其实，我对党政分开，国有企业搞厂（场）长负责制，在理解上也是模糊的。好在庆典主任是爸爸的老同志，又是我在多布林场当知青时的老领导，在我们两个人之间，从来没搞过谁是一把手、谁是核心的问题，也从来没计较过谁说了算的问题。凡是林场的大事，都由党政联席会议来确定。凡有大事小情庆典主任都主动来找我这个"小书记"进行商量，即便我回大杨树了，他也要等"金勺书记"回来再定。因此在贯彻落实永红书记提出的"双百分目标责任制"检查评比的问题上，在我们布铁林场应该不是问题。

自我上任以来，布铁林场的思想政治工作一直没有松懈过，始终当作林场改革发展、生产经营的生命线抓在手上，但对我们林场的思想政治工作的成效不能估计过高，对迎接林业局党委的检查评比还是要高度重视的。借这个机会我再一次明确："在我们林场内部也要实行思想政治工作目标责任制，各单位的股（段）队长作为思想政治工作第一责任人。如果在年终的考核中达标的，每人奖励50元，如果不达标的，每人罚款30元，咱们在思想政治工作上也要像抓秋整地生产一样，搞一个竞赛活动，奖勤罚懒，好不好？当务之急还要做好整章建制和总结经验的工作。请开怀主席具体抓一抓，去大杨树买一些镜框，把制度装裱挂在会议室的墙上。言前股长把各种会议记录整理好，以备检查，同时搞一个最有说服力的汇报材料。

"我们布铁林场是多民族的林场，有着民族团结进步的光荣传统。在这方面我们要认真地总结经验。林业局党委规定，一年要上两次民族团结教育课，我们上半年的课上完了，现在要把下半年的课补上，我亲自讲。这项工作请开怀主席协助我抓一下。好不好？"

我还要讲一讲发展党员、社会治安综合治理、分水毁房等具体问题，这时萨吉福队长敲门进来，他说："旗防火办来电话，呼盟盟委副书记海青同志要从扎莱河农场到布铁乡政府来检查工作，布铁乡政府的电话打不通，只好让我们林场协助接待一下。"

简直不敢相信自己的耳朵："谁？"我好像没有听清楚。萨吉福队长补充说："海青书记！"真的是我们的老领导回来了？我抑制不住内心的激动。

海青书记已经不是我们原来意义上的杨树地林业局党委书记了，而是呼盟的盟委副书记。这次路过我们布铁林场不仅是对我们林场的检查，而且也是对我们杨树地林业局的视察。对这件事千万不能等闲视之，我首先向永红书记报告。永红书记在电话里对我语重心长地说："海青书记是我们呼盟德高望重的老书记，又是我们杨树地林业局的老领导，回来一次不容易，一定要安排好，一定要汇报好，一定要接待好。同时，一定要替我邀请他老人家回杨树地林业局看一看，我们大家都很想他啊！"

放下沉甸甸的电话机，我自言自语地说："这'三好'可怎么做啊？"

布铁乡政府与扎莱河农场隔甘河东西相望。过甘河需要坐船摆渡，然后用车把海青书记接过来。我们林场最好的车还是那台历史悠久的破"铁牛"。说来也巧，今天"铁牛"司机又回大杨树了，只好请开怀主席代劳了。我与开怀主席开玩笑："上回抗洪抢险时你立了头功，这回又为海青书记开车，一定能走红运哪！"开怀主席高兴地回答："但愿如此！"他又找几个人把"铁牛"拖斗用水冲洗干净，从林场会议室搬来几个老式长条木靠椅放在拖斗车上。

庆典主任在接待上富有经验，他让食堂准备一下晚餐。食堂师傅为难起来："什么准备也没有，吃什么呢？"庆典主任建议："海青书记来了，买个羊宰了，手把肉，再杀个笨鸡，煮几个咸鸭蛋，看看索老大今天打鱼没有，炒个木耳等，凑合几个菜还不容易？"

开怀主席把"铁牛"开到了甘河的渡口边停下，我和庆典主任纵身跳下车来。也许是听说海青书记回来了，浅滩的甘河水也发出了阵阵的欢笑，闪动着粼粼的波光向前欢快跳跃。

秋日的甘河水，不比夏天时丰满。一条小木船由甘河的对岸向我们划过来，隐约可以看见坐在船中间的海青书记。这个魁梧的身影是我再熟悉不过的了。记得我刚退伍时接收我回杨树地林业局，安排在武装部工作是他老人家特批的，我参加克什林管局林业公安系统录用公安干警考试后，能继续留在武装部工作也是他老人家特批的，在我退伍后上班刚好3年就当上林业局团委副书记也是他老人家亲手栽培的。

我们互相招手，小船渐进地靠近了沙滩，我和庆典主任、曲直副主任等迎上前去，把海青书记搀扶下船。当我握到他老人家那双宽厚温暖的大手，再次听到他老人家那厚重洪钟般的声音时，我禁不住热泪盈眶，声音哽咽了。

海青书记是专程到布铁乡检查工作的。他依然穿着一身发了白的藏青色中山装。如果不是我们认识他，就凭简单朴素的穿戴无论如何也看不出他是盟委副书记。我先跃上"铁牛"后面的拖斗车，用双手抢先把海青书记拽上车，仅有的5名陪同人员依次上车。

开怀主席轰了两脚油门，"铁牛"的烟囱冒出几缕黑烟，向布铁乡政府方向"突突"地前行。海青书记坐在我们事先准备好的老式长条木靠椅上来回摇摆。他老人家并没有什么不爽，反倒很自然。我看在眼里，难受在心上，不停地向海青书记道歉："老领导，我们林场条件有限，只能让您坐冷板凳了。"

"这有什么？当年在图里河会战，转战吉文、甘河、克一河时，哪有什么车坐呀！步行几十里、爬冰卧雪和风餐露宿是经常事，好多东西都是人拉肩扛运上去的，我们那时住的都是工棚子和地窖子。和谁讲条件？问我苦不苦，想想红军两万五；问我累不累，想想革命老前辈。没的说，我们这辈人就这么干过来的。现在有这'铁牛'拉着我们就不错了，还怕再坐什么冷板凳？"海青书记一番诙谐顿时让我们放松了许多。

不知是怎么搞的，布铁乡政府好像没有接到通知，到现在还没有人来接。我相信他们如果接到通知，一定会来接海青书记的。我和庆典主任生怕海青书记对乡政府挑理或生气，便主动与海青书记搭讪。原来海青书记此次调研，主要是想了解少数民族扶贫开发资金使用情况和民族团结进步工作开展情况。我暗暗地就林场有关情况打了腹稿，以备向海青书记做详细汇报。

一栋陈旧的红砖房——布铁乡政府。下午快下班了，没有看到几个办公人员。好在我对布铁乡政府比较熟悉，把海青书记直接让到了乡政府会议室，让通讯员去找乡政府领导。唯恐冷场，我和庆典主任等主动汇报了布铁林场的营林生产和秋整地生产情况以及今年抗洪抢险的经历。海青书记对林场的抗洪抢险很感兴趣，刨根问底，我们逐一做了汇报。

时间好像过得很慢，乡政府的领导还没有找到，急死我们了！怕因乡政府没有人接待而导致海青书记发火，我借机把布铁林场民族团结进步工作向海青书记做了汇报，以消耗和充塞时间。我使尽浑身解数，如数家珍，从林场民族构成到林场少数民族职工生活，从林场民族干部使用情况到为少数民族职工办实事等，一件一件地说给海青书记听。海青书记听得兴致勃勃，不时插话。

正当我无计可施的时候，孟彬乡长终于被找来了。他进了会议室直奔海青书记跟前，并忙解释："对不起呀！老领导，真的没有接到通知啊！否则，怎敢不去接老领导呢？"

海青书记坐在那里伸出手来与孟彬乡长拉了一下手，并安慰了他说："没关系，不知者不怪。我这不是不请自到嘛，权且当作一次暗访了。"

瞬时，压在我心头上的一块阴云立刻被驱散了。原来海青书记在我们杨树地林业局工作时遇到不正常的事都要发火训人，今天却没有，纯属例外了。老领导是多么的宽容大度啊！如果要换成其他领导，肯定不会这样。

孟彬乡长汇报时有些紧张，海青书记不时插话，使孟彬乡长放松了许多。他越说越来劲："反正我们鄂伦春族是少数民族中的少数民族，种地我们都不会，打猎也不行，动物越来越少了，不好逮了，但是没关系，今年冬天我一定打几个狍子给海青书记送到海拉尔去，有我吃的就有海青书记吃的。"

孟彬乡长一席话，把海青书记逗笑了，现场的气氛顿时也活跃起来了，大家七嘴八舌说个不停。海青书记环顾一下四周，语重心长地讲起了民族团结的重要意义，并对林场和乡政府的民族团结工作提出了具体要求。

海青书记又看了我和庆典主任一眼，对我们林场的几位同志说："刚才听了金匀同志的汇报，林场民族团结进步工作抓得很好很实，为少数民族职工办了很多实事，在这方面你们要很好地总结经验，最近盟里要召开民族团结进步经验交流会，请你们届时到会介绍经验。"听到这里我暗喜，老领导对我们是多么的厚爱啊！

他又接着说："少数民族的发展，离不开林业、农场、铁路等各方面的大力支持和帮助。怎么帮助？不是给钱给物式的"输血"，而是帮助提高"造血"功能。比如你们林场，可以帮助搞一些委托劳动，划一片林地，搞造林、搞抚育，通过自己辛勤劳动获得报酬。在民族地区工作，要以诚相待，要像爱护自己眼睛一样爱护民族团结。千万不要比谁大谁小，谁高谁低。要讲和谐共处，要讲共同发展和进步。"

散会了，孟彬乡长难为情地说："现在已经过了饭时，我们事先也没有什么准备，只好到小饭店将就吃一顿。"庆典主任表示："林场早都准备好了，请海青书记到我们林场用餐吧！"我也邀请。海青书记看了一下手表："我们要坐6点10分的火车回海拉尔，来不及了。谁家的饭也不吃了，下次再吃。"说完，我们搀扶海青书记登上了"铁牛"后面的拖斗车。

"铁牛"突突地冒几股黑烟，向布铁车站驶去。

望着远去的火车，我的心一时难以平静。

回到林场食堂，我们为海青书记特意准备的手把肉等一桌子菜，热气腾腾，香味四溢，扑面而来。庆典主任用刀子挑一块手把肉带头吃了起来，并调侃道："可惜了，海青书记没有这个口头福呀，我们来享受吧！"我们参与接待的每人挑一块手把肉，大口地撕咬着。手把肉是蒙古等少数民族千百年来最喜爱、最常用的传统吃法，在多布林场当知青时，只是听说过手把肉如何的好吃，但很少品尝过。此时此刻，我将羊肉蘸点芝麻盐，细嚼慢咽，味美鲜嫩，肥而不腻，瘦而不柴。我又喝了几口原汁原味的羊杂汤，鲜美异常。

饭后，我们开始品尝奶茶，咖啡色的奶茶浓郁清香，沁人心脾。我感慨万千："海青书记虽然官当大了，但还是那么轻车简从啊，没有带几个人。"庆典主任借着酒劲儿引经据典："过去封疆大吏出行可不是仅有5名陪同人员哪，那得鸣锣开道，仪仗扈从，前呼后拥，车乘相衔，旌旗招展。"然后他又用京戏腔吆喝道，"这就叫作，'天子出，车驾次第，谓之卤簿。'"

宿舍，入睡前，我总觉得海青书记他老人家到我们布铁来一次，就连我们林场的一块手把肉也没有吃上，真是懊悔莫及。是夜，入梦，我到海拉尔参加盟民族团结进步经验交流会，并在大会上做经验介绍。大会结束后的宴会上，海青书记当众对我的发言进行了热情的点评……

半夜时分，半梦半醒，海青书记如洪钟般亲切慈祥的声音仍在我的脑海中回旋……

深秋，八连沟。

寒霜初降，五花山色。淡淡的祥云如雪一样白，高高的蔚蓝色的天空如水洗一般。远远望去，"青年造林突击队"的红旗在迎面山坡上猎猎飘扬。

我再次来到八连沟督办今年秋整地生产最后的冲刺。

几天来，起武副主任陪同我一起到山场进行检查。对八连沟这条路，我们不知走过多少遍，对它熟悉程度不亚于大杨树的一马路。我们一起走在这条土路上，共同商讨如何提前完成秋整地生产任务。知青队总共承担2500亩秋整地任务，分13个地块。起武副主任向我汇报说："现在我们正在搞突击，早晚都延长整地时间，中午不休息，估计90%的职工能在10月10日前完成任务。金匀书记，林场定的每亩15元钱的奖金可要准备好喽！"

我很明确地回答了起武副主任的关切："没有问题。人家'寒八级'不是说了嘛，说了算，定了干，天大困难也不变，宁可筋骨断，也叫山河变嘛！我和庆典主任虽然不能叫山河变，但向来说话也是算数的。只要能按时完成秋整地生产任务，我们拿出多少奖金也值啊！再说了肥水不流外人田嘛！不过，你那10%怎么办？"同时，又把我的一点疑虑直截了当地说了出来。

起武副主任很有信心地说："剩下的那10%，假如实在完不成，我就动员大家互帮互助搞突击，把未完成任务的地块重新划给提前完成任务的，把他那份承包的钱分给人家。只有这样才能不拖林场的后腿，保证全场秋整地生产任务的完成。"起武副主任说的在理，安排得妥当，我自然放心了。

7号地块，只有几对小青年。小敖和小涂都是达斡尔族青年，小敖身体健壮，威武英俊。小涂身材娇小，头上围一个红色的纱巾，一双明净清澈的眸子像月牙一样，仿佛那灵韵也要溢了出来。小敖和小涂是知青队的骨干力量，从完成生产任务到文体活动，他们两人始终走在前面。记得我在局团委工作时，到布铁林场搞过调研，小涂还在座谈会上发言了。在这次秋整地生产过程中，小涂他们两个人超额完成了任务，只等着拿超额奖金了。起武副主任向我介绍："他们扩穴已经达到50公分，超过了规定的标准，是样板地块。"小涂颇有感慨地对我说："这是良心活，明年开春造林时，也是按照谁整地谁造林的原则进行。你今年若把草皮翻过来晾晒好，深松土，明年开春造林时就会省时省力，否则就费时费力。如果说你糊弄他一时，他就会糊弄你一辈子。"我听后颇有同感："这秋整地生产和造林也是一门学问啊，这里面也有辩证法啊。"说话间，小涂忽然晕厥过去了。我情急命令："赶快送回林场抢救。"起武副主任带领两个人将小涂迅速抬回林场……

秋整地生产是啃硬骨头，是一场硬仗，也是一场恶仗。我心里特别清楚，小涂她是被累倒的。

白天在山场进行整地生产，身体处于高强度劳动状态，一般男同志都受不了，何况女同志？以往夏日里的八连沟，空气闷热，蚊虫多，而且体态大，咬人尖痛，飞行如虎，轮番轰炸，随手可抓。如今收工时，他们每个人还要带回几根烧柴，准备食堂做饭和晚上帐篷取暖用。夜晚的帐篷里，几乎是天寒地冻了，被窝里冷若冰霜，双腿不能伸直，脑袋瓜子不敢露在外面，有几个男青年都是两个人一被窝互相取暖。好多小青年没有想到秋整地生产一直持续到10月初，更没有做好御寒准备。有几名女青年夜晚都被冻得流下了眼泪。小涂由于晚上没睡好觉，白天劳动强度又这么大，劳动时间又特别的长，但是为了完成秋整地生产任务，她还是不声不响地坚持着，直至晕厥过去。在这种极其艰苦恶劣的环境中，起武副主任带领他们不知是怎么熬过来的，在我的心里他们堪称是艰苦卓绝了。

我在八连沟连续住了几天晚上，在部队当兵时得的关节炎病又犯了，双腿疼痛阵阵钻心着实难忍，没有办法我只好穿上衣服起床，为大家烧炉子，借着微弱的炉火光看书学习。一边翻阅《中国古代文学作品选讲》，一边对照20套题库题进行学习，重点对照题库题的填空、选择、判断、名词解释、问答等题型，交叉消化作品中的知识要点。

八连沟长夜漫漫，炉火"噼啪"，光影扑朔，一个读书人在知识的海洋中遨游。

早上6点30分，起武副主任准时播放《中国人民解放军进行曲》招呼大家起床。放眼望去，草尖和树梢都披上了一层雪白的霜。晨光中，"青年造林突击队"旗帜猎猎……

知青队于10月12日前胜利地完成了今年的秋整地生产任务。然而，起武副主任又提出了一个新的点子："光知青队自己完成任务，不能算完成任务，只有全场完成任务才能算最后完成任务。金勾书记，把知青队调过去支援索老大营林二大队。"我一听兴奋极了："好啊，有大局观念，支援去！"

"青年造林突击队"的旗帜又高高飘扬在索老大他们营林二大队的地块上。索老大兴奋地对起武副主任说："你小子还真的够哥们儿意思，晚上喝一顿！"

10月15日，是全场秋整地生产取得决战决胜的日子。晚上，我从山场回到了林场，听庆典主任说："从生产股汇总的情况看，全场8000亩的整地任务基本完成，略有超额，可以向林业局提前报捷了。"

这真是一件大快人心的好事，明年的春季造林工作总算有了着落了。如果完不成任务，我还不知道如何向局党委、向永红书记交代呢，那我可要给永红书记抹黑丢脸了，到时候现哭都来不及呀。

前一阵子工作忙得不亦乐乎，又有一段时间没有回家了。刚进我们小家的大门，小白熊——乐乐欢蹦乱跳发疯一般地往我身上扑，拽我的裤腿，使劲地咬我的鞋帮。

红梅显怀了，而且很明显。她的脸上始终洋溢着腼腆而又甜蜜的笑容。晚上关灯前，我轻轻地抚摸她愈加突出并且光泽明亮的肚子，躬身用耳朵贴近她温柔滑润的肚皮，隐约地感受到在气体和液体之间有一种蠕动，也犹如缓慢地冒着气泡，很是轻柔、略有节奏。是啊，这是多么温馨多么幸福的时刻啊！

原来，这就是我未来小宝宝的温床。我自言自语："爸爸的工作太忙了，明天还要回到布铁林场，没时间照顾你们娘俩，你可不要太淘气了，妈妈带你多不容易啊！每天洗衣做饭，上班下班，你可要乖乖地听话呀！"

红梅轻轻地揽着我的头，娇柔细声："使劲踹你爸两脚，让他不着家，让他不管家！"

此时此刻，激动的我竟然忘记了雷打不动自学考试的复习。

昨夜，又梦八连沟。我与起武副主任再次漫步在八连沟的小路上，抚今追昔，不胜感慨！我们亲手栽下的树苗已经茁壮成长，绿树成荫，郁郁葱葱。

早上初雪暖阳，我和红梅一起出门，把小白熊——乐乐锁在了大门里，它趴在那里眼巴巴地望着我们。

我目送红梅骑上自行车，跐着小雪，迎着朝阳，朝着东南方向的农工商联合公司骑去。我骑上爸爸那台破旧的自行车，穿过林业局电站、林业局商店、东方红小桥，直奔林业局医院。

我很早就听说永红书记住院了。林业局医院临时腾出一间病房给永红书记用，一位秘书在门口把门。我麻烦秘书进去通报一下，经过批准后我才进去探望。我也有一段时间没有向永红书记汇报工作了。他好像有些疲倦，脸色苍白，眼睛略有内凹，让我顿感心疼。永红书记躺在病床上微笑地注视着我，我激动地上前握住永红书记的双手，久久不愿意松开。永红书记是我的精神支柱，他怎么会生病呢？我询问了永红书记的病情后，逐一汇报了布铁林场今年秋整地完成情况、迎接"双百分目标责任制"检查落实情况、贯彻落实中央和内蒙古民族工作会议情况。不知不觉，我汇报有半个多小时，秘书中间敲门进来过一次，通报还有其他的同志要进来汇报工作，我实在不好意思再多汇报啦，留点时间给永红书记做指示。

永红书记靠着枕头坐在床上对我的汇报频频点头，又特别地嘱咐我："从我们多民族的林业局特点出发，林业局党委决定，要提高民族团结进步工作在'双百分目标责任制'评比考核中的权重，在制度层面把这项重要工作落实好。你们可是多民族林场，在这次'双百分目标责任制'评比考核中特别是民族团结进步工作中，一定要带个好头，为全局树立样板。"我在笔记本上一刻不停地记录着。

临出门前，我犹豫了半天，从上衣服兜里掏出事先准备好的一张50元钱塞给永红书记："我这点心意，不成敬意，您买点补品补一下身子，请老领导一定要收下。"

永红书记一改常态，突然严肃地下床站了起来："金匀，你知道我得的是什么病吗？"

我忐忑不安地说："知道，听秘书说是心肌炎。"

永红书记坚决推让："知道就好，那你还让我着急上火。赶快把钱装起来，你的心意我领了，只要把工作事业干好，就是对我最大的关心。好啦，别让我着急上火了，回去吧。"

永红书记威严的目光让我无地自容。为了不让永红书记着急上火，我只好尴尬地把钱又揣了起来。这是我平生第一次送这么大的礼，又被领导拒绝了，神情紧张，窘境难堪。出了病房，我一不小心撞在了医院走廊的门框子上，鲜血洇湿了头发，黏糊糊的。

这50元钱虽然没有送出去，但永红书记不收礼的举动将影响我的一生，让我记他一辈子。当官做得好，不如做人做得好。

——日记摘抄

尽管我留恋正在孕育小宝宝而且行动多有不便的红梅，儿女情长难以割舍，但林业局党委和林业局的"双百分目标责任制"检查时间迫近、刻不容缓，让我实在不敢在家多住一日。

庆典主任正等我回来召开迎接林业局"双百分目标责任制"考核自检自查会议。我结合永红书记在林业局医院对布铁林场"双百分目标责任制"的最新指示精神，就迎接林业局"双百分目标责任制"评比检查做了总体安排："编筐窝篓全在收口。可以说，一年来，我们布铁林场战胜了特大洪水，全面完成了护林防火、春季造林和秋整地生产任务，思想政治工作、精神文明建设和行政管理等各项工作都取得了新进展。当前，主要是我们有一些内业工作没有完全跟上，诸如各种记录等都需要补齐，谁补不齐，谁影响我们布铁林场的成绩，让检查组扣分啦，我就罚谁的款，扣谁的工资。特别是各股段队长、机关各大员，你们要把眼睛睁得大大的，把工作搞得细细的，谁如果耽误了林场的大事，我和庆典主任就给你们搬家，换个地方待着！谁若是不信邪，那就骑毛驴看唱本——走着瞧！"与会人员个个都神情紧张。庆典主任对我的安排表示支持，并就生产目标责任制有关迎检工作也提出了具体要求。

昨夜下了一场厚厚的大雪，把布铁林场装扮得银装素裹。我组织机关干部、护林队员迅速进行清雪。我特意模仿在部队时清雪那样，带领大家把道路两侧的积雪修筑成雪墙，用铁锹抹出一条直线并造型，然后组织机关女同志插上纸花，人为地筑起一道五彩缤纷的靓丽风景线。开始有的同志想不通，认为多此一举。对此，我坚决地批评他们："干什么都要认真，清雪也要清出个样子来！"不多时，隆冬的场区面貌焕然一新，如同过年一般，赢得了全场职工的一致赞许。

"双百分目标责任制"评比考核迎检的历史时刻终于来到了。

《中国人民解放军进行曲》《人民军队忠于党》《三大纪律八项注意》等歌曲通过林场广播大喇叭响彻了布铁林场的上空，一阵又一阵地激荡着云霄。播音员激扬悦耳的解说，使全场职工沉浸在激动兴奋之中。

我和庆典主任带领林场机关干部在林场大门外列队迎接检查组一行。永红书记亲自带队，检查组乘坐的两辆吉普车缓缓地停在了林场大门外。永红书记伴着乐曲声，像检阅部队一样，与我们一一握手，不断地问候："同志们好！""大家好！""大家辛苦啦！"

林场大门里，洁白的雪墙，笔直的边沟，点缀的纸花，在视觉上给人们以强烈的冲击。

我和庆典主任都知道这次检查的极端重要性，不仅关系到我们一年来的工作能否得到局党委和林业局的认可，更关系到我和庆典主任的政治前途及走向。我们用了近一个多小时的时间，全面系统地汇报了我们布铁林场一年来的工作。在思想政治工作、精神文明建设和民族团结进步方面汇报中，我列举了诸多生动的事例，特别是列举了抗洪抢险中诸多感人至深的先进事迹，把一个干巴巴的汇报会变成了一场催人泪下的先进事迹报告会，收到了意想不到的效果。

检查组在察看内业时，永红书记抽时间分别与我们林场班子成员进行谈话。他与我谈话时，首先向我了解班子成员的工作情况。我重点向他介绍了我与庆典主任互相配合的关系和党政联席会议的做法，又向他积极推荐了曲直副主任、起武副主任、开怀主席及言前股长，永红书记都一一地记下。他不时插话："团结出干部，事业出干部。"最后，他对我今后工作提出了几点希望："一是不管怎么改革，都不能放弃党的绝对领导。任何放弃党的领导的做法都是错误的。你们搞的党政联席会议，只能算是一种当前过渡性的做法，而不是最终的做法。你要认真研究在当前复杂的形势下如何进一步加强党的领导的问题，即使再难也要给我坚决顶住。二是要坚持民主集中制这个好制度、好传统、好作风。遇有大事一定要坚持集体决策，不要搞一言堂，更不要搞你们两个人说了算。你们党政两个人说了算，与一言堂如出一辙。三是要努力克服简单粗暴的工作方法，注意调动班子成员的积极性，要在个人成长进步上、生活上、小节上等各方面给予班子成员更多的关心。四是学会经济管理。当党委书记的不能当门外汉，要领导经济活动，就要懂经济，学会管理经济。当前，你首先要学会算林场的经济账，然后再学会算宏观经济账……"

永红书记与我简短但语重心长的谈话，特别是"四个要求"的谆谆教导，让我感受到了永红书记对一名基层年轻党员领导干部的一片赤诚之心、体恤之情。我的眼睛模糊了。

在下午的反馈会上，永红书记很认真地公布了检查汇总结果："一天的检查结束了。你们的思想政治工作、精神文明建设自检96.1分，检查组初步评定87.6分，民族团结进步工作成效明显，加5分，最后得分是92.6分；生产业务自检98.9分，检查组综合评定91.9分。你们的自检分很实在，也没有什么水分。我们在检查中，有扣分的地方，也有加分的地方。这个结果是初步的，等待全局检查结束后，进行综合平衡，再排出名次。

"一年来，你们战胜了特大洪水等诸多困难，做了很多实实在在的工作，取得了一些新的成绩，可圈可点……"

永红书记对今后的工作提出了新的要求："……自治区党委最近提出的'念草木经，兴畜牧业'发展战略，局党委要求我们结合实际，认真抓好贯彻落实。毛主席常说，纲举目张。1987年乃至今后一个时期，我们杨树地林业局的发展要抓住'三个纲'。第一个纲，就是要巩固营林生产成果，大干五年，争取到1993年实现百万亩人工林，到20世纪末，实现200万亩人工林。这是一项功在当代、利在千秋的伟大事业，也是'往地下埋黄金'的挣钱买卖。第二个纲，就是稳步发展畜牧业，要从实际出发，不能搞一哄而起，一哄而散。第三个纲，就是因地制宜，宜工则工，宜农则农，宜商则商。概括起来，我们的行动口号是，抓住'三个纲'，'百万'奔小康……"永红书记远见卓识的政治宏论，以及对杨树地林业局未来的发展思路，无不让我们受到了极大的鼓舞。

一年一度的全场劳模大会隆重举行。林场学校少先队员为大会献花，鼓乐齐鸣，歌声嘹亮，一张张笑脸高唱着《中国少年先锋队队歌》，让人心潮澎湃，热血沸腾。

萨吉福队长、言前股长、索老大和克刚老师等林场劳模，胸前戴着大红花，伴着《中国人民解放军进行曲》走向主席台，接受颁奖，光荣和幸福的时刻令人终生难忘。

我和庆典主任紧紧围绕"抓住'三个纲'，'百万'奔小康"这个宏伟远大而又激动人心的主题口号，分别做了讲话。

晚上会餐，我端着一盅"杨树白"致祝酒词："一年来，大家为我们布铁林场的发展建设、特别是战胜特大洪水灾害做出了重要贡献，其中劳模们发挥了重要的作用、立下了汗马功劳！在此，我代表林场党委和林场行政领导班子，以及全场职工家属向你们表示衷心的感谢！并致以崇高的敬意！今晚你们的主要任务是促喝酒，高歌猛进，一醉方休，不醉不归。总之，大家喝得越乱套越好，谁若是喝不下去，你们就给我往他脖子里灌！大家说好不好？"霎时间，全场异口同声"好"！全场掌声、欢呼声此起彼伏，击碗声、敲筷子声和撞杯声响成一片。

主桌，大家醉意蒙蒙。我有意无意地向各位透露我向永红书记推荐干部的全过程，还有永红书记关于"团结出干部，事业出干部"的高度评价。庆典主任、曲直副主任、起武副主任、开怀主席、老高所长和言前股长等，群情激昂，酒意浓浓，纷纷向我敬酒："我们跟着金勺书记不白干！有奔头！"

会餐后，起武副主任和克刚老师组织青年人跳起了欢快的《青年圆舞曲》，悠扬的舞曲让人心驰神往。索老大和"苦菜花"等少数民族同志跳起了欢快的民族舞蹈……

高高的兴安岭一片大森林，
森林里住着勇敢的鄂伦春，
一呀一匹烈马一呀一杆枪，
獐狍野鹿漫山遍野，
打呀打不尽……

在林业局"双百分目标责任制"评比考核中，我们布铁林场被评为全局第一名。在林业局劳动模范大会上，我代表布铁林场上台领奖，永红书记亲自为我颁奖，我与庆典主任每人获奖金1000元。所有这些荣誉，都体现了局党委和林业局对我们布铁林场的高度重视和特别厚爱。

就我个人而言，永红书记对我不仅仅是重视和关怀，他还对我倾注了全部的情感和无限的希望。1000元奖金，对我这个从穷家苦水中长大的、穷掉底而又穷怕了的青年人来说，简直是个天文数字。我从来没见过这么多的钱，也可以说闻所未闻、见所未见。早在我结婚时，爸爸才向周陈子坤副书记借了700元办置婚事。700元对我来说，就已经是一个不小的沉重的数目了。而今我意外地拿到了1000元的奖金，好像从天上掉下来的一块大馅饼。

我的工资意外地飙升也是如此。当兵退伍后刚上班时，每月只开43.5元；1984，我任林业局团委副书记，理顺工资时一下跃升为每月的81元；到林场当上党委书记后，工资跃升为每月的93元；在这次林业局"双百分目标责任制"考核中，我们布铁林场被评为第一名，我又向上浮动了一级工资，即跃升为每月的107元。天啊！我这个小小岁数的工资竟然超过了爸爸以及他的同辈们！一时间，我不知所措，好像生活在梦境中，有时不敢确信这是真的。

同时，也遭到一些好事者特别是父辈的同事们的非议。他们在下面不停地窃窃私语，什么"好事都是金勾的了""这小子比他老爸强，特别地会来事""海青书记和永红书记的红人""坐火箭上来的"等等。

行高于人，众必非之。平心而论，我一直保持在部队时的傻乎乎的干劲和激情，从来没有想过什么荣誉呀、待遇呀、金钱呀，然而，这一切又来得这样的突然，让我猝不及防啊！猝不及防！至此，我作为一名光荣的退伍战士，作为一名基层党委书记，还没来得及品尝"有心栽花花不开"的苦涩，却提前品尝了"无心插柳柳成荫"的甘甜。

1987年1月17日

第四十七章
礼贤下士不多求　盛赞英雄泪水流

零星的鞭炮声时而响起。

布铁林场大门大红灯笼高高挂起，十面红旗簇拥着鲜艳夺目的五星红旗迎风飘扬。1987年的春节悄然临近，喜庆的氛围越来越浓。

过去的1986年是不平凡的一年，也是全场职工团结拼搏、无私奉献、艰苦奋斗的一年。在宿舍火炕上的被窝中，我与庆典主任商量："除劳模大会的奖励外，是否应该再'出点血'，有必要犒劳一下'三军将士'。"庆典主任也认同我的建议："大家的呼声的确比较高，春节前有必要召开一次党政联席会议，通盘研究一下。"我与庆典主任基本达成一致意见。

我例行主持召开林场党政联席会议。庆典主任就1987年春节福利发放的原则和范围做了说明。书记场长各发700元，副主任工会主席每人发400元，一线队长机关股长每人发300元，副股级每人发200元；场领导每人分20斤豆油，股段级干部每人分15斤豆油，职工每人分10斤豆油。停薪留职的按退休对待，不发福利。春节放假10天，即2月8日（阴历初十一）上班。庆典主任还没有说完，开怀主席等脸色不悦，小声嘀咕："这差距也太大了。"我装作没有听见，本想更均等一些而又力不从心。

在当前改革开放的形势下，物质奖励和刺激也是必不可少的。拿到了奖金的全体人员秘而不宣，兴奋不已；分到福利的股队长和机关干部笑逐颜开，奔走相告。

一日下午，我与庆典主任愉快地锁上办公室的房门，准备回家过年。开怀主席出来相送，他轻声神秘地与我们说："不是扫两位主官的兴，但我作为工会主席，代表职工要向你们反映一些问题。"庆典主任眉头一皱，以为多事，不予理睬。我细心地劝慰："有话不妨直说。"开怀主席吞吞吐吐地说："就是大家对林场春节福利发放有意见。"庆典主任不爽地说道："哪来的那么多意见？不要惯他们那些臭毛病！"我从中调和说："让开怀主席把话说完，说得具体一些。"开怀主席气冲冲地说："都是同样地辛苦，你们为什么拿700元，我们才拿400元？到职工头上一毛没有。"我预感到问题不妙，好言相劝道："多做一些解释工作。"庆典主任呛我与开怀主席："解释什么？改革嘛，就是要打破'大锅饭'，你有能力，你也当书记场长啊！"话音未落，他拂袖而去。我冷静地劝开怀主席说："快过年了，你千万不要生庆典主任的气，他就是那个脾气，待春节后咱们再说。"开怀主席既生气又委屈地说："哪有像他那么说话的，还不行提意见哪，等人家去告他就好了。"我随即安抚开怀主席："都冷静冷静，消消火。"开怀主席疑虑重重。时间关系，我急匆匆地去了布铁车站赶火车。

大杨树是我的家，这里有许多期待。

红梅及她肚子里的小宝宝是我最惦记的。还有小白熊——乐乐似乎知道过年似的，用它特有的热情和方式迎接我载誉归来，围着我与红梅的脚后跟转，发出短促的叫声并咬我的鞋帮，忙得不亦乐乎。红梅盛情夸赞小白熊——乐乐："可通人气啦！昨晚我睡魇着了，一直在喊叫，小白熊——乐乐听到后，就开始往炕上冲，反复冲了五六次才冲上来，然后用舌头舔我的脸，用爪子挠我的头，直至把我挠醒。你说，它能救人了，成精了。"我弯下身来，抚摸小白熊——乐乐，以示表扬鼓励它。

我到家的第一件事，就像所有的男人那样，把近期分得的所有奖金和本月工资如数上交给红梅。自从我到布铁林场工作以来，不但在事业上顺风顺水，而且各种福利待遇也随之增长，如每次上山去检查都有补助，防火和计划生育工作等都有奖励。补贴多了，福利厚了，奖金高了，个人和家庭物质生活也随之发生了根本性的改变。从此，我基本告别了常常饿肚子的穷酸日子，但如何搞好林场的福利分配，又让我伤神起来。搞福利分配，不拉开差距，不符合改革的精神；差距拉得太大，就会伤职工的心，职工群众就会有意见。特别是开怀主席反映的情况和庆典主任恼怒的态度，让我困惑和无助。怎么办？没有现成的答案。

红梅因德怀茂大爷在春节前把她正式调入公司财务科，兴奋极了。她首先建议："过年了，咱们应该买些东西，到德怀茂大爷家感谢一下才是，怎么样？"我与红梅想到一起了："应该的，必须的！明天马上办。"

红梅又接着开始分配："今年就我这个身板也不能回漠河过年了，明天就拿出500元给漠河邮去，大大方方的，既交了'党费'，又帮助爸爸还债，如何？"我兴奋地快要欢呼起来："还是媳妇懂我呀！那南头能平衡得了吗？"红梅有些不在乎地说："他们不缺钱，给他们买些东西意思一下就行了。"我同意红梅的意见，同时又想起了一件事："平弟已经上中专了，在学校生活也很艰难，如今我们宽裕了，咱们能否帮他一下？帮助他就等于帮助爸爸妈妈。"红梅没容更多思考便说："每月资助他10元20元的，多有多给，少有少给，都是兄弟姐妹，我们也不能看他的笑话呀！"红梅除大嗓门儿、脾气倔强外，她为人的确善良，正应了"好儿不如好媳妇，好闺女不如好女婿"这句老话。

第二天上午，红梅带着余下的钱到银行悉数存上。她回来拿出存单很得意地说："存五年期的，利息9.36%，高不高？保值增值，怎么样？"我不无幽默地说道："你是大内总管，我只是坐享其成，别的我不管。"红梅上前轻轻地捏住我的脸蛋撒娇道："你这也不管，那也不管，你到底要管什么？"我开她的玩笑："我管生孩子！"红梅喜嗔道："你生一个让我看一看，你以为母鸡下蛋呢！"小家的温暖与幸福在我们的心中荡漾起来。

从林场回到家的感觉不一样，我得立刻转换角色，不能像在林场那样指手画脚，而要扑下身子与红梅一起忙活，张罗准备迎接新年。阴历二十八这一天，我到一马路各个商店办置年货，买鞭炮和大福字、红对联。回到家中，我迫不及待地把大屋门及窗户、小屋门、房门都贴上对联和大福字。至于我们小家院子大门贴什么样的对联，着实让我犯难了。买来的对联内容千篇一律，不足以表达我此时此刻的心情。我只好自己斗胆一试，用颤抖的手笨拙地拿起毛笔，亲自写一副对联，想必更能表达出自己按捺不住像喷涌的闸水一样的激动和幸福的心情。

上联：春风阵阵国泰民安南北同乐

下联：雪花飘飘阖家幸福左右共喜

横批：春满人间

从大的方面来看，国泰民安是我们老百姓最大的心愿；从小的方面来看，祝天下所有的家庭美满幸福。南北同乐，表达了地处北极漠河的妈妈这个大家和我们这个小家，一南一北都为红梅孕育的小宝宝即将诞生而"南北同乐"。雪花洁白圣洁，偏为我所钟爱。左右共喜，为现场临时发挥，前几天我家东院的邻居大爷家大孙子喜降人间，再过几天红梅又要分娩了，这不正是"左右共喜"吗？

落笔后，我感觉很得意，红梅也点了点头。我与红梅到大门外把这副对联郑重地贴上，小白熊——乐乐也跟着凑热闹欣赏。突然，它朝着西面的路上发出了"连发式"的吼叫："嗷！""汪汪！汪汪！"

我顺着小白熊——乐乐狂吠的方向望去，一辆破旧的吉普车朝我家的方向开来。车开到我家门口居然停了下来。我透过车窗一眼就看出来，端坐在副驾驶位置的正是我们杨树地林业局党委的一把手——永红书记。我瞬间疑惑了，永红书记是来我家吗？不可能！如果说是来我家，有什么事吗？眼看就要过年了，还有什么新的工作任务要面对面地布置吗？

片刻间，永红书记推开车门，兴致勃勃地走下了汽车，小车司机从车上搬下一个纸壳箱子，好像很有分量。永红书记主动走上前来与我们夫妻两个人握手时说："给你们提前拜年啦！"

永红书记看了一眼我们新贴的对联，又看了一眼挺着大肚子的红梅，会心地笑了："噢！有喜啦，同乐，共喜！"

在我们与永红书记寒暄时，小白熊——乐乐也没闲着，它围着永红书记亲昵起来，永红书记好像是有些害怕，我赶忙上前驱狗解释："这狗不咬人，是个迎宾狗，'人来疯'，它的拿手好戏就是叼来小花球，让你抛出去，它再叼回来，没完没了。"

我们小家从来没有接待过这么大的领导。我只好把永红书记引导坐在我们婚后才买来的红色沙发上，这也是我们小家最高的礼遇了，但又生怕这个红沙发不结实，把永红书记摔倒在地上。我们小家空荡荡的，略显寒酸，一时又拿不出什么好东西来款待永红书记，红梅只给永红书记和司机端来两杯白开水和一盘瓜子，这让我感到很难堪。我和红梅都有些拘谨。永红书记坦言地说道："你是林场一线的主官哪！在过去的一年里，在向守卫边疆英雄学习活动、抗洪抢险、民族团结进步、'双百分目标责任制'评比考核中，你都做了许多有益的探索，是全局有功人员之一，还有红梅对金勾的工作给予了无私和坚定的支持，如今又预产有喜，所以我提前来给你们拜个年！"还是永红书记主动与我们聊天，才让我们夫妇两个人放松了许多。我不安地解释："实在是不好意思了，我都没有去给书记提前拜个年，您的这个下级当得也不合格啊！"

临别前，永红书记指着小车司机搬下来的那个纸壳箱子说："给你买了一盒铁观音，给红梅买了一些补品，提前下奶，提前贺喜呀！"

我与红梅受宠若惊，忐忑不安……

人们都说中国是个人情的社会。逢年过节下级到领导家走一走、看一看、拜个年，不能说是蔚然成风，但也是理所当然的。按常理我这个做下级的应当主动去给永红书记拜个年，这也是人之常情啊！即便如此也不为过。然而自己不但没有去，反倒让永红书记先来看我，这是多么的被动和理亏啊！一切都本末倒置了，弄反了，其实我并不是什么冷血动物，也想去看看永红书记，但是永红书记在我们杨树地林业局要求严格是出了名的，近似于苛刻。在永红书记刚调到杨树地林业局之初，卸吊灯、退家具、拒收礼等一系列举动，震动了杨树地林业局"朝野"的上上下下，深得人心。前不久，我拿一张50元钱到医院去看永红书记，受到了拒绝。最近一段时间以来，经过反复的思想斗争，我绝对没有胆量再去造次，不敢给永红书记找麻烦，更不能玷污老领导的美名，我索性就不去给永红书记拜年了。

是夜，我独自在大屋复习《写作》的20套题。今年4月25日就要进行自学考试了，时间紧、任务重，我必须开始冲刺了。不多时，小白熊——乐乐钻进大屋来，它用前爪子懒洋洋搭在我的大腿上。我只好把它抱在怀里继续复习。小白熊——乐乐在我的怀里香睡起来，它的体温热乎乎地传导出来，不时呼噜出声，又不时梦呓起来。时间长了，我大腿被压麻了，不敢动弹，恐惊醒它。

至深夜，复习又开始不能自主了，白天的事又来作祟。自从我退伍之后，曹德玉副部长、吴部长、人勤副主任、周陈子坤副书记、宗庆局长、永红书记和海青书记他们都是对我有恩的人。滴水之恩当涌泉相报，然而今生今世我则无法报答且永远也报答不完。只有把自己的事业干好，不给他们抹黑，算是回报他们的大恩大德了。我还要借助这次报考函授大学的机会，努力学习，掌握写作本领，将来把他们这些如今还没有花过我一分钱的恩人们逐一地描写刻画出来，让后人从中了解到在我国改革开放初期的北国边疆还有这么一批"老传统"。

尽管如此，但我还是好像缺少什么不足以表达。也许是罪过，也许是清高，也许是幼稚，也许是不自量力，反倒又让我长夜难眠，痛苦地煎熬起来。

又是一个火红的除夕早晨。

新年我没有买新衣服，而是把陈旧的草绿色军装找出来穿上，却让我感到格外的亲切。我和红梅带着永红书记的深情厚谊，领着小白熊——乐乐一起回岳母家去过年。

路过林业局招待所。芮妹与红梅事先约定，让我们过来帮她往家带一些年货。

我和红梅走进了林业局招待所的大门，正要进屋门，忽然发现有一位身着褪了色发白的旧军装的长者正在扫雪，这个瘦弱的身材很像周陈子坤副书记。很早就听说周陈子坤副书记专门在林业局招待所帮助义务打扫卫生，我当即确认这一定是周陈子坤副书记。我对红梅说："你先进屋取东西，我过去帮助老领导扫一扫。"红梅进屋。

我激动地走上前去热情地问候："书记，过年了，您还在扫雪呀？"周陈子坤副书记停下扫雪，抬起头来辨认："是金勾哪，我闲不住啊，权且当作锻炼身体了。"我抢过扫帚说："您休息一会儿，我来帮您扫。"周陈子坤副书记又去拿铁锹并客气地说："嗨！就这么一点雪，一会儿就扫完。"我抓紧时间用力地去扫雪，每扫一下，仿佛心灵就能得到了一次净化。

周陈子坤副书记一边用铁锹铲雪，一边与我拉家常："没有去漠河过年？"我回答："红梅预产期就要到了，所以没有回去。"周陈子坤副书记高兴地嘱咐我："那可要照顾好红梅呀！"我回答："那一定。"周陈子坤副书记问："你爸爸妈妈他们都好吗？"我回答："都很好。"周陈子坤副书记又问："霞妹的病现在怎么样？"我回答："还算基本稳定，不怎么闹人了。"

我们很快把院中的雪扫完了。周陈子坤副书记又扛着铁锹与我交谈起来："听说你当上林业局后备干部了。这可是众矢之的啊，后备干部是先进中的先进，是精英中的精英，你一定要严格要求自己，过好党风这一关哪。"过去他老人家曾经多次嘱咐我，今天他又简明扼要提出希望，然后他在观察我的态度和反应。我当即表示："一定按照老书记的要求去做，绝不辜负老领导的希望！"周陈子坤副书记满意地点头："那就好，那就好！"

芮妹的一串清脆风铃般的笑声传来。

红梅与芮妹搬着东西召唤我："金勾，扫完了吗？"我赶紧与周陈子坤副书记握手话别："在这里我提前给老书记拜年，祝老领导新年愉快！"周陈子坤副书记挥一挥手说："也祝你们新年愉快！"红梅与芮妹也过来与周陈子坤副书记打招呼寒暄。

一马路。我用自行车驮着东西，红梅和芮妹在后面用手扶着，议论起周陈子坤副书记。芮妹机灵地考问我："关于做好事，毛主席怎么说的了？"我正在搜索，红梅快言快语道："一个人做点好事并不难，难的是一辈子做好事，不做坏事……"芮妹兴奋地说道："对了，就是这句话，这个老头就是这样的人。可惜呀，现在像这样的老领导不多见了。"

岳母家。岳母和红梅弄了一桌子美味佳肴，岳父启开一瓶珍藏多年的西凤酒，我与岳父对饮起来，芮妹、宝弟和强弟他们没有我这种特殊的待遇，只好听我与岳父高谈阔论。在畅饮中，我把昨天永红书记到我们小家来看我们这件事和周陈子坤副书记在招待所扫雪这件事从头到尾学了一遍。岳父听后感到有些匪夷所思，他又喝了一盅酒后长叹了一声："真是很难得啊！"他又无限地感慨："现在还有像永红书记和周陈子坤副书记这样的好领导？真是令人难以置信啊！一个是胸襟如此开阔将来必有大的造就，一个是默默无闻的活雷锋啊！"

岳父放下酒盅又问我："那你去给永红书记拜年了吗？"

我直接告诉岳父："还没有去。"接下来我把永红书记卸吊灯、退家具、拒收礼等震动了杨树地林业局"朝野"上上下下的佳话，还有我50元钱没有送出的顾虑等，都详尽地向岳父叙说了一遍。

恩重如山的永红书记呀！大年夜，我为你而感慨，为你而醉。

大杨树的鞭炮声排山倒海，经久不息。

岳母一家人围拢在一起看彩色电视。我有意将永红书记送来的铁观音献给岳父品尝。我小心翼翼地拆开茶叶精美的包装，其中共有四个小铁盒，仿佛是装饰品。岳父让我打开一盒，留下一盒，其他两盒让我拿回去给爸爸品尝。我用手捏了一小撮茶叶放入茶壶中，又仿佛听到了"咝咝"的清脆的声响。滚烫的开水像瀑布一样倒入茶壶中，顿时茶叶在茶壶中上下翻滚，横冲直撞，一下簇拥在茶壶口上。不多时，有的叶子舒展开来，有的叶子漂浮起来，有的叶子沉了下去，水的颜色由浅黄，到深黄，再到咖啡色，一阵阵清香沁人心脾。

我细啜一口，舌根轻转，醇厚甘苦；缓慢下咽，清香淡淡，甘味无穷。

岳父连连称赞："上等好茶，极品好茶。咱们这是托永红书记的福啊！我在商业局这么多年，还是第一回品尝到这么好的茶叶。"

好茶归好茶，但我在品味中不断地观其形状，还以为是树叶子，就向岳父讨教。岳父有意无意地调笑我："简直是笑话，什么树叶子啊？这是正宗的安溪铁观音。看起来无论在阅历上，还是在品茶上，你都是'小老外'啦！在外边不懂的事，千万不要发表见解，弄不好会出笑话的。"

我的脸一阵通红。接着刚才的话茬儿，岳父就观其形、听其声、察其色、闻其香、品其韵等品茶的要义，逐一向我做了介绍，听的、品的都令我茅塞顿开、心旷神怡……

> 也许我告别，将不再回来，
> 你是否理解，你是否明白，
> 也许我倒下，将不再起来，
> 你是否还要永久的期待，
> 如果是这样，你不要悲哀，
> 共和国的旗帜上有我们血染的风采；
> 如果是这样，你不要悲哀，
> 共和国的旗帜上有我们血染的风采……

这是今年春晚一级战斗英雄徐良与王虹共同演唱的悲壮豪迈、激荡人心的《血染的风采》。《血染的风采》是一首抒情风格浓郁的军旅歌曲。他们唱得婉转悠扬，悦耳动听，曲调亲切，如泣如诉，充分表现了广大边防战士为了保卫祖国，不惜付出自己的一切，乃至生命的英雄气概。

那天晚上，可能是因为我曾经当过兵，所以我始终抑制不住地悲怆流泪，我为《血染的风采》所表达的情感而感慨，更为英雄们的爱国情怀流下了一簌簌泪水。

我抹去眼角的泪水动情地对家人说："不知你们注意到没有，这几年春节联欢晚会有一个共同的特点，就是每年都推出一首英雄赞歌，而且都是战斗英雄本人或是他们的亲人演唱。1985春晚，战斗英雄史光柱演唱了《小草》；1986年春晚，史光柱的妻子演唱了《十五的月亮》；今年春晚是一级战斗英雄徐良与王虹共同演唱的《血染的风采》。每年的春节联欢晚会都突出了革命英雄主义的主旋律，比那些柔弱颓废的靡靡之音强多了。"

岳父端起酒盅，也发表感慨："前方将士在守卫祖国的边疆，我们在这里愉快地过年，幸福生活，我们从心底里感谢史光柱、徐良他们这些战斗英雄啊！"

1987年2月7日

第四十八章
肝肠寸断育后人　再续华章天地新

红梅临产的日子迫近了。

她还仍然坚持每天步行去上班，从没有休息过。我除了心疼她之外就是兴奋，红梅更多的则是忧虑和紧张。她毕竟是大龄产妇，想得相当复杂、让人难以捉摸。

其实比我更激动、更着急的还大有人在。远在祖国边陲漠河的爸爸妈妈，他们做梦都想要抱孙子孙女，企盼的心情比任何人都急迫。爸爸不便多问，他总是有意无意地让妈妈给我们打电话，询问红梅的身体情况。妈妈每次来电话都千叮咛万嘱咐："千万别让红梅再上班了，万一有个三长两短的怎么办？应该请假休息了。"我在电话中告诉妈妈："她太犟了，说什么也不肯休息。"

春节前妈妈再次打来电话，要来大杨树过春节，好方便照顾临产的红梅。我以为这样做不妥，漠河的大家在过春节时比我们更需要妈妈，我婉言谢绝了妈妈的好意。

这几天，在不知不觉中我又平添了几分紧张，而且这种紧张也愈加严重。我嘴上虽然不说，但心里也在嘀咕，大龄产妇不比母鸡下蛋，一红脸下一个，我生怕她在产前产中或产后出现某种意外，总是胡思乱想。一次我梦到从大夫手中接过刚出生的血迹斑斑的小宝宝，好像是红梅生的，又模糊不清。我抱着这个刚刚问世的小宝宝，不敢直视，但这个小宝宝总是朝我笑，忽然又喊起来："爸爸！"我被这个小宝宝逗得哈哈大笑。惊醒后，我把这个梦向红梅学了一遍，她说："笑就是哭，哭就是笑，梦境总是与现实相反。"由此我更加紧张起来，疑虑和求证我昨夜的梦到底是哭了还是笑了？没有结果。

不出正月都是年的习俗，尤其是打正月、闹二月、哩哩啦啦到三月的传统，在大杨树也很盛行。林业局以召开全局党政领导干部会议、"双百分目标责任制"座谈会等名目开始收心了。林业局召开的会议越多，我在家照顾红梅的时间也就越长，这是我求之不得的。这天刚散会，我与庆典主任刚走出会议室，发现一群人围着几个上访的看热闹。人越聚越多。此时，几个上访的人群情激愤，不断地高呼口号：

"我们不要豆油！"

"我们要奖金！"

"缩小差距！"

"还我公道！"

我拨开人群看见，都是我们布铁林场的职工，领头呼喊口号的竟然是索老大，遥条副主任也鬼鬼祟祟地站在他们的身后。

我火冒三丈，冲上前去，抢起胳膊，用尽全身的力气，使劲儿地扇索老大的耳光："有事为什么不在林场说，到这来给我丢人！"索老大捂着脸哭喊："金勾书记！就你敢打我，换成别人我跟他玩命！"庆典主任也呵斥道："都给我回林场去！有事回林场去说，越级上访要负法律责任的。"与此同时，人勤主任把这起上访的事及时通报给了林业公安局。不多时，林业公安局派出10多名公安干警出现场，把索老大等几名职工团团围住。也可能是索老大见势不妙，还有可能索老大碍于我们之间的深厚感情，他带领几名职工怏怏不乐地主动撤离了现场，遥条副主任也不见踪影了。

人勤主任沉着冷静，把我与庆典主任叫到一旁了解情况。他听完我们的汇报后，耐心地嘱咐道："现在各地上访的不断，稳定是压倒一切的，要花钱买稳定啊！"曹德玉副部长也在一旁叮嘱我们："千万别把事情闹大了，林场自己把事情消化掉。"我与庆典主任表示赞同。

我骑自行车迅速追赶上索老大他们，没有好气地与索老大说："你们有功！我请你们喝点。"他们也不客气，随我来到了毛驴小吃部。菜上齐后，我让崔毛驴子上桌陪索老大喝酒。我气冲冲地开场："喝吧！喝完了，咱们哥们儿好一刀两断！"我们把第一盅酒喝下。索老大难为情地解释："我们不是来告金勺书记的，对金勺书记我们感恩还来不及呢，打死我也不敢告金勺书记。"崔毛驴子义愤填膺："那你是告谁来了？到林业局来上访，那就是告金勺书记。"然后将酒盅重重地摔到地下，粉碎！崔毛驴子又气冲冲地教训他们："我告诉你们几个小兔崽子！金勺书记是我的铁哥们儿，你们要是与他过不去，那就等于和我过不去。你们到多布林场打听打听，我怕过谁，无非就是白刀子进去红刀子出来！"他将酒瓶子往地上狠狠地一摔，又是一个粉碎！索老大他们被吓得哆嗦起来。

我压服崔毛驴子："都是哥们儿，消消火。"崔毛驴子接过话茬儿："是哥们儿，就说点哥们儿的话，办点人事！"我接着问索老大："是谁让你们来的？是谁让你们喊的口号？就你们的水平也喊不出来那样的口号。"索老大贴近我的耳边小声说："是遥条副主任鼓动我们来的，说你们搞福利分三六九等，机关的发钱，到下面就发点豆油糊弄职工，职工辛苦一年白干了。我们都以为是庆典主任搞的鬼呢，所以就来上访了，不是针对你。"原来如此，我才恍然大悟。怪不得年前开怀主席向我们反映情况时情绪那么激动呢，但没有引起我们足够重视啊。

我们继续喝酒。我不停地责怪索老大他们："你们的脑子灌水了？遥条副主任对我们有意见，你们也有意见呢？特别是你索老大糊涂到什么程度了？我亏待过你吗？人家装枪你就放炮，有什么意见直接找我反映呗，咱们不是哥们儿吗？""索老大"等连连点头。

我与庆典主任连夜火速赶回布铁林场。我把得到的信息，如实地与庆典主任进行了交流。我们按照花钱买稳定的原则，商量了一个意见。是夜，我主持召开了党政联席会议，就这起上访的事进行研究处理。大家神情凝重。我首先向大家做了深刻检讨："年前我们提出的福利分配方案，考虑得不细，有失公平，伤害领导班子成员的积极性，也挫伤了全场职工干事创业的热情。在这一点上我负主要责任。"庆典主任也抢着做了自我批评，他动辄训人的态度就是这起上访的导火索。我与庆典主任诚心诚意地自我批评，让紧张的会议氛围有所缓和。怎么办？庆典主任没有发言的意思，我只好把自己的意见先端出来："我看，几个副职的福利每人提高100元，缩小与正职的差距。职工这块，待下一个节日时，每人补发5斤豆油，副股级以上干部不发，这样就平衡了。对于遥条副主任怂恿上访一事，请老高所长介入调查，看能对他治个什么'罪'？拿出一个办法来。如何？"庆典主任首先表示赞同，他又气呼呼地补充道："遥条副主任是土包子开花，小人得志，为富不仁。"

接着，我就总结教训讲了一些自己的看法："今后在分配上，打破'大锅饭'

方向是正确的，但一定要做到公正公平合理，将心比心嘛！不要将差距拉得太大，以调动积极性为主。党政班子成员之间，有意见当面说，切不可到职工中去散布，要维护班子的集中统一领导和团结和谐；要搞好职工队伍的稳定，重点做好像索老大这类人员的思想政治工作，多与职工交朋友，对这类人员还是以感化为主。"关于这一点，是我与索老大结交朋友的切身体会。如果我们不是朋友，或是单纯的领导与被领导关系，那我敢扇索老大的耳光子吗？那不等于火上浇油吗？因为我们是朋友，我才有足够的勇气和底气扇索老大的耳光子。大家对我成功地劝阻和有效地处置这起上访表示钦佩和赞同。

会议转段。我又接着主持召开了林场党委会议，一是研究起武副主任、萨吉福队长、言前股长入党问题。经过认真讨论，大家一致同意接收这三名同志为中共预备党员，并报局党委批准。二是研究拟报曲直副主任、开怀主席提拔为正科级的意见。三是决定由克刚老师接任林场团委书记和知青队副队长职务。今天的党委会议内容让在场的所有人振奋不已，特别是开怀主席最为开心。

夜深了，我独自一人在办公室伏案起草向局党委的检查，索老大他们上访为我捅了个天大的娄子……

按捺不住激动的妈妈不顾爸爸和家人的劝阻，正月十五刚过，突然袭击地从漠河赶了过来。妈妈在漠河时就为未来的小宝宝做了几件小衣服，其实这些小衣服红梅早都买好了，比妈妈做的要精致得多。然而，妈妈亲手做的小衣服虽然土里土气，但这正是她即将升级为奶奶为未来小宝宝准备的最有价值、最有意义的纪念品，特别是那个鲜红色像红桃心那样的肚兜，更是令人喜欢。妈妈到我们小家之后，一刻也没有闲着，她让红梅找一块花布和几两棉花，又一针一线为未来的小宝宝做起棉被来。她还特意在漠河带来一块黑布放在花布的下面，煞有介事地对我说："这是为你爷爷做装老衣服时剩下的一块布，把它放在棉被里面可以驱邪避灾，保佑未来的小宝宝一生平安幸福。"

自从妈妈搬到漠河去，她再也没有回过大杨树。若不是红梅临产，妈妈是抽不出时间回来的。当时往漠河搬家时，妈妈就像当年离开海伦一样哭得很伤心，舍不得离开自己曾经为之奋斗了十多年的大杨树，真是故土难离啊！其实，妈妈最舍不得的是与她朝夕相处的老邻旧居。妈妈这次回来还特意抽出时间走访老邻居。每到一家她都兴奋得像小广播喇叭一样："我们家红梅就在这几天要生了，我是特意回来侍候月子的。"大娘大婶们七嘴八舌地帮助妈妈参谋或胡乱猜测，有的说红梅有可能生个大孙子，有的说红梅那么显怀，可能生个大孙女。妈妈自己安慰自己："行啊！都这么大岁数了，总算给你生了，生什么都行啊，还能挑什么呢？"

说是说，做是做，妈妈到底是想抱孙子还是想要孙女，其真实意图我们还是不得而知。

妈妈这一来，我兴奋和不安的矛盾心情虽说有些缓解，但唯恐到时出乱子的心思还是时隐时现。我事先把生孩子用的尿布、卫生纸、小孩衣服等，用妈妈给做的小花被打成一个行军包放在那里，随时准备应急。我还饶有风趣地告诉红梅："打起背包就出发！"

红梅娇嗔地说道："你以为生孩子是行军打仗呢，看你那笨手笨脚毛手毛脚的样子。"说完风凉话后，她又出门上班去了。

是夜，我们小家大屋又是灯火通明。我刚接过爸爸的电话，对面霞妹又把电话抢了过去："大哥，大嫂生了吗？今晚你们千万要注意呀，好像要生了，我能掐会算。"我和妈妈都将信将疑。放下电话，我又与妈妈唠起了家常直至到深夜。每天此时红梅早已熟睡了。而今天则不同，我刚回到小屋躺下，红梅用滚烫的双脚使劲地一遍又一遍地踹我的双腿，我则不以为然。然后，她又用热乎乎的手使劲地掐我的胳膊肘儿："今晚非不让你睡觉，让你睡不好觉。"正话反说。

我以为自己与妈妈唠嗑时间太晚了，影响到了她的休息，她在处罚我呢。我对付了几句则翻身欲睡。不多时，红梅感到两腿间有股热流汩汩涌出，同时伴有下坠感。她急匆匆打开小屋的电灯，起身下地去找卫生纸，同时叫我："金勺，不好啦，好像羊水出来了。"

红梅在怀孕期间，我经常陪同她到林业局医院去检查，听大夫介绍过一些接生的知识，羊水出来了就是预产期到了。我如在部队紧急集合一般，迅速穿好衣服下地，三步并作两步蹿到大屋，急忙叫醒妈妈："妈妈，红梅要生了，要生了！"

妈妈这一生虽然生过六七个孩子，可谓身经百战，富有经验，但是她听我这么一喊，也不免急得手忙脚乱。妈妈一边穿衣服，一边自言自语："红梅今天下午还上班呢，没有什么反应，怎么来得这么快呀？"

我抓起沉重的电话机向车班求车，但是交换台那边始终没有人应答。急死我也！关键时刻掉链子。我到小屋对红梅简单地交代了几句："你别着急，我去车班找车！"然后我飞身跑出家门。

我从林业局车班求来了一辆面包车，我和妈妈搀扶着红梅上车。夜深了，早已没了路灯，面包车在漆黑一团的夜色中向林业局医院颠簸行进。到了林业局医院妇科，不巧的是没有找到值班大夫。其实林业局医院妇科的大夫我都熟悉，只不过不想深夜打扰她们，没有认真地去查找，反正在哪都是生，索性我们沿着一马路向西又来到农场局医院。终于找到了值班大夫，妈妈先是敏感地意识到不托底："这么年轻？"红梅贴近我的耳朵低声地说："农场局医院尽是剖宫产。"她感到有些害怕。

是的，我的姑奶奶早就说过害怕剖腹，怎么把这个茬儿给忘了呢？不然的话在林业局医院我若认真地找一找大夫，也一定会找到的，犯不着我们到农场局医院白跑一趟。

无奈我们又按原路返回到林业局医院。经过打听，原来今晚是刘杨大夫值班，她在家，家里有电话，需要用车去接。值得庆幸的是刘杨大夫是大杨树地区远近闻名的接生专家，轻易不剖腹。当高度紧张的红梅看到再熟悉不过的刘杨大夫时，眼泪顺着眼角往下滚，她紧紧地握住刘杨大夫的手，极尽哀求："求求你啦，我不想剖腹，千万不要给我剖腹啊！"

刘杨大夫一边例行检查，一边安慰道："你千万不要紧张，放松一些，越是紧张越是不好生，我尽可能不给你剖。"

刘杨大夫又转过身来对我说："要注意观察红梅的子宫收缩的频率，如果到了每间隔10分钟左右阵痛一次，那就说明要生啦。现在还不像，先待产观察吧。"

夜阑人静。整个杨树地林业局医院静悄悄，静得有些瘆得慌。然而，妇产科产房外间的床上，红梅间歇性的阵痛不时地发作，她不禁阵阵呻吟，汗水布满了额头。我彻夜地守护在红梅的床前，因为我们共同经营的爱情之果——我们的小宝宝即将诞生了。

天大亮了，红梅的阵痛不断地加剧，但还是迟迟不生。突然，门外传来了小白熊——乐乐"汪——汪"的狂吠声。我不由得走出了妇产科的门外与它打招呼："你怎么来了？"我焦急地把它又赶出了医院的大门外。估计小白熊——乐乐在昨天晚上，可能在大杨树的一马路上从东到西一直跟着我们，还有可能它在林业局医院门外已经值守一夜了，不知什么时候顺着门缝钻了进来。当它在妇产科门外听到了红梅的呻吟声时，让它怎不狂吠起来？这是它最熟悉而今天又是最痛苦的声音。

林业局医院所有的职工都上班了。好多熟悉的大夫护士听说红梅在这里待产，都过来看一看，如同参观和猎奇一般。大家七嘴八舌地鼓励红梅："红梅用力啊！" "红梅用力啊！"

痛苦害羞的红梅不断地用手捂着脸，不停地扯着被角捂着大肚子。红梅一阵眩晕恶心，一阵绞痛在腹腔里转着，一阵又一阵地刺痛着她。

急促的一阵阵尖叫声，连续不断，撕人心肺！

小白熊——乐乐在医院的大门外"汪——汪"狂吠不止。

红梅满头大汗。她使劲地抓住我的双手，双脚分开蹬着产床，我的额头也不觉全是冷汗。刘杨大夫紧张不已，也是满头大汗，妈妈、岳母和芮妹也急得直发怵，在场的没有哪个人不担心的。

刘杨大夫吩咐护士再打一针催产。她和大家一起呼喊着："使劲啊！再使点劲！"

红梅也想用力啊！可是巨大的疼痛使她的全身力气都使没了，她感到两眼冒金星，只有剧烈的疼痛，只能饱受折磨。

绞痛依旧笼罩着痛不欲生的红梅："不行啦！不行啦！"

刘杨大夫锲而不舍地鼓励红梅用力："加油！用力！"

红梅无力可用了。眼前一片漆黑，她晕厥过去了。我暗暗地思忖着，万一难以两全，还是力求保大人吧。毕竟这个小宝宝还没有来到这个世界上。如果是这样的话，没见过面的小宝宝，请你千万不能怨恨爸爸心狠手辣，爸爸也是没办法的办法呀！

片刻的胡思乱想，无助到了天涯尽头。在此关键时刻，刘杨大夫惊奇地发现，小宝宝突然被挤出一点头，到了产道的门口。虽然小宝宝有了生的希望，但还是生不出来。

刘杨大夫果断对红梅实施手术，用胎头吸引器吸住小宝宝的头部，均匀地用力往外拽……

红梅的疼痛升级了，撕心裂肺！她痛得身体抖动起来，泪珠从眼角滚了出来，我的手被红梅抓出了血。在红梅声嘶力竭的尖叫声中，小宝宝一点点探出了头，很快肩膀也出来了，瞬时小宝宝伴着殷红的鲜血滑落出来，我们的小宝宝终于降生了！

瞬息，小宝宝在挣扎着，蹬着腿。刘杨大夫顺势抓起小宝宝的双腿，朝着屁股拍了两下，小宝宝终于发出了第一声啼哭，响彻了产房和医院的走廊。

大杨树，又一个新生婴儿呱呱地落地了！

小白熊——乐乐也连续不断地回应着。

时间定格在1987年2月21日（阴历丁卯年正月24日）上午9时9分。这一时刻，对红梅来说也许是最痛苦最难忘的时刻，相对小宝宝来说也许是最庄严最神圣的时刻！

红梅苏醒过来时，她有气无力地喘着粗气，苦不堪言："真是生不如死。下辈子我可不当女人啦，这孩子谁愿意生就让谁去生吧，反正打死我也不生了。"

是的，虽然没有剖腹，但相当于剖腹，世间所有的罪都让红梅遭受过了。女人生孩子怎么这么恐怖啊？红梅还是相当坚强的，我的脸都铁青了，惊恐万状。

由于产程时间过长，加上使用了胎头吸引器，我们的小宝宝紫青的脸血迹斑斑，我和大家都唯恐生了一个残疾的孩子。妈妈关切地问刘杨大夫："能不能落下残疾，将来可如何是好？"刘杨大夫好像没有听见，也没有作答。

妈妈又贴近刘杨大夫耳边悄悄地关切地问："是男孩还是女孩？"

刘杨大夫小心翼翼地告诉妈妈："是孙女！"

红梅听到她们的对话后不悦，有气无力地说："将就着要吧！还什么孙子孙女的？"

妈妈急中生智地取悦于红梅："姑娘是妈妈的小棉袄，生男生女都一样……"

将近中午时分，一马路上洒满了耀眼的阳光和晶莹的雪花，林业局医院的救护车送红梅和小宝宝回家，小白熊——乐乐一路小跑忠实地跟在我们车的后面护卫着……

整个分娩过程让红梅痛不欲生！

不养儿不知父母恩啊！由此我便想到了爸爸妈妈生育我们六七个孩子是多么的不易和艰辛啊！我们做儿女的不应该有不孝敬爸爸妈妈的任何理由或借口。否则，我们将终日备受煎熬。如果拿孝字来装潢门面或亵渎孝道，心灵无疑将受到无情的谴责，更无颜传教于子孙。

——日记摘抄

初始，我还没有找到当爸爸的感觉，很是茫然。平时我很少做饭，如今妈妈指导我怎样熬小米粥，怎么煮鸡蛋、侍候月子等。每天要给红梅吃四五顿饭，让红梅多吃一些补血下奶的食品，如红糖、猪蹄汤、鱼汤等。一日不小心，我把小屋的火炕给烧上荏了。刚恢复点体力的红梅站在小屋的炕上大声喊道："金勺，这哪里是让我坐月子啊？这分明是把我们娘俩放在火炉上烤啊！"听到批评后，我和妈妈立即找来几块宽木板，放在红梅的褥子底下。妈妈根据自己生孩子的经验，特意为她的孙女缝制了一个厚厚的草垫子，把嗷嗷待哺的小宝宝置于草垫子上以隔热。

略有空闲，妈妈就到前后院邻居家去通报："我抱大孙女啦！"这样一来，邻居的大娘大婶纷纷到我家来下奶。我们布铁林场的干部职工听说后，也络绎不绝地前来探望贺喜。其中，索老大和"苦菜花"为了表达对我的感激之情，竟然扛来了一麻袋老母鸡来"上访"。杀鸡时，我把老母鸡从麻袋中倒出来，老母鸡满院子纷飞，鸡鸣不断。我很少动刀杀鸡，杀得既不得要领，又忙个不停，弄得我满身是血。凑巧，起武副主任、平华副书记、王刚副主任和克刚老师也都赶来下奶。起武副主任和平华副书记风趣地说道："这仿佛是血染的风采！"王刚副主任说："领导你不要动，我回去取照相机。"克刚老师幽默地说："你快去，我在这里维护现场。"

小宝宝一天一个样，长长的脑袋瓜子渐渐地消失了，她知道要奶吃了，有时微睁开眼睛看看这个世界，谁是爸爸？谁是妈妈？谁是奶奶？

自从小宝宝诞生以来，我经常想象自己出生时是什么样子？爸爸妈妈虽然给了我的生命，但没有为我留下出生时什么可值得纪念的东西。在我的记忆里，好像是妈妈曾经抱我照过百日照，但这张照片也不知道妈妈现在把它压在哪里了？这不免让我顿生遗憾和惆怅，一定要总结爸爸妈妈的经验，一定要为自己的小宝宝留下点什么，一定要告诉小宝宝在你出生前后所经历的一切，特别是你妈妈为了生你所付出的千辛万苦和"流血牺牲"，千万不能让小宝宝长大成人后再为追溯这段朦胧的大杨树时光而懊悔。

我曾看到别的人家为新生孩子留个影集，对我启发很大。我骑上爸爸为我留下的那辆破旧的飞鸽牌自行车，带上我心爱的小白熊——乐乐，哼着《中国人民解放军进行曲》等军旅歌曲，和着自行车的链条击打链盒的悦耳声音，穿过一马路的东方红桥、土特商店、副食品商店，直奔百货商店，为我心爱的小宝宝细心挑选了一本精美的《美好童年影集》。我兴致勃勃地回到家中，趴在地桌上提笔开始记录小宝宝诞生前后的历史瞬间。

差一点没忘了，今天晚上我要送妈妈回漠河。她不忍离别刚刚出生不久的小宝宝，但漠河的一大家人在召唤她。临走前，她泪眼汪汪地把小宝宝紧紧地抱在怀中，对我们千叮咛万嘱咐，一万个不舍才把她轻轻地放下。

是夜，我百感交集，夜不能寐，我将《美好童年影集》的有关记述一笔一画端端正正地转抄在粉红色日记本上……

爸爸妈妈最心爱的小宝宝。

由于你出生在大杨树，你也是我们大杨树的小宝宝，将来你要在大杨树这块沃土上生活成长，承接着大杨树的未来和希望！在此祝愿你像爸爸一样刚毅坚强，像妈妈一样勤劳善良，像大杨树一样沐浴着明媚的阳光，吸吮着甘河的乳汁，努力搏击风雪，奋发长成参天大树，希望你永远不要辜负大杨树这个年轻而又美丽的名字。

每个人的童年各有不同，有的是美好的童年，有的是悲惨的童年。不管是哪一种童年，当你要真正回首了解自己的童年时，那是多么的不容易啊！比如我的童年，特别是没有明显记忆的那一段时光，只是靠你的爷爷奶奶零零星星的记忆追述了一些，但远满足不了我好奇的需求，或多或少留下一些终生的遗憾。为再现你童年的幸福时光，诠释爸爸妈妈对你的真爱，不再给你留下更多的遗憾，爸爸用笨拙之笔尽我所能，尽我所情，万望小宝宝长大成人后珍藏传世。

关于你的名字还是很富有戏剧性的。当你还在母体孕育渐进成熟的时候，我写信打电话邀请你的爷爷给未来的小宝宝起个名字。你爷爷对起名字这件事特别在意，有事没事整天翻字典，可谓煞费苦心。开始你爷爷来信说，如果生孙子就叫大志，如果生孙女就叫妹妹。后来我们一致认为，男孩子的名字有点大革命的色彩，女孩子的名字不是这个妹呀就是那个妹的，有点江南味道。特别是"妹妹"这个名字，不方便读写，容易让外人或同学取笑为"妹妹"。你爷爷认为我们的意见还是有一定的道理，他便把"妹"字改为同音的"书"字，寓意书写、赞美、实践富有意义的女性人生。我们对此不置可否，但没有勇气去反驳和纠正，因为你爷爷在我们家中的地位和权威是没有人敢撼动的。在大名没有起好之前，你爷爷又来电话了，小名叫冰冰，寓意像冰心那样成为著名的女作家。落户口时，你的名字又返回到了原点，因为我们还来不及为你再起别的名字，只好叫妹妹吧！仔细地想一想，叫妹妹也好，叫冰冰也可，名字只不过是一个人的代号、一种形式，无所谓叫什么，未来的一切与叫什么名字没有多大的关联。

宝宝，未来的人生不都是坦途，更多的是千难万险。能否在磨难中求生、在险阻中取胜，往往取决于你的人生态度。做女人也好，做男人也罢，但凡有理想的人生大抵如此。单从做女人角度来说，小鸟依人最温暖，唯健健康康最幸福。做个女强人固然更好，但最为艰辛无助。千般苦涩无处觅，天地良心唯自知。

1987年3月17日

第四十九章
潜心笃志更艰辛　碧血丹心祭忠魂

1987年春季自学考试的时间越来越近了。

我一边照顾她们母女两人，一边乘火车来回跑通勤，一边夜以继日地备考。一时间，我拼上了这条小命，有时突击到下半夜两三点钟，脑袋疼和失眠也无情地折磨着我。

不管怎么说，我心中的目标只有一个——取得合格证和毕业证，否则对不起送我去上学的永红书记，也没有办法向林业局和林场的父老乡亲交代。考前我来到了我们的函授点——化工学院。除了我们201宿舍几名老同学外，其他同学都做了必要的"准备"——把所有的题库题全抄在纸条上，缝在衣袖和裤腰中，弄得人心惶惶。我虽然表面上迎合他们，但在我的内心却无情地鄙视他们的"准备"，仍然坚持我最原始最笨拙的复习备考方法。看到我骨瘦如柴的样子，红梅在我临走时再三嘱咐我要增加营养，用粮票换鸡蛋吃。去年20斤地方粮票还能换1斤鸡蛋，如今需要28斤粮票才能换1斤鸡蛋。紧张的复习必须增加营养，再涨价我硬着头皮也得换。

一晃，我们终于迎来了大考的日子——4月25日。

上午考《写作》。这是我有生以来第一次参加省级自学考试，一种特别紧张的感觉前所未有，双手和双脚一直在颤抖无法控制。还好，我对写作的基础知识复习得还是相当充分的，填空、单选和多选、判断等，我几乎全都答上了，紧张的情绪也自然放松了许多。作文是我最擅长的，写起来轻松加自信。两个女老师监考，她们两个来回在考场转悠，让那些有"准备"的同学没有放开手脚，再说作文也无处去抄，只有个别严重打小抄的，让两个女老师都给清出去了。

中午，吃了便饭后，我们几位岁数大的同学在一家小宾馆集体租了一个房间。我开始复习《外国文学》。大家议论纷纷，我们怎么没有抄着呢？都在吃"后悔药"，我也被弄得心慌意乱。

下午考《外国文学》。我和3名同学没有随班走，分插到另一个考场。这个考场由两个岁数比较大的男老师监考，一个坐在前面，一个坐在我跟前，他们一言不发。一个女考生先是把风衣脱下来，偷偷地把一沓纸条从后裤腰间搜出来，用左手压在考卷下面，然后再将风衣穿上，环顾四周，若无其事。几个男考生，更是肆无忌惮，干脆把教科书拿了出来抄。他们就好像没有察觉一样，任其胡作非为。我开始仇视这两个"老东西"，憎恨眼前混乱的一切，简直亵渎国家大考！我交卷后，路过另外几个考场，也是乱哄哄的，个别考生也在明目张胆地抄书。只听见有个监考老师小声地说："动静小一点，别让流动监考看着。"

回来的汽车上，班主任老师发表感慨："这个考场可真严，我在走廊里走都不让。"所有的考生都嘲笑他。班主任老师中途下车回家。大家公开议论起来，有的眉飞色舞："不抄白不抄。"有的专门气我："让你用功也白用功，我们照样得60分。"

考试结束当天下午，我火急火燎到火车站买返程火车票。硬座票居然一张也没有了，还有几张硬卧，我没有舍得买，只好买一张站票混上了车。巧得很，在这节车厢遇上崔毛驴子，让我不胜惊喜。我在拥挤不堪的旅客中挤过去与他打招呼："崔师傅，你到这干什么来了？"崔毛驴子好像在上车前喝酒了，红光满面地很得意地说："我来考察一下市场。"我有些惊奇："你要来这开饭店哪？"崔毛驴子神采飞扬："大杨树地方太小，还是这里大呀！"我关切地问道："那你准备选择在哪里呀？"崔毛驴子不无自信地说："大学附近，到开饭时，那人黑压压的。"我赞许地说："还是崔师傅有魄力有眼光啊！"他幽默地说："哪里呀？生活所迫，小尾巴太长了。"我们两个人都会心地笑了，附近的旅客都好奇地看着我们两个人说话。

过了一会儿，崔毛驴子感到我有些奇怪："我说金匀，你作为林场党委书记，公费上学，怎么没有买张硬卧票啊？不报销吗？"有几位旅客都把好奇的目光立刻转移到我的身上，我的脸面顿时火燎燎的。其实，我考虑永红书记能送我出来上学实属不易，庆典主任对我出来上学也多有不快，既不能再给永红书记添乱，又不能给庆典主任找麻烦，还是严格要求的好，但我只能对他谎称："没有硬卧了。"崔毛驴子纠正："不对，你是舍不得买吧？我刚才买票时，还有硬卧呢。"我没有正面回答他，倒反问他："那你这个大老板怎么没有买张硬卧呀？"他爽快地直言："挣两个钱不易啊！舍不得买呗。"我逗他："彼此彼此。"

慢车，旅客有上有下，不知道为什么会有这么多的人哪，我们先是站着，一直站过了齐齐哈尔，实在站不动了，我拿出几张报纸铺在硬座底下，示意我们一起到硬座下面躺着休息。崔毛驴子居然欣然地接受，便直接往硬座底下钻，还振振有词："盲人掉井，在哪还不背风啊？"不多时，他就开始打呼噜了。我蜷缩着身躯，静听他如雷的鼾声和火车与铁轨撞击发出的有节奏的声音，辗转反侧，久久不能入睡，白天考试的情景一幕幕在眼前闪过。我趴在冰凉的车厢板上痛苦不堪。

布铁林场。

从林场场部到林场家属区，每一个大喇叭都不停地播放《人民军队忠于党》《中国人民解放军进行曲》《三大纪律八项注意》等部队歌曲。抓住"三个纲"，"百万"奔小康等醒目标语张贴在林场大门两侧和办公室门前。

我先到自己办公室给红梅打电话解释："今天上午林场召开'三春'动员大会，所以今早我直接回林场了，没有到家，你可千万别生气啊。"电话那边传来红梅娇嗔的大嗓门："我以为是大禹治水呢，三过家门而不入！"我急切地问："孩子怎么样？我走这几天她出息了吧？"红梅温柔地说："这几天她好像是吓着了，有一点动静就吓她一跳……"我关切地说："先买点什么抱龙丸吃上。"红梅接着："我买了琥珀抱龙丸，大夫说专门治惊吓的。"有敲门声，我着急地与她说："你先给她吃上，这两天我安排完了就回去，有人来了，就先说到这儿。"电话挂断。

庆典主任与几位副主任和股长进来。庆典主任右手掐着烟往外比画着关心地询问："我说大学生书记啊，这次考得怎么样啊？"我坦然地说："还行，基本都答上了。"曲直副主任使个鬼脸附和："60分万岁！及格就行。"我满腹狐疑地对几位讲："就是监考太松了，考场不严肃。"开怀主席圆滑地戏言："那不正好打小抄吗？"庆典主任纠正："此话差矣。"他将烟蒂掐在我办公桌角边上的烟缸中接着说："这样的考场对实打实学的，像金勺书记这样的考生是不公平的，那含金量能一样吗？"言前股长递过材料解围说："一会儿就召开动员大会了，让金勺书记先对会议材料再熟悉一下，好不好？"我问："几点开会？"庆典主任："我们原计划9点开，看金勺书记的意见。"我表示："就9点开吧！"

也许我的眼睛再不能睁开，
你是否理解我沉默的情怀，
也许我长眠再不能醒来，
你是否相信我化作了山脉，
如果是这样，你不要悲哀，
共和国的土壤里有我们付出的爱，
如果是这样，你不要悲哀，
共和国的土壤里有我们付出的爱……

一曲悲壮的《血染的风采》从林场会议室传来，全体职工在会前深情地合唱这首歌。

布铁林场"三春"动员大会开始了。曲直副主任用洪亮的声音主持大会，庆典主任安排"三春"具体工作，我做了《以时代英雄为榜样，努力打造北疆绿色长城》的动员讲话。我讲到最后激动地像爸爸那样站了起来：

"同志们，一曲曲英雄赞歌荡气回肠，一个个英雄名字光耀星空。有双目失明的史光柱用深情滋润着《小草》，有一级战斗英雄徐良用青春演奏了《血染的风采》，还有我们不曾熟悉的战斗英雄。我们向时代英雄学习，不能停留在口头上，要落实在'三春'会战的实际行动上。具体地讲，就是要认真贯彻永红书记提出的'抓住三个纲，百万奔小康'的工作思路和奋斗目标，高标准高质量地完成8000亩的造林任务，万无一失地抓好春防工作，突出试办家庭林场，同时兼顾多种经营，用实际行动在祖国的北疆筑起一道绿色的万里长城！"

全体职工的热烈掌声经久不息……

布铁林场。

进入4月底，林场的"三春"工作刻不容缓。8000亩造林任务正处在关键时刻；室外温度不同于往年，骤然升高，天气如同夏天一样炎热，早晚风刮得特别凶，火险等级不断提升，防火形势异常严峻。作为林场党委书记不能总是儿女情长，我必须要把事业放在第一位。因女儿一生下来就体弱多病，我只好把红梅她们娘俩接到林场来住，小白熊——乐乐也一起陪同。庆典主任、曲直副主任、起武副主任等人到我的宿舍来看望她们娘俩，小白熊——乐乐匍匐拦截在门口，发出警告，面目狰狞，唇齿毛也在抖动，惹得大家一阵嘻笑。庆典主任笑道："你别说，它还真的挺厉害。"我忙到走廊中解释："它是我姑娘最忠实的朋友，它在守护她。"庆典主任幽默地说道："那好，就让它在这儿守着，咱们吃饭去，我已经告诉食堂给红梅娘俩加了几个菜。"庆典主任有意挽回他不同意我上学造成我们之间的某种不愉快。

林场餐厅少有的热闹。我们共同喝了几盅酒，大家围绕红梅娘俩的到来开始敬酒。起武副主任提议："红梅嫂子和孩子到我们林场来，这不仅是对书记工作的支持，而且也是对我们林场'三春'工作的最大支持，我敬红梅嫂子一杯酒。"庆典主任他是长辈，也不好意思提议敬我们晚辈的酒，但他尽可能地幽默风趣，他扳着手指头说："这姑娘的爷爷是我的老朋友啦，从她爷爷那辈算起，他们一家已经有三代育林人了。"曲直副主任蒙在鼓里："孩子爷爷、金勾书记，一共才两代，哪来的三代啊？"庆典主任风趣地说："侄媳妇怀里抱的这个姑娘，不是第三代吗？她不也是参加咱们'三春'工作来的吗？我说你认识水平怎么上不去呢？原来酒没有喝好。这样还想进步吗？想进步，快倒酒！"庆典主任连说带笑，在我和部分班子成员面前开始摆起老资格，全桌人一阵儿笑声。曲直副主任恍然大悟，起武副主任抢着给我和庆典主任倒酒，忙附和道："我看庆典主任说得有道理，今年我们林场何愁8000亩造林任务完不成？何愁春防工作抓不好？我们有接班人啦！来，让我们连喝三杯酒，愿我们林场三代人共同努力，争取'三春'工作再获全胜！"

是夜，我沉浸在少有的美满愉悦之中。

这几天，我每天都上山检查造林进度和质量，有时也带领萨吉福队长等人骑马到各村屯点去检查春防情况。晚上回来便可以照看红梅她们娘俩，特别是姝妹的身体一天比一天好了起来，让我感到无比的欣慰和幸福。

"五一"劳动节刚过，又是一个春光明媚的早晨。

吃过早饭，我来到办公室翻阅一下文件，然后准备上山去检查。电话铃声响起，原来是王刚副主任打来的电话，客套后他直接通知我："领导，克什林管局党委拟在本月4日至5日在满归林业局召开基层思想政治工作经验交流会，永红书记批示，请您代表杨树地林业局参加会议，重点介绍一下你们林场坚持做好'双百分'工作的经验。"我客气一番："按要求参加会议没有问题，我只能说我们林场的做法，代表不了林业局呀。"王刚副主任鼓励我："领导太客气了，谁不知道那'双百分'是永红书记创造和发明的，以点代面把林场的事说好了，就等于宣传了林业局党委，领导你说对不？"我附和道："对，对。"

我与庆典主任通报了王刚副主任的电话通知内容，庆典主任表示支持："也正好顺道回漠河，给你爸爸、妈妈代个好。"我听后高兴地表示："那一定！"

中午，我和红梅抱着姝妹、领着小白熊——乐乐乘火车回到了大杨树。

下午，我到局党委办公室、组织部汇报有关工作。我走了几个办公室，听到好几位同志私下议论，上级的考核组快来了，永红书记要提拔了，我听后激动不已，发自内心地为老书记老领导祝福。不多时，我悄悄地来到了曹德玉副部长办公室向他求证："听说上级考核组快到了，下面都议论开锅了。无风不起浪啊！"曹德玉副部长神秘地对我说："要保密呀。好像刚刚启动呈报程序，得有个过程，只是个时间问题。"我惊喜交集："但愿如此，不知道永红书记能提到哪个位置？"曹德玉副部长："听说是林管局副局长或是林管局党委常委兼任林区工会主席。"我感叹："好人有好报啊，老天真是有眼哪！"我接着又揣测地问："那谁来接书记呢？宗庆局长能接上吗？"曹德玉副部长疑虑："不好说，现在党政分开，实行局（厂）长负责制，局长吃香，都愿意当局长，没有人愿意当书记。你没有看到吗？咱们林区有好几个党委书记都改任局长了，都在争先恐后地'翻烧饼'呢。我看呢，他十有八九继续当局长。"

克什林管局党委在满归林业局召开的基层思想政治经验交流会，会期为2天，实质开了一天半就结束了。5日下午，我急匆匆地乘大客车来到了漠河。

我对漠河县西林吉镇街道情况相当熟悉，下车后大步流星地往妈妈家走。在九区西侧的十字路口处，我猛然听到有人吆喝："豆腐！""豆腐！"这个柔弱尖细的声音我怎么这么熟悉，这不是妈妈在卖豆腐吗？瞬时我的心在震颤。

"妈妈，怎么还没有卖完哪？"我走近与妈妈打招呼。妈妈看见我后很激动："还剩下几块了。你打哪来呀？怎么没有把姝妹给我抱来呀？"我向妈妈解释："在满归开会，顺道回家看看。"妈妈兴奋地说："不卖了，大儿来了，回家！"说完我帮助妈妈推车直接回家。我不知道为什么，在短短的推车回家的路程中，一种内疚和惭愧的感觉油然而生。妈妈为了这个穷家，一年365天都在做豆腐、卖豆腐，今天我只是偶尔遇上一次，我帮助妈妈的实在是太少了。

今年初，平弟在省交通学校道路与桥梁专业毕业，春节后分到县公路管理站上班。今天他准时下班，热情地与我打过招呼后，就主动下厨炒了几个妈妈的当家菜。妈妈知道我最愿意吃豆腐蘸大酱，特意让平弟炸了一碗鸡蛋酱，泼在大豆腐和葱丝上，妈妈又点上几滴辣椒油，满屋洋溢着浓浓的香味。晚饭时，爸爸准时下班回来了，他看见我就问："怎么没有把姝妹抱回来？红梅怎么也没有与你一起回来？"我忙着解释："到满归开会，带她们娘俩不方便。"爸爸有些不爽地说："那有什么不方便的？关键我和你妈惦记孙女的身体恢复得怎么样了？"妈妈习惯地接过话茬儿："像你爸爸呀，就那么认真。"爸爸又威严起来："少扯那些没用的。"爸爸吩咐我从箱子下面拿酒："

'杨树白'，咱们爷俩喝点。"我用爸爸的白底蓝色雕龙花纹的酒壶倒了一壶酒温热，然后给他倒在酒盅里，爸爸慈祥和蔼地示意我也倒上酒："在外少不了应酬。"我从小长这么大很少陪爸爸一起喝酒，特别是在漠河除了过年外，父子同饮的机会则更少，而今天晚上我能陪爸爸一起喝酒是多么的温馨啊！除了颖妹在古莲河煤矿上班没有回家外，霞妹、平弟、泉弟、杰弟我们兄弟姐妹围绕着爸爸妈妈身边坐在一起谈天说地，少有的其乐融融。

可能是因为我回家了，爸爸今天特别开心："你大哥虽然在林场当党委书记，但他和你大嫂每月都按时交'党费'、主动帮助家里还债，就凭这一点就值得你们小的学习啊！"妈妈附和着，霞妹略有不受控制，举起右手："向大哥学习！向大嫂致敬！"妈妈与平弟安抚霞妹。

过了一会儿，爸爸又接着感慨："从今往后啊，咱们家就是抬头的日子了。老二春节后开始上班了，老姑娘已经上班有几年了，将来你妈妈就不用辛辛苦苦地做豆腐了。"妈妈又给爸爸泼冷水，说："不做豆腐你就得喝西北风，老二不得娶媳妇啊？两个小的不得上大学啊？哪不得用钱啊？"爸爸又不爽，但没有发火，催促他们说："老大回来一次多不易啊，我们爷俩说点正事。你们赶快吃，吃完了好收拾，早点睡觉，你明天还得起早做豆腐呢。"妈妈快快不乐吃完饭下桌，平弟等收拾桌子。

只有我与爸爸在桌子上继续喝酒。爸爸关心地问："你们这次开的是什么会呀？"我借着点酒劲汇报："传达上级文件精神，研究在新的历史条件下，企业党委如何积极支持厂长（经理）行使职权，如何领导和做好新形势下的企业思想政治工作等问题，但讨论得很激烈。大家都关心今后党委具体干什么？把党委置于何处？光领导思想政治工作那不是被架空了吗？"爸爸思忖半天没有回答。我接着向爸爸介绍说："我在会议上做了《实行'双百分'目标责任制，为企业发展提供强大精神动力》典型经验介绍，主要讲我们在坚持党委会议制度的基础上，又实行了党政联席会议制度；结合林场生产实际创造性地抓好全员军事训练、向守卫边疆英雄学习活动、充分发挥'青年突击队'作用、成功地组织了抗洪抢险、努力做好上访职工的思想工作，认真搞好民族团结等有关情况。"

爸爸略有点醉意，与我碰一下酒盅深深地喝了一口酒后说："那还讨论什么呀？毛主席早就说过，领导我们事业的核心力量是中国共产党嘛！"我又开始向爸爸诉苦道："我们林业局好在有永红书记在那硬撑着，等永红书记提拔了我们就不好干了，比如拿我们小林场来说，庆典主任是叔叔辈的，我是侄子辈的，现在又遇上这种大环境，我这个小书记也挺难当啊。"爸爸把酒盅放下，醉眼蒙眬地给我打气："你庆典叔叔居然还敢欺负你，我坚决不答应！"爸爸醉得更深了，他趴在桌子上"呼呼"地睡着了。

一大早儿，我听见房门有动静。

我揉了一下睡意蒙眬的双眼后起床，到后院新盖的豆腐房去帮助妈妈做豆腐。磨豆腐的电机在沙沙地作响，带有温度的水蒸气隐隐约约地笼罩着妈妈忙活的背影。妈妈问："你不睡觉，起这么早干什么？"我回答："帮助妈妈干点什么？"妈妈说："你伸不上手。"我说："给妈妈打下手。"我从妈妈的手中接过挤压棒，反复用力地挤压豆腐包榨出豆浆："妈妈您一般都几点起来？"妈妈一边煮豆浆，一边低头与我说："头一天的晚上把黄豆泡好，一般在半夜12点左右就得起来磨豆浆，早饭前就有人来买豆腐了。"原来妈妈每天才睡三四个小时的觉，又要给家人做三顿饭，就是铁打的人也受不了啊！我不禁潸然泪下，浓浓的水蒸气混淆了我的泪水。妈妈娴熟地将煮好的豆浆舀到缸里，点卤水，再舀出来放在模板布包中制作成型。当有人陆续来买豆腐时，妈妈主动地与买豆腐的人打招呼："刚出包的，新鲜嫩乎。"此时我也从中分享了妈妈劳作成果的喜悦。间隙，妈妈指着这个豆腐房很得意地说："我和你爸爸打了好几仗，才翻盖了这个豆腐房，小两间，里面那间贮存的都是黄豆，把这几年挣的钱全部都压上了，够干一年的了，今年就能打个翻身仗了。"我由衷地敬佩："妈妈太辛苦啦！"妈妈又不无感慨："不咬牙干怎么办？老二眼看就得娶媳妇，两个小的还得上大学，霞妹还得看病，哪不得用钱啊！就颖妹上班早不用我管。"妈妈的一大堆苦衷是我们当儿女的无法理解的啊！

这两天，漠河县城狂风阵阵，温度持续上升。我陪伴妈妈走街串巷卖豆腐，妈妈纤细柔弱的叫卖声，声声穿刺了我的心！

今天妈妈的豆腐卖得比往日快，让两份打火的都给包了，令人庆幸。

到了中午吃饭时，爸爸没有回来。他特意给家中打来电话与我说："金匀，我中午不回去吃饭了，准备上山打火去。"我关切地问："哪儿着火了？爸爸。"爸爸生气地说："火点多了，到处都是火。昨天下午古莲林场着了一把火，原来都扑灭了，今天又死灰复燃了。"我细问："爸爸，火因查清了吗？"爸爸仍然在生气，继续说："一个新来的割灌机手没有经验，给割灌机加油时不小心将汽油溢到草地上，起动时火烧连营了。问题是昨天晚上应该死看死守，不能让它死灰复燃哪！"我又关心地问："爸爸，你上哪个火场？要注意安全哪！"爸爸焦急地说："我陪同县委领导去前哨林场包片，没有问题，打火我也是行家。你在家多待一两天，等我回来，有些问题我再帮助你研究一下。"其实我原来计划在这两天就要回大杨树了，现在面对即将出征扑火的爸爸我只好应答："好的，那我就等爸爸打火归来！"爸爸那头刚把电话放下，平弟也来电话说上山打火去。

放下两个电话，我细心地翻了一下妈妈家的台历，今天是1987年5月7日，昨天是5月6日。

下午又起风了，逐渐能够听到风旋转的呼啸声。漠河一中正准备期中考试，忽然接到上级通知停止考试，组织学生上山去打火，正在高一年级的泉弟和初三年级的杰弟也成了扑火大军的一员。他们走在半路上，有一位领导看见学生上山来打火，他大发雷霆地说："简直是胡闹！怎么能让未成年的学生上山来打火呢？赶快撤回去！"泉弟与杰弟一路小跑回家向妈妈报告山上的火情。傍晚，泉弟、杰弟一遍又一遍地出门察看，西山渐渐地通红一片。大约在晚上6时30分，我隐约地听见广播大喇叭紧急通知："现在大火已经烧到西林吉贮木场，正在向西林吉镇发展……"

我推开妈妈家的房门到外面一看，狂风怒号，天昏地暗。大火从西山铺天盖地地向县城卷来。"妈妈！不好！快跑吧！大火要烧到咱家这了！"我回屋就喊。妈妈说：

"那也得收拾东西呀！"泉弟和杰弟脱下刚刚买来不久的新球鞋，把所有的旧冬装都换上了。妈妈给霞妹穿上了棉衣服。我斩钉截铁地说："不行！再晚了，恐怕来不及了。"我们出门时，妈妈给房门上锁，又到后院细心地察看一下她最心爱的豆腐房。

妈妈家就住在老潮河大坝西侧不远的地方。妈妈拽着霞妹，我与泉弟、杰弟就近向老潮河方向跑去。老潮河的沙滩上挤满了大人和小孩，人声嘈杂，一片混乱和恐慌。只听有人大声疾呼："快趴下！"我紧急拽着妈妈、霞妹，招呼着泉弟和杰弟，跟着人群跑步卧进了冰凉刺骨的老潮河中。瞬间，轰隆的火头从我们的头顶上飞了过去，几个火球腾空而起相撞爆炸，顿时漠河县城一片火海。

在那一瞬间，妈妈用身体把霞妹压在了水中。

惊魂未定的我们，侥幸没有被大火烧死，但河边的残火还在星星点点地燃烧着，也时刻威胁着正在河中避难的人们。我下意识地高喊："扑灭残火！跟我一起上！"我一边呼喊，一边冲上河岸，捡起树枝抢起来扑打。此时此刻，我竟然忘记了这里是漠河，仿佛在布铁林场组织扑打山火。妈妈在我身后担惊受怕地呼喊："注意安全！"初始，河中的人们都在观望，当人们反应过来后，也都纷纷地冲上河岸与我一起扑打。

残火扑灭后，我心惊胆战，不断地向东张望，图强、阿木尔方向也是一片火红的天。

突然，大惊失色的霞妹两眼直勾勾地多次向我大声喊叫："大哥！漠河的大火是'黄仙子'和'胡大师'他们共同点的，你为什么不派几个干警把他们都抓起来？"

妈妈不断问起爸爸、平弟、颖妹他们的情况，心烦意乱的我也是无言以对。

惊恐万状的我们在老潮河上度过了一个不眠之夜。

次日清晨，太阳升起来了。我们回望漠河县城，烟雾笼罩，浓烟弥漫。平弟上山去打火刚刚撤到县城。他听说好多人在地窖中被活活地闷死了，一路小跑往家赶，不时看到汽车和拖拉机被烧得只剩下铁壳子，散落在路中间的电视机和自行车被熔化了。他勉强找到了妈妈家的位置。四间砖瓦房被烧落架了，只剩下残垣断壁和孤零零的烟囱矗立在那里。豆腐房、煤堆还在冒着黑烟，小风一吹，不时还能窜出明火来。他首先找到妈妈家的地窖，一看地窖没有人，悬着的这颗心才放了下来。颖妹听说漠河县城被大火烧光了，在古莲乘车直奔漠河。进入县城后，她在路边上看到了两具被烧焦的尸体后，就开始疯狂地往家跑，因缺少了标志物又迷失了方向，好不容易才找到了妈妈家。此时此刻，我们与妈妈也找回了家。妈妈与霞妹、颖妹抱头痛哭。泉弟突然发现爸爸心爱的白底蓝色雕龙花纹的酒壶还安然地立在小屋窗台的沿上，当他用手轻轻一碰时，却成了一把灰烬。妈妈集中了所有的心血翻盖的豆腐房化为了乌有，妈妈用全部积蓄购买的黄豆也化为了灰烬。妈妈跪在地上拍打着大腿声嘶力竭地哭喊着……

与此同时，爸爸他们正在前哨林场组织林场职工开掘防火隔离带。前哨林场在漠河县北15公里处，是保卫北极村的咽喉要道。在前哨林场朝漠河县城方向望去，漆黑的天空瞬时变成了暗红色，火星和火球在空中狂飞乱舞。前哨防区军、警、民临时指挥部下达了死命令，要在大火逼近前哨林场之前开掘出来12公里的防火隔离带，绝不能让大火越过前哨林场，确保北极村及沿江森林资源的绝对安全。爸爸带领的这个扑火小组负责前哨林场油库正面1公里的防火隔离带。在用推土机推过之后，爸爸带领这个小组夜以继日地用镐头进行二次开掘清理。有的林场职工问爸爸："院长，听说你家在县里住，县里都烧光了，你还不回去看一看？"爸爸感慨地解释："在九区住，管不了那么多了，我岂敢擅自逃脱？"那个职工投来钦佩的目光："领导带头，群众有奔头。有院长在我们就有了主心骨。"爸爸坚定地表示："我们大家要战斗在一起，直至把这场大火消灭掉，不然的话前哨林场就危在旦夕，北极村也保不住。"

一日上午，前哨林场又刮起了8级大风。狂风忽左忽右，两股火头由东、南两个方向向前哨林场包抄过来，在这千钧一发的危急关头，由1000多人组成的军、警、民扑火队伍奔赴两个火场。爸爸带领的这个扑火小组仍然负责前哨林场油库的保卫工作。恰巧，正南面的火势凶猛，一股旋风卷起二三十米高的火头越过防火隔离带，火球和火星朝油罐飞来。爸爸高喊："同志们！跟我上！"他带领扑火队员和消防队员奋不顾身，临危不惧，勇往直前，有的喷水给油罐降温，有的往油罐上铺沾水的石棉被，有的直接扑打油罐上的火球，有的衣服被烧着了，有的头发被烤焦了，有的手脚被烧伤了，但没有一个退缩，没有一个当逃兵的。油罐终于保住了。爸爸他们露出了胜利的微笑。

就在爸爸他们要庆祝胜利的一刹那，油罐北侧未过火的地方又刮起了一阵旋风，死灰复燃，突然一股火头迸裂着、升腾着，油罐再度陷入危机，爸爸又一马当先冲在最前面，率先冲进火海。当大火扑灭时，爸爸再也没有站起来……

噩耗传来，妈妈嚎啕大哭，我们兄弟姐妹泪如泉涌。5月6日晚与爸爸的那次长谈竟然成了阴阳两断的诀别，5月7日中午爸爸的电话竟然成了我与他老人家最后一次的话别。当我踉跄走到爸爸身边，跪下抱住爸爸的僵硬的躯体时，他早已经没有了温度，他再也不能给我面授机宜、耳提面命了，他再也不能霸占酒桌、高声朗诵了，他再也不可能与我们纵论古今、谈天说地了。我在哭泣呼喊中不断地摇晃着爸爸僵硬的身躯，不时给爸爸抖去身上的杂草和灰烬，擦拭嘴角上洇出的一丝血迹。

出殡那天，好心吊唁送葬的人们络绎不绝。爸爸的墓地选择在西林吉镇西南的山林中，直行的路拐弯处有几块飞来的巨石指引着爸爸向西一路走好，这是我们兄弟姐妹为爸爸亲自选的"新家"，待到群山葱绿、山花烂漫的时节，让爸爸不朽的灵魂与不尽的思念得以慰藉。

我有心给爸爸买两包大前门或牡丹烟供在坟前，让爸爸在九泉之下抽个够，但是眼下办不到啊！漠河所有的小卖店都被烧光了。你说我该有多傻，早干什么去了？是谁给我灌迷魂汤了吗？现在才想起来给爸爸买烟，他在天国那边能抽着吗？由此我又胡思乱想到"亡羊补牢、犹未为晚"这句古训，趁着妈妈还健在，抓紧时间行善尽孝吧！一定要兑现我们当儿女的所有承诺，千万不要做待爸爸去世后再买好烟好酒上坟这类傻事了，哭坟不仅没有任何实际意义，而且会百爪挠心、抱恨终身的。难道不是这样吗？

两个月后，湮没了悲伤的清晨。我们小家，大屋，地桌前。

小白熊——乐乐仍在我的怀中酣睡，自己不得伸懒腰，颈椎僵直难耐。忽然，小屋传来了红梅与妹妹的一阵呢喃声；蓦然抬头，一缕明媚耀眼的曙光透过窗户折射飘散在粉红色日记本上，似乎也洒落在一个不孝之子柔肠百结的心田上……

我回到大杨树两个多月了，每当提起"5·6"特大森林火灾，我的心情就特别沉重。

"5·6"特大森林火灾，震惊中外，骇人听闻，触目惊心，惨不忍睹！这场大火造成5万多人受灾；211人丧生，用生灵涂炭来形容也不为过；从古莲到塔河一线的大部分森林毁之一炬。联想当前林林总总的乱象与积弊，我感同身受。这次浩劫固然有天灾在作祟，但对事业极端不负责任，对野外吸烟司空见惯，对割灌机跑火处置不当，对违章作业熟视无睹，坚守和清理火场不彻底，还有像燃烧弹一样的"桦子城"⑤助燃火势，最终酿成了这场巨大的灾难。

漠河，一座美丽漂亮袖珍式的北方小城，如今已经变成了一片废墟。其实，我们家只是这场大火中千万个不幸家庭中的一例。妈妈千辛万苦重新翻盖的豆腐坊被大火无情地夷为平地，妈妈历尽艰辛攒下的所有积蓄都用来购买贮备黄豆，踌躇满志准备大干一场，顷刻之间都被大火吞噬了。当妈妈和我们兄弟姐妹惊魂未定焦头烂额的时候，又传来了爸爸在扑火中不幸英勇献身的噩耗，无疑是雪上加霜啊！在前哨油罐保卫战中，爸爸舍小家为大家，率先垂范，一往无前，为保卫国家的财产战斗到生命最后一刻。爸爸是大兴安岭开发建设的普通支边干部，他从海伦的焦家岗来到了大杨树，再来到了漠河，一路向北，一路艰辛，一路奋斗，直至把自己宝贵的生命献给了这场史无前例的大火，他才停歇了脚步，长眠在被大火烧焦了的土地上。我们不是正在开展向南疆英雄学习的活动吗？其实他就是我们向南疆英雄学习的典范，但爸爸作为县法院的副院长，家境竟然一贫如洗，逼得妈妈没死没活地夜以继日地做豆腐，他还嫌弃没有面子。如今我们不能昧着良心去埋怨爸爸了，而且还应该自豪地注意到，爸爸为我们带出了一个穷且益坚、知难而进、自强不息的好家风，这是他留给我们的取之不尽、用之不竭的最珍贵、最富有、最长久的精神遗产。

逝去了，思想灵魂永生！走远了，音容笑貌犹存！约好了，来生来世再重逢！

处理完了爸爸的后事，我劝妈妈："还是回大杨树吧，我们之间好有个照应。"妈妈擦干了眼泪为难地说："一大家子不好挪啊！老二刚刚安排了工作，老三下半年应该上高二了，老小子也应该上高一了，颖妹也在古莲河煤矿工作，霞妹的病上哪去也不行啊！"一大堆的困难，让我一筹莫展，束手无策。从不向任何困难低头的妈妈带领我们兄弟姐妹在妈妈家废墟附近，用救灾分发的塑料布，临时搭建起一个简易大窝棚。我为妈妈买来了一个大床，勇敢直面困难的平弟、颖妹、泉弟、杰弟到远近的废墟中捡废为宝办置家当。我在妈妈泪痕未干的脸上看出了一种刚毅坚强，是她点燃了我们兄弟姐妹重建家园的星星之火。

我没有理由走出漠河，但又不得不走出漠河。一边是舍不得放下刚刚蒙受重大灾难的妈妈一大家子。未来他们怎么生活下去？现在还住在简易的窝棚里，什么时候才能有房子住？对于这些事我是鞭长莫及、力不从心哪！另一边是惦记着我的事业。我的事业在大杨树、在杨树地林业局，尤其是布铁林场更让我魂牵梦绕，还有红梅和孩子。到底

⑤ 林区家家户户房前屋后都摆放桦子，俗称"桦子城"，系林区城镇火灾隐患之一。

应该怎么取舍？无形的痛苦又在折磨着我。妈妈是明白事理的人，她看出我的心思并劝我："红梅和妹妹不知道这几天怎么样了？再说你还有工作，也该回去了。"妈妈的这种理解和包容，是一种无私博大的舐犊深情。她越是这样通情达理，我越是无地自容，反而更加痛苦。

我要回大杨树了。临走出窝棚时，我将身上仅有的300元钱塞给了妈妈，妈妈推托不要，300元钱如凋零的树叶散落在地上，也散落在我和妈妈的心上。我眼含着热泪残忍地告别了妈妈和兄弟姐妹。我只顾低头疾步，且不敢回头，妈妈凄咽的嘱咐声、霞妹声嘶力竭的呼唤声依然萦绕于耳，但我还是不敢回望那个曾经在大火劫难后诞生的随风摆动呼呼啦啦的破窝棚……

我的心还在失声痛哭，仿佛听到了滴血的声音……

1987年7月19日

2011年10月1日至2015年12月15日初稿于加格达奇
2016年3月23日至2018年8月5日二稿于加格达奇
2018年8月5日至2021年12月26日三稿于加格达奇

第四十九章　潜心笃志更艰辛　碧血丹心祭忠魂

后 记

　　为塑造退伍军人形象而穷其所有，尽其所能。

　　在我走向社会当知青时，特别是在我退伍安置工作之后，经常听到社会上有一些对退伍军人的不公正议论，非常刺耳，尤为伤心。他们为什么会这样议论呢？我不得而知。

　　伴随着自己工作的不断变化，社会接触面越来越宽，又目睹了一些退伍军人为再次就业奔波的身影，以及他们无奈的眼神，让我的心为之一颤！毋庸讳言，在成千上万的自谋职业的退伍军人中，成功者不乏其人，但比率不算太高，有相当一部分退伍军人只"谋"而实则无"业"。还有我经常到省直机关开会办事，偶遇一些部队的首长，他们不是在这个处当"员"，就是在那个处当"员"，当"长"的几乎凤毛麟角。若是在当年的部队中，我作为一名战士见到他们这个级别的一定要立正敬礼的。2017年11月中旬，我与广梅特意去信阳看望我们六连的老连长王登贵。他在转业前是我们战功20团二营的营长，曾参加过抗美援越战争并立过功。转业后，他只是在XX县水利局下面的一个水库管理所任所长，后来兼任县水利局副局长。他在这个所长的平凡岗位上一直默默无闻地工作了8年（这个所连续8年被评为模范水库管理所），直至退休。8年来，他无怨无悔，笑对人生，充分展现出了一名退伍军人崇高的精神境界。

　　凡此种种，不禁让人感慨万端。我与他们每每聊过之后，他们对我由一名退伍战士成长为一名领导干部的经历无不感叹，对我现在的职位无不羡慕。在我引以为豪的同时，隐约也有一些痛楚，但我无从考证为什么。带着这些复杂的情感，带着数不清的问号，我进一步厘清了《雪花飘飘》的创作走向，力求在字里行间把我对部队不尽的情感和退伍后一路风雨历程反映出来，即还原于我退伍时整理出来的《个人奋斗修养十个要点》，为渴望进步有志创业的当代退伍军人提供一些借鉴。

　　我是1978年3月参军入伍，1981年12月退伍的。当兵4年生活，淬炼了我的意志，锻炼了我的品质，矫正了我的人生。

　　在退伍后的40年间，在各级党组织的关怀下，我坚持做到退伍不褪色，始终保持一名退伍军人的本色，努力奋争，先后担任过林业局武装部军械员和政工干事、局团委副书记、林场书记、地委宣传部科长、副部长、地委政研室主任、地委副秘书长、地委办公室主任、地委组织部常务副部长、地区人大工委副主任，虽然历尽艰辛与坎坷，但也留下了闪光的人生足迹。回顾退伍后40年间取得的成绩，都源于部队这座大熔炉淬炼奠定的基础，都是部队这所大学校为我注入了战胜一切艰难险阻的无穷动力。尽管我在部队穿4个兜军装——当一名职业军官的理想没有实现，但我从来没有骂过娘，更没有发过牢骚，至今我对4年部队生活仍然心存感激。退伍战士写退伍战士的生活，让我不尽感慨。如果没有当兵4年的艰苦经历，也就没有我今天的成长进步。所以，到任何时候我都会这样自豪地说，我当兵不后悔，且感到无上光荣和神圣。

于是乎，一个崇尚英雄、勤学苦练、毅力坚强、作风优良的钢铁战士的典型形象和一个退伍不褪色、埋头苦干、奋力拼搏、积极向上的退伍战士的典型形象跃然纸上。尽管其还有不尽如人意的地方，远不能回答当前退伍军人遇到的所有现实问题，但如能补偿我心中的一些欠账，解除我心中的一丝隐痛，唤起全社会的爱国情怀与共鸣，营造当兵光荣和退伍军人大有作为的良好社会氛围，则不枉我10年的辛苦与付出。

这部作品突出描写了我当兵4年火热的军营生活，在第二、三、四卷集中了我所有的情感，浓墨重彩地塑造了一名钢铁战士在退伍回乡后，始终保持军人本色，坚持不懈，努力拼搏，不畏艰难曲折，不怕流血牺牲，从一名退伍战士成长为一名优秀的基层领导干部的典型形象，深情地透视了一名退伍战士在家乡的成长轨迹和心路历程。

王登海连长原型共有三个人，其中，主要原型是我的老连长王登贵，取其"王登"两个字；还有我刚入伍时的邓承国连长，取其谐音"登"字；我的最后一任连长郭长海，取其"海"字，他们三人叠加起来的形象就是这部作品中的王登海连长。三位连长是基层带兵的优秀模范连长，他们是标准的军人，血性的军人；他们带兵严格，关心士兵；他们纪律严明，作风优良；他们苦练杀敌本领，战术技术过硬；他们牺牲了个人所有的利益，一心扑在连队的建设上。他们对我后来事业的发展有着极大的影响。

潘迟指导员的原型有两位，一位是我刚入伍时的迟明前指导员，另一位是后来的潘树鹏指导员，他是我的入党介绍人之一。在这两位指导员的身上，看到了我党我军的基层思想政治工作的优良传统代代相传，让我切身感受到了我党思想政治工作的强大威力、感召力和凝聚力。是部队和风细雨的思想政治工作，把我从一个地方老百姓，改造成为艰苦奋斗、乐于奉献、敢于流血牺牲的钢铁战士，解决了为什么来当兵的理想信念问题；把我由一个地方青年，改造成为以服从命令为天职的标准军人，解决了一日生活作风养成及人生走向等重大问题。

李玉田排长的原型之一，是我们六连的指挥排长李玉田，他是参加过抗美援越的功臣排长。他默默无闻地战斗在部队的最基层、第一线，直至转业前才晋升为副连长。他从不伸手向组织要官职要权力要待遇，他这种耐力和定力也影响了我的一生。

我回到地方后，无论从事武装工作、还是青年工作，无论是党务工作、还是宣传工作，无论是组织工作、还是人大工作，我的一招一式都是从他们身上学习模仿来的，在我的事业发展进程中时时刻刻有他们的影子。"影子"的影响和作用是巨大的、终身的、无限的。

这部作品无法包罗万象，但歌颂军旅生涯，崇尚时代英雄，宣传当兵光荣，倡导对青年人实行军事化管理，用当兵的思想改造青年人，则是我长期追求的梦想。如大杨树一中军训、"9·29"纪念活动，组织民兵训练、组织"青年突击队"、对知青队和护林队实行军事化管理等，都是我的理想付诸实践的再现。作品还着力刻画了周陈子坤副书记这个军队转业干部的典型形象。他到地方后，做到了退伍不褪色，在他的身上集中闪烁着人民军队艰苦奋斗等优良传统的光辉。这些闪光的火花都源于我当兵4年火热的军营生活和这所大学校把我淬炼成为一名钢铁战士刻骨铭心的记忆。

在日常工作生活中，也时常看到地方上的一些青年人，特别是刚刚考入公务员队伍的大学生们，一出学校大门就坐进了办公室，"风吹不着，雨淋不着"的。如何改造锻炼当代的青年人，是我们的一种历史责任。我在作品中强烈呼吁，在中小学恢复劳动课，培养少年儿童热爱劳动的情趣；在大学乃至全社会，对青年人实行军事化管理，或在新形势下有计划地适度地组织当代青年下基层、进军营、赴农村、到边疆锻炼活动等。正是基于这一点，我便满腔热情地把那个"大杨树时代"——一个励志青年的奋斗经历写出来，精心塑造了一个"劳动大学"毕业的高中生，一个赶上了知青末班车的热血青年，一个追求报国之志的钢铁战士，一个退伍不褪色的退伍军人，一个在基层千锤百炼的年轻党员领导干部典型形象，旨在回答这些历史性的课题。

2022年8月1日
于大兴安岭地区（加格达奇）社保楼501室

图书在版编目（CIP）数据

雪花飘飘 / 朱钧著 . –– 哈尔滨：北方文艺出版社，
2023.3 (2023.8 重印)

ISBN 978–7–5317–5826–6

Ⅰ . ①雪… Ⅱ . ①朱… Ⅲ . ①纪实文学 – 中国 – 当代

Ⅳ . ① I25

中国国家版本馆 CIP 数据核字 (2023) 第 026834 号

雪 花 飘 飘
XUEHUA PIAOPIAO

作　者 / 朱　钧
责任编辑 / 邢　也　　　　　　封面设计 / ZL设计

出版发行 / 北方文艺出版社　　　　邮　编 / 150008
发行电话 / (0451) 86825533　　　经　销 / 新华书店
地　址 / 哈尔滨市南岗区宣庆小区 1 号楼　网　址 / www.bfwy.com
印　刷 / 哈尔滨久利印刷有限公司　　开　本 / 787mm × 1092mm 1/16
字　数 / 430 千　　　　　　　　　印　张 / 22.25
版　次 / 2023 年 3 月第 1 版　　　　印　次 / 2023 年 8 月第 2 次印刷
书　号 / ISBN 978–7–5317–5826–6　　定　价 / 50.00 元